Ik ben God

Giorgio Faletti

IK
BEN
GOD

Literaire thriller

De Fontein

Voor Mauro, voor de rest van de reis

© 2009 Giorgio Faletti
© 2009 Baldini Castoldi Dalai *editore*
© 2010 voor deze uitgave: Uitgeverij De Fontein, een imprint van De Fontein|Tirion bv,
Postbus 1, 3740 AA Baarn

Oorspronkelijke uitgever: Baldini Castoldi Dalai – Editore SpA
Oorspronkelijke titel: *Io Sono Dio*
Uit het Italiaans vertaald door: Astrid de Vreede
Omslagontwerp: Yvonne van Versendaal
Omslagbeeld: Michael Trevillion/Trevillion Images
Zetwerk: BeCo DTP-Productions, Epe
ISBN 978 90 261 2805 9
NUR 332

www.giorgiofaletti.net
www.defonteinboeken.nl

Ik voel me als een lifter die wordt overvallen door een hagelbui op een snelweg in Texas.
Ik kan niet ontsnappen.
Ik kan niet schuilen.
En ik kan er geen einde aan maken.

Lyndon B. Johnson
President van de Verenigde Staten

Acht minuten

Ik begin te lopen. Ik loop langzaam, want ik hoef niet hard te lopen. Ik loop langzaam, want ik wil niet hard lopen. Ik heb overal rekening mee gehouden, zelfs met de tijd die ik per stap nodig heb. Ik heb uitgerekend dat acht minuten voldoende zijn. Om mijn pols draag ik een horloge van een paar dollar en in mijn jaszak zit een gewicht. Het is een jas van groene stof en aan de voorkant, boven het borstzakje, boven het hart, zat ooit een strook met een rang en een naam genaaid. De herinnering aan de persoon aan wie hij toebehoorde, is vervaagd alsof deze was toevertrouwd aan het slijtende geheugen van een oude man. Het enige wat is overgebleven, is een vaag spoor dat lichter van kleur is, een kleine bleke plek op de stof die duizend wasbeurten heeft doorstaan nadat iemand

wie?

waarom?

die smalle strook heeft weggetrokken en de naam eerst heeft laten verdwijnen naar een graf en vervolgens in het niets.

Nu is het alleen nog maar een jas. Mijn jas.

Elke keer wanneer ik mijn korte wandeling van acht minuten ga maken zal ik hem aantrekken, heb ik besloten. Stappen die als geritsel opgaan in het lawaai van de miljoenen andere stappen die elke dag in deze stad worden gezet. Minuten die versmelten als spelingen van de tijd, kleurloze wegschietende sterren, een sneeuwvlok op de bergrug die als enige weet dat hij anders is dan alle andere.

Ik moet acht minuten in regelmatig tempo lopen om er zeker van te zijn dat het radiosignaal sterk genoeg is om zijn werk te doen.

Eens heb ik ergens gelezen dat als de zon opeens zou doven, haar licht de aarde nog acht minuten lang kan bereiken, voordat alles in de duisternis en kilte van het einde wordt gehuld.

Hier moet ik opeens aan denken en ik begin te lachen. Alleen op een stoep in New York, te midden van de mensen en het verkeer, met opgeheven hoofd en opengesperde mond, verbaasd door een satelliet in de ruimte, begin ik te lachen. Om mij heen bewegen mensen en ze kijken naar die kerel die daar op de hoek van de straat als een gek staat te lachen.

Misschien denkt iemand wel dat ik echt gek ben. Iemand blijft zelfs staan en lacht een paar tellen met me mee, tot hij beseft dat hij niet weet waarom hij staat te lachen. Ik lach tot tranen toe om de ongelooflijke en bespottelijke lafheid van het lot. Mensen hebben geleefd om te denken en anderen konden dat niet omdat ze gedwongen waren zich alleen maar bezig te houden met overleven.

En anderen met sterven.

Reddeloze ademnood, gerochel zonder lucht te vinden, een vraagteken dat je op je schouders draagt als het gewicht van een kruis, omdat de beklimming een ziekte is die nooit overgaat. Niemand heeft de remedie gevonden, omdat er simpelweg geen remedie bestaat.

Ik heb alleen een voorstel: acht minuten.

Niemand van de mensen om mij heen die zo hun best doen kan weten wanneer deze laatste acht minuten zullen ingaan.

Ik wel.

Ik heb de zon vele malen in mijn handen en kan haar doven wanneer ik wil. Ik kom bij het punt dat voor mijn stappen en mijn stopwatch het woord 'hier' betekent, ik steek mijn hand in mijn zak en mijn vingers sluiten zich om een klein, stevig en bekend voorwerp.

Mijn huid op het plastic leidt mij met een scherp geheugen trefzeker langs de weg die ik moet afleggen.

Ik vind een knop en druk hem voorzichtig in.

En nog een.

En nog een andere.

Na een seconde of na duizend jaar komt de explosie als een donderslag zonder onweersbui, de aarde neemt de hemel op, een moment van bevrijding.

Dan het geschreeuw en het stof en lawaai van de auto's die tegen elkaar botsen en de sirenes die me laten weten dat voor veel mensen achter mij de acht minuten zijn verstreken.

Dit is mijn macht.

Dit is mijn plicht.

Dit is mijn wil.

Ik ben God.

Jaren eerder

I

Het plafond was wit, maar voor de man die op de bank lag was hij bedekt met beelden en spiegels. Het waren beelden die hem al maanden elke nacht kwelden. En spiegels van de werkelijkheid en van het geheugen, waarin hij voortdurend zijn eigen gezicht weerspiegeld zag.

Zijn gezicht van nu, zijn gezicht van vroeger.

Twee verschillende figuren, de tragische magie van een transformatie, twee pionnen die op hun parcours het begin en het eind markeerden van dat lange gezelschapsspel dat de oorlog was geweest. Velen hadden het gespeeld, te veel. De een was één ronde stil blijven staan, de ander voor altijd.

Niemand had gewonnen. Niemand, noch de ene partij, noch de andere.

Maar ondanks alles was hij teruggekeerd. Hij had zijn leven nog, zijn adem en zijn gezichtsvermogen, maar wat hij verloren had was het verlangen om te worden gezien. Nu ging de wereld voor hem niet verder dan de grens van zijn schaduw en als straf zou hij tot het einde van zijn leven blijven rennen om te ontkomen aan iets wat aan hem kleefde als een aanplakbiljet aan een muur.

Achter hem zat kolonel Lensky, de legerpsychiater, in een lederen leunstoel, een vriendelijke aanwezigheid in een houding om je tegen te verweren. Het waren maanden, misschien jaren, maar eigenlijk eeuwen geleden dat ze elkaar hadden ontmoet in die kamer waar een lichte roestgeur, die in elke militaire ruimte te ruiken was, in de lucht en het geheugen bleef hangen. Ook al was dit geen kazerne maar een ziekenhuis.

De kolonel was een man met dun, kastanjebruin haar, een kalme stem en een uiterlijk dat op het eerste gezicht eerder aan een kapelaan deed denken dan aan een soldaat. Soms droeg hij zijn uniform, maar meestal was hij in burger. Onopvallende kleding, neutrale kleuren. Een gezicht zonder identiteit, het soort persoon dat je ontmoet en meteen weer vergeet.

Dat je meteen wilt vergeten.

Trouwens, in al die tijd had hij meer naar zijn stem geluisterd dan naar zijn gezicht gekeken.

'Dus morgen vertrek je.'

Deze woorden hadden iets van de definitieve betekenis van het afscheid in zich, de onbegrensde waarde van de opluchting, de onuitputtelijke betekenis van de eenzaamheid.

'Ja.'

'Voel je je er klaar voor?'

Nee! had hij willen schreeuwen. *Nee, ik ben niet klaar, zoals ik dat ook niet was toen dit alles begon. Ik ben het nu niet en zal het nooit zijn. Niet na wat ik heb gezien en na wat ik heb meegemaakt en nadat mijn lichaam en gezicht...*

'Ik ben er klaar voor.'

Zijn stem klonk vast. Of hij leek in elk geval vast toen hij die zin uitsprak die hem tot de wereld veroordeelde. En ook al was het niet zo, kolonel Lensky dacht vast liever dat het wel zo was. Als mens en als arts had hij ervoor gekozen te geloven dat zijn taak voltooid was, in plaats van toe te geven dat hij had gefaald. Daarom was hij bereid tegen hem te liegen, zoals hij ook tegen zichzelf loog.

'Uitstekend. Ik heb de documenten al getekend.'

Hij hoorde de leunstoel piepen en de stof van zijn broek ruisen toen de kolonel opstond. Korporaal Wendell Johnson ging op het bed zitten en even verroerde hij zich niet. Tegenover hem, aan de andere kant van het raam dat uitkeek op het park, staken de groene toppen van de bomen omhoog en bakenden een stukje van de blauwe hemel af. Vanwaar hij zat kon hij niet zien wat hij zeker wel zou hebben gezien als hij bij het raam was gaan staan. Daar, zittend op een bankje of voorzichtig neergezet in de vijandige redding van een rolstoel, of staand onder de bomen, afhankelijk van die weinige kwetsbare bewegingen die zelfredzaamheid werden genoemd, bevonden zich mannen zoals hij.

Toen ze vertrokken werden ze soldaten genoemd.

Nu heetten ze veteranen.

Een roemloos woord dat stilte aantrekt, maar geen aandacht.

Een woord dat betekende dat ze overlevenden waren, dat ze levend uit het helse graf van Vietnam waren gekomen waar niemand wist voor welke zonde hij moest boeten, ook al maakte alles om hem heen duidelijk hoe hij moest boeten. Ze waren veteranen en ieder van hen droeg, de een al zichtbaarder dan de ander, de last van zijn eigen verlossing, die begon en eindigde binnen de grenzen van het militaire ziekenhuis.

Kolonel Lensky wachtte tot hij opstond en zich omdraaide, daarna kwam de kolonel dichterbij. Hij schudde zijn hand en keek hem in de ogen. Korporaal Johnson merkte dat de kolonel zijn best moest doen om te voorkomen dat zijn blik afdwaalde naar de littekens die zijn gezicht tekenden.

'Veel geluk, Wendell.'

Het was de eerste keer dat hij hem bij zijn naam noemde.

Een naam is geen persoon, dacht hij.

Er waren vele namen, ingekerfd in graven die gemarkeerd waren met witte kruisen en die in een rij waren gezet, met de precisie van een horlogemaker. Dit veranderde niets. Niets zou hebben geholpen om deze jongens weer tot leven te brengen, om van hun levenloze borst het nummer weg te nemen dat was vastgespeld als was het een medaille ter ere van de verloren oorlogen. Hij zou altijd slechts een van de velen zijn geweest. Hij had er velen zoals hem gekend, soldaten die bewogen en lachten en stickies rookten en heroïne gebruikten om te vergeten dat het dradenkruis van een vizier voor eeuwig op hun borst stond getekend. Het enige verschil tussen hen was het feit dat hij nog leefde, ook al had hij het gevoel dat hij onder een van die kruisen lag. Hij leefde nog, maar de prijs die hij betaald had voor dit verwaarloosbare verschil was een sprong in de groteske leegte van de monsterlijkheid.

'Bedankt, kolonel.'

Hij draaide zich om en liep naar de deur. Hij voelde de blik van de arts in zijn rug priemen. Aan de militaire groet hoefde hij zich al tijden niet meer te houden. Dat wordt niet vereist van iemand wiens lichaam en geest stuk voor stuk worden gereconstrueerd met als enige doel dat hij zich kan blijven herinneren – voor de rest van zijn leven. En de rest van de missie was volbracht.

Veel geluk, Wendell.

Eigenlijk betekende dat: zoek het maar uit, korporaal.

Hij liep door de lichtgroene gang die tot aan zijn hoofd was geschilderd met hoogglanslak en daarboven met normale matte verf. In het zwakke licht dat door de kleine lichtkoepel scheen moest hij terugdenken aan regenachtige dagen in het bos, toen de bladeren glansden als spiegels en het onzichtbare gedeelte uit schaduw leek te bestaan. Een schaduw waaruit elk moment de loop van een geweer tevoorschijn kon komen.

Hij liep naar buiten. Buiten waren de zon en de blauwe hemel en de verschillende bomen. Bomen die je gemakkelijk kon aanvaarden of vergeten. Het waren geen dichte dennenbossen of bamboe of mangroven of uitgestrekte natte rijstvelden.

Het was geen *dat-nuoc*. Dit woord weerklonk in zijn hoofd, met de lichte keelklank waarmee het uitgesproken moest worden. In Vietnamese spreektaal betekende het *land*, maar de letterlijke vertaling was *land-water*, een woord dat een zeer realistisch beeld van de aard van dat land gaf. Het was een gelukkig beeld, behalve voor degenen die er met gebogen rug moesten werken of met een rugzak en een M16 op de schouder moesten lopen.

Nu betekende de begroeiing om hem heen *thuis*. Al wist hij nu niet precies aan welke plek hij die naam moest geven.

De korporaal glimlachte omdat hij zijn verbittering op geen andere manier kon uiten. Hij glimlachte omdat die gezichtsuitdrukking geen pijn meer veroorzaakte. De herinnering aan de morfine en de naalden onder zijn huid was al bijna vervaagd. De pijn niet, die zou een gele vlek in zijn geheugen blijven, elke keer als hij zich voor een spiegel zou uitkleden of tevergeefs een hand door zijn haar zou willen halen en alleen de ruwe littekens van zijn brandwonden zou voelen.

Het grind knarste onder zijn voeten, terwijl hij over het pad liep en kolonel Lensky en alles waar hij voor stond achter zich liet. Hij kwam bij de strook asfalt van de hoofdweg en sloeg links af. Daarna liep hij op zijn gemak in de richting van een van de witte gebouwen waar hij was ondergebracht, midden in het park.

Op deze plek was alle ironie van het begin en het einde te vinden.

De geschiedenis was aan het eindigen op de plek waar ze was begonnen. Op enkele tientallen kilometers van hier lag Fort Polk, het gespecialiseerde opleidingskamp voor het vertrek naar Vietnam. Bij aankomst waren ze een groep jongens die iemand uit het leven had gerukt met het voorwendsel ze tot soldaten te zullen omvormen. De meesten waren de staat waar ze woonden nog nooit uit geweest en sommigen niet eens de provincie waar ze waren geboren. *Vraag niet wat jouw land voor jou kan doen...* Niemand vroeg het zich af, maar niemand was ook bereid om de strijd aan te binden met wat het land van hem zou vragen.

In het zuidelijke gedeelte van het fort was tot in de kleinste details een typisch Vietnamees dorp nagebouwd. Daken van stro, hout, bamboestokken en rotan. Vreemde werktuigen en gebruiksvoorwerpen, instructeurs met een Aziatisch gezicht die in feite meer Amerikaans bloed hadden dan hij. Geen enkele van de materialen en voorwerpen kwam hem bekend voor. Toch hadden deze bouwsels, deze metafysische uitingen van een plek die duizenden kilometers ver weg lag, tegelijkertijd iets bedreigends en iets alledaags. *Kijk, zo ziet het huis van Charlie eruit*, had de sergeant gezegd.

Charlie was de bijnaam waarmee de Amerikaanse soldaten de vijand aanduidden. De opleiding was begonnen en geëindigd. Ze hadden hun alles geleerd wat ze moesten weten. Maar het was overhaast en zonder veel overtuiging gebeurd, want in die tijd was er weinig overtuiging. Iedereen zou op zichzelf zijn aangewezen, en moest zelf maar zien uit te maken wie tussen al die zelfde gezichten om hem heen Vietcong was en wie een bevriende Zuid-Vietnamese boer. De glimlach waarmee ze je soms benaderden was dezelfde, maar wat ze bij zich droegen kon volledig anders zijn. Een handgranaat misschien.

Zoals in het geval van de zwarte man die op dat moment met zijn krachtige armen een rolstoel voortduwde en naar hem toe kwam. Van de veteranen die waren opgenomen in het ziekenhuis in afwachting van hun reconstructie was hij de enige met wie Wendell goed bevriend was.

Jeff B. Anderson, uit Atlanta. Hij kwam net uit een bordeel in Saigon toen daar een aanslag werd gepleegd. In tegenstelling tot zijn makkers had hij het overleefd, maar hij was vanaf zijn middel verlamd. Geen eer, geen medaille. Enkel zorg en ongemak. Overigens was eer in Vietnam een kwestie van toeval en soms waren de medailles niet eens het metaal waard waarvan ze waren gemaakt.

Jeff remde de rolstoel af door zijn hand vlak op de wielen te leggen. 'Dag, korporaal. Ik hoor rare dingen over je.'
'De dingen die je hier hoort hebben vaak de neiging waar te zijn.'

17

'Dus het staat vast. Je gaat naar huis?'

'Ja, ik ga naar huis.'

De volgende vraag kwam na een fractie van een seconde, een korte, maar eindeloze onderbreking, want het was een vraag die Jeff ongetwijfeld al vaak aan zichzelf had gesteld.

'Kun je het aan?'

'En jij?'

Allebei lieten ze het antwoord liever aan de verbeeldingskracht van de ander over. Die stilte tussen hen was de samenvatting van veel eerdere gesprekken. Er waren zo veel dingen geweest om over te praten en om te vervloeken en dit zwijgen was daaruit voortgekomen.

'Ik weet niet of ik je moet benijden.'

'Als het je wat uitmaakt: ik weet het zelf ook niet.'

De man in de rolstoel vertrok zijn gezicht. Zijn stem klonk gebroken, als door een te late en nutteloze woede. 'Hadden ze die vervloekte dijken maar gebombardeerd...' Jeff maakte zijn zin niet af. Zijn woorden riepen geesten op die de beide mannen al vaak tevergeefs hadden geprobeerd te bezweren.

Korporaal Wendell Johnson schudde zijn hoofd.

Wat gebeurd was maakte deel uit van de geschiedenis en wat niet gebeurd was bleef een mogelijkheid die niet meer kon worden bevestigd. Ondanks de massale bombardementen op Noord-Vietnam, ondanks het feit dat tijdens de luchtaanvallen drie keer zoveel bommen waren geworpen als in de Tweede Wereldoorlog, had nooit iemand het bevel gegeven om de dijken van de Rode Rivier te bombarderen. Velen dachten dat dat een beslissende zet zou zijn geweest. Het water zou de valleien zijn binnengestroomd en de halve genocide die daarvan waarschijnlijk het gevolg was geweest zou door de wereld als oorlogsmisdaad worden bestempeld. Maar misschien was het conflict dan wel anders afgelopen.

Misschien.

'Dat zou de dood hebben betekend van duizenden mensen, Jeff.'

De man in de rolstoel keek op met een ondefinieerbare blik in zijn ogen. Misschien was het zijn laatste beroep op een gevoel van barmhartigheid dat bleef hangen tussen het verdriet en het berouw om wat hij dacht. Hij draaide zijn hoofd weg en keek in de verte, achter de kruinen van de bomen.

'Weet je, er zijn momenten dat ik in gedachten verzonken ben en mijn handen op de armleuning leg om op te staan. Dan herinner ik me weer in welke toestand ik me bevind en vervloek ik mezelf.' Hij haalde diep adem, alsof hij veel lucht nodig had voor wat hij wilde zeggen. 'Ik vervloek mezelf omdat ik zo ben en vooral omdat ik het leven van miljoenen mensen zou opofferen... alleen om mijn benen terug te krijgen.' Hij richtte zijn blik weer strak op hem. 'Wat is er gebeurd, Wen? En vooral, waaróm is het gebeurd?'

'Ik weet het niet. Ik geloof dat niemand dat ooit echt zal weten.'

Jeff legde zijn handen op de wielen en bewoog zijn rolstoel naar voor en naar achter, alsof die beweging hem eraan moest herinneren dat hij nog leefde. Of hij was er gewoon even niet bij met zijn gedachten, een van die momenten waarop hij dacht dat hij kon opstaan en weglopen. Hij volgde zijn gedachten en het duurde een moment voordat ze woorden werden.

'Ooit zeiden ze dat de communisten kinderen aten.' Hij sprak en keek hem aan zonder hem te zien, alsof hij het beeld voor ogen haalde dat die woorden opriepen. 'Wij hebben tegen de communisten gevochten. Misschien hebben ze ons daarom niet opgegeten.' Hij zweeg even en toen hij weer sprak was zijn stem niet meer dan gefluister. 'Alleen gekauwd en uitgespuugd.'

Hij schrok op en stak zijn hand uit. De korporaal kreeg een stevige en ferme handdruk.

'Het beste, Jeff.'

'Sodemieter maar op, Wen. En een beetje snel ook. Ik haat het om voor een blanke te janken. Op mijn huid lijken zelfs mijn tranen zwart.'

Wendell liep weg met het uitgesproken gevoel dat hij iets aan het verliezen was. Dat zij allebei iets verloren. Naast dat wat ze al kwijt waren. Hij had een paar stappen gezet toen de stem van Jeff hem tegenhield.

'Hé, Wen.'

Hij draaide zich om en zag hem, een schaduw van mens en machine tegen de zonsondergang.

'Neuk er ook een voor mij.' Hij maakte een onmiskenbaar gebaar met zijn hand.

Wendell glimlachte bij wijze van antwoord. 'Komt in orde. Als het gebeurt, zal het namens jou zijn.'

Korporaal Wendell Johnson liep weg met zijn blik strak voor

zich uit gericht en met een tred die ongewild nog die van een soldaat was. Zonder nog iemand te groeten of spreken kwam hij bij het gebouw en ging zijn kamer in. De deur van de badkamer was dicht. Die hield hij altijd gesloten, omdat de spiegel tegenover de deur hing. Hij wilde liever vermijden dat zijn gezicht het eerste beeld was dat hem verwelkomde.

Hij dwong zichzelf eraan te denken dat hij er aan zou moeten wennen, over een dag al. Er bestonden geen welwillende spiegels, enkel oppervlakken die precies weerspiegelden wat ze zagen. Zonder mededogen, met het onbedoelde sadisme van de onverschilligheid.

Hij deed zijn hemd uit en gooide het op een stoel, ver weg van de zelfverminkende toverkracht van de andere spiegel, aan de binnenkant van de wandkast. Hij trok zijn schoenen uit en ging op bed liggen met zijn handen onder zijn hoofd, ruwe huid op ruwe huid, een gevoel waaraan hij gewend was geraakt.

Vanuit het raam, van achter de halfopen vensters, vanuit het donkerblauw dat de avond aankondigde, klonk het ritmische en verborgen getik van een specht tussen de bomen.

Takke-takke-takke-takke...takke-takke-takke-takke...

De verdorven kronkels van zijn geheugen veranderden dit geluid in het doffe geratel van een AK-47 en meteen daarna in een warboel van stemmen en beelden.

'Matt, waar zijn die klootzakken, verdomme? Waar schieten ze vandaan?'

'Ik weet het niet. Ik zie niets.'

'Vuur jij daar rechts tussen die struiken eens een granaat af met je M-79.'

'Waar is Corsini gebleven?'

En de stem van Farrell die, angstig en vuil van aarde, van een onbestemde plek rechts van hen kwam.

'Corsini is dood. Ook Mc...'

Takke-takke-takke-takke...

En ook de stem van Farrell verdween in de lucht.

'Wen, schiet op, we smeren hem. Ze maken ons af.'

Takke-takke-takke-takke...takke-takke-takke-takke...

'Nee, niet daarlangs. Daar is het helemaal open.'

'Jezus Christus, ze zijn overal.'

Hij opende zijn ogen en liet de dingen om hem heen terugkomen. De kast, de stoel, de tafel, het bed, de ramen met de wonderlijk schone vensters. Ook hier de geur van roest en ontsmettingsmiddel. Deze kamer was maandenlang zijn enige referentiepunt geweest, na al die tijd die hij in een ziekenzaal had doorgebracht, met artsen en verplegers die hun best deden om de pijn van zijn brandwonden te verlichten. Hier had hij zijn vrijwel ongeschonden geest in zijn verwoeste lichaam terug laten keren, zijn helderheid teruggevonden en zichzelf een belofte gedaan.

De specht gunde de boom die hij aan het martelen was een adempauze. Het leek hem een gunstig voorteken, het einde van de vijandigheden, een deel van het verleden dat hij in zekere zin achter zich kon laten.

Dat hij achter zich móést laten.

De volgende dag zou hij naar huis gaan.

Hij wist niet wat voor wereld hij buiten de muren van het ziekenhuis zou aantreffen, of hoe die wereld hem zou ontvangen. Eigenlijk maakte hem dat niet uit. Hij dacht alleen aan de lange reis die hij voor zich had, want aan het eind van die reis wachtte hem de ontmoeting met twee mannen. Ze zouden hem aankijken met de angst en verbazing die je voelt voor het onvoorstelbare. Daarna zou hij praten, tegen die angst en die verbazing.

Tot slot zou hij ze doden.

Weer een pijnloze glimlach. Ongemerkt viel hij in slaap. Die nacht sliep hij zonder stemmen te horen en voor het eerst droomde hij niet over de rubberbomen.

2

Tijdens de reis werd hij verrast door het graan. Vanaf een bepaald moment, terwijl hij verder noordwaarts reed en dichter bij huis kwam, schoot het nu en dan zacht voorbij aan de kant van de weg, meegaand in de schaduw van de Greyhoundbus die recht vooruit reed, voortgedreven door benzine en onverschilligheid. De strepen van de wind en de schaduw van de wolken brachten het tot leven en in zijn herinnering voelde het stug onder zijn hand. Een onverwachte reisgenoot, de warme kleur van koel bier, de gastvrijheid van een hooischuur.

Hij kende dat gevoel. Ooit had hij dat brood gegeten.

Elke keer dat hij met zijn handen van toen door Karens haren had gestreken en haar heerlijke vrouwengeur had opgesnoven, die naar alles en niets ter wereld rook. Hij was een maand thuis met verlof geweest. Toen hij weer wegging had het hem als een pijnscheut getroffen: een vluchtige illusie van onkwetsbaarheid die het leger iedere soldaat voor zijn vertrek gaf. Ze hadden dertig dagen paradijs en mogelijke dromen gekregen, voordat de Army Terminal van Oakland veranderde in Hawaï en tot slot Bien-Hoa werd, de vliegbasis op dertig kilometer van Saigon waar de troepen werden verdeeld.

En vervolgens Xuan-Loc, de plek waar alles was begonnen, waar hij zijn kleine stukje hel had verworven.

Hij wendde zijn blik af van de weg en trok de klep van zijn baseballpet omlaag. Om zijn hoofd droeg hij een zonnebril met een elastiek, want hij had vrijwel geen oren meer om de pootjes op te laten steunen. Hij sloot zijn ogen en verborg zich in dat broze halfduister. Ervoor in de plaats kreeg hij enkel andere beelden.

Er was geen graan in Vietnam.

Er waren geen vrouwen met blond haar. Behalve die paar verpleegsters in het ziekenhuis, maar toen had hij nauwelijks nog gevoel in zijn vingers en geen verlangen om dat haar te strelen. En vooral, daar was hij zeker van, zou geen enkele vrouw ernaar verlangen door hem te worden aangeraakt.

Nooit meer.

Een jongen met een gebloemd overhemd en lang haar die rechts van hem, aan de andere kant van het gangpad sliep, werd wakker. Hij wreef zijn ogen uit en liet een geeuw ontsnappen die naar zweet, slaap en marihuana rook. Vervolgens draaide hij zich om en begon in de stoffen tas op de vrije stoel naast hem te rommelen, waar hij een draagbare radio uit haalde en aanzette. Na wat zoekend gepiep en gekraak vond hij een zender en vermengden de tonen van Iron Maiden, een nummer van Barclay James Harvest, zich met het geluid van de banden en de motor en met het geruis van de wind buiten.

Onwillekeurig draaide de korporaal zich naar hem om. Toen de blik van de jongen, die ongeveer even oud moest zijn als hij, op zijn gezicht viel, zag hij de gewoonlijke reactie, de reactie die hij elke keer op het gezicht van de mensen las en die hij als eerste had moeten leren kennen, zoals de scheldwoorden in een vreemde taal. De jongen die een leven en een gezicht had, mooi of lelijk, dat deed er niet toe, dook weer in zijn tas en deed alsof hij iets zocht. Vervolgens draaide hij zich driekwart slag en ging met zijn rug naar hem toe zitten, om naar de muziek te luisteren en uit zijn raampje te kijken.

De korporaal legde zijn hoofd tegen het glas.

Aan de kant van de weg kwamen reclameborden voorbij. Sommige met producten die hij niet kende. Auto's haalden de bus in en er waren modellen bij die hij nog nooit had gezien. Een Ford Fairlane cabriolet uit 1966 die hen tegemoet kwam was het enige beeld dat het lot zijn geheugen op dat moment toestond. De tijd, hoe kort ook, was verstreken. En samen met de tijd het leven, met alle afwisselende steunpunten die het bood aan wie het dag na dag moest beklimmen.

Twee jaren waren verstreken. Een oogwenk, een onbevattelijke flits op de chronometer van de eeuwigheid. Toch was het genoeg geweest om alles uit te wissen. Als hij zijn blik oprichtte, had hij nu slechts een gladde wand voor zich, met zijn wrok als enige houvast bij het klimmen. In al die maanden was hij erin geslaagd die wrok te koesteren, te voeden, te laten groeien en ontwikkelen tot bitterheid in zijn puurste vorm.

En nu ging hij naar huis.

Er zouden geen open armen of eervolle woorden of fanfares zijn om de held te onthalen. Niemand had hem ooit zo genoemd en bovendien was de held voor iedereen dood.

Hij was uit Louisiana vertrokken, waar een legervoertuig hem zonder pardon voor het busstation had afgezet. Hij voelde zich alleen, opeens figurant en geen hoofdrolspeler meer. Om hem heen was de wereld, de echte wereld, die niet op hem had gewacht. Weg waren de anonieme, maar geruststellende muren van het ziekenhuis. Terwijl hij in de rij stond om een kaartje te kopen, voelde hij zich net iemand die in de rij stond voor de casting van *Freaks*, de film van Tod Browning. Die gedachte bracht even een glimlach op zijn gezicht, de enige keuze die hij had. Om niet te doen wat hij nachten lang had gedaan en wat hij had gezworen nooit meer te doen: huilen.

Veel geluk, Wendell...

'Zestien dollar.'

Opeens was de groet van kolonel Lensky veranderd in de stem van een loketbediende, die het biljet voor het eerste stuk van de reis voor hem neerlegde. De man had, verscholen achter het raampje van het loket, niet gekeken naar dat deel van zijn gezicht dat de korporaal de wereld toonde. In plaats daarvan had hij hem de onverschilligheid gegeven die hij wenste als anonieme passagier.

Maar toen hij de bankbiljetten met zijn hand in een licht katoenen handschoen over de toonbank schoof, had die magere man met zijn weinige haar, zijn dunne lippen en doffe ogen zijn blik opgericht. Hij hield een ogenblik stil bij zijn gezicht en boog toen weer het hoofd. Zijn stem leek van dezelfde plek te komen als waar ook hij vandaan kwam, waar dat ook was.

'Vietnam?'

Hij had een moment gewacht voordat hij antwoord gaf. 'Ja.'

De loketbediende had hem tot zijn verbazing zijn geld teruggegeven.

Hij had niet eens zijn verwardheid opgemerkt. Misschien had hij die vanzelfsprekend gevonden. De weinige woorden die hij eraan toevoegde maakten het duidelijk. En vormden voor hen beiden een lang gesprek.

'Ik heb er een zoon verloren, morgen twee jaar geleden. Hou dat geld maar. Ik denk dat jij het beter kunt gebruiken dan de busmaatschappij.'

De korporaal was weggegaan met hetzelfde gevoel als toen hij Jeff Anderson achter zich liet. Twee mannen die voor altijd alleen zijn, de een in zijn rolstoel en de ander achter zijn loket, in een ondergang die voor iedereen oneindig leek te duren.

In gedachten verzonken was hij van bus veranderd, van reisgenoten en van gemoedstoestand. Het enige wat hij niet kon veranderen was zijn uiterlijk. Hij deed het rustig aan, want hij had geen enkele haast om aan te komen en hij had af te rekenen met een lichaam dat gemakkelijk vermoeid raakte en maar moeilijk tot rust kwam. Hij was naar een derderangsmotel gegaan waar hij slecht en weinig had geslapen, met nu en dan op elkaar geklemde kiezen en vertrokken kaak.

En zijn dromen die steeds terugkeerden. Posttraumatische stress-stoornis, had iemand eens gezegd. De wetenschap vond altijd een manier om de verwoesting van een mens van vlees en bloed tot de statistiek te laten behoren. Maar de korporaal had zelf ervaren dat het lichaam nooit helemaal aan de pijn went. Alleen de geest slaagt er soms in te wennen aan het afschuwelijke. En binnenkort zou het mogelijk zijn om iemand te laten zien wat hij aan den lijve had ondervonden.

Mississippi was kilometer voor kilometer Tennessee geworden, onder de betovering van de banden was het in Kentucky veranderd, tot uiteindelijk voor zijn ogen het vertrouwde landschap van Ohio verscheen. De uitzichten hadden zich rondom hem en in zijn geest gerangschikt als vreemde plaatsen, een lijn die naarmate de tijd verstreek met een kleurpotlood werd getrokken op de kaart van onbekend gebied. Naast de weg liepen stroomdraden en telefoondraden. Ze voerden boven zijn hoofd energie en woorden mee. Er waren huizen en personen als marionetten in hun poppenkast die dankzij die draden konden bewegen en de illusie hadden te leven.

Zo nu en dan vroeg hij zich af welke energie en welke woorden hij op dat moment nodig had. Misschien waren daar op de bank van kolonel Lensky alle zinnen al gezegd en alle krachten opgeroepen en ingeroepen. Het was een chirurgische liturgie die zijn verstand had geweigerd, zoals een gelovige een heidense praktijk weigert, en die de arts tevergeefs had gevierd. Hij had zijn kleine geloof in het niets verborgen op een veilige plek in zijn geest, een plek waar niets het kon bezoedelen of tenietdoen.

Wat voorbij was kon niet worden veranderd, noch worden vergeten.

Alleen worden vereffend.

De lichte, voorwaartse beweging van de remmende bus deed hem weer beseffen waar hij was. De tijd zei onontkoombaar nú en de plaats werd aangeduid door een verkeersbord dat bevestigde dat hij in Florence was. Afgaand op de buitenwijk was het een stad als vele andere, die op geen enkele manier de pretentie had om op zijn Italiaanse naamgenoot te lijken. Op een avond had hij samen met Karen op het bed in haar kamer gelegen met een reisbrochure. Ze hadden de foto's bekeken en hun ongeduldige handen hadden de bladzijden doorgebladerd.

Frankrijk, Spanje, Italië...

Florence, in Italië, was precies de stad waarbij ze het langst waren blijven stilstaan. Karen had hem dingen over die plaats verteld die hij niet wist en hem laten dromen over dingen die hij niet voor mogelijk hield. Toen geloofde hij nog dat hoop niets kostte, tot hij leerde dat je er een hoge prijs voor kan betalen.

Het leven, soms.

Met de onuitputtelijke ironie van het bestaan was hij al met al toch in een Florence gekomen. Maar niets was zoals het had moeten zijn. Hij hoorde weer de woorden van Ben, de man die voor hem nog het meest als een vader was.

Tijd is een schipbreuk en alleen wat werkelijk telt komt bovendrijven...

Voor hem was het slechts een spottend houvast aan een vlot gebleken, een moeizaam voor anker gaan in de werkelijkheid nadat hij in zijn kleine, eigen utopie was gezonken.

De chauffeur stuurde de bus soepel naar het busstation en stopte met een schok naast een bouwvallig roestig afdak met verschoten naamborden.

Hij bleef zitten tot de andere passagiers uitstapten. Een Mexicaans uitziende vrouw, met een slapend meisje op haar arm en een koffer in haar vrije hand, had moeite om uit te stappen. Niemand maakte aanstalten om haar te helpen. De jongen rechts van hem pakte zijn tas en kon de verleiding niet weerstaan om nog een laatste blik op hem te werpen.

De korporaal had besloten om tegen de avond in Chillicothe aan te komen, dus hij wilde liever even pauzeren voordat hij de grens zou oversteken. Florence was een plaats als alle andere en daarom was het de juiste plaats. Elke plaats was dat, op dit moment. Van daar zou hij proberen om naar zijn bestemming te liften, ondanks de complicaties die dat met zich mee zou brengen. Het zou moeilijk zijn om iemand te vinden die hem zou willen laten instappen. Mensen hadden doorgaans de neiging om een misvormd uiterlijk recht evenredig te verbinden met boosaardigheid. Zonder te bedenken dat het kwaad verleidelijk, innemend moet zijn om zich te voeden. Het moet de wereld om zich heen aanlokken met de belofte van schoonheid en de voorwaarde van de glimlach. En hij voelde zich nu als het laatste ontbrekende figuurtje in een plaatjesalbum met monsters.

De chauffeur wierp een blik in het spiegeltje waarmee hij de bus in kon kijken en meteen daarop draaide hij zijn hoofd om. De korporaal vroeg zich niet af of het een aansporing was om uit te stappen of dat de man wilde nagaan of wat hij in zijn spiegeltje had gezien wel klopte met de werkelijkheid. In elk geval moest hij het initiatief nemen. Hij stond op en pakte zijn tas van het bagagerek. Hij nam hem op zijn schouder en zorgde er daarbij voor dat hij de schouderband met zijn handschoen vasthield om schaafwonden te voorkomen.

Terwijl hij door het gangpad liep, raakte de chauffeur, een kerel die vreemd genoeg op Sandy Koufax, de pitcher van de Dodgers leek, om onverklaarbare reden opeens gefascineerd door het dashboard.

De korporaal liep de paar eindeloze treetjes af en bevond zich opnieuw alleen op een plein, onder de zon die overal ter wereld dezelfde was.

Hij keek om zich heen.

Aan de andere kant van het plein, dat door de weg in tweeën werd gedeeld, lag een tankstation van Gulf met een café-restaurant en een parkeerterrein dat werd gedeeld met de Open Inn, een vervallen motel dat beschikbare kamers en een goede nachtrust beloofde.

Hij schikte de tas met zijn spullen beter op zijn schouder en ging op weg in die richting, bereid om wat gastvrijheid te kopen zonder over de prijs te discussiëren.

Zolang het duurde was hij een nieuwe burger van Florence, Kentucky.

3

Het motel was, in tegenstelling tot elke belofte, een gewone, goedkope toeristische plek. Alles was gericht op het praktische, zonder oog voor het welbehagen. De man achter de balie van de receptie, een kleine, ronde kerel met een vroegtijdige kaalheid die hij compenseerde met lange bakkebaarden en snor, had geen krimp gegeven toen hij om een kamer vroeg. Wel had hij hem pas de sleutels overhandigd toen hij het voorschot op de balie had gelegd. Hij wist niet of dat de gewone gang van zaken was of dat hij een voorkeursbehandeling kreeg. Hoe dan ook, het maakte hem niet uit.

In de kamer rook het naar vocht en hotelmeubelen en op het sjofele tapijt zaten her en der vlekken. De douche die hij had genomen, voor niemands ogen verborgen achter een plastic gordijn, was een oncontroleerbare afwisseling van warm en koud water. De televisie werkte bij vlagen en uiteindelijk besloot hij hem op de lokale zender te laten staan, waar de beelden en het geluid het scherpst waren. Er was een oude aflevering van *The Green Hornet*, met Van Williams en Bruce Lee. Het was alweer een behoorlijke tijd geleden dat de serie werd uitgezonden en het had slechts een jaar geduurd.

Hij lag nu naakt op bed met zijn ogen dicht. De woorden van de twee gemaskerde helden, die zich met hun altijd smetteloze kleren in de strijd tegen de misdaad wierpen, gonsden in de verte. Hij had de sprei weggetrokken en was onder het laken gaan liggen, om niet meteen zijn lijf te hoeven zien als hij zijn ogen weer zou openen.

Steeds had hij de neiging om die dunne laag stof over zijn hoofd te trekken, zoals bij lijken gebeurt. Hij had er zo vele op de grond zien liggen, met een met bloed bevlekte doek over hen heen gegooid, niet uit medelijden, maar om te vermijden dat de overlevenden een duidelijk beeld hadden van wat ieder van hen van het ene op het andere moment kon overkomen. Hij had te veel doden gezien, zo veel dat hij er zelfs deel van uitmaakte terwijl hij nog leefde. De oorlog had hem geleerd te doden zonder dat er een beschuldiging of schuld nodig was vanwege het simpele feit dat hij een uniform droeg. Alles wat nu nog over was van dat uniform was een jas van groene stof onder in een tas. En de regels waren weer veranderd in die van altijd.

Maar niet voor hem.

Zonder het te beseffen hadden de mannen die hem naar de oorlog en zijn volksrites hadden gestuurd hem iets geschonken waarvan hij eerst alleen maar de illusie had het te bezitten: vrijheid.

Ook de vrijheid om nog eens te doden.

Hij glimlachte bij het idee en bleef languit liggen op dat bed dat zonder enige vriendelijkheid plaats had geboden aan tientallen lichamen. In die slapeloze uren, met slechts zijn gesloten ogen als ticket, keerde hij terug in de tijd, ook 's nachts...

Hij sliep vast, zoals alleen jongens doen na een dag werk. Hij werd plotseling wakker door een dof geluid en meteen daarna stond de deur wijd open, waardoor een luchtstroom in zijn gezicht waaide, en er werd een lamp op hem gericht. In het verblindende licht verscheen de glimmende dreiging van de loop van een geweer die vlak voor zijn gezicht stilhield. Achter dat licht en in zijn hersenen die nog voor de gek werden gehouden door de overblijfselen van de slaap, bevonden zich schaduwen.

Een van de schaduwen werd een stem, die hard en duidelijk was.

'Beweeg je niet, miezerige klootzak, anders wordt dat de laatste beweging die je ooit nog maakt.'

Ruwe handen draaiden hem met zijn gezicht op het bed. Zijn armen werden hardhandig achter zijn rug gedraaid. Hij hoorde de metalige klik van de handboeien en vanaf dat moment behoorden zijn bewegingen en zijn leven niet meer aan hem toe.

'Je hebt al eens in het opvoedingsgesticht gezeten, dus je kent dat gedoe van je rechten?'

'Ja.'

Hij had die ene lettergreep met moeite uit zijn slaperige mond gekregen.

'Doe dan maar alsof we je ze hebben voorgelezen.'

De stem richtte zich op bevelende toon tot een andere schaduw in de kamer.

'Will, kijk eens even rond.'

Terwijl hij met zijn gezicht op het kussen gedrukt lag, hoorde hij de geluiden van een huiszoeking. Laden die open- en dichtgingen, voorwerpen die vielen, geruis van kleren die door de kamer werden gegooid. Zijn weinige spullen werden doorzocht met handen die wellicht deskundig, maar zeker oneerbiedig waren.

Uiteindelijk een andere stem, met een spoor van uitbundigheid.

'Hé, baas, maar wat hebben we hier?'

Hij hoorde voetstappen dichterbij komen en de druk op zijn schouders werd lichter. Toen vier ruwe handen die hem omhoogtrokken tot hij op het bed zat. Voor zijn ogen scheen het licht op een doorzichtig plastic zakje vol marihuana.

'We roken af en toe een stickie, hè? En misschien verkoop je deze troep ook nog. Ik denk dat je in de problemen zit, jongen.'

Op dat moment ging het licht in de kamer aan, waardoor dat van de zaklamp niets meer voorstelde. Voor hem stond sheriff Duane Westlake in eigen persoon. Achter hem stond, lang en dun, met een armoedig baardje op zijn pokdalige wangen, Will Farland, een van zijn assistenten. De spottende glimlach die hij op zijn lippen had gedrukt was een vreugdeloze grimas. Het enige wat hij daarmee bereikte was dat hij de boosaardige uitdrukking in zijn ogen benadrukte.

Het lukte hem slechts om enkele haastige woorden te mompelen, waardoor hij een afschuw voor zichzelf voelde.

'Dat spul is niet van mij.'

De sheriff trok een wenkbrauw op.

'O, het is niet van jou. En van wie zou het dan zijn? Is dit een magische plek? Heeft de tandenfee je die marihuana gebracht?'

Hij had zijn hoofd opgericht en hen aangekeken met een vastberaden blik, die door de twee meteen als uitdagend werd opgevat.

'Dat hebben jullie neergelegd, schoften.'

De klap kwam snel en hard. De sheriff was groot en had een krachtige hand. Het leek zelfs onmogelijk dat hij zo snel was. Hij proefde de zoetige smaak van bloed in zijn mond. En de roestige smaak van razernij. Automatisch was hij naar voren geschoten in een poging om met een kopstoot de maag te raken van de man die voor hem stond. Misschien was het een voorspelbare beweging geweest of misschien was de sheriff gezegend met een ongewone *wendbaarheid voor een man van zijn postuur. Hij viel op de grond met een gevoel van woede en frustratie om zijn machteloosheid. Boven zijn hoofd klonken nog meer spottende woorden.*

'Onze jonge vriend is nogal heetgebakerd, Will. Hij wil de held uithangen. Misschien heeft hij een kalmeringsmiddel nodig.'

De twee zetten hem bruut overeind. Terwijl Farland hem vasthield, gaf de sheriff hem een stomp in zijn maag die hem naar adem deed happen. Hij viel als een blok op het bed en had het gevoel dat hij geen lucht kreeg.

De sheriff wendde zich tot zijn assistent met de toon waarmee je aan een kind vraagt of het zijn huiswerk heeft gemaakt.

'Will, weet je zeker dat je alles hebt gevonden wat er te vinden valt?'

'Misschien niet, baas. Ik kan beter nog even rondkijken in dit krot.'

Farland stak een hand in zijn jack en haalde er een voorwerp uit dat in doorzichtig plastic folie was gewikkeld. Hij richtte zich tot de sheriff, terwijl hij hem strak aan bleef kijken.

Zijn spottende glimlach werd breder. 'Kijk eens wat ik heb gevonden, baas. Lijkt u dat geen verdacht voorwerp?'

'Wat is het?'

'Op het eerste gezicht zou ik zeggen: een mes.'

'Laat eens zien.'

De sheriff haalde een paar lederen handschoenen uit zijn zak en trok ze aan. Vervolgens nam hij het omhulsel dat zijn assistent hem aanreikte en hij begon het los te wikkelen. Het ritselende plastic onthulde beetje bij beetje een lang blinkend mes met een zwarte plastic handgreep.

'Maar Will, dat lijkt wel een zwaard. En ik gok dat met zo'n lemmet wel eens die twee armoedige hippies van kant kunnen zijn gemaakt, een paar avonden geleden bij de rivier.'

'Jazeker. Dat zou kunnen.'

Liggend op het bed begon hij het te begrijpen. Er ging een rilling door hem heen, alsof de temperatuur in de kamer plotseling was gezakt. Met een door de klap gesmoorde stem wist hij nog net een zwak protest uit te brengen. Nog steeds had hij niet door hoe nutteloos dat was. 'Dat is niet van mij. Ik heb het nog nooit gezien.'

De sheriff keek hem aan met overdreven verbazing. 'O nee? Maar het zit vol met jouw vingerafdrukken.'

31

De twee waren dichterbij gekomen en hadden hem op zijn buik gedraaid. Terwijl de sheriff het mes bij het lemmet vasthield, had hij hem gedwongen het heft te omklemmen. De stem van Duane Westlake klonk kalm terwijl hij zijn vonnis uitsprak. 'Ik heb me zojuist vergist toen ik zei dat je in de problemen zit. Eigenlijk zit je tot aan je nek in de stront, jongen.'

Kort daarna, terwijl ze hem wegsleepten en in de auto laadden, drong scherp tot hem door dat zijn leven, zoals hij het tot dat moment had gekend, voor altijd voorbij was.

'...van de Vietnamoorlog. Er bestaat nog steeds discussie over de publicatie van de *Pentagon Papers* door de *New York Times*. Er zal beroep worden aangetekend bij het Hooggerechtshof om het recht hierop te bekrachtigen namens...'

De beheerste stem van een omroeper van *Daily News*, die volgens zijn naambordje Alfred Lindsay heette, schudde hem uit de rusteloze halfslaap waarin hij was gesluimerd. Het volume van de tv was uit zichzelf omhooggegaan, alsof het werd gedreven door een eigen wil. Alsof hij absoluut naar dit nieuwsbericht moest luisteren. Het onderwerp was nog altijd de oorlog, die iedereen wilde verbergen als hardnekkige vuiligheid onder het tapijt, maar die er kruipend als een slang steeds in slaagde zijn kop onder de rand uit te steken.

De korporaal kende dat verhaal.

De *Pentagon Papers* waren het resultaat van een nauwkeurig onderzoek naar de vraag waarom en hoe de Verenigde Staten verwikkeld waren geraakt in Vietnam. Dit onderzoek was aangevraagd door McNamara, de minister van Defensie. Het werd – op grond van de beleidsdocumenten sinds Truman – uitgevoerd door een groep van zesendertig deskundigen: burgerlijke en militaire functionarissen. Als een konijn uit de hoge hoed tevoorschijn getoverd door journalisten. Duidelijk was gebleken dat de regering Johnson bij volle bewustzijn tegen de publieke opinie had gelogen over de leiding van het conflict. Enkele dagen eerder was de *New York Times*, die op de een of andere manier de hand op het onderzoeksrapport had weten te leggen, begonnen met de publicatie ervan. De gevolgen waren gemakkelijk in te denken.

Uiteindelijk zouden er, zoals altijd, alleen maar woorden zijn. Die zowel in de mond als op papier altijd hetzelfde gewicht hadden.

Wat wisten zij van de oorlog? Wat wisten zij van wat het betekent om duizenden kilometers van huis te zijn, om tegen een onzichtbare en ongelooflijk wilskrachtige vijand te vechten, van wie niemand kon vermoeden dat hij bereid was zo'n hoge prijs te betalen in ruil voor zo weinig? Een vijand die iedereen diep in zijn hart respecteerde, al zou nooit iemand de moed hebben dat toe te geven. Er zouden wel zesendertigduizend deskundigen met zitvlees nodig zijn, burgers of militairen of wat dan ook. En dan nog zouden ze niets begrijpen of besluiten, omdat ze nog nooit de geur hadden geroken van napalm of *agent orange*, het verdelgingsmiddel dat massaal werd ingezet om de bossen rondom de vijand te vernietigen. Ze hadden nooit het *tak-tak-tak-tak* van de mitrailleurs gehoord, het doffe geluid van een kogel die een gat in een helm maakt, de pijnkreten van de gewonden die zo hard klonken dat het leek alsof ze tot in Washington te horen waren, maar die nauwelijks de brancardiers bereikten.

Veel geluk, Wendell...

Hij schoof het laken opzij en ging op het bed zitten.

'Sodemieter op, kolonel Lensky. Jij en je klotesyndromen.'

Alles was nu voorbij.

Chillicothe, Karen, de oorlog, het ziekenhuis.

De rivier volgt haar loop en alleen de oever bewaart de herinnering aan het voorbijgestroomde water.

Hij was vierentwintig jaar oud en hij wist niet of hij dat wat hij voor zich had nog toekomst kon noemen. Maar voor íémand zou dat woord binnenkort elke betekenis verliezen.

Op blote voeten liep hij naar de televisie en hij zette hem uit. Het geruststellende gezicht van de omroeper werd opgeslokt door het duister en werd een lichtend bolletje in het midden van het scherm. Zoals bij alle illusies duurde het even voordat het helemaal verdween.

33

4

'Weet je zeker dat ik je niet tot in de stad hoef te brengen?'
'Nee, hier is prima. Hartelijk bedankt, meneer Terrance.'
Hij opende het portier. De man aan het stuur keek hem aan met een glimlach op zijn gebruinde gezicht, een wenkbrauw vragend opgetrokken. In het licht van het dashboard leek hij opeens net een personage van Don Martin.

'Ik bedoel, hartelijk bedankt, Lukas.'

De man stak zijn duim omhoog. 'Goed zo.'

Ze gaven elkaar een hand. Vervolgens pakte de korporaal zijn tas uit de ruimte achter de stoelen, stapte uit de auto en sloot het portier. Door het geopende raampje klonk de stem van de man aan het stuur.

'Waar je ook naar op zoek bent, ik hoop dat je het vindt. Of dat het jou vindt.'

Zijn laatste woorden gingen zo goed als verloren in het gegrom van de uitlaat. Meteen veranderde het voertuig waarmee hij was gekomen in het geluid van een motor die zich verwijdert, in een brandstofgeur die zich verspreidde in de wind. De late avond verzwolg het licht van de koplampen, als was het zijn gebruikelijke maal.

Hij schikte zijn tas op zijn schouder en begon te lopen. Stap voor stap, terwijl hij als een dier de nabijheid rook, de geuren, de plekken. Toch voelde hij geen spanning of vreugde om deze terugkeer.

Slechts vastberadenheid.

Een paar uur daarvoor had hij in de kast van zijn motelkamer een lege schoenendoos gevonden, vergeten door een gast voor hem. Op het deksel stond het merk van de Famous Flag Shoes, die je per postorder kon kopen. Het feit dat de doos daar nog lag, zei veel over de netheid van Open Inn. Hij haalde de randen van het deksel en op de witte achtergrond schreef hij CHILLICOTHE in hoofdletters die hij verschillende keren overtrok met een zwarte stift die hij in zijn zak had zitten. Hij ging naar beneden naar de receptie, met zijn tas over zijn schouder en dat bordje als het begin van een reis in zijn hand. Achter de balie stond nu een anoniem meisje met te dunne armen en een rode haarband om haar lange steile haren. Ze had de kerel met de snor en bakkebaarden vervangen. Toen hij dichterbij kwam, om de sleutel af te geven, verdween haar betoverde flowerpowerblik en ze keek hem aan met een zweem van angst in haar donkere ogen. Alsof hij naar haar toe kwam om haar te belagen. Met deze houding zou hij moeten leren leven... En hij vermoedde dat het een balans was die nooit in evenwicht zou komen.

Kijk, dit is mijn geluk, kolonel...

Een seconde had hij de kwaadaardige neiging om haar de stuipen op het lijf te jagen, om die afkeer en dat instinctieve wantrouwen dat ze voor hem had gevoeld met gelijke munt terug te betalen. Maar dit was noch het moment, noch de plaats om moeilijkheden te zoeken.

Hij legde de sleutel overdreven voorzichtig op de glazen balie voor haar neer.

'Hier is de sleutel. De kamer is smerig.'

Zijn kalme stem en zijn woorden deden het meisje schrikken. Ze keek hem wat verontrust aan.

Val dood, trut.

'Dat spijt me.'

Hij schudde nauwelijks merkbaar zijn hoofd. Hij keek haar aan, terwijl hij haar liet raden naar de ogen die achter zijn donkere glazen verborgen zaten.

'Zeg dat niet. We weten allebei dat het je niets kan schelen.'

Hij draaide zich om en liep het motel uit.

Achter de glazen deur stond hij weer in de zon van het plein. Rechts van hem was het tankstation met het oranje-blauwe uithangbord van Gulf. Een paar auto's stonden in een rij te wachten voor de wasstraat en er leken genoeg auto's langs de pompen te komen om hem hoop te geven op een redelijk snel resultaat. Hij liep naar een coffeeshop waarboven een bord in de vorm van een pijl hing. Het bord gaf aan dat de zaak Florence Bowl heette en een traditionele keuken en ontbijt op elk uur van de dag aanbood. Hij liep er voorbij terwijl hij voor de klanten binnen hoopte dat de koffie en het eten beter waren dan de fantasie van degene die de naam voor de zaak had bedacht.

Hij liep langs de reclame van Canada Dry, Tab en Bubble Up en de borden waarop hamburgers werden aangeprezen. Hij negeerde de reclame voor banden voor de halve prijs, STP en afgeprijsde olieverversing en ging voor de uitgang van het tankstation staan, zodat hij in het zicht stond van zowel de auto's die van de parkeerplaats van het restaurant kwamen als de auto's die net hadden getankt.

Hij gooide zijn tas op de grond en ging er bovenop zitten. Hij strekte zijn arm zodat het bordje zo leesbaar mogelijk was.

Hij wachtte.

Soms minderde een auto vaart. Eén stopte zelfs, maar toen hij opstond om erheen te lopen en de bestuurder zijn gezicht zag, vertrok die weer alsof hij de duivel had gezien.

Hij zat nog steeds op zijn tas met zijn pathetische bordje naar voren gestoken toen de schaduw van een man op het asfalt voor hem verscheen. Hij richtte zijn hoofd op en voor hem stond een man in een zwarte overall met rode applicaties. Op zijn borst en mouwen zaten gekleurde sponsormerken.

'Denk je dat het je lukt om in Chillicothe te komen?'

Er speelde een glimlach om zijn mond. 'Als het zo doorgaat, denk ik van niet.'

De man was lang, in de veertig, mager en had een baard en rossig haar. Hij keek hem kort aan voordat hij verder sprak. Hij liet zijn stem een toon zakken, als om te bagatelliseren wat hij wilde zeggen.

'Ik weet niet wie je zo heeft toegetakeld en het zijn mijn zaken niet, maar ik vraag je één ding. En ik zal het merken als je liegt.' Hij zweeg even. Om zijn woorden af te wegen, of misschien om ze meer gewicht te geven. 'Heb je problemen met de politie?'

Hij deed zijn pet en zonnebril af en keek hem aan. 'Nee, meneer.' In weerwil van zichzelf had de toon van dat 'nee, meneer' hem herkenbaar gemaakt.

'Ben je soldaat?'

Zijn gezichtsuitdrukking bevestigde dit, meer dan genoeg. Het woord 'Vietnam' werd niet uitgesproken, maar hing in de lucht.

'Loterij?'

Hij schudde zijn hoofd. 'Vrijwilliger.' Onwillekeurig boog hij zijn hoofd terwijl hij dat woord uitsprak, alsof het een zonde was. En hij had er meteen spijt van. Hij hief zijn gezicht op en keek in de ogen van de man die voor hem stond.

'Hoe heet je, jongen?'

De vraag verraste hem. De man zag zijn aarzeling en haalde zijn schouders op. 'Een naam voor een andere. Ik wilde alleen weten hoe ik je moet noemen. Ik ben Lukas Terrance.'

Hij stond op en schudde de hand die de man hem reikte. 'Wendell Johnson.'

Lukas Terrance was niet verbaasd over de katoenen handschoenen. Hij wees met een hoofdknik naar een grote, zwart met rode pick-up met op de zijkanten dezelfde merken als op zijn overall. De auto stond bij een pomp en werd volgegooid door een zwarte pompbediende. Aan de trekhaak zat een aanhangwagen met daarop een racewagen voor op het circuit. Het was een vreemd voertuig, met onbedekte wielen en achter het stuur leek nauwelijks plaats voor een mens. Eén keer eerder had hij een dergelijke auto gezien op de omslag van *Hot Rod*, een motortijdschrift.

Terrance legde uit waar hij heen ging. 'Ik ga naar het noorden, over de Mid-Ohio Speedway, naar Cleveland. Chillicothe ligt niet echt op mijn route, maar ik kan een kleine omweg maken. Als je geen haast hebt en het niet erg vindt om zonder airconditioning te reizen, kan ik je een lift geven.'

Hij beantwoordde het aanbod met een vraag. 'Bent u coureur, meneer Terrance?'

De man begon te lachen. Naast zijn ogen, op het gebruinde gezicht, verscheen een spinnenweb van rimpels.

'O nee. Ik ben maar een soort manusje-van-alles, monteur, chauffeur, roosterman. Voor het startrooster en de barbecue, zoals het van pas komt.' Hij maakte een gebaar met zijn handen, een gebaar dat de dingen van het leven omvatte. 'Jason Bridges, mijn coureur, reist op dit moment comfortabel per vliegtuig. De arbeidskrachten moeten het werk doen, de coureurs krijgen de roem. Maar als ik eerlijk ben, komt er van die roem niet veel terecht. Als coureur is hij een prutser. Toch blijft hij racen. Die dingen gebeuren als je vader een dikke portemonnee heeft. Auto's kun je kopen, kloten niet.'

De pompbediende was klaar met tanken, draaide zich om en keek waar de chauffeur van de pick-up was. Toen hij hem zag, gebaarde hij veelzeggend, terwijl hij naar de rij wachtende auto's wees. Terrance klapte in zijn handen en wiste zo alle vorige woorden.

'Goed, gaan we? Als je ingaat op mijn aanbod kun je me vanaf nu Lukas noemen.'

Hij pakte zijn tas van de grond en liep achter hem aan.

De stuurcabine was een chaos van wegenkaarten, kruiswoordpuzzelboekjes en nummers van *Mad* en *Playboy*. Terrance haalde een pak Oreo-koekjes en een leeg Wink-blikje van de passagiersstoel en maakte plaats voor hem.

'Sorry, we hebben nooit veel passagiers in deze rammelkast.'

Langzaam lieten ze het tankstation achter zich en vervolgens Florence en tot slot Kentucky. Deze momenten en plaatsen zouden snel alleen nog maar herinneringen zijn. En niet eens de slechtste. De mooie herinneringen, de echte, die hij zijn hele leven lang zou koesteren als een kat op schoot, zou hij zichzelf bezorgen.

Het was een aangename reis.

Hij had geluisterd naar de anekdotes van zijn chauffeur over de wereld van de autoraces en vooral over de coureur die hij volgde. Terrance was een goede vent, een vrijgezel, in feite zonder vaste woonplaats. Hij had altijd al in de racewereld geleefd zonder ooit een plek te hebben gevonden in de echt belangrijke races, zoals de NASCAR of de Indy. Hij noemde de namen van beroemde coureurs op, mensen van het kaliber van Richard Petty of Parnelli Jones of A.J. Foyt, alsof hij ze persoonlijk had gekend. En misschien was dat ook wel zo. In elk geval wilde hij dit graag denken en voor beiden was dat prima.

Niet één keer hadden ze het over de oorlog gehad.

Eenmaal over de grens was de pick-up en zijn aanhanger met het racewagentje de Route 50 opgegaan die rechtstreeks naar Chillicothe leidde. Vanaf zijn plek aan het open raam luisterde hij naar de verhalen van Terrance en langzamerhand zag hij de zonsondergang overgaan in de nacht, die de typische hardnekkige helderheid had van een zomeravond. De plaatsen waren opeens vertrouwd en uiteindelijk verscheen er een bord met daarop WELKOM IN ROSS COUNTY.

Hij was thuis.

Of liever, hij was waar hij wilde zijn.

Een paar kilometer na Slate Mills had hij zijn verbaasde reisgezel gevraagd te stoppen. Hij had hem in verwarring zijn reis laten vervolgen en nu liep hij als een geest door verlaten gebied. Alleen de lichten van een groep huizen die op de kaart de naam North Folk Village droegen, verschenen in de verte om hem de weg te wijzen. Elke stap leek veel vermoeiender dan al die stappen die hij in de modder van Nam had gezet.

Uiteindelijk kwam hij bij wat sinds zijn vertrek uit Louisiana zijn bestemming was geweest. Op minder dan twee kilometer van de Village sloeg hij links een onverhard pad in en na ongeveer honderd meter kwam hij bij een bakstenen schuur. Het gebied eromheen was afgezet met een metalen omheining. Aan de achterkant was een open plek die werd verlicht door drie lantaarns. Tussen stapels buizen voor bouwsteigers, stonden een kraanwagen op acht wielen, een Volkswagenbusje en een Mountaineer Dump Truck met sneeuwblad geparkeerd.

Dit was gedurende heel de periode dat hij in Chillicothe had gewoond zijn huis geweest. En het zou zijn onderdak zijn voor de laatste nacht die hij er zou doorbrengen.

Vanuit het bouwwerk drong geen licht door dat kon wijzen op iemands aanwezigheid. Voor hij verderging, keek hij of er niemand in de buurt was. Uiteindelijk liep hij rechts langs de omheining naar het stuk dat het meest in de schaduw lag. Hij kwam bij enkele struiken die hem uit het zicht hielden. Daar legde hij zijn tas op de grond en haalde er een nijptang uit, die hij tijdens zijn reis in een winkel had gekocht. In de omheining knipte hij een gat dat groot genoeg was om hem door te laten en hij stelde zich voor hoe het stevige postuur van Ben Shepard voor de opening stond, en in zijn herinnering hoorde hij de sissende stem waarmee hij de schuld gaf aan '*die verdomde schoften die geen respect hebben voor andermans eigendom*'.

Zodra hij binnen was liep hij naar een kleine ijzeren deur, naast de grote blauwgeverfde schuifdeur die de toegangspoort van de schuur vormde. Erboven hing een groot wit bord met azuurblauwe letters. Het vertelde aan ieder die het wilde weten dat dit de werkplek was van Ben Shepard – SLOOPWERK, RENOVATIES, BOUW. Hij had geen sleutel meer, maar hij wist waar zijn vroegere werkgever een reservesleutel had liggen, als hij die tenminste nog steeds op dezelfde plek legde.

Hij opende het luikje van de brandblusser. Vlak achter de rode fles lag de sleutel die hij zocht. Hij pakte hem met een glimlach op zijn gemartelde lippen en liep naar de deur om hem te openen. De deur ging zonder piepen open.

Eén stap en hij stond binnen.

In het weinige licht dat binnendrong door de hoge ramen in de vier muren was een schuur vol gereedschap en machines te zien. Veiligheidshelmen, overalls aan de muur, twee cementmolens van verschillende grootte. Links van hem een lange werkbank vol gereedschap voor hout- en metaalbewerking.

De vochtige warmte, de schemer en de geur waren hem vertrouwd. IJzer, cement, hout, pleister, smeermiddel. Een zweem van de penetrante geur van bezwete lichamen die van de overalls aan de haken kwam. Maar de smaak die hij in zijn mond proefde was volledig nieuw. Het was de zure smaak van de kwelling, de oprisping van alles wat hem was ontnomen. Het alledaagse leven, genegenheid, liefde. Dat beetje liefde dat hij had leren kennen, toen Karen hem had geleerd wat dat woord waard was.

Goed oplettend waar hij zijn stappen zette ging hij verder het halfduister in, naar een deur aan de rechterkant. Hij dwong zichzelf er niet aan te denken dat deze ruwe, gure plek voor hem alles had betekend wat andere jongens in een mooi huis met pas geverfde muren en een auto in de garage vonden.

Aan de andere kant van die drempel, vastgeplakt tegen de schuur als een weekdier aan een rots, bevond zich één grote kamer met een getralied raam. Een kookhoek en een badkamer aan de muren aan weerszijden maakten de plattegrond compleet. Zie daar zijn vaste verblijfplaats, toen hij bewaker, arbeider en enige bewoner van deze plek was geweest.

Hij kwam bij de deur en duwde hem open.

Zijn mond viel open van verbazing.

Hier zag alles er schoner uit. Het licht van de lantaarns van de parkeerplaats dat de kamer in scheen, verjoeg vrijwel alle schaduwen naar de hoeken.

De kamer was piekfijn in orde, alsof hij niet jaren, maar uren geleden was weggegaan. Er hing geen jeukerige stoffigheid in de lucht en het was duidelijk dat er regelmatig goed werd schoongemaakt. Alleen het bed was bedekt met een doorzichtig plastic zeil.

Hij wilde nog een stap in zijn oude huis zetten. Maar opeens voelde hij iets tegen hem aan botsen en snel langs zijn benen scheren. Meteen daarop sprong een donkere gestalte op het bed en liet daardoor het plastic ritselen.

Hij sloot de deur, liep naar het nachtkastje en deed de lamp naast het bed aan. In het zachte licht, dat zich voegde bij het licht van buiten, verscheen de snuit van een grote zwarte kat die hem met twee enorme groene ogen aankeek.

'Walzer. Jezus, je bent er nog.'

Zonder angst kwam het dier ietwat scheef naar hem toe lopen om hem te besnuffelen. Hij stak zijn hand uit om hem te pakken en de kat liet zich optillen zonder enige reactie te vertonen. Hij ging op het bed zitten, zette het beest op zijn knieën en begon hem zachtjes onder zijn snuit te krabbelen en onmiddellijk begon de kat te spinnen, zoals hij verwachtte.

'Dat vind je nog steeds fijn, hè? Je bent nog altijd de genotzuchtige filosoof die je was.'

Terwijl hij hem aaide kwam hij met zijn andere hand bij de plek waar de rechterachterpoot zou moeten zijn. 'Ik zie dat hij niet is aangegroeid in de tussentijd.'

De naam van de kat had een vreemde geschiedenis. Hij was voor Ben iets aan het repareren geweest in de praktijk van mevrouw Peterson, de dierenarts, toen een stel was binnengekomen met een katje dat in een bebloede deken was gewikkeld. Een grote hond was hun tuin binnengedrongen en had hem te pakken gekregen, misschien alleen om hem betaald te zetten dat hij bestond. De kat was onderzocht en meteen daarna geopereerd, maar zijn poot kon niet worden gered. Toen de dierenarts uit de operatiekamer kwam en dit had meegedeeld aan de eigenaars hadden die elkaar ongemakkelijk aangekeken.

Vervolgens had de vrouw, een bleek type met een blauwe twinset die tevergeefs haar te dunne lippen mooier probeerde te maken met lipstick, zich met weifelende stem tot de dierenarts gericht. 'Zonder poot, zegt u?'

Onmiddellijk had ze zich omgedraaid om bevestiging te zoeken bij de man die naast haar zat. 'Wat denk je ervan, Sam?'

De man had een vaag gebaar gemaakt. 'Tja, dat arme beestje zou zeker lijden zonder poot. Hij zou voor het leven verminkt zijn. Ik vraag me af of het dan nu niet beter zou zijn om...'

Hij had zichzelf onderbroken. Dokter Peterson had hem vragend aangekeken en de zin voor hem afgemaakt.

'Hem een spuitje te geven?'

De twee hadden elkaar met een duidelijk opgeluchte blik aangekeken. Hij kon nauwelijks geloven dat ze die uitweg hadden gevonden, dat ze dat wat ze eigenlijk al hadden besloten konden laten doorgaan voor het voorstel van een gezaghebbend persoon.

'Ik zie dat u het ermee eens bent, dokter. Doe het dan maar. Hij zal er toch niets van voelen?'

De blauwe ogen van de dierenarts waren ijskoud geworden en haar stem had hen met rijp bedekt. Maar de twee hadden te veel haast om weg te komen om dat te merken.

'Nee, hij zal er niets van voelen.'

Ze hadden betaald en waren vertrokken met iets meer haast dan logischerwijs te verwachten was, de deur op een kier openlatend. Het geluid van een wegrijdende auto had het vonnis van dat arme beest genadeloos bekrachtigd. Hij was, zonder zijn werk te onderbreken, getuige geweest van de scène. Pas op dat moment had hij de pleister, die hij in een emmer aan het aanmaken was, laten staan en was hij naar Claudine Peterson gegaan. Allebei waren ze wit, zij door haar doktersjas en hij door het stof op zijn kleren.

'Maak hem niet dood, dokter. Ik neem hem wel mee.'

Ze had hem zonder iets te zeggen aangekeken. Haar ogen hadden hem lang bestudeerd voordat ze antwoord gaf. Vervolgens had ze slechts twee woorden gezegd.

'Goed dan.'

Ze had zich omgedraaid en was weer de praktijkruimte in gegaan, hem achterlatend als baas van een kat met drie poten. Juist daardoor was zijn naam ontstaan. Toen hij groter werd, deed zijn manier van lopen denken aan het ritme van een wals: een-twee-drie, een-twee-drie, een-twee-drie...

En Walzer was gebleven.

Hij wilde net de kat, die naast hem op het bed maar gelukzalig bleef spinnen, ergens anders neerzetten, toen de deur opeens open werd geschopt. Walzer schrok en dook met een lenige beweging van zijn drie poten onder het bed. Een dwingende stem weerklonk in de kamer en in wat er van zijn oren over was. 'Wie je ook bent, je kunt maar beter naar buiten komen met je handen duidelijk zichtbaar en zonder onverhoedse bewegingen. Ik heb een geweer en ik zal niet aarzelen het te gebruiken.'

Een ogenblik verroerde hij zich niet. Toen stond hij zonder een woord te zeggen op en liep rustig naar de deur. Voordat hij zich in de verlichte deuropening liet zien, stak hij zijn armen omhoog. Dat was de enige beweging die nog wat pijn veroorzaakte. En een stroom herinneringen.

5

Ben Shepard ging achter een cementmolen staan, zoekend naar de beste positie om de deur onder schot te houden. Een druppel stoffig zweet langs zijn slaap herinnerde hem eraan hoe warm en vochtig de schuur was. Even had hij de neiging om de druppel weg te vegen, maar hij wilde zijn handen niet van de Remington af halen. Wie daar ook in die kamer was, hij wist niet hoe hij zou reageren op zijn bevel om naar buiten te komen. Bovendien wist hij niet of hij gewapend was of niet. In elk geval was de man gewaarschuwd. Ben had een pompgeweer en zei nooit loze woorden. Hij had oorlog gevoerd in Korea. Als die kerel, of kerels, niet geloofden dat hij echt van plan was zijn geweer te gebruiken, vergisten ze zich flink.

Er gebeurde niets.

Hij wilde liever geen licht aandoen. In het halfduister leek de tijd een persoonlijke zaak tussen hem en het kloppen van zijn hart. Hij wachtte seconden die wel eeuwig leken te duren.

Het was toeval dat hij hier op dit tijdstip was. Hij kwam terug van een avondje bowlen met zijn team. Hij was op de Western Avenue en kwam net North Folk Village uit, toen het olielampje op het dasboard van zijn oude bestelbus was gaan branden. Als hij door zou rijden liep hij het risico stil te komen staan. Een paar meter verderop was het pad dat naar zijn schuur leidde. Onmiddellijk was hij afgeslagen, met een grote bocht via de andere rijstrook om niet te hoeven remmen. Meteen daarna had hij de motor afgezet en de wagen in zijn vrij gezet om in zijn vaart tot aan het hek te komen.

Terwijl hij dichter bij het gebouw kwam en de steenslag onder de banden met een steeds zwaarder geluid hoorde rollen naarmate hij vaart minderde, leek het even of hij zwak licht door de ramen zag. Dit had zijn weinig stichtelijke gedachten over de godheid die belast was met de zorg voor automobilisten – welke dat dan ook mocht zijn – plotsklaps onderbroken.

Meteen had hij het busje stilgezet. Van achter de stoelen haalde hij de Remington tevoorschijn en controleerde of deze geladen was. Daarna stapte hij uit, deed het portier zacht dicht en naderde via de grasrand om geen geluid te maken met zijn zware schoenen. Misschien was hij het licht vergeten uit te doen toen hij een paar uur eerder was vertrokken. Dat was vast zo. In elk geval wilde hij ervoor zorgen dat hij veilig aan de goede kant van de loop van het geweer stond. Zoals zijn pa altijd zei: van te veel voorzichtigheid was nog nooit iemand doodgegaan.

Hij liep verder langs het hek en vond het opengeknipte gat. Toen zag hij dat de kamer aan de achterkant verlicht was en er een schaduw langs het raam liep.

De handen om de kolf van de Remington waren overdreven vochtig geworden. Vlug keek hij om zich heen. Hij had geen auto's in de buurt zien staan en dit had hem onthutst. De schuur lag vol materialen en gereedschap. Het was allemaal niet veel waard, maar kon in elk geval een dief in verleiding brengen. Maar al dat spul was behoorlijk zwaar. Hij vond het vreemd dat iemand zijn magazijn te voet zou komen leegjatten.

Hij kroop door de opening in het hek en kwam bij de ingang naast de toegangspoort. Toen hij tegen de deur duwde, bleek die open. Op de tast voelde hij de sleutel in het sleutelgat en in het zwakke licht van de lantaarns, dat op de lichte muur weerkaatste, zag hij dat het luikje van de brandblusser halfopen stond. Vreemd. Heel vreemd. Alleen hij wist dat er een reservesleutel was.

Even nieuwsgierig als behoedzaam slalomde hij door zijn kleine, heimelijke hindernisrace langs opgestapelde materialen om ten slotte de deur van de achterkamer met zijn voet open te trappen. En nu hield hij een geweer gericht op een open deur.

Op de drempel verscheen een mannelijke gedaante met de handen in de lucht. Hij zette een paar stappen en bleef toen staan. Ben bewoog zich vervolgens zodanig dat hij nog steeds beschut stond achter de plompe omtrek van de cementmolen. Van daar kon hij de benen van die kerel onder schot houden en als hij ook maar één abrupte beweging zou proberen te maken zou Ben hem tien tenen korter maken.

'Ben je alleen?'

Het antwoord kwam meteen, rustig en bedaard en ogenschijnlijk oprecht. 'Ja.'

'Goed, ik kom nu tevoorschijn. Als jij of een of andere vriend van je rare dingen doet, schiet ik een gat ik je buik zo groot als een spoorwegtunnel.'

Hij wachtte een moment en kwam toen behoedzaam tevoorschijn. Het geweer hield hij ter hoogte van zijn heup onbeweeglijk op de buik van de man gericht en hij zette een paar stappen in zijn richting, tot hij hem goed in zijn gezicht kon kijken.

Wat hij zag veroorzaakte een reeks rillingen over zijn armen en nek. Het gezicht en het hoofd van de man waren volledig misvormd door wat de littekens van verschrikkelijke brandwonden leken. Van zijn gezicht liepen ze verder over zijn nek en verdwenen in de open boord van het overhemd. Het rechteroor was helemaal verdwenen, terwijl van het andere oor nog maar een stuk over was, dat als een bespotting vastzat aan zijn schedel, waar de grof geheelde huid in de plaats was gekomen van het haar. Alleen de huid rond de ogen was ongeschonden. En nu volgden die ogen hem terwijl hij dichterbij kwam met een meer ironische dan bezorgde blik.

'En wie ben jij, verdomme?'

De man glimlachte. Als dat wat hij op zijn gezicht probeerde te krijgen een glimlach kon worden genoemd.

'Bedankt, Ben. Je hebt me in elk geval niet gevraagd wát ik ben.'

De man deed zijn armen omlaag zonder hiervoor toestemming te vragen. Pas op dat moment zag Ben dat hij handschoenen van lichte stof droeg.

'Ik weet dat ik niet gemakkelijk te herkennen ben, maar ik hoopte dat ten minste mijn stem niet veranderd was.'

Ben Shepard sperde zijn ogen open. De loop van het geweer zakte zonder dat hij het wilde omlaag, alsof zijn armen opeens zo week waren geworden dat ze hem niet meer overeind konden houden. Zijn spraakvermogen kwam nu pas terug, alsof hij het eerder niet had gehad.

'Jezus Christus, Little Boss. Jij bent het. We dachten allemaal dat je...'

De zin ging niet verder, alsof ook hun levens al die tijd niet verder waren gegaan.

De ander maakte een vaag gebaar met zijn hand. 'Dood was?'

De daarop volgende zin kwam over zijn lippen alsof hij hardop dacht, alsof hij het heimelijke hoopte. 'En ben ik dat niet volgens jou?'

Ben voelde zich opeens oud. En hij begreep dat de persoon die voor hem stond zich nog veel ouder voelde dan hij. Nog verward door deze onverwachte ontmoeting, zonder goed te weten wat hij moest doen of zeggen, liep hij naar de muur en stak een hand uit naar de lichtknop. Een onwaarschijnlijk schel tl-licht vulde de ruimte. Toen hij nog een lamp aan wilde doen, hield Little Boss hem met een gebaar tegen.

'Laat maar. Ik kan je verzekeren dat ik er met meer licht niet beter uit ga zien.'

Ben merkte dat zijn ogen vochtig waren. Hij voelde zich nutteloos en stom. Uiteindelijk deed hij wat zijn gevoel hem ingaf. Hij zette de Remington tegen een stapel kisten, liep naar die soldaat met alleen maar verwoesting in zijn ogen en sloeg voorzichtig zijn armen om hem heen. 'Allemachtig, Little Boss, wat fijn om te weten dat je nog leeft.' Hij voelde de armen van de jongen om zijn schouders.

'Little Boss bestaat niet meer, Ben. Maar het is fijn om hier bij jou te zijn.'

Ze bleven nog een ogenblik zo staan, met een genegenheid als die tussen vader en zoon. Met de absurde hoop dat als ze los zouden laten, ze weer terug zouden zijn op een dag in het verleden en dat alles weer normaal zou zijn, en dat Ben Shepard, aannemer, in de schuur was blijven hangen om zijn arbeider instructies te geven voor de volgende dag.

Ze lieten elkaar los en waren weer de twee van nu, de een tegenover de ander.

Ben wenkte met zijn hoofd naar de kamer. 'Je komt daar vandaan. Er moet nog wat bier staan. Als je zin hebt.'

De jongen glimlachte en antwoordde op de vertrouwelijke manier van vroeger. 'Weiger nooit een biertje van Ben Shepard. Hij zou wel eens nijdig kunnen worden. En het is geen pretje om dat mee te maken.'

Ze gingen naar de kamer aan de achterkant. Little Boss ging op het bed zitten. Hij maakte een lokgeluid en meteen kwam Walzer uit zijn schuilplaats en sprong bij hem op schoot.

'Je hebt alles bij het oude gelaten. Waarom?'

Ben draaide zich om naar de koelkast en was blij dat Little Boss zijn gezicht niet kon zien terwijl hij antwoord gaf. 'Een profetisch voorgevoel... of de onverwoestbare hoop van een oude man. Noem het hoe je wilt.' Hij sloot de koelkastdeur en kwam terug met twee flesjes bier in zijn hand. Met de hals van het ene flesje wees hij naar de kat, die zich met zijn eenvoudige kattenlogica over zijn kop en nek liet aaien. 'Ik heb je kamer regelmatig laten schoonmaken. En dat akelige beest dat op je knieën zit heb ik elke dag volgestopt.'

Hij reikte de jongen op het bed zijn flesje bier aan. Toen pakte hij een stoel en een paar ogenblikken lang zaten ze zwijgend te drinken. Ze wisten dat ze allebei vol vragen zaten waarop de ander met moeite antwoord zou kunnen geven.

Ben begreep dat hij de eerste stap moest zetten. Met moeite bedwong hij de neiging om een andere kant op te kijken en vroeg: 'Wat is er met je gebeurd? Wie heeft je zo toegetakeld?'

Het duurde lang, zo lang als een oorlog, voor de jongen antwoord gaf. 'Dat is geen kort verhaal, Ben. En niet bepaald aangenaam. Weet je zeker dat je het wilt horen?'

Ben ging tegen de rugleuning van de stoel zitten en leunde naar achteren tot tegen de muur.

'Ik heb tijd. Alle tijd...'

'...en alle mannen die nodig zijn, soldaat. Totdat jij en je makkers hebben begrepen dat jullie in dit land verslagen zijn.'

Hij zat op de grond, zijn handen op zijn rug gebonden, en leunde tegen een kale boomstronk die zich zinloos met zijn wortels aan de grond vastklampte. Voor hem brak de dageraad aan. Achter hem voelde hij de aanwezigheid van zijn kameraad, net als hij vastgebonden. Hij had al een tijdje niets gezegd en niet bewogen. Misschien was het hem gelukt in te dommelen. Misschien was hij dood. Beide mogelijkheden waren aannemelijk. Ze waren al twee dagen op deze plek. Twee dagen van weinig eten, onderbroken slaap door de pijn aan hun polsen en kramp in hun achterste. Nu had hij dorst en honger, en zijn kleren plakten van zweet en viezigheid aan zijn huid. De man met de rode band om zijn hoofd boog zich over hem heen en liet hun identiteitsplaatjes voor zijn ogen bengelen. Het effect waarmee hij ze heen een weer slingerde was haast hypnotise-

*rend. Toen draaide hij ze naar zich toe, als om de namen nog eens
te bekijken, ook al wist hij die maar al te goed.*
'Wendell Johnson en Matt Corey. *Wat doen twee brave Amerikaanse jongens hier, midden in deze rijstvelden? Hadden jullie thuis
niets beters te doen?*'
Natuurlijk had ik dat, ongelooflijke klootzak die je bent.
*Alleen in gedachten had hij deze zin geroepen. Hij had bij deze
lui al ondervonden wat de prijs was voor wat hij zei.*

*De guerrillastrijder was een magere kerel van onbestemde leef-
tijd, met kleine, ingevallen ogen. Iets langer dan gemiddeld. Hij
sprak goed Engels met lelijke keelklanken. Er was tijd verstreken*
hoeveel?
*sinds zijn peloton was weggevaagd in een onverwachte aanval
van de Vietcong. Iedereen was dood, behalve zij twee. En meteen
daarna was een lijdensweg begonnen, met voortdurende verplaat-
singen, muggen, uitputtende marsen, voortgedreven door wilskracht, nog een stap, en nog een, en nog een...*
En klappen.
*Nu en dan waren ze andere gevechtseenheden tegengekomen.
Mannen met allemaal hetzelfde gezicht die op de fiets wapens en
voorraden vervoerden over vrijwel onzichtbare paden in het struikgewas.*
Dat waren de enige momenten van verlichting
waar brengen ze ons heen, Matt?
Ik weet het niet.
Heb je enig idee waar we zijn?
Nee, maar we redden het wel, Wen, rustig maar.
en rust.
*Het water, het gezegende water waarvoor je elders alleen maar
een kraan hoefde open te draaien, was een paradijselijk moment op
aarde dat hun bewakers met een sadistisch genot leken te verstrek-
ken.*
*Zijn bewaker had niet op een antwoord gewacht. Hij wist dat
het niet zou komen.*
'Het spijt me erg dat je andere kameraden dood zijn.'
'Dat geloof ik niet,' *was hem ontvallen.*
*Meteen had hij de nekspieren gespannen, ervan uitgaand dat hij
een klap als antwoord zou krijgen. Op het gezicht van de Vietcong*

was echter een glimlach verschenen die alleen door de spottende blik in zijn ogen wreed werd. Zwijgend had hij een sigaret aangestoken. Toen antwoordde hij met een neutrale stem, die vreemd genoeg oprecht klonk.

'Je vergist je. Ik had ze graag levend in handen gehad. Allemaal.'

Zijn stem had dezelfde toon als toen hij tegen hem had gezegd: 'Maak je geen zorgen, korporaal. Nu ben je in goede handen...'

En meteen daarna had hij Sid Margolin, die op de grond lag en klaagde over een wond op zijn schouder, door zijn hoofd geschoten.

Vanaf een plek achter hem hoorde hij het klagende gebrom van een radio. Vervolgens kwam er een andere, veel jongere strijder bij zijn commandant staan. De twee spraken op haastige wijze met elkaar, in die onbegrijpelijke taal van een land dat hij nooit zou begrijpen.

De chef had zich weer tot hem gericht. 'Vandaag belooft een aardige dag te worden.'

Hij hurkte voor hem neer, zodat hij hem goed kon aankijken. 'Er komt een luchtaanval. Die zijn er elke dag, maar de volgende zal in dit gebied zijn.'

Op dat moment had hij het begrepen. Er waren mensen die aan de oorlog meededen omdat ze moesten. Anderen voelden zich verplicht om mee te doen. Maar de man met de rode band was er omdat hij er plezier in had. Wanneer de oorlog voorbij zou zijn, zou hij waarschijnlijk een andere oorlog verzinnen, misschien alleen voor zichzelf, alleen maar om te kunnen blijven strijden.

En doden.

Die gedachte bracht een uitdrukking op zijn gezicht die de ander verkeerd begreep.

'Wat is er? Ben je verbaasd, soldaat? Denk je dat de gele apen, Charlie, zoals jullie ons noemen, niet in staat zijn om inlichtingenoperaties uit te voeren?'

Met de palm van zijn hand gaf hij hem een tikje op de wang, zacht als een liefkozing en daarom des te spottender.

'Maar dat kunnen we wel. En vandaag zul je ontdekken voor wie je vecht.'

Hij stond plotseling op en maakte een gebaar. Meteen kwamen vier met AK-47-geweren bewapende mannen naar hen toe gerend die hen omsingelden en onder schot hielden. Een vijfde kwam dichterbij en maakte hun handen los. Met een bruusk gebaar maande hij hen om op te staan.

De commandant wees naar het pad voor hen. 'Daarheen, snel en stil graag.'

Hardhandig werden ze in de aangeduide richting geduwd. Na enkele minuten marstempo waren ze uitgekomen bij een uitgestrekte, zanderige open plek, die aan de rechterkant omzoomd werd door iets wat leek op een plantage. De rubberbomen stonden op zo'n regelmatige afstand van elkaar, dat het leek of de natuur in deze wildernis met grote nauwgezetheid te werk was gegaan.

Ze werden gescheiden en vastgebonden aan twee boomstammen, die elk vrijwel aan het uiteinde van de open plek tegenover elkaar stonden, zodat tussen hen in een lange rij bomen stond. Meteen nadat hij voelde hoe hij werd geboeid, werd er een prop in zijn mond gedrukt. Hetzelfde gebeurde met zijn kameraad, die even protesteerde en daarom een klap op zijn rug kreeg met de kolf van het geweer.

De man met de rode band kwam dichterbij. In zijn blik lag valse vriendelijkheid. 'Jullie zijn zo gemakkelijk in het gebruik van napalm. Jullie zouden eens moeten weten wat voor effect het heeft. Mijn mensen weten dat al langer…' Hij wees naar een onbestemde plek aan de hemel tegenover hem. 'Daar komen de vliegtuigen vandaan, Amerikaanse soldaat.'

De man had zijn identiteitsplaatje weer om zijn nek gehangen. Vervolgens had hij zich omgedraaid en was vertrokken, zwijgzaam gevolgd door zijn mannen, zoals alleen zij dat konden. Ze waren alleen achtergebleven, keken naar elkaar vanuit de verte en vroegen zich af waarom en wat en wanneer. Toen klonk vanaf die plek boven de bomen, in de hemel boven hen, het geluid van een motor. De Cessna L-19 Bird Dog was als bij toverslag boven de rand van de begroeiing opgedoken. Het was een verkenningsvliegtuig dat laag overvloog. Het was hen bijna voorbijgevlogen, toen de piloot opeens draaide en het toestel nog meer liet zakken, zodat hij duidelijk de silhouetten van twee mannen in de romp van het vliegtuig zag. Kort daarna, toen het behendigheidsspelletje voorbij was, dook het toestel weer de hemel in – waar hij eerder uit was gekomen.

In stilte en hevig zwetend had hij afgewacht. Uiteindelijk klonk er

51

een fluittoon en verscheen een tweetal Phantoms, met een snelheid die hun angst ontleedde in losse beelden. Zij brachten het gebulder mee. Eigenaardig genoeg kwam de flits pas daarna. Hij zag de lichtgloed groter worden tot een spoor van vuur dat dansend naderde terwijl het alles op zijn weg verslond tot het hen bereikte en...

'...mijn kameraad volledig trof, Ben. Hij is letterlijk verast. Ik was verder weg en ben alleen getroffen door een hittegolf die me in deze staat heeft gebracht. Ik weet niet hoe ik me heb weten te redden. En ik weet niet hoe lang ik daar ben gebleven tot er hulp kwam. Mijn herinneringen zijn erg verward. Ik weet dat ik wakker ben geworden in een ziekenhuis, in verband gewikkeld en met naalden in mijn aderen. En ik denk dat er heel wat mensenlevens voor nodig zijn om de pijn te ervaren die ik in die paar maanden heb gevoeld.'

De jongen zweeg. Ben begreep dat het was om tot hem door te laten dringen wat hij net had verteld. Of om hem voor te bereiden op de volgende conclusie.

'De Vietcong heeft ons gebruikt als menselijk schild. En die mannen van het verkenningsvliegtuig hebben ons gezien. Ze wisten dat we daar waren. En toch hebben ze de aanval uitgevoerd.'

Ben keek naar de neuzen van zijn schoenen. Op dit moment zou alles wat hij over deze gebeurtenissen zou zeggen zinloos zijn. Hij besloot zich weer op het heden te richten, en op al zijn onzekerheden. 'Wat ben je nu van plan?'

Little Boss haalde onverschillig zijn schouders op. 'Ik heb alleen een paar uur onderdak nodig. Ik moet een paar mensen opzoeken. Daarna kom ik Walzer halen en ga ik ervandoor.'

De kat, onverschillig als alle katten, stond op van de knieën van zijn baasje en vlijde zijn drie pootjes in een meer comfortabele houding op het bed.

Ben liet zijn stoel van de muur loskomen en weer op de grond rusten. 'Ik hoor dat je je in de nesten gaat werken.'

De jongen schudde zijn hoofd, verscholen achter zijn niet-glimlach. 'Ik kan me niet in de nesten werken.' Hij trok zijn katoenen handschoenen uit en stak de met littekens bedekte handen naar Ben uit. 'Zie je? Geen vingerafdrukken. Uitgewist. Wat ik ook aanraak, ik laat geen sporen achter.'

Hij leek een ogenblik na te denken, alsof hij eindelijk de juiste definitie voor zichzelf had gevonden. 'Ik besta niet meer. Ik ben een spook.'

Hij keek hem aan met ogen die veel vroegen, al waren ze maar weinig bereid te geven. 'Ben, zweer dat je tegen niemand zult zeggen dat ik hier ben geweest.'

'Zelfs niet tegen –'

Hij onderbrak hem vastberaden, precies. Nog voordat hij zijn zin kon afmaken. 'Tegen niemand, zei ik. Nooit.'

'En anders?'

Een moment stilte. Toen klonken er vanuit zijn gepijnigde mond woorden, kil als van een dode. 'Vermoord ik je.'

Ben Shepard begreep dat voor de jongen de wereld was vergaan. Niet alleen de wereld die hij in zich droeg, maar ook die om hem heen. Er liep een rilling over zijn rug. Hij was met mannen uit zijn land vertrokken om te vechten in een oorlog tegen andere mannen die hij op bevel had moeten haten en doden. Na wat er was gebeurd, waren de rollen omgedraaid.

Hij was teruggekeerd naar huis en voor iedereen was *hij* de vijand geworden.

6

Hij zat te wachten in het duister. Hij had zo lang op dit moment gewacht, en nu het was aangebroken voelde hij helemaal geen haast of spanning. Het voelde alsof zijn aanwezigheid op deze plek heel normaal was, voorzien, verwacht. Als de dageraad, of de zonsondergang, of om het even wat er moest zijn en er elke dag, dag na dag, was.

Op zijn knieën lag een Colt M1911, het dienstwapen van het leger. Die goede Jeff Anderson, die van zijn benen was beroofd, maar niet van zijn aard als ritselaar, had hem het pistool bezorgd zonder vragen te stellen. En Jeff had niets in ruil gevraagd, misschien voor het eerst van zijn leven. De hele reis lang had hij de Colt in een doek gewikkeld in zijn tas bewaard.

Het enige lichte dat hij bij zich droeg.

Hij bevond zich in een woonkamer met een bank en twee leunstoelen in het midden, opgesteld in hoefijzervorm rond een televisie die tegen de muur stond. Een alledaagse inrichting in een alledaags Amerikaans huis, waarin duidelijk een man alleen woonde. Aan de wanden enkele goedkope schilderijen, een tapijt dat geen schone indruk wekte, een paar vuile borden in de gootsteen. En overal de geur van sigaretten.

Voor hem, aan de rechterkant, was de keukendeur, links een andere deur die via een klein halletje naar de tuindeur leidde. Achter hem, afgeschermd door een uitstekend stuk muur, de trap naar de bovenverdieping. Toen hij was aangekomen en had gezien dat het huis verlaten was, had hij de achterdeur geforceerd en snel de ruimte geïnspecteerd. Tegelijkertijd had hij in gedachten de stem van de sergeant-instructeur in Fort Polk gehoord.

Allereerst, verkenning van de omgeving.

Nadat hij doorhad hoe de kamers waren ingedeeld, had hij ervoor gekozen in de woonkamer te wachten, omdat hij daar zowel de voor- als achterdeur in de gaten kon houden.

Strategische keuze van de positie.

Hij ging op de bank zitten en ontgrendelde het pistool. Het patroon gleed op zijn plek met een geluid net zo droog als zijn mond. *Controleren van de werking van de wapens.* Tijdens het wachten gingen zijn gedachten terug naar Ben. Op zijn netvlies zag hij nog steeds hoe Ben had gekeken toen hij hem had bedreigd. Geen spoor van angst, alleen van teleurstelling. Hij had tevergeefs geprobeerd die drie woorden uit te wissen door van gespreksonderwerp te veranderen. Hij vroeg hem wat hij eigenlijk al vanaf het eerste moment van hun ontmoeting had willen vragen.

'Hoe gaat het met Karen?'

'Goed. Ze heeft het kind gekregen. Dat heeft ze je geschreven. Waarom heb je niets van je laten horen?'

Hij zweeg een ogenblik en ging toen verder, op een lagere toon.

'Toen ze haar zeiden dat je dood was, heeft ze alle tranen vergoten die vergoten konden worden.' Er klonk iets van verwijt door in die woorden en die stem.

Hij stond met een ruk op, met zijn handen naar zichzelf wijzend. 'Zie je me, Ben? De littekens die ik op mijn gezicht heb, zitten over mijn hele lijf.'

'Ze hield van je.'

Ben corrigeerde zichzelf meteen. 'Ze houdt van je.'

Hij schudde zijn hoofd, als om een hinderlijke gedachte van zich af te schudden.

'Ze houdt van een man die niet meer bestaat.'

'Ik weet zeker dat –'

Hij onderbrak hem met een handgebaar. 'In deze wereld zijn geen zekerheden. En de weinige die er zijn, zijn bijna altijd negatief.'

Hij draaide zich om naar het raam, zodat Ben zijn gezicht niet kon zien. Maar vooral omdat hij het gezicht van Ben dan niet kon zien. 'O ja, ik weet wat er gebeurt als ik naar haar toe zou gaan. Ze zou me om de hals vliegen. Maar voor hoelang?'

Hij draaide zich opnieuw naar Ben toe. In eerste instantie had hij zichzelf willen verbergen, dat deed hij automatisch. Maar nu moest hij de werkelijkheid weer in het gezicht kijken en de werkelijkheid hem in het gezicht laten kijken. 'Ook al zouden alle andere problemen tussen ons opgelost zijn, haar vader en al de rest, hoelang zou het duren? Ik heb het me voortdurend afgevraagd, vanaf het eerste moment waarop ze me in een spiegel lieten kijken en ik ontdekte wat er van mij is geworden.'

In zijn ogen zag Ben tranen, als goedkope diamanten. De enige die hij zich kon veroorloven met zijn soldij. En hij begreep dat hij die woorden al honderden keer in zijn hoofd herhaald had. 'Kun je je voorstellen wat het zou betekenen om 's ochtends wakker te worden en als eerste mijn gezicht te zien? Hoelang zou het duren, Ben? Hoelang?'

Hij had niet op een antwoord gewacht. Niet omdat hij dat niet wilde weten, maar omdat hij het al kende.

Ze kenden het allebei.

Hij was opnieuw van onderwerp veranderd.

'Weet je waarom ik vrijwilliger ben geworden voor Vietnam?'

'Nee, ik heb nooit begrepen waarom je dat hebt gedaan.'

Hij ging weer op het bed zitten en begon Walzer te aaien. Hij had hem verteld wat er allemaal was gebeurd. Ben had in stilte geluisterd. Terwijl hij sprak had Ben hem alleen aangekeken en zijn blik over die gepijnigde huid laten dwalen. Toen hij was uitgesproken had Ben zijn gezicht met zijn handen bedekt. Zijn stem drong door de barrière van vingers heen.

'Maar denk je niet dat Karen…'

Plotseling stond hij op en hij liep naar de stoel waar zijn vroegere baas zat. Als om zijn woorden sterker te benadrukken. 'Ik dacht dat ik duidelijk was geweest. Ze weet niet dat ik leef en ze mag het niet weten.'

Op dat moment stond ook Ben op en zwijgend sloeg hij opnieuw zijn armen om hem heen, deze keer met meer kracht. Het lukte hem niet deze omhelzing te beantwoorden. Hij stond met zijn armen verloren naast zijn zij, totdat de ander hem losliet.

'Er zijn dingen die niemand in zijn leven mag meemaken, arme jongen van me. Ik weet niet of ik er goed aan doe. Voor jou, voor Karen, voor het kind. Maar wat mij betreft heb ik je nooit gezien.'

Toen hij naar buiten ging, bleef Ben voor de deur van de schuur staan. Ben had hem niet gevraagd waar hij heen ging, noch wat hij ging doen. Maar in zijn ogen was de bittere overtuiging te lezen dat hij het snel zou weten. Hij merkte dat hij zijn vroegere baas – in weerwil van zichzelf – nog een blik van verstandhouding toewierp voordat hij wegliep.

Op dat moment hadden beide mannen slechts twee zekerheden. Het eerste was dat Ben hem niet zou verraden. Het tweede dat ze elkaar nooit meer zouden zien.

Hij was door de stad gelopen en had te voet de weg afgelegd naar het huis aan het einde van Mechanic Street. Hij liep liever een paar kilometer dan dat hij een auto van Ben leende. Hij wilde hem zo min mogelijk betrekken bij dit akelige verhaal. En hij was al helemaal niet van plan om gesnapt te worden bij het stelen van een auto.

Onder het lopen trok Chillicothe onbeweeglijk aan hem voorbij, zonder hem op te merken, zoals gewoonlijk. Het was slechts een willekeurige plaats in Amerika, waar hij genoegen had genomen met een kruimeltje hoop terwijl veel jongens van zijn leeftijd zich onverschillig bewogen tussen de vele zekerheden.

Hij was door straten gelopen en had mensen vermeden en lichte plekken ontweken en elke stap was een gedachte en elke gedachte...

Het geluid van een auto op de oprijlaan wekte zijn aandacht, die hij een ogenblik kwijt was geraakt. Hij stond op van de bank en liep naar het raam. Hij schoof het stoffig ruikende gordijn opzij en keek naar buiten. Een Plymouth Barracuda van het nieuwste model stond met de neus naar de garagedeur toe geparkeerd. De lichten van de koplampen doofden uit op het cement en na elkaar stapten Duane Westlake en Will Farland uit de auto. Ze waren beiden in uniform.

De sheriff was wat gezetter dan de laatste keer dat hij hem had gezien. Te veel eten en te veel bier misschien. Misschien nog rotter vanbinnen. De ander was nog net zo'n vervloekte lange slungel als hij zich herinnerde. De twee liepen al pratend naar de voordeur.

Hij kon niet geloven wat een geluk hij had. Hij had gedacht dat hij die nacht twee mensen een bezoek had moeten brengen. Nu reikte het lot hem op een zilveren dienblaadje de kans aan om er één minder te hoeven doen. En om het zo te doen dat ze allebei zouden weten...

De deur ging open en voordat het licht de kamer binnendrong, kon hij de silhouetten van de twee mannen zien, afgedrukt in het vierkant van licht op de vloer.

De lichte en de donkere.

De dikke en de magere.

De slechte en de slechtste.

Hij schoof op naar de trap en bleef enkele ogenblikken tegen de muur geleund naar hun stemmen luisteren. Het gesprek ging door zijn hoofd als het scenario van een toneelstuk dat Karen hem een keer had laten lezen.

Westlake: 'Wat heb je met die jongeren gedaan die we hebben aangehouden? Wie zijn het?'

Farland: 'Vier nietsnutten die hier langskwamen. Het gebruikelijke. Lange haren en gitaren. We hebben niets tegen ze, maar in afwachting van het onderzoek blijven ze vannacht in de cel.'

Een stilte.

Opnieuw Farland: 'Ik heb tegen Rabowsky gezegd dat hij ze bij een zware jongen moet stoppen als dat zo uitkomt.'

Hij hoorde een lachje dat op het gepiep van een muis leek. Dat kwam vast en zeker tussen de dunne lippen van de hulpsheriff vandaan.

Opnieuw Farland: 'Vannacht geen liefde maar oorlog.'

Westlake: 'Misschien krijgen ze zin om hun haren af te knippen en werk te zoeken.'

Vanuit zijn schuilplaats glimlachte hij met een bittere smaak in zijn mond.

De vos verliest wel zijn haren, maar niet zijn streken.

Alleen waren zij geen vossen, maar jakhalzen, van de ergste soort.

Hij leunde voorzichtig naar voren, beschermd door het halfduister en de beschutting van de muur. De sheriff deed de televisie aan, gooide zijn hoed op tafel en liet zich in een leunstoel wegzakken. Even later vergezelde het geflikker van het scherm het licht van de kamer. En het commentaar van een honkbalwedstrijd.

'Godsamme, het is al bijna afgelopen. En we zijn aan het verliezen. Ik wist wel dat het ons slecht zou doen om in Californië te spelen.' Hij draaide zich om naar zijn hulpsheriff. 'Als je zin hebt, er is bier in de koelkast. En als je er toch heen gaat, neem er voor mij dan ook een mee.'

De sheriff was de baas en wilde dat graag benadrukken, zelfs als hij de gastheer was. Hij vroeg zich af of de man zich net zo zou gedragen als het niet zijn ondergeschikte was in de kamer, maar rechter Swanson.

Hij besloot dat dit het moment was. Hij kwam uit zijn schuilplaats met zijn pistool in de aanslag. 'Het bier kan wachten. Handen omhoog.'

Bij het horen van zijn stem sprong Will Farland, die rechts van hem stond, van schrik op. En toen hij zijn uiterlijk zag, trok hij wit weg.

Westlake draaide zijn hoofd met een ruk om. Toen hij hem zag, was hij even verbijsterd. 'En wie ben jij in godsnaam?' *Verkeerde vraag, sheriff. Weet je zeker dat je dat wilt weten?* 'Dat doet er nu niet toe. Sta op en ga in het midden van de kamer staan. En jij naast hem.'

Terwijl de twee deden wat hij hen had opgedragen, probeerde Farland zijn hand naar de holster van zijn pistool te laten zakken. Voorspelbaar. Hij ging snel een paar stappen opzij, zodat hij hem volledig in het vizier had, en schudde zijn hoofd. 'Probeer dat niet. Ik kan goed overweg met dit wapen. Geloof je me op mijn woord of moet ik het bewijzen?'

De sheriff hief zijn handen in een geruststellend gebaar. 'Luister vriend, laten we proberen allemaal kalm te blijven. Ik weet niet wie je bent of wat je wilt, maar ik wijs je erop dat alleen al je aanwezigheid hier in huis een misdrijf is. Bovendien sta je twee wetsdienaars met een wapen te bedreigen. Denk je niet dat je al genoeg in de problemen zit zo? Voordat je nog andere stommiteiten begaat, raad ik je aan –'

'Jouw raad brengt ongeluk, sheriff Westlake.'

De man fronste zijn wenkbrauwen, verbaasd door het horen van zijn naam. Zijn grote hoofd hield hij een beetje schuin. 'Kennen wij elkaar?'

'Het voorstellen doen we later wel. Will, ga nu op de vloer zitten.'

Farland was te verbijsterd om nieuwsgierig te zijn. Hij keek naar zijn baas, niet wetend wat te doen.

De stem die tot hem werd gericht nam elke twijfel weg. 'Hij is niet meer degene die de bevelen uitdeelt, klootzak. Dat doe ik nu. Als je liever dood op de grond terechtkomt, kan ik je je zin geven.' De man boog zijn lange benen en ging op de vloer zitten, steun zoekend met zijn hand.

Vervolgens wees hij met de loop van zijn pistool naar de sheriff. 'Maak nu, rustig en zonder onverhoedse bewegingen, de handboeien van zijn riem los en boei hem met de handen op de rug.'

Westlake werd rood van de inspanning toen hij zich vooroverboog en het bevel uitvoerde. Het tweevoudige, droge *klik* van de handboeien die dichtgingen luidde het begin van de gevangenschap van hulpsheriff Will Farland in.

'Pak nu de jouwe en doe er een om je rechterpols. Draai je dan om en hou je armen op je rug.'

Er lag woede in de ogen van de sheriff. Maar voor diezelfde ogen bevond zich ook een pistool. Hij gehoorzaamde en meteen daarna werd met een stevige greep de andere handboei om zijn vrije pols vastgeklikt.

En dat was het begin van zijn gevangenschap.

'Ga nu naast hem zitten.'

De sheriff kon zichzelf niet helpen met zijn handen. Hij ging door de knieën en viel onhandig op de grond, met zijn dikke lijf ruw tegen de schouder van Farland aangeleund. Het scheelde niet veel of ze lagen allebei languit op de vloer.

'Wie ben je?'

'Namen komen en gaan, sheriff. Alleen herinneringen blijven.'

Hij verdween een ogenblik achter de muur die de trap verborg. Toen hij terugkwam hield hij een jerrycan vol benzine in zijn hand. Tijdens zijn verkenning van het huis had hij deze in de garage gevonden, naast een grasmaaier. De sheriff had die vast als reserve, om niet droog te komen staan wanneer hij het gras maaide. Deze onbeduidende vondst had hem op een ideetje gebracht dat hem met groot plezier vervulde.

Hij stak zijn pistool tussen zijn riem en liep naar de twee mannen. Beheerst begon hij de inhoud van de jerrycan over hen uit te gieten. Hun kleren kleurden donker terwijl de scherpe, olieachtige geur van de benzine zich door de kamer verspreidde.

In een reflex schoof Will Farland opzij, om te voorkomen dat de straal in zijn gezicht kwam. Daarbij stootte hij met zijn hoofd tegen de slaap van de sheriff. Westlake reageerde niet. De pijn werd verdoofd door de paniek die in zijn ogen verscheen.

'Wat wil je? Geld? Ik heb niet veel in huis, maar op de bank –'

Voor één keer onderbrak de hulpsheriff zijn baas, met een schrille stem van de angst. 'Ik heb ook geld. Bijna twintigduizend dollar. Ik zal je alles geven.'

Wat doen twee brave Amerikaanse jongens hier, midden in deze rijstvelden?

Terwijl hij de vloeistof uit de jerrycan over hen uit bleef gieten, deed het hem plezier te bedenken dat hun tranen niet alleen door de dampen van de benzine werden veroorzaakt. Hij sprak met de geruststellende toon die iemand hem ooit had geleerd. *Maak je geen zorgen, korporaal. Nu ben je in goede handen...* 'Welja, misschien kunnen we het op een akkoordje gooien.' Op het gezicht en in de woorden van de sheriff verscheen een sprankje hoop. 'Natuurlijk, morgenochtend ga je met ons mee naar de bank en neem je een hele hoop geld mee.' 'Ja, dat zouden we kunnen doen...' De stem die de illusie had gegeven verdween abrupt. 'Maar we doen het niet.'

Met het restje benzine in de jerrycan vormde hij een streep op de vloer tot aan de deur. Hij stak zijn hand in zijn zak en haalde er een aansteker uit. Een misselijkmakende geur voegde zich bij de scherpe geur die al in de kamer hing. Farland had het in zijn broek gedaan.

'Nee, alsjeblieft, niet doen, niet doen in godsn–'

'Hou je rotbek!'

Westlake had zijn zinloze gejammer onderbroken. Gesterkt door zijn haat en nieuwsgierigheid had hij wat van zijn trots hervonden. 'Wie ben je, klootzak?'

De jongen die soldaat was geweest keek hem een ogenblik zwijgend aan.

Daar komen de vliegtuigen vandaan...

Toen zei hij zijn naam.

De sheriff sperde zijn ogen open. 'Dat kan niet. Je bent dood.'

Hij liet de aansteker openspringen. De doodsbange ogen van de twee mannen waren strak op de vlam gericht.

'Nee, schoften. Júllie zijn dood.'

Met een overduidelijk gebaar opende hij zijn hand meer dan nodig was en liet de aansteker op de grond vallen. Hij wist niet hoe lang de val van de aansteker voor de mannen duurde. Maar hij wist goed dat een kort stukje heel lang kon duren.

Geen gebulder voor hen. Alleen het metalige geluid van de aansteker die op de vloer viel. Vervolgens een hete lichtvlaag en meteen daarna een tong van vuur die dansend dichterbij kwam – om hen uiteindelijk te verzwelgen, als voorproefje op de hel die hen wachtte.

Hij bleef staan om ze te horen schreeuwen en te zien kronkelen en branden tot de kamer doordrongen was van de geur van verbrand vlees. Hij ademde met volle teugen in, genietend van het feit dat het deze keer niet zijn vlees was.

Toen opende hij de deur en liep de straat op. Hij liet het huis achter zich en begon te lopen. Terwijl hij wegliep, volgde het geschreeuw hem als een zegen.

Kort daarna, toen het geschreeuw was opgehouden, wist hij dat de gevangenschap van sheriff Duane Westlake en zijn hulpsheriff Will Farland ten einde was.

Jaren later

7

Jeremy Cortese keek de donkere bmw die wegreed na en hoopte stiekem dat hij zou ontploffen. Hij wist zeker dat de mensen binnenin, los van de chauffeur, niet in het minst gemist zouden worden door de wereld. 'Rot op, idioten.' Met deze opmerking als navigatieaanwijzing liet hij de auto opgaan in het verkeer en ging een van de twee keten op het bouwterrein binnen. Eigenlijk waren het twee staalplaten blikken op wielen, neergezet langs de omheining die het werkterrein afbakende. Hij weerstond de verleiding om een sigaret op te steken. De technische vergadering die net was afgelopen had hem geïrriteerd en zijn slechte humeur nog eens verergerd, ook al was die niet de enige reden.

De avond ervoor was hij naar Madison Square Garden gegaan, waar hij de Knicks lelijk had zien verliezen van de Dallas Mavericks. Hij was er vandaan gekomen met een verbitterd gevoel waardoor hij zich elke keer afvroeg waarom hij zo hardnekkig naar die sporttempel bleef gaan. Het samenzijn, het feestvieren en de gemeenschappelijke passie zeiden hem al langere tijd niets meer. Of zijn club nu won of verloor, hij eindigde altijd thuis met dezelfde, afgezaagde gedachte.

En alleen.

Op herinneringen jagen is nooit goed. Wat je ook op je weg vindt, het blijft niets. De mooie herinneringen kun je niet vangen en de lelijke kun je niet vernietigen. En elke ademhaling leek te bestaan uit ongezonde lucht, die in de keel blijft steken en een vieze smaak in je mond achterlaat. Hoe dan ook, elke keer kwam hij er terug. Zo voedde hij dat instinct tot zelfpijniging dat ieder mens in meer of mindere mate in zich heeft.

Regelmatig had hij tijdens de wedstrijd zijn blik laten dwalen over de rijen om hem heen, tot hij langzaam maar zeker zijn belangstelling verloor voor wat er op het veld gebeurde, waar de jongens in hun gekleurde tenues zich druk bewogen. Met een droef-geestig bakje popcorn in de hand had hij vaders en zonen zien jui-chen om een dunk van Irons of een *triple* van Jones en in koor met de rest van de fans de lettergrepen van het woord 'Verdedigen! Ver-dedigen! Verdedigen!' horen scanderen wanneer de tegenpartij aan-viel.

Ooit had ook hij dat gedaan, toen hij met zijn zonen naar de wedstrijden ging en het gevoel had dat hij iets betekende in hun le-ven. Maar dat was een illusie gebleken. De waarheid was dat zij al-les in zíjn leven waren.

Toen een van de Knicks een driepunter scoorde was ook hij op-gestaan en had hij afgestompt met een menigte volslagen onbeken-den gejuicht en dat excuus gebruikt om binnenin hem iets te verja-gen dat achter zijn ogen omhoog kwam.

Vervolgens was hij weer gaan zitten. Rechts van hem was een lege plek en links zaten een jongen en een meisje naar elkaar te kij-ken. Ze leken zich af te vragen waarom ze hier waren en niet in een willekeurig bed in een willekeurig huis om de liefde te bedrijven.

Toen hij met zijn zonen naar Madison ging, zat hij altijd in het midden. John, de jongste, zat gewoonlijk rechts van hem en hield met dezelfde belangstelling zowel het spel in de gaten als het komen en gaan van de verkopers van frisdrank, suikerspinnen en een heel gamma aan andere stadionsnacks. Jeremy had hem vaak vergele-ken met een oven die hotdogs en popcorn kon verbranden, zoals een oude stoomlocomotief kolen verbrandde. Regelmatig dacht hij dat het jochie helemaal geen belangstelling had voor basketbal en dat hij het alleen leuk vond om naar het stadion te gaan vanwege de gulle hand die zijn vader daar toonde.

Sam, de oudste, die zowel qua uiterlijk als qua karakter het meest op hem leek en hem snel zou inhalen in lengte, was juist ge-fascineerd door de momenten van de wedstrijd. Zonder dat hij er ooit over had gesproken, wist Jeremy dat het zijn droom was om op een dag een ster van de NBA te worden. Helaas was Jeremy er-van overtuigd dat dit niet meer dan een droom zou blijven. Sam had zijn stevige botten en lichaamsbouw geërfd en zou daardoor op den duur eerder in de breedte dan in de lengte blijven groeien, ook al zat hij bij het schoolteam en versloeg hij hem regelmatig als ze sa-men bij de basket achter het huis speelden. Hij vernederde hem zelfs. En als ouder was hij elke keer zo trots dat Jeremy zo'n vernedering graag onderging.

Toen was gebeurd wat er was gebeurd. Eigenlijk had hij geen schuldgevoelens. Hij had geen fouten gemaakt. De afbraak was gewoon begonnen. Hij en Jenny, zijn vrouw, spraken steeds minder met elkaar en maakten steeds meer ruzie. Vervolgens waren de ruzies opgehouden en was de stilte gebleven. Zonder werkelijke reden waren ze twee vreemden geworden. Toen het zover was, was de afbraak voltooid en hadden ze geen kracht meer gevonden om alles weer op te bouwen.

Na de scheiding was Jenny dichter bij haar ouders gaan wonen en nu woonde ze met de jongens in Queens. Hun relatie was al met al goed gebleven en ondanks de uitspraak van de rechter mocht hij van haar de kinderen zien wanneer hij wilde. Alleen kon Jeremy niet altijd en langzamerhand zagen de jongens hem steeds minder vaak en met steeds minder enthousiasme. De uitjes namen af en de wedstrijden in het stadion waren helemaal opgehouden. Het leek erop dat afbreken een specialiteit van hem was geworden, op zijn werk en daarbuiten.

Hij schudde die gedachten van zich af en probeerde terug te gaan naar het hier en nu. Sonora Inc., het bouwbedrijf met een duizelingwekkende omzet waarvoor hij werkte, had op de hoek tussen Third Avenue en 23rd Street twee aangrenzende gebouwen van vier verdiepingen overgenomen. Aan de eigenaren was een aanzienlijk bedrag betaald en aan de weinige gezinnen die nog in de gebouwen woonden een aardige afkoopsom. In de plaats ervan zou een grote flat van tweeënveertig verdiepingen worden gebouwd met fitnesscentrum, zwembad op het dak en verschillende andere ontspanningsfaciliteiten.

Met een onverschillig gebaar ruimde het nieuwe het oude uit de weg.

De afbraakwerkzaamheden waren bijna ten einde. Jeremy vond dit onderdeel van het traject een noodzakelijk kwaad. Na maanden van inspanning, lawaai en vrachtwagens die het puin wegvoerden, leek het alsof het werk nog niet eens was begonnen. In het begin had hij, een tikkeltje melancholisch, de twee oude gebouwen van rode baksteen zien instorten, een stukje van de weinige geschiedenis om hem heen. Toch zou de opwinding van het bouwen een werkzaam tegengif vormen. Weldra zouden de graafmachines genoeg ruimte creëren om een geschikt fundament te storten om een dergelijk gebouw te dragen. Vervolgens zou het scheppende werk beginnen, het stukje bij beetje omhoog bouwen, tot het opwindende moment waarop hij een vlag met sterren en strepen op het dak zou zetten.

Terwijl hij voor de deur van de bouwkeet stond, zag hij de bouwvakkers een voor een ophouden met hun bezigheden en naar hem toe komen lopen. Hij keek op zijn horloge. Door de discussie met die imbecielen was de pauze al aangebroken voordat hij het had gemerkt. Hij had geen trek en hij had op dat moment al helemaal geen zin om met zijn ondergeschikten de praatjes te maken die de lunch met zich meebracht. Met de mensen die onder hem werkten had hij een warme, zo niet vriendschappelijke band. Ze hadden geen andere aspecten van het leven gemeen dan het werk, dat het grootste deel ervan uitmaakte. En hij wilde dat er op de bouwterreinen waar hij de leiding had zo harmonieus mogelijk werd gewerkt. Om die reden had hij de waardering van zijn superieuren verworven en het respect van zijn mannen, ook al wist iedereen dat hij, als het nodig was, bereid was zijn handschoen uit te doen en zijn ijzeren hand te tonen. Het feit dat het in dit geval geen fluwelen handschoen was maar een werkhandschoen, veranderde niets aan de grond van de zaak.

Ronald Freeman, zijn rechterhand, kwam de bouwkeet binnen, waardoor de vloer licht schommelde. Freeman was een grote lange zwarte man met een voorliefde voor bier en pikant eten. Van allebei waren op zijn gezicht en zijn lichaam duidelijk de sporen te zien. Freeman was getrouwd met een vrouw van Indiase afkomst die, naar eigen zeggen, het zout in zijn curry was. Jeremy was één keer bij hen thuis komen eten. Zodra hij de eerste hap had genomen van iets wat masala heette, voelde hij zijn mond in brand vliegen en moest hij meteen een teug bier drinken. Vervolgens had hij lachend aan zijn gastheer gevraagd of je een wapenvergunning nodig had om dergelijk eten te serveren.

Ron zette zijn plastic helm af en liep naar de hoek waar hij zijn thermische lunchbox had neergezet die zijn vrouw elke dag voor hem klaarmaakte. Hij ging op de bank langs de lange zijde van de bouwkeet zitten en zette hem op zijn schoot. Ron keek hem aan en begreep dat het een van die dagen was die je beter van de kalender kon schrappen.

'Problemen?'

Jeremy haalde bagatelliserend zijn schouders op. 'De gebruikelijke. Die architect en ingenieur zijn het na uren ruzie eens geworden. Het enige wat ze weten te doen is op zoek gaan naar een derde zeikerd om samen een soort Bermudadriehoek te vormen.'

'En hebben ze die al gevonden?'

'Je weet hoe dat gaat. Idioten zijn aandoenlijk gemakkelijk te vinden.'

'Die Brokens?'

'Inderdaad.'

'Als die vrouw er twee keer zoveel van zou begrijpen als nu, zou ze er nog niets van snappen. In bed moet ze wel fenomenaal zijn als haar man haar zo vrijlaat.'

'Of ze is een houten plank en haar man stuurt haar eropuit om haar af te matten, zodat hij 's avonds geen smoesjes nodig heeft. Bedenk eens hoe het moet zijn met zo'n vrouw naast je in bed die haar hand naar je uitsteekt...'

Ron maakte een grimas van afgrijzen en zette zijn gedachtekracht bij met woorden. 'Persoonlijk zou ik dan een meute jachthonden in mijn onderbroek moeten stoppen om de mijne uit zijn schuilplaats te jagen.'

Op dat moment liepen twee mannen de trap op en kwamen de keet binnen. Ron gebruikte het moment om zijn lunchbox te openen. Onmiddellijk verspreidde zich een sterke knoflookgeur door de ruimte.

James Ritter, een jonge bouwvakker met een babyface, zette een stap in de richting van de deur waardoor hij net naar binnen was gekomen. 'Jezus Christus, Ron. Weet de CIA wel dat je massavernietigingswapens bij je hebt? Als je al dat spul opeet, kun je straks ijzer lassen met je adem.'

Als reactie bracht Freeman ostentatief een vork vol eten naar zijn mond. 'Je bent een kneus. Je verdient die rommel die je altijd eet, die je maag kapotmaakt en het effect van Viagra tenietdoet, die je vast al nodig hebt.'

Jeremy glimlachte. Hij was tevreden over de kameraadschappelijke sfeer. De ervaring had hem geleerd dat mensen beter werkten als ze zwaar werk deden in een luchtige stemming. Juist daarom maakte hij gewoonlijk thuis wat te eten klaar om het in een van de twee keten met zijn mannen op te eten. Maar als hij een slecht humeur had, was hij liever alleen. Om zich met zijn eigen zaken bezig te houden en de anderen niet te belasten. Hij liep naar de deur en bleef een ogenblik op de drempel staan om naar buiten te kijken.

'Eet je niet, baas?'

Hij schudde zijn hoofd, zonder zich om te draaien. 'Ik ga even naar de Deli hierachter. Ik kom terug... om de slachtoffers te tellen die Rons eten heeft gemaakt.'

Hij liep de trap van de bouwkeet af en voelde zich meteen stadsbewoner. Hij stak het zebrapad over, liet Third Avenue achter zich en ging op weg via 23rd Street. Er was op dit tijdstip en in dit deel van de stad niet overdreven veel verkeer. New York had een heel regelmatig ritme, los van de momenten waarop de gekte toesloeg en er zonder waarschuwing of aanwijsbare reden opeens massa's auto's en mensen de straten overspoelden.

In deze stad leek alles voortdurend te verschijnen en verdwijnen, als in een eeuwigdurend behendigheidsspel: auto's, mensen, huizen.

Levens.

Met een vastberaden tred kwam hij bij de Deli aan, zonder voor ook maar één etalage te zijn blijven staan. Deels omdat het hem niet interesseerde wat daarbinnen was, maar vooral omdat hij zijn spiegelbeeld niet wilde zien – uit angst om te merken dat ook hij in het niets was verdwenen.

Hij duwde de deur van de stampvolle zaak open en een scherpe voedselgeur drong zijn neus binnen. Een Aziatisch meisje zag hem binnenkomen en zag kans om hem van achter de kassa toe te lachen, voordat ze zich weer tot de rij mensen wendde die stonden te wachten om hun eten af te wegen of te betalen. Langzaam liep hij langs de lange toonbank waar gerechten warm werden gehouden en zocht tussen de inhoud van de verschillende bakken iets wat hem beviel. De bedienden, die ook Aziatisch waren, vervingen de bakken als ze leeg raakten. Hij pakte een plastic bakje en nam wat stukken kip in een aanvaardbaar ruikende saus, en liet een gemengde salade klaarmaken.

In de tussentijd was de rij aan de kassa geslonken en na een tijdje stond hij voor het meisje dat hem had toegelachen toen hij binnenkwam. Met zijn afwezige blik had hij haar eerst veel jonger geschat, maar nu hij haar van dichtbij zag, besefte hij dat ze niet zijn dochter had kunnen zijn. Ze lachte naar hem alsof ze wel iets anders voor hem zou willen worden. Jeremy bedacht dat ze waarschijnlijk tegen iedereen zo deed. Hij woog zijn bakjes, rekende af en liet de vrouw op dezelfde manier naar de volgende klant glimlachen. Hij ging achter in de zaak alleen aan een tweepersoonstafeltje zitten. De kip smaakte zoals hij eruitzag, naar weinig. Hij liet hem vrijwel meteen staan en begon aan de salade, terwijl hij eraan dacht hoezeer Jenny, toen ze nog samen waren, erop had aangedrongen om meer groente te eten.

Alles gebeurt veel te laat. Altijd veel te laat...

Hij peuterde met zijn tong de stukjes sla tussen zijn tanden vandaan. Glimlachend liet hij ze verdwijnen met slokken bier dat hij uit de drankenkoelkast had gehaald. Hij dacht weer terug aan de vergadering van deze morgen met Val Courier, een architect met een duidelijke naam en een twijfelachtige seksuele geaardheid, en Fred Wyring, een ingenieur die erg berekenend was. Nu was daar ook nog de vrouw van de eigenaar van het bedrijf bij gekomen. Elisabeth Brokens, die wel uit een Botox-brochure leek te zijn weggelopen, was het zat om van de ene analyticus naar de andere te lopen en had besloten dat werk de beste behandeling van haar neurose zou zijn. Bij gebrek aan talent, voorbereiding of inzicht had ze geen andere opties gehad dan de hulp van haar man in te roepen. Misschien was ze wel bevrijd van haar neurose, maar alleen omdat ze alle mensen met wie ze in contact kwam er volledig mee overstelpte.

Jeremy Cortese had geen diploma's; die had hij in de praktijk behaald. Door dag na dag hard te werken en te leren van wie meer wist dan hij. Hij vond discussies met onbekwame mensen tijdverlies dat hij vroeg of laat aan iemand verantwoorden moest, in dit geval aan de heer Brokens in eigen persoon. Dat zou lastig worden, als Brokens toeliet dat zijn echtgenote zich ermee bemoeide. Elke keer wanneer hij de vrouw aan zag komen, probeerde hij de stopwatch in te drukken, om zijn baas te bewijzen hoelang een bezoek van zijn vrouw aan de bouwplaats kostte. Misschien kon hij beter de rekening van de analytici blijven betalen. En misschien zelfs die van een jonge tennis- of golfleraar, die bereid was om overuren te maken.

Hij was zo in gedachten verzonken dat hij Ronald Freeman niet zag binnenkomen. Pas toen hij voor hem stond merkte hij zijn aanwezigheid en sloeg hij zijn ogen op van zijn salade.

'We hebben een probleem.'

Ron zweeg en legde zijn handen op de tafel. Hij keek hem strak aan. De uitdrukking op Rons gezicht had hij nog nooit gezien. Als het mogelijk was geweest, had hij gezegd dat hij bleek was.

'Een groot probleem.'

Deze zin deed een alarmbelletje rinkelen in Jeremy's hoofd. 'Wat is er aan de hand?'

Ron wenkte met zijn hoofd naar de deur. 'Misschien kun je beter zelf komen kijken.'

Zonder op antwoord te wachten draaide Ron zich om en liep naar de uitgang. Jeremy volgde hem, half verrast en half bezorgd. Het kwam zelden voor dat zijn rechterhand verbijsterd was door wat voor noodgeval dan ook.

Op straat liepen ze naast elkaar. Dichter bij de bouwplaats zag hij dat de mannen bij de omheining stonden, een heterogene groep van werkjassen en gekleurde helmen. Ongemerkt versnelde hij zijn pas.

Toen ze bij de ingang kwamen, gingen de bouwvakkers zwijgend opzij om hen door te laten. Het leek wel een scène uit een oude film, zo een waarin de camera langs een rij zwijgende gezichten gaat, gezichten zonder spoor van hoop, voor een mijngang die plotseling is ingestort waardoor mijnwerkers binnen vast zijn komen te zitten.

Maar wat is er in godsnaam aan de hand?

Ze verloren geen tijd met het opzetten van hun helm, zoals verplicht was op het bouwterrein. Jeremy volgde Ronald die rechtsaf ging. Ze liepen langs de houten afrastering, langs de resten van een muur die nog overeindstond, en vlak daarna een trap af naar een oud souterrain waarvan het plafond vrijwel helemaal weg was. Eenmaal beneden leidde Ronald hem naar de tegenovergelegen kant van de bouwput. De enige muur die nog gedeeltelijk overeind stond was de stevigste die de twee gebouwen deelden, en hij werd nu gesloopt.

Achter elkaar kwamen ze bij de linkerhoek, die het verst van de trap lag. Ronald bleef staan en maakte het zicht vrij door opzij te schuiven met de beweging van een toneelgordijn, wat een onbedoeld choreografisch effect had.

Jeremy huiverde plotseling. Hij kokhalsde en was blij dat hij alleen salade had gegeten.

De sloopwerkzaamheden hadden een tussenruimte blootgelegd. Uit een gat, dat met een boorhamer was geopend stak, vuil door de tijd en het stof, de arm van een lijk. Het gezicht, vrijwel niets meer dan een skelet, leunde op wat er nog restte van de schouder en leek naar buiten te kijken met de droevige blik van iemand die er te laat in is geslaagd om weer lucht en licht te vinden.

8

Vivien Light parkeerde haar Volvo XC60, deed de motor uit en bleef een ogenblik zitten tot de wereld om haar heen weer tot haar doordrong. De hele terugreis uit Cresskill had ze het gevoel gehad dat ze ongelijk liep met de tijd, dat ze zich in een eigen parallelle dimensie bevond, waarin zij sneller was dan de rest. Alsof ze een spoor van fragmenten uit het verleden achter zich liet, gekleurde tijd die werd opgedeeld in snelle deeltjes die zichtbaar waren als de staart van een komeet voor de auto's, huizen en mensen die als op een televisiescherm voor de raampjes voorbij flitsten.

Het gebeurde haar elke keer dat ze in de auto stapte om haar zus te bezoeken. Elke heenreis was vervuld van hoop, ongegronde hoop. Juist daardoor was de teleurstelling nog sterker en des te groter om te zien dat haar toestand dezelfde was als altijd, en zij nog altijd even mooi. Het leek alsof, dankzij een of andere absurde compensatie, de maanden en jaren geen vat hadden op haar gezicht. Alleen haar ogen waren een blauwe opengesperde vlek in de leegte die door haar ziekte langzaam groter werd.

Hierdoor was de terugweg een soort sprong in een virtuele ruimte die haar weer tevoorschijn deed komen op een plek die op haar wachtte in het centrum van de realiteit.

Zonder enig spoor van ijdelheid draaide ze het achteruitkijkspiegeltje naar zich toe, om zichzelf weer normaal te zien, zichzelf te herkennen. Ze zag het gezicht van een meisje dat door de één wel eens mooi was genoemd en dat door een ander was beroerd alsof ze niet bestond. Zoals altijd gebeurt, was de tevredenheid precies het omgekeerde van haar interesse. Ze had bruin kortgeknipt haar, lachte zelden, sloeg nooit haar armen over elkaar en had af en toe noodgedwongen lichamelijk contact met mensen. Haar lichte ogen leken altijd streng te kijken. En in het dashboardkastje van haar auto lag een Glock 23 kaliber 40 s&w.

Als ze een normale vrouw was geweest, had ze misschien een andere levenshouding gehad, en misschien ook een ander uiterlijk.

Maar haar korte haren moesten verhinderen dat iemand haar kon beetgrijpen tijdens een gevecht, haar strenge gezichtsuitdrukking creëerde afstand, je armen over elkaar slaan kon duiden op onzekerheid. Soms was het nodig iemand aan te raken om een gevoel van bescherming over te dragen en een vertrouwensband te scheppen, die nodig was om iemand vertrouwen te geven en te laten praten. En het pistool had ze omdat ze rechercheur Vivien Light was, werkzaam in het dertiende district van de New York Police Department, in de 21st Street.

Ze stond met haar rug naar de hoofdingang van haar werk en ze hoefde alleen maar uit de auto te stappen en dat korte stukje te lopen om van een gekwelde vrouw opnieuw te veranderen in een agente.

Ze boog zich voorover om het pistool uit het dashboardkastje te pakken en stak het in de zak van haar jack. Ze haalde haar mobiele telefoon tevoorschijn en gunde zichzelf nog een ogenblik voordat ze hem aanzette en weer op aarde landde.

In haar zijspiegel zag ze twee agenten van het bureau door de glazen voordeur komen, de trapjes af lopen en in een auto stappen die met sirene en zwaailichten wegreed. Een oproep, een van de vele die elke dag werden gedaan: een noodgeval, een noodzaak, een misdrijf. Mannen, vrouwen en kinderen die elke dag in deze stad liepen te midden van het gevaar dat ze niet konden zien aankomen en bestrijden. Daarom waren zij er.

Vriendelijkheid
Professionaliteit
Respect

Dat stond op de deuren van de politiewagens geschreven. Helaas volstonden vriendelijkheid, professionaliteit en respect niet altijd om al die mensen tegen het geweld en de menselijke waanzin te beschermen. Om deze te bestrijden moest een agent soms een klein beetje van die waanzin in zich toelaten. De moeilijke taak daarbij was dat je je ervan bewust moest zijn en de waanzin in bedwang moest houden. Dat was het verschil tussen hen en de mensen bij wie ze soms gedwongen waren om geweld met geweld te beantwoorden. Dit was de reden waarom ze kort haar had, zelden glimlachte, een politielegitimatiebewijs in haar zak had en een pistool aan haar riem.

Zonder reden moest ze opeens aan een oud Indiaans sprookje denken, dat ze ooit aan Sundance had verteld. Het ging over een oude Cherokee die met zijn kleinzoon naar de zonsondergang kijkt.

'Opa, waarom vechten mensen?'

De oude man, die naar de ondergaande zon keek, naar de dag die zijn strijd met de nacht aan het verliezen was, sprak met kalme stem.

'Ieder mens krijgt er vroeg of laat mee te maken. Ieder mens wacht een gevecht dat gestreden moet worden en dat gewonnen of verloren wordt. Want de felste strijd is die tussen de twee wolven.'

'Welke wolven, opa?'

'De wolven die ieder mens in zich draagt.'

Het kind kon het niet begrijpen. Hij wachtte tot de opa het moment van stilte doorbrak dat hij tussen hen had laten vallen, misschien om zijn nieuwsgierigheid aan te wakkeren. Ten slotte ging de oude man, die de wijsheid der jaren in zich droeg, weer verder op kalme toon.

'In ieder van ons bevinden zich twee wolven. De ene is slecht en leeft van haat, jaloezie, afgunst, wrok, onterechte trots, leugens en egoïsme.'

De oude man zweeg opnieuw, deze keer om te laten bezinken wat hij zojuist had gezegd.

'En de andere?'

'De andere is de goede wolf. Hij leeft van vrede, liefde, hoop, vrijgevigheid, mededogen, nederigheid en geloof.'

Het kind dacht even na over wat zijn opa hem net had verteld. Vervolgens bracht hij zijn nieuwsgierigheid en gedachten onder woorden. 'En welke wolf wint?'

De oude Cherokee draaide zich naar hem om en antwoordde met heldere blik. 'Degene die je het meest te eten geeft.'

Vivien opende het portier en stapte uit de auto. Ze zette haar mobiele telefoon aan en hij had het netwerk nog niet gevonden of hij ging al. Ze bracht hem naar haar oor en antwoordde automatisch alsof ze aan haar bureau zat. 'Rechercheur Light.'

'Met Bellew. Waar ben je?'

'Ik sta juist hier beneden. Ik ben op weg naar binnen.'

'Oké, ik kom naar beneden. Ik zie je in de hal.'

Vivien liep de trap op, ging de glazen deur door, het gebouw binnen. Het was een plek van aankomst en vertrek waar een verscheidenheid aan treurige mensen voorbijkwam. Mensen die gebroken waren door het leven en mensen die levens gebroken hadden. Ieder van hen liet een spoor achter dat beelden opriep en in de lucht bleef hangen. Links, achter een balie die zich over de hele wand uitstrekte, bevonden zich de dienstdoende agenten. Ze stonden op een verhoging, zodat iedereen die voor hen stond omhoog moest kijken. De muur achter hen was bedekt met tegels die ooit wit waren geweest. Net als in sprookjes kon ze niet meer achterhalen wanneer dat 'ooit' geweest was. Nu waren van sommige tegels stukjes afgebroken, de voegen vormden een grauw spinnenweb en het wit was bedekt met een doffe waas die alleen door het sombere verleden kon zijn ontstaan.

Voor de balie stond een zwarte man met zijn handen op zijn rug geboeid, naast hem een agent in uniform die hem aan een arm vasthield terwijl een andere agent achter de balie de details van de arrestatie afhandelde.

Vivien kwam binnen en beantwoordde het begroetingsteken van de agent met een gebaar. Ze sloeg rechts af en ging een ruim vertrek binnen, dat geschilderd was in een anonieme kleur, met in het midden een rij stoelen en aan de muur daar tegenover een wit bord. Op een standaard, naast een verhoogd bureau, stond nog een bord. Dit was de vergaderzaal waar de dienstdoende agenten werden gebrieft en waar ze hun algemene instructies kregen voor de operaties.

Hoofdinspecteur Alan Bellew, haar directe baas, kwam binnen door een glazen deur die uitkwam op een gang tegenover de hoofdingang. Toen hij haar zag kwam hij op haar af met ferme passen die een gevoel van fysieke kracht gaven. Hij was een lange, praktische en bekwame man, die van zijn werk hield en dit goed deed.

Bellew kende de moeilijke familieomstandigheden van Vivien. Ongeacht haar jonge leeftijd en de last die op haar schouders rustte, had hij veel waardering voor haar onbetwistbare verdiensten. Er was een wederzijds respect tussen hen ontstaan, wat tot een succesvolle samenwerking had geleid. Zowel privé als beroepsmatig. Een van Viviens collega's had haar een keer 'het schatje van de hoofdinspecteur' genoemd, maar toen Bellew erachter kwam, had hij de rechercheur apart genomen en kort toegesproken. Niemand wist wat hij had gezegd, maar sindsdien werden er geen toespelingen meer gemaakt.

Bellew stond nu voor haar en kwam, zoals hij gewoonlijk deed, meteen ter zake. 'Er was net een oproep. We hebben een moord. Een lijk dat er naar het schijnt al jaren ligt. Het is gevonden op een bouwterrein tijdens sloopwerkzaamheden. Het was ingemetseld in de scheidingswand tussen twee souterrains.'

Hij zweeg even. Lang genoeg voor haar om zich een beeld te vormen van de situatie.

'Ik zou willen dat jij deze zaak voor je rekening neemt.'

'Waar is het?'

Bellew gebaarde onwillekeurig naar een onbestemde plek. 'Twee huizenblokken hiervandaan, op de hoek tussen 23rd Street en Third Avenue. De technische recherche zou er al moeten zijn. De lijkschouwer is ook onderweg. Bowman en Salinas zijn er om de situatie onder controle te houden tot jij komt.'

Vivien begreep nu waar de twee agenten die ze kort ervoor had zien vertrekken heen waren gegaan. 'Is het geen zaak voor de jongens van Cold Case?'

De Cold Case Squad was de afdeling van de politie die zich bezighield met oude, onopgeloste moordzaken. Koud, dus. En afgaande op de woorden van de hoofdinspecteur was dit precies zo'n zaak.

'Voorlopig houden wij ons ermee bezig. Dan zien we nog wel of we het beter aan hen kunnen overdragen.'

Vivien wist dat hoofdinspecteur Bellew nu eenmaal vond dat het dertiende district zijn persoonlijke grondgebied was. Hij had het moeilijk met de inmenging van agenten die niet direct onder hem stonden.

Vivien knikte. 'Oké, ik ga er meteen heen.'

Op dat moment kwamen aan de andere kant van de hal twee mannen binnen, via de deur rechts van de balie. De één was wat ouder, had grijs haar en een gebruind gezicht. Zeilen, of golf. Of misschien wel allebei, dacht Vivien. Het donkere pak, de lederen aktetas en zijn serieuze uiterlijk waren drie elementen die hem als het ware een bord om de nek hingen met daarop één woord: advocaat.

De andere man was jonger, rond de vijfendertig. Hij had een

donkere zonnebril en op zijn belabberde gezicht stond een baard van een paar dagen. Hij was sportief gekleed, al droegen zijn kleren de sporen van een nacht in de cel. En niet alleen daarvan, aangezien de linkermouw van zijn jas bij de schoudernaad was gescheurd. Ook had hij een kapotte lip.

De twee mannen kwamen naar buiten, zonder om zich heen te kijken. Vivien en Bellew volgden hen met hun blik, tot ze achter de glazen deur waren verdwenen. De hoofdinspecteur glimlachte flauwtjes. 'We hebben vannacht een beroemdheid te gast gehad in het Plaza.'

Vivien wist goed wat dat betekende. Op de bovenste verdieping was een cel naast het vertrek waar de bureaus van de rechercheurs zo dicht naast elkaar stonden dat het wel een uitstalling van kantoormeubelen leek. Gewoonlijk werden hier de arrestanten neergezet, soms voor een hele nacht, in afwachting van hun vrijlating op borgtocht of hun overdracht naar de gevangenis vlak bij Chinatown. Ironisch genoeg was de cel omgedoopt tot *het Plaza*, vanwege de ongerieflijke lange houten banken die aan de muren waren bevestigd.

'Wie is dat?'

'Russell Wade.'

'Dé Russell Wade? Die op zijn vijfentwintigste de Pulitzerprijs won? En hem na drie maanden weer moest afgeven?'

De hoofdinspecteur knikte. De glimlach was van zijn gezicht verdwenen. 'Inderdaad. Dat is hem.'

In de stem van haar baas klonk een spoor van menselijke verbittering, zo wist Vivien. Iedereen zou zich zo voelen tegenover een systematische en bijna zelfgenoegzame poging tot zelfvernietiging. Om persoonlijke redenen kende ook zij die situatie goed.

'We hebben hem gisteren stomdronken opgepakt tijdens een razzia in een illegale goktent. Hij verzette zich tegen zijn arrestatie. Ik geloof dat hij zelfs een dreun heeft gekregen van Tyler.' Bellew borg deze tussenzin meteen op tussen de afgehandelde zaken en richtte zich weer op de reden van hun bespreking. 'Alles goed en wel, ik geloof dat je je nu bezig moet houden met een dode. Hij heeft al zolang gewacht, we kunnen hem niet nóg langer laten wachten.'

'Ik denk dat hij er het volste recht toe heeft.'

Bellew liet haar achter en Vivien ging naar buiten, in de zachte lucht van deze late voorjaarsmiddag. Ze liep de paar treden af en ving een glimp op van Russell Wade en zijn advocaat die, rechts van haar, in een limousine met chauffeur verdwenen. De auto startte en reed haar voorbij. De man die een nacht te gast was geweest in het Plaza had zijn zonnebril afgezet en door het open raampje kruisten hun blikken elkaar. Vivien keek een seconde in twee felle donkere ogen en verbaasde zich over de ontzaglijke triestheid die daarin lag. Toen reed de auto voorbij en verdween dat gezicht in de beweging en achter het elektrische raampje. Een ogenblik waren twee planeten aan de tegenovergestelde grenzen van de Melkweg rakelings langs elkaar gescheerd, maar de afstand was hersteld door de eenvoudige scheidsmuur van verduisterd glas.

Het duurde slechts een seconde en Vivien was weer terug bij zichzelf en bij wat de wereld van haar verwachtte. De plaats waar het lichaam was gevonden was zo dichtbij dat ze er eerder zou zijn als ze te voet ging. Ondertussen doorliep ze de weinige informatie die ze tot haar beschikking had. Een bouwterrein was vaak een ideale plek om een ongewenst persoon voor altijd te laten verdwijnen. Het zou niet de eerste keer zijn en ook niet de laatste. Een delict, een lichaam verborgen in het beton, een oude geschiedenis van geweld en waanzin.

Welke wolf wint?

De strijd tussen de wolven was begonnen bij het begin van de tijd. Door de eeuwen heen was er altijd iemand geweest die de verkeerde wolf had gevoed. Vivien kwam in beweging met de onvermijdelijke opwinding waarmee ze elke nieuwe zaak aanpakte. En ze besefte dat hetzelfde zou gebeuren als altijd: of de zaak nu werd opgelost of niet, iedereen zou er verslagen uit komen.

9

Ze liep Third Avenue op en kwam aan bij het bouwterrein. Ze was langs stoplichten gekomen, cafévensters gepasseerd, mensen tegengekomen, een gewone persoon tussen gewone personen. Nu moest ze de anonimiteit die haar tot dan toe had doen opgaan in de mensenmenigte om haar heen verlaten om een exclusieve rol te bekleden. De komst van een rechercheur op de plaats van een delict was een bijzonder moment, zoals voor een acteur het opgaan van het doek. Niemand zou een vinger uitsteken voordat de leider van het onderzoek aankwam. Ze kende het gevoel dat hierbij hoorde. En ze wenste dat ze het niet nodig had, dat ze zonder zou kunnen. De plaats waar een moord was gepleegd, korter of langer geleden, wekte een verwerpelijke fascinatie op. De decors van bloedbaden waren in de loop der tijd zelfs toeristische trekpleisters geworden. Voor haar was het een plaats waar ze haar emoties moest loslaten en haar werk moest doen. Alle hypothesen die ze tijdens deze korte wandeling kon hebben bedacht, zouden nu aan de feiten worden getoetst.

De politiewagen stond geparkeerd aan de stoeprand, afgeschermd door oranje plastic afzethekken die dat deel van het bouwterrein afbakenden dat zich over de rijbaan uitstrekte. Bowman en Salinas, de twee agenten die door Bellew waren gestuurd, waren nergens te bekennen. Waarschijnlijk waren ze binnen en markeerden ze met geel lint de plek waar het lichaam was gevonden.

De bouwvakkers hadden zich verzameld voor de ingang van een van de twee keten aan de zijkanten van het bouwterrein. Iets verderop stonden twee andere mannen, een grote lange zwarte man en een blanke met een blauwe werkjas. De bewegingen van de aanwezige mannen leken gezamenlijk te worden gestuurd door nervositeit. Vivien begreep heel goed hoe ze zich voelden. Je vindt niet elke dag een lijk bij het slopen van een muur.

Ze liep op de twee mannen af en toonde haar legitimatiebewijs. 'Goedemorgen. Ik geloof dat jullie op mij staan te wachten. Ik ben rechercheur Vivien Light.'

Als ze al verbaasd waren dat ze te voet kwam, dan lieten ze dat niet blijken. De opluchting om haar aanwezigheid, om eindelijk iemand voor zich te hebben bij wie ze hun verhaal konden doen, was groter dan elke andere gedachte.

De blanke sprak voor allebei. 'Ik ben Jeremy Cortese, de bouwopzichter. En dit is Ronald Freeman, mijn rechterhand.'

Vivien kwam meteen ter zake, ervan overtuigd dat ook de twee mannen niet konden wachten. 'Wie heeft het lijk ontdekt?'

Cortese wees naar de groep bouwvakkers achter hen. 'Jeff Sefakias. Hij was een muur aan het slopen en –'

Vivien onderbrak hem. 'Oké, met hem praat ik straks. Nu zou ik graag de plek zien.'

Cortese zette een stap naar de toegang tot het bouwterrein. 'Hierheen. Ik loop met u mee.'

Freeman bleef staan. 'Als het goed is, kijk ik liever niet meer naar dat... dat ding.'

Vivien hield met moeite een meelevende glimlach voor zich. Ze wilde niet dat deze als bespotting werd opgevat. Er was geen reden om deze op het eerste gezicht goede kerel te vernederen. Voor de zoveelste keer moest Vivien constateren dat degene die lichamen aan zielen koppelde uiterst onvoorspelbaar was. De omvang van deze man zou iedereen angst aanjagen, maar het was juist hij die onder de indruk raakte van een bloederig tafereel.

Op dat moment stopte een grote donkere sedan naast de afzethekken. De chauffeur haastte zich om het rechterachterportier te openen. Er stapte een vrouw uit de wagen. Ze was lang, blond en moest ooit mooi zijn geweest. Nu was ze slechts een manifest van de zinloze strijd van sommige vrouwen tegen de onpartijdigheid van de tijd. Hoewel ze casual gekleed was, droeg ze uitsluitend designerskleding. Ze rook naar modezaken van Fifth Avenue, Sacks, massages in exclusieve kuuroorden, Franse parfums en eigendunk. Zonder Vivien een blik waardig te keuren richtte ze zich direct tot Cortese.

'Jeremy, wat gebeurt hier?'

'Zoals ik u aan de telefoon al heb gezegd, hebben we tijdens de afgravingen een lijk gevonden.'

'Goed, maar het werk kan daarvoor niet stil worden gelegd. Hebt u enig idee hoeveel deze bouwplaats het bedrijf elke dag kost?'

Cortese haalde zijn schouders op en maakte met zijn handen een onwillekeurig gebaar in de richting van Vivien. 'We stonden op de politie te wachten.'

Pas op dat moment leek de vrouw haar aanwezigheid op te merken. Ze nam haar van top tot teen op, met een uitdrukking die volgens Vivien niet de moeite waard was om te ontcijferen. Wat voor keuring het ook was, van haar kleding, uiterlijk of leeftijd, ze wist dat ze er niet door zou komen.

'Agent, we moeten dit onaangename incident zo snel mogelijk oplossen.'

Vivien hield haar hoofd een beetje schuin en glimlachte. 'Met wie heb ik het genoegen?'

De vrouw haalde een proclamerende toon voor de dag. 'Elisabeth Brokens. Mijn man is Charles Brokens, de eigenaar van het bedrijf.'

'Goed, mevrouw Elisabeth Brokens, vrouw van Charles Brokens, eigenaar van het bedrijf, een "onaangenaam incident" zou bijvoorbeeld de neus kunnen zijn die uw plastisch chirurg op uw gezicht heeft geplant. Wat hier is gebeurd, wordt door de rest van de wereld nog altijd "moord" genoemd. En zoals u wel weet, wordt zoiets doorgaans vervolgd door de politie, die, als u mij toestaat dit op te merken, de balans van het bedrijf in beslag kan nemen.'

Ze hield op met glimlachen en veranderde plots van toon. 'En als u zich niet uit de voeten maakt, laat ik u arresteren wegens belemmering van een onderzoek van de New Yorkse politie.'

'Wat denkt u wel? Mijn man is een persoonlijke vriend van het hoofd van de politie en –'

'Gaat u dan maar bij hem uw beklag doen, beste mevrouw Elisabeth Brokens, vrouw van Charles Brokens, persoonlijke vriend van het hoofd van de politie. En laat mij mijn werk doen.'

Ze keerde haar rug naar de vrouw toe, haar stokstijf achterlatend met wie weet welke wraakgedachten. Ze liep naar de opening in de omheining die volgens haar de ingang van het bouwterrein moest zijn.

Jeremy Cortese kwam naast haar lopen. Hij keek gelukzalig en ongelovig. 'Mevrouw, als u ooit een bouwopzichter nodig hebt, doe ik het graag gratis voor u. Het gezicht van mevrouw Brokens na uw betoog zal een van de mooiste herinneringen van mijn leven blijven.'

Maar Vivien hoorde zijn woorden nauwelijks. Ze was al elders met haar gedachten. Zodra ze de drempel over waren vormde ze zich in één oogopslag een beeld van de situatie. Vlak voor hun voeten zat, afgebakend door een veiligheidsnet, een gat in de grond dat ongeveer driekwart van de bouwplaats in beslag nam en zo diep was als een souterrain. De bodem was de vloer van twee verschillende gebouwen en werd halverwege gescheiden door een lijn van verschillende materialen. Aan de overkant moest nog een deel van de begane grond worden gesloopt, maar het grootste deel van het werk was al gedaan. Beneden waren de twee agenten bijna klaar met het afbakenen van een gebied in de linkerhoek. Achter hen stond een bouwvakker tegen de muur geleund te wachten.

Cortese gaf de antwoorden al voordat ze de vragen had gesteld. 'Sonora heeft twee aanpalende oude gebouwen overgenomen. We zijn ze aan het slopen om een flatgebouw neer te zetten. Zoals u ziet zijn we bijna klaar.'

Vivien wees naar de in tweeën gedeelde vloer.

'Wat was hier eerst?'

'Daar waren appartementen en op straatniveau een restaurant. Een Italiaan, volgens mij. We hebben een hoop oude apparatuur verwijderd. Aan de andere kant was een kleine garage. Ik geloof dat die er pas na de bouw van het gebouw is gekomen, want we hebben sporen van een renovatie gevonden.'

'Weet u wie de eigenaren zijn?'

'Nee, maar het bedrijf heeft beslist alle papieren die u nodig hebt.'

Cortese kwam in beweging en Vivien liep achter hem aan. Ze kwamen bij de rechterhoek, waar een betonnen trap, een overblijfsel van de vroegere gebouwen, naar de benedenverdieping voerde. De verlaten bouwplaats wekte een mistroostige indruk, met de boorhamers op de grond en de grote gele graafmachine achtergelaten met de motor uitgeschakeld. Overal heerste het grauwe onbehagen van de verwoesting, zonder de kleurige belofte van de heropleving.

Terwijl ze naar de trap liepen verschenen twee specialisten van de technische recherche, beladen met hun instrumenten. Vivien wenkte en ze kwamen naar haar toe.

Vivien en Cortese liepen alvast de trap af en kwamen zwijgend bij de twee wachtende agenten aan. Cortese bleef op een paar passen van de gele lijn staan. Victor Salinas, een bruinharige lange jongen met een zwak voor Vivien, wat op zijn gezicht stond te lezen, wachtte tot de rechercheur bij hem was en tilde vervolgens het gele lint op om haar door te laten.

'Wat is de situatie?'

'Op het eerste gezicht zou ik zeggen: normaal en ingewikkeld tegelijkertijd. Kom kijken.'

Het laatste stuk van de muur had een soort vierkante tussenruimte. Vivien draaide haar hoofd om en zag dat er aan de overzijde een zelfde ruimte was. Waarschijnlijk volgden een of meer pilaren, die nu gesloopt waren, die lijn.

Vlak voor haar stak uit een scheur in het beton een onderarm, bedekt met wat nog restte van een stoffen jack. Binnenin was vaag een schedel te zien met sporen van perkamentachtige huid en het overblijfsel van haren. Zijn allegorische glimlach deed denken aan *Feria de los muertos*, maar zijn aardse betekenis was die van een gewelddadige dood.

Vivien liep naar de muur. Ze bestudeerde de arm, het lichaam en de stof van de mouw aandachtig. Ze probeerde naar binnen te gluren in een poging elk detail waar te nemen, om die eerste indruk te vormen die dikwijls juist bleek.

Ze draaide zich om en zag dat de specialisten van de technische recherche buiten de afzethekken stonden, evenals een man van in de veertig met een sportieve jas en een spijkerbroek, in afwachting van instructies. Vivien had de man nog nooit gezien, maar gezien zijn licht vervelede gelaatsuitdrukking begreep ze dat hij de lijkschouwer moest zijn. Waarschijnlijk was hij erbij gekomen toen ze het lichaam aan het bestuderen was.

Vivien liep op hen af. 'Oké, laten we hem eruit halen.'

Jeremy Cortese kwam naar voren en wees naar de bouwvakker die aan de zijkant stond. 'Als u wilt, is er een van mijn mannen die geen problemen heeft met het zien van een lijk. Hij verstaat zijn vak en in zijn vrije tijd helpt hij zijn zwager die een begrafenisonderneming heeft.'

'Roept u hem maar.'

De bouwopzichter wenkte de man, die meteen naar hen toe kwam. Hij was niet veel ouder dan dertig, had een jongensachtig gezicht en licht oosterse trekken. Van onder zijn helm kwam glanzend donker haar. Vivien vermoedde dat er wel iets Aziatisch in zijn stamboom moest zitten.

Zonder een woord te zeggen liep hij hen voorbij, naar de wand toe en boog om de boorhamer van de grond te rapen.

Vivien ging naast hem staan. 'Hoe heet u?'

'Tom. Tom Dickson.'

'Goed, Tom, dit is een delicaat werkje dat zeer voorzichtig moet worden uitgevoerd. Alles wat zich in deze nis bevindt kan van groot belang zijn. Als het je niet uitmaakt, heb ik liever dat je hamer en beitel gebruikt, ook al duurt dat langer en is het vermoeiender.'

'Rustig maar. Ik weet wat ik doe. U zult het terugvinden zoals u het nodig hebt.'

Vivien legde een hand op zijn schouder. 'Ik vertrouw op jou, Tom. Ga je gang.'

Ze moest toegeven dat deze man echt wist wat hij kon. Hij vergrootte het gat, zodat de binnenkant bereikbaar werd en liet daarbij het puin naar buiten vallen, zonder het lijk ook maar een centimeter te verplaatsen.

Vivien vroeg Salinas om een zaklantaarn en wierp een blik in de nis. Het daglicht was nog sterk genoeg, maar binnenin was het donkerder zodat ze niet goed alle details kon zien. En wie weet hoeveel details nodig waren in een zaak als deze. Ze liet een lichtbundel op de wanden en de stoffelijke resten van de man schijnen. Door de kleine omvang van de ruimte was het lichaam niet op de grond gegleden. Het leunde op de linkerzij, het hoofd in een onnatuurlijke hoek gebogen. Daardoor leek het of hij met zijn hoofd op zijn schouder leunde. De afgesloten ruimte en lage vochtigheid hadden het lichaam gedeeltelijk gemummificeerd, waardoor het beter intact was gebleven dan normaal. Het was dus erg moeilijk te bepalen hoelang het al tussen die muren verborgen lag.

Wie ben je? Wie heeft je vermoord?

Vivien wist dat voor de families van vermiste personen de angst van de onzekerheid het ergst was. Wanneer iemand

op een avond, op een dag

het huis verliet en zonder enige reden niet meer terugkwam. En bij gebrek aan bewijs en een lichaam zouden zijn geliefden zich hun hele leven afvragen wat, waar en waarom. Zonder ooit afstand te doen van hun hoop, die alleen door de tijd lijdzaam kon worden gedoofd.

Ze schrok op uit haar gedachten en ging verder met haar inspectie. Toen ze de bodem bescheen merkte ze dat op de grond, vlak bij de voeten van het lijk, een voorwerp lag dat met stof was bedekt. Op het eerste gezicht leek het op een portefeuille. Ze vroeg om een paar latex handschoenen, drong zich door de opening en bukte om het op te rapen. Toen ging ze weer staan en gebaarde naar de specialisten van de technische recherche en de gerechtsarts. 'Alstublieft, heren, het is aan u.'

Terwijl de specialisten aan het werk gingen, bestudeerde zij het voorwerp dat ze in haar hand hield. Voorzichtig blies ze de laag stof weg. Het ding was gemaakt van kunstleer dat zwart of bruin moest zijn geweest en het was eerder een creditcardhoesje dan een portefeuille. Ze opende het behoedzaam. De harde plastic hoesjes aan de binnenkant zaten aan elkaar vastgeplakt en lieten met een geluid van scheurend papier los. Binnenin zaten twee foto's, aan elke kant een.

Ze tilde het plastic op en stak voorzichtig een vinger naar binnen, om ze eruit te halen zonder ze te beschadigen. Ze bekeek ze in het licht van de zaklantaarn. Op de eerste stond een jongen met een helm en legeruniform, geleund tegen een tank, die met ernstige ogen in de lens keek. Om hem heen was begroeiing te zien die deed denken aan een exotisch land. Ze draaide de foto om. Op de achterkant vond ze een vervaagde tekst. Enkele letters waren bijna verdwenen, maar niet genoeg om ze onleesbaar te maken.

Cu Chi District 1971

De tweede foto, die veel beter bewaard was gebleven, verbaasde haar. Het was dezelfde jongen als op de eerste foto die de fotograaf nadenkend aankeek. Hier was hij in burger, met een T-shirt met psychedelische tekeningen en een werkbroek aan. Op deze foto had hij lang haar en hij glimlachte terwijl hij een grote zwarte kat naar de lens hield. Ze bestudeerde de man en het dier zorgvuldig. Eerst dacht ze dat het een verdraaiing was door het perspectief, maar toen besefte ze dat haar eerste indruk juist was geweest. De kat had maar drie poten. Op de achterkant van de foto stond niets.

Ze vroeg Bowman, de andere agent, om twee plastic zakjes en

stak er het hoesje en de foto's in. Ze liep naar Frank Ritter, het hoofd van de technische recherche met wie ze al eerder had samengewerkt, en gaf hem de zakjes. 'Willen jullie dit materiaal analyseren? Vingerafdrukken, als die er zijn, en een analyse van de kleding van het slachtoffer met alles erop en eraan. Verder zou ik graag een uitvergroting van de foto's krijgen.'

'We zullen zien wat we kunnen doen. Maar als ik jou was zou ik er niet te veel van verwachten. Het lijkt me allemaal nogal gedateerd.'

En dat moet jij me vertellen...

Ze zag dat het lijk in de tussentijd was verplaatst en voorzichtig op een brancard was gelegd. De lijkschouwer stond voor het lichaam. Ze liep erheen om het te bekijken. Dat wat ooit een man was geweest, had op zijn laatste dag een stoffen jas en een broek gedragen die op het eerste gezicht van een doorsneekwaliteit waren.

De lijkschouwer liep rond de brancard en ging naast Vivien staan. Ze beperkten het voorstellen tot het strikt noodzakelijke.

'Jack Borman.'

'Vivien Light.'

Ze wisten allebei wie ze waren, waar ze waren en wat ze aan het doen waren. Elke andere gedachte was op dat moment van ondergeschikt belang.

'Kunt u me iets zeggen over de doodsoorzaak?'

'Ik zal geen technische begrippen gebruiken, maar uit de houding van het hoofd leid ik af dat iemand zijn nek heeft gebroken. Waarmee weet ik niet. Dat zal de autopsie duidelijk maken.'

'Hoelang ligt hij er al, denkt u?'

'Gezien de staat van het lichaam zou ik zeggen een jaar of vijftien. Maar er moet ook rekening worden gehouden met de omstandigheden van de plaats waar het verborgen lag. Na analyse van de weefsels zullen we er wel uitkomen. Ik denk dat ook het onderzoek van de technische recherche naar de stof van de kleding daarbij tot nut kan zijn.'

'Bedankt.'

'Niets te danken.'

Terwijl de lijkschouwer wegliep, besefte Vivien dat alles wat gedaan kon worden, gedaan was. Ze gaf de opdracht het stoffelijk overschot weg te halen, zei de aanwezige mensen gedag en liet de mannen aan het werk gaan. Het had volgens haar op dit moment geen zin om te praten met de bouwvakker die het lijk had gevonden. Ze had Bowman de opdracht gegeven om de gegevens te noteren van alle mensen die nuttig konden zijn voor het onderzoek. Ze zou hen een andere keer horen, ook Charles Brokens, de eigenaar van het bedrijf, die elke ochtend wakker werd met naast zich die echtgenote van hem.

In het geval van een moord als deze kwamen de interessantste gegevens gewoonlijk uit het technisch onderzoek en niet uit de getuigenverklaringen. Na het onderzoek zou ze een actieplan opstellen.

Ze liep dezelfde weg terug die haar naar de plaats van het jaren oude delict had gebracht en stond weer buiten de bouwplaats. De bouwvakkers bekeken haar met een mengeling van bewondering en verlegenheid. Ze liet hen achter zich en ging op weg naar het bureau om haar auto op te halen. Ze moest nadenken, en de lawaaiige anonimiteit van New York was daarvoor paradoxaal genoeg de juiste omgeving.

Bellew had haar geen gemakkelijke zaak toegewezen. Misschien omdat hij dacht dat ze deze zaak kon oplossen, maar haar gevoel zei haar dat ze de kastanjes uit het vuur moest halen in deze moeilijke situatie. En de opgedoken feiten wezen erop dat deze kastanjes al minimaal vijftien jaar in het vuur lagen en zodanig waren verschroeid dat het onherkenbare stukjes houtskool waren geworden.

Ze liep langs het raam van een café en haar blik dwaalde naar binnen. Aan een van de tafels zat Richard met een meisje met lange blonde haren. De twee waren in gesprek en keken elkaar aan op een manier die duidelijk maakte dat er meer was dan alleen vriendschap. Ze voelde zich een gluurder en liep haastig weg, voordat hij haar kon opmerken, al leek hij slechts oog te hebben voor zijn tafelgenote. Ze was niet verbaasd hem hier te zien. Hij woonde in de buurt en ze waren samen verschillende keren in dit café geweest.

Misschien had ze er beter wat vaker heen kunnen gaan.

Ze had een jaar een verhouding met hem gehad, vol vrolijkheid, eten, wijn en zachte, gevoelige seks. Een verhouding die niet ver afstond van wat je liefde zou kunnen noemen.

Maar zij had door haar werk en de situatie met Sundance en haar zus steeds minder tijd gevonden om aan hen twee te besteden. Uiteindelijk was de afstand toch te groot gebleken en was hun relatie geëindigd.

Onder het lopen bedacht ze dat ze hetzelfde probleem had als alle mensen die in deze straat liepen en in deze stad en in deze wereld, die de veronderstelling hadden te leven en de zekerheid te sterven. Helaas was er geen alternatieve wereld en niemand van hen, hoelang ze ook dachten het leven te kunnen laten duren, had in feite tijd genoeg.

10

Ziggy Stardust wist hoe hij zich moest camoufleren. Hij slaagde erin een volmaakt niemand te zijn tussen de miljoenen niemanden die elke dag de lucht van New York inademden. Hij was een perfect voorbeeld van het een noch het ander: lang noch kort, dik noch dun, knap noch lelijk. Een grandioze man van niets, zo'n man die je niet opmerkt, die je je niet herinnert, van wie je niet houdt. De koning van het niets. Maar dit niets had hij tot kunst verheven. Zo beschouwde hij zichzelf: als kunstenaar, op zijn manier. En op dezelfde wijze beschouwde hij zichzelf als een reiziger. Hij legde elke dag een grotere afstand in de metro af dan een normale gebruiker in een hele week. Voor Ziggy Stardust was de *subway* de plaats van de stommelingen. En de voornaamste plaats van een van zijn vele activiteiten: zakkenrollen. Een andere, bijkomende, maar niet minder belangrijke activiteit was die van vertrouwensleverancier, van een aantal mensen met veel geld die hielden van het witte poeder en andere accessoires, zonder risico's en zonder problemen. En van hem hadden ze die nog nooit gehad.

Hij was geen grote dealer, maar het was een constante opbrengst, een soort klein inkomen. Een telefoontje naar een geheim nummer volstond en de dames en heren van de *upper class* kregen thuisbezorgd wat ze nodig hadden voor hun avondjes, of ze kregen adressen voor hun spelletjes. Zij hadden het geld, hij had dat waarvoor ze bereid waren te betalen. Deze kruising van vraag en aanbod was zo natuurlijk dat alle gewetensbezwaren verdwenen, als Ziggy die al ooit had gehad.

Als hij kon verkocht hij nu en dan informatie aan wie die nodig had. Soms ook aan de politie die, in ruil voor enkele met de grootste discretie geleverde bruikbare tips, een oogje toekneep voor de frequente tochtjes van Ziggy Stardust in de metro.

Natuurlijk was dat niet zijn echte naam. Die herinnerde niemand zich meer. Soms zelfs hij niet. Hij had deze bijnaam lang geleden gekregen, toen iemand had opgemerkt dat hij op David Bowie leek in de tijd dat de plaat *Ziggy Stardust and the Spiders from Mars* uit- kwam. Hij wist niet meer wie het was geweest en onder invloed van welk middel die gelijkenis was vastgesteld, maar de definitie was ge- bleven. Het was het enige wat hem enigszins onttrok aan de anoni- miteit waarin hij altijd had geprobeerd te leven. Hij liep niet midden over straat, maar vlak langs de muren en altijd in het schaduwrijkste gedeelte. Als hij kon kiezen werd hij liever vergeten dan herinnerd. 's Avonds keerde hij terug naar zijn plekje in Brooklyn, keek tv, surf- te op internet en kwam alleen naar buiten om te telefoneren. Al zijn zakelijke telefoontjes pleegde hij met een openbare telefoon. Thuis had hij op een kast altijd een rol muntjes liggen, voor elke gelegen- heid. Heel wat mensen hadden niet begrepen dat een mobiele telefoon niet toevallig zo heette. Het was tegelijkertijd een telefoon én het voer- tuig dat je naar de gevangenis voerde. En als ze daar terechtkwamen omdat ze waren afgeluisterd op hun mobiel, was het hun verdiende loon. Niet omdat ze criminelen waren, maar omdat ze dom waren.

Ook nu, terwijl hij de trap af liep naar het station van Bleecker Street, gekleed als willekeurige passagier, kon hij niet loskomen van die overtuiging. Je kon iedereen beter doen geloven dat je niemand was, dan dat vroeg of laat iemand besloot om jou dat te bewijzen.

Hij kwam aan op het perron en sprong in een metro van de groe- ne lijn richting Uptown. Het openen en sluiten van de schuifdeuren, het constante in- en uitlopen van vermoeide passagiers – met als enige wens ergens anders te zijn – betekende geduw, lichaamscon- tact en zweetlucht. Maar het betekende ook portefeuilles en onop- lettendheid, de twee elementen die de basis vormden van zijn werk. Er was altijd wel een handtasje dat half openstond, een slecht ge- sloten tas of een tas van iemand die verdiept was in een boek dat zo boeiend was dat hij alles om zich heen vergat. Soms bedacht Ziggy met een glimlach dat auteurs van meeslepende bestsellers beschul- digd zouden kunnen worden van medeplichtigheid van het dage- lijkse zakkenrollen in de metro.

Het waren zeker geen gouden tijden meer. Tegenwoordig hadden de creditcards de overhand en was er steeds minder contant geld in omloop. Juist daarom had hij besloten zijn werkterrein uit te brei- den door meer verschillende activiteiten uit te oefenen, zoals de *brokers* op televisie aanbevolen.

Die gedachte verbaasde hem. Hij had zichzelf nooit gezien als een persoon op wie je die omschrijving kon toepassen. In gedachten verscheen het beeld van zijn visitekaartje.

Ziggy Stardust
Broker

Hij moest er bijna om lachen. *Let op, de deuren gaan sluiten*, klonk de geprogrammeerde stem uit de luidspreker. Hij verplaatste zich naar het voorste deel van de wagon, waar de meeste mensen waren. Zich een weg banend door uitgestoken ellebogen en knoflookwalmen kwam hij langs een paar mensen. Naast de deur zat een man met een groene legerjas. Hij kon niet inschatten hoe oud de man was. Vanwaar hij stond zag hij hem niet goed, want onder zijn jas kwam de blauwe capuchon van een trainingspak uit, en zijn gezicht ging daar gedeeltelijk onder schuil. Hij hield zijn hoofd licht opzij en het leek of hij door het schommelen van de metro was weggedoezeld. Naast zijn voeten stond een donkere stoffen tas, zo groot als een weekendtas.

Ziggy voelde een lichte tinteling in zijn vingertoppen. Een deel van hem ervoer een buitenzintuiglijke gewaarwording wanneer hij een slachtoffer herkende. Een soort verborgen talent dat hem soms de indruk gaf dat hij speciaal hiervoor geboren was. Natuurlijk verraadde de kleding van deze man op geen enkele wijze of er iets waardevols in zijn tas zat. Toch waren de handen die hij op zijn schoot hield niet die van een man die zwaar werk uitvoerde en hij leek een merkhorloge te dragen.

Volgens hem was er iets wat verder ging dan de uiterlijke verschijning. Zijn intuïtie had hem zelden in de steek gelaten en mettertijd had hij erop leren vertrouwen. Een keer had hij zonder enige ingeving de portefeuille gerold van een man die gekleed ging in colbert en das, enkel omdat hij, toen hij vlak langs hem liep, een mantel van kasjmier had gevoeld die alleen al meer dan vierduizend dollar waard moest zijn. Zonder enige ander voorgevoel dan de bedrieglijke referentie van deze stof, was hij in beweging gekomen. Even later had hij in de portefeuille van de man zeven dollar, een valse creditcard en een metroabonnement gevonden. Schooier.

93

Hij liep dichter naar de man met de groene jas, maar bleef aan de andere kant van de deur staan. Hij wachtte een paar haltes. Er kwamen steeds meer passagiers binnen. Hij verplaatste zich naar het midden en toen, als om plaats te maken voor de ingang, kwam hij naast hem terecht.

De stoffen tas stond op de grond. Hij stond dicht bij zijn voeten, links, met het hengsel precies aan de goede kant om *bij de juiste halte te worden meegenomen* terwijl hij uitstapte en andere passagiers instapten. Hij ging na of de man zijn hoofd nog steeds in dezelfde houding hield. Hij had zich niet bewogen. Veel mensen doezelden weg in de metro, vooral degenen die een lange rit moesten maken. Ziggy was ervan overtuigd dat de man tot die categorie behoorde. Hij wachtte tot ze bij het station van Grand Central kwamen, waar de stroom passagiers die in- en uitstapten doorgaans het grootst was. Zodra de deuren opengingen, pakte hij met een uiterst snelle en natuurlijke beweging de tas en stapte uit. Onmiddellijk verborg hij de tas met zijn lichaam.

Terwijl hij probeerde op te gaan in de mensenmassa dacht hij vanuit zijn ooghoek een groene jas uit de metro te zien stappen, vlak voordat deze weer vertrok.

Shit.

Het Grand Central zat altijd vol smerissen en als die kerel hem doorhad, kon het op een aardige scène uitlopen. En misschien wel op een paar dagen in de bak. Hij kwam langs een paar agenten, een oudere man en een zwarte jongere vrouw, die net buiten het station stonden te praten. Er gebeurde niets. Niemand schreeuwde al rennend 'houd de dief!' om de aandacht van de twee agenten te trekken. Hij keek liever niet om, zodat de kerel die hem volgde de indruk kreeg dat hij van niets wist.

Hij kwam buiten in 42nd Street en sloeg meteen rechts af en ging nog eens rechts, de Vanderbilt Avenue in. Er volgde een minder druk stuk waar hij kon nagaan of de kerel met de legerjas hem echt volgde of niet. Hij ging het station weer in via de zij-ingang en maakte van de gelegenheid gebruik om achteloos naar rechts te kijken. Hij zag niemand de hoek om komen die op de man in kwestie leek. Maar dat betekende nog niets. Als het een slimme kerel was, wist hij hoe hij iemand moest volgen zonder dat die het merkte. Net zoals híj wist hoe je een achtervolger van je af moest schudden. Hij vroeg zich opnieuw af waarom de man de politie niet had gewaarschuwd. Als hij meteen had gemerkt dat hij bestolen was en hem achterna was gegaan om de tas persoonlijk terug te krijgen, kon dat twee dingen betekenen. Of hij liep het risico dat het een gevaarlijke kerel was. Of er zat iets waardevols in de tas, iets wat de politie niet onder ogen mocht krijgen. En als deze tweede hypothese klopte, had Ziggy nog meer belangstelling voor de inhoud. Maar tegelijkertijd werd de man dan zéér gevaarlijk.

Zijn lumineuze voorgevoel werd langzamerhand steeds minder schitterend. Hij ging omlaag naar de benedenverdieping vol buitenlandse restaurantjes en mensen die op elk uur van de dag aten en dronken, na aankomst of voor vertrek. De enorme zaal was gevuld met uithangborden, kleuren, voedselgeuren en een gevoel van haast. En dat laatste was het meest op hem van toepassing, ook al probeerde hij zichzelf te dwingen in een normaal tempo te lopen.

Hij kwam aan de andere kant terecht en terwijl hij opnieuw de trap naar boven nam, wierp hij een blik achter zich om de weg achter hem af te speuren. Geen verdachte personen. Hij begon zich te ontspannen. Misschien had hij het zich maar verbeeld. Misschien begon hij te oud te worden voor dit werk.

Hij volgde de bordjes en ging het metrostation weer in. Daar liep hij naar het perron van de paarse lijn die omhoogliep naar Queens. Hij wachtte tot de metro kwam en volgde de stroom passagiers die instapten. Een noodzakelijke voorzorgsmaatregel. Volgens zijn eerdere gedachtegang zou de man met de groene jas, als hij hem echt volgde, nooit iets tegen hem proberen op een plek vol mensen. Hij wachtte met een onverschillige blik tot de gebruikelijke stem aankondigde dat de deuren gingen sluiten.

Pas toen sprong hij met een plotselinge beweging terug op het perron, als een passagier die opeens beseft dat hij de verkeerde metro heeft. Achter hem vertrok de metro rammelend en hij begaf zich opnieuw naar de groene lijn die naar Downtown voerde, en verder tot Brooklyn.

Hij onderbrak zijn reis verschillende keren en wachtte bij elke halte op de volgende metro terwijl hij onverschillig om zich heen bleef kijken. Anoniem tussen anonieme en mismoedige mensen, met af en toe die gekleurde mensenvlekken die in New York een vergelijkingspunt vormden. Als iemand tijd en zin had om dat te doen.

Toen hij besloot dat alles veilig was, vond hij na de laatste halte een zitplaats. Hij maakte het zich gemakkelijk en wachtte, met de tas op schoot. Hij bedwong zijn nieuwsgierigheid om de tas te openen en te ontdekken wat erin zat bedwingend. Liever thuis, waar hij alles rustig, op zijn gemak kon bekijken.

Ziggy Stardust wist wat wachten was. Hij wachtte al zijn leven lang, sinds hij een jongetje was en op duizend manieren probeerde om de lunch en het avondeten aan elkaar te knopen. Zo was hij verdergegaan, zonder in de kolossale fout van de hebzucht te trappen. Hij stelde zich tevreden, maar met de onwrikbare zekerheid dat alles op een dag zou veranderen, plotseling. Zijn leven, zijn huis en zijn naam. Tot ziens Ziggy Stardust, welkom menéér Zbigniew Malone.

Hij stapte nog een keer over voordat hij bij een station in de omgeving van zijn huis kwam. Hij woonde in Brooklyn, in de wijk waar de grootste concentratie Haïtianen woonde en zelfs de opschriften van sommige restaurants nog in het Frans waren. Een multi-etnische wereld, met vrouwen met enorme achterwerken en schelle stemmen en jongens met sloffende tred en petten met de klep opzij. Aan de grens van dit gebied lag de geordende en nette wereld van de joden, huisjes met verzorgde grasveldjes en een Mercedes op de oprijlaan. Zwijgzame mensen, die zich voortbewogen als donkere schaduwen, de ernstige gezichten onder hun zwarte haren. Elke keer dat hij hen zag had Ziggy de indruk dat ze zelfs bleven bidden onder het tellen van hun geld.

Maar voor hem was het prima zo. Hij wachtte op de dag dat hij het voor gezien kon houden en een keuze had.

Op de muur van het huis waar hij woonde, waar geen ramen uitkeken op de straat, had iemand een muurschildering gemaakt. Het was geen groot kunstwerk, maar de kleuren ervan, op een plek die zo flets en vaal was, vrolijkten hem altijd op. Hij ging naar binnen door de voordeur en nam de trap naar het souterrain waar hij woonde. Eén ruimte met een minuscule badkamer, alledaagse, versleten meubels en de geur van exotisch eten die van de bovenverdiepingen kwam. Het onopgemaakte bed stond tegen de muur aan de voorkant, onder het raam vlak bij het plafond, dat het weinige licht dat van buiten kwam in de kamer liet. Alles leek te dateren van een tijd geleden, zelfs de moderne toets van de HD-televisie, de pc en alles-in-éénprinter, waarop een laag stof lag.

De enige vreemde noot, het enige ongebruikelijke, was de boekenkast tegen de linkermuur, die vol stond met perfect op alfabetische volgorde gerangschikte boeken. Andere boeken lagen verspreid door het huis. Een stapel boeken diende zelfs als nachtkastje aan de rechterkant van het bed.

Ziggy zette de tas op de tafel, die vol lag met oude tijdschriften, en trok zijn jas uit, die hij op een leunstoel gooide. Hij pakte de tas en ging op het bed zitten. Hij opende hem en begon de inhoud op het laken uit te spreiden. Er zaten twee kranten in, de *New York Times* en de USA *Today*, een geel met blauw plastic doosje dat een minigereedschapset bleek te zijn, een rol koperdraad en een rol grijze tape, dezelfde die elektriciens gebruiken. Daarna haalde hij het voorwerp tevoorschijn dat de tas uitrekte en het meest woog. Het was een fotoalbum met een bruine lederen omslag en bladeren van ruw papier met dezelfde kleur, vol met oude zwart-witfoto's van mensen die hij niet kende op plaatsen die hij niet kende. Het waren allemaal tamelijk oude foto's. Afgaand op de kleren die ze droegen, zou hij grofweg zeggen uit de jaren zeventig. Hij bladerde verder. Een foto trok zijn aandacht. Hij trok hem los van de plakstripjes waarmee hij aan het papier vastzat en bleef er enkele ogenblikken naar kijken. Een jongen met lang haar en een glimlach op zijn lippen die net niet van oor tot oor liep, hield een grote zwarte kat op zijn arm. Geheel toevallig had de fotograaf een wederzijdse gelijkenis weten vast te leggen, alsof deze twee levende wezens, ieder in hun eigen soort, het spiegelbeeld van de ander waren.

Hij liet de foto in zijn borstzakje glijden en ging verder met het doorzoeken van de inhoud van de tas. Hij haalde er een rechthoekig voorwerp van zwart plastic uit, dat iets langer en smaller was dan een sigarettenpakje en halverwege met tape bij elkaar werd gehouden. Aan één kant zat een reeks knopjes met verschillende kleuren. Ziggy bleef er een ogenblik sprakeloos naar kijken. Het leek een zelfgemaakte afstandsbediening. Een primitieve misschien, maar daar leek het toch op. Hij legde hem naast zich bij de andere spullen en haalde het laatste voorwerp uit de tas. Het was een grote bruine envelop, ietwat verkreukeld, met daarop een naam en een adres die door het slijten al gedeeltelijk waren vervaagd. Uit de afmetingen zou je kunnen opmaken dat hij bedoeld was om het fotoboek mee te versturen. Hij opende hem en vond vellen papier die met de hand waren beschreven in een slordig, maar redelijk leesbaar handschrift. Het schrift van een man die misschien niet erg vertrouwd was met woorden, noch in gesproken, noch in geschreven vorm.

Ziggy begon te lezen. De eerste bladzijden waren nogal langdradig, met een levensverhaal dat op grove en soms onduidelijk wijze uiteen was gezet. Hij was iemand die boeken las en de hand kon herkennen van iemand die had gestudeerd en talent had om te schrijven. Dat had deze persoon niet.

Hij merkte echter dat het relaas hem toch wel boeide, ondanks de onzekere schrijfstijl van de auteur. Meer door wat hij vertelde dan door de manier waarop. Hij las verder met steeds meer aandacht en langzamerhand ging zijn aandacht over in belangstelling en tot slot in een soort koortsachtigheid. Aan het eind van de brief sprong hij op. Hij voelde een lichte rilling langs zijn rug gaan en de haren van zijn armen kwamen overeind als door een elektrisch lading.

Ziggy Stardust geloofde zijn ogen niet. Hij ging langzaam weer zitten, met zijn benen wijd en zijn blik op een onbepaald punt gericht, eerder in de tijd dan in de ruimte.

Dit was zijn grote kans. Wat hij in handen had kon miljoenen dollars waard zijn, als hij de juiste mensen vond. Het duizelde hem bij de gedachte. De mogelijke voordelen voor hem deden hem de vaststaande gevolgen voor anderen vergeten.

Hij legde de papieren overdreven voorzichtig op het bed, bijna alsof het breekbare voorwerpen waren. Vervolgens begon hij na te denken over hoe hij profijt kon trekken uit dit onverwachte geluk. Hoe hij moest handelen en hoe hij het materiaal zodanig kon benutten dat hij de maximale belangstelling kon wekken en het maximale voordeel had. En vooral, met wie hij contact moest opnemen. Verschillende gedachten schoten met de snelheid van het licht door zijn hoofd.

Hij zette de printer aan en legde de papieren op de tafel naast de monitor van de computer. Allereerst moest hij fotokopieën maken. Een kopie zou volstaan om de belangstelling van iemand te wekken en die persoon zou er een flinke som voor over moeten hebben om het origineel in handen te krijgen. Dat moest hij houden tot de deal rond was. Als hij de fotokopieën eenmaal had gemaakt, zou hij slechts dat gedeelte bij zich houden dat voldoende was om een idee te geven zonder uitgesproken iets te onthullen. De rest zou hij vernietigen. Het origineel zou hij naar de anonieme postbus sturen die hij af en toe gebruikte. Daar zou het blijven liggen totdat iemand hem een reden zou geven om het op te halen. En die reden kon alleen bestaan uit een mooie geldsom.

Hij begon te kopiëren, waarbij hij de originelen een voor een naast de kopieën legde. Ziggy was nauwgezet in zijn werk. En dit was het belangrijkste werk dat hij ooit in zijn leven had gedaan.

Hij legde een van de laatste vellen op het glas van de scanner, deed de klep dicht en drukte op de startknop. Het licht van de scanner liep door het apparaat, tot de hele pagina in het geheugen was opgeslagen. Toen hij wilde afdrukken gaf een sensor aan dat het papier op was en aan de linkerkant van het apparaat begon een oranje lampje te knipperen.

Ziggy stond op om papier te pakken uit het pak dat op een rek in de boekenkast lag en legde het in de papierlade. Op dat moment hoorde hij een geluid achter zijn rug, een zachte metalige *krak*, als een sleutel die afbreekt in het sleutelgat. Hij draaide zich om en zag nog net de deur opengaan en een man in een groene jas verschijnen.

Nee, niet nu, niet nu alles binnen handbereik lag...

Maar voor hem zag hij een hand die een mes vasthield.

Het was ongetwijfeld het lemmet waarmee hij dat waardeloze slot had geforceerd. En uit de blik van de man begreep hij dat hij het daar niet bij zou laten.

Hij voelde dat zijn benen het begaven en kon niets uitbrengen. Terwijl de man op hem af kwam, begon Ziggy Stardust te huilen. Van angst voor de pijn en van angst voor de dood. Maar vooral van teleurstelling.

II

De Volvo bewoog zich moeiteloos door het verkeer, op weg naar de Bronx. Op dit tijdstip kon het een ware onderneming zijn om naar het noorden te gaan. Maar eenmaal buiten Manhattan kwam Vivien in een redelijk vlotte verkeersstroom terecht. Nadat ze rechts de Triborough Bridge voorbij had zien komen, had ze de Bruckner Expressway tamelijk snel afgelegd. Achter haar rug zakte de zon en de stad bereidde zich voor op de zonsondergang. De lucht was zo helder donkerblauw dat ze met de hand bewerkt leek. Een kleur die alleen maar kon ontstaan wanneer de New Yorkse bries dat kleine stukje van het oneindige kwam schoonvegen dat iedereen boven zich dacht te hebben.

De autotelefoon onderbrak de muziek van de radio. Die had ze zachtjes op de achtergrond laten spelen, een geluid met precieze regels en bedoelingen dat zich vermengde met het vormloze gegons van het verkeer. Ze zette de luidspreker aan en liet de persoon die haar belde binnenkomen. In haar auto en in haar gedachten.

'Vivien?'

'Ja.'

'Hallo, met Nathan.'

Een overbodige verduidelijking. Ze had de stem van haar zwager herkend. Ze zou hem zelfs te midden van strijdlawaai herkennen. Wat wil je, eikel? dacht ze. 'Wat wil je, eikel?' zei ze.

Het was een ogenblik stil. 'Je kunt me nooit vergeven, hè?'

'Nathan, vergeving is voor wie spijt heeft. Vergeving is voor wie het kwaad dat hij heeft veroorzaakt, probeert goed te maken.'

De man aan de andere kant van de lijn zweeg kort, om deze woorden te laten opgaan in de afstand die hen scheidde. Letterlijk en figuurlijk. 'Heb je Greta nog gezien de laatste tijd?'

'En jij?'

Vivien viel hem aan en kreeg steeds meer zin om hem te slaan, zoals altijd wanneer ze hem zag of zelfs maar hoorde. Als hij nu naast haar had gezeten, had ze met een elleboogstoot zijn neus gebroken. 'Hoelang heb je je vrouw al niet gezien? Hoelang heb je je dochter al niet gezien? Hoelang denk je je nog te kunnen verstoppen?'

'Vivien, ik verstop me niet. Ik –'

'Lik m'n reet, vuile klootzak!'

Ze had geschreeuwd. Dat had ze niet moeten doen. De minachting die ze voor deze man voelde mocht ze niet laten blijken met geschreeuw, maar moest ze uiten met het gesis van een slang. En een slang werd ze. 'Nathan, je bent een lafaard. Dat ben je altijd geweest en zul je altijd blijven. En toen je problemen had die te groot voor je werden heb je het enige gedaan waar je goed in bent: weglopen.'

'Ik heb ze altijd van al het nodige voorzien. Soms zijn er keuzes die –'

Ze onderbrak hem bot. 'Je had geen keuzes. Je had verantwoordelijkheden. En die verantwoordelijkheden moest je nemen. Die flutcheque die je elke maand stuurt kan jouw afwezigheid niet goedmaken. En ook jouw geweten niet sussen. Dus bel me nu niet om te horen hoe het met je vrouw gaat. En bel me ook niet om te horen hoe het met je dochter gaat. Als je je beter wilt voelen, kom dan met die luie kont van je stoel en ga zelf kijken.'

Ze drukte de toets om de verbinding te verbreken met zo veel woede in, dat ze even dacht dat hij kapot was. Ze bleef een paar tellen vanachter het stuur voor zich uit kijken, luisterend naar het uitzinnige kloppen van haar hart. Over haar wangen liepen enkele bittere tranen van woede. Ze veegde ze af met de rug van haar hand en probeerde te kalmeren.

Om te vergeten waar ze vanochtend was geweest en waar ze nu naartoe ging, vluchtte ze naar de enige veilige plaats die ze had: haar werk. Ze probeerde alle andere gedachten los te laten en beval haar hoofd om zich te concentreren op het onderzoek waar ze aan ging werken. Ze dacht aan de beelden van de arm die uit een nis in de muur stak, de droevige aanblik van dat perkamentachtige hoofd dat op een schouder leunde, niets meer dan een overblijfsel van huid en been.

Hoewel haar ervaring had uitgewezen dat alles mogelijk was, deed deze zelfde ervaring haar vrezen dat het heel moeilijk zou zijn om de identiteit van de man in het beton te achterhalen. Bouwterreinen waren voor de onderwereld doorgaans een erg aantrekkelijke plek om de slachtoffers van hun afrekeningen te verbergen. Professionals begroeven de lijken vaak naakt of scheurden alle etiketten uit de kleren. Sommigen verwijderden zelfs de vingerafdrukken met zuur. Als de slachtoffers al werden gevonden, was het bijna onmogelijk ze te identificeren. Toen ze het lichaam had bestudeerd, had ze opgemerkt dat de vingerafdrukken nog aanwezig waren en dat de etiketten nog op hun plaats zaten, hoezeer ze ook waren aangetast. Dat betekende dat het misschien niet om een professional ging, maar om een toevallige moordenaar die niet de koelbloedigheid en de ervaring had gehad om alle mogelijke sporen uit te wissen.

Maar wie had de mogelijkheid om het lichaam in een blok beton te verbergen? Dat zou voor iedereen moeilijk zijn, tenzij hij werd geholpen door iemand die er werkte. Of misschien was de schuldige juist iemand die voor een bouwbedrijf werkte. Wat het motief ook was, het delict kon een individuele actie van een gewone man tegen een andere gewone man zijn, zonder dat de georganiseerde misdaad erbij betrokken was. Het enige spoor dat ze had waren die foto's, vooral die vreemde kat met drie...

'Shit!'

Ze was zo in gedachten verzonken dat ze niet had gemerkt dat op de afslag naar de Hutchinson River Parkway een rij auto's stond. Ze remde abrupt en stuurde naar links om niet op de auto voor haar te botsen. De bestuurder van een grote pick-up achter haar claxonneerde luid. Vivien zag in haar achteruitkijkspiegeltje dat hij, voorovergebogen naar de voorruit, zijn middelvinger opstak.

Gewoonlijk had ze er een hekel aan om bepaalde middelen te gebruiken als ze geen dienst had, maar deze avond besloot ze dat ze haast had. Haar eigen onoplettendheid, meer nog dan het gebaar van de man, had haar nerveus gemaakt. Ze pakte het magnetische zwaailicht van achter haar stoel, opende het raampje, schakelde hem aan en zette hem op het dak.

Met een glimlach zag ze dat de man pardoes zijn hand omlaaghaalde en weer rechtop ging zitten. De auto's voor haar schoven zoveel mogelijk opzij om haar door te laten. Ze nam de weg in de richting van Zerega Avenue en nadat ze een paar huizenblokken verder Logan Avenue in was geslagen, kwam ze naast de Saint-Benedictkerk uit.

Ze parkeerde de XC60 op een vrije plek aan de overkant van de straat. Ze keek een ogenblik naar de gevel van lichtgekleurde bakstenen, de korte trap die naar de drie toegangspoorten met hun rondbogen leidde en de met friezen versierde zuilen. Het was een nieuw gebouw. De geschiedenis ervan moest niet in het verleden worden gezocht, maar in wat het nu voor de toekomst aan het bouwen was. Vivien had nooit gedacht dat een plek als deze ooit zo vertrouwd zou worden.

Ze stapte uit de auto en stak de straat over. Het was al zo schemerig dat je de kleur van de katten niet meer kon onderscheiden, maar nog licht genoeg om een persoon te herkennen. Ze wilde net naar de priorij gaan, toen ze Angelo Cremonesi, een kapelaan van de parochie, de middelste deur uit zag komen, samen met twee andere mensen, een man en een vrouw. Gewoonlijk was de biecht op zaterdag van vier tot vijf, maar niemand was erg streng en de biechttijden bleken altijd vrij flexibel.

Vivien ging de paar treden op en liep naar hem toe. De pastoor bleef op haar wachten, het stel dat bij hem was liep verder.

'Goedenavond, mevrouw Light.'

'Goedenavond, eerwaarde.'

Vivien schudde hem de hand. Hij was een man van over de zestig, met wit haar, een vitaal uiterlijk en een milde blik. De eerste keer dat ze hem had ontmoet, had hij haar aan Spencer Tracy in een oude film doen denken.

'Komt u uw nichtje ophalen?'

'Ja, ik heb met eerwaarde McKean gesproken en we denken allebei dat dit het moment is om te proberen haar een paar dagen naar huis te laten gaan. Maandagochtend breng ik haar terug.'

Bij het uitspreken van zijn naam zag ze in gedachten het gezicht en de blik van Michael McKean voor zich. Hij had een expressief gezicht en ogen die het gevoel gaven dat ze bij mensen naar binnen en door muren heen konden kijken. Zonder echter sloten te forceren of muren neer te halen. Misschien zorgde het feit dat hij verder kon zien dan anderen ervoor dat hij er altijd was wanneer hij nodig was.

De kapelaan, een inschikkelijke, maar ietwat pietluttige man, hechtte eraan de feiten te verduidelijken. 'Eerwaarde McKean is er vandaag niet en hij verontschuldigt zich daarvoor. De jongeren zijn nog op de pier. Een vriendelijke man, van wie ik de naam niet meer weet, bood hun een tochtje met zijn zeilboot aan. John belde me net. Hij weet van uw afspraak met Michael en heeft gezegd dat ik u moest zeggen dat ze bijna klaar zijn en zo dadelijk hier zullen zijn.'

'Uitstekend.'

'Wilt u in de priorij wachten?'

'Nee, dank u, eerwaarde. Ik wacht in de kerk op ze.'

'Tot gauw dan, mevrouw Light.'

De kapelaan liep weg. Misschien had hij haar plan om in de kerk te wachten verward met devotie. Vivien wierp de kwestie niet op. Eigenlijk was alleen zijn alles wat ze op dat moment wilde.

Ze duwde de deur van de poort open en liep de met licht hout beklede hal door, langs de twee beelden van de Heilige Theresa en Sint-Gerardus die in een nis in de wand stonden. Een andere, lichtere deur bracht haar in de kerk zelf.

Het was fris, schemerig en stil. En er was het gevoel van verwelkoming en beschutting dat het altaar aan de andere kant van het schip bood. Elke keer dat ze een kerk binnenging, had Vivien moeite om de aanwezigheid van God te voelen. In de korte tijd die ze tot nu toe onderweg was geweest, had ze al te veel demonen ontmoet. In haar strijd tegen hen voelde ze zich altijd alleen maar zwak en bang. Hier, op deze plek, met deze beelden, met deze vrome spanning die door de behoefte van de mens was gecreëerd, in het licht van de kaarsen die waren aangestoken voor geloof en hoop, slaagde ze er niet in ook maar een fractie van dat geloof en die hoop te delen.

Het leven is een huurwoning. Soms is God een lastige figuur die door het huis dwaalt.

Ze zat in een van de laatste rijen en werd zich opeens ergens van bewust. Op de plek die voor alle gelovigen een plaats van vrede en zielenheil is, droeg zij een pistool aan haar riem. En ondanks alles voelde ze zich weerloos. Ze sloot haar ogen en ruilde het vage licht voor de duisternis. Terwijl ze op Sundance, haar nicht, wachtte, kwamen ook de herinneringen. De dag waarop...

...ze aan haar bureau zat, vlak voor het Plaza, in een chaos van papieren, telefoontjes, feiten van nare mensen en nare levens, grapjes en doelloze gesprekken tussen collega's over de diensten. In een opeenvolging die ze nooit meer zou vergeten, kwam door de deur die op de trap uitkwam opeens rechercheur Peter Curtin naar binnen. Tot kort daarvoor werkte hij in het dertiende district. In een vuurgevecht tijdens een politieoptreden was hij nogal ernstig gewond geraakt. Lichamelijk was hij er goed vanaf gekomen, maar emotioneel gezien was hij niet meer de oude. Mede op aandringen van zijn vrouw had hij een overplaatsing naar een rustige functie aangevraagd en gekregen. En nu werkte hij bij de zedenpolitie.

Hij was direct naar haar bureau gelopen.

'Hallo Peter, wat brengt jou hier?'

'Ik moet je spreken, Vivien.'

Er klonk iets van onbehagen in zijn stem en daardoor bevroor de glimlach waarmee ze hem had ontvangen. 'Natuurlijk, zeg het maar.'

'Niet hier. Vind je het goed om een blokje om te gaan?'

Verrast had Vivien haar bureau verlaten en even later stonden ze buiten. Curtin liep in de richting van Third Avenue en Vivien was naast hem gaan lopen. Er hing een spanning die hij probeerde weg te nemen. Het was haar niet duidelijk geworden voor wie.

'Hoe gaat het hier? Houdt Bellew iedereen nog altijd in spanning?'

Vivien stopte. 'Draai er niet omheen, Peter. Wat is er aan de hand?'

Haar collega keek de andere kant op. En het was een kant die Vivien volstrekt niet beviel.

'Je weet ook wel hoe dat in deze stad gaat. Escort en zo. Asian Paradise, Ebony Companions, Transex Dates. En tachtig procent adverteert als kuuroord, massagesalon enzovoort, maar is in feite een soort bordeel. Het gebeurt in de hele wereld. Maar dit is Manhattan, dit is het centrum van de wereld en hier gebeurt alles in het kwadraat...'

Peter zweeg en besloot haar uiteindelijk in de ogen te kijken. 'We hebben een tip gekregen. Een privéhuis in Upper East Side. Waar mannen komen die van heel jonge meisjes houden. Soms jongens. In elk geval allemaal minderjarig. We zijn binnengevallen en hebben verschillende mensen betrapt. En...'

Hij onderbrak zijn zin, waardoor Vivien een voorgevoel kreeg. Met een iele stem had ze smekend die ene lettergreep uitgesproken. 'En?'

Haar voorgevoel was waarheid geworden.

'Een van deze meisjes was jouw nichtje.'

De hele wereld was plotsklaps een draaimolen geworden. Vivien voelde iets wat ze graag zou verruilen voor de dood.

'Ik was degene die de kamer in ging waar...'

Peter had de kracht niet om zijn zin af te maken. Deze stilte gaf echter de fantasie van Vivien vrij baan en dat was nog erger dan de ergste woorden.

'Gelukkig kende ik haar en kon ik haar als door een wonder buiten de heisa houden.'

Peter legde zijn handen op haar armen. 'Als deze toestand aan het licht komt, worden de maatschappelijk werkers erbij gehaald. Met een gezinssituatie als die van jullie wordt ze dan in een of andere instelling ondergebracht. Het is een meisje dat hulp nodig heeft.'

Vivien keek hem in de ogen. 'Je houdt iets voor me achter, Peter.'

Een ogenblik stilte. Toen een antwoord dat hij niet had willen geven en zij niet had willen horen. 'Je nichtje is aan de drugs. In een van haar zakken hebben we cocaïne gevonden.'

'Hoeveel?'

'Niet genoeg om ervan uit te gaan dat ze dealt. Maar ze moet toch behoorlijk wat gebruiken per dag, als ze zover is gekomen dat ze...'

Dat ze zich prostitueert voor het geld, had ze in gedachten aangevuld.

'Waar is ze nu?'

Peter wenkte met zijn hoofd naar een onbepaald punt in de straat. 'In mijn auto. Een collega houdt haar in de gaten.'

Vivien had hem een hand gegeven. Om over te dragen en te ontvangen. 'Dank je wel, Peter. Je bent een vriend. Ik ben je heel wat verschuldigd.'

Ze waren naar de auto gelopen. Vivien had dat korte stukje afgelegd als een slaapwandelaarster, haastig en met de angst om haar nichtje te zien, met ...

...dezelfde spanning als waarmee ze nu op haar zat te wachten. Een geluid van voetstappen achter haar dwong haar haar ogen weer te openen en bracht haar terug in een heden dat maar weinig beter was dan het verleden. Ze stond op en draaide zich om naar de ingang. Tegenover haar stond haar nicht. Ze had een sporttas in haar hand. Ze was net zo mooi als haar moeder en net als haar moeder was ze op een bepaalde manier gebroken. Maar voor haar was er hoop. Dat moest er zijn.

John Kortighan was op de drempel blijven staan. Beschermend en oplettend, zoals altijd. Maar zo discreet dat hij met zijn aanwezigheid niet dat moment van intimiteit wilde verstoren. Hij knikte naar haar met een eenvoudige hoofdbeweging, tegelijkertijd een groet en een bevestiging. Vivien beantwoordde de groet van de rechterhand van priester McKean, de priester die Joy had opgericht, de gemeenschap die op dit moment voor Sundance en andere jongeren zoals zij zorgde.

Vivien streek met een hand langs de wang van haar nicht. Elke keer dat ze Sundance zag, kreeg ze ongewild een schuldgevoel. Om alles wat ze niet had gedaan. Omdat ze zo druk bezig was geweest met mensen die ver van haar af stonden dat ze niet had gezien dat degene die haar het meest nodig had zich vlakbij bevond. En dat Sundance op haar manier om hulp had gevraagd, zonder dat iemand luisterde.

'Wat fijn om je weer te zien, Sunny. Je ziet er mooi uit vandaag.'

Het meisje glimlachte. Ze had een ondeugende, maar geen uitdagende blik in haar ogen. 'Jij bent mooi, Vunny. Ik ben prachtig, dat zou je toch moeten weten.'

Ze waren weer begonnen met dit spelletje van toen ze een klein meisje was en ze elkaar deze bijnamen hadden gegeven. Op een bepaalde manier vormden die namen een code. Ze kwamen uit de tijd dat Vivien haar haren kamde en haar vertelde dat ze op een dag een prachtige vrouw zou worden. Een model, of misschien wel een actrice. En samen hadden ze zich voorgesteld wat er allemaal zou kunnen gebeuren.

Alles, behalve dat wat werkelijk was gebeurd...

'Wat denk je, zullen we gaan?'

'Zeker. Ik ben klaar.'

Ze tilde de tas met haar kleren voor die paar dagen die ze met zijn tweeën zouden doorbrengen een stukje op.

'Heb je je rockkleren bij je?'

'Uniform inbegrepen.'

Vivien was erin geslaagd twee kaartjes te bemachtigen voor het concert van U2, de volgende dag in Madison Square Garden. Sundance was fan van de band en deze gelegenheid had er grotendeels toe bijgedragen dat ze deze twee dagen verlof van Joy had gehad.

'Dan gaan we.'

Ze liepen op John af, een middelgrote man met een energiek uiterlijk, gekleed in een eenvoudige spijkerbroek en een sweater. Hij had een eerlijk gezicht, een open blik en het ondernemende uiterlijk van iemand die meer aan de toekomst denkt dan aan het verleden.

'Dag, Sundance. Tot maandag.'

Vivien stak haar hand uit en hij schudde hem stevig.

'Bedankt, John.'

'Jij bedankt. Veel plezier, allebei. Ga maar, ik blijf nog even hier.'

Ze gingen naar buiten en lieten de man achter in de kalmte van de kerk.

De avond had elk spoor van daglicht verjaagd om zich te tooien met kunstlicht. Ze stapten in de auto en begaven zich richting Manhattan, het summum van deze lichtversiering. Vivien reed rustig en luisterde naar haar nicht, om zo ruimte te scheppen voor elk onderwerp dat Sundance zou willen aansnijden. Ze sprak niet over Sundance' moeder en het meisje deed dat ook niet, alsof ze een stilzwijgende overeenkomst hadden om alle sombere gedachten vanaf dat moment uit te bannen. Niet om het geheugen te misleiden of te negeren. Zonder het te zeggen bewaarde ieder van hen de zekerheid in zich dat wat ze probeerden op te bouwen niet alleen voor hen twee was.

Zo gingen ze verder, totdat Vivien het gevoel had dat ze met elke wenteling van de banden, met elke polsslag, iets van hun rol van tante en nicht verloren om meer en meer vriendinnen te worden. Ze voelde vanbinnen iets smelten en dat vervaagde het beeld van Greta, dat haar dagen kwelde, en het beeld van Sundance, naakt in de armen van een man die ouder was dan haar vader, dat haar nachten kwelde.

Ze waren voorbij Roosevelt Island en reden langs East River

naar Downtown, toen het gebeurde. Ongeveer een kilometer voor hen, aan de rechterkant, verscheen plotseling een licht dat alle andere lichten uitwiste en een ogenblik lang de verzameling van alle lichten ter wereld leek.

Onder de banden van de auto leek de weg te trillen en door de open raampjes klonk vervolgens het gretige gebulder van een explosie.

12

Russell Wade was net thuisgekomen, toen er plotseling een verblindend licht van Lower East Side kwam. De grote ramen, die van de vloer tot het plafond van zijn woonkamer reikten, vormden de omlijsting van deze flits die zo fel was dat het bijna een lichtspel leek. Maar de flits doofde niet en bleef branden en verborg alle lichten in de wijde omtrek. Door het filter van het veiligheidsglas klonk dof een gebulder. Het was geen donder, maar de menselijke verwoestende imitatie hiervan. Vervolgens was er een heterogene symfonie van alarmen, die in werking traden door de luchtverplaatsing, ongevaarlijk hysterisch, als nutteloze kleine blaffende hondjes achter een hek.

Door de vibratie zette hij automatisch een stap achteruit. Hij wist wat er gebeurde. Het drong meteen tot hem door. Ergens anders had hij dit al eens gezien en aan den lijve ondervonden. Hij wist dat die lichtflits ongeloof en verbijstering betekende, pijn en stof, geschreeuw, gewonden, gevloek en gebeden. En dood.

Net zo onverwachts ontstond een flits aan beelden en herinneringen.

'*Robert, alsjeblieft…*'

En zijn broer, al gegrepen door de spanning, controleerde de toestellen en de lenzen en keek of de filmpjes op hun plek in zijn jaszakken zaten. Zonder hem aan te kijken. Misschien schaamde hij zich ervoor. Misschien zag hij in gedachten al de foto's die hij zou maken.

'*Er zal niets gebeuren, Russell. Jij moet gewoon rustig hier blijven.*'

'*En waar ga jij heen?*'

Robert had de geur van zijn angst geroken. Hij was gewend aan die geur. De hele stad was ervan doordrenkt. Hij hing in de lucht. Als een slecht voorgevoel dat uit zal komen, als een nachtmerrie die niet verdwijnt bij het ontwaken, als het geschreeuw van de stervenden dat niet verdwijnt na hun dood.

Hij keek hem aan met ogen die hem misschien voor het eerst za-
gen sinds ze in Pristina waren aangekomen. Een bange jongen die
hier niets te zoeken had.
'Ik moet erheen. Ik moet er zijn.'
Russell had begrepen dat het niet anders kon. En tegelijkertijd
had hij beseft dat hij nooit, zelfs niet in honderd levens, zoals zijn
broer zou kunnen zijn. Hij was teruggekeerd naar de kelder, onder
het luik dat bedekt werd met het oude stoffige tapijt. Robert was de
deur uitgegaan. De zon, het stof, de oorlog in.
Het was de laatste keer geweest dat hij hem levend had gezien.

Als reactie op deze herinnering rende hij naar de slaapkamer, waar
op het bureau een van zijn camera's lag. Hij pakte hem en keerde
terug naar het raam. Hij deed alle lichten uit om weerspiegeling te
voorkomen en maakte verschillende foto's van die verre, hypnoti-
serende flits, omgeven door een aura van ziekelijk licht. Hij wist
dat deze foto's geen enkel nut hadden, maar hij deed dit om zichzelf te straffen. Om hem eraan te herinneren wie hij was, wat hij
had gedaan en wat hij niet had gedaan.

Het was jaren geleden dat zijn broer die door de zon doorboor-
de deur uit ging, waardoor het verre geratel van mitrailleurvuur een
paar tellen werd versterkt.

Er was niets veranderd. Sinds die dag was er geen ochtend geweest dat hij niet wakker was geworden met dat beeld op zijn netvlies en dat geluid in zijn oren. Sindsdien was elke nutteloze foto
die hij maakte slechts een nieuw beeld van zijn oude angst. Terwijl
hij foto's bleef schieten en de knop bleef indrukken, begon hij te ril-
len. Een rilling van woede, dierlijk, zonder gekerm, puur instinctief,
alsof het eigenlijk zijn geest was die binnen in hem huiverde en de
kracht had om zijn lichaam te treffen en te doen schudden.

Het geklik van het objectief werd neurotisch
klik-klik
klik-klik
klik-klik
klik-klik
klik-klik
zoals de hysterische razernij van een moordenaar die zijn slachtoffer overhoop heeft geschoten

Robert

alle patronen tot zijn beschikking en toch kan hij niet stoppen met de trekker overhalen en gaat hij mechanisch door. In ruil daarvoor krijgt hij enkel het lege en doffe geklik van de slagpin.

Genoeg, verdomme!

Stipt als een verplicht antwoord klonk van buiten het schelle en haastige geluid van de sirenes. Flitsen zonder woede. Goede, gezonde, snelle lichtflitsen. Politie, brandweer, ambulances.

De stad was getroffen. De stad was gewond. De stad vroeg om hulp. En iedereen snelde van alle kanten toe, met de snelheid die het medelijden en de beschaving hun ter beschikking stelde.

Russell hield op met fotograferen en in het schijnsel dat van buiten kwam vond hij de afstandsbediening van de televisie. Hij zette hem aan en zag dat hij al op NY1 stond. Op dat moment was het weerbericht aan de gang. Twee tellen later werd de uitzending onderbroken. De man voor de kaarten met zon en regen werd zonder waarschuwing vervangen door een close-up van Faber Andrews, een van de *anchormen* van de zender. Een diepe stem, een serieus gezicht, passend bij de situatie, niet voor het beroep, maar voor de mensheid.

'We hebben zojuist het bericht gekregen dat in een gebouw in Lower East Side in New York City een krachtige explosie heeft plaatsgevonden. Het aantal slachtoffers is nog onbekend, maar volgens de eerste geruchten is dat aanzienlijk hoog. Verder kunnen we nog niets melden. We weten op dit moment nog niets over de oorzaken en motieven van deze noodlottige gebeurtenis. Hopelijk is de situatie minder ernstig dan hij lijkt en hopelijk gaat het niet om een aanslag. De herinnering aan de even droevige gebeurtenissen van het nabije verleden ligt nog vers in het geheugen van iedereen. Op dit moment wacht de stad, heel Amerika en misschien wel de hele wereld met ingehouden adem het nieuws af. Onze correspondenten zijn al onderweg naar de plek van het ongeluk en we zullen u spoedig actuelere informatie kunnen geven. Dit was het voorlopig.'

Russell schakelde over naar CNN. Ook hier werd een bericht gegeven dat, met andere gezichten en woorden, overeenkwam met dat van NY1. Hij zette het geluid uit en liet de beelden vertellen. Hij bleef op de bank voor de televisie zitten, met enkel de lichtgloed van het scherm als gezelschap. De lichten van de stad, aan de andere kant van de glaswand, leken uit de kou en de verte van de met sterren gevulde ruimte te komen. En links beneden was dat licht van een moordende zon die alle andere sterren verslond. Toen zijn ouders hem dit appartement hadden gegeven, was hij blij geweest met de ligging op de negenentwintigste verdieping en het schitterende uitzicht over heel Downtown, met de Brooklyn Bridge en de Manhattan Bridge links, de Flatiron rechts en het New York Life Insurance Building recht tegenover hem.

Nu was dit uitzicht enkel nog een extra reden voor angst.

Alles was zo haastig gebeurd. Alles was zo snel gegaan sinds hij was vrijgelaten na die nacht in de gevangenis. En toch, als hij eraan terugdacht, bewogen de beelden in zijn hoofd als in slow motion. Elk ogenblik, elke nuance, elke kleur en elk gevoel was scherp. Als een straf om deze ogenblikken eindeloos opnieuw te beleven.

Alsof het opnieuw en voor altijd Pristina was.

De reis van het politiebureau naar huis was in stilte begonnen. En het was zijn bedoeling om dat de hele rit zo te houden. Advocaat Corneill Thornton, een oude vriend van de familie, had hem begrepen en tot een bepaald punt had hij zich aangepast.

Toen was de wapenstilstand voorbij. En was de aanval begonnen.

'Je moeder is erg bezorgd om je.'

Zonder hem aan te kijken had Russell geantwoord met een schouderophalen. 'Mijn moeder is altijd wel ergens bezorgd om.'

In gedachten zag hij de onberispelijke figuur en het gepolijste gezicht van Margareth Taylor Wade, lid van de gegoede burgerij van Boston, die op de waardeschaal van die stad tot de echte aristocratie kon worden gerekend. Boston was de meest Europese stad van de hele East Coast, misschien wel van heel Amerika. Dus de meest exclusieve stad. En zij was er een van de meest vooraanstaande vertegenwoordigers van. Margareth bewoog zich in de wereld voort met gratie en elegantie, met het lieflijke gezicht van een vrouw die niet verdiende wat het leven voor haar in petto had: een zoon die tijdens het maken van een reportage over de oorlog in ex-Joegoslavië was gedood en een andere zoon die de hoofdrol speelde in een leven dat zo mogelijk nog meer pijn veroorzaakte.

Misschien was ze noch het eerste, noch het tweede ooit te boven gekomen. Toch zette ze haar gedistingeerde en gedenkwaardige le-

ven voort, omdat dat onontbeerlijk voor haar was. Met zijn vader sprak Russell niet meer sinds de dag van die vervloekte gebeurtenis met de Pulitzer. Russell had vanaf het begin argwaan gehad over hun houding ten opzichte van hem. Misschien vonden ze allebei dat de verkeerde broer dood was.

De advocaat was verder gegaan met zijn aanpak, waarvan Russell zeer goed wist waar die op uit zou draaien.

'Ik heb haar gezegd dat je gewond bent. Ze denkt dat het gepast zou zijn als je je laat nakijken door een dokter.'

Russell moest glimlachen.

Gepast...

'Mijn moeder is onberispelijk. Behalve het juiste woord op het juiste moment, weet ze ook altijd het meest elegante woord te kiezen.'

Thornton zat tegen de lederen rugleuning. Zijn schouders waren ontspannen, zoals dat nu eenmaal gebeurt in hopeloze situaties. 'Russell, ik ken je al sinds je een jongetje was. Denk je niet dat –'

'U bent hier niet om te veroordelen of vrij te spreken. Daarvoor bestaan rechters. En u bent hier ook niet om een preek te houden. Daarvoor bestaan priesters. U hoeft me alleen maar uit de nesten te helpen wanneer u dat gevraagd wordt.'

Russell had zich naar hem toe gedraaid en hem met een halve glimlach aangekeken. 'Volgens mij wordt u daarvoor betaald. Rijkelijk, met een uurtarief dat overeenkomt met het weeksalaris van een arbeider.'

'Je uit de nesten te helpen, zeg je? Ik doe niets anders. De laatste tijd lijkt het me vaker te gebeuren dan rechtmatig te verwachten is.' De advocaat stopte even. Als om te beslissen of hij het wel of niet moest zeggen. Ten slotte koos hij voor de eerste optie. 'Russell, iedereen heeft van de grondwet en het verstand het recht gekregen zich te gronde te richten zoals het hem goeddunkt. En jij hebt een uiterst creatieve fantasie in die richting.'

Thornton had hem strak aangekeken, en van een advocaat die voor hem pleitte was hij veranderd in een bereidwillige beul. 'Van nu af aan zie ik graag van mijn uurtarief af. Ik zal tegen je moeder zeggen dat als ze nog iemand nodig heeft, ze een ander moet zoeken. En ik zal gaarne, met een sigaar en een glas goede whisky in de hand, zitten toekijken naar het schouwspel van jouw aftakeling.'

Er werd niets anders gezegd, want er viel niets anders te zeggen. De limousine had hem afgezet voor zijn huis, in 29th Street, tussen Park Avenue en Madison Avenue. Hij was uitgestapt zonder te groeten of op een groet te wachten. Alles in het licht van een verholen menselijke minachting en een doeltreffende professionele onverschilligheid. Hij was naar boven gegaan, naar zijn appartement, nadat hij onmiddellijk de sleutels had gegrepen die de portier hem aanreikte. De deur was nog maar net open, toen de telefoon begon te rinkelen. Russell was ervan overtuigd dat hij wist wie het was. Hij nam de hoorn van de haak en zei: 'Hallo?' in afwachting van een stem. En die stem was gekomen.

'Dag, fotograaf. Het is gisteren niet best met je gegaan, hè? In het spel en met de smerissen.'

Russell had een beeld voor ogen. Een grote, zwarte man met een eeuwige zonnebril en een onderkin, die hij tevergeefs probeerde te maskeren met een puntbaardje, een hand vol ringen waarmee hij een mobiele telefoon vasthield, weggezakt op de achterbank van zijn Mercedes.

'LaMarr, ik ben niet in de stemming om je geouwehoer aan te horen. Wat wil je?'

'Je weet wat ik wil, jongeman. Geld.'

'Dat heb ik nu niet.'

'Goed. Ik vrees dat je het maar beter zo snel mogelijk kunt hebben.'

'Wat ga je anders doen? Me doodschieten?'

Van de andere kant klonk een krachtige spottende lach. En een dreigement dat nog vernederender was.

'De verleiding is groot. Maar ik ben niet zo stom om je in een kist te leggen met de vijftigduizend dollar die je me schuldig bent in je zak. Ik stuur gewoon een paar van mijn jongens op je af om je een paar levenslessen te geven. Dan geef ik je de tijd om weer op te knappen. En dan stuur ik ze opnieuw, totdat je ze zult ontvangen met mijn geld in je hand, dat in de tussentijd zestigduizend is geworden, als het niet meer is.'

'Je bent een schoft, LaMarr.'

'Ja, en ik kan niet wachten om je te laten zien wat voor een. Dag, fotograafje. Probeer het eens bij Het Rad van Fortuin, misschien heb je daar meer geluk mee.'

Met een vertrokken gezicht hing Russell op, zo de echo smorend van de lach van LaMarr Monroe, een van de grootste klootzakken die de New Yorkse nachten bevolkten. Helaas wist Russell dat deze klootzak er niet op los kletste. LaMarr was een man die zijn beloften nakwam, vooral als hij het risico liep gezichtsverlies te lijden.

Hij ging naar zijn slaapkamer, kleedde zich uit en gooide zijn kleren op de grond. Het gescheurde jasje kon bij het vuilnis. Hij liep door naar de badkamer. Russell wilde een douche nemen en zich scheren. Hij had de neiging het schuim op de spiegel te smeren in plaats van op zijn gezicht, om zijn gezicht niet te hoeven zien. Om de uitdrukking op zijn gezicht niet te hoeven zien. Hij was alleen thuis. En voor hem betekende dat: thuiszijn zonder iets te drinken, zonder een lijntje coke en zonder een cent op zak.

Het appartement waar hij woonde was officieus van hem maar in feite stond het op naam van een bv van de familie. De meubels waren met smaak uitgekozen door een binnenhuisarchitect die was betaald door zijn moeder, uit het uitgebreide, prijsvriendelijke gamma van Ikea en gelijksoortige winkels. De reden daarvoor was eenvoudig. Iedereen wist dat Russell alles wat hij in handen kreeg en enige waarde bezat, zou doorverkopen en het geld aan een speeltafel zou uitgeven.

Iets wat in het verleden regelmatig was gebeurd. Auto's, horloges, schilderijen, tapijten. Alles. Met vernietigende razernij en maniakale precisie.

Russell zat op een bank. Hij zou Miriam kunnen bellen of een van de andere modellen waar hij in die tijd mee omging, maar om ze in huis te halen moest hij een beetje van het witte spul op zijn tafel kunnen leggen. En geld hebben om hen mee uit te nemen. Op dit moment, waarop hij niets had, voelde hij het verlangen om in elk geval dingen om zich heen te hebben. En alle dingen kostten geld. Er schoot een gedachte door zijn hoofd. Of liever, een naam. Ziggy.

Hij had dit kleurloze kereltje een aantal jaren geleden leren kennen. Hij was een informant van zijn broer, iemand die af en toe tipte over interessante gebeurtenissen in dat leven van de stad dat hij 'aan de andere kant van de grens' noemde, gebeurtenissen waarvan het goed was om er iets van af te weten, omdat elk feit nieuws kon worden. Na de dood van Robert hadden ze contact gehouden, om heel andere redenen. Een daarvan was dat hij hem, in nagedachte-

nis aan zijn broer, bezorgde wat hij nodig had en hem krediet gaf. En soms een kleine lening wanneer, zoals nu, het water hem aan de lippen stond. Russell kende de reden voor die genegenheid en dat vertrouwen niet, maar het was een vaststaand feit. Als het nodig was, maakte hij er gebruik van.

Helaas had Ziggy geen mobiele telefoon en de weg naar zijn huis was veel te lang. Nadat hij een tijdje nerveus had geijsbeerd tussen de woonkamer en de slaapkamer nam hij een beslissing. Hij ging naar beneden en haalde zijn auto, die hij zelden en met tegenzin gebruikte, uit de garage. Misschien kwam het doordat het een Nissan van een paar duizend dollar was en zijn naam niet op het kentekenbewijs stond. Hij controleerde of hij nog genoeg benzine had voor de heen- en terugweg. Hij wist waar Ziggy woonde en ging in het hortende en stotende verkeer op weg naar Brooklyn. De rit was een soort automatisme. De stad trok aan hem voorbij zonder dat hij haar zag, als genoegdoening voor het feit dat de stad hem niet zag.

Zijn lip deed zeer en zijn ogen brandden, ondanks zijn zonnebril. Hij reed de brug over, zonder oog te hebben voor de skyline van Manhattan en Brooklyn Heights, en hij reed door wijken waar willekeurige mensen een willekeurig leven leidden. Plekken zonder illusies en zonder resultaten, ontworpen met grove lijnen in de verbleekte kleuren van de werkelijkheid, plaatsen waar hij vaak kwam omdat daar de illegale goktenten verborgen lagen en waar iedereen kon vinden wat hij nodig had. Weinig gewetensbezwaren en een zak vol geld volstonden.

Haast zonder het te merken kwam hij bij Ziggy's huis aan. Hij parkeerde een stukje voorbij het gebouw en na enkele passen kwam hij bij de voordeur die hij openduwde en hij daalde de trap af naar het souterrain. Hier waren geen portiers en de intercom was een achterhaalde formaliteit geworden. Onder aan de trap ging hij linksaf. De muren waren van industriële bakstenen die haastig waren geverfd in een kleur die ooit beige moest zijn geweest. De wanden waren vuil en er hing een lucht van gekookte kool en vochtigheid. Zodra hij de hoek om was, stond hij voor een rij vaalbruine deuren. Er kwam iemand uit de deur waar hij op af liep, rechts aan het einde van de gang. Een man met een groene legerjas en een blauwe capuchon over zijn hoofd liep vastberaden naar de andere

kant van de gang, om vervolgens achter de hoek te verdwijnen, via
de trap die naar de ingang op de binnenplaats voerde.

Russell schonk er niet echt aandacht aan. *Hij dacht dat het gewoon een van de duizenden personen was met wie die ritselaar van een Ziggy ongetwijfeld elke dag contact had. Toen hij bij de deuropening kwam, zag hij dat de deur op een kier stond. Hij duwde op de deurkruk, zag de kamer in een oogopslag en toen gebeurde alles in een flits en in afzonderlijke beelden, als op een montagetafel.*

Ziggy op zijn knieën op de grond, zijn overhemd volledig besmeurd met bloed, zich vastgrijpend aan een stoel in een poging om op te staan.

hij die dichterbij kwam en de magere hand van de man aan zijn arm geklampt

Ziggy tegen de rand van de tafel geleund met zijn hand uitgestrekt naar de printer

hij die het niet begreep

Ziggy die met zijn vinger de toets indrukte en een rood spoor achterliet

hij die zonder te horen luisterde naar het geritsel van het papier dat uit de printer kwam

Ziggy met een foto in zijn hand

hij doodsbang

en ten slotte Ziggy die met een stuiptrekking zijn laatste adem uitstootte en de laatste golf bloed uit zijn mond spuwde.

Hij viel met een dof geluid op de grond en Russell stond daar, midden in de kamer, met in zijn handen een zwart-witfoto en een geprint blad, beide rood bevlekt.

En op zijn netvlies het beeld van zijn broer die bebloed in het stof lag.

Zonder zich bewust te zijn van zijn bewegingen had hij als een ledenpop het papier en de foto in zijn zak gestopt. Vervolgens had hij zijn logica en dierlijke instinct gevolgd en was gevlucht. Zijn verstand had hij achtergelaten op die plek die rook naar gekookte kool en vochtigheid, naar heden en verleden. Zonder iemand tegen te komen bereikte hij zijn auto. Hij vertrok en dwong zichzelf niet te snel te rijden om geen aandacht te trekken. Als in trance reed hij tot zijn ademhaling en hartslag weer normaal waren. Op dat moment had hij de auto stilgezet in een steeg en was hij gaan nadenken. Hij bedacht dat hij door te vluchten ongetwijfeld een instinctieve keuze had gemaakt, maar tegelijkertijd was hij ervan overtuigd dat het ook de verkeerde keuze was. *Hij had de politie moeten bellen.* Maar dat betekende dat hij de reden voor zijn aanwezigheid daar en voor zijn omgang met Ziggy had moeten uitleggen. *En wie weet in wat voor problemen die ritselaar zichzelf had gewerkt.* Bovendien zou die kerel met zijn groene jas wel eens degene kunnen zijn die de stakker had doodgestoken. Het idee dat hij om wat voor reden dan ook zou kunnen besluiten om terug te keren was geen prettig vooruitzicht. Hij wilde geen tweede lijk zijn dat naast dat van Ziggy kwam te liggen.

Nee. Hij kon zich beter van de domme houden. Niemand had hem gezien, hij had geen sporen achtergelaten, en die buurt zat vol mensen die zich niet met anderen bemoeiden. Bovendien had elke inwoner van de wijk van nature een zekere weerzin om met de politie te praten.

Terwijl hij nadacht en besliste wat hij zou doen, merkte hij dat de rechtermouw van zijn jasje met bloed besmeurd was. Hij leegde zijn zakken en gooide alles op de passagiersstoel. Toen hij zag dat er niemand in de buurt was, stapte hij uit om het kledingstuk in een afvalcontainer te gooien. Met een zekere zelfironie die hem gezien de omstandigheden verbaasde, bedacht hij dat hij met een tempo van twee weggegooide jasjes per dag wel gauw ernstige problemen met zijn garderobe zou krijgen.

Hij was weer ingestapt en naar huis gereden. Via de garage was hij met de lift direct naar zijn eigen verdieping gegaan. Zo voorkwam hij dat de portier zich zou herinneren dat hij met jasje was weggegaan en in hemdsmouwen was teruggekomen.

Hij had net zijn spullen op de tafel gelegd, toen de explosie plaatsvond.

Hij stond op van de bank en deed het licht weer aan, zijn blik op de lichtgloed in het oosten gericht. De gedachte aan wat er vanmiddag was gebeurd raakte hij maar niet kwijt. Nu hij helder nadacht vroeg hij zich opeens iets af. Waarom had Ziggy zijn laatste krachten en de laatste ogenblikken van zijn leven gebruikt om dat halve vel papier uit te printen en dat samen met de foto in zijn handen te drukken? Wat was er zo belangrijk dat hij dit had gedaan?

Hij liep naar de tafel, pakte de foto en bekeek hem enkele seconden, zonder te weten wie het was en zonder te begrijpen wat dat gezicht van die donkerharige jongen met een zwarte kat in zijn handen kon betekenen. Het vel papier was een kopie van een brief, duidelijk door een man geschreven. Het slordige en onnauwkeurige handschrift ontcijferend begon hij te lezen.

En terwijl hij de woorden las en de betekenis tot hem doordrong, bleef hij maar zeggen dat het niet waar kon zijn. Hij moest de brief drie keer lezen om zichzelf te overtuigen van wat er stond. Vervolgens legde hij de brief en de foto ademloos terug op tafel, met enkel de bloedvlek van Ziggy om te bevestigen dat het wel degelijk allemaal waar was, dat het geen droom was.

Hij richtte zijn blik weer op de brand die daar beneden in de verte bleef woeden. Het duizelde hem. Er schoten duizend gedachten door zijn hoofd, maar hij kon er niet één vasthouden. De nieuwslezer van NY1 had daarnet niet gezegd waar het gebouw precies was ontploft. Dat zou zeker in een volgende nieuwsuitzending worden verteld. Hij moest het absoluut weten.

Hij liep terug naar de bank en zet het geluid van de televisie weer aan om de laatste informatie van het journaal te horen. Zonder goed te weten of hij een ontkenning of een bevestiging verwachtte.

Daar zat hij en hij vroeg zich af of de leegte waarin hij zichzelf voelde vallen de dood was. Of zijn broer hetzelfde had gevoeld, elke keer wanneer hij op een nieuwsbericht afging of op het punt stond een van zijn foto's te maken. Hij verborg zijn gezicht in zijn handen en in het halfduister van zijn gesloten oogleden dacht hij aan de enige persoon die echt iets voor hem had betekend. Als laatste houvast probeerde hij te bedenken wat Robert Wade zou doen als hij zich in deze situatie had bevonden.

13

Priester Michael McKean zat in een leunstoel voor een oude televisie, in zijn kamer in Joy, de zetel van de gemeenschap die hij in Pelham Bay had gesticht. Het was een kamer op de bovenste verdieping, een zolderkamer waarvan het dak gedeeltelijk schuin afliep, met witte muren en een vloer van brede vurenhouten planken. In de lucht hing nog vaag de geur van het impregneermiddel waarmee het een week eerder was behandeld. De goedkope meubelen, die de spartaanse inrichting vormden, kwamen van her en der. Alle boeken die in de boekenkast, op het bureau en op het nachtkastje stonden, waren op dezelfde manier in het huis terechtgekomen. Een groot deel was geschonken door de parochieleden, sommige speciaal aan hem. Toch koos priester McKean voor zichzelf altijd de meest versleten en beschadigde exemplaren. Deels omwille van zijn karakter, maar vooral omdat hij, als er een mogelijkheid was om een verbetering aan te brengen in het dagelijks leven, liever had dat de jongeren er baat bij hadden. De wanden waren kaal, afgezien van het kruisbeeld boven het bed en één enkele poster. Deze stelde het schilderij voor waarop Van Gogh met zijn verzonnen kleuren en hallucinante perspectief de armoede van zijn kamer in het gele huis in Arles had geschilderd. Hoewel het twee totaal verschillende ruimten waren, kreeg je bij het binnengaan toch de indruk dat die twee kamers elkaar begrepen, dat ze op een bepaalde manier in contact stonden met elkaar en dat het schilderij op de witte muur in werkelijkheid een opening was die toegang bood tot een verre plek en een andere tijd.

Door de ramen zonder gordijnen was een glimp te zien van de zee die het winderige blauw van de late aprillucht weerspiegelde. Toen hij nog een kind was, vertelde zijn moeder hem op heldere dagen als deze dat de zon de lucht de kleur van engelenogen gaf en dat de wind hun tranen tegenhield.

Een verbitterde trek gaf zijn mond een nieuwe vorm en zijn gezicht een andere uitdrukking. Die fantasierijke en kleurige woorden waren overgebracht aan een geest die nog zo zuiver was dat hij ze voor altijd in het geheugen had kunnen opnemen en bewaren. Maar het nieuws van CNN had op dit moment andere woorden en andere beelden voor het heden, die voor het toekomstige geheugen scènes zouden vormen die van oudsher het trieste voorrecht van de oorlog waren.

En net als alle epidemieën kwam de oorlog vroeg of laat overal.

In close-up was het gezicht van Marc Lassiter te zien, een verslaggever met een gezicht dat besefte, maar toch niet kon geloven wat hij zag en zei. Onder zijn ogen, in zijn haar en op de boord van zijn overhemd droeg hij de sporen van een slapeloze nacht. Achter hem het puin van een verwoest gebouw waaruit nog steeds spottende grijze rookslierten kringelden, de stervende voortbrengsels van de vlammen die lang hun licht hadden geworpen op de duisternis en de verbijstering van de mensen. De brandweermannen hadden zich de hele nacht ingespannen om ze onder controle te krijgen en ook nu nog wezen de lange stralen van de brandkranen aan één kant van het gebouw erop dat het werk nog niet helemaal was gedaan.

'Wat u achter mij ziet is het gebouw dat gisteravond gedeeltelijk in puin is gelegd door een zeer heftige explosie. Na een voorlopig en beknopt onderzoek zijn experts nog bezig om de oorzaken vast te stellen. Omdat de explosie tot nog toe niet is opgeëist, kan nog niet worden gezegd of het om een terroristische aanslag gaat of om een, hoe tragisch ook, gewoon ongeluk. Het enige wat vaststaat is dat het aantal slachtoffers en vermisten aanzienlijk is. De hulpverleners werken onafgebroken met alle mogelijke middelen om de lichamen van de overledenen van onder het puin te halen, zonder de hoop te laten varen nog overlevenden te vinden. Hier ziet u de indrukwekkende, veelzeggende beelden van de camera op onze helikopter die de omvang tonen van deze tragedie, die de stad en het hele land onthutst en die herinnert aan andere beelden en andere slachtoffers die nooit uit het geheugen van de mensen en de geschiedenis zullen worden gewist.'

Het beeld veranderde en de stem van Lassiter klonk nu op de achtergrond bij de luchtopnamen. Vanuit de lucht gezien was het beeld nog gruwelijker. Het gebouw, een rood bakstenen bouwwerk van tweeëntwintig verdiepingen, was door de explosie voor de helft weggevaagd. Het rechterdeel was ingestort, maar in plaats van het gebouw te doen imploderen was het naar de zijkant geschoven, zodat een punt als een vinger naar de hemel omhoogstak. De breuklijn was zo duidelijk dat aan die kant de kamers zonder buitenmuren zichtbaar waren, met resten van meubels en voorwerpen die voor de mensen het dagelijks leven betekenden. Op de bovenste verdieping was een wit laken blijven steken aan een raamwerk en nu hing het troosteloos in de wind en de luchtstroom van de rotorbladen van de helikopter te wapperen als een vlag van overgave en rouw. Gelukkig was het gedeelte dat was afgebroken op een veld met bomen gestort, een klein parkje met speeltoestellen voor kinderen, een basketbalveld en twee tennisbanen. Daardoor was het puin opgevangen en was voorkomen dat andere gebouwen waren getroffen en het aantal slachtoffers nog hoger was. De explosie had het gebouw in de richting van East River laten instorten en de gebouwen aan de andere kant ongemoeid gelaten, ook al waren alle ramen in de directe omgeving door de luchtdruk verbrijzeld. Rondom het getroffen gebouw en de puinhopen was het een chaos van hulpvoertuigen en mensen die zich met al hun kracht en hoop inspanden in dat gevecht tegen de tijd. De verslaggever kwam weer close-up in beeld en zijn gezicht kwam in de plaats van deze beelden van troosteloosheid en dood.

'Burgemeester Wilson Gollemberg heeft de noodtoestand afgekondigd en zich naar de plek van de ramp gehaast. Hij heeft de hele nacht actief meegeholpen met de reddingsoperaties. We hebben zijn eerste verklaring, die gisteravond onmiddellijk na zijn aankomst ter plekke is opgenomen.'

Weer een ander shot, met het kwaliteitsverlies dat een opname in dergelijke omstandigheden met zich meebrengt. De burgemeester, een lange man met een open gezicht, wekte de indruk te trillen van spanning maar straalde tegelijkertijd vertrouwen en vastberadenheid uit. Hij werd verlicht door het witte en onbeweeglijke licht van de camera's, dat streed met het tegenlicht van de wetteloze vlammen achter hem. Op dat moment van verwarring en nood had hij kort commentaar gegeven op wat even daarvoor was gebeurd.

'Op dit moment kunnen we nog geen balans opmaken of conclusies trekken. Eén ding kan ik als burgemeester aan al mijn burgers en als Amerikaan aan alle Amerikanen beloven. Als er één of meer personen zijn die verantwoordelijk zijn voor deze laaghartige daad, wil ik dat ze weten dat ze niet zullen ontkomen. Hun lafheid en wreedheid zullen de straf krijgen die ze verdienen.'

Opnieuw de verslaggever, live vanaf een plek die voor veel mensen nooit meer dezelfde zou zijn. 'Dit was het voorlopig vanuit Lower East Side in New York. Er is op korte termijn een persconferentie gepland. Ik kom bij u terug als er verdere ontwikkelingen zijn. Dit was Mark Lassiter, terug naar de studio.'

Op hetzelfde moment dat de presentatoren aan de tafel in de studio in beeld kwamen en hun reactie gaven, ging zijn mobiele telefoon, die op een tafeltje naast de leunstoel lag. De priester zette het geluid van de televisie uit en nam de telefoon op. Uit het toestel klonk de licht emotionele stem van Paul Smith, de pastoor van Saint Benedict.

'Michael, zit je voor de televisie?'

'Ja.'

'Het is verschrikkelijk.'

'Ja, inderdaad.'

'Al die mensen. Al die doden. Al die wanhoop. Ik kan het maar niet geloven. Wat bezielt iemand die zoiets aanricht?'

Priester McKean werd bevangen door een vreemde en treurige moeheid, die de menselijkheid van een mens raakt als hij gedwongen wordt de absolute afwezigheid van menselijkheid in andere mensen onder ogen te zien. 'Ik vrees dat we één ding moeten beseffen, Paul. Haat is geen gevoel meer. Het is in een virus aan het veranderen. Als het de ziel aantast, is de geest verloren. En de mens staat hier steeds weerlozer tegenover.'

Aan de andere kant was het een ogenblik stil, alsof de oude priester nadacht over de woorden die hij net had gehoord. Toen uitte hij een twijfel, die misschien de werkelijke reden was waarom hij belde. 'Denk je dat we, met wat er net is gebeurd, de plechtige mis moeten vieren? Denk je niet dat een zachtere toon beter zou zijn, gezien de omstandigheden?'

In de parochie van Saint Benedict was de mis van kwart voor elf de belangrijkste op zondag. Daarom werd deze bij de tijden op het mededelingenbord als plechtige mis aangeduid. Op de galerij boven de hoofdingang, waar het pijporgel stond, was de plaats van het koor. Andere zangers die tijdens de dienst psalmen zongen stonden op het altaar zelf. Aan het begin van de dienst was er een kleine processie waaraan behalve de pastoor en vier misdienaars in wit gewaad ook enkele gelovigen deelnamen, steeds anderen, gekozen uit de parochieleden.

McKean dacht er een ogenblik over na en schudde zijn hoofd, alsof de pastoor aan de andere kant van de lijn hem kon zien. 'Ik denk het niet, Paul. Ik denk dat de plechtige mis, juist vandaag, tegelijkertijd een stellingname en een duidelijk antwoord op deze gruweldaad is. Waar deze ook vandaan komt. We zullen tot God blijven bidden op de manier die we het meest waardig vinden. En op dezelfde plechtige manier zullen we eer bewijzen aan de onschuldige slachtoffers van deze tragedie.'

Hij zweeg even en ging toen verder. 'Het enige wat we volgens mij kunnen doen is de lezing veranderen. In de viering van vandaag staat een passage uit het Evangelie volgens Johannes op het programma. Ik zou deze vervangen door de Bergrede. De zaligsprekingen, bedoel ik. Dat spreekt iedereen aan, ook de niet-gelovigen. Ik denk dat deze passage erg veelzeggend is op een dag als deze, waarop de barmhartigheid niet mag worden overmand door instinctieve wraakgevoelens. Vergelding is de gebrekkige rechtvaardigheid van deze wereld. Wij spreken tegen de mensen over een rechtvaardigheid die niet aards is en dus niet bezoedeld door de zonde.'

Aan de andere kant was het even stil.

'Lucas of Matteüs?'

'Matteüs. De passage van Lucas bevat een gedeelte over vergelding dat niet strookt met onze gevoelens. En als gezangen zouden we *The whole world is waiting for love* en *Let the valley be raised* kunnen kiezen. Maar ik vind dat we daarvoor ook moeten overleggen met Bennett, de dirigent van het koor.'

Opnieuw een stilte en toen de opluchting om de weggenomen twijfel in het antwoord van de pastoor. 'Ja, ik denk dat je gelijk hebt. Maar ik zou je één ding willen vragen. En ik weet zeker dat iedereen er zo over denkt.'

'Zeg het maar.'

'Ik zou willen dat jij de preek houdt tijdens de mis.'

McKean voelde een onwillekeurige vlaag van tederheid. Pastoor Smith was een gevoelige en kwetsbare man, die snel ontroerd raakte. Vaak brak zijn stem wanneer hij onderwerpen moest bespreken die hem diep raakten.

'Dat is goed, Paul.'

'Tot straks dan.'

'Ik vertrek over een paar minuten.'

Hij legde zijn telefoon op het tafeltje, stond op en liep naar het raam. Met zijn handen in zijn zakken staarde hij uit het raam, zonder het dagelijkse uitzicht te zien. De gebruikelijke, vertrouwde vormen en kleuren, zee, wind en bomen, leken deze dag vreemde toeschouwers van een andere wereld, beelden zonder begrip en moeilijk te begrijpen. De reportage die hij zojuist op televisie had gezien bleef maar op zijn netvlies staan. In gedachten ging hij terug naar de vreselijke tijd rond 11 september, de dag waarop de tijd en de wereld van 'ervoor' in 'erna' waren veranderd.

Hij dacht na over al die misdaden die in naam van God waren gepleegd, terwijl God er niets mee te maken had. Over welke god het ook ging. Opeens vroeg Michael McKean, de man en niet de priester, zich iets af. Enige tijd geleden had paus Johannes Paulus II de wereld om vergiffenis gevraagd voor het gedrag van de katholieke kerk van ongeveer vierhonderd jaar geleden, in de tijd van de inquisitie. Waarvoor zou de paus over vierhonderd jaar vergiffenis voor moeten vragen? Voor iets wat ze nu deden? Voor wat zouden *álle* mensen ter wereld die een geloof beleden vergiffenis vragen?

Het geloof was een geschenk, net als liefde, vriendschap en vertrouwen. Het kon niet uit het verstand ontstaan. Het verstand kon het alleen, in enkele gevallen, levend houden. Het was het andere spoor, dat evenwijdig liep in een richting die niemand kende. Maar als het geloof het verstand liet sterven, stierven daarmee ook de liefde, vriendschap, vertrouwen en goedheid. En dus de hoop.

Sinds Joy was ontstaan, leefde hij tussen jongeren voor wie hoop een gevoel was dat ze nooit hadden gekend of dat ze waren kwijtgeraakt in de loop van hun korte en ongelukkige reis. Wat ze in ruil voor de hoop hadden gekregen was een verschrikkelijke zekerheid. Dat het leven uit steegjes, listen, donkerte, nooit uitgekomen verlangens, klappen en ontzegde genegenheid bestond en dat de mooie dingen alleen voor anderen bestemd waren. Dat ze, in strijd met het leven en met zichzelf, niets te verliezen hadden omdat ze in het niets leefden. En zo raakten velen de weg kwijt in dat niets.

Er werd op de deur geklopt. De priester liep weg van het raam en deed open. In de deuropening stond John Kortighan, de niet-kerke-lijke leider van Joy, een rasechte optimist. En God wist hoeveel optimisme er elke dag nodig was op een plek als deze.

John regelde alle praktische aspecten van de organisatie, die technisch gezien tamelijk eenvoudig te leiden was, maar tegelijkertijd om andere redenen behoorlijk complex was. Hij organiseerde, bestuurde, vertegenwoordigde en deed nog talloze andere dingen en daarbij was hij een echte heer. Toen hij deze functie bij Joy had aangenomen in ruil voor een niet erg hoog en niet altijd even stipt salaris, kon McKean het eerst niet geloven. Vervolgens was hij euforisch, alsof hij onverwachts een mooi cadeau had gekregen. Hij had hem niet verkeerd ingeschat en hij had nooit een reden gehad om spijt te krijgen van zijn keuze.

'De jongeren staan klaar, Michael.'

'Uitstekend. Dan gaan we.'

Hij nam zijn jas van de kapstok, ging de kamer uit en liet de deur open. Hij nam niet de moeite om hem op slot te draaien. In Joy bestonden geen deurgrendels of sloten. Wat hij altijd probeerde over te brengen aan de jongeren was dat ze niet in een gevangenis waren maar op een plek waar ieders daden en bewegingen gestuurd werden door de vrije wil. Ieder van hen was zelfstandig en kon op elk moment de gemeenschap verlaten, als hij of zij dat nodig vond. Velen van hen waren in Joy terechtgekomen omdat ze zich op de plek waar ze eerst woonden een gevangene voelden.

Priester McKean was zich daarvan bewust en wist dat het gevecht tegen de drugs lang en moeilijk was. Hij wist dat al zijn jongeren vochten tegen een lichamelijke behoefte die ertoe kon leiden dat ze zich daadwerkelijk onwel voelden. Tegelijkertijd moest ieder van hen korte metten maken met alles wat hen vanbinnen en vanbuiten in de grootste duisternis had gedreven, zaken waarin je ook terecht kunt komen wanneer het niet donker is. Met de zekerheid dat de lichamelijke kwelling kon ophouden en al de rest verborgen of vergeten kon worden door simpelweg een pilletje te nemen, wit poeder te snuiven of een naald in de aderen te steken.

Soms redde iemand het helaas niet. Op sommige ochtenden werden ze wakker en stonden ze voor een leeg bed en voor een nederlaag die moeilijk te incasseren en te verteren was. Op dat moment waren het de andere jongeren die hem omringden. Die blijk van genegenheid en vertrouwen gaf alles zin en leverde de kracht om door te gaan, met veel pijn en wat extra ervaring.

Terwijl ze de trap af liepen, moest John wel een opmerking maken over wat de avond ervoor in Manhattan was gebeurd. Waarschijnlijk werd er in de wereld over niets anders gepraat.

'Heb je de nieuwsuitzendingen gezien?'

'Niet allemaal, maar wel veel.'

'Ik had vanochtend wat te doen. Is er nieuws?'

'Nee. In elk geval niets wat de pers weet.'

'Wie heeft het volgens jou gedaan? Islamitische terroristen?'

'Ik zou het niet weten. Ik heb me geen duidelijk beeld kunnen vormen. Waarschijnlijk kan niemand dat. De vorige keer werd de aanslag meteen opgeëist.'

Er was geen nadere uitleg nodig. Ze wisten allebei waar die 'vorige keer' op duidde.

'Ik heb een neef bij de politie, hij werkt toevallig in een bureau in Lower East Side. Ik heb vanochtend met hem gesproken. Hij was ter plekke. Hij kon nog geen oordeel vellen, maar zei wel dat het een vreselijke zaak is.'

John bleef even stilstaan op de laatste overloop, alsof dat wat hij wilde zeggen verduidelijkt moest worden. 'Ik bedoel, veel vreselijker dan het lijkt.'

Ze liepen verder de trap af en kwamen zwijgend beneden aan. Allebei vroegen ze zich af wat ter wereld in staat was om een gewelddaad als deze in iets nog ergers te veranderen. Ze liepen door de keuken die was ingericht op een gemeenschap van een dertigtal mensen. Drie jongeren met corvee en mevrouw Carraro, de kokkin, waren er de zondagmaaltijd aan het bereiden.

Het was een tamelijk grote ruimte, met in het midden fornuizen onder de afzuigkap en aan de zijkant werkbladen en koelkasten. De keuken lag aan de achterkant van het huis, waar het licht door grote ramen naar binnen kwam.

McKean liep naar een fornuis en ging naast de vrouw staan, die met haar rug naar hem toe stond en hem niet zag aankomen. Hij tilde het deksel op, zodat een naar saus ruikende stoomwolk ontsnapte en omhoogkringelde, de afzuigkap in.

'Goedemorgen, mevrouw Carraro. Waarmee vergiftigt u ons vandaag?'

Janet Carraro was een vrouw van middelbare leeftijd. Ze had volle rondingen en was, naar eigen zeggen op twee pond na, dik. Ze schrok op, veegde haar handen af aan haar schort, pakte het deksel uit de handen van de priester en legde het weer op de pan. 'Eerwaarde, u beseft toch wel dat dit een saus is die tot de zonde van de gulzigheid kan worden beschouwd?'

'Dus behalve voor ons lichaam moeten we ook voor onze ziel vrezen?'

De jongeren die aan de andere kant van de keuken op een houten snijplank groenten aan het schoonmaken en snijden waren, glimlachten. Dit soort woordenwisselingen was gebruikelijk tussen de twee, een kleine vertoning van hun wederzijdse genegenheid, ter vermaak van iedereen. De kokkin nam een houten lepel, doopte hem in de saus en hield hem uitdagend voor de priester.

'Hier, oordeelt u zelf, wantrouwige man. En denk aan de heilige Thomas.'

McKean bracht de lepel blazend naar zijn lippen en stak hem in zijn mond. Zijn eerst weifelende gezicht kreeg een extatische uitdrukking. Hij herkende onmiddellijk de volle smaak van de amatricianasaus met tomaten, spek en pepertjes van mevrouw Carraro.

'Vergeef me, mevrouw Carraro. Dit is de lekkerste bolognesesaus die ik ooit heb geproefd.'

'Het is amatricianasaus.'

'Dan moet u dat er wel bij zeggen, anders blijft hij naar bolognesesaus smaken.'

De kokkin deed alsof ze verontwaardigd was. 'Het is dat u het bent, maar anders zou ik voor deze opmerking straks een enorme portie pepertjes op uw bord scheppen. En het staat nog helemaal niet vast dat ik dat niet doe.'

Maar de toon van haar stem en de glimlach op haar gezicht spraken haar woorden tegen. Ze wees met de lepel naar de deur. 'En maak nu dat u wegkomt en laat deze mensen werken, als u wilt eten wanneer u terugkomt. Bolognese of amatriciana, wat het ook moge zijn.'

De priester vond John Kortighan naast de deur die uitkwam op de binnenplaats, met een glimlach op de lippen vanwege de kleine vertoning waar hij zojuist toeschouwer van was geweest. Terwijl hij de deur openhield gaf hij zijn kritische commentaar.

'Heel grappig. Jij en mevrouw Carraro zouden dit voor de kost kunnen doen.'

'Dat heeft Shakespeare al gedaan. *Bolognese or not bolognese, that is the question*, weet je wel?'

De welluidende lach van zijn medewerker volgde hem naar buiten en ging zonder echo verloren in de buitenlucht. Ze bevonden zich op de binnenplaats en liepen naar de rechterkant van het gebouw, waar een versleten busje met de jongeren erin stond te wachten.

McKean stopte en hief zijn blik een moment naar de heldere hemel. Ondanks het korte moment van grapjes over en weer werd hij bevangen door een plotseling gevoel van onbehagen, dat hij niet kon benoemen. Maar toen hij instapte en de jongeren begroette, verdreven de hartelijkheid en de vreugde van het samenzijn voor een ogenblik de gedachte die hem vlak daarvoor als een slecht nieuwsbericht had getroffen. Terwijl het oude busje over de onverharde weg naar de uitgang van het terrein reed en het huis in een stofwolk achter zich liet, nam dat dreigende gevoel echter opnieuw bezit van zijn gedachten. Hij zag weer alle beelden die op televisie voorbij waren gekomen en hij kreeg de indruk dat de wind, die de tranen van de engelen en mensen tegenhield, opeens was opgehouden met waaien.

14

Gelukkig zij die nederig van hart zijn, want voor hen is het koninkrijk van de hemel.
Gelukkig de treurenden, want zij zullen getroost worden.
Gelukkig de zachtmoedigen, want zij zullen het land bezitten.
Gelukkig wie hongeren en dorsten naar gerechtigheid, want zij zullen verzadigd worden.
Gelukkig de barmhartigen, want zij zullen barmhartigheid ondervinden.
Gelukkig zij die zuiver van hart zijn, want zij zullen God zien.
Gelukkig de vredestichters, want zij zullen kinderen van God genoemd worden.
Gelukkig zij die vanwege de gerechtigheid vervolgd worden, want voor hen is het koninkrijk van de hemel.
Gelukkig zijn jullie wanneer ze je omwille van mij uitschelden, vervolgen en van allerlei kwaad betichten.
Verheug je en juich, want je zult rijkelijk worden beloond in de hemel.

Priester McKean stond voor de lessenaar, links op het altaar, dat een paar treden hoger lag dan de kerkvloer. Toen zijn diepe stem aan het eind van de lezing kwam, bleef hij een ogenblik stil, zijn blik strak op de bladzijde gericht. Zo gaf hij zijn woorden de tijd aan te komen. Het was geen lange reis, maar op dat moment was het zeker ook geen gemakkelijke. Ten slotte richtte hij zijn hoofd op en hij liet zijn blik over de volle kerk gaan. Toen begon hij te spreken.

'De zinnen die u net hoorde maken deel uit van een van de bekendste preken van Jezus. De rede is niet alleen zo beroemd geworden vanwege de schoonheid van deze woorden, vanwege hun evocatieve kracht, maar ook vanwege het belang ervan in de eeuwen die volgden. Deze korte passage bevat de essentie van de leer die hij de laatste drie jaar van zijn leven heeft gepredikt. Hij die mens werd, heeft op aarde een nieuw pact tussen de mens en de Heer gebracht, met zijn boodschap heeft hij ons de hoop getoond, maar niet aangespoord tot overgave. Dat betekent niet dat ieder van ons zich passief moet neerleggen bij alle onrecht, alle pijn en alle tegenslag die ons overkomt in een wereld die is gemaakt door God, maar wordt geregeerd door de mens. Maar het herinnert ons er wel aan dat onze kracht en onze steun in de strijd van het dagelijks leven in het geloof te vinden zijn. Dat wordt van ons gevraagd. Het wordt ons niet opgelegd, het wordt ons eenvoudigweg als door een vriend gevraagd.'

Hij zweeg even en richtte zijn blik opnieuw op de lessenaar voor hem. Toen hij zijn hoofd ophief liet hij zonder schaamte aan alle aanwezigen zien dat de tranen over zijn wangen liepen.

'U weet allemaal wat er gisteravond in onze stad is gebeurd. De verschrikkelijke beelden die ieder van ons op zijn netvlies heeft zijn niet nieuw, evenmin als de verbijstering, de pijn en het mededogen die we ervaren wanneer we geconfronteerd worden met beproevingen als deze, beproevingen die we te boven moeten komen.'

Hij liet de aanwezigen een ogenblik de tijd om te begrijpen, om te herinneren.

'Die we *allemaal* te boven moeten komen, tot en met de laatste mens, omdat de pijn die slechts één van ons treft de gehele menselijke soort treft. Omdat we van vlees zijn, met onze zwakheden en gebreken, is het eerste wat we ons afvragen wanneer ons iets verdrietigs en onverwachts overkomt, wanneer iets onbegrijpelijks ons wezen raakt, wanneer de grens aan wat we kunnen verdragen wordt overschreden, waarom God ons heeft verlaten. Waarom staat Hij toe dat dit gebeurt als wij Zijn kinderen zijn? Ook Jezus vroeg zich dat af toen hij aan het kruis hing en voelde hoe zijn menselijke kant het deel van de pijn opeiste dat de wil van de Vader van hem had gevraagd. En bedenk goed dat Jezus op dat moment geen geloof had...'

Hij zweeg. Er hing deze zondag een nieuwe stilte in de kerk.

'Op dat moment wás Jezus het geloof.' De priester sprak deze zin met nadruk uit en ging verder.

'De mens heeft ervaren dat Jezus op aarde is gekomen met de wil om ons verlossing te brengen en daarom is het begrijpelijk dat het ons ook kan overkomen, dat die wil en dat offer ons ten goede komen en dat wij elke keer dat we voor een altaar staan hiervoor danken.'

Hij zweeg opnieuw een ogenblik en sprak toen met de stem van een gelovige en niet met die van een predikant.

'Kijk, een vriend neem je zoals hij is. Soms moeten we dat ook doen als we hem niet begrijpen, omdat het vertrouwen in sommige gevallen verder moet reiken dan het begripsvermogen. Als we zo doen bij een vriend, die een menselijk wezen is en blijft, dan moeten we dat nog sterker doen bij God, die onze vader is en tegelijkertijd onze beste vriend. Als we niet begrijpen, moeten we in plaats daarvan het geloof bieden, dat ook van ons wordt gevraagd als we arm of bedroefd zijn, als we honger en dorst hebben, als we worden vervolgd, beledigd of onterecht beschuldigd. Want Jezus heeft ons geleerd dat het uit onze goedheid komt, uit de zuiverheid van ons hart, uit onze barmhartigheid, uit ons verlangen naar vrede. En wij zullen, denkend aan de woorden van Jezus op de berg, dat geloof hebben. Want ook al is dat waarin we leven een onvolmaakte wereld en is dat waarin we oud worden een onvolmaakte tijd, Hij heeft beloofd dat we er op een dag een plek voor terug zullen krijgen, een plek die prachtig zal zijn en helemaal van ons. En er zal geen tijd zijn, want het zal voor eeuwig zijn.'

Het einde van zijn preek viel op bewonderenswaardige wijze samen met het galmende geluid van het pijporgel dat zich door de kerk verspreidde. Het orgel begeleidde het koor dat een lied zong over de wereld en de behoefte aan liefde. Elke keer dat priester McKean luisterde naar de harmonieuze stemmen van de zangers die perfect op elkaar ingespeeld waren, kon hij niet voorkomen dat hij kippenvel op zijn armen kreeg. Hij bedacht dat muziek een van de grootste geschenken voor de mens was, een van de weinige dingen die de ziel zodanig konden raken dat het in het lichaam te voelen was. Hij verliet de lessenaar en liep naar zijn plaats bij de misdienaars aan de andere kant van het altaar. Daar bleef hij staan, volgde het ritueel van de mis en bleef tegelijkertijd naar de gelovigen in de volle kerk kijken.

Zijn jongeren, behalve degenen die corvee hadden in Joy, zaten op de banken. Net als bij alle andere dingen mochten ze zelf kiezen of ze deelnamen aan het gebed en of ze de missen bijwoonden. Joy was in eerste instantie een plaats van menselijke bekering en niet van religieuze bekering. Het feit dat de gemeenschap zich tot een katholieke priester wendde, mocht van hem geen invloed hebben op de keuzen van de jongeren. Maar hij was zich bewust van het feit dat ze bijna allemaal voor hem naar de kerk kwamen. Ze begrepen dat het hem goed deed dat ze deelnamen aan een moment van samenzijn. En dat was voorlopig genoeg voor hem.

De kerk van Saint Benedict stond midden in een woonwijk van de Bronx die Country Club heette en waar vooral mensen van Italiaanse of Latijns-Amerikaanse afkomst woonden, wat bij de meeste aanwezigen gemakkelijk aan hun uiterlijk was te zien. Bij de ingang van de kerk hingen, rond het beeld van de Heilige Maagd, geelkoperen gedenkplaten aan de muur ter herinnering aan de overledenen van de parochie. Het waren vooral Italiaanse of Spaanse achternamen. In de loop van de dag werden er dan ook missen gehouden in beide talen, speciaal voor de twee volksgroepen.

Tijdens de communie ging priester McKean naar het altaar en kreeg de hostie direct uit handen van de pastoor, die niet naliet hem een tevreden blik toe te werpen, als dank voor zijn preek. Met de magie van de muziek die de uitwisseling van de vredesgroet versterkte en de wierookgeur in de lucht, rondde pastoor Paul Smith de mis in gebed af.

Even later stonden de priesters zoals gebruikelijk bij de uitgang van de kerk, om de gelovigen te groeten en kort van gedachten te wisselen, om te luisteren naar hun verhalen of om nieuwe initiatieven van de parochie te bespreken. Tijdens de wintermaanden vond deze ontmoeting in de centrale hal plaats, maar op deze mooie dag aan het einde van april stonden de deuren wijd open en stond iedereen verspreid over de buitentrap.

McKean ontving complimenten voor zijn woorden bij het evangelie. Ook Ellen Carraro, de oudste zus van hun kokkin, was er, met nog glanzende ogen, om hem haar ontroering te betuigen en hem te herinneren aan haar artritis. Roger Brodie, een gepensioneerd timmerman die af en toe gratis zijn diensten verleende aan de parochie, beloofde hem dat hij de volgende dag naar Joy zou komen om het dak te repareren. Langzamerhand losten de groepjes op en ging iedereen terug naar zijn auto of huis. Velen waren te voet gekomen, omdat ze dichtbij woonden.

De pastoor en priester McKean bleven alleen achter.

'Je was ontroerend vandaag. Je bent geweldig, Michael. Om wat je zegt en om hoe je het zegt. Om wat je doet en hoe je het doet.'

'Dank je wel, Paul.'

Pastoor Paul Smith draaide zijn hoofd en wierp een blik op John Kortighan en de jongeren van Joy. Ze stonden onder aan de trap op de stoep te wachten tot ze terug zouden keren naar Joy. Toen hij zijn hoofd weer naar hem toe keerde, zag McKean dat hij zich ongemakkelijk voelde.

'Ik moet je een om gunst vragen, als het je niet te veel tot last is.'

'Zeg het maar.'

'Angelo voelt zich niet goed. Ik weet dat de zondag een belangrijke dag voor jou en de jongeren is, maar zou je hem willen vervangen in de mis van halféén?'

'Geen probleem.'

De jongeren zouden hem wel missen, maar op deze bijzondere dag wist hij dat hij niet in de stemming zou zijn om met hen aan tafel te zitten. Hij had nog steeds dat beklemmende gevoel en vond dat hij er beter niet kon zijn dan dat hij er als een humeurige buitenstaander bij zat.

Hij liep de trappen af en ging naar de wachtende jongeren. 'Het spijt me, maar ik ben bang dat jullie zonder mij moeten lunchen. Ik moet nog iets doen in de parochie hier. Ik kom later. Zeg maar tegen mevrouw Carraro dat ze iets voor me warm houdt, als jullie tenminste niet alles verorberen.'

Hij zag de teleurstelling op het gezicht van sommigen. Jerry Romero, de oudste van de groep, die al het langst in Joy verbleef en voor veel anderen een aanspreekpunt was, sprak namens iedereen zijn ongenoegen uit. 'Ik denk dat we je alleen kunnen vergeven als je het goedmaakt met een avondje Fastflyx.'

Fastflyx was een dvd-verhuurdienst. Joy kreeg de dvd's van het bedrijf gratis toegezonden, dankzij het diplomatieke talent van John. In hun gemeenschap, die plek die om inspanningen en ontberingen vroeg, was het een kleine luxe om samen naar een film te kijken.

McKean wees met zijn vinger naar de jongen. 'Dat is gemene chantage, Jerry. En dat geldt voor jou en je medeplichtigen. Maar ik voel me toch gedwongen te wijken voor de druk van de collectieve wil. Bovendien vermoed ik dat er gisteren toevallig een verrassing is gekomen. Sterker nog, een dubbele verrassing.'

Hij gebaarde met zijn handen om de vragen van de jongeren tegen te houden. 'We hebben het er later over. Nu moeten jullie gaan, want de anderen zitten op jullie te wachten.'

De jongeren liepen onderling pratend naar de Batmobile, zoals ze het busje hadden gedoopt. McKean keek hen na terwijl ze wegliepen. Ze vormden een gekleurde massa kleding en een wirwar van problemen die te groot waren voor hun leeftijd. Met sommigen van hen was het moeilijk contact te maken. Maar ze waren zijn familie en voor een deel van hun leven zou Joy hun familie zijn.

John bleef even achter voordat hij hen inhaalde. 'Wil je dat ik terugkom om je op te halen?'

'Maak je geen zorgen, ik vraag wel een lift aan iemand.'

'Oké, tot straks dan.'

Hij bleef op straat staan totdat het busje vertrok en om de hoek verdween. Toen liep hij de trappen op en ging de kerk weer binnen, die op dat moment leeg was. Er zaten alleen nog twee vrouwen op een bank vlak bij het altaar, voor een persoonlijk contact met God na het collectieve contact van de mis.

Rechts, direct naast de ingang, stond de biechtstoel. Hij was van lichtglanzend hout. De twee ingangen werden met bordeauxrode fluwelen gordijnen afgeschermd. Een rood lampje gaf aan of de priester binnen zat en een kleiner lampje aan de zijkant vertelde of de stoel al dan niet vrij was. Het gedeelte voor de biechtvader was een krappe ruimte, met als enige comfort een rotanstoel. Aan de wand hing een schemerlampje, dat een zwak licht over de blauwe bekleding verspreidde. Het gedeelte voor de biechteling was veel spartaanser, met de bidstoel en het tralievenster dat een discretie mogelijk maakte waaraan velen op zo'n intiem moment behoefte aan hadden.

Hier trok McKean zich soms terug, zonder het lampje aan te doen of op enige andere wijze zijn aanwezigheid aan te geven. Hij bleef een tijdje zitten om na te denken over de financiële behoeften van zijn werk, om de ideeën te verzamelen die door zijn hoofd zwermden, om zich te concentreren op het geval van een bijzonder moeilijke jongere. Om tot de conclusie te komen dat ze dat allemaal waren en dat ze allemaal dezelfde aandacht verdienden, dat ze met het geld dat ze ter beschikking hadden echte wonderen verrichtten en dat ze dat zouden blijven doen. En dat de ideeën, ook de moeilijkst te realiseren ideeën, vroeg of laat de plek lieten zien waar ze hun nest hadden gemaakt. Die dag schoof hij net als vele andere dagen het gordijn opzij en ging zitten zonder het lampje boven zijn hoofd aan te doen. De stoel was oud maar comfortabel en het halfduister een bondgenoot. De priester strekte zijn benen en leunde met zijn hoofd tegen de muur. De televisiebeelden die de ogen en de geest hadden geschokt, hadden hun weerslag op iedereen, ook op degenen die niet direct door de tragedie waren getroffen. Alleen al omdat ze bestonden. Er waren dagen als deze, waarop hun leven op een weegschaal lag en begrijpen was dan de grootste opgave. Ondanks dat wat hij tijdens de mis had gezegd over dat het niet alleen om het begrijpen van de mens ging, maar ook om de wil van God die werd gediend. Af en toe vroeg hij zich af hoe zijn bestaan eruit zou hebben gezien als hij geen gehoor had gegeven aan de roep van wat de kerkelijke wereld roeping noemde. Een vrouw te hebben, kinderen, een baan, een normaal leven. Hij was achtendertig en jaren geleden, toen hij zijn keuze had gemaakt, hadden ze hem duidelijk gemaakt waar hij van af zou zien. Dat was echter een waarschuwing en geen ervaring. Nu voelde hij soms een leegte die hij niet kon plaatsen, maar tegelijkertijd was hij ervan overtuigd dat ieder mens die op aarde rondliep een dergelijke leegte in zijn leven voelde. Hij vond zijn dagelijkse genoegdoening voor die leegte elke dag in het contact met zijn jongeren en door hen te helpen nooit meer deel uit te maken van die leegte. Al met al was het moeilijkste volgens hem niet het begrijpen, maar om, na begrepen te hebben, je weg te vervolgen, hoe lastig dat ook was. Op dat moment was dat hetgeen wat het dichtst bij het geloof lag dat hij zichzelf en anderen kon bieden. En God.

'Hier ben ik, eerwaarde McKean.'

De stem dook plotseling en zonder waarschuwing op. Hij kwam uit het halfduister en uit een wereld zonder rust die even vergeten was. Hij leunde op de armleuning en boog zich voorover naar het tralievenster. Aan de andere kant, in het zwakke licht, zat een figuur die nauwelijks te onderscheiden was. Hij zag een schouder, bedekt met groene stof.

'Hallo, wat kan ik voor je doen?'

'Niets. Ik geloof dat u me verwachtte.'

Deze woorden gaven hem een onbehaaglijk gevoel. De stem klonk dof maar rustig, als iemand die geen enkele angst kent voor de afgrond waarvoor hij staat.

'Kennen we elkaar?'

'Heel goed. Of helemaal niet, zo u wilt.'

Het onbehagen veranderde in een licht angstgevoel. De priester vond zijn toevlucht in de enige woorden die hij hem kon bieden. 'Je bent een biechtstoel in gegaan. Moet ik daaruit afleiden dat je wilt biechten?'

'Ja.'

Deze ene lettergreep kwam vastberaden maar onverschillig.

'Vertel me dan je zonden.'

'Ik heb er geen. Ik vraag niet om vergiffenis, want die heb ik niet nodig. In elk geval weet ik dat u me die niet zou schenken.'

De priester was sprakeloos over deze uiting van nutteloosheid. Uit de toon van de stem maakte hij op dat dit niet zomaar hooghartigheid was, maar iets wat veel dieper en verwoestender was. Op een ander moment zou priester Michael McKean wellicht anders reageren. Maar nu waren zijn ogen en oren vol van de beelden en geluiden van de dood en het gevoel van mislukking dat toeslaat na een vrijwel slapeloze nacht.

'Als je dat denkt, wat kan ik dan voor je doen?'

'Niets. Ik wilde u alleen een boodschap brengen.'

'Wat voor boodschap?'

Een ogenblik stilte. Maar het was geen aarzeling. Het was slechts om de ander de tijd te geven om zijn geest te vrij te maken van elke andere gedachte dan deze.

'Ik was het.'

'Wat was je?'

'Ik was het die het gebouw in Lower East Side heeft laten ontploffen.'

Priester McKean was verbijsterd.

De beelden flitsten voorbij. Stof, ambulances, het geschreeuw van gewonden, de kleur van bloed, de lijken die in doeken werden weggevoerd, het gehuil van de overlevenden, de verschrikking van wie alles kwijt is. De verklaringen op televisie. En een hele stad, een heel land, opnieuw overspoeld door de angst die, zo had iemand gezegd, de enige echte winnaar van de ondergang was. En de vage schaduw aan de andere kant van deze dunne barrière beweerde dat hij hiervoor verantwoordelijk was.

Zijn verstand dwong hem de tijd te nemen om helder na te denken. Er bestonden zieke mensen die graag de schuld op zich namen van moorden en rampen waarvan niet de kleinste kans bestond dat ze er verantwoordelijk voor waren.

'Ik weet wat u denkt.'

'Wat dan?'

'Dat ik een mythomaan ben, dat er geen enkel bewijs is dat ik de waarheid spreek.'

Michael McKean, een rationeel mens en priester uit geloofsovertuiging, was op dat moment enkel een dier met alle zintuigen op scherp. En elk stukje van zijn oerinstinct schreeuwde dat de man aan de andere kant van de biechtstoel de waarheid sprak.

Hij moest een paar keer diep ademhalen voor hij verderging. De ander begreep het en respecteerde zijn zwijgen. Toen hij zijn stem had hervonden deed de priester beroep op een mededogen waarvan hij al wist dat hij die niet zou vinden.

'Wat voor zin hebben al deze doden, al deze pijn?'

'Rechtvaardigheid. En rechtvaardigheid zou nooit pijn moeten veroorzaken. Er is in het verleden veel mee rondgestrooid en nu wordt het verheerlijkt. Waarom zou het deze keer anders moeten zijn?'

'Wat bedoel je met rechtvaardigheid?'

'De Rode Zee die zich opent en sluit. Sodom. Gomorra. Ik heb voorbeelden genoeg, als u wilt.'

De stem zweeg een ogenblik. Aan zijn kant van de biechtstoel, die op dit moment de koudste plek op aarde leek, zou McKean willen schreeuwen dat dit slechts verhaaltjes uit de Bijbel waren die je niet letterlijk moest opvatten, dat... Hij hield zich in en het moment om er iets tegen in te brengen ging voorbij. Zijn gesprekspartner vatte het op als een aansporing om verder te gaan.

'De mens heeft twee evangelies gehad, een voor de ziel en een voor het leven. Een religieus en een wereldlijk evangelie. Beide hebben de mens min of meer hetzelfde geleerd. Broederschap, rechtvaardigheid, gelijkheid. Er zijn personen geweest die ze door de wereld en de tijd hebben verspreid.'

De stem leek van een plek te komen die veel verder weg was dan de minieme afstand die hen scheidde. Hij was veranderd in een zucht en gebroken door een ontgoocheling die geen tranen opwekt, maar woede.

'Maar vrijwel niemand heeft de kracht gehad om volgens de verkondigde leer te leven.'

'De mens is onvolmaakt. Zo is de natuur. Hoe kun je geen medelijden voelen? Heb je geen spijt van wat je hebt gedaan?'

'Nee, want ik zal het nog eens doen. En u zult het als eerste weten.'

McKean verborg zijn gezicht in zijn handen. Wat hem overkwam was te veel voor een mens. Als de woorden van deze man de waarheid waren, was dit een te zware beproeving voor hem. Te zwaar voor ieder die een priestergewaad droeg. De stem deed hem opschrikken. Hij klonk niet wreed, maar overtuigend. Begripvol.

'In uw woorden tijdens de mis klonk pijn. Betrokkenheid. Maar geen echt geloof.'

Hij probeerde zich tevergeefs te verzetten, niet tegen deze woorden, maar tegen zijn angst. 'Hoe kun je dat zeggen?'

De man sprak verder, alsof hij de vraag niet had gehoord. 'Ik zal u helpen het terug te vinden, Michael McKean. Dat kan ik.'

Opnieuw een stilte. Toen de drie woorden die het begin waren van de eeuwigheid.

'Ik ben God.'

15

In bepaalde opzichten was Joy het domein van het 'net niet helemaal'. Alles werkte net niet helemaal, blonk net niet helemaal en was net niet helemaal modern. Het dak was net niet helemaal in orde en de verf op de buitenmuren hoefde nog net niet te worden bijgewerkt. De weinige werknemers kregen hun salaris net niet helemaal op tijd en de medewerkers van buitenaf zagen er net niet altijd van af. Alles was tweedehands en als er al iets nieuw was in dit versleten oord, dan viel het op als het licht van een verre vuurtoren. Maar het was ook de plek waar elke dag met moeite een nieuw stukje van het reddingsvlot werd gebouwd.

Terwijl hij de Batmobile over de onverharde weg naar het huis stuurde, wist John Kortighan dat bij hem in de auto een groep jongeren zat voor wie het leven een slechte raadgever was geweest. Langzaam maar zeker had hij hun vertrouwen gewonnen en ze waren zo lang alleen geweest dat ze eenzaamheid met gewoonte verwarden. Ieder van hen had, met die typische originaliteit van het noodlot, een persoonlijke en verwoestende manier gevonden om het spoor bijster te raken, terwijl de onverschilligheid van de wereld hun sporen verdoezelde.

Op deze plek konden ze nu samen proberen om zichzelf terug te vinden, door te begrijpen dat ze niet toevallig, maar vanzelfsprekend recht hadden op een alternatief. En hij voelde zich gelukkig en tevreden omdat hij was uitgekozen om bij te dragen aan deze onderneming. Hoe zwaar en wanhopig deze ook was.

John passeerde het hek en even later reed het busje de binnenplaats over om onder het afdak van de parkeerplaats tot stilstand te komen. De jongeren stapten uit en liepen lachend en pratend naar de achteringang van de keuken. De zondag was voor iedereen een bijzondere dag, een dag zonder spoken.

Jerry Romero sprak voor iedereen. 'Jongens, wat heb ik honger.'

Hendymion Lee, een jongen die duidelijk Aziatische afkomst was, praatte hem schouderophalend na. 'Wat een nieuws. Jij hebt altijd honger. Ik weet zeker dat als jij de paus was, de communie met plakjes salami zou worden gegeven in plaats van met hosties.'

Jerry liep op Hendymion af en nam zijn hoofd in een houdgreep onder zijn arm. 'Als het aan jou zou liggen, gele spleetoog, zouden we de communie met stokjes eten.'

Ze lachten allebei.

Shalimar Bennett, een zwart meisje met een grappige wilde haardos en het lichaam van een gazelle, mengde zich in het gesprek. 'Jerry die paus wordt? Hij zou niet eens priester kunnen worden. Hij kan niet tegen de wijn. Bij zijn eerste mis zou hij zich bezatten en meteen worden weggejaagd.'

John glimlachte. Hij was nog halverwege de binnenplaats en zag hen in het huis verdwijnen. Hij liet zich niet misleiden door die ontspannen sfeer. Hij wist hoe breekbaar dat evenwicht was, hoe in ieder van hen de herinnering en de verleiding één geheel waren, in afwachting van het moment dat er alleen nog maar een herinnering zou zijn. Toch was het mooi wat hij elke dag zag, de poging om opnieuw te beginnen en een mogelijke toekomst op te bouwen. Met de zekerheid van een miljard dollar dat het ook zijn verdienste was en met de hooghartigheid van een paar centen om hier zo lang mogelijk mee verder te gaan.

Terwijl hij daar zo alleen midden op de binnenplaats stond, zijn schaduw verborgen door de zon die loodrecht boven hem stond, hief John Kortighan zijn blik op naar de blauwe lucht en keek naar het huis.

Het gebouw van Joy grensde aan dat deel van het Pelham Bay Park dat bij de Bronx hoorde. Het terrein besloeg ongeveer zeshonderd vierkante meter en keek uit op een stukje zee dat als een vinger naar het noorden duwde om het land te doorzoeken. Het hoofdgebouw bestond uit twee verdiepingen en had de vorm van een vierkante C. Het was gebouwd in de bouwstijl die de huizen van New England kenmerkten, met een overheersend gebruik van hout en donkere bakstenen. De open zijde lag aan de groene kust, die aan de andere kant van het kanaal juist als een hand naar het zuiden afdaalde om de zee terug te dringen.

Hier was de hoofdingang, aan de tuin. Het huis werd bereikt via een veranda in de vorm van een halve achthoek en verlicht door grote glazen deuren. Op de begane grond bevonden zich de keuken en de provisiekamer, de eetzaal, een kleine ziekenboeg, een bibliotheek en een kamer met spellen en de televisie. Aan een van de korte zijden waren twee slaapkamers en een gemeenschappelijke badkamer voor het personeel in vaste dienst dat net als hij op Joy verbleef. Op de eerste verdieping waren de slaapkamers van de jongeren en op de zolder was de kamer van priester McKean.

De lange zijde grensde aan de binnenplaats, waar een bijgebouw was neergezet dat onderdak bood aan een werkplaats voor degenen die, in plaats van te studeren, liever met hun handen werkten. Achter de werkplaats lag de moestuin, die tot aan de westelijke grens van het terrein liep en werd afgesloten door een boomgaard. Ooit was die als experiment aangelegd, met het idee om de bewoners van Joy een afleiding te bieden die tegelijkertijd lichaamsbeweging en geduld vereiste en een beloning gaf. Tot ieders verrassing was de opbrengst van het fruit en de groente langzamerhand zo toegenomen dat de gemeenschap bijna in haar eigen behoeften kon voorzien. Als de oogst zeer overvloedig was, ging er zelfs een groepje jongeren naar de markt van Union Square om de eigen producten te verkopen.

Mevrouw Carraro stond bij de keukendeur en droogde haar handen af aan haar schort. 'Wat is dat voor verhaal dat we zonder don Michael eten?'

'Hij werd opgehouden. Hij moet de mis van halféén opdragen.'

'Goed, niemand zal er dood van gaan als we even wachten. Hier wordt op zondag niet zonder deze man gegeten.'

'In orde, kolonel.'

John wees naar de keuken, waar het gegalm van het gesprek van de jongeren vandaan kwam. 'Maar dan zegt u het maar tegen de gulzigaards.'

'Ze zullen hun mond niet opendoen. Dat wil ik nog wel eens zien.'

'Daar ben ik van overtuigd.'

John zag haar over de drempel verdwijnen, met haar strijdlustigste gezicht. Ook al waren de jongeren duidelijk in de meerderheid en mevrouw Carraro duidelijk in de minderheid, hij wist zeker wie zou overwinnen. John liet het de jongeren alleen opnemen tegen hun kokkin. Ze was een vrouw die er lief en meegaand uitzag, maar al verschillende keren haar zeer wilskrachtige karakter had laten zien. Hij wist dat, als ze een besluit had genomen, het moeilijk was haar van gedachten te laten veranderen, vooral als dit besluit ten gunste was van Michael McKean.

Hij liep op zijn gemak langs de linkerkant van het huis, de licht zoute lucht opsnuivend. In gedachten. De zon was al warm en de planten begonnen uit te lopen met die groene en stille explosie die elke keer het hart en het oog verbaasde terwijl het grijs en de kou van de winter werden weggevaagd. Hij kwam bij de voorkant van het huis aan en ging verder over de tuinpaadjes, waar het grind onder zijn schoenzolen knarste. Tot aan het punt waar hij alleen nog maar de glanzende vlakte van de zee en het groen van het park aan de andere kant van het kanaal voor zich had. Hij stond stil met de handen in de zakken en een lichte bries in zijn gezicht, met de geur van het water en dat schijnbaar statische gevoel dat alles mogelijk is, dat gevoel dat het voorjaar bezorgde.

Hij draaide zich weer om en keek naar het huis. Bakstenen en balken. Glas en cement. Techniek en handwerk. Allemaal menselijke dingen.

Wat zich binnen die muren bevond, of ze nu van baksteen of van hout waren, ging verder. Het betekende iets. En hij voelde zich voor het eerst in zijn leven deel uitmaken van iets, afgezien van het vertrekpunt en het eindpunt en van de onvermijdelijke gebeurtenissen onderweg.

John Kortighan was niet gelovig. Hij was er nooit in geslaagd enig vertrouwen te koesteren, noch in God, noch in de mens. En daardoor ook niet in zichzelf. Toch was het Michael McKean op de een of andere manier gelukt om een barst te vinden in die muur, die de mensen ogenschijnlijk om hem heen hadden gebouwd en die hij zelf uit wraak had versterkt. God was nog altijd een vaag en ver concept, verborgen achter de duidelijke menselijkheid van zijn vertegenwoordiger. Maar in zeker opzicht, al had hij het hem nooit gezegd, redde de priester niet alleen het leven van de jongeren, maar ook het zijne.

Achter de ramen, die de hemel weerspiegelden, zag hij op de bovenverdieping figuren bewegen. Het waren ongetwijfeld de jongeren die naar hun kamer gingen. Ieder had zijn eigen ervaring, zijn eigen stukje leven. Allemaal samengevoegd door het huis, als kristallen in een caleidoscoop, vormden ze een levendig en breekbaar beeld. Net als alle onvaste dingen was het moeilijk te ontcijferen, maar verrassend in zijn kleurenpracht.

Hij volgde zijn weg terug, kwam het huis binnen door de hoofd-ingang en ging de trap op. Terwijl hij stap voor stap, tree na tree, naar boven klom, merkte hij dat hij liep te mijmeren. Het verhaal van Joy was tegelijkertijd heel eenvoudig en heel ingewikkeld. En zoals vaak gebeurt in dit soort gevallen, was Joy opgericht na een tragisch voorval, alsof sommige plannen uit pijn moeten ontstaan om de kracht te vinden om werkelijkheid te worden.

John woonde nog niet in de wijk, maar had er over horen vertel-len door Michael, wiens beknopte verhaal was aangevuld met een paar diepere gesprekken met de pastoor van Saint Benedict. Het was...

...op een vrijdag en er was een begrafenis aan de gang.

Een jongen van zeventien, Robin Wheaters, was dood aange-troffen in een hoek van het park, aan de andere kant van de brug, bij het kruispunt van Shore Road en City Island Road. Hij had een overdosis genomen. Een stel dat aan het joggen was had tussen het gebladerte een lichaam op de grond zien liggen, vaag en half ver-scholen door struiken. Ze waren dichterbij gekomen en hadden hem reutelend en buiten bewustzijn aangetroffen. De ambulance en de race naar het ziekenhuis waren vergeefs geweest. Robin was kort erna overleden in de armen van zijn moeder. Ze was erheen ge-bracht door de politieagenten die ze had gewaarschuwd toen haar zoon zonder reden de hele nacht was weggebleven. Niemand in de familie had ooit het geringste vermoeden gehad dat hij drugs ge-bruikte. De oorzaak van zijn dood had het toch al afschuwelijke overlijden van de jongen nog gruwelijker gemaakt. De autopsie en het ontbreken van sporen op het lichaam hadden onthuld dat het hoogst waarschijnlijk zijn eerste keer was geweest. Zijn lot had be-paald dat er geen tweede keer hoefde te komen.

De moeder was weduwe en de zus van Barry Lovito, een advo-caat van Italiaanse oorsprong die in Manhattan werkte, maar er-voor had gekozen in Country Club, in de Bronx, te blijven wonen. Hij was rijk, drukbezet en vrijgezel en hij had hard gevochten om een plek boven aan de piramide te verwerven. Hij was daar zo suc-cesvol in geweest dat de piramide nu bijna helemaal van hem was.

Toen de omstandigheden dat vereisten, had hij zijn neef met zijn moeder in huis genomen, uit een familiegevoel dat Italianen eigen is. De vrouw had een zwakke gezondheid en vaak onverklaarbare klachten en het verlies van haar man was zeker geen goed medicijn voor haar lichamelijke en geestelijke problemen geweest. Robin was een gevoelige, melancholische en beïnvloedbare jongen. Toen hij op zichzelf was aangewezen, was het slechte gezelschap als raven zijn kant op gevlogen. Zoals vaak gebeurt, wanneer de eenzaamheid niet bewust wordt opgezocht.

In de kerk waren beiden aanwezig, de oom en de moeder. Lovito, de advocaat, droeg een donker pak van uitstekende makelij. Daardoor was het duidelijk dat hij, vergeleken bij de anderen, een vermogend man was. Hij hield zijn kaken stijf op elkaar en keek strak voor zich uit, door het verdriet, of misschien uit schuldgevoel. Deze jongen was voor hem als de zoon die hij nooit had gehad en die hij, na een leven waarin hij alleen succes had nagestreefd, begon te missen. Na de dood van zijn zwager had hij zichzelf wijsgemaakt dat hij zijn plaats kon innemen, zonder te weten dat het de eerste plicht van een ouder is om er te zijn, zonder uitstel en zonder je taken op anderen af te schuiven.

Het gezicht van de vrouw was mager en uitgehold van verdriet. Haar rode, ingevallen ogen vertelden dat ze geen tranen meer had en haar gezichtsuitdrukking toonde dat ze samen met haar zoon ook elk verlangen om verder te leven begroef. Ze was, steunend op haar broer, achter de baar naar buiten gekomen, haar magere lichaam in een zwart mantelpakje dat in één klap een paar maten te groot leek geworden.

McKean zat achter in de kerk, omringd door een groep jongeren, waarvan de meesten vrienden van Robin waren. Hij had de dienst bijgewoond met dat ongepaste gevoel dat hem altijd overviel wanneer een jong iemand zonder reden stierf. Hij had altijd al gevonden dat het concept licht eerder aan een mens toebehoorde dan aan een geestelijke. Dit weggerukte leven was een nederlaag van iedereen, ook van hem, want ze waren niet altijd in staat om dat wat wegviel te vervangen door iets wat even waardevol was. En de wereld rondom was vol takken en slangen.

Toen Barry Lovito de kerk uit kwam, had hij zich naar hem omgedraaid en hem te midden van de jongeren zien staan. Zijn blik *was net iets langer dan te verwachten op Michael McKean blijven rusten. Toen had hij zijn hoofd weer omgedraaid en had hij, zijn zus nog altijd ondersteunend, zijn droevige wandeling naar de auto en naar de begraafplaats voortgezet.*

Drie dagen later stond hij samen met de pastoor tegenover hem. Na de gebruikelijke beleefdheden had Paul hen alleen gelaten. Het was duidelijk dat de advocaat was gekomen om met hem te praten, ook al wist hij niet waarom. McKean was nog geen jaar bij Saint Benedict en ze hadden elkaar tot dat moment enkel gegroet. Alsof hij zijn gedachten had gelezen, had de advocaat zijn nieuwsgierigheid aangevoeld en snel weggenomen.

'Ik weet dat u zich afvraagt wat ik kom doen. En vooral wat ik kom zeggen. Ik zal u niet lang storen.' Hij was langzaam naar de vicarie gelopen. 'Ik heb net een onroerend goed overgenomen, boven bij het park. Het is een groot huis met een mooi stuk grond. Ongeveer zeshonderd vierkante meter. Er kunnen een dertigtal mensen wonen. Uitzicht op zee en op de kust.'

Priester McKean moest een verbijsterd gezicht hebben gehad, want er was een halve glimlach op het gezicht van zijn gesprekspartner verschenen. Hij had een geruststellend gebaar gemaakt. 'Wees niet bang. Ik probeer het u niet te verkopen.'

Lovito had een ogenblik nagedacht, niet zeker of hij nog meer uitleg moest geven. Toen had hij besloten dat dit niet nodig was. 'Ik zou willen dat dit huis onderdak gaat bieden aan een gemeenschap waar jongeren met dezelfde problemen als van mijn neef hulp en steun vinden. Het is niet gemakkelijk, maar ik zou het in elk geval willen proberen. Ik weet dat ik Robin er niet mee terugkrijg, maar misschien krijg ik er wel wat uren slaap zonder nachtmerries voor terug.'

Lovito had zijn hoofd weggedraaid. Ze wisten allebei goed dat beide zaken onmogelijk waren.

'In elk geval is het mijn probleem.'

De advocaat had even gezwegen en zijn zonnebril afgezet. Hij was voor hem gaan staan met de vastberaden blik van iemand die niet bang is voor woorden, noch voor daden. Noch om zijn eigen schuld toe te geven.

'Eerwaarde, ik ben praktisch ingesteld en, wat mijn reden ook is, het resultaat is wat telt en wat met de tijd zal blijken. Het is mijn

wens dat deze gemeenschap niet alleen een mogelijkheid is, maar ook werkelijkheid wordt. En ik zou willen dat u zich erom gaat bekommeren.'

'Ik? Waarom ik?'

'Ik heb wat informatie over u ingewonnen. En die informatie heeft bevestigd wat ik zelf al dacht toen ik u te midden van die jongeren zag staan. Los van al uw kwalificaties weet ik dat u een grote invloed hebt en goed kunt communiceren met de jongeren.'

De priester had hem aangekeken alsof hij al ergens anders heen keek. De advocaat, een man die mensenkennis had opgedaan, had het begrepen. Volgens de logica van zijn werk had hij ieder mogelijk bezwaar willen wegnemen.

'Voor het grootste deel van het geld zorg ik. Ik kan u ook een niet terugvorderbare staatsbijdrage bezorgen.'

Hij had hem een ogenblik de tijd gegund.

'En als het u interesseert, ik heb al met mensen van het aartsbisdom gesproken. Er is geen enkel bezwaar. U kunt de aartsbisschop bellen als u me niet gelooft.'

Na een lang gesprek met kardinaal Logan had hij ingestemd en was het avontuur begonnen. Het huis was gerenoveerd en er was een fonds opgericht om ervoor te zorgen dat er maandelijks een bedrag voor Joy beschikbaar was om een groot deel van de kosten te dekken. Dankzij de invloed van advocaat Lovito had het nieuws de ronde gedaan en waren de eerste jongeren gekomen. En priester McKean was er om hen op te wachten.

Na een tijdje was John erbij gekomen en hij had alles perfect, in zijn dagelijkse, constante wording, aangetroffen. Ook al bestond perfectie niet en was Joy geen eiland dat ver genoeg weg lag om een uitzondering op deze regel te zijn.

De moeder van Robin had een paar maanden na de officiële opening haar laatste adem uitgeblazen, als een achtergelaten vuurtje op het strand, verteerd door haar verdriet. De advocaat was het jaar erop overleden, geveld door een infarct terwijl hij veertien uur per dag werkte om de hele piramide in handen te krijgen. Zoals vaak gebeurt liet hij veel geld en veel hebberigheid achter. Uit de mist van de onverschilligheid waren enkele verre verwanten opgedoken en zij hadden het testament, dat zijn gehele vermogen aan Joy toekende, aangevochten. Ze hadden onderling vele en uiteenlopende redenen voor de rechtszaak, maar dezelfde bedoeling: het geld in handen krijgen. En in afwachting van de uitspraak waren alle uitkeringen aan de gemeenschap bevroren. Het was op dit moment moeilijk te voorspellen of Joy zou overleven. Maar ondanks de verbittering was Joy een goede reden om voor te vechten. En dat zouden zij samen doen, hij en Michael. Voor altijd.

Ongemerkt was hij aangekomen bij de kamer van de priester, op de bovenste verdieping. Hij keek of niemand de trap op kwam. Met een lichte spanning, een natuurlijk gevolg van iets wat verboden is, duwde John de deur open en ging naar binnen. Hij had dat al eerder gedaan, met slechts een vreemde opwinding, zonder schuldgevoel om deze schending van iemands privacy. Hij sloot de deur achter zijn rug en liep een paar stappen de kamer in. Zijn ogen waren een camera die voor de zoveelste keer elk detail, elke bijzonderheid registreerde. Elke kleur. Hij streek met zijn vingers langs een bijbel die op het bureau lag, pakte een trui die op een stoel was gegooid en opende ten slotte zelfs de kast. De weinige kleren van Michael hingen daar voor zijn ogen allemaal aan klerenhangers. Hij bleef staan om naar de kleren te kijken en de geur in te ademen van de man die hem van begin af aan had gefascineerd en aangetrokken. Zo sterk dat hij zich soms moest terugtrekken, omdat hij bang was dat op zijn gezicht te lezen was wat hij voelde. Hij sloot de kast en liep naar het bed. Hij liet zijn vingers over de deken glijden en ging er vervolgens op zijn buik op liggen, met zijn gezicht precies op de plek van het kussen waar het hoofd van Michael McKean lag. Hij ademde diep in. Wanneer hij alleen was en aan Michael dacht, verlangde hij er soms naar mét hem te zijn. Andere keren, zoals nu, wilde hij hem zíjn. En hij was ervan overtuigd dat als hij hier zou blijven, dat vroeg of laat zou lukken...

In een van zijn zakken ging zijn mobiele telefoon. Hij sprong van het bed, met zijn hart in zijn keel, alsof dit geluid het signaal was dat de wereld hem had ontdekt. Met onvaste hand vond hij het toestel en nam op.

'John, met Michael. Ik kom eraan. Paul doet de mis voor mij.'

Hij was nog steeds van slag, alsof de man aan de andere kant hem kon zien en wist waar hij was. Maar hoewel hij de stem aan de telefoon door zijn eigen gêne heen hoorde, was het niet de stem die bij het gezicht van Michael hoorde. Hij klonk gebroken of angstig, of allebei.

'Mike, wat is er? Gaat het wel? Is er iets gebeurd?'

'Maak je geen zorgen. Ik kom er zo aan. Er is niets gebeurd.'

'Oké, tot straks dan.'

John hing op en bleef naar de telefoon kijken, alsof hij zo de woorden die hij net had gehoord kon ontcijferen. Hij kende Michael McKean goed genoeg om te weten wanneer iets hem zodanig had geraakt dat hij niet meer de persoon was die iedereen kende. En dit was zo'n moment.

Toen hij hem vroeg of er iets was gebeurd, had hij geantwoord dat er niets aan de hand was. Maar ondanks zijn geruststellende woorden klonk zijn stem alsof hem van alles was overkomen. Hij verliet de kamer, die opeens weer een willekeurige plek was, en sloot de deur. Terwijl hij terug naar beneden liep, kon hij niet verhinderen dat hij zich nutteloos en eenzaam voelde.

16

De vork prikte twee slierten spaghetti uit de kokende pan. Voorzichtig, om zich niet te verbranden, bracht Vivien ze naar haar mond. Ze proefde. De pasta was half gaar. Ze goot de pasta af en deed deze bij de saus die in de pan wachtte. Ze liet het geheel nog een paar minuten op hoog vuur koken, tot het teveel aan vocht was verdampt en de pasta precies goed was, zoals ze van jongs af aan van haar oma had geleerd. Die had zich, in tegenstelling tot de rest van de familie, nooit neergelegd bij het feit dat haar achternaam in de loop van de tijd van Luce in Light was veranderd. Ze zette de pan op de onderzetter en met de tang begon ze de pasta te verdelen over de twee borden die aan de andere kant van het kookeiland stonden.

Ze vond het niet nodig om aan tafel te eten en had aan de bar, tegenover het fornuis, met bamboe placemats voor twee gedekt. Ze riep haar nicht, die aan de andere kant van de gang in de slaapkamer was. 'Het is klaar.'

Even later verscheen Sundance in de woonkamer van het kleine appartement van Vivien. Ze had net gedoucht en haar lange haren waren nog vochtig. Het licht dat door het raam scheen viel op haar. Ze had een T-shirt en een spijkerbroek aangetrokken, maar toch zag ze eruit als een koningin. Ondanks enkele gelijkenissen met haar vader was ze sprekend haar moeder. Mooi, tenger, kwetsbaar. Moeilijk te begrijpen en gemakkelijk te kwetsen.

Vivien kreeg een brok in haar keel. Er waren momenten waarop de pijn, die ze als een gestolde bloedklont in zich droeg, opeens oploste en alles overspoelde. Het was een verdriet om alles wat gebeurd was, een droefheid om alles wat had kunnen zijn, maar niet had mogen zijn. Het was een hoonlach om die enkele momenten waarop ze als mens had gedacht dat het leven mooi was. Om de gewone mensendromen die niemandsland waren geworden.

Ondanks alles glimlachte ze naar haar nicht. Ze mocht niet toestaan dat dit gevoel van alles wat verloren was, alles zou overspoelen en vernietigen. Er waren nog dingen die nog hersteld konden worden. Dit gevoel kon een gevaar vormen voor alle nieuwe en blijvende dingen die konden worden opgebouwd in het stukje toekomst dat ze nog had. De tijd heelde niet altijd alle wonden. Voor Vivien volstond het om geen nieuwe wonden te veroorzaken. Verder zou ze zorgen voor alles wat in haar macht lag. Niet om haar schuldgevoel het zwijgen op te leggen, maar alleen om te verhinderen dat Sundance het hare te veel zou laten overheersen.

Het meisje ging op de kruk zitten en boog haar hoofd voorover naar het bord om de geur van de pasta op te snuiven. Haar haren vielen op de tafel als de takken van een treurwilg.

'Wat heb je gemaakt?'

'Iets eenvoudigs. Spaghetti met tomaat en basilicum.'

'Mmm. Lekker.'

'Is dat een motie van vertrouwen?'

Sundance keek met haar blauwe, heldere ogen naar haar op, alsof er niets was gebeurd, alsof die diepte van nature bij haar hoorde en geen innerlijke reflectie was.

'Jouw spaghetti is altijd lekker.'

Vivien glimlachte en maakte een gebaar van overdreven voldoening. 'Ik krijg promotie, wat fantastisch. Ik denk dat ik dit succes in mijn advertentie bij de Eenzame Harten zet.'

Ze ging naast Sundance zitten en ze begonnen zwijgend te eten, ieder bewust van de aanwezigheid van de ander.

Na wat er gebeurd was, had Vivien nooit direct met haar nicht over haar problemen gesproken. Daar was een psycholoog voor en een moeilijk, kronkelig en donker traject, dat nog steeds niet helemaal ten einde was. Soms vroeg Vivien zich af of dat ooit wel zou gebeuren. Maar zij was het enig overgebleven referentiepunt, nadat haar zus Greta op jonge leeftijd alzheimer had gekregen en dag na dag verder in het niets verdween. Nathan, de vader van Sundance, was geboren in het niets en het enige wat hij kon was dat verhullen. Hij was op handige wijze weggegaan, in een poging te vergeten wat hem nooit los zou laten. In elk geval had hij wel voldoende geld achtergelaten voor zijn vrouw en dochter. Vivien, die hem door en door kende, bedacht vaak dat dit alles was wat van hem kon worden verwacht. Dat alles wat verder nog van hem zou komen hoe dan ook meer kwaad dan goed zou doen.

Ze waren vrijwel tegelijk klaar met eten.

'Heb je nog honger? Ik kan een hamburger maken, als je wil.'

'Nee, ik heb genoeg. Dank je wel, Vunny.'

Sundance stond op en liep naar de televisie die Vivien expres uit had gezet tijdens het eten. Vivien zag haar de afstandsbediening van de bankleuning pakken en op het toestel richten. De beelden en stemmen van Eyewitness Channel kwamen de kamer binnen. En een aanblik van dood en droefenis verscheen op het scherm. Vivien pakte de borden van de bar en zette ze in de gootsteen. De beelden die de zender uitzond waren een dramatisch vervolg op wat ze zelf van dichtbij hadden gezien. De avond ervoor, toen de explosie de wereld en het stadsverkeer had lamgelegd, had Vivien onmiddellijk de radio aangezet, ervan overtuigd dat ze binnen enkele ogenblikken zouden weten wat er was gebeurd. En inderdaad, na een kleine eeuwigheid was het muziekprogramma onderbroken voor het bericht over de explosie, met de weinige details die op dat moment al beschikbaar waren. Ze hadden allebei zwijgend zitten luisteren naar het commentaar van de verslaggever terwijl ze de gloed van de vlammen voor zich zagen, zo levendig en krachtig dat ze niet alleen de dingen, maar zelfs de zielen leken te verbranden. De brand bleef naast de auto woeden, terwijl ze ter hoogte van 10th Street voorbij Alphabet City kwamen, langs de rivier en Avenue D. Vivien was ervan overtuigd dat een stukje verderop het verkeer in dit gebied vast zou staan en daarom had ze ervoor gekozen een lange omweg te maken om bij haar huis in de buurt van Battery Park te komen. Ze was de Williamsburg Bridge op gereden en had de hele Brooklyn-Queens Expressway gevolgd om via de tunnel in Downtown uit te komen. De hele tijd hadden ze nauwelijks gesproken, terwijl ze van zender naar zender switchten om het laatste nieuws te horen.

Toen ze thuis waren hadden ze haastig de televisie aangezet. De beelden van de nachtmerrie in deze grote stad bevestigden datgene waar ze zelf getuige van waren geweest. Tot 's avonds laat hadden ze naar de uitzendingen gekeken en gereageerd op wat ze zagen. Ze hadden geluisterd naar de woorden van de burgemeester en naar het korte, live commentaar van het Witte Huis – tot de vermoeidheid het won van hun moedeloosheid.

Naast elkaar waren ze in Viviens bed in slaap gevallen. In hun oren klonk nog steeds het gebulder van de explosie en ze voelden nog steeds het beven van de aarde dat op de ontploffing was gevolgd, alsof het in de herinnering nooit mocht ophouden.

Vivien draaide de kraan open en liet het water over de vuile pastaborden stromen. Ze deed er een paar druppeltjes afwasmiddel bij. Het schuim ontstond uit het niets, als een onschuldig spelletje. Achter zich hoorde ze de stemmen van de verslaggevers die niets hadden toe te voegen aan wat ze al wisten, behalve het aantal slachtoffers dat bleef toenemen.

Het geluid van de telefoon was een teken van leven te midden van al die doodsverhalen. Vivien droogde haar handen af en nam de draadloze telefoon op. In haar oren klonk de stem van hoofdinspecteur Alan Bellew, krachtig en indringend als altijd, maar met een zweem van vermoeidheid.

'Hallo, Vivien. Met Bellew.'

Hij had haar nog nooit thuis gebeld en al helemaal niet op haar vrije dag. Ze beeldde zich meteen in wat het vervolg van dit gesprek kon zijn. 'Zeg het eens.'

Hij hoefde niet eens te zeggen waar het over ging. Dat wisten ze beiden maar al te goed.

'Het is een gekkenhuis. Ik kom net uit een lange vergadering bij One Police Plaza met de korpschef en de hoofdinspecteurs van alle districten. Ik ben mijn mannen aan het verzamelen. Vanavond wil ik jullie zien om jullie op de hoogte te brengen van de situatie.'

'Is het zo erg?'

'Ja. De pers weet nog helemaal niets. Al moet ik zeggen dat zelfs wij op dit moment niet veel meer weten. Het zou best kunnen dat het een aanval op de stad is. In elk geval leg ik het jullie allemaal persoonlijk uit. Om negen uur op het bureau.'

'Oké, tot dan.'

De stem van de hoofdinspecteur zakte en veranderde, van die van een baas in een noodsituatie in die van een vriend.

'Het spijt me, Vivien. Ik weet dat je de laatste tijd hard hebt gewerkt en ik weet wat je met je meedraagt. Ik weet ook dat je vanavond met je nicht naar het concert van U2 zou gaan. Maar alle evenementen met veel publiek zijn toch tot nader order opgeschort vanwege de openbare orde.'

'Ja, dat weet ik. Dat heb ik net op televisie gehoord.'

De hoofdinspecteur zweeg even. Uit medeleven, niet uit verlegenheid. 'Hoe gaat het met Sundance?'

Bellew had twee dochters die net iets ouder waren dan haar nicht. Vivien bedacht zich dat hij waarschijnlijk hun gezicht voor ogen had bij het stellen van deze vraag. 'Goed.' Ze zei het zachtjes, alsof het een illusie was en geen zekerheid. De man aan de andere kant begreep het en vroeg niet verder.

'Tot vanavond dan.'

'Dag, Alan. Bedankt.'

Vivien beëindigde het gesprek en legde de telefoon naast de gootsteen. Ze bleef een ogenblik naar de twee borden staren, alsof ze in de diepte van de oceaan lagen in plaats van een paar centimeter onder water.

Toen ze zich omdraaide, stond Sundance voor haar aan de andere kant van de bar. Ze zag er op dat moment volwassen uit, ze had oude ogen in een meisjeslichaam. Alles om haar heen bewees haar dat alles wat ze bezat zonder waarschuwing kon worden weggevaagd. Vivien voelde meer dan ooit het verlangen om haar te tonen dat op dezelfde manier ook veel mooie dingen konden ontstaan. Hoe, dat wist ze nog niet. Maar ze zou het leren. En ze zou hen allebei redden.

Haar nicht glimlachte, alsof ze deze gedachte op haar gezicht had gelezen.

'We moeten terug naar Joy, hè?'

Vivien knikte. 'Het spijt me.'

'Ik ga mijn tas pakken.'

Het meisje liep weg en verdween in de gang, naar de slaapkamer. Vivien liep naar de kleine kluis, die fantasieloos was weggestopt achter een schilderij. Nadat ze op het elektronische paneel de code had ingegeven pakte ze haar pistool en legitimatiebewijs.

Sundance wachtte aan het eind van de gang met haar tas in de hand. Er was geen spoor van teleurstelling op haar gezicht te zien. Vivien had dat liever wel gezien, in plaats van dat ze nu al gewend was aan een leven dat op deze manier verloopt en niet altijd kan veranderen.

Ze waren van plan geweest deze middag langs de Hudson te gaan hardlopen om daarna te genieten van een avondje ontspanning en samenzijn, te midden van de menigte van het concert en toch te weten dat ze samen waren, in een moment van gelukzaligheid dat alleen de muziek kan geven. In plaats daarvan...

Ze gingen de straat op en liepen naar de auto. Het was een schitterende dag, maar op dit moment leken de zon, het lichte briesje en de diepblauwe lucht hen te bespotten, een zelfingenomen ijdelheid van de natuur in plaats van een geschenk aan de mens.

Vivien drukte op de afstandsbediening van de auto en opende het portier. Sundance gooide haar tas op de achterbank en kwam naast haar zitten. Toen ze op het punt stond de motor te starten overviel de ijle stem van het meisje haar.

'Ben je de laatste tijd nog bij mama geweest?'

Vivien was verrast en stopte met wat ze aan het doen was. Ze hadden het onderwerp al een paar maanden niet aangeroerd. Ze draaide zich om naar haar nicht, die uit het raampje keek, alsof ze zich schaamde voor deze vraag of bang was voor het antwoord.

'Ja. Ik ben er geweest. Gisteren.'

'Hoe is ze?'

Waar is ze, zou je beter kunnen vragen.

Vivien sprak deze onwillekeurige gedachte niet hardop uit. Ze probeerde zo normaal mogelijk te klinken toen ze de waarheid zei, zoals ze had besloten.

'Niet goed.'

'Denk je dat ik haar kan zien?'

Vivien kreeg geen adem, alsof de lucht in de auto opeens heel ijl werd.

'Ik weet niet of dat een goed idee is. Ik denk niet dat ze je zou herkennen.'

Sundance keek haar aan met een betraand gezicht. 'Ik herken haar. Dat is voor mij voldoende.'

Vivien werd overspoeld door een gevoel van verwoestende tederheid. Sinds haar nicht in dit nare verhaal verzeild was geraakt, was het de eerste keer dat ze haar zag huilen. Ze wist niet of Sundance zich wanneer ze alleen was, liet verleiden door de bedrieglijke troost van de tranen. Tegenover haar en alle mensen met wie ze in contact was gekomen bleef ze altijd in zichzelf gekeerd, alsof ze een muur tussen zichzelf en de mensheid had gebouwd om te voorkomen dat het verdriet naar binnen kwam.

Opeens zag ze weer het meisje van lang geleden voor zich en alle mooie momenten die ze samen hadden doorgebracht. Ze boog voorover en omarmde Sundance, in een poging alle nare momenten die ze allebei moesten vergeten, uit te wissen. Sundance verborg zich in de omhelzing en zo bleven ze lange tijd onbeweeglijk zitten. Ze openden alle ruimte die ze hadden voor die stroom van emoties, ieder met het kaartje voor de lange terugreis in hun vuist geklemd.

Vivien hoorde de snikkende stem van haar nicht ergens van tussen haar haren komen.

'O, Vunny, het spijt me wat ik heb gedaan. Het spijt me zo. Ik was het niet, ik was het niet, ik was het niet...'

Ze bleef deze woorden herhalen tot Vivien haar nog dichter tegen zich aan drukte en een hand op haar hoofd legde. Ze wist dat dit een belangrijk moment in hun leven was en ze bad tot wie dan ook verantwoordelijk was voor het bestaan van de mens om haar de juiste woorden te laten vinden.

'Ssst. Het is nu allemaal voorbij. Het is allemaal voorbij.' Ze herhaalde deze zin om Sundance en zichzelf te overtuigen.

Vivien hield haar zo vast tot het gesnik van Sundance kalmeerde. Toen ze elkaar loslieten boog Vivien voorover naar het dasboard, opende het vakje en haalde een doos Kleenex te voorschijn. Ze gaf hem aan het meisje. 'Hier. Als we zo doorgaan, is deze auto straks een aquarium.'

Ze grapte om de spanning weg te nemen en om dit nieuwe pact tussen hen te bezegelen. Sundance glimlachte flauwtjes. Ze nam een zakdoekje en droogde haar ogen.

Vivien deed hetzelfde. Terwijl ze haar ogen droogde verraste de vastberaden stem van het meisje haar.

'Er was een man.'

Vivien wachtte. Zwijgend. Ongeduldig zijn en de ontboezemingen van het meisje opjagen zou het slechtste zijn wat ze nu kon doen. Sundance ging verder, ze had geen aanmoediging nodig. Nu de muur was gevallen leek het of al het duistere dat aan de andere kant verborgen zat haastig het licht van de zon wilde terugvinden.

'Iemand die ik heb ontmoet en die me dingen gaf. Hij organiseerde...'

De stem van het meisje brak. Vivien begreep dat het nog moeilijk voor haar was om bepaalde woorden uit te spreken en bepaalde uitdrukkingen te gebruiken.

'Weet je nog hoe hij heette?'

'Zijn echte naam ken ik niet. Iedereen noemde hem Ziggy Stardust. Ik denk dat het een bijnaam was.'

'Weet je waar hij woont? Heb je een telefoonnummer?'

'Nee. Ik heb hem maar één keer gezien. Daarna belde hij altijd.'

Vivien haalde diep adem om haar hartslag te kalmeren. Ze wist waartegen ze de komende dagen moest vechten. Tegen haar woede en tegen haar instinct. Tegen haar verlangen om die schoft op te sporen en de plek waar hij woonde binnen te gaan en een heel magazijn in zijn kop leeg te schieten.

Ze keek naar haar nicht. Voor het eerst lag er geen schaduw in de blik waarmee ze terugkeek. Ze wist nu dat ze op een nieuwe manier met haar kon praten, dat ze het zou begrijpen.

'Er is iets aan de hand in deze stad. Iets vreselijks dat misschien veel mensenlevens zou kunnen kosten. Daarom is er een alarmtoestand afgekondigd bij de New Yorkse politie en daarom moet ik vanavond op het bureau zijn. Om te helpen voorkomen dat wat net is gebeurd nog eens zal gebeuren.'

Ze gaf Sundance de tijd om de woorden te laten bezinken. En om haar voor te bereiden op wat ze wilde zeggen. 'Maar ik beloof je één ding. Ik zal geen rust vinden voordat ik ervoor heb gezorgd dat deze man niemand meer kwaad kan doen. Nooit meer.'

Sundance knikte alleen maar. Op dat moment was dat voldoende voor hen. Vivien startte de motor en reed naar Joy, dat nog even het huis van haar nicht zou zijn. Ze kon niet wachten om priester McKean te vertellen over de vooruitgang die ze hadden geboekt, maar terwijl ze onderweg waren kon ze niet verhinderen dat ze steeds aan iets anders dacht. Wie deze mysterieuze Ziggy Stardust ook was, zijn leven zou in een hel veranderen.

17

Vivien liep de glazen deuren door en ging het bureau binnen. Aan de andere kant van de deur liet ze een schitterende zonnige ochtend met blauwe hemel achter die niet de minste zin had om haar te volgen. Ze kwam in de grote kleurloze hal met de betegelde muur die ooit wit was geweest. Normaal gesproken was dit voor haar een vertrouwde plek, een grenspost te midden van de maatschappij, waar ze toch een thuisgevoel wist te vinden dat ze elders was kwijtgeraakt.

Vandaag was het anders. Vandaag hing er iets vreemds in de lucht en binnen in haar, een gevoel van onrust en gespannen verwachting waar ze niet precies de vinger op kon leggen. Ze had ergens gelezen dat de krijgszuchtige mens in vredestijd tegen zichzelf vocht. Ze vroeg zich af wat voor soort oorlog zij de komende tijd zouden moeten voeren. En hoeveel ruimte er voor iedereen over zou blijven voor de eigen kleine of grote innerlijke strijd.

Op een politiebureau was vrede geen staat van afwachting. Het was een droom. Ze stak haar hand op naar de dienstdoende agenten achter de balie en ging door de deur die naar de bovenverdieping leidde. Ze begon de trap te beklimmen, weg van de vergaderzaal waar hoofdinspecteur Alan Bellew de avond ervoor de stand van zaken had toegelicht voor alle agenten die op dat moment geen dienst hadden. Leunend tegen zijn bureau had hij hen op de hoogte gebracht van het scenario waarmee ze te maken hadden.

'Zoals jullie allemaal weten, is het een ernstige zaak. Inmiddels is vastgesteld dat de explosie van het gebouw in 10th Street het gevolg van een aanslag was. Experts hebben sporen van een explosief gevonden. Een van de ergste soort. Namelijk trotyl in combinatie met napalm. Dat is het enige detail dat de pers nog niet weet, maar zoals altijd zal dat niet lang meer duren. De maker van deze bom wilde maximale verwoesting bereiken, door een brandbom en brisantbom in één te maken. Het gebouw is met chirurgische precisie *tot ontploffing gebracht. Hoe de daders erin zijn geslaagd de ladingen op zodanig zorgvuldige wijze te plaatsen zonder in het oog te lopen is nog steeds een raadsel. Ik hoef jullie niet te zeggen dat iedereen er aan werkt: de* FBI, NSA *en alle anderen. En wij natuurlijk.'*

Bellew stopte even.

'Bij de vergadering van vanochtend in het kantoor van de baas waren ook de burgemeester en een paar hoge pieten uit Washington die de president vertegenwoordigden. Het niveau van Defcon is verhoogd naar de alarmfase op nationaal niveau. Dit betekent dat alle bases en militaire luchthavens op voet van oorlog staan. De CIA *is bezig om uit te zoeken wat er aan de hand is. Ik zeg jullie dit om uit te leggen hoe hoog de polsslag van Amerika deze dagen is.'*

Vincent Narrow, een lange en stevige rechercheur die op de eerste rij zat, stak zijn hand op. De hoofdinspecteur knikte om hem het woord te geven.

'Heeft iemand de aanslag opgeëist?'

Iedereen vroeg zich hetzelfde af. Ondanks de tijd die er verstreken was, waren de spoken van 11 september nog lang niet verjaagd.

Bellew schudde zijn hoofd.

'Helemaal niemand. Op dit moment is alles wat bekend is precies dat wat op televisie is gezegd. Al Qaida heeft de aanslag in een bericht op internet ontkend. Er wordt gezegd dat zij het niet zijn. Informatica-experts gaan de betrouwbaarheid van deze boodschap na. Er bestaat altijd de mogelijkheid dat het een andere extremistische groepering was, maar meestal zijn ze heel snel in het opeisen van de verdienste van hun heldendaden.'

Van achter uit de zaal kwam een andere vraag. 'Is er geen enkel spoor?'

'Zelfs geen schaduw. Behalve de ongewone combinatie van de twee explosieven.'

Tot slot vroeg Vivien de vraag waarvan iedereen het antwoord vreesde.

'Hoeveel slachtoffers?'

De hoofdinspecteur zuchtte voordat hij antwoordde. 'Op dit moment meer dan negentig. Gelukkig is het aantal doden beperkt gebleven dankzij het feit dat het zaterdagavond was en veel mensen uit eten waren of een weekend weg. Maar het zullen er nog meer worden. Sommigen zijn vreselijk verbrand. Veel gewonden zullen het niet redden.'

De hoofdinspecteur liet deze cijfers even tot de aanwezigen doordringen. In gedachten verbonden ze de cijfers aan de droevige beelden die televisies over de hele wereld op dit moment uitzonden.

'Het is niet het bloedbad van 11 september, maar misschien is dit pas het begin, gezien de kundigheid en ervaring van de daders. De aansporing die ik jullie kan geven is om je ogen en oren wijd open te houden. Ga verder met de onderzoeken waar jullie mee bezig zijn, maar zie in de tussentijd niets over het hoofd, zelfs niet het kleinste detail. Verspreid dit ook onder jullie informanten. Als het nodig is, zijn we gemachtigd om allerlei soorten beloningen te beloven, van geld tot kwijtschelding van bepaalde misdrijven, als iemand nuttige informatie kan leveren.'

Hij pakte enkele foto's van het bureau en liet ze aan zijn mannen zien. 'Er zijn foto's genomen rond de plaats van de aanslag. Ze worden boven op het bord gehangen. Meestal kijken maniakken graag naar de gevolgen van hun wandaden. Misschien levert het niets op, misschien ook wel. Hou er in elk geval een oogje op. Je weet nooit waar een spoor vandaan kan komen. Dat was het voorlopig.'

De vergadering was afgelopen en de aanwezigen waren al pratend over de feiten naar buiten gegaan. Sommigen gingen naar huis, anderen gingen de stad in voor wat nog over was van de zondag. Iedereen vertrok met een rimpel meer dan bij aankomst.

Vivien, die van de Bronx direct naar het bureau was gekomen, had haar auto van de parkeerplaats gehaald en was met tegenzin door het slome verkeer naar huis gereden. De volgende dag zou de stad wakker worden en beginnen aan zijn razende strijd tegen wie weet wat, gedreven door hetzelfde en wie weet welke reden. Maar voorlopig was het rustig en was er tijd om na te denken. En dat was precies wat Vivien nodig had. Zodra ze thuis was gekomen, had ze een douche genomen. Meteen daarna was ze in bed gedoken, tevergeefs proberend een boek te lezen. De rest van de nacht had ze slecht en weinig geslapen. De woorden van de hoofdinspecteur hadden haar verontrust, evenals dat wat Sundance haar had verteld. Bovendien was ze in de war door het gedrag van priester McKean toen ze elkaar bij Joy hadden gezien. Ze had hem verteld over de vooruitgang van haar nicht, hoe ze zich voor haar had opengesteld en over de nieuwe wending die hun relatie had genomen. Zijn reactie hierop was niet wat ze had verwacht. De priester had dit bericht met een lauwe glimlach ontvangen, eerder met plichtmatige woorden dan met uitbundigheid over het resultaat dat ze al zo lang nastreefden. Hij leek niet meer de persoon die ze had leren kennen en vanaf het begin had bewonderd. Hij had het gesprek herhaaldelijk op de aanslag gebracht, met vragen over de toedracht, het aantal slachtoffers en het onderzoek. Vivien had er een vreemd en vaag gevoel van onbehagen aan overgehouden, iets wat priester McKean ongetwijfeld ook voelde en aan haar had overgedragen.

Vivien kwam uiteindelijk in de zaal met de bureaus van de rechercheurs. Er zaten maar een paar collega's op hun plek. Het Plaza was leeg.

Ze groette iedereen en niemand in het bijzonder. De kameraadschappelijke sfeer die gewoonlijk in het vertrek heerste was op dat moment verdwenen. Iedereen was zwijgzaam en leek in gedachten verzonken.

Ze ging aan haar bureau zitten, zette de computer aan en klikte op de muis. Toen de monitor haar groen licht gaf, opende ze de Police Database en typte haar gebruikersnaam en wachtwoord in. Zodra ze in het programma zat, typte ze de naam 'Ziggy Stardust'. Na enige momenten verscheen de foto van een man en zijn signalement. Ze vond tot haar verbazing de blik van een anoniem gezicht, een onschuldig uiterlijk, iemand die je ontmoet en onmiddellijk weer vergeet. Een perfect product van het niets. 'Daar ben je, klootzak.'

Ze las snel welke daden Zbigniew Malone alias Ziggy Stardust op zijn naam had staan. Vivien kende dit soort personen. Een halfbakken crimineel, zo een die zijn hele leven lang aan de rand van de legaliteit bleef hangen zonder ooit de kracht of de moed te hebben om in open zee te zwemmen. Zo een die zelfs bij de mensen van zijn eigen slag niet de minste achting genoot. Hij was verschillende keren gearresteerd voor uiteenlopende misdrijven. Zakkenrollen, dealen, als pooier optreden en andere grappen. Hij had ook een tijdje gezeten, maar minder dan Vivien, gezien zijn curriculum, verwachtte.

Ze las het adres van de man en zag dat hij in Brooklyn woonde. Ze kende een rechercheur die in het zevenenzestigste district werkte, een pientere kerel met wie ze in het verleden aan een zaak had gewerkt. Ze pakte de telefoon en liet zich doorverbinden met het bureau van Brooklyn. Ze zei de telefoniste wie ze was en vroeg naar rechercheur Star. Even later klonk de stem van haar collega, een enigszins diepe stem, precies zoals ze zich herinnerde.

'Star.'

'Hallo, Robert. Met Vivien Light, van het dertiende.'

'Dag schoonheid van het menselijke ras. Waaraan heb ik deze eer te danken?'

'Ik voel me gevleid, al denkt het menselijke ras daar anders over. Misschien maak jij er geen deel van uit.'

Ze hoorde de klinkende lach van Star.

'Ik merk dat je nog niets bent veranderd. Wat kan ik voor je doen?'

'Ik heb wat informatie nodig.'

'Brand maar los.'

'Wat kun je me vertellen over een type dat zich Ziggy Stardust laat noemen?'

'Ik zou je heel wat kunnen vertellen, maar het eerste wat me te binnen schiet is dat hij dood is.'

'Dood?'

'Inderdaad. Vermoord. Neergestoken om precies te zijn. Hij is gisteren in zijn appartement gevonden, in een plas bloed op de vloer. Volgens de autopsie is hij zaterdag overleden. Hij was een kleine vis, maar iemand heeft besloten dat hij het niet verdiende te leven. Wij gebruikten hem af en toe als informant.'

Vivien voegde de kwalificatie van spion toe aan wat ze al over Ziggy Stardust wist. Dit verklaarde waarom de politie zo mild voor hem was. Gewoonlijk kneep ze in ruil voor enigszins steekhoudende informatie een oogje toe voor lichtere vergrijpen.

'Hebben jullie de moordenaar al?'

Ze wilde eraan toevoegen dat ze in dat geval graag persoonlijk naar de gevangenis zou gaan om diegene een medaille te geven, maar ze hield zich in.

'Ik denk dat het niet gemakkelijk wordt met de kringen waarin die schooier verkeerde. En als ik eerlijk ben, is er niemand die een traan om hem laat. We zijn ermee bezig, maar met alles wat er gaande is, heeft de jacht op degene die hem uit de weg heeft geruimd zeker niet de hoogste prioriteit.'

'Dat geloof ik graag. Hou me op de hoogte. Als het nodig mocht zijn zal ik je ook uitleggen waarom.'

'Oké. Dag.'

Vivien hing op en dacht een tijdje na over het nieuws dat ze net had gehoord. Toen besloot ze de gegevens op het scherm uit te printen. Ze stond op en kwam bij de netwerkprinter, precies op het moment dat het papier in de lade viel. Ze pakte het blad, liep terug naar haar plaats en legde het op haar bureau. De foto wilde ze aan Sundance laten zien, om zeker te weten dat dit de man was die ze bedoelde. Ze kon geen schaamte voelen voor dit pietluttige gevoel van euforie. Het akelige einde van Ziggy Stardust bewees dat wraak en rechtvaardigheid soms samenvielen. Haar belofte aan haar nicht was eerder uitgekomen dan verwacht. Het enige wat ze betreurde was dat het geheel niet haar verdienste was.

Brett Tyler, een collega, kwam op dat moment tevoorschijn uit de toiletruimte naast het Plaza. Hij was een donkere, goedgebouwde kerel met een eerder koppig dan briljant karakter. En met nogal ruwe manieren tegen mensen die geen andere behandeling verdienden. Vivien had hem in actie gezien en moest zeggen dat hij, wanneer hij wilde, uitermate doeltreffend kon zijn.

Tyler kwam bij haar bureau staan. 'Hallo, Vivien. Alles oké?'

'Min of meer. En met jou?'

De rechercheur spreidde zijn armen met een gelaten gebaar. 'Ik wacht vol spanning op Russell Wade voor zijn verklaring over die reeks illegale goktenten. Een werkelijk bloedstollende ochtend dus.'

Vivien herinnerde zich dat Wade verkreukeld uit het bureau was gekomen, samen met zijn advocaat. Ze dacht terug aan de opmerking van de hoofdinspecteur toen ze hen voorbij zagen lopen. Over zijn ongeregelde leven, dat Bellew een ware poging tot zelfvernietiging had genoemd. 'Was jij dat die hem op zijn lip heeft geslagen?'

'Ja. En als ik je een geheimpje mag verklappen, ik had er zelfs enig plezier in. Die kerel bevalt me voor geen cent.'

Vivien kreeg de kans niet om hem tegen te spreken, want op dat moment verscheen de man in kwestie in de deuropening, samen met een agent in uniform. Ze zag dat hij was opgeknapt sinds de laatste keer dat ze hem had gezien, al toonde zijn lip nog duidelijk de sporen van de Brett Tyler-behandeling.

'*Lupus in fabula*,' fluisterde de collega naast haar. Wade kwam naar hen toe, de agent verdween naar waar hij vandaan was gekomen. Toen Wade bij hen was, bleef hij voor Tyler staan, die geen enkele moeite deed om vriendelijk te zijn, los van een groet die zo formeel was dat hij aan het sarcastische grensde.

'Goedemorgen, meneer Wade.'

'Is er een reden waarom hij goed zou zijn?'

'Eigenlijk niet. Voor geen van ons beiden.'

De man draaide zich naar Vivien, die naast hen zat. Hij zei niets, maar keek haar alleen een ogenblik aan. Toen keek hij weg en zijn blik viel op de foto die op haar bureau lag. Meteen daarop zochten zijn ogen die van Tyler. 'Zullen we deze zaak dan maar even snel oplossen?'

De toon van vraag was licht uitdagend. Tyler hapte toe. 'Hebt u uw advocaat niet meegenomen?'

'Waarom, bent u van plan me nog eens te slaan?'

Vivien zou zweren dat ze een geamuseerde blik in de ogen van Russell Wade zag. Misschien had Tyler het ook gezien, want opeens betrok zijn blik. Hij stapte opzij en wees naar rechts. 'Hierheen, alstublieft.'

De twee mannen liepen naar het bureau van Tyler. Er speelde even een glimlach om Viviens gezicht, vanwege de verbale schermutseling tussen de twee. Toen richtte ze haar aandacht weer op het dossier op haar bureau. Het ging over het ingemetselde lijk dat ze hadden gevonden in 23rd Street. Ze opende het dossier en vond het autopsieverslag en een kopie van de foto's die ze in het creditcardhoesje op de grond naast het lichaam hadden gevonden. Hoewel de hoofdinspecteur de misdrijven in zijn district zelf wilde aanpakken, stond het redelijkerwijs vast dat de zaak zou worden overgedragen aan Cold Case. Daarom bladerde ze snel en zonder veel belangstelling het document van de gerechtsarts door. Het bevestigde met technische termen de doodsoorzaak die de lijkschouwer op de vindplaats al met meer begrijpelijke woorden had benoemd. Het moment van het overlijden dateerde van ongeveer vijftien jaar terug, met een zekere onnauwkeurigheidsmarge als gevolg van de omstandigheden van de plaats waar het lichaam had gelegen. De analyse van de resten van de kleren was nog niet aangekomen, het gebitsonderzoek was nog aan de gang. Het lijk had geen bijzondere kenmerken, behalve een oude breuklijn in het rechter opperarmbeen en scheenbeen en op een schouder een tatoeage die ondanks de verstreken tijd nog zichtbaar was. Bij het dossier zat een foto van de tatoeage. Het was een Jolly Roger, de piratenvlag, die met de schedel en de gekruiste scheenbenen. Een vrij algemene afbeelding in zijn soort. Eronder was in bijpassende karakters de tekst

The ONLY flag

getekend. Vivien dacht aan de betekenis van dit opschrift en de ironie van het leven. Pronken met wat volgens hem de enige mogelijke vlag was had de man niet gered van een noodlottig einde. Toch kon deze tatoeage het enige magere aanknopingspunt zijn om het lijk te identificeren, als hij toevallig bij een of andere groep of bijzondere vereniging hoorde. Hier eindigde de documentatie, samen met elk verdere spoor waarover ze beschikten.

Het onderzoekswerk was nogal langdradig. Een onderzoek bij het DOB, de Department of Buildings, over de twee gesloopte gebouwen. De getuigenverklaringen van de eigenaren en van de huurders. De aangiften van vermiste personen rond die datum.

Ze legde het rapport neer en pakte de twee foto's. Ze staarde lang naar de jongen in uniform die rechtop voor een tank stond, een hoofdrolspeler in een oorlog van meer schaamte dan roem. Vervolgens keek ze naar de foto waarop hij die vreemde driepotige kat naar de lens hield. Ze vroeg zich af wat de reden van deze afwijking of verminking was en ze bedacht dat ze dat waarschijnlijk nooit zou weten. Ze legde alles weer in het mapje dat veel te dun was om dossier te worden genoemd en leunde tegen de rugleuning van de stoel. Ze zou een verslag moeten schrijven, maar ze had nu geen zin.

Ze stond op en liep door de kamer naar het trapportaal waar de koffieautomaat stond. Ze drukte de juiste knoppen in en bestelde bij haar machinebarman een koffie met melk en zonder suiker. Op het moment dat de warme vloeistof het kartonnen bekertje had gevuld verscheen Russell Wade naast haar. Hij zag er niet uit alsof hij een kopje koffie wilde.

Vivien pakte het bekertje en draaide zich naar hem om. 'Klaar met uw slavendrijver?'

'Met hem wel. Nu moet ik met u praten.'

'Met mij? Waarover?'

'Over de man op de foto, die op uw bureau ligt.'

Vivien was op haar hoede. Het was haar ervaring, maar vooral haar talent dat dit gevoel veroorzaakte. En ze had zich zelden vergist. 'Ja?'

'Ik kende hem.'

Vivien merkte op dat hij in de verleden tijd sprak. 'Weet u dat hij is vermoord?'

'Ja, ik heb het gehoord.'

'Als u informatie over deze man hebt, kan ik u in contact brengen met degenen die het onderzoek doen.'

Wade was onthutst. 'Ik zag de foto op uw bureau. Ik dacht dat u zich ermee bezighield.'

'Nee. Dat doen mijn collega's in Brooklyn. Het feit dat deze foto op mijn bureau lag is puur toeval.'

De man vond het nodig zich te verduidelijken. 'In elk geval is het niet de dood van Ziggy waar het om gaat. Niet helemaal althans. Er is nog een veel belangrijker reden. Maar daarover zou ik apart met u en de bureauchef willen praten.'

'Hoofdinspecteur Bellew heeft het erg druk. En neemt u van mij aan dat dat geen loze woorden zijn.'

Hij zweeg een ogenblik en keek haar in de ogen. Vivien herinnerde zich het moment waarop hij in de auto voorbij was gereden, op de dag dat hij werd vrijgelaten. Dat droevige en eenzame gevoel dat hij haar had gegeven. Ze had geen enkele reden om achting voor deze man te voelen, maar opnieuw bleef ze niet ongevoelig voor de diepte van zijn blik.

De stem van Russell Wade klonk rustig in haar oren.

'Als ik u zou zeggen dat ik een belangrijke aanwijzing heb over wie het gebouw in Lower East Side heeft laten ontploffen, denkt u dan dat hoofdinspecteur Bellew misschien een minuutje voor me zou kunnen vinden?'

18

Hij zat op een plastic stoel in een wachtkamer op de tweede verdieping van het dertiende politiedistrict. Een anonieme kamer met verbleekte muren die getuige waren geweest van verhalen die op dezelfde manier waren verbleekt door de tijd. Maar zijn tijd was vandaag en zijn verhaal hoorde in het heden. Vaak een moeilijk moment om in te leven.

Hij stond op en liep naar het raam dat op de straat uitkeek. Mannen, vrouwen en auto's bewogen zich voort door deze warme lente die naar wind en nieuwe bladeren rook. Zoals altijd wanneer het leek of de winter onontkoombaar was, er niets anders was dan kou, en grijs de enige mogelijke kleur was, kwam deze heropleving als een verrassing – om te voorkomen dat het vertrouwen veranderde in een definitieve illusie.

Hij stak zijn handen in zijn zakken en voelde zich, op een goede of slechte manier, deel van de wereld. Na wat hij in Ziggy's huis had ontdekt, nadat hij het blad papier had gelezen dat Ziggy hem voor zijn sterven had gegeven en nadat hij verbijsterd had begrepen waarover het ging, waren de zaterdag en zondag in lang, kwellend gepeins voorbijgegaan. Onderbroken door nieuwsuitzendingen, het lezen van de krant en de beelden van de bebloede man die in zijn armen was gestorven.

Ten slotte had hij een beslissing genomen. Hij wist niet of het de juiste was, maar uiteindelijk was het een beslissing van hemzelf.

In deze moeilijke en onzekere situatie was nu één ding duidelijk. Dat in deze fase van zijn leven iets voorbij was en dat er iets anders ging beginnen. En hij zou alles doen wat in zijn macht lag om ervoor te zorgen dat het iets goeds en belangrijks was. Door een vreemde speling van het lot, op het moment waarop hij alleen een enorme verantwoordelijkheid moest dragen, was de knoop die hij al jaren in zich had ontward. Alsof het schip een echte storm nodig had om te bewijzen dat het in staat was te varen.

In eerste instantie had hij zich uit twijfel en moedeloosheid afgevraagd wat Robert Wade in zijn plaats zou doen. Toen had hij begrepen dat dit de verkeerde vraag was. Wat hij moest begrijpen en beslissen was wat *hij* zou doen. En ten slotte had hij zijn rug gekeerd naar de spiegel waarin hij, hoezeer hij ook zijn eigen gezicht zocht, jarenlang de beeltenis van zijn broer had gezien.

De hele nacht van zondag op maandag had hij in bed liggen staren naar het plafond, een licht dak in het halfduister, terwijl de lichten en stemmen van de stad aan de andere kant van de ruiten hem eraan herinnerden dat iedereen alleen was, maar dat eigenlijk niemand echt alleen was.

Zoeken was voldoende. Het moeilijkste om te begrijpen was niet wie of hoe. Het was de plaats. En bijna altijd was het dichterbij dan je je kon voorstellen. Toen de ochtend de reclameborden en straatverlichting uitdeed en het zonlicht aan, was hij opgestaan. Een douche had ieder spoor van vermoeidheid van de slapeloze nacht uitgewist.

Hij had naakt voor de spiegel in de badkamer gestaan. Op het glanzende oppervlak waren zijn lichaam en zijn gezicht verschenen. Nu wist hij wie hij was en hij wist dat als hij iets wilde bewijzen, hij dat aan zichzelf moest doen en aan niemand anders. Maar het belangrijkste was dat hij nu niet meer bang was.

Achter zijn rug ging de deur open. Op de drempel verscheen de jonge vrouw die zichzelf had voorgesteld als rechercheur Vivien Light. Toen hij kort daarvoor

kort?

was vrijgelaten en met advocaat Thornton naar buiten was gekomen en in de auto was gestapt had hij haar buiten voor de glazen deur gezien, roerloos, alsof ze niet wist of ze de treden af moest gaan of niet. De auto was langs haar gereden en hun blikken hadden elkaar gekruist. Een moment, een korte blik waarin geen oordeel en geen veroordeling lag. Slechts een gevoel van vreemd begrip dat Russell niet was vergeten. Eerst wist hij niet dat ze een agente was, maar toen hij haar op het politiebureau met een foto van Ziggy aan een tafel had zien zitten, had hij begrepen dat zij misschien wel de juiste persoon was om mee te praten. Of dat echt zo was, daar zou hij gauw achterkomen.

Het meisje deed een stap opzij en wees naar de gang. 'Komt u maar.'

Russell volgde haar tot aan een deur met matglas waarop met een vaste hand het opschrift *Hoofdinspecteur Alan Bellew* was geschilderd. Het schuine schrift herinnerde Russell aan bepaalde zwart-witbeelden van politiefilms uit de jaren veertig. De rechercheur duwde de deur open, zonder te kloppen. Ze traden een kantoor binnen waarin beslist geen sobere meubels stonden.

Links hingen kaartenbakken aan de muur, rechts stonden een kast, een tafeltje met twee kleine fauteuils en een koffieapparaat op een houten plank. De wanden waren geschilderd in een ondefinieerbare tint. Verder een paar smakeloze schilderijen en enkele planten in de ringen van een smeedijzeren plantenpot.

Achter het bureau, dat recht tegenover de deur stond, zat een man. Door het tegenlicht van het raam, dat nauwelijks werd verzacht door de luxaflex, kon Russell zich geen goed beeld van hem vormen.

De man wees op een stoel voor het bureau. 'Ik ben hoofdinspecteur Bellew. Gaat u zitten, meneer Wade.'

Hij nam plaats op de stoel en het meisje ging een stukje verder aan de zijkant staan. Ze bekeek hem nieuwsgierig, iets wat echter niet van de hoofdinspecteur gezegd kon worden.

Russell concludeerde dat hij een zelfverzekerd man was. Geen politicus maar een politieagent, iemand die zijn strepen en taken verdiend had met zijn resultaten op het veld, niet dankzij goede public relations.

Bellew ging tegen de rugleuning van zijn stoel zitten. 'Rechercheur Light zegt dat u beweert dat u belangrijke informatie voor ons hebt.'

'Dat beweer ik niet. Die heb ik.'

'We zullen zien. Laten we bij het begin beginnen. Vertelt u eens over uw relatie met deze Ziggy Stardust.'

'Eerst wil ik over mijn relatie met u praten.'

'Pardon?'

'Ik weet dat u in zaken als deze een uitgebreide beslissingsbevoegdheid hebt om concessies te doen aan mensen die nuttige informatie voor het onderzoek leveren. U hebt geld en een hele reeks andere voorrechten tot uw beschikking. Zelfs immuniteit, mocht dat nodig zijn.'

Het gezicht van de hoofdinspecteur kreeg een donkere uitdrukking. 'Wilt u geld?'

Russell Wade schudde zijn hoofd. Er speelde een halve glimlach om zijn lippen.

'Tot twee dagen geleden zou een dergelijk aanbod me hebben aangelokt. Misschien zelfs overtuigd...'

Hij boog zijn hoofd en zweeg, zijn zin onafgemaakt alsof hij zich opeens iets herinnerde of aan iets moest denken. Toen hief hij zijn hoofd weer op. 'Nu is het anders. Er is maar één ding dat ik wil.'

'En mag ik vragen wat dat is?'

'Ik wil het alleenrecht. Ik wil het onderzoek van dichtbij volgen in ruil voor wat ik jullie zal geven.'

De hoofdinspecteur dacht een ogenblik na. Toen hij sprak articuleerde hij zijn woorden zorgvuldig, alsof dat wat hij ging zeggen een concept was dat heel precies moest worden benadrukt. 'Meneer Wade, ik denk dat u hier niet met de beste referenties verschijnt.'

Russell maakte een vaag gebaar met zijn hand. En hij paste zich aan de toon van zijn gesprekspartner aan. 'Hoofdinspecteur Bellew, mijn verhaal is algemeen bekend. Iedereen weet dat ik ooit onterecht de Pulitzerprijs heb gekregen en dat die terecht van me is afgenomen. Ik ontken deze omstandigheden niet, ik ken ze alleen iets beter. Er zijn geen excuses voor wat ik in het verleden heb gedaan, hooguit verklaringen. Maar dit lijkt me niet het geschikte moment om die te geven. Ik vraag u te geloven dat ik zeer belangrijke dingen te vertellen heb, ook al verschijn ik, zoals u zegt, niet met de beste referenties.'

'Waarom wilt u dit?'

Russell besefte dat het antwoord op deze vraag doorslaggevend was. Voor de rest van het gesprek en voor de rest van zijn leven. Hij gaf het aan de man tegenover hem, maar ook en definitief aan zichzelf. 'Ik kan een hele reeks motieven opsommen. Maar wat ik eigenlijk wil is geen lafaard meer zijn.'

Er viel een stilte in de kamer.

De hoofdinspecteur keek hem lang in de ogen. Russell doorstond de blik zonder enige moeite.

'Ik zou u kunnen arresteren als verdachte voor de moord op Ziggy Stardust.'

'Dat zou u zeker kunnen, maar ik denk niet dat u het doet.'

Hij voelde dat hij dit moest uitleggen, om zijn bewering niet helemaal verwaand te laten klinken. 'Hoofdinspecteur, ik ben geen aasgier. Als ik een scoop had gewild, was ik wel naar de *New York Times* gegaan, met alle problemen die u zich wel kunt indenken. Maar, geloof me, dan zou in de hele stad paniek zijn uitgebroken. Totale paniek. En het is zeker niet mijn bedoeling om met het leven van duizenden personen te spelen. Want dat staat op het spel...'

Hij zweeg kort en keek de twee personen in de kamer om de beurt aan.

'Het leven van duizenden mensen.' Hij had de laatste zin herhaald om er zeker van te zijn dat het voor hen even duidelijk was als voor hem. Vervolgens benadrukte hij de zin met een boodschap waarvan hij niet wist of het moeilijker was om hem over te brengen of om hem te accepteren.

'De explosie van zaterdag is volgens mij pas het begin van een lange reeks.'

Hij ging staan en zette een paar stappen in de kamer. 'Om een aantal redenen, waaronder toeval, heb ik ervoor gekozen om er met rechercheur Light en u over te praten. Maar het is niet mijn bedoeling informatie achter te houden die het leven van zo veel mensen kan redden. Ik zou naar de FBI kunnen gaan, maar ik denk dat het het best is dat het allemaal hier begint, in deze kamer.'

Hij liep terug naar het bureau. Hij leunde met zijn handen op het tafelblad en boog licht voorover naar de man aan de andere kant. Nu was hij het die de blik van de hoofdinspecteur zocht. 'Ik heb genoeg aan uw erewoord dat ik het onderzoek van dichtbij mag volgen.'

Russell wist dat er van oudsher een zekere rivaliteit bestond tussen de opsporingsdiensten. En hij wist dat die het hevigst was tussen de New Yorkse politie en de FBI. Hoofdinspecteur Bellew kwam over als een goede politieman en een goed mens. Maar hij was nog altijd een mens. Het idee dat zijn bureau aan het hoofd van deze zaak kon komen te staan en met de eer zou strijken, kon zeker gewicht in de schaal leggen.

De hoofdinspecteur wees naar de stoel. 'Gaat u zitten.'

Russell ging weer zitten. Hoofdinspecteur Bellew wachtte tot hij zat voordat hij iets zei.

'Goed. U hebt mijn erewoord dat als wat u te zeggen hebt interessant is, ik u het onderzoek laat volgen. Maar als u onze tijd heeft verspilt, zal ik u persoonlijk van de trap af schoppen.' Een stilte en

een blik bevestigden de overeenkomst en zijn mogelijke gevolgen.
'En nu praat u.'
De hoofdinspecteur gebaarde naar Vivien, die tot dat moment
had gezwegen. Staand naast het bureau had ze onbeweeglijk ge-
luisterd. Russell begreep dat zij vanaf dat moment de leiding zou
nemen.
En dat deed ze inderdaad.
'Wat heeft Ziggy Stardust met u te maken?'
'Zaterdagmiddag was ik om persoonlijke redenen bij hem thuis.'
'Wat voor redenen?'
Russell Wade haalde zijn schouders op. 'U kent me. En ik denk
dat u weet wie Ziggy is en wat hij deed. Mag ik zeggen dat de re-
den er op dit moment niet toe doet?'
'Ga verder.'
'Ziggy woonde in een souterrain. Toen ik bij zijn huis aankwam
en de hoek onder aan de trap om ging, zag ik iemand met een legerjas die met enige haast de trap aan het andere eind van de gang
op ging. Ik dacht dat het een van Ziggy's vele klanten was, die zo
snel mogelijk daar vandaan wilde komen.'
'Zou u hem herkennen?'
Russell had de transformatie van het meisje waargenomen en
was er zeer van onder de indruk, op positieve wijze. Van een eenvoudige toeschouwer was ze veranderd in degene die met een zelf-
verzekerde houding de vragen stelde.
'Ik denk het niet. Ik heb zijn gezicht niet gezien. Hij had een vrij
normale lichaamsbouw. Het zou om het even wie kunnen zijn.'
'En wat deed u toen?'
'Ziggy's deur stond open. Ik ben naar binnen gegaan en hij leefde nog. Hij zat onder het bloed. Overal. Zijn broek en de voorkant
van zijn overhemd. Het droop ook uit zijn mond. Hij probeerde op
te staan en bij de printer te komen.'
De hoofdinspecteur onderbrak hem om dit detail te verduidelijken.
'De printer?'
Russell knikte. 'Dat deed hij. Ook ik vroeg me af waarom. Hij
klampte zich aan me vast en drukte op een knopje van de printer.
Er knipperde zo'n oranje lampje dat aangeeft dat het papier op is
en dat het apparaat op stand-by gaat.'

'En toen?'

'Met zijn laatste krachten nam hij het geprinte blad en drukte het in mijn hand. Daarna gleed hij op de grond en was hij dood.'

Russell nam een ogenblik de tijd voordat hij verderging. Geen van beide politieagenten zei of deed iets om hem aan te sporen.

'Op dat moment raakte ik in paniek. Ik stopte het blad in mijn jaszak en ben weggerend. Ik weet dat ik de politie had moeten bellen, maar mijn angst voor de gevolgen, of dat de moordenaar terugkwam, was groter. Toen ik thuiskwam, zag ik door het raam van mijn appartement de explosie in Lower East Side en ben ik het vergeten. Nadat ik wat gekalmeerd was en weer tot mezelf kwam, ben ik naar het blad papier gaan kijken. Het was een kopie van een langere brief, want het begin en einde staan er niet op. Hij is met de hand geschreven en het kostte wat moeite om hem te lezen door de bloedvlekken die erop zaten.'

Russell stopte weer met praten. Zijn toon veranderde en zijn stem klonk als die van iemand die zich, ondanks alles, niet bij de feiten kan neerleggen.

'Ik moest de brief twee keer lezen voordat de betekenis van de woorden tot me doordrong. En ik moet toegeven dat ik de vloer onder mijn voeten voelde verdwijnen toen ik ze begreep.'

'Wat stond erin dat zo belangrijk is?'

Russell Wade stak een hand in de binnenzak van zijn jas. Hij haalde een in vieren gevouwen blad tevoorschijn en stak het uit naar het meisje. 'Hier. Dit is een kopie van het origineel. Leest u zelf maar.'

Vivien nam het aan, opende het en begon te lezen. Toen ze aan het eind kwam, was haar gezicht bleek en had ze haar lippen strak getrokken. Zonder iets te zeggen overhandigde ze het blad aan de hoofdinspecteur, die op zijn beurt het stuk doorlas.

en daarom ben ik weggegaan. Dus nu weet je wie ik ben en waar ik vandaan kom, net zoals je nu weet wie jij bent. Zoals je ziet is mijn verhaal niet lang, want vanaf een bepaald moment is er niet veel gebeurd. Toch was het moeilijk te vertellen, want het was moeilijk om te leven. Ik heb tijdens mijn leven aan niemand iets kunnen nalaten. Ik wilde mijn wrok en haat voor mezelf houden. Nu de kanker zijn werk heeft gedaan en ik ergens anders ben, kan ik iets aan jou na-

laten zoals iedere vader voor een zoon zou moeten doen en zoals ik lang geleden had moeten doen, maar daar nooit de mogelijkheid voor heb gehad. Ik heb niet veel geld. Alles wat ik had, uitgezonderd de kosten van mijn begrafenis, zit in deze envelop, in biljetten van duizend dollar. Ik ben ervan overtuigd dat je het goed zult gebruiken. Mijn hele leven lang, voor en na de oorlog, heb ik in de bouw gewerkt. Als jongen heb ik, in dienst van een man die voor mij als een vader was, geleerd om explosieven te gebruiken voor sloopwerk. Het leger heeft me de rest geleerd. In de tijd dat ik in New York werkte, heb ik op veel van de plekken die ik mee heb helpen opbouwen bommen verborgen. Trotyl en napalm, dat ik helaas maar al te goed heb leren kennen. Ik had ze liever zelf laten ontploffen, maar aangezien je deze woorden leest hebben mijn gebrek aan moed en het leven dus anders besloten. Bij deze brief vind je de adressen van de gebouwen waar de bommen liggen en de manier om ze uit mijn naam te laten ontploffen. Als je dat doet, heb je mij gewroken. Anders zal ik een van de vele oorlogsslachtoffers blijven die niet de troost van de rechtvaardiging kennen. Ik raad je aan de adressen en technische gegevens uit je hoofd te leren en dan deze brief te vernietigen. Het eerste gebouw staat in Lower East Side, in 10th Street op de hoek met Avenue D. Het tweede

Hier hield de brief op. Ook de hoofdinspecteur was bleek toen hij klaar was met lezen. Hij pakte het blad en legde het op zijn bureau. Hij steunde met zijn ellebogen op de tafel en verborg zijn gezicht in zijn handen. Zijn stem klonk gedempt, terwijl hij een laatste menselijke poging deed om zichzelf ervan te overtuigen dat wat hij net had gelezen niet waar was.

'Meneer Wade, dit kunt u ook zelf hebben geschreven. Wie zegt me dat dit niet weer een van uw verzinsels is?'

'Trotyl en napalm. Ik heb het gecontroleerd. Niemand heeft daar over gesproken, noch op televisie, noch in de kranten. Ik maak daaruit op dat het een detail is dat de media niet kent. Als u me bevestigt dat dit de oorzaak van de explosies is, lijkt me dat voldoende bewijs.'

Russell wendde zich tot de rechercheur, die bleek zag en niet in staat leek zich te herstellen. Iedereen in de kamer dacht hetzelfde. Als dat wat in de brief stond waar was, betekende het dat er een oorlog aan de gang was. En de man die hem, alleen, had ontketend, had de macht van een klein leger.

'En er is nog iets, maar ik weet niet of het van nut kan zijn.'

Opnieuw stak Russell Wade een hand in de binnenzak van zijn jas. Deze keer haalde hij er een met bloed bevlekte foto uit. Hij gaf hem aan de rechercheur.

'Samen met het blad papier gaf Ziggy me dit.'

Het meisje nam de foto en bleef er een ogenblik naar staren. Toen leek ze te worden getroffen door een elektrische schok.

'Wacht even. Ik ben zo terug.'

Ze haastte zich door de kamer, liep de deur uit en verdween, de gang op. Russell en Bellew kregen haast de kans niet om zich af te vragen waarom. Een ogenblik later was ze terug, met een geel mapje in de hand. Er was slechts één trap tussen het kantoor van de hoofdinspecteur en haar bureau. Ze sloot de deur en liep naar het bureau voordat ze begon te praten.

'Een paar dagen geleden is er tijdens de sloop van een gebouw in 23rd Street een lijk gevonden dat was ingemetseld in een tussenruimte. Volgens de autopsie lag het daar al ongeveer vijftien jaar. We hebben geen enkel spoor van betekenis gevonden, behalve één ding.'

Russell vermoedde dat de hoofdinspecteur al op de hoogte was van bepaalde details. Hij begreep dat rechercheur Vivien Light zelf kon bepalen hoe ze de feiten uiteenzette. Dat betekende dat ze de zojuist gesloten overeenkomst respecteerde.

Het meisje ging verder. 'Op de grond, naast het lijk, hebben we een mapje met twee foto's gevonden. Deze hier.'

Ze gaf de hoofdinspecteur de uitvergrotingen in zwart-wit die in de map zaten. Bellew bekeek ze enkele seconden. Toen Vivien er zeker van was dat hij ze goed in zich had opgenomen, gaf ze hem de foto die Russell net had laten zien.

'En dit is de foto die Ziggy aan meneer Wade heeft gegeven.'

Zodra hij hem zag kon hij een kreet niet onderdrukken. 'Jezus Christus.'

Zijn blik ging van de ene foto naar de andere, voor een eeuwigheid, leek het wel. Vervolgens schoof hij ze over het bureau naar Russell. Op een van de foto's stond een jongen in uniform voor een tank, misschien in de Vietnamoorlog. Op de andere hield dezelfde jongen, in burgerkleding, een grote zwarte kat, die een poot leek te missen, op naar de lens.

Russell begreep het gedrag van rechercheur Light en de verbazing van haar chef. De jongen en de kat op de foto, die naast een lijk van vijftien jaar oud was gevonden, waren dezelfde als die op de foto die Ziggy Stardust hem voor zijn dood in de hand had gedrukt.

19

*I*k ben God...
Vanaf het moment dat hij zijn ogen opendeed, bleven deze drie woorden in het hoofd van Michael McKean weerklinken, alsof ze waren opgenomen op een band die eindeloos opnieuw werd afgespeeld. Tot gisteravond had hij ergens nog een sprankje hoop dat alles voortkwam uit de wartaal van een gek, uit de onschuldige zelfvernietiging van een wankelende geest. Maar zijn verstand en gevoel, die gewoonlijk met elkaar in conflict waren, zeiden hem dat het allemaal waar was.

En in het licht van de zon leek alles nog duidelijker en definitiever.

Hij herinnerde zich het eind van deze absurde conversatie in de biechtstoel, toen de man na zijn afschuwelijke bewering van toon veranderde en verleidelijk en vertrouwelijk klonk. Bedreigende woorden in een timbre dat opzettelijk gekleurd was met schuld en onschuld.

'Nu sta ik op en ga ik weg. En u zult me niet volgen of proberen tegen te houden. Als u dat zou doen, zijn de gevolgen bijzonder onaangenaam. Voor u en de personen die u dierbaar zijn. U kunt me geloven, net als u alles kunt geloven wat ik u heb gezegd.'

'Wacht. Niet weggaan. Leg me ten minste uit waarom –'

De stem had hem onderbroken, opnieuw resoluut en nauwkeurig.

'Ik dacht dat ik duidelijk was. Ik heb niets uit te leggen. Enkel te melden. En u zult het als eerste van iedereen weten.'

De man vervolgde zijn geraaskal alsof het de normaalste zaak ter wereld was. 'Deze keer heb ik het duister en het licht samengebracht. De volgende keer zal ik de aarde en het water bij elkaar brengen.'

'Wat betekent dat?'

'U zult het wel begrijpen als het zover is.'

Zijn stem was geladen met een kalme en meedogenloze dreiging. Uit angst hem van het ene op het andere moment te zien verdwijnen, had McKean hem nog een laatste wanhopige vraag gesteld.

'Waarom kwam je met mij praten? Waarom ik?'

'Omdat u mij, meer dan wie ook, nodig hebt. Dat weet ik.'
De man die zich meester der eeuwigheid noemde zweeg een moment dat oneindig leek. Toen zijn laatste woorden. Zijn onontkoombare afscheid van de wereld.
'Ego sum alfa et omega.'
De man was opgestaan en vrijwel geruisloos verdwenen, een groen geritsel aan de andere kant van het tralievenster, een nauwelijks te onderscheiden gezicht in het halfduister. Hij was alleen achtergebleven, verbijsterd en zonder angst, omdat dat wat hij voelde zo groot en onnoemelijk was dat er geen enkele plaats was voor andere gevoelens.
Bleek kwam hij de biechtstoel uit en toen Paul, de pastoor, hem kwam zoeken was hij onthutst door zijn lijdende uiterlijk.
'Wat is er Michael, voel je je niet goed?'
Het was zinloos om te liegen. Bovendien had hij na deze ervaring zeker de kracht niet meer om ten overstaan van de gelovigen de middagmis op te dragen. De dienst was een moment van vreugde en samenzijn, en het leek hem een zonde deze te besmetten met de gedachten die hij had.
'Nee. Om eerlijk te zijn voel ik me helemaal niet goed.'
'Oké, ga naar huis. Ik zorg wel voor de dienst.'
'Dank je wel, Paul.'
De pastoor had mensen van buiten de stad op bezoek en vond een lift voor hem naar Joy. Iemand die hij niet kende en zich had voorgesteld als Willy Del Carmine had een grote auto aangewezen waarvan hij zich nauwelijks de kleur herinnerde. Onderweg had hij zwijgend uit het raam gekeken, zijn gedachten alleen onderbrekend om aanwijzingen te geven aan de chauffeur. Hij had bijna moeite de weg – die hij al duizend keer had afgelegd – te herkennen.
Toen hij op de binnenplaats stond en het geluid van de auto wegstierf, merkte hij dat hij de man die zo aardig was geweest niet eens had bedankt en gedag gezegd.
John was in de tuin en toen hij de auto zag aankomen liep hij naar hem toe. Hij was een ongewoon gevoelige man met een nog scherper vermogen om door mensen heen te kijken. Priester McKean wist dat hij zou aanvoelen dat er iets niet in orde was. Hij had het al gehoord aan de toon van zijn stem toen hij uit Saint Benedict had gebeld dat hij terugkwam.

Bijna als een bevestiging van zijn mening over hem, kwam John op hem af alsof hij bang was om ongelegen te komen. 'Alles goed?'

'Alles goed, John. Dank je.'

Zijn medewerker had niet verder aangedrongen, wat nog een van zijn kwaliteiten, discretie, bevestigde. Ze kenden elkaar inmiddels veel te goed. Hij wist dat John erop vertrouwde dat, als de tijd en plaats daar waren, zijn vriend Michael McKean hem wel in vertrouwen zou nemen. Hij kon niet weten dat het deze keer helemaal anders was. Het probleem was onoverkomelijk. En het was de oorzaak van een angstgevoel dat hij voor het eerst van zijn leven voelde. In het verleden hadden andere priesters hem wel eens in vertrouwen verteld over misdaden die tijdens de biecht aan hen waren verteld. Nu begreep hij hun onrust, het gevoel dat ze als mens in conflict kwamen met hun rol als priester van het geloof en de kerk die ze hadden besloten te dienen.

Het sacramentele zegel was onschendbaar. Daarom was het iedere biechtvader verboden om iemand die in de biechtstoel zijn zonden bekende te verraden. In geen geval en op geen enkele wijze.

De schending was zelfs niet toegestaan in geval van bedreiging met de dood van de biechtvader of van anderen. Een priester die het biechtgeheim schond, werd automatisch, latae sententiae, geëxcommuniceerd, wat alleen door de paus ongedaan kon worden gemaakt. En de paus had dit in de loop der tijd zelden gedaan.

Als de zonde een misdrijf was, kon de biechtvader de penitent als noodzakelijke voorwaarde voor absolutie voorstellen of opleggen om zich aan te geven bij de burgerlijke gezagsdragers. Iets anders kon hij niet doen en al zeker niet zelf de politie inlichten, ook niet indirect.

Er waren gevallen waarin een deel van de bekentenis aan anderen bekend kon worden gemaakt, maar altijd met toestemming van de betrokken persoon en altijd anoniem. Dit gold voor sommige zonden die niet konden worden vergeven zonder de machtiging van de bisschop of de paus. Voor dit alles gold echter één beslissende voorwaarde. Het verzoek om vergiffenis moest een gevolg zijn van berouw, van de wens om de geest van een ondraaglijke last te bevrijden. In dit geval had McKean noch met het een, noch met het ander te maken.

Een man had de maatschappij de oorlog verklaard. Door verwoesting, door slachtoffers te maken, door tranen, verdriet en wan-

hoop te verspreiden. Met de vastberadenheid van de god die hij in zijn waanzin beweerde te zijn, de god die steden vernietigde en legers verpletterde toen de wet van oog om oog, tand om tand nog gold.

Na de weinige woorden die hij op de binnenplaats met John had gewisseld was hij, om zich niet verder in moeilijke verklaringen te hoeven wringen, naar de keuken gegaan. Voor zover dat mogelijk was, had hij zijn beste masker opgezet en was hij het huis in gegaan om met de jongeren te lunchen. Die waren blij om hem op dit kleine zondagse feestje bij hen aan tafel te hebben.

Niet iedereen had hij voor de gek kunnen houden. Ten eerste mevrouw Carraro niet. En in de chaos van gelach en opmerkingen en grappen rond de tafel, hadden een paar jongeren het aangevoeld. Katy Grande, een meisje van zeventien met een grappige neus vol sproeten en Hugo Sael, een van de andere bewoners van Joy met een buitengewone aandacht voor de wereld om hem heen, hadden hem af en toe vragend aangekeken, alsof ze zich afvroegen waar de pastoor McKean die ze kenden verborgen zat.

's Middags, toen bijna iedereen buiten in de tuin was om te genieten van deze schitterende zonnige dag, waren Vivien en Sundance gekomen. Als het meisje teleurgesteld was omdat de overheid zich door de loop van de gebeurtenissen gedwongen had gezien het concert uit te stellen, had ze dat niet laten blijken. Ze was rustig en leek blij om terug in Joy te zijn.

Zij en haar jonge tante leken veel hechter dan toen Vivien haar de dag ervoor was komen halen. De verlegenheid tussen hen leek verdwenen en het leek of die moeilijke relatie een nieuwe, maar vooral andere weg was ingeslagen.

Zijn indruk werd bevestigd toen Vivien hem haast euforisch vertelde over wat er met haar nicht was gebeurd, over de hervonden vertrouwdheid en verstandhouding, die zij de afgelopen tijd allemaal met spanning hadden nagestreefd en met moeite verkregen.

Nu, in het licht van de zon en van een nieuwe dag, besefte hij hoe onbevredigend hij dat enthousiasme de dag ervoor had onthaald. Hij had de rechercheur alleen maar kunnen vragen over de ramp in 10th Street, over de gevolgen en de implicaties, om op een obsessieve manier te achterhalen of de politie een spoor had, een aanknopingspunt, een idee over wie dit bloedbad kon hebben aangericht. Hij had maar ternauwernood de neiging kunnen onderdrukken om

zich met haar terug te trekken en haar te vertellen wat er was ge-
beurd en alle informatie te geven die hij had.

Nu besefte hij dat hij alle antwoorden had gekregen die hij kon
hebben, omdat alles nog aan de gang was en omdat alle informatie
waarover Vivien als lid van de politie beschikte voor de duur van
het onderzoek geheim was.

Ieder had zijn eigen biechtgeheimen. En ieder moest de last ervan
dragen, omdat hij die verantwoordelijkheid op zich had genomen op
het moment dat hij zijn – al dan niet kerkelijke – gelofte had afgelegd.

Ego sum alfa et omega...

Priester McKean keek uit het raam naar dat groene en blauwe
uitzicht van de lente dat hem gewoonlijk rust gaf. Maar nu vond hij
het bijna vijandig, alsof de winter was teruggekeerd. Niet door wat
buiten te zien was, maar door de ogen waarmee hij er nu naar keek.
Nadat hij als een slaapwandelaar uit zijn bed was gekomen, had hij
een douche genomen, zich aangekleed en met een nieuwe overgave
gebeden. Vervolgens had hij door de kamer gelopen, nauwelijks in
staat de voorwerpen die erin stonden te herkennen. Sobere, vertrouwde, alledaagse voorwerpen die, al vertegenwoordigden ze de
dagelijkse moeilijkheden van zijn bestaan, opeens leken toe te behoren aan een gelukkige tijd die voor altijd verloren was.

Er werd op de deur geklopt.

'Ja?'

'Michael, ik ben het, John.'

'Kom binnen.'

McKean verwachtte hem. Maandagochtend vergaderden ze altijd
over de activiteiten en plannen van de week. Het was een moeilijk
moment, maar ook een bevredigend moment waarop ze zich inspanden en streden tegen de moeilijkheden voor het gemeenschappelijke doel dat de kleine gemeenschap van Joy zichzelf had gesteld.
Toch kwam zijn manusje-van-alles die dag binnen met een gezicht
alsof hij in een andere plaats en tijd wilde zijn.

'Sorry als ik je stoor, maar er is iets wat ik absoluut met je wil bespreken.'

'Je stoort niet. Wat is er?'

John vond het nodig zijn woorden kort in te leiden, gezien de
vertrouwelijkheid en het respect dat tussen hen twee bestond.

'Mike, ik weet niet wat er met je is gebeurd, maar ik ben ervan overtuigd dat je me te zijner tijd op de hoogte zult brengen. En het spijt me dat ik je nu moet lastigvallen.'

Voor de zoveelste keer was priester McKean zich ervan bewust hoeveel tact John Kortighan bezat en hoe gelukkig hij was om iemand van zijn kaliber bij het personeel van Joy te hebben. 'Dat geeft niets, John. Het is niets. Het zal wel snel over zijn, geloof me. Vertel jij liever eens wat er aan de hand is.'

'We hebben problemen.'

In Joy waren altijd problemen, van diverse aard. Met de jongeren, met het geld, met bepaalde medewerkers, met de verleidingen van de buitenwereld. Maar de problemen die op het gezicht van John gedrukt stonden, leken nieuw en bijzonder belangrijk.

'Ik heb vanochtend met Rosaria gesproken.'

Rosaria Carnevale was een parochielid van Saint Benedict. Ze was duidelijk van Italiaanse afkomst en woonde in Country Club. Ze was directeur van een filiaal van de M&T Bank in Manhattan die de economische belangen van de gemeenschap behartigde en het vermogen van advocaat Barry Lovito beheerde.

'Wat zegt ze?'

John vertelde wat hij liever nooit had willen zeggen.

'Ze zegt dat ze hemel en aarde heeft bewogen om zolang de rechtszaak duurt de maandelijkse overschrijving die het statuut voorziet te blijven uitvoeren. Maar nu heeft ze op verzoek van de vermeende erfgenamen van de advocaat een nieuw gerechtelijk bevel gekregen. De betalingen zijn opgeschort tot de uitspraak en beslissing over het geschil.'

Dat betekende dat zolang de rechter geen uitspraak had gedaan, afgezien van de bijdrage van de staat New York, de belangrijkste financiële steun aan de gemeenschap weg zou vallen. Joy zou voor alle grote behoeften vanaf dat moment moeten vertrouwen op de eigen krachten en de spontane giften van vrijgevige mensen.

McKean keek opnieuw uit het raam, nadenkend en zonder iets te zeggen. Toen hij sprak hoorde John Kortighan voor het eerst moedeloosheid in zijn stem.

'Hoeveel hebben we in kas?'

'Vrijwel niets. Als we een bedrijf waren, zou ik zeggen dat we op de rand van het faillissement staan.'

De priester draaide zich om en er verscheen een flauw glimlachje om zijn lippen. 'Rustig maar, John. We redden ons wel. Zoals we altijd hebben gedaan. Ook deze keer zullen we ons wel redden.'

Toch klonk in zijn stem geen spoor van de zekerheid en het vertrouwen dat hij voorwendde, alsof hij deze woorden meer had uitgesproken om zichzelf te misleiden dan om zijn gesprekspartner te overtuigen.

John voelde de kou van de werkelijkheid langzamerhand de lucht van de kamer innemen. 'Goed. Ik laat je met rust. Over de andere dingen kunnen we later praten. Dat zijn kleinigheden vergeleken met wat ik je net heb gezegd.'

'Ja, John, ga maar. Ik kom eraan.'

'Oké, dan. Ik wacht beneden.'

Priester McKean zag zijn vertrouwensman de kamer uit gaan en de deur zacht achter zich dichttrekken. Hij vond het vervelend te weten dat hij over de situatie inzat, maar wat hem echt pijn deed was het vermoeden hem te hebben teleurgesteld.

Ik ben God...

Hij was dat niet. En hij wilde het ook niet zijn. Hij was slechts een man die zich bewust was van zijn aardse beperkingen. Tot dat moment had het voor hem volstaan om Hem op de best mogelijke manier te dienen en daarbij alles te accepteren wat hij aangeboden kreeg en alles wat hem werd gevraagd. Maar nu...

Hij pakte zijn mobiele telefoon van het bureau, en na kort zoeken in zijn telefoonboekje koos hij het nummer van het aartsbisdom van New York. De telefoon ging iets vaker over dan hij kon dulden en toen er werd opgenomen was het de telefonist.

'Met priester Michael McKean van de parochie van Saint Benedict, in de Bronx. Ik sta ook aan het hoofd van Joy, een opvangcentrum voor jongeren met drugsproblemen. Ik wil graag spreken met het kantoor van de aartsbisschop.'

Gewoonlijk stelde hij zich veel beknopter voor, maar hij wilde zijn volle gewicht in de schaal leggen om meteen te worden doorverbonden.

'Een ogenblik, eerwaarde.'

De telefonist zette hem in de wacht. Na enkele seconden klonk een stem. Een jonge en voorkomende stem.

'Goedemorgen, eerwaarde, met Samuel Bellamy. Ik ben een van

medewerkers van kardinaal Logan. Waarmee kan ik u van dienst zijn?'

'Ik moet zo snel mogelijk met Zijne Eminentie spreken. Persoonlijk. Geloof me, het gaat om een kwestie van leven of dood.'

Hij moest zijn eigen angst wel heel doeltreffend aan zijn gesprekspartner hebben overgebracht, want in zijn antwoord klonk oprechte spijt en een zweem van bezorgdheid.

'De kardinaal is helaas vanochtend vertrokken voor een kort verblijf in Rome. Hij heeft een gesprek met de paus. Hij zal pas zondag terug zijn.'

Michael McKean voelde zich plotseling bevangen door wanhoop. Een week. Hij had gehoopt zijn zorgen met de aartsbisschop te kunnen delen voor een advies, een richtlijn. Hij kon er zeker niet van uitgaan dat zijn zorgen op wonderbaarlijke wijze zouden worden weggenomen, maar hij had op dat moment absoluut behoefte aan de steun van het advies van iemand die boven hem stond.

'Kan ik iets doen, eerwaarde?'

'Nee, helaas niet. Het enige wat ik van u vraag is om zo snel mogelijk een afspraak te maken met Zijne Eminentie.'

'Voor zover dat in mijn mogelijkheden ligt, verzeker ik u dat dat zal gebeuren. Ik zal het u persoonlijk bij uw parochie laten weten.'

'Dank u wel.'

Priester McKean rondde het gesprek af en ging op de rand van het bed zitten. Onder het gewicht van zijn lichaam voelde hij de matras meegeven. Voor het eerst sinds hij besloten had om in te treden, voelde hij zich echt alleen. En als iemand die de wereld liefde en vergiffenis heeft geleerd, vroeg hij voor het eerst aan God, de enige en de ware, waarom Hij hem had verlaten.

20

Vivien verliet het bureau en liep naar haar auto. Het was koeler geworden. De zon die 's ochtends onaantastbaar had geleken, streed nu met een onaangekondigde wind uit het westen. Wolken en schaduwen wedijverden om de hemel en de aarde. Het leek het lot van deze stad: rennen en achtervolgen zonder er eigenlijk ooit in te slagen iets te grijpen.

Ze vond Russell Wade precies op de plek waar ze met hem had afgesproken. Het was Vivien nog niet gelukt zich een beeld van deze man te vormen. Steeds wanneer ze het probeerde was er een onverwachte wending, iets onwaarschijnlijks en onaangekondigds, dat het beeld dat ze in gedachten van hem maakte vervormde. En dat irriteerde haar.

Terwijl ze op hem af liep, liet ze dit hele krankzinnige verhaal in gedachten nog eens passeren.

Toen ze aan het eind van de ontmoeting met de hoofdinspecteur alle drie beseften dat er niet veel meer te zeggen viel, maar des te meer te doen, had Vivien zich tot Wade gewend. 'Kunt u even buiten op me wachten, alstublieft?'

De onfortuinlijke winnaar van een onverdiende Pulitzerprijs was opgestaan en naar de deur gelopen. 'Geen probleem. Tot ziens, hoofdinspecteur, en bedankt.'

Bellew antwoordde met een formele beleefdheid die niet werd bevestigd door de toon waarop de woorden werden uitgesproken. 'Geen dank. Als dit het resultaat oplevert dat we allemaal wensen, zullen er veel mensen zijn die u moeten bedanken.'

Ook de hoofdredacteur van een of andere krant... dacht Vivien.

Wade had de deur voorzichtig achter zich gesloten en zij was alleen met haar baas achtergebleven. Haar eerste spontane reactie zou zijn om hem te vragen of hij gek was geworden om een type als Russell Wade te beloven wat hij net had beloofd. Haar relatie met de hoofdinspecteur ging echter altijd uit van respect voor elkaars overwegingen. Deze keer kon dat niet anders zijn. Bovendien was hij haar baas en ze wilde hem niet in verlegenheid brengen, door hem in een positie te brengen waarin hij haar daaraan moest herinneren.

'Wat denk je, Alan? Van dit verhaal over die bommen, bedoel ik.'

'Het lijkt me waanzin. Volgens mij is het onmogelijk. Maar na 11 september heb ik ontdekt dat de grenzen van de waanzin en van het mogelijke behoorlijk zijn verruimd.'

Vivien liet blijken dat ze het hiermee eens was door een ander onderwerp aan te snijden. Iets wat haar meer zorgen baarde. De zwakke schakel. 'En wat denk je van Wade?'

De hoofdinspecteur maakte een gebaar met zijn schouders. Dat betekende alles en niets. 'Voorlopig heeft hij ons het enige spoor gegeven dat we hebben. En daar mogen we blij mee zijn, waar dat spoor ook vandaan komt. In normale omstandigheden zou ik die verwaande kwast met een schop onder zijn kont hebben weggejaagd, maar dit zijn geen normale omstandigheden. Er zijn bijna honderd mensen gedood. Buiten lopen nog meer onwetende mensen rond met wie het op dit moment net zo kan aflopen. Zoals ik al zei tijdens de briefing, we mogen geen enkele mogelijkheid verwaarlozen. Bovendien is dat verhaal van die foto's vreemd. Dat verandert een routinezaak in een geval van levensbelang. En volgens mij is het echt. Alleen de werkelijkheid kan zo bizar zijn om dergelijke toevalligheden te creëren.'

Vivien had daar vaak over nagedacht. En de ervaringen in haar werk leken dit elke dag meer te bevestigen. 'Houden we deze informatie voor ons?'

Bellew krabde aan een oor, zoals hij vaak deed wanneer hij nadacht.

'Voorlopig wel. Ik wil niet het risico lopen dat we paniek zaaien of dat ik me belachelijk maak bij de overheid en alle politiekorpsen van het land. Al geloof ik het niet, er bestaat nog altijd een mogelijkheid dat alles uit elkaar spat als een zeepbel.'

'Vertrouw je Wade wat dat betreft? Het is zonneklaar dat hij op zoek is naar een groot verhaal.'

'Ja, inderdaad. En juist om die reden zal hij zijn mond niet opendoen. Want dat komt hem slecht uit. En wij doen dat ook niet, om dezelfde reden.'

Vivien vroeg hem een bevestiging die ze eigenlijk al had. 'En daarom moet ik hem vanaf nu op sleeptouw nemen?'

Bellew spreidde zijn armen als om het onvermijdelijke toe te laten. 'Ik heb hem mijn erewoord gegeven. En gewoonlijk hou ik me aan mijn woord.'

Nu was het de hoofdinspecteur die van onderwerp veranderde, waarmee hij een op zijn manier geschreven brief verzegelde, zonder haar de mogelijkheid te geven om die te corrigeren.

'Ik zal meteen naar het zevenenzestigste district bellen om het onderzoeksdossier over deze Ziggy op te vragen. Als je het noodzakelijk vindt, kun je ook zijn appartement doorzoeken. En die kerel in de muur, die opeens een hoofdrolspeler is geworden, weet je daar al iets over?'

'Ja, ik heb een aanwijzing. Niets bijzonders, maar in elk geval een uitgangspunt.'

'Uitstekend. Aan het werk. En als je iets nodig hebt hoef je het me alleen maar te laten weten. Ik kan je op dit moment alles wat je nodig hebt geven, zonder al te veel moeite.'

Vivien geloofde hem graag. Ze wist dat Bellew al lang bevriend was met de korpschef, en dat was in tegenstelling tot de bewering van Elisabeth Brokens, vrouw van Charles Brokens enzovoort enzovoort, niet slechts opschepperij.

'Oké, dan ga ik.'

Vivien draaide zich om om het kantoor te verlaten. Toen ze op het punt stond om naar buiten te gaan riep Bellew haar terug.

'Vivien, nog één ding.' Hij keek haar in de ogen en glimlachte sluw. 'Wat Russell Wade betreft, mocht het nodig zijn, onthou dan dit. Ik heb hem mijn woord gegeven.'

Hij zweeg om het einde van de zin kracht bij te zetten. 'Jij niet.'

Vivien kwam naar buiten met dezelfde glimlach op haar lippen. Buiten vond ze Russell Wade, die met zijn handen in zijn zakken in het wachtzaaltje stond te wachten.

'Daar ben ik.'

'Zegt u het maar, rechercheur.'

'Als we nog een tijdje met elkaar door moeten brengen, kun je me wel Vivien noemen.'

'Oké, Vivien. Wat gebeurt er nu?'

'Geef me je telefoon.'

Russell haalde hem uit zijn zak. Vivien was verbaasd dat het geen iPhone was. In New York hadden alle vips er een. Misschien beschouwde Wade zich niet als zodanig of misschien had hij hem als fiche op de een of andere speeltafel gegooid.

Vivien pakte het toestel en toetste haar nummer in. Toen ze haar telefoon ergens beneden op haar bureau hoorde rinkelen hing ze op en gaf het toestel aan zijn eigenaar terug. 'Zo. Dat is mijn telefoonnummer. Buiten, links van de uitgang, staat een metallic Volvo. Dat is mijn auto. Ga daarheen en wacht tot ik kom.' De volgende zin was geladen met sarcasme. 'Ik heb nog wat dingen te doen en ik weet niet hoelang ik nodig heb. Het spijt me, maar je zult geduld moeten hebben.'

Russell keek haar aan. Over zijn blik was de sluier van droefheid gekomen die Vivien een paar dagen geleden tot haar verbazing had ontdekt.

'Ik wacht al meer dan tien jaar. Wat langer kan ook nog wel.'

Hij draaide zich om en liep weg. Vivien stond enkele seconden perplex. Ze keek hoe hij de trap af liep en naar de benedenverdieping verdween. Vervolgens was ze zelf naar beneden, naar haar bureau gegaan. Naast de opwinding over de belangrijke opdracht die deze zaak haar had bezorgd, bleef het angstgevoel dat de woorden uit de brief teweeg hadden gebracht. Wartaal die als giftig zaad met de wind was meegevoerd en ergens een geschikte bodem had gevonden om te ontkiemen. Vivien vroeg zich af wat voor leed de man die deze boodschap had achtergelaten kon hebben doorstaan. En dan de man die hem had ontvangen, welk kwaad kon hem teisteren, dat hij had besloten de erfenis te aanvaarden en zijn waanzinnige postume wraak uit te voeren?

De grenzen van de waanzin zijn verruimd...

Misschien kon je in dit geval beter zeggen dat de grenzen volledig waren weggevaagd.

Ze zat aan haar bureau en was verbonden met de politiedatabank. Als zoekterm gaf ze de woorden The only flag *in en ze wachtte op het resultaat. Op het scherm verscheen bijna meteen de foto van een ontblote schouder waarop eenzelfde tatoeage was getekend als die ze op het lijk had gevonden. Het was het kenmerk van een groep motorrijders uit Coney Island die zich Skullbusters noemden. Bij het dossier zaten enkele signalementfoto's van leden van de bende die in aanraking waren gekomen met de politie. Naast elke naam stonden de kleine of grote streken van de heer in kwestie opgesomd. De foto's leken tamelijk oud en Vivien vroeg zich af of een van hen misschien dezelfde persoon was als degene die jarenlang in de funderingen van een gebouw in 22rd Street begraven had gelegen. Het zou wel het toppunt van ironie zijn, maar het zou haar niet erg verbazen. Zoals de hoofdinspecteur even daarvoor had benadrukt, hing heel hun werk van toevalligheden aan elkaar. De twee foto's van de jongen met de kat, twee dezelfde foto's die op zulk verschillende plaatsen in tijd en ruimte waren gevonden, waren daar het tastbare bewijs van.*

Terwijl ze het adres noteerde van het clubgebouw van de motorrijders kwam per e-mail het dossier van het zevenenzestigste district over de moord op Ziggy Stardust binnen. Bellew liet er geen gras over groeien. Op haar computer had Vivien nu al het materiaal: het beknopte rapport van de lijkschouwer, het rapport van de rechercheur die met de zaak belast was en de foto's die op de plaats delict waren genomen. Een van de foto's had het perspectief dat haar interesseerde, die vergrootte ze maximaal uit. Op een knop van de printer die op de tafel stond zag ze duidelijk een rood spoor, alsof iemand de knop met een bebloede vinger had ingedrukt. Nog een aspect dat sprak in het voordeel van het verhaal van Russell Wade.

Op de andere foto's zag ze het lijk van een man met een tenger postuur, dat onder het bloed op de grond lag. Vivien keek er lang naar en voelde niet het minste medelijden terwijl ze aan de schoft dacht die zijn verdiende loon had gekregen. Voor wat hij haar nicht en wie weet hoeveel andere meisjes had aangedaan. Zodra deze standrechtelijke gedachte opkwam, moest ze voor de zoveelste keer vaststellen hoezeer persoonlijke betrokkenheid het perspectief van de dingen veranderde.

Vivien pakte de sleutel uit haar zak en ontgrendelde de deuren. Russell Wade stapte in aan de passagierskant. Vivien stapte de auto in en zag hem naast zich zijn veiligheidsgordel vastmaken. Terwijl ze naar hem keek, merkte ze dat ze hem een knappe man vond. Ze voelde zichzelf een idioot en dat vergrootte haar ergernis alleen nog maar.

Russell keek haar afwachtend aan. 'Waar gaan we heen?'

'Naar Coney Island.'

'Om wat te doen?'

'Om mensen op te zoeken.'

'Wat voor mensen?'

'Dat zul je wel zien.'

De auto ging op in het verkeer. Russell ging tegen de rugleuning zitten en staarde naar de weg voor hem. 'Ben je vandaag in een extra vriendelijke bui of ben je altijd zo communicatief?'

'Alleen tegen belangrijke gasten.'

Russell Wade draaide zich naar haar om. 'Je mag me niet, hè?' Deze woorden klonken meer als een vaststaand feit dan als een werkelijke vraag. Vivien was blij met deze directe aanpak. Ongeacht hun huidige en toekomstige relatie verkondigde ze zonder omhalen haar mening.

'In normale omstandigheden zou je me volstrekt koud laten. Iedereen mag met zijn leven doen wat hij het beste vindt. Zelfs weggooien, als hij daar niemand kwaad mee doet. Er zijn heel wat mensen die hulp nodig hebben voor problemen die ze buiten hun schuld om hebben gekregen. Wie volwassen is en bij zijn verstand, en zelf problemen opzoekt, moet dat wat mij betreft zelf weten. Dat is niet kritisch, maar gewoon gezond verstand.'

Russell Wade maakte een veelzeggend gebaar met zijn hoofd. 'Oké, in elk geval kennen we nu jouw officiële standpunt over mij.'

Vivien maakte een zijwaartse beweging en zette de auto tegen de stoep, wat heel wat reacties van de automobilisten achter haar losmaakte. Ze liet het stuur los en draaide zich naar de man naast haar. 'Laten we duidelijk zijn. Je hebt misschien de hoofdinspecteur betoverd met je verhaaltje over je verlossing, maar ik ben iets moeilijker te temmen.'

Russell bleef haar zwijgend aankijken. Die sombere blik en dat weerloze uiterlijk gaven haar het gevoel in de maling te worden genomen en lokten een barsheid uit die niet bij haar paste.

'Mensen veranderen niet, meneer Russell Wade. Iedereen is wie hij is en hoort thuis op een duidelijke plek. Hoeveel omzwervingen je ook maakt, vroeg of laat kom je er terug. En ik geloof niet dat jij een uitzondering op deze regel bent.'

'Waarom denk je dat? '

'Je kwam hier met een kopie van het papier dat Ziggy je heeft gegeven in je zak. Dat betekent dat je het origineel, dat met zijn bloed besmeurd is, nog hebt. En dat zou je als bewijs gebruiken voor de FBI, de NSA of wie dan ook als wij je niet hadden geloofd en je hadden afgewezen.' Vivien wond zich op en deed er nog een schepje bovenop. 'Als we je om wat voor reden ook hadden gevraagd om je zakken te legen, zouden we alleen de kopie hebben gevonden van iets wat gemakkelijk door zou kunnen gaan voor een van je verzinsels of een aantekening voor een verhaal. Vooral omdat je er nogal aanleg voor hebt om het ene te laten doorgaan voor het ander.'

Haar woorden leken de onverstoorbaarheid van haar passagier niet onderuit te halen. Dat was een teken van zelfbeheersing, of van gewoonte. Ondanks haar woede was Vivien eerder geneigd het tweede te geloven.

Ze greep het stuur, reed weg van de stoep en vervolgde haar weg naar Coney Island. De volgende vraag van Russell verraste haar. Misschien probeerde hij zich ook een mening te vormen over zijn reisgenoot.

'Rechercheurs hebben toch meestal een partner? Waarom heb jij er geen?'

'Ik heb jou nu. En jouw aanwezigheid bevestigt mijn redenen waarom ik meestal alleen werk.'

Na dit droge antwoord viel er een stilte in de wagen. Tijdens het gesprek was Vivien richting Downtown gereden en nu reden ze over de Brooklyn Bridge. Toen Manhattan achter hen verdween, zette ze de radio aan en stemde af op Radio Kiss 98.7, de zender die zwarte muziek draaide. Ze stuurde de Volvo over de Brooklyn-Queens Expressway en sloeg daarna af op de Gowanus Expressway.

Russell keek uit het raampje naast zich. Toen er een bijzonder ritmisch stuk kwam, begon hij, misschien onbewust, de maat te tikken met zijn voet. Vivien besefte dat ze de verantwoordelijkheid voor deze situatie op een gevoelig moment had gekregen. Door de gedachte aan Sundance en het vreemde gedrag van priester McKean was haar onpartijdige beoordeling in de war gestuurd. Of had ze op zijn minst ongevraagd een hard oordeel geveld. Terwijl ze de auto op Surf Avenue op Coney Island parkeerde, voelde ze een licht schuldgevoel.

'Russell, sorry voor wat ik net zei. Wat je reden ook is, je helpt enorm en daarvoor zijn we je dankbaar. Verder is het niet aan mij om te oordelen. Het zou niet mogen, maar ik heb op dit moment persoonlijke problemen die mijn gedrag beïnvloeden.'

Russell leek geraakt door deze plotselinge eerlijkheid. Hij glimlachte.

'Geeft niets. Niemand kan beter begrijpen hoezeer persoonlijke problemen invloed kunnen hebben op levenskeuzen dan ik.'

Ze stapten uit de auto en liepen te voet naar het adres dat Vivien uit het dossier over de Skullbusters had gehaald. Bij het huisnummer hoorde een grote Harley Davidson-winkel met een werkplaats om de motors te repareren en personaliseren. Het leek een efficiënt en schoon bedrijf. Een wereld van verschil met de ervaringen die Vivien had met de duistere holen van bikers in de Bronx of in Queens.

Ze gingen naar binnen. Links stond een lange rij motors, verschillende modellen, maar onverbiddelijk: allemaal Harleys. Rechts stonden kledingstukken en accessoires uitgestald, van helmen tot overalls en uitlaatdempers. Recht tegenover hen was een toonbank, waar vandaan een lange en stevige kerel in een spijkerbroek en zwart mouwloos T-shirt tevoorschijn kwam en naar hen toe liep. Hij droeg een zwarte bandana en had bakkebaarden en een hangsnor die Vivien deden denken aan de vriend van Julia Roberts in *Erin Brockovich*. Toen de man dichterbij kwam, realiseerde ze zich dat zijn snor geverfd was, dat de bandana waarschijnlijk zijn kaalheid moest verhullen en dat de kerel, onder zijn zongebruinde kleurtje, al ver voorbij de zestig was. Op zijn rechterschouder was een Jolly Roger getatoeëerd met hetzelfde onderschrift als dat op het lijk dat vijftien jaar eerder was ingemetseld.

'Goedemorgen. Ik ben Vivien Light.'

De man glimlachte geamuseerd. 'Die van de film?'

'Nee, die van de politie.'

Terwijl ze haar droge antwoord gaf, haalde ze haar legitimatiebewijs tevoorschijn. De gelijkenis van haar naam met die van Vivien Leigh, de hoofdpersoon uit *Gone with the Wind*, achtervolgde haar al haar hele leven.

De man bleef kalm.

Dikke huid of goed geweten, dacht Vivien.

'Ik ben Justin Chowsky, de eigenaar. Is er iets aan de hand?'

'Ik dacht dat dit het clubgebouw was van een groep motorrijders met de naam Skullbusters.'

'Dat is het nog steeds.'

Chowsky glimlachte om het verbaasde gezicht van Vivien. 'Er is het een en ander veranderd sinds het begin. Ooit zat hier een groep wilde jongens, waarvan sommige problemen hadden met de wet. Ik ook, als ik eerlijk moet zijn. Kleinigheden, kijk het maar na. Een stickie hier, een vechtpartijtje daar, wat te veel drank.'

De man met zijn hardnekkige hangsnor keek een ogenblik naar een vitrine, alsof hij daarop scènes uit zijn jeugd terugzag. 'We waren heethoofden, maar niemand van ons ging echt over de schreef. De zware jongens zijn vanzelf verdwenen.' Hij maakte een handgebaar dat tegelijkertijd op de ruimte om hen heen duidde en een duidelijk gevoel van trots inhield. 'Toen heb ik op een dag besloten deze zaak hier te openen. Langzamerhand zijn we een van de belangrijkste motorzaken van deze staat geworden. En de Skullbusters is een rustige groep nostalgische oude mannen geworden, die koppig blijven rondrijden op hun motoren alsof ze nog jonge honden zijn.'

Vivien keek naar Russell die tot dan op een afstandje was blijven staan, zonder dichterbij te komen en zonder zich voor te stellen. Ze was blij met zijn gedrag. Hij was iemand die zijn plek wist.

Ze richtte haar aandacht weer op de man tegenover haar. 'Meneer Chowsky, ik wil graag iets weten.'

Ze vatte het zwijgen van de man op als toestemming. 'Weet u of er ongeveer vijftien jaar geleden iemand van de groep spoorloos is verdwenen?'

Het antwoord kwam zonder aarzeling en Vivien voelde een sprankje hoop.

'Mitch Sparrow.'

'Mitch Sparrow?'

Vivien herhaalde zijn naam, alsof ze bang was dat ze hem zouden vergeten.

'Ja. En om precies te zijn gebeurde dat...'

Chowsky maakte zijn bandana los, waardoor de vermoedens van Vivien werden weerlegd en er ondanks zijn leeftijd een dikke bos haar tevoorschijn kwam. Hij streek met zijn hand door zijn haar, dat ook rigoureus geverfd was, alsof dat gebaar hem hielp zijn geheugen op te frissen.

'Het gebeurde precies achttien jaar geleden.'

Vivien bedacht dat dit getal binnen de marge viel die de gerechtsarts in zijn autopsieverslag had vermeld.

'Weet u dat zeker?'

'Absoluut. Een paar dagen erna is mijn jongste zoon geboren.'

Uit de binnenzak van haar jack haalde Vivien een van de twee foto's die ze had meegenomen, degene in close-up. Ze hield hem Chowsky voor.

'Is dit Mitch Sparrow?'

De man hoefde de foto niet eens in zijn hand te nemen om hem beter te bekijken.

'Nee. Mitch was blond en deze man is heeft donker haar. En hij was allergisch voor katten.'

'Hebt u deze persoon ooit gezien?'

'Nooit van mijn leven.'

Vivien dacht even na over de betekenis van deze bewering. Vervolgens deed ze weer wat haar werk van haar vroeg: vragen stellen.

'Wat voor type was Mitch?'

Chowsky glimlachte.

'In het begin, toen hij pas bij ons kwam, was hij een fanatiek motorrijder. Hij zorgde beter voor zijn motor dan voor zijn moeder. Het was een knappe kerel, maar hij behandelde vrouwen als papieren zakdoekjes.'

Hij leek typisch zo'n man die zichzelf graag hoorde praten. Vivien drong aan. 'En toen?'

Chowsky haalde zijn schouders op met een gebaar alsof het allemaal voor zich sprak. 'Op een dag ontmoette hij een meisje dat anders was dan de andere en is zelfs hij erin getuind. Hij gebruikte zijn motor steeds minder en zijn bed steeds vaker. Tot het meisje er is gebleven. Zwanger, bedoel ik. Toen heeft hij werk gevonden en zijn ze getrouwd. We zijn allemaal op de bruiloft geweest. En we waren twee dagen dronken.'

Vivien had geen tijd voor herinneringen aan de braspartijen van een oude motorrijder. Ze probeerde ter zake te komen. 'Vertel eens over zijn verdwijning. Hoe is dat gegaan?'

'Er valt weinig over te zeggen. Op een mooie dag is hij verdwenen. Van de een op de andere dag. Zijn vrouw is naar de politie gegaan. Ze hebben mij ook ondervraagd. Volgens mij die van het ze-

ventigste district. Maar er kwam niets uit. De Fransen zeggen *cher-
chez la femme.*'

Hij scheen erg in zijn nopjes met zijn citaat uit een vreemde taal.

'Hebt u nog contact met zijn vrouw?'

'Nee. Toen ze nog in de buurt woonde, zagen mijn vrouw en zij
elkaar nog af en toe. Maar een paar jaar na de verdwijning van
Mitch heeft ze een vriend gekregen en is ze verhuisd.'

Chowsky was de volgende vraag voor. 'Ik weet niet waarheen.'

'Weet u nog hoe ze heette?'

'Carmen. Montaldo of Montero, ik weet het niet meer. Ze had
Spaans bloed, een mooie vrouw. Als Mitch er met een ander van-
door is gegaan, heeft hij een van de grootste stommiteiten van zijn
leven begaan.'

Vivien kon niet tegen Chowsky zeggen dat Mitch deze stommi-
teit, zeer waarschijnlijk, niet had begaan. Misschien had hij wel een
veel dommere streek uitgehaald, als hij zoals ze vermoedde in een
betonnen muur terecht was gekomen. Maar dit niet.

Ze dacht voorlopig geen verdere informatie te kunnen krijgen
van deze man. Ze had een naam, een tijd en een aangifte van een
vrouw met de naam Carmen Montaldo of Montero of iets dergelijks. Ze hoefde maar het proces-verbaal te vinden en de vrouw op
te sporen.

'Bedankt, meneer Chowsky, u hebt me erg geholpen.'

'Niets te danken, mevrouw Light.'

Ze lieten de man achter bij zijn motoren en zijn herinneringen en
liepen naar de uitgang. Toen ze de drempel overgingen, bleef Russell staan. Hij keek haar een ogenblik besluitloos aan. Toen draaide hij zich weer om naar Chowsky, die ondertussen weer achter de
toonbank was gaan staan.

'Nog één ding, als u het niet erg vindt.'

'Zegt u maar.'

'Wat voor werk deed Mitch Sparrow?'

'Hij werkte in de bouw. En hij was er goed in ook. Hij zou bouwopzichter zijn geworden, als hij niet in het niets was verdwenen.'

21

Ze hadden nog geen twee stappen uit de winkel gezet of Vivien haalde haar BlackBerry tevoorschijn en koos het directe nummer van het kantoor van de hoofdinspecteur. De telefoon ging een paar keer over voor haar baas opnam.

'Bellew.'

'Alan, met Vivien. Ik heb nieuws.'

'Uitstekend.'

'Ik moet bliksemsnel een paar zaken natrekken.'

De hoofdinspecteur hoorde de opwinding van het speurwerk in Viviens stem en werd zelf ook opgewonden. 'Sneller nog, als het me lukt. Zeg maar.'

Ze waren allebei ervaren politieagenten en wisten dat in een zaak als deze het meer een gevecht tegen de tijd dan tegen een man was. En de man die ze zochten had de tijd aan zijn kant.

'Je moet wat gegevens noteren.' Vivien gaf Bellew enkele seconden om pen en papier te pakken.

'Kom maar op.'

'De kerel in de muur heet hoogstwaarschijnlijk Mitch Sparrow. Een getuige heeft verklaard dat hij lid was van een groep motorrijders die zich Skullbusters noemden. Ze hadden hun clubgebouw op Coney Island, aan Surf Avenue. Er zou een aangifte van een verdwijning moeten bestaan die achttien jaar geleden door een vrouw met de naam Carmen Montaldo of Montero bij het zeventigste district is gedaan. Een paar jaar later is ze verhuisd naar een onbekend adres, nadat ze een nieuwe vriend vond. Ik moet haar opsporen.'

'Oké. Geef me een halfuur en dan laat ik je wat weten.'

'Nog iets. Deze Mitch Sparrow werkte in de bouw.'

Dit bericht veroorzaakte een begrijpelijke opwinding bij de hoofdinspecteur. 'Jezus Christus.'

'Inderdaad. Daarom moeten we ook wat onderzoek doen in de registers van de Unions. Kun je daar iemand op zetten?'

De Unions waren de vakbonden die voor de bedrijven werklui

regelden die ze uit hun eigen leden kozen. Om een aantal technische en relationele redenen deden bijna alle bedrijven een beroep op hen als ze mensen nodig hadden.

'Ik stuur ze meteen op weg.'

Vivien hing op. Russell had zwijgend naast haar toegeluisterd terwijl ze terug naar de auto liepen.

'Sorry.'

'Waarvoor?'

'Voor daarnet, bedoel ik. Sorry dat ik me ermee bemoeide. Het gebeurde onbewust.'

In werkelijkheid was Vivien verrast geweest door de vraag die Wade aan Chowsky had gesteld. En ze vond het jammer dat ze er zelf niet eerder op was gekomen. Maar haar karakter gebood haar altijd de verdiensten van een ander te onderkennen.

'Dat was slim van je. Meer dan dat.'

Russell ging verder met zijn uitleg. Het leek alsof hij zelf verrast was over deze spontane ingeving. 'Ik bedacht me dat als deze Sparrow in een blok cement is geëindigd, hij iets moet hebben geweten wat hij niet mocht weten of iets heeft gezien wat hij niet mocht zien.' Hij dacht even na. 'Daardoor dacht ik terug aan de woorden in de brief die ik jullie heb gegeven.'

Er verscheen een schaduw over zijn gezicht en Vivien was er zeker van dat hij terugdacht aan de omstandigheden waarin hij de brief had gekregen. Ook zij had de met een slordig mannelijk handschrift geschreven regels glashelder voor ogen.

Mijn hele leven lang, voor en na de oorlog, heb ik in de bouw gewerkt.

Ze onderbrak de gedachte van Russell, die ondertussen van een eenvoudige veronderstelling was veranderd in een algemene zekerheid. 'En je concludeerde dat de man die Sparrow heeft vermoord hoogstwaarschijnlijk dezelfde man is als degene die de brief heeft geschreven.'

'Precies.'

Ze waren inmiddels bij de parkeerplaats aangekomen. Aan de andere kant van het grote terrein, voorbij de rij schaarse bomen, staken de skeletachtige contouren van de achtbaan en de Parachute Tower omhoog en waren vaag de grote tenten van het lunapark van Coney Island zichtbaar. Er stonden niet veel auto's op het parkeerterrein en Vivien bedacht dat maandag vast geen topdag was voor een pretpark, zelfs niet op een mooie en vreemde dag als deze.

Ze keek op haar horloge. 'Door dit verhaal ben ik helemaal vergeten dat ik honger heb. We moeten nu toch wachten op het telefoontje van de hoofdinspecteur. Wat denk je van een hamburger?'

Russell glimlachte onzeker en vaag. 'Ik eet niet. Ik kan je wel gezelschap houden als je wilt.'

'Ben je op dieet?'

Zijn glimlach veranderde in een terneergeslagen blik van onvoorwaardelijke overgave. 'De waarheid is dat ik geen cent op zak heb. En mijn creditcards zijn al tijden niet meer dan een paar stukken plastic. In de stad zijn er wel plekken waar ik krediet krijg, maar hier ben ik op het terrein van de Comanche. Geen enkele kans op overleving.'

Ondanks alles wat ze over het ongeregelde leven van Russell Wade wist, had Vivien onbewust een gevoel van sympathie en tederheid. Ze verjoeg het meteen naar waar het geen kwaad kon. 'Je zit in de narigheid, hè?'

'Het is voor iedereen een moment van grote crisis. Bij de politie moet je toch hebben gehoord over die vervalser die in New Jersey is gearresteerd.'

'Welke vervalser?'

'Hij maakte bankbiljetten van vijfentwintig dollar, want in deze tijd kwam hij met die van twintig niet uit de kosten'

Vivien barstte ongewild in lachen uit. Een paar zwarte jongens die de parkeerplaats overstaken, in kleurige kleren in een pur sang hiphopstijl, keken naar hen om.

Ze keek Russell aan alsof ze hem voor het eerst zag. Achter de geamuseerde blik zag ze de gewenning aan zijn rol van uitgestotene. Ze vroeg zich af of deze rol was opgelegd door de buitenwereld. Het leek haar eerder het resultaat van een persoonlijke keuze.

'Mag ik trakteren?'

Russell maakte een verslagen gebaar met zijn hoofd. 'Ik ben niet in staat om te weigeren. Ik geef toe dat ik zo'n honger heb dat ik zelfs de autobanden op zou eten als ik er een pot mayonaise bij kreeg.'

'Kom op, dan. De autobanden hebben we nog nodig. Bovendien kost een lunch me minder.'

Ze staken het parkeerterrein over en kwamen bij de zee. Behalve een enkele wandelaar met een hond en een onvermijdelijke fanatieke hardloper was er niemand op het strand. De weerspiegeling van de zon en de wolken op het water vormde een magisch spel van lucht, licht en schaduw. Vivien bleef staan om ernaar te kijken, haar gezicht in de wind, die de golven in beweging bracht en schuimkoppen bezorgde. Soms waren er momenten als dit in haar leven. Momenten waarop ze voor de onverschillige pracht van de wereld zou willen gaan zitten, haar ogen sluiten en alles vergeten. En ze zou willen dat iedereen haar zou vergeten. Maar dat kon niet. Vanwege de personen van wie ze hield en voor wie ze, als vrouw had gekozen te zorgen. En vanwege de personen die ze niet kende en voor wie ze als politieagent had gekozen te zorgen. Velen van hen liepen op dit moment rond in deze stad, zonder te weten dat ze op de zwarte lijst stonden van een moordenaar die door zijn waanzin geen enkel gevoel voor mededogen meer had.

Ze liepen verder over de promenade tot ze een kleurige kiosk vonden waar hotdogs, souvlaki en hamburgers werden verkocht. De geur van het gegrilde vlees die werd meegevoerd door de wind was hen voorgegaan en had hen geleid. Ernaast was een overkapping met houten tafels en stoelen waar de klanten zomers in de schaduw aan zee konden eten.

'Wat wil je?'

'Een cheeseburger, denk ik.'

'Eén of twee?'

Russell trok een nederig gezicht. 'Twee zou perfect zijn.'

Opnieuw moest Vivien glimlachen. Ze had er geen enkele reden voor, maar deze man slaagde er soms in iets lichts in haar naar boven te brengen dat bij elk soort humeur standhield.

'Oké, weeskindje. Ga maar zitten en wacht op me.'

Ze liep naar de man achter de toonbank en bestelde terwijl Russell in de schaduw onder het afdak ging zitten. Even later kwam Vivien met een dienblad met de hamburgerdoosjes en twee flesjes water. Ze schoof de cheeseburgers naar Russell toe en zette het water ostentatief voor hem neer. 'Ik heb dit genomen om te drinken. Ik denk dat je liever een biertje wilde, maar aangezien je met mij bent, kunnen we wel stellen dat we allebei in dienst zijn. Dus: geen alcohol.'

Russell glimlachte. 'Een tijdje geen alcohol zal me geen kwaad doen. Ik geloof dat ik de afgelopen tijd wat heb overdreven...' Hij brak de zin veelzeggend af. Opeens veranderde hij van toon. 'Het spijt me van dit alles.'

'Van wat?'

'Dat je moet betalen.'

Vivien antwoordde met een achteloos gebaar en optimistische woorden. 'Je kunt me terugbetalen met een luxe etentje ergens. Naar mijn keuze. Als deze toestand afloopt zoals we allemaal hopen, zul je een groot verhaal te vertellen hebben. En bij grote verhalen horen meestal roem en geld.'

'Ik doe het niet voor het geld.'

Hij sprak deze zin zacht uit, haast onverschillig. Vivien wist zeker dat hij dit niet alleen voor haar zei, maar dat hij in gedachten tegen iemand anders sprak. Of misschien tegen vele anderen.

Ze aten een poos in stilte, ieder verzonken in zijn eigen gedachten.

'Wil je de waarheid weten over *De tweede passie?*'

Russells woorden kwamen ruw en onomwonden. Vivien hief haar hoofd op om hem aan te kijken en merkte dat hij zijn gezicht had afgewend, naar de zee. De wind waaide door zijn donkere haar. Uit de toon van zijn stem begreep ze dat dit een belangrijk moment voor hem was. Het was het einde van een lange reis, het was thuiskomen en eindelijk een gezicht in de spiegel vinden waar hij graag op leek.

Russell wachtte haar antwoord niet af. Hij sprak verder, gefocust op de draad van een verhaal die tegelijkertijd de draad van een herinnering was. Het soort draad die het hart en het hoofd moeilijk tegelijk kunnen volgen.

'Mijn broer Robert was tien jaar ouder dan ik. Hij was een bijzonder mens, iemand die vriendelijk was aangelegd, maar vastberaden om alles waarmee hij in contact kwam tot zijn persoonlijke bezit te maken.'

Vivien besloot dat het beste wat ze op dit moment kon doen luisteren was.

'Hij was mijn idool. En ook het idool van de school, van de meisjes en van de familie. Niet omdat hij daar zelf voor koos, maar omdat het in zijn aard lag. Ik geloof dat ik zelden in mijn leven zo veel trots in de stem van een man heb gehoord als wanneer mijn vader over Robert sprak.' Hij zweeg een ogenblik. Het lot van de wereld en de zin van zijn leven lagen in dat moment besloten. 'Ook als ik erbij was.'

Indirect drongen er woorden en beelden van vroeger tot Vivien door. Terwijl Russell zijn verhaal vervolgde, verschenen stemmen en gezichten uit haar leven naast die van de man die tegenover haar zat.

...en natuurlijk is Greta tot aanvoerder van de cheerleaders gekozen. Het is niet omdat ze mijn dochter is, maar ik zou niet weten wie anders geschikt zou zijn...

'Ik probeerde hem in alles na te doen, maar hij was onbereikbaar. En een wilde gek. Hij hield van risico's, zichzelf op de proef stellen, voortdurend wedijveren. Als ik er nu aan terugdenk, geloof ik dat ik wel weet waarom. Hij moest het voortdurend opnemen tegen zijn fanatiekste tegenstander: hijzelf.'

...Nathan Green? Greta, wil je zeggen dat dé Nathan Green je vanavond komt ophalen? Ik kan het niet geloven. Hij is van alle jongens de...

'Robert was niet te stuiten. Hij leek altijd op jacht naar iets. En dat vond hij toen hij zich op een bepaald moment met fotografie ging bezighouden. Eerst dacht iedereen dat het zijn zoveelste bevlieging was, maar langzamerhand bleek hij echt talent te hebben. Hij had het aangeboren talent om met zijn lens de ziel van dingen en mensen te treffen. Als je zijn foto's zag kreeg je de indruk dat hun blik verderging dan de schijn, dat hun ogen ergens heen keken waar ze alleen niet zouden komen.'

...je bent prachtig, Greta. Ik denk niet dat er hier in de buurt ooit een mooiere bruid is gezien. In de hele wereld niet, denk ik. Ik ben trots op je, mijn kleine meid...

'De rest van het verhaal is bekend. Zijn zucht naar het extreme heeft van hem langzamerhand een van de beroemdste oorlogsverslaggevers gemaakt. Waar er een conflict was, was hij. Iedereen die zich in het begin afvroeg waarom de erfgenaam van een van de rijkste families van Boston zijn leven riskeerde en de wereld over reisde met een Nikon in de hand, werd gelogenstraft door de feiten. Zijn foto's werden in alle kranten van Amerika gepubliceerd, sterker nog, in alle kranten van de wereld.'

...de politieacademie, zeg je? Weet je het zeker? Dat is niet alleen gevaarlijk werk, maar ik geloof ook niet dat...

Vivien deed haar best om alles uit te wissen, voordat het mooie gezicht van Greta uit het verleden haar herinnerde aan het verdriet van het heden.

'En jij?' Ze onderbrak het verhaal van Russell met deze eenvoudige vraag, zonder hem te kunnen uitleggen dat ze de vraag aan hen allebei stelde.

'En ik?' Russell herhaalde deze woorden, alsof hij zich alleen op die manier kon herinneren dat hij ook nog een plaats had in het verhaal dat hij aan het vertellen was. Een eigen plek, altijd gezocht en nooit gevonden. Op zijn gezicht verscheen een verlegen glimlach en Vivien begreep dat hij aan zijn eigen naïviteit van lang geleden dacht.

'Uit een gevoel van wedijver begon ook ik te stuntelen met fototoestellen. Toen ik tegen mijn vader zei dat ik ook camera's had gekocht, keek hij alsof zijn geld uit het raam werd gegooid. Maar Robert was enthousiast. Hij heeft me geholpen en op alle mogelijke manieren aangemoedigd. Hij was het die me alles heeft geleerd wat ik nu weet.'

Hoewel hij had gezegd honger te hebben, merkte Vivien nu op dat Russell nog niet eens de eerste van zijn twee cheeseburgers had opgegeten. Ze wist uit eigen ervaring goed hoe herinneringen de eetlust kunnen wegnemen.

Russell ging verder en Vivien kreeg de indruk dat dit de eerste keer was dat hij hier met iemand over sprak. Ze vroeg zich af waarom hij dat met haar deed.

'Ik wilde net zo zijn als hij. Ik wilde mijn vader en moeder en al hun vrienden laten zien dat ik ook iets waard was. Dus toen hij naar Kosovo ging, vroeg ik hem om me mee te nemen naar Europa.'

Russell had de hele tijd ergens anders heen gekeken, maar draaide zich nu naar haar toe, met een andere vertrouwdheid. 'Herinner je je de Balkanoorlog nog?'

Vivien wist er niet veel over. Een moment schaamde ze zich voor haar eigen onwetendheid. 'Min of meer.'

'Aan het eind van de jaren negentig was Kosovo een provincie in de confederatie van ex-Joegoslavië. De meerderheid was Albanees en moslim, maar werd met ijzeren hand bestuurd door een Servische minderheid, die het streven naar onafhankelijkheid en annexatie door Albanië de kop indrukte.'

Vivien was geboeid door Russells stem, door zijn talent om te vertellen en om zijn gesprekspartner deelgenoot te maken van zijn verhaal. Ze dacht dat dit misschien wel zijn ware talent was. Ze was ervan overtuigd dat wanneer alles achter de rug was, hij echt een groot verhaal kon vertellen. Zíjn grote verhaal.

'Alles was lang daarvoor begonnen. Eeuwen eerder. Ten noorden van Pristina, de hoofdstad, was een plaats die Kosovo Polje heette. Deze naam betekende "merelveld". Aan het eind van de veertiende eeuw werd er een veldslag geleverd waarbij een christelijk leger, bestaande uit een Servisch-Bosnische coalitie, onder aanvoering van een zekere Lazar Hrebeljanovi, werd verpletterd door het Ottomaanse leger. Vooral de Serviërs leden enorme verliezen. Na de nederlaag is in die plaats een monument opgericht, dat volgens mij wereldwijd uniek is. Het is een zuil die een eeuwige vervloeking van de vijanden van het Servische volk vormt, en hun het bloedige en wrede verlies van al het mogelijke toewenst, in deze en in de andere wereld. Ik ben er geweest. Voor dat monument kwam ik tot een besef.'

Hij zweeg kort, alsof hij de juiste woorden moest zoeken om zijn gedachte bondig te formuleren.

'Oorlogen gaan voorbij. Haat duurt eeuwig.'

Vivien vroeg zich af of ook hij opnieuw aan de woorden uit de brief dacht en aan de gedachte erachter.

Mijn hele leven lang, voor en na de oorlog, heb ik in de bouw gewerkt...

'Robert legde me uit dat Milošević in 1987 had gezworen dat niemand ooit meer een vinger naar een Serviër zou uitsteken. Die verklaring veranderde hem in één klap in de sterke man van de situatie en hij werd president. In 1989, precies zeshonderd jaar na de slag bij Kosovo Polje, hield hij bij deze zuil een oorlogszuchtige toespraak voor meer dan vijfhonderdduizend Serviërs. Op die dag bleven alle Albanezen binnen.' Russell maakte een beweging met zijn handen, als om de tijd in dit gebaar te bevatten. 'Wij kwamen begin 1999 aan, toen de onderdrukking en de gevechten met de rebellen van het UCK, het Kosovaarse Bevrijdingsleger, de internationale gemeenschap ervan overtuigden om in te grijpen. Ik heb dingen gezien die ik nooit meer zal vergeten. Dingen die Robert uit gewoonte, en door zijn talent, doormaakte alsof hij ondoordringbaar was.'

Vivien vroeg zich af of Russell zich ooit zou bevrijden van de geest van Robert Wade.

'Op een nacht, vlak voordat de bombardementen van de NAVO begonnen, werden alle journalisten en fotografen het land uit gezet. Er werden geen redenen voor gegeven, maar het algemene vermoeden was dat er plannen waren voor een grote etnische zuivering. De prefect van Pristina had het beknopt maar duidelijk gezegd: wie wegging werd een goede reis gewenst, aan wie bleef werd niets gegarandeerd. Sommigen gingen niet. Waaronder wij.'

Vivien waagde het een vraag te stellen. 'Weet je zeker dat Robert echt een moedig man was?'

'Een tijd lang geloofde ik dat. Nu weet ik het niet meer zo zeker.'

Russell hervatte zijn verhaal met een stem die tegelijkertijd opgelucht en vermoeid klonk. 'Robert had een vriend, Tahir Bajraktari, als ik me goed herinner, een leraar die met zijn vrouw Lindita in de buitenwijk van Pristina woonde. Robert gaf hem geld en voordat hij wegging naar de stad verborg hij zich in zijn huis, in een kelder waar je via een luik onder een tapijt in kon komen, aan de achterkant van het gebouw. Van buiten klonk de echo van de gevechten. De UCK viel aan, sloeg toe en schoot dan in het niets.'

Vivien kreeg de indruk dat ze de beelden, die hij op dit moment opnieuw beleefde, zou zien als ze diep in zijn ogen zou kijken.

'Ik was doodsbang. Robert deed er alles aan om me te kalmeren. Hij bleef een tijdje bij me, maar de roep van wat er buiten gebeurde was sterker dan hij. Een paar dagen later vertrok hij uit onze schuilplaats, met zijn zakken vol filmrolletjes, terwijl buiten op straat het mitrailleurvuur weerklonk. Ik heb hem niet meer levend gezien.' Russell pakte de fles en nam een grote slok water. 'Omdat hij niet terugkwam, ben ik naar buiten gegaan om hem te zoeken. Ik weet nog steeds niet waar ik de moed vandaan haalde. Ik liep door verlaten straten. Pristina was een spookstad. De mensen waren gevlucht, van sommige huizen stond de deur nog open en was het licht nog aan. Ik ben richting het centrum gegaan en op een bepaald moment heb ik hem gevonden. Robert lag op de grond, op de stoep, bij een pleintje met bomen, waar nog andere lijken lagen. Zijn borst was kapotgeschoten door mitrailleurvuur, hij hield zijn fototoestel nog in zijn hand geklemd. Ik heb het toestel gepakt en ben weggerend om me te verstoppen. Ik heb om Robert gehuild en om mezelf, totdat ik daar niet eens meer de kracht voor had. Toen zijn de bombardementen van de NAVO begonnen. Ik weet niet meer hoelang ik me daar heb verstopt, luisterend naar de vallende bommen, zonder me te wassen, zuinig met het eten dat ik had, tot ik besefte dat de stemmen die ik van buiten hoorde Engels spraken. Toen begreep ik dat ik in veiligheid was en ben ik naar buiten gegaan.'

Hij dronk opnieuw gulzig van het water, alsof door de herinnering aan de tranen van toen elk spoor van vocht in zijn lichaam was opgedroogd. 'Toen ik erin slaagde de foto's van Roberts toestel te ontwikkelen, toen ik ze kon zien, werd ik door een foto in het bijzonder getroffen. Ik wist meteen dat het een buitengewone foto was, zo één die elke fotograaf zijn leven lang najaagt.'

Vivien had dit beeld duidelijk voor ogen. De hele wereld kende het. Het was een van de beroemdste foto's ter wereld geworden.

Op de foto stond een man die door een kogel in zijn hart werd geraakt. Hij droeg een donkere broek en zijn bovenlijf en voeten waren ontbloot. De inslag van de kogel had het bloed breed uiteen doen spatten en hem van de grond opgelicht. Door een van die toevalligheden die het geluk van een oorlogsverslaggever uitmaken, was hij voor de lens vastgelegd met gespreide armen en de voeten over elkaar geschoven, met zijn zwevende lichaam in een houding die deed denken aan de figuur van Jezus aan het kruis. Ook het gezicht van de man, mager, met lange haren en een beginnende baard, kwam overeen met dat van de traditionele beeltenis van Christus. De titel van de foto, *De tweede Passie*, was een bijna logische gevolgtrekking.

'Ik werd bevangen door iets onverklaarbaars. Afgunst, woede over dat talent om de kans te pakken, ambitie. Begerigheid, misschien. Ik heb de foto voorgesteld aan de *New York Times* als mijn eigen foto. De rest ken je. Ik heb de Pulitzerprijs gewonnen met deze foto. Helaas had de broer van de vermoorde man Robert gezien toen hij de foto nam en heeft hij de kranten de waarheid verteld. Zo kwam iedereen erachter dat de foto niet van mij was.'

Hij onderbrak zijn verhaal voordat hij tot een conclusie kwam die hem jaren van zijn leven had gekost. 'En als ik eerlijk ben, weet ik helemaal niet zeker of ik dat zo jammer vind.'

Vivien had onbewust een hand op Russells arm gelegd. Toen ze het besefte, trok ze hem weg in de hoop dat de ander het niet had gemerkt. 'Wat heb je daarna gedaan?'

'Ik overleefde door elke opdracht aan te nemen die ik tegenkwam. Modereportages, technische foto's, zelfs trouwfoto's. Maar ik heb vooral iets te vaak gebruikgemaakt van het geld van mijn familie.'

Vivien probeerde de juiste woorden te vinden om de last van deze bekentenis te verlichten, maar de beltoon van haar telefoon hield haar tegen. Ze pakte het toestel van tafel. Op het schermpje verscheen vanuit het geheugen een naam: Bellew.

Ze nam op. 'Zeg het maar, Alan.'

'Een pure toevalstreffer. Ik heb het hoofd van het zeventigste district gebeld en hem gezegd een onderzoek te doen. Toen ik hem vroeg om er al zijn beschikbare mannen op te zetten, verklaarde hij me voor gek.'

'Dat kan ik geloven. Heeft het iets opgeleverd?'

'De vrouw heet Carmen Montesa. Toen ze is verhuisd was ze zo verstandig om haar nieuwe adres mee te delen aan de politie. Ik heb het laten controleren en er blijkt op dit adres in Queens nog een actief telefoonnummer op haar naam te bestaan. Ik stuur je meteen een bericht.'

'Alan, je bent groots.'

'Meisje, de eerste vrouw die dat tegen me zei was de verloskundige die me ter wereld heeft geholpen. Sluit maar aan in de rij. Succes en hou me op de hoogte.'

Vivien stond op en Russell deed hetzelfde. Hij begreep dat de pauze voorbij was en dat het tijd was om in beweging te komen.

'Nieuws?'

'Laten we het hopen. Voorlopig hebben we de vrouw gevonden, daarna zien we verder.'

Ze veegde haar mond af, gooide het papieren servetje op tafel en ging op weg naar de auto. Russell wierp een weemoedige blik op het eten dat hij nauwelijks had aangeroerd. Toen volgde hij Vivien. Hij liet een verhaal achter zich waarvan hij vreesde dat het, wat hij ook deed, nooit zou ophouden.

22

Carmen Montesa hield van cijfers. Als kind hield ze er al van. Op de basisschool was ze de beste van haar klas. Met cijfers werken gaf haar een gevoel van orde, van rust. Ze hield ervan om ze op hun plek in de vakjes van het blad te zetten, elk cijfer met zijn teken en zijn kwantitatieve betekenis, naast elkaar of in kolommen, allemaal samen in haar kinderlijke maar precieze handschrift. En, in tegenstelling tot veel andere klasgenoten vond ze dit alles erg creatief. Met haar kinderlijke geest had ze de getallen zelfs een kleur gegeven. De vier was geel en de vijf was blauw. De drie was groen en de negen bruin. De nul was zuiver maagdelijk wit.

Ook nu, in haar oude leren fauteuil, had ze een tijdschrift met sudoku's op schoot. Helaas was er van haar kinderfantasieën niet veel meer over. De getallen waren zwarte tekens op het witte papier van een tijdschrift geworden, meer niet. Met de tijd waren de kleuren verdwenen en had ze ontdekt dat de nul, gebruikt voor het leven van mensen, geen mooie kleur had.

Ze had een andere weg willen bewandelen, studeren, naar de universiteit gaan, een faculteit met cijfers kiezen, er later haar werk van maken. De omstandigheden hadden echter anders besloten.

In een film die ze laatst had gezien, zei een van de hoofdrolspelers dat het leven in New York erg zwaar is als je Mexicaans en arm bent. Toen ze die zin hoorde, kon ze dat voor zichzelf alleen maar beamen. Vergeleken met de andere meisjes in haar situatie had zij het voordeel gehad dat ze mooi was. En dat had haar erg geholpen. Ze had nooit echte compromissen aanvaard, ook al had ze in de loop der tijd geleerd om een teveel aan terloopse aanrakingen en betastingen te verdragen. Slechts één keer had ze, om ervoor te zorgen dat ze de verpleegsteropleiding mocht volgen, de directeur gepijpt. Toen ze haar studiegenoten had gezien en had gemerkt dat er wel erg veel knappe meisjes waren, had ze beseft dat velen van hen dit zelfde soort toelatingsexamen hadden gedaan.

Toen was Mitch gekomen...

Ze legde het tijdschrift weg toen ze merkte dat een traan op de sudokupuzzel was gevallen en de inkt van de stift liet uitlopen. De buik van de vijf, het getal dat ze net had ingevuld, was uitgedijd en werd nu omgeven door een blauwige ronde kring, die veel te veel op de nul leek.

Hoe is het mogelijk, dat ik na al deze jaren nog huil...

Ze vond zichzelf een stommeling en legde het tijdschrift op een tafeltje naast haar. Maar ze liet haar tranen de vrije loop en daarmee ook haar herinneringen. Het was alles wat ze over had van een gelukkige periode, misschien het enige lichtpuntje in haar bestaan. Vanaf het moment dat ze hem had ontmoet, had Mitch haar leven veranderd, in alle opzichten. Ervoor en erna.

Met hem had ze ontdekt wat hartstocht was, wat de liefde kon zijn en doen. Hij had haar het grootst mogelijke geschenk gegeven, door hem had ze zich geliefd en gewenst gevoeld en vrouw en moeder. Alle dingen die ze weer had moeten inleveren toen hij van de een op de andere dag verdween en haar alleen achterliet met een klein kind. Carmens moeder had hem altijd gehaat. Toen duidelijk werd dat haar man niet zou terugkomen was ze, zonder openlijk commentaar te geven, verschenen met de woorden ik-heb-het-je-toch-gezegd op haar gezicht gedrukt. Ze had de toespelingen van haar moeder geduld omdat ze haar nodig had, om op het kind te passen wanneer ze moest werken. Maar ze was nooit teruggekeerd naar het ouderlijk huis, daar had ze had nooit aan toegegeven. 's Avonds was ze thuis, in hún appartement, met Nick die sprekend op zijn vader leek, om verhaaltjes te lezen en tekenfilms te kijken en in motortijdschriften te bladeren.

Toen, op een dag, had ze Elias leren kennen. Hij was net als zij een Chicano, een fatsoenlijke jongen die als kok in een restaurant in East Village werkte. Ze gingen een tijdje als vrienden met elkaar om. Elias kende haar situatie, hij was een zachte man met respect en het was overduidelijk dat hij verliefd op haar was. Hij had haar nooit iets gevraagd, haar nooit ook maar met een vinger proberen aan te raken.

Zij voelde zich prettig bij hem, ze praatten veel, Nick vond hem aardig. Ze hield niet van hem, maar toen hij haar voorstelde te gaan samenwonen, had ze na lang aarzelen toegezegd. Ze hadden een hypotheek gekregen en een huisje in een volkswijk van Queens gekocht dat Elias per se op haar naam wilde zetten.

Carmen glimlachte door haar tranen heen bij de herinnering aan deze tedere en naïeve man. Arme Elias. Ze hadden voor het eerst de liefde bedreven in hun huis. Hij was verlegen en gevoelig en onervaren. Zij had hem bij de hand moeten nemen als een kind en hem door zijn emotie heen moeten leiden. Een maand later had ze ontdekt dat ze in verwachting was en precies negen maanden na hun eerste nacht was Allison geboren.

Ze had een gezin gehad. Een zoon, een dochter en een man die van haar hield, samen aan dezelfde tafel. Tegenover haar zat niet de man naar wie ze in haar hart nog verlangde, het was niet het schitterende geluk uit de dagen met Mitch. Het was de kalmte, die, toen ze die had en op zich als goed resultaat beschouwde, het begin van de ouderdom vormde.

Helaas leek het niet de lotsbestemming van haar leven om een man te houden. Ook Elias was gegaan, weggenomen door een acute vorm van leukemie die hem in korte tijd had gesloopt. Ze herinnerde zich nog de treurige uitdrukking van dokter Myra Collins, een internist van het ziekenhuis waar ze destijds werkte, toen die haar apart had genomen en de betekenis van de eerste analyses had uitgelegd. Met duidelijke en vriendelijke woorden die voor Carmen al als condoleancewoorden hadden geklonken.

En opnieuw was ze alleen achtergebleven. Ze had besloten dat ze zo voortaan haar leven verder zou leiden. Alleen met haar kinderen, met zijn drieën en verder niemand. Nick was een zachtaardige en beminnelijke jongen en Allison een meisje met een zeer uitgesproken karakter. Toen had Nick haar op een dag bekend dat hij homo was. Carmen wist het al, maar had gewacht tot hij het onderwerp zelf aansneed. Voor haar veranderde er niets. Nick was en bleef haar zoon. Ze vond zich als vrouw te verstandig en hield als moeder te veel van hem om haar waardering voor hem als persoon in gevaar te laten brengen door een andere seksuele geaardheid. Ze hadden een hele middag gepraat over de vernederingen die hij had doorstaan en de zorgen die hij had gehad voordat hij zichzelf kon accepteren, in een gemeenschap waar de jongens zich allemaal als macho's gedroegen. Toen had hij haar aangekondigd dat hij met zijn vriend in West Village zou gaan wonen.

Carmen stond op en ging naar de keuken om een velletje van de keukenrol op het aanrecht te pakken. Ze droogde haar ogen. Nu ze eraan dacht: de volledige zin van de jongen in de film was dat het niet gemakkelijk is om in New York te wonen als je Mexicaans, arm en homo bent.

Ze opende de koelkast en schonk een glas appelsap in. Genoeg gehuild, zei ze tegen zichzelf. Tranen had ze genoeg vergoten in haar leven. Al was het begin van Nicks leven niet gemakkelijk geweest, nu werkte hij als verkoper in een modezaak en hij was verliefd en gelukkig. Ook zij had een goede baan, ze had niet te veel geldproblemen en had al jaren een onopvallende relatie zonder verwikkelingen met haar baas, dokter Bronson. Ze kon haar leven redelijk noemen. Zeker, Allison was van een levendig kind in een moeilijke puber veranderd. Soms bleef ze zonder waarschuwing de hele nacht weg. Carmen wist dat ze bij haar vriend bleef als die alleen thuis was. Toch zou ze het liever van tevoren weten als het gebeurde. Ze was ervan overtuigd dat, wanneer ze alle onvermijdelijke generatieconflicten hadden doorgemaakt, hun band langzamerhand beter zou worden. Carmen had met de jaren geleerd om mensen te doorgronden en te begrijpen, maar, net als iedereen, nooit volledig zichzelf en de mensen om wie ze gaf. Soms vermoedde ze dat al haar zekerheden over Allison niets meer waren dan rook die ze zichzelf in de ogen blies.

Ze wilde net teruglopen naar haar fauteuil en de getallen van haar cijferpuzzel, toen de bel ging. Ze vroeg zich af wie het kon zijn. De weinige vrienden die ze had kwamen zelden op bezoek zonder vooraf te bellen. Bovendien werkte iedereen op dat moment van de dag. Ze ging de keuken uit en liep door de gang naar de voordeur.

In het glazen paneel zag ze door het gordijn vaag het silhouet van twee personen. Toen ze de deur opende stond ze tegenover een vrouw die energiek en wilskrachtig overkwam, een van die vrouwen die altijd zo druk bezig zijn dat ze vergeten dat ze ook mooi zijn. De ander was een man van ongeveer vijfendertig, lang, met donker haar en zwarte felle ogen. Hij had een baard van een paar dagen die hem een innemend zwerversgezicht gaf. Carmen bedacht zich dat – als ze nog jong was geweest – hij zo opwindend was dat hij een prooi had kunnen zijn, en dat het meisje zo aantrekkelijk was dat ze haar als rivale had kunnen beschouwen. Maar dat waren slechts de oppervlakkige driften van het geheugen, een identificatiespel zonder resultaat dat ze altijd met zichzelf speelde als ze nieuwe mensen, jong of oud, tegenkwam. Op haar leeftijd had ze geen zin meer om mee te spelen, want het leven had haar geleerd hoe het, in de meeste gevallen, afliep. Alles bij elkaar genomen ging het opnieuw om een reeks cijfers.

'Mevrouw Carmen Montesa?'

'Ja.'

Het meisje liet een glanzend legitimatiebewijs van plastic en metaal zien.

'Ik ben Vivien Light en ik ben rechercheur van het dertiende district, in Manhattan.'

Ze liet haar de foto op het pasje zien. Vervolgens wees ze op de man naast haar. 'Dit is Russell Wade, mijn partner.'

Carmen voelde een vlaag van bezorgdheid door haar hart gaan. Haar hart trok een paar keer samen, zoals altijd gebeurde wanneer ze geëmotioneerd raakte. 'Wat is er aan de hand? Gaat het om Allison? Is er iets met mijn dochter gebeurd?'

'Nee, mevrouw, rustig maar. Ik wil alleen een paar woorden met u wisselen.'

De opluchting kalmeerde haar als een balsem. Ze was veel te lichtgeraakt. Maar tegen haar aard kon ze niets doen. Op haar werk was ze bewonderenswaardig kalm en doeltreffend, maar als ze terugkeerde in haar rol van vrouw en moeder was ze weer kwetsbaar.

Ze ontspande zich. 'Zegt u het maar.'

Het meisje wees met een glimlach naar binnen. 'Ik ben bang dat het niet zo snel zal gaan. Mogen we een ogenblik binnenkomen?'

Carmen ging opzij met een bedrukt gezicht. 'Sorry. Door de opluchting ben ik mijn goede manieren vergeten. Natuurlijk mag u binnenkomen.'

Ze ging van de drempel af en hield de deur open om hen binnen te laten. Toen ze haar passeerden merkte Carmen dat de man een lekker geurtje had. Ze verbeterde zich meteen. Hij rook lekker. Het meisje rook naar vanille en leer. Toen ze de deur dichtdeed vroeg ze zich af wat ze van haar zouden denken als ze haar gedachten hadden kunnen horen.

Ze liep hen voorbij en leidde hen naar de woonkamer. Ze hoorde de stem van het meisje beleefd achter zich vandaan komen.

'Ik hoop dat we u niet hebben gestoord.'

Het verbaasde Carmen dat iemand van de politie zich verontschuldigde. Gewoonlijk waren ze nogal onbehouwen. Vooral wanneer het *gringo's* zoals zij waren die zich tot een latino richtten. Op dat moment wist ze zeker dat ze niet binnen waren gekomen om goed nieuws te brengen.

Ze liepen de gang uit en kwamen in de woonkamer. Carmen draaide zich om naar het meisje om te zien of het geen loze woorden waren. 'Nee hoor, helemaal niet. Vandaag is mijn vrije dag. Ik was een middagje aan het luieren.'

'Wat voor werk doet u?'

Terwijl ze antwoord gaf, vroeg ze zich af waarom de man opeens begon te glimlachen toen hij het meisje deze vraag hoorde stellen.

'Ik ben verpleegster. Eerst in het Bellevue, in Manhattan. Daar heb ik lang gewerkt. Nu ben ik operatieassistente van dokter Bronson, een plastisch chirurg.'

Ze wees op de bank achter de twee. 'Gaat u zitten. Wilt u iets drinken? Koffie?'

Ze ging pas in de fauteuil zitten toen de twee op de bank zaten.

'Nee bedankt, mevrouw. We hoeven niets.'

Het meisje glimlachte naar haar. Carmen kreeg de indruk dat ze tegenover iemand zat die, als ze wilde, anderen op hun gemak wist te stellen. Misschien omdat ook zij gewoonlijk zo was. Hij leek wat meer gespannen en geen politieagent. Hij had niet het doortastende uiterlijk waarmee wetsdienaren meestal te koop liepen als embleem van hun macht.

Ze zag dat het meisje rondkeek. Ze had haar blik aandachtig over de wanden laten gaan, over het behang, over de bar van de keuken die door de deur aan hun rechterkant te zien was en over de eetkamer aan de andere kant van de gang. Een snelle, maar scherpe blik. Carmen wist zeker dat ze elk detail in haar geheugen had geprent.

'Wat een prachtig huis.'

Carmen glimlachte. 'U bent erg aardig en diplomatiek. Het is het huis van een vrouw die van haar salaris leeft. Prachtige huizen zien er anders uit. Maar ik vind het prima zo.'

Ze voegde er niets aan toe. Ze richtte haar blik op die van het meisje en wachtte. Die begreep dat de beleefdheden voorbij waren en ze de reden van hun bezoek moest meedelen.

'Mevrouw, u hebt achttien jaar geleden aangifte gedaan van de verdwijning van uw echtgenoot, Mitch Sparrow.'

Het was geen vraag, maar een bewering. Carmen was van haar stuk gebracht. Allereerst vanwege het toeval dat ze net een paar minuten geleden aan Mitch had gedacht. En ten tweede omdat ze zich niet kon voorstellen dat iemand, behalve zij, na al die tijd nog geïnteresseerd was in dit verhaal.

'Ja, inderdaad.'

'Kunt u ons vertellen hoe dat is gegaan?'

'Er valt niet veel over te zeggen. Op een dag is hij het huis uit gegaan en niet meer teruggekomen. Ik heb tot 's avonds laat gewacht en uiteindelijk midden in de nacht de politie gewaarschuwd.'

'En wat is er uit het onderzoek gekomen?'

'Hij was op zijn werk, zoals altijd. Hij heeft het bouwterrein waar hij werkte op de gebruikelijke tijd verlaten, maar hij is nooit thuisgekomen. Mijn man werkte in de bouw.'

Carmen had deze precisering toegevoegd, maar ze had de indruk dat de twee al op de hoogte waren van dit detail uit Mitch' leven.

'Wat voor soort man was uw echtgenoot?'

'Een bijzonder mens. Toen ik hem leerde kennen was hij alleen maar met zijn motor bezig. En met meisjes. Maar toen we elkaar ontmoetten was het liefde op het eerste gezicht.'

'Geen onenigheden, geen ruzies, niets wat zou kunnen duiden op –'

Carmen onderbrak haar.

'Op een andere vrouw, bedoelt u?' Ze had begrepen waar de vraag van het meisje op doelde. Terwijl ze haar bekeek, kreeg ze ook de indruk dat het meisje de vraag had gesteld zonder dat het echt nodig was, alleen omdat dat bij haar werk hoorde. Alsof ze het antwoord al wist. Desondanks wilde ze uitleggen hoe het werkelijk zat tussen haar en Mitch. In het licht van dat waar ze aan had zitten denken, vlak voordat de twee het verhaal officieel kwamen oprakelen.

'Nee, gelooft u mij. Mitch en ik waren verliefd en hij was dol op zijn zoon. Ik ben een vrouw en weet wanneer een man wordt afgeleid door andere gedachten. Begeerte is het eerste wat verdwijnt. Mitch dacht alleen maar aan mij, dag en vooral nacht. En ik alleen aan hem. Ik denk dat ik wel duidelijk ben.'

Tegenover haar zat ook een vrouw. Carmen wist dat ze zou begrijpen wat ze bedoelde. De rechercheur leek inderdaad tevreden over haar antwoord en veranderde van onderwerp.

'Kunt u bevestigen of uw man een tatoeage op zijn rechterschouder had?'

'Ja, een piratenvlag. Weet u wel, zo een met een doodshoofd en gekruiste beenderen. Er stond ook iets onder, maar ik kan me nu even niet herinneren wat.'

'*The only flag*, misschien?'

'Ja, inderdaad. Het was het symbool van die maffe vrienden van hem, allemaal motorgekken. We woonden eerst op Coney Island en Mitch –'

'Ja, mevrouw, we weten van de Skullbusters.'

Het meisje had haar onderbroken, met vriendelijke maar vastberaden stem. Carmen herinnerde zich dat ze de aangifte bij het bureau van het zeventigste district had gedaan. Ze vroeg zich af wat er was gebeurd waardoor de politie van een district in Manhattan in actie was gekomen.

De rechercheur ging verder, op een toon die tegelijkertijd professioneel, indringend en geruststellend was. 'Is u bekend of uw man botbreuken had?'

'Ja. Hij was van de motor gevallen. Opperarmbeen en scheenbeen, geloof ik. Daardoor hebben we elkaar ontmoet. Hij lag in het ziekenhuis waar ik werkte. Toen hij werd ontslagen moest ik van hem mijn telefoonnummer op het gips schrijven. We spraken elkaar vaak en toen hij terugkwam voor het verwijderen van zijn pantser, zoals hij het noemde, vroeg hij me mee uit.'

'Nog één ding, mevrouw. Waar werkte uw man toen hij verdween?'

Carmen diepte uit haar geheugen met moeite herinneringen op die zich ergens anders hadden verscholen. 'Zijn bedrijf was een gebouw in Manhattan aan het renoveren, in de buurt van Third Avenue, geloof ik.'

Het meisje zweeg een ogenblik. Als iemand die moeite heeft om de juiste woorden te vinden. Carmen bedacht dat er gesprekken bestaan als rekenkundige bewerkingen. Hoe je de volgorde van de woorden ook verandert, het resultaat blijft ongewijzigd. Wat Vivien even later zei bevestigde haar snelle beredenering.

'Mevrouw Sparrow, ik ben bang dat ik u slecht nieuws moet brengen. We hebben een lijk gevonden dat verborgen was in een tussenruimte van een gebouw, precies op de hoek van 23rd Street en Third Avenue. In het licht van wat u net vertelt, hebben we redenen om aan te nemen dat het om uw echtgenoot gaat.'

Carmen voelde tegelijkertijd iets komen en gaan, als een lange woeste golf die de boot alleen laat schommelen om vervolgens uit te stromen op open zee. Ondanks haar voornemen van kort daarvoor begonnen na jaren van gissen de tranen van de zekerheid over haar wangen te stromen. Ze boog haar hoofd en verborg haar gezicht in haar handen. Toen ze zich weer hervond en Vivien aankeek, kreeg Carmen het gevoel dat het de laatste tranen zouden zijn.

'Neem me niet kwalijk.' Ze stond op en ging naar de keuken. Toen ze terugkwam had ze een pakje zakdoeken in haar hand. Terwijl ze ging zitten stelde ze de vraag die meteen in haar was opgekomen. 'Hebt u enig idee wie...'

De rechercheur schudde haar hoofd.

'Nee, mevrouw. Daarom zijn we hier, om meer te weten te komen. Alleen al de identificatie is na al deze tijd zeer moeilijk. DNA zou definitief uitsluitsel geven.'

'Ik heb zijn staart.'

'Pardon?'

Carmen stond op uit de leunstoel. 'Een momentje.'

Carmen liep de kamer door en verdween uit het zicht van haar twee gasten. Na een paar stappen stond ze tegenover de deur van een trapkast. Ze wist waar ze het bewaarde, dat wat ze zocht. Ze herinnerde zich alles wat met haar enige echtgenoot te maken had. Haar enige man.

En inderdaad, toen ze de deur opende, lag de kist daar, vol met spullen van weinig waarde, maar voor haar zeer waardevol. Ze klikte de sluiting open en tilde het deksel op. Wat ze zocht lag bovenop, in een dunne doek gewikkeld. Ze pakte het omhulsel, haalde de bescherming weg en bekeek het een ogenblik, met in haar mond de bittere smaak van de genegenheid die dit vreemde aandenken bij haar opwekte. Ze pakte ook een oude foto, ongeveer uit de tijd dat Mitch verdween.

Vervolgens keerde ze terug naar de andere kamer en liet de twee op de bank zien wat ze bij zich had. Het was een lijst van donker hout waarin op een groene doek achter glas een blonde vlecht lag. Carmen glimlachte bij de herinnering. Ze gaf uitleg met duidelijke woorden, terwijl ze met dezelfde duidelijkheid het voorval opnieuw beleefde. 'Mitch droeg zijn haar in een paardenstaart. Toen hij met werken begon, heeft hij zijn haar afgeknipt. Voordat hij dat deed, heb ik het gevlochten. Als aandenken hebben we het ingelijst. U kunt de lijst meenemen. Uit het haar kan het DNA worden opgemaakt.'

Vervolgens liet ze het meisje de foto zien. 'En dit is mijn echtgenoot. Het is een van de laatste foto's.'

Carmen zag een kleine voldoening op het gezicht van het meisje verschijnen. Ze had gemerkt dat de ander de hele tijd had gezwegen, en haar diep aankeek met die donkere ogen die in mensen leken te spitten. Ze bedacht dat van de twee het meisje degene moest zijn die de teugels van de relatie tussen hen en de wereld in handen had.

Vivien nam de lijst en zette hem rechtop naast zich op de bank. 'Nog een paar dingen, als u het niet erg vindt.'

Het meisje haalde een voorwerp uit de binnenzak van haar jack. Ze gaf het haar en Carmen zag dat het een creditcardhoesje was.

'Is dit voorwerp van uw echtgenoot?'

Ze nam het aan en bestudeerde het zorgvuldig. 'Nee, ik denk het niet. Dat was niet zijn stijl. Hij had alleen spullen met het Harleymerk erop.'

'Hebt u deze persoon ooit gezien?'

Carmen zag een foto waarop een donkerharige jongen en een grote zwarte kat voor de fotograaf poseerden. 'Nee, nooit.'

Terwijl de rechercheur de voorwerpen weer in haar zak opborg, kreeg Carmen de indruk dat haar antwoord haar had teleurgesteld, maar niet verrast.

'Is er voor zover u weet iets vreemds, iets ongewoons gebeurd tijdens de loopbaan van uw man? Iets wat hij u kan hebben verteld, misschien zonder er al te veel belang aan te hechten?'

Ze liet haar nadenken, maar vervolgens wilde ze nog iets benadrukken. 'Mevrouw, om begrijpelijke redenen kan ik u niets zeggen, maar u moet weten dat het uiterst belangrijk is.' Haar toon leek droef en slaagde erin het gevoel van spanning, dat het meisje ongetwijfeld voelde, over te brengen.

Carmen dacht even na en moest vervolgens een gelaten gebaar met haar handen maken. 'Nee. Ondanks het nogal levendige verleden van Mitch hadden we een rustig leven. Af en toe zag hij zijn oude vrienden, ik bedoel de Skullbusters, maar afgezien van een enkele avond waarop hij thuiskwam met een biertje te veel op, was hij iemand die werkte en in het gareel liep. Thuis sprak hij weinig over zijn werk. Hij speelde altijd met Nick.'

De rechercheur wilde net iets zeggen toen ze werden onderbroken door het geluid van een sleutel in het sleutelgat en de opengaande voordeur. Hun gesprek maakte plaats voor een geluid van hakken op de vloer dat voor iedereen meer zei dan woorden.

Carmen zag hoe haar dochter de gang uit kwam en zich in de woonkamer vertoonde. Ze had kort haar dat met gel rechtop was gezet, zwaar opgemaakte ogen, paarse lippenstift en droeg zwarte handschoenen met halve vingers. Haar spijkerbroek leek een paar maten te groot en ze had een kort T-shirt aan dat haar gepiercete navel onbedekt liet.

Ze leek niet verrast om haar moeder in het gezelschap van twee onbekenden te vinden. Ze keek hen neerbuigend aan, eerst hen en vervolgens haar. 'Je hoefde toch niet meteen de juten te bellen? Je weet toch wel dat ik terugkom.'

'Nee, ze –'

Het meisje onderbrak haar terwijl ze haar blik afwendde om de sleutel in haar tas te steken. Ze leek eerder verveeld dan onder de indruk. 'Het staat op hun gezicht geschreven dat ze van de politie zijn. Denk je dat ik achterlijk ben?' Ze richtte haar blik weer op haar moeder. 'In elk geval is het slechte meisje weer thuis en kunnen je speurhonden weer teruggaan naar waar ze vandaan kwamen. En zeg ze maar dat ze zonder huiszoekingsbevel nog geen servet mogen optillen in dit huis.'

Carmen zag Viviens blik versomberen. Alsof ze deze situatie al kende, al eerder ergens anders had meegemaakt. Ze hoorde dat de rechercheur zich met geforceerd geduldige stem tot Allison richtte. 'We zijn hier niet voor jou. We hebben je moeder nieuws gebracht.'

Maar Allison had zich al omgedraaid, alsof het gesprek haar niet interesseerde. Ze verdween om de hoek, terwijl enkel de sarcastische toon van haar stem achterbleef.

'Wie kan het wat schelen waar dit geweldige gesprek over gaat?' Ze had deze zin uitgesproken terwijl ze al naar boven liep om naar haar kamer te gaan. Van boven klonk, over hun ongemakkelijkheid en stilte heen, het geluid van een dichtslaande deur.

Carmen wist niet wat ze moest zeggen. Het was Vivien die als eerste sprak. De scène waar ze net getuige van was geweest rechtvaardigde wat meer vertrouwelijkheid. En ze sprak haar met je aan. 'Carmen, mag ik je dochter wat gaan zeggen?'

Ze was even verbaasd over de zin van deze vraag. 'Ja, ik denk het wel.'

De rechercheur vond het nodig zich nader te verklaren. 'Ik vrees dat het, zogezegd, wat ruwe woorden zullen zijn.'

'Ik begrijp het. Maar ik denk niet dat het kwaad kan.'

Vivien stond op. Carmen glimlachte flauwtjes, aarzelend en samenzweerderig. 'Boven aan de trap, eerste kamer rechts.'

Vivien verdween om de hoek, op weg om een gesprek te voeren dat volgens haar op dit moment met deze persoon gevoerd moest worden.

De man die zich als Russell had voorgesteld nam een blik aan die doelde op de ironische omstandigheid. Tot nu toe had hij gezwegen, maar toen hij zijn stem liet horen was die precies zoals Carmen had verwacht. 'Vivien is erg resoluut.'

'Ik zie het.'

'En ook erg precies, als ze wil.'

Carmen bevestigde deze mening op welwillende toon. 'Ik ben ervan overtuigd.'

Ze zwegen tot Vivien even later terugkwam. Kalm liep ze de kamer door en ging weer op de bank zitten.

'Ziezo. Ze zal de komende uren wel rood zien, maar ze zal nu wel begrijpen hoe het zit.'

Ze haalde haar portefeuille tevoorschijn, pakte een visitekaartje en legde het op het tafeltje boven op het puzzelboekje. Carmen zag dat ze de stift pakte die ernaast lag om iets op de achterkant te schrijven. Daarna boog ze zich naar haar toe en reikte het kaartje aan.

'Dit is mijn nummer. Aan de achterkant staat ook dat van mijn mobiele telefoon. Als je iets te binnen schiet over je man of als je andere problemen met je dochter hebt, bel je me maar.'

Vivien pakte de lijst en stond op, onmiddellijk gevolgd door Russell, een teken dat hun bezoek voorbij was. Carmen liep mee naar de deur. Toen ze op het punt stonden om naar buiten te gaan, legde ze een hand op de arm van het meisje. 'Vivien.'

'Ja?'

'Bedankt. Dat is iets wat ik zelf al lang geleden had moeten doen, maar toch bedankt.'

De rechercheur glimlachte. Haar ogen fonkelden een ogenblik terwijl ze met een achteloos gebaar haar schouders ophaalde. 'Ach, niets te danken. Dag, Carmen.'

Ze wachtte tot ze onder aan de trap waren en deed toen de deur dicht. Ze liep terug naar de woonkamer, denkend aan dit hele verhaal.

Mitch, verdorie, voor zolang het heeft geduurd hoop ik dat ik je heb laten inzien hoeveel ik van je hield...

Ze wist dat het moeilijkste moment 's avonds zou komen, wanneer ze het licht uit zou doen en alleen zou zijn met al haar geesten. Maar nu besloot ze de televisie aan te zetten en de wereld om gezelschap te vragen. Ze ging in de leunstoel zitten en richtte de afstandsbediening op het toestel. Toen het scherm aan was, zag ze dat er een nieuwsuitzending over de explosie van zaterdag in 10th Street in Manhattan bezig was. Bij het zien van deze beelden van verwoesting schoot er een herinnering door haar hoofd. Ze stond met een ruk op, rende naar de deur en opende hem. Russell en Vivien stonden nog buiten, op de stoep aan de overkant, naast een auto, alsof ze gestopt waren om het resultaat van deze ontmoeting te bespreken.

Ze gebaarde met haar arm om hun aandacht te trekken. 'Vivien.'

De rechercheur en haar partner draaiden hun hoofd naar haar om. Toen ze haar boven aan de drie treden zagen staan, onder het afdakje van de voordeur, liepen ze naar haar toe.

'Wat is er, Carmen?'

'Er schoot me iets te binnen. Het is lang geleden en mijn herinneringen zijn –'

Vivien leek opgewonden. Ze onderbrak haar met een zweem van ongeduld in haar stem. 'Wat is het?'

Carmen voelde zich verlegen met de situatie. Voor het eerst in haar leven had ze iets te zeggen in een politieonderzoek en ze was bang een slecht figuur te slaan of iets te doms te zeggen. 'Nou, ik weet niet of het belangrijk kan zijn, maar ik herinnerde me dat het bedrijf waar Mitch werkte, de Newborn Brothers, lang geleden een huis op North Shore, in Long Island, renoveerde. Een huis van een ex-militair, meen ik me te herinneren. Een majoor of een kolonel of iets dergelijks.'

Vivien drong aan. 'En?'

Carmen aarzelde nog een moment voordat ze in één keer vertelde wat ze te zeggen had. 'Ongeveer een jaar na het eind van de werkzaamheden is het huis ontploft.'

In het vage licht van de avondschemering zag Carmen, als bij daglicht, hoe het gezicht van het meisje verbleekte.

23

Door het autoraampje zagen Russell en Vivien Carmen Montesa langzaam de deur dichtdoen, een eenzame en troosteloze figuur die tevergeefs probeerde iets buiten de deur te houden wat toch wel weer via het raam zou binnenkomen. 's Nachts en met scherpe tanden. Een seconde later had Vivien de autotelefoon al in haar hand en onmiddellijk had ze het nummer van de hoofdinspecteur gevormd. Ze wist dat hij in zijn kantoor zou zitten wachten. Naast haar hoorde Russell de telefoon drie keer overgaan voordat er werd opgenomen.

'Bellew.'

Vivien verloor geen tijd met onnodige woorden. 'Alan, er is nieuws.'

De volgende vraag overviel haar.

'Is Wade daar bij je?'

Vivien keek onwillekeurig opzij naar Russell. 'Ja.'

'Kun je me op de luidspreker zetten?'

'Natuurlijk.'

'Uitstekend. Wat ik te zeggen heb gaat jullie allebei aan.'

Vivien was sprakeloos. Ze vond deze gang van zaken zeer ongewoon. Trouwens, deze héle zaak was ongewoon. Krankzinnig zelfs. Toen bedacht ze, zich de belofte herinnerend, dat hij had toegezegd Russell bij hun overwegingen te betrekken. Of misschien betrof dat wat hij te zeggen had hem van dichtbij. Vivien drukte op een knop en de klank van het gesprek veranderde en verspreidde zich door de auto.

'We horen je.'

De stem van de hoofdinspecteur klonk luid en duidelijk door de luidspreker van de auto. 'Vertel me eerst jouw nieuws.'

Vivien begon de hoofdinspecteur op de hoogte te brengen van hun voortgang. 'Ik ben er haast zeker van dat de man in de muur deze Mitch Sparrow is over wie ik je heb verteld. Ik heb het materiaal voor een DNA-onderzoek in handen om zijn identiteit met zekerheid te kunnen vaststellen. We moeten snel te werk gaan.'

'Laat me weten wat je hebt en het is geregeld. Nog iets?'

Russell was geboeid door de duidelijke en telegrafische manier van communiceren tussen de twee agenten. Ze spraken dezelfde taal, die ze uit eigen ervaring hadden geleerd.

Vivien ging opgewonden verder. 'Jaren geleden werkte Sparrow voor een klein bouwbedrijf dat Newborn Brothers heette. Dat heeft zijn vrouw net verteld. Ze waren bezig met de renovatie van een huis op North Shore, in Long Island. En luister: het blijkt dat dit huis van een ex-militair was en dat het een jaar na het eind van de werkzaamheden is ontploft. En uit de opmerkingen van de experts blijkt het een aanslag te zijn geweest en geen ongeluk. Wat zeg je daarvan?'

'Ik zeg dat me dat een uitstekend spoor lijkt om te volgen.'

Vivien ging verder, in de wetenschap dat haar baas aan de andere kant van de lijn aantekeningen maakte. 'We moeten de Newborn Brothers en het bedrijf dat het gebouw in Lower East Side heeft gebouwd opsporen en de personeelsbestanden doorzoeken, als die er nog zijn. Nagaan of er iemand was die aan beide gebouwen heeft gewerkt. En de namen van de eigenaren van de bedrijven achterhalen.'

'Ik zet mijn mannen meteen aan het werk.'

De hoofdinspecteur veranderde van toon. Wat Vivien had gezegd was al opgeborgen en in uitvoering. Nu moest hij met zijn nieuws voor de dag komen. 'Ik heb in de tussentijd ook het een en ander gedaan. Ik moest met Willard praten, de korpschef. Maar vertrouwelijk. Zeer vertrouwelijk, als je begrijpt wat ik bedoel.'

'Jazeker.'

'Ik heb hem de brief laten zien en hem in hoofdlijnen de zaak uitgelegd. Hij sprong van zijn stoel. Maar, zoals te verwachten, was hij terughoudend en had hij dus tijd nodig. Volgens hem was het een zwak spoor en slecht onderbouwd, ook al mogen we niets verwaarlozen. Hij wil de brief laten onderzoeken door een crimino-loog of een psycholoog, maar iemand van buiten de gebruikelijke kringen van de politie en de FBI. Iemand zonder geheugen en stem, zeg maar. Hij bekijkt nu een aantal namen. We zijn het erover eens geworden dat we voorlopig voorzichtig te werk gaan, en de zaak voor onszelf houden, zoals we al hadden afgesproken. Dit is voor iedereen een erg gevoelige en onstabiele situatie. Er zijn doden gevallen. Anderen verkeren misschien in levensgevaar. Wat ons betreft kunnen er koppen gaan rollen, of diezelfde koppen kunnen gelauwerd worden. En onze koppen horen daar ook bij, Vivien.'

Russell kreeg de indruk dat ze deze woorden al verwachtte. Ze reageerde op geen enkele manier, noch met woorden, noch met haar gezicht.

'Dat is duidelijk.'

'Wade, hoor je me?'

Russell boog automatisch zijn hoofd voorover naar de plek waar hij dacht dat de microfoon zat. 'Ja, hoofdinspecteur.'

'Ik heb met de korpschef niet over ons akkoord gesproken. Als er iets uitlekt voordat dit verhaal is opgelost, wordt je leven erger dan je ergste nachtmerrie. Is dat duidelijk?'

'Heel duidelijk, hoofdinspecteur.'

Dit betekende dat hun levens vanaf nu onontkoombaar vervlochten waren, wat de uitkomst ook zou zijn. Ofwel de snede van de kling, of het gewicht van de krans. Vivien sprak rustig en koel tegen haar baas. Russell bewonderde haar zelfbeheersing, iets waar hij bij lange na niet over beschikte.

'Goed. Dat is dan afgesproken. Verder nog nieuws?'

De toon van de hoofdinspecteur werd weer de professionele toon van een politieagent die de onderdelen van een onderzoek aan het bestuderen is. De gevoelige stilte was voorbij. Terug naar het werk.

'Het goede nieuws is dat we, als het nodig mocht zijn, de hele New Yorkse politie tot onze beschikking hebben. En de bevoegdheid om wie dan ook op elk uur van de nacht van zijn bed te lichten, de baas als eerste.' Er klonk papiergeritsel. 'Ik heb hier de resultaten van de eerste onderzoeken. De deskundigen denken te weten om wat voor soort ontstekingsmechanisme het gaat. Het is tegelijkertijd eenvoudig en heel ingenieus. Een opeenvolgende reeks van radio-impulsen op verschillende frequenties die in een precieze volgorde moeten worden uitgezonden. In een stad met zo veel radiogolven voorkomt dit dat de bommen door een toevallig signaal ontploffen.'

Russell had een vraag die hem al achtervolgde sinds dit krankzinnige verhaal aan het licht was gekomen. Hij mengde zich opnieuw in het gesprek. 'Het ontplofte gebouw werd jaren geleden gebouwd. Hoe konden de bommen na al die tijd nog werken?'

De hoofdinspecteur moest zich deze vraag ook hebben gesteld, want hij slaakte een zucht voordat hij antwoord gaf. Ondanks zijn ervaring was dit een klein teken van nog meer ongeloof over dit gestoorde genie.

'Geen batterijen. De klootzak heeft het ontstekingsmechanisme op de stroom van het gebouw aangesloten. In de loop van de jaren kan er wel een beschadigd zijn geraakt en niet meer werken, maar wie weet op hoeveel plekken die gek zijn rotzooi heeft geplaatst.'

Er klonk een vreemd geluid en Russell was even bang dat de lijn was weggevallen. Maar toen klonk de stem van Bellew weer door de auto.

'Jullie zijn uitstekend bezig, jongens. Dat wilde ik jullie nog zeggen. Uitstekend.'

Vivien pakte het snoer en trok het los. Alles wat moest worden gezegd was nu gezegd.

'Ik wacht dus af tot ik wat van je hoor. Bel me als je deze informatie hebt.'

'Zo snel mogelijk.'

Vivien hing op en een paar ogenblikken klonk in de stilte van de auto alleen het zwakke geluid van het verkeer dat wedijverde met hun gedachten. Russell keek naar de weg en de lampen die de avond verlichtten. Op deze dag zonder herinnering was de tijd hen voor geweest en had hen haast onverwachts in de duisternis gehuld.

Het was Russell die als eerste iets zei. En zijn woorden waren een antwoord op het vertrouwen dat Bellew in hem had gesteld door hem als getuige te laten meewerken aan het onderzoek. 'Wil je het origineel?'

Afgeleid door haar gedachten, begreep Vivien niet meteen waar hij op doelde. 'Welk origineel?'

'Je had gelijk toen je me ervan beschuldigde dat ik aankwam met de kopie van het blad dat ik van Ziggy heb aangepakt. Het origineel heb ik in een envelop gestopt en naar mijn huis gestuurd. Dat is een systeem dat hij me heeft geleerd. Ik denk dat het op dit moment in mijn brievenbus ligt.'

'Waar woon je?'

Russell was blij dat Vivien verder geen opmerkingen maakte. 'In 29th Street, tussen Park Avenue en Madison Avenue.'

Zonder hier verder iets aan toe te voegen reed Vivien Queens Boulevard af en stak de Queensboro Bridge over. Ze kwamen ter hoogte van 60th Street in Manhattan terecht en sloegen links Park Avenue in. Ze reden verder zuidwaarts, overgeleverd aan de grillen van het verkeer.

'We zijn er.' Viviens stem klonk als een herinnering in zijn oren. Russell merkte dat hij, nadat hij zijn hoofd tegen de stoel had gelegd, in slaap was gevallen. De auto stond geparkeerd op de hoek van 29th Street en Park Avenue. Hij hoefde alleen de straat over te steken en in een paar stappen zou hij thuis zijn.

Vivien keek hem aan terwijl hij zijn ogen uitwreef.

'Ben je moe?'

'Ik ben bang van wel.'

'Als deze toestand achter de rug is heb je tijd om te slapen.'

Zonder te zeggen dat hij heel andere verwachtingen had, profiteerde hij van het groene licht om uit te stappen en naar de overkant te lopen. Bij de ingang van zijn flat aangekomen duwde hij de glazen deur open en stond in de hal. Het gebouw had, net als alle gebouwen in New York met een zeker aanzien, een portiersdienst die vierentwintig uur per dag beschikbaar was. Hij liep naar de portier achter de balie. Het verbaasde hem te zien dat op dit tijdstip ook Zef, de conciërge, aanwezig was. Hij was een vriendelijke man van Albanese afkomst die zijn handen uit de mouwen had gestoken en hard had gewerkt, om uiteindelijk in zijn huidige functie terecht te komen. Russell had van begin af aan een vriendschappelijke relatie met hem gehad. Hij was ervan overtuigd dat Zef niet alleen zijn discutabele ondernemingen gadesloeg, maar er heimelijk misschien zelfs de enige fan van was.

'Goedenavond, meneer Wade.'

Russell was nogal verstrooid en zijn leven neigde bovendien naar de wilde kant. Nadat hij al verschillende sleutelbossen had verloren, liet hij de sleutels daarom altijd bij de portier achter. Gewoonlijk reikte de dienstdoende portier ze hem al aan als hij hem aan zag komen, zonder dat hij erom hoefde te vragen. Het uitblijven van dit gebruikelijke gebaar verraadde dat er iets aan de hand was. Argwanend wendde Russell zich tot zijn vriend.

'Hallo, Zef. Ben jij deze keer de sleutels kwijtgeraakt?'

'Ik vrees dat er een probleem is, meneer Wade.'

De woorden van de man, en vooral zijn gezichtsuitdrukking, vergrootten zijn argwaan. Hoewel de gedachte die bij hem opkwam eerder een zekerheid was dan een vermoeden, stelde hij toch de vraag. 'Wat voor probleem?'

Het straalde van de man af dat hij verlegen was met de situatie. Desondanks was hij zo eerlijk hem in de ogen te kijken. 'Vandaag zijn er een vertegenwoordiger van Philmore Inc. en een advocaat langsgekomen met een brief van de president-directeur voor mij. En een voor u.'

'Wat staat er in?'

'Die van u heb ik natuurlijk niet geopend. Die kunt u ophalen met de rest van de post.'

'En de andere?'

'In de brief van de directeur aan mij staat dat het appartement van het bedrijf in dit gebouw niet meer tot uw beschikking staat. Met onmiddellijke ingang. Dus ik kan u de sleutels niet geven.'

'Maar mijn spullen?'

Zef trok zijn schouders op met een gebaar dat zei: niet schieten, ik ben de pianist maar. Russell moest erom lachen. Dit leek wel een comedy uit Hollywood, maar het gebeurde echt.

'Die man is naar het appartement gegaan en heeft al uw persoonlijke bezittingen in twee koffers gestopt. Ze staan daar, in de opbergruimte.'

Hij leek het echt erg te vinden wat er gebeurde. Russell had, gezien hun relatie, geen reden om aan zijn eerlijkheid te twijfelen. In de tussentijd was de portier zijn post gaan halen en had die op het marmeren blad van de balie gelegd. Russell herkende de gele envelop met zijn eigen handschrift. Er bovenop lag een ongefrankeerde envelop met het logo van Philmore Inc. Hij pakte deze en maakte hem open. Toen hij het blad openvouwde, herkende hij meteen het handschrift van zijn vader.

Russell,

Iedere snaar, hoe sterk ook, breekt als hij te strak wordt gespannen. Die van mij is al lang geleden gebroken. Het was alleen dankzij de goedheid van je moeder dat zij de uiteinden bij elkaar hield, door je buiten mijn medeweten het geld en het appartement te geven waar je tot op vandaag in hebt gewoond. Ik vrees dat na je laatste waagstuk ook haar krachten zijn afgenomen. Ze stond voor een keuze: haar relatie behouden met een man met wie ze een paar decennia geleden is getrouwd en die haar in de loop der tijd duizenden bewijzen van zijn liefde heeft geleverd, of met een hopeloze zoon die deze familie, op zijn beste momenten, niets meer dan gegronde schaamte heeft gegeven.

De keuze, hoe pijnlijk ook, werd vanzelf gemaakt.

Om het in woorden te zeggen die jij kunt begrijpen: vanaf dit moment is het jouw rotzooi, jongen.

Jenson Wade

P.S. We zouden het erg waarderen als je het fatsoen zou hebben om je achternaam te veranderen.

Russell paste zich aan het woordgebruik aan om de boodschap te bevestigen. 'Dus die eikel van een vader van me heeft me op straat gezet.'

Zef zette een passend gezicht op, inclusief een ongemakkelijke halve glimlach. 'Kijk, ik zou het met andere woorden zeggen, maar dat is de strekking.'

Russell was een ogenblik in gedachten verzonken. Ondanks alles kon hij deze beslissing niet afkeuren. Sterker nog, hij had zichzelf niet zo veel tijd gegeven.

'Het is oké, Zef, het maakt niet uit.' Hij nam de enveloppen van de balie en stopte ze in de binnenzak van zijn jas. 'Kan ik de koffers voorlopig hier laten staan?'

'Zolang u wilt, meneer Wade.'

'Uitstekend. Ik kom terug om ze op te halen en ik zal af en toe langskomen om te zien of er post is.'

'U weet dat ik het altijd fijn vind om u te zien.'

'Oké, dan. Tot ziens, mijn vriend.'

Russell draaide zich om en liep naar de uitgang. De stem van Zef hield hem tegen.

'Nog één ding, meneer Wade.'

Russell draaide zich om en zag hem zijn plek verlaten en de hal oversteken. Toen hij bij hem was ging hij tussen hem en de portier achter hem staan. Hij sprak zachtjes, op vertrouwelijke toon. 'Ik kan me voorstellen dat uw situatie op dit moment, hoe zal ik het zeggen, wat precair is.'

Het correcte taalgebruik van deze vreemde man had Russell altijd geamuseerd. Ook nu verloochende hij zich niet. 'Wel, dat is misschien niet helemaal het juiste begrip, maar ik snap het.'

'Goed, meneer Wade, als u me toestaat...' Zef stak een hand naar hem uit als om hem nog eens gedag te zeggen en toen Russell zijn hand schudde voelde hij in zijn handpalm enkele bankbiljetten.

'Zef, wacht even –'

De man onderbrak hem. Hij maakte een goedkeurend en samenzweerderig gebaar. 'Het is maar vijfhonderd dollar, meneer Wade. U kunt het gebruiken om vooruit te komen. Als u alles op orde hebt, geeft u het me terug.'

Russell trok zijn hand terug en stopte het geld in zijn jaszak. Hij nam het aan om wat het betekende. Voor hem en voor de man die het hem in alle eerlijkheid en uiterste discretie had aangeboden. Op een belangrijk moment in zijn leven, de enige tastbare hulp die hij van een vreemde kreeg.

Hij legde een hand op Zefs schouder. 'Je bent een goed mens, mijn vriend. Ik beloof je dat je het terugkrijgt. Met rente.'

'Daar ben ik van overtuigd, meneer Wade.'

Russell keek Zef in de ogen en ontdekte een oprechtheid en vertrouwen die hij bij lange na niet bezat. Hij liet deze man en hun beider ontroering achter zich en ging naar buiten. Daar stond hij even stil om te overpeinzen wat er zojuist was gebeurd. Hij stak zijn hand in zijn zak om zich ervan te vergewissen dat alles echt was, dat er nog zulke mensen bestonden.

Op hetzelfde moment zag hij in zijn ooghoeken een beweging achter zijn rug. Uit de schemer kwam een hand die hem gedecideerd bij zijn arm greep. Hij draaide zijn hoofd naar rechts en zag naast zich een lange zwaarlijvige, in het zwart geklede neger. Een grote donkere auto deed zijn lichten aan en reed van de andere kant van het trottoir weg om voor hen tot stilstand te komen. Op hetzelfde moment ging met een synchrone beweging het achterportier open. Automatisch keek Russell om zich heen om te begrijpen wat er gebeurde. Zijn bodyguard dacht dat hij mogelijkheden zocht om te ontkomen en vond het nodig te benadrukken hoe de situatie ervoor stond.

'Stap in de auto. Zonder grapjes. Geloof me, dat is het beste voor je.'

Russell zag door het open portier de stevige benen van een man die op de achterbank zat. Met een zucht stapte hij in en ging zitten, terwijl de huichelachtige kerel die hem zo vriendelijk had uitgenodigd om in te stappen voorin ging zitten.

Russell groette de man die naast hem zat op een toon waarmee een Egyptenaar een van de plagen begroette. 'Dag, LaMarr.'

Op de lippen van de vetzak die hem in zijn auto ontving verscheen de gewoonlijke spottende glimlach. Zijn elegante pak kon zijn lompe figuur niet compenseren en zijn donkere zonnebril bood geen enkele bescherming tegen zijn grove gelaatstrekken.

'Hallo, fotograaf. Je ziet er niet al te best uit. Heb je zorgen?'

Terwijl de auto vertrok, draaide Russell zich om en keek door de achterruit. Als Vivien deze scène had gezien, had ze niet genoeg tijd gehad om in actie te komen. Misschien zou ze hen volgen. Maar hij had geen enkele auto zien wegrijden van de stoeprand aan de andere kant van Park Avenue.

Hij draaide zich weer om naar LaMarr. 'Het probleem is dat jij steeds de verkeerde deodorant gebruikt. Van vlak naast jou zitten zou iedereen beneveld raken.'

'Goede grap. Applaus!' LaMarr hield niet op met glimlachen. Hij gaf een teken aan de man die voorin zat. Die leunde naar voren en gaf Russell een klap in het gezicht. Een ogenblik lang was het geluid van vlees tegen vlees het enige geluid dat in de auto te horen was.

Russell voelde hoe duizend kleine gloeiende naalden in zijn wang prikten en voor zijn linkeroog begon een geelachtige vlek te dansen. LaMarr legde onverschillig een hand op zijn schouder. 'Zoals je ziet hebben mijn jongens een nogal vreemde manier om humor te waarderen. Heb je nog meer van die grappen?'

Lijdzaam liet Russell zich tegen de rugleuning vallen. Ondertussen was de auto Madison Avenue op gereden en nu gingen ze richting Uptown. Aan het stuur zat een vent met een kaalgeschoren hoofd en Russell schatte in dat hij dezelfde bouw had als die van de kerel die hem net zijn discutabele aandacht had geschonken.

'Wat wil je, LaMarr?'

'Dat heb ik je al gezegd. Geld. Gewoonlijk in ik het geld niet zelf, maar voor jou maak ik graag een uitzondering. Ik heb niet elke dag met een beroemdheid als jij te maken. Bovendien irriteer je me mateloos.' Hij wees met zijn hoofd naar de man die hem net een klap had verkocht. 'Ik zit graag op de eerste rij als Jimbo met je gaat onderhandelen.'

'Het heeft geen zin. Ik heb je vijftigduizend dollar nu niet.'

LaMarr schudde zijn dikke kop. Zijn onderkin, glimmend van het zweet, dat in het licht van buiten werd weerkaatst, trilde licht. 'Fout. Rekenen is vast niet je sterkste kant. Net als poker trouwens. Het zijn er zestigduizend, weet je nog?'

Russell wilde reageren, maar hield zich in. Hij wilde een tweede ontmoeting met de handpalm van Jimbo liever vermijden. Hij had geen enkele heimwee aan wat hij net had gevoeld.

'Waar gaan we heen?'

'Dat zul je wel zien. Een rustige plek, waar we als heren een praatje kunnen maken.'

Er viel een stilte in de auto. LaMarr leek niet van plan verdere uitleg te geven en Russell had niet veel meer uitleg nodig. Hij wist dondersgoed wat er zou gebeuren zodra ze op hun bestemming zouden aankomen, waar dat ook mocht zijn.

Terwijl de auto zich langzaam losmaakte uit de wirwar van gekleurde lichtjes en auto's, kwamen ze in een wijk van Harlem die Russell goed kende. Er waren een paar tenten waar hij heen ging als hij heel goede jazz wilde horen en een paar andere, waar veel minder reclame voor werd gemaakt, als hij geld had en zin had om te dobbelen.

De auto stopte in een schaars verlichte straat voor een gesloten rolluik. Jimbo stapte uit, opende het slot en trok het luik omhoog. Voor de koplampen van de auto maakte de metalen wand plaats voor een kale ruimte, een grote L-vormige winkel met in het midden een rij betonnen pilaren.

Ruisend reed de auto naar binnen en het rolluik ging achter hen weer dicht. De auto ging links de hoek om en stopte halverwege. Na enkele seconden gingen een paar bleke lichten aan die aan het plafond hingen en uit de vuile en aangekoekte lampen verspreidde zich een vaal licht.

Jimbo deed het portier aan Russells kant open. 'Stap uit.' Met zijn ijzeren greep pakte hij hem bij een arm en sleurde hem om de auto heen. Zo kreeg hij de kans te genieten van het schouwspel van LaMarr die moeizaam de auto uitkwam. Hij slikte een opmerking in die hem alleen maar op meer handgeklap van Jimbo zou komen te staan.

Links van hen stonden een bureautafel en een stoel. Er tegenover stond een andere stoel, van hout, zo een met een rieten zitting. Ondanks de ongewisse situatie vond Russell deze setting erg klassiek. LaMarr was duidelijk een nostalgische man.

Jimbo duwde hem naar het bureau en wees op het tafelblad. 'Maak je zakken leeg. Allemaal. Dwing me niet om ze zelf te doorzoeken.'

Met een zucht legde Russell alles wat hij in zijn zakken had op tafel. Een portefeuille met zijn documenten, de brieven en de vijfhonderd dollar die Zef hem net had gegeven. En een pakje kauwgom met kaneelsmaak.

De dikzak liep naar de stoel achter de bureautafel, terwijl hij de kraag van zijn jasje gladstreek. Hij zette zijn hoed af en ging zitten, met zijn dikke onderarmen op de tafel geleund. De ringen om zijn vingers fonkelden door deze beweging. Russell bedacht dat hij wel een zwarte versie van Jabba the Hutt leek.

'Uitstekend, meneer Wade. Laten we eens kijken wat we hier hebben.'

Hij schoof de spullen van Russell naar zich toe. Hij opende zijn portefeuille maar gooide die meteen weer weg zodra hij zag dat er niets in zat. De enveloppen liet hij links liggen en tot slot pakte hij de bankbiljetten en telde ze.

'Wat een slag. Vijfhonderd dollar.'

Hij ging tegen de rugleuning zitten, alsof hij zich iets probeerde te herinneren wat hij nog dondersgoed wist. 'En jij bent me vijfenzestigduizend verschuldigd.'

Het leek Russell geen goed idee te benadrukken dat LaMarr daarnet nog maar zestigduizend had geëist. Zijn bodyguard had hem ondertussen op de stoel voor het bureau geplant en was naast hem gaan staan. Van onderaf leek hij nog groter en dreigender. De chauffeur was bij aankomst meteen uit de auto gestapt en verdwenen achter een deur achter hen, waar hoogstwaarschijnlijk een toilet was.

LaMarr haalde zijn hand met zijn dikke vingers door zijn korte kroeshaar. 'Hoe zijn we van plan de rest te betalen?' Hij deed of hij nadacht.

Russell bedacht dat hij een kat-en-muisspelletje speelde en dat hij zichzelf met deze vertoning een bewijs van zijn macht leverde. 'Ik zal welwillend zijn. Aangezien ik net heb geïnd, wil ik je nog vijfhonderd dollar kwijtschelden.'

Met zijn hoofd gaf hij een teken aan Jimbo. De vuist in zijn maag kwam met een indrukwekkende snelheid en een kracht die de lucht uit Russells longen wegnam en misschien zelfs uit de hele atmosfeer. Hij voelde het zuur omhoogkomen in zijn mond terwijl hij vooroverboog in een neiging te kokhalzen. Een speekseldraad liep uit zijn mond en verdween tussen het stof op de vloer. LaMarr keek vergenoegd toe, als een kind dat braaf zijn huiswerk heeft gemaakt. 'Kijk, nu zijn het nog maar vierenzestigduizend dollars.'

'Volgens mij is dat voorlopig wel genoeg.' Deze woorden klonken resoluut en zelfverzekerd van ergens achter Russell, uit de mond van Vivien.

Drie hoofden draaiden zich gelijktijdig om, enkel om te zien hoe het meisje vanuit de schaduw in de lichtkegel van de lampen stapte. Russell kon als bij toverslag weer ademhalen.

De dikzak keek ongelovig naar Jimbo. 'Wie is deze vuile hoer?'

Vivien hief haar hand op en richtte het pistool dat ze vasthield op het hoofd van LaMarr. 'Deze hoer is gewapend en als jullie niet allebei met je benen wijd en je gezicht naar de muur gaan staan, zou ze jullie wel eens kunnen laten zien hoe beledigd ze is door jullie vuile insinuaties.'

De rest gebeurde voordat Russell de tijd had om Vivien te waarschuwen. De man op het toilet kwam pijlsnel uit de deur achter hem en sloeg zijn armen in een houdgreep om haar heen. Vivien reageerde onmiddellijk en nu begreep Russell waarom hoofdinspecteur Bellew haar met zo veel respect bekeek.

In plaats van te proberen zich los te wringen, leunde Vivien met haar volle gewicht tegen de man aan, hief haar benen op en plantte de hakken van haar zware laarzen op de schoenneuzen van haar belager. Russell hoorde duidelijk zijn tenen breken. Er klonk een gesmoorde kreet en de armen die Vivien vasthielden lieten ineens los. De man zakte vloekend en met verstijfde benen opzij, op de grond.

Vivien richtte haar pistool op hem en keek de andere twee uitdagend aan. 'Uitstekend. Wie wil er nog een poging wagen?' Ze gebaarde naar Jimbo. 'Ben je gewapend?'

'Ja.'

'Goed. Pak je pistool met twee vingers, leg het op de grond en schuif het naar me toe. Langzaam. Ik ben nogal nerveus op dit moment.'

Terwijl ze Jimbo in de gaten hield, boog ze zich over de man op de grond, doorzocht hem met haar linkerhand en haalde een grote revolver uit zijn jas. Ze ging weer rechtop staan en even later schoof ook het automatische pistool van de ander met een metaalachtig geluid over de vloer tot vlak voor haar voeten. Ze stak de revolver die ze net in beslag had genomen achter haar riem en bukte om haar nieuwste trofee van de grond op te rapen. Vervolgens ging ze aan de zijkant staan en wees ze Jimbo met de loop van haar pistool op de man op de grond. 'Perfect. En nu ga je rustig op de grond naast hem liggen.'

Toen ze er zeker van was dat ze de twee onder controle had, liep ze naar de stoel waar Russell zat. Ze richtte zich tot LaMarr. 'Heb je wapens?'

'Nee.'

'Ik hoop voor je dat ik niet ontdek dat je zit te liegen.'

'Geen wapens.' LaMarr had geantwoord terwijl hij in de loop van een pistool keek. Je zou hem dus wel kunnen geloven.

Vivien keek naar Russell. 'Kun je opstaan?'

Zijn benen leken los van zijn wil te functioneren. Met een krachtsinspanning ging hij staan, zijn maag samengetrokken door krampen. Hij liep naar Vivien en kreeg een groot donker pistool in zijn hand gedrukt. Met een hoofdwenk wees ze op de twee mannen op de grond. 'Hou die twee in de gaten. Als ze bewegen, schiet je.'

'Met plezier.'

Russell had nog nooit in zijn leven een vuurwapen gebruikt, maar de klap van Jimbo alleen al zou een mooie stimulans zijn om daarmee te beginnen. En vanaf deze afstand kon niemand missen.

Vivien ontspande zich en wendde zich tot LaMarr, die het schouwspel van achter zijn bureau met een zekere ongerustheid had gevolgd.

'Mag ik weten hoe je heet?'

De man aarzelde een moment. Hij streek met zijn tong over zijn droge lippen voor hij antwoord gaf. 'LaMarr.'

'Oké. Deze vuile hoer hier heet Vivien Light en is rechercheur van het dertiende district. En zij is zojuist ooggetuige geweest van een ontvoering. En zoals je wel weet is dat een federaal misdrijf. Hoeveel zou het volgens jou waard zijn als ik de FBI niet bel om ze op je af te sturen?'

LaMarr begreep waar het betoog van het meisje heen ging. 'Ik weet het niet. Laten we zeggen vierenzestigduizend dollar?'

Vivien leunde naar voren en pakte de bankbiljetten die hij nog in zijn vette en bezwete hand hield. 'Laten we zeggen vierenzestigduizend en vijfhonderd en we hebben een akkoord. Definitief, is dat duidelijk?'

Ze ging weer rechtop staan en stopte het geld in de zak van haar spijkerbroek. 'Ik vat je zwijgen op als instemming. We gaan, Russell. Hier hebben we niets meer te doen.'

Russell pakte de enveloppen en de portefeuille van de schrijftafel en stak ze in zijn zak. Toen pakte hij het pakje kauwgom, bekeek het een ogenblik en legde het vervolgens met overdreven beleefdheid voor LaMarr neer. 'Dit mag je hebben. Voor als je die bittere smaak in je mond kwijt wilt.' Hij glimlachte engelachtig. 'Wees er zuinig mee. Het is vierenzestigduizend dollar waard.'

In de blik van de dikzak lag dodelijke woede. Het kon Russell niet schelen op wie die gericht was. Hij liep naar Vivien en schouder aan schouder liepen ze achteruit, het groepje mannen in de gaten houdend. Ze kwamen bij het rolluik en Russell zag dat Jimbo dit bij aankomst niet helemaal omlaag had gedaan. Zo had Vivien dus ongemerkt binnen kunnen komen. Deze keer bukte ze en tilde het op. Het rolde ratelend omhoog, waardoor ze geen toeren hoefden uit te halen of over de vloer moest kruipen.

Even later zaten ze in Viviens auto. Russell merkte dat haar handen trilden, doordat de adrenaline afnam. Hij was er zelf niet beter aan toe. Hij troostte zich met de gedachte dat zelfs iemand die voor zulke dingen getraind was er nooit echt aan gewend raakte.

Russell probeerde te ontspannen en zijn stem terug te vinden. 'Bedankt.'

Hij kreeg een droog antwoord terug.

'Helemaal niet bedankt.'

Hij draaide zich met een ruk om en zag dat Vivien glimlachte. Ze hield hem voor de gek. Ze stak een hand in haar zak en reikte hem de vijfhonderd dollar aan.

'Een deel hiervan is voor de stomerij. En ik hoop voor je porte-monnee dat mijn jack niet is beschadigd toen ik over de grond rol-de.'

Russell ging in op deze overduidelijke uitnodiging om de span-ning weg te nemen. 'Zodra ik het kan betalen, krijg je een kleding-zaak van me.'

'Die komt dan nog bij het etentje.'

Vivien startte de motor en ze reden weg uit deze straat en van deze akelige ervaring. Russell keek naar haar profiel terwijl ze reed. Ze was jong, wilskrachtig en knap. Een gevaarlijke vrouw, als je aan de verkeerde kant van de loop van een pistool stond. 'Ik moet je iets zeggen.'

'Wat?'

Russell deed zijn gordel om zodat het waarschuwingspiepje op-hield. 'Toen ik je de hoek om zag komen.'

'Ja?'

Hij sloot zijn ogen en liet zich tegen de stoel zakken. 'Voortaan zal ik als jij verschijnt net zo devoot zijn als voor een Mariaver-schijning.'

In het duister van zijn gesloten ogen weerklonk het geluid van Viviens sprankelende lach. Russell voelde iets wegsmelten en ook hij glimlachte.

24

De sleutel draaide in het sleutelgat, opende het slot en verdween weer in Viviens zak. Ze ging naar binnen en drukte op de lichtknop. Het licht stroomde door de gang tot aan een deel van de woonkamer. Een stap en nog een lichtknop en het licht drong door tot in het hele appartement.

'Kom binnen, maak het jezelf gemakkelijk.'

Russell kwam binnen met in elke hand een tas. Hij liet zijn blik rondgaan. 'Leuk hier.'

Vivien keek hem zelfingenomen aan. 'Wil je dat ik herhaal wat Carmen Montesa zei toen ik hetzelfde over haar huis zei?'

'Nee, ik meen het.'

Hij had verwacht een huis aan te treffen dat niet zo verzorgd en ordelijk zou zijn. Het wilskrachtige karakter van Vivien ging niet bepaald samen met het geduldige en nauwgezette karakter van de vrouw die hier woonde. Het kleine appartement was echter smaakvol ingericht en een uitzonderlijk voorbeeld van aandacht voor detail. Er hing een sfeer die hij nog nooit had geproefd. Niet de uitzinnige chaos van zijn appartement, niet de steriele pracht van het huis van zijn ouders. Het was de liefde van de bewoner van dit huis voor wat ze om zich heen had.

Hij zette de tassen op de grond, intussen het appartement verder bekijkend. 'Heb je een schoonmaakster?'

Achter hem gaf Vivien antwoord, terwijl ze de koelkast opende en er een fles mineraalwater uit haalde. 'Dat is niet zo gemakkelijk.'

'Hoezo?'

'Het is voor iemand die bij de politie werkt nogal moeilijk om een schoonmaakster te vinden. Werksters kosten in New York evenveel als een plastisch chirurg, met het nadeel dat hun werk veel eerder moet worden bijgewerkt.'

Russell slikte de opmerking in dat, in de korte tijd dat hij met zijn broer had rondgereisd, ze politiefunctionarissen hadden ontmoet, in Amerika en in het buitenland, die zich met het smeergeld dat ze aannamen wel een heel leger werksters konden veroorloven.

Terwijl Vivien een glas water inschonk wees ze op de tweezitsbank voor de televisie. 'Ga zitten. Wil je een biertje?'

'Dat kunnen we wel doen.'

Hij liep naar de bar en pakte het flesje dat Vivien had geopend en naar hem toe had geschoven. Toen hij het koele vocht naar zijn maag voelde stromen, besefte hij dat hij dorst had en dat hij de nawerking van de klap van Jimbo nog dagen zou voelen. Hij liep naar de comfortabel uitziende bank. Hij moest daarvoor langs een kast waarop, in een fotolijst in een apart design, een foto stond van een vrouw met een meisje van rond de vijftien. Hij zag meteen dat het moeder en dochter waren, door de gemeenschappelijke uiterlijke kenmerken en doordat ze allebei een zelfde soort schoonheid bezaten.

'Wie zijn dit?'

'Mijn zus en mijn nicht.'

Vivien antwoordde op de toon van iemand die met weinig woorden is uitgepraat over een onderwerp. Russell begreep dat deze twee personen bij een weinig gelukkige periode hoorden waar ze misschien niet over wilde praten. Hij vroeg niet verder en ging op de bank zitten. Hij streek met zijn hand over het lichte leer waarmee deze bekleed was.

'Comfortabel. En mooi.'

'De jongen met wie ik toen was, is architect. Hij heeft me geholpen bij het uitkiezen van de meubels en de inrichting van het appartement.'

'En wat is er met hem gebeurd?'

Vivien glimlachte flauwtjes, vol zelfspot. 'Als goede architect had hij, zeg maar, andere projecten.'

'En jij?'

Vivien spreidde haar armen. 'Mijn advertentie klinkt ongeveer zo: jong, interessant werk, single, maar niet op zoek.'

Ook hier voegde Russell niets aan toe. Toch ontkwam hij niet aan een licht gevoel van voldoening bij het idee dat Vivien geen vriend had.

Vivien dronk haar glas water leeg en zette het in de gootsteen. 'Ik denk dat ik een douche ga nemen. Doe alsof je thuis bent, kijk maar naar de tv en drink je biertje. Straks is de badkamer voor jou, als je ook wilt douchen.'

Russell voelde een dikke laag stof op zich. Het idee van warm water dat de sporen van deze dag van hem af zou spoelen bezorgde hem een rilling van genot. 'Oké. Ik wacht hier.'

Vivien verdween in de slaapkamer en kwam even later weer tevoorschijn met een badjas aan. Ze ging de badkamer in en bijna meteen daarna hoorde Russell het water stromen. Hij kon niet verhinderen dat hij zich voorstelde hoe haar atletische en stevige lichaam naakt onder de douche stond. Opeens leek het bier niet koud genoeg om het kleine vuur te blussen dat in hem was ontstaan.

Hij stond op en liep naar het raam, vanwaar een glimp van de Hudson te zien was. Het was een heldere avond, maar er waren geen sterren. De roemzuchtige lichten van de stad waren in staat om deze zelfs uit de meest heldere hemel te wissen.

Tijdens de terugreis uit Harlem hadden Vivien en hij elkaar hun belevenissen van de feiten verteld. Toen ze hem in de auto had zien verdwijnen, had Vivien meteen beseft dat er iets mis was. En toen de grote slee was vertrokken, had ze voorzichtig de achtervolging ingezet, steeds met een paar voertuigen ertussen, maar zonder hen uit het oog te verliezen. Toen ze de auto een doodlopende straat in had zien rijden had ze de XC60 aan de kant van de weg laten staan. Ze was snel uitgestapt en had de auto achter de ingang van de winkel zien verdwijnen. Nadat ze dichterbij was gekomen had ze tot haar vreugde vastgesteld dat het rolluik niet helemaal naar beneden was getrokken, maar dat de opening net groot genoeg was om haar ongemerkt binnen te laten. Ze was op de vloer gaan liggen en door de kleine opening gekropen. Nadat ze was afgegaan op de stemmen die van achter de hoek kwamen, had ze voorzichtig gekeken om te weten wat ze moest verwachten. Ze had LaMarr achter de schrijftafel zien zitten en de gorilla naast Russell zien staan. Vanaf de plek waar zij op Park Avenue had gezien hoe hij werd meegenomen, was haar zicht soms geblokkeerd door langsrijdende auto's. Ze dacht dat Jimbo ook de chauffeur van de auto was, waardoor ze er niet van uit was gegaan dat er nog een derde man zou kunnen zijn. Gelukkig had ze zich er, ondanks de onvoorziene en plotselinge aanval, toch uit kunnen redden.

Hadden zíj zich er toch uit kunnen redden.

Vervolgens had Russell uitgelegd wat er in de hal was gebeurd toen hij thuis was gekomen. Hij had Vivien toegestaan te glimlachen om zijn toestand van onterfde. Dat had hij zelf ook gedaan. En daarna had hij haar verteld over het vriendelijke gebaar van Zef en de lening van vijfhonderd dollar.

'En wat doe je nu?'

'Ik ga een hotel zoeken.'

'Is dat wat ik je teruggaf al het geld dat je hebt?'

'Op dit moment wel, ben ik bang.'

'Als je een fatsoenlijke plek wilt, kom je met dat geld op zijn hoogst maar een paar dagen door. En ik wil niet in dezelfde auto zitten met een kerel die op een van die plekken slaapt die jij je kunt veroorloven.'

Russell had in gedachten een vermoeden bevestigd dat ronduit schokkend was in zijn helderheid. Toch moest hij het bewijs op tafel krijgen. 'Ik kan niet anders.'

Vivien had een vaag gebaar gemaakt. 'Thuis, in mijn woonkamer, heb ik een slaapbank. Ik denk dat we de komende dagen toch weinig zullen slapen. Als je deze zaak wilt volgen kun je beter bij mij blijven. Ik wil niet steeds de hele stad door rijden om jou op te pikken. Als je je aanpast, ben je welkom.'

Russell had niet geaarzeld. 'Ik denk dat ik me als in het Plaza zou voelen.'

Vivien was in lachen uitgebarsten. Russell had de reden voor deze hilariteit niet begrepen. Maar de uitleg was meteen gekomen.

'Weet je hoe we in het bureau de cel noemen waar ze jou in hebben gestopt toen je opgepakt was?'

'Laat me raden. Het Plaza, misschien?'

Vivien had met haar hoofd geknikt. Russell had ook gelachen.

'Ik geloof dat ik de laatste tijd specialist ben geworden in het op me nemen van jouw schulden. Maar daar was ik over het algemeen altijd al redelijk goed in.'

Russell dacht met een warm gevoel terug aan dit gesprek. In de auto was een kleine, kameraadschappelijke vorm van samenwerking ontstaan. Een reactie van de geest, een broze en tijdelijke schuilplaats tegen het idee dat ze op zoek waren naar een moordenaar die al een honderdtal mensen had vermoord en klaar stond om dit nog eens te doen.

Hij liep weg van het raam en opende een van de twee tassen die hij had meegenomen. Hierin zaten zijn laptop en de fotocamera's, de enige dingen die heilig en onmisbaar voor hem waren. Voordat ze naar Viviens huis waren gegaan waren ze langs het bureau gereden om de hoofdinspecteur de lijst met het haar van Mitch Sparrow te geven. Vervolgens gingen ze nog langs 29th Street, waar Russell zijn tassen had gepakt, vol met dingen die hij had uitgezocht uit de achtergelaten spullen in de opbergruimte van een huis dat niet meer het zijne was.

Hij pakte de laptop, zette hem op tafel en deed hem aan. Tot zijn verrassing vond hij een onbeveiligde draadloze verbinding en had hij toegang tot internet.

Hij checkte zijn mail. Weinig nieuws. En het gebruikelijke. Time Warner Cable die hem uitlegde waarom de dienst werd opgeschort, een bureau dat verklaarde waarom hij binnenkort een brief van een advocaat zou krijgen en Ivan Genasi, een bevriende fotograaf met veel talent die hem vroeg waar hij uithing. Hij was de enige aan wie hij geen geld verschuldigd was. De overige boodschappen gingen over betalingsachterstanden of uitblijvende kredietaflossingen. Russell voelde zich ongemakkelijk. Bij het lezen van deze e-mails leek het of hij de privacy schond van iemand die hij niet kende, alsof hij het privéleven van een onbekende binnendrong, zo ver voelde hij zich op dat moment verwijderd van de man die aanleiding had gegeven tot deze brieven.

Hij sloot het mailprogramma en opende een nieuw Worddocument. Hij dacht een ogenblik na en besloot het toen te bewaren als 'Vivien'. Eerst begon hij een paar gedachten te noteren die door zijn hoofd waren geschoten sinds dit verhaal was begonnen. Elke keer als de gebeurtenissen spontaan een overpeinzing bij hem deden opkomen, had hij deze met een knoop in een mentale zakdoek vastgelegd. Terwijl hij schreef kwamen de woorden langzaam en onophoudelijk, alsof er een directe verbinding bestond tussen zijn gedachten, zijn handen en het toetsenbord van de laptop. Hij liet zich meevoeren door het verhaal, of hij was degene die het verhaal in handen had en het in zwarte tekens op het witte scherm voor hem dwong. Hij wist het niet en het interesseerde hem ook niet.

Dat gevoel van volledige beheersing dat het schrijven hem op dat moment gaf was voldoende. De stem van Vivien betrapte hem erop dat hij al bijna twee bladzijden had gevuld.

'Het is jouw beurt, als je wilt.'

Hij draaide zich om en keek naar haar. Ze had een dun jogging-pak en eenvoudige teenslippers aan. Ze zag er fris en onschuldig uit. Russell had gezien hoe ze had gereageerd op de aanval van een man die drie keer zo groot was als zij en hoe ze hem onschadelijk had gemaakt. Hoe ze een andere man met een pistool onder schot had gehouden. En hoe ze een crimineel als voetveeg had behandeld.

Hij had haar als een gevaarlijke vrouw gezien. En pas op dit moment, juist nu ze zich volledig weerloos aan hem toonde, begreep hij hoe gevaarlijk ze was. Hij draaide zich om naar de fotolijst op de kast, van waar een vrouw en een meisje glimlachend toekeken. Hij bedacht dat Vivien op die foto thuishoorde en die schoonheid met hen deelde.

Toen richtte hij zijn blik weer op haar en bleef haar zwijgend aankijken, totdat zij hem vermanend toesprak.

'Hé, wat is er met je aan de hand?'

'Op een dag, als deze toestand achter de rug is, moet je me toe-staan om je te fotograferen.'

'Mij? Maak je een grapje?' Vivien wees naar de foto in de lijst. 'Mijn zus is het fotomodel van de familie. Ik ben de jongensachtige politieagent, weet je nog? Ik zou niet eens weten wat ik voor een lens moest doen.'

Wat je nu doet zou meer dan genoeg zijn, dacht Russell. Hij merkte dat – ondanks haar weerwoord en uitvluchten – zijn ver-zoek haar plezier had gedaan. En hij zag op haar gezicht een ver-rassende en onverwachte verlegenheid, die ze misschien op andere momenten achter een politielegitimatiebewijs verborg. 'Ik meen het serieus. Beloof het me.'

'Klets niet uit je nek. En verdwijn nu uit mijn keuken. Ik heb schone handdoeken voor je neergelegd in de badkamer.'

Russell sloeg wat hij had geschreven op, stond op van tafel en pakte ondergoed en schone kleren uit de tas. Hij glipte de badka-mer in. Op een kast naast de wasmachine vond hij een stapel hand-doeken. Hij kleedde zich uit, opende de douchekraan en merkte dat de temperatuur waarop Vivien de douche had afgesteld ook voor hem perfect was. Een detail. Een onbenulligheid. Maar het maakte toch dat hij zich thuis voelde.

Hij stapte onder de straal en liet het water en het schuim de vermoeidheid en de gedachten van deze dag en de afgelopen dagen van zich af spoelen. Na de toestand met Ziggy en de explosie had hij zich voor het eerst in zijn leven werkelijk alleen gevoeld, niet opgewassen tegen een verantwoordelijkheid die te groot was om te dragen. Maar nu was hij hier en maakte hij deel uit van iets, iets wat alleen hem toebehoorde, zijn heden en niet zijn herinneringen.

Hij draaide de mengkraan dicht en stapte onder de douche vandaan, ervoor zorgend dat hij niet naast de badmat druppelde. Hij begon zich af te drogen met het badlaken, dat zacht aanvoelde en lekker rook. Bij zijn ouders thuis, waar een massa personeel en het beste linnengoed beschikbaar waren, had hij nog nooit zo'n zachte handdoek aangetroffen. Of dat leek op dit moment in elk geval zo. Hij droogde zijn haren en trok een overhemd en een schone broek aan. Hij besloot zich aan te passen aan zijn gastvrouw en deed geen schoenen aan.

Toen hij de badkamer uit kwam zat Vivien achter zijn laptop. Ze had het document geopend dat onder haar naam was opgeslagen en was nu aan het lezen wat Russell had geschreven.

'Wat doe je?'

Vivien bleef doorlezen, zonder zelfs maar haar hoofd om te draaien, alsof deze inbraak in andermans computer volstrekt vanzelfsprekend was. 'De politieagent. Ik onderzoek.'

Russell protesteerde zonder veel overtuigingskracht. 'Dit is een flagrante schending van de privacy en van de persvrijheid.'

'Als je niet wilt dat ik mijn neus erin steek, moet je het bestand niet mijn naam geven.'

Toen ze uitgelezen was, stond ze op en zonder commentaar te geven liep ze naar de bar van de keuken. Russell merkte dat er een pan op het vuur stond met daarnaast een koekenpan met een rode saus. Vivien zette de afzuigkap op een hogere stand. Vervolgens wees ze naar het water dat aan de kook kwam. '*Penne all'arrabbiata*. Of spaghetti, wat je wilt.'

Russell was verbaasd. Vivien reageerde op deze verbazing met een paar verdedigende woorden. 'Ik ben van Italiaanse komaf. Ik kan dit wel. Wees maar gerust.'

'Ik ben er zeker wel gerust op. Ik vraag me alleen af hoe je zo snel een saus hebt weten te versieren.'

Vivien deed de pasta in de pan en legde het deksel erop, om het water snel weer aan de kook te brengen. 'Is dit de eerste keer dat je op aarde bent? Zijn er op jouw planeet geen diepvriezers en magnetrons?'

'Op mijn planeet eten we nooit thuis. Het paleis van de keizer is een snackbar, zeg maar.'

Russell liep in de richting van Vivien, die aan de andere kant van de bar stond. Hij ging op een kruk zitten en keek nieuwsgierig naar de pan. 'Eigenlijk heeft het me altijd al gefascineerd hoe iemand zich weet te redden met een fornuis. Ik heb het een keer geprobeerd en ik slaagde erin om hardgekookte eieren te laten aanbranden.'

Vivien bekommerde zich om de pasta en de saus. Het grapje van Russell leidde haar niet af. 'Weet je, ik heb me vandaag verschillende keren afgevraagd hoe jij nou echt bent.'

Russell haalde zijn schouders op. 'Gewoon. Ik heb geen bijzondere talenten. Ik heb me tevreden moeten stellen met bijzondere gebreken.'

'Eén talent heb je wel. Ik heb gelezen wat je hebt geschreven. Dat is prachtig. Overtuigend. Het raakt de lezer.'

Deze keer was het Russell die in zijn nopjes was met een compliment. Hij probeerde het niet te laten merken. 'Vind je? Het is de eerste keer dat ik het doe.'

'Dat vind ik. En als je mijn mening wilt weten, zou ik er nog iets aan toe willen voegen.'

'Wat dan?'

'Als jij niet je hele leven had geprobeerd Robert Wade te zijn, had je misschien ontdekt dat zijn broer net zo interessant is.'

Russell voelde in hem iets loskomen wat hij niet kon benoemen. Iets wat van een plek kwam waarvan hij niet geloofde dat die bestond, iets wat zich op een plek had genesteld waarvan hij niet geloofde dat hij die had. Hij wist alleen dat hij ernaar verlangde iets te doen. En hij deed het.

Hij liep om de bar heen naar Vivien toe. Hij nam haar gezicht tussen zijn handen en kuste haar, voorzichtig zijn lippen op de hare drukkend. Een ogenblik beantwoordde ze de kus, maar meteen daarna duwde een hand op zijn borst hem resoluut achteruit.

Russell merkte dat haar ademhaling was versneld.

'Hé, rustig aan. Rustig. Dit bedoelde ik niet toen ik je hier uitnodigde.'

Ze draaide zich om, als om uit te wissen wat er zojuist was gebeurd. Een paar seconden bekommerde ze zich om de pasta, haar rug en geurige haren naar Russell toegekeerd. Hij hoorde haar zachtjes iets murmelen. 'Of misschien wel. Ik weet het ook niet. Ik weet alleen dat ik geen gedoe wil.'

'Ik ook niet. Maar als dat de prijs is om jou te krijgen, dan graag.'

Na een moment draaide Vivien zich om en sloeg haar armen om zijn hals. 'Dan kan de pasta mijn rug op.'

Ze hief haar hoofd op en deze keer waren er geen handen om hem weg te duwen toen ze hem kuste. Haar lichaam tegen het zijne was precies zoals Russell het zich had voorgesteld. Stevig en zacht, wrang en fruitig, troost voor vandaag en verslagenheid om gisteren. Hij liet zijn hand onder haar sweater gaan en vond haar huid en hij vroeg zich af waarom hier, waarom nu, waarom zij en waarom niet eerder. Vivien bleef hem kussen terwijl ze hem met gesloten ogen vol genot naar de slaapkamer voerde. Het halfduister nam hen op en overtuigde hen dat dit de juiste plek was voor hen en voor de opwinding waarmee kleren werden uitgerukt en lichamen in heilige plaatsen veranderden.

Terwijl hij zich in haar verloor, terwijl hij namen en personen vergat, kon Russell niet uitmaken of Vivien het lichtschijnsel voor de dageraad was of een verblindend licht na zonsondergang. Hij wist alleen dat ze was zoals haar naam: licht, en dat volstond.

Later lagen ze in elkaar verstrengeld alsof de huid van de een het natuurlijke omhulsel van de ander was. Russell voelde zich in de behaaglijke warmte van de slaap glijden en schrok meteen op, uit angst haar te verliezen. Hij merkte dat hij een paar minuten moest hebben geslapen. Hij stak zijn hand uit en voelde dat het bed leeg was.

Vivien was opgestaan en naar het raam gegaan. Hij zag haar gesluierd door de gordijnen, in het tegenlicht van de lichtgloed die van buiten kwam kijken in ruil voor het aanblik dat haar lichaam bood.

Hij stond op en ging naar haar toe. Hij schoof de gordijnen opzij en sloeg van achteren zijn armen om haar heen, en voelde hoe haar slanke lichaam zich tegen het zijne vlijde. Ze bewoog zich natuurlijk tegen hem aan, alsof dit zo moest zijn. En verder niets. Russell drukte zijn lippen op haar hals en ademde de geur in van een vrouw die de liefde heeft bedreven. 'Waar ben je?'

'Hier. Daar. Overal.'

Vivien wees vaag door het raam naar de rivier en naar de hele wereld.

'En ben ik bij je?'

'Altijd al, geloof ik.'

Ze voegden er niets aan toe, want er viel niets anders aan toe te voegen. Buiten stroomde de rivier rustig en hij weerspiegelde lichten die in hun ogen overbodig vertoon waren. Alles wat nodig was om te vernietigen en op te bouwen was in deze kamer. Ze bleven daar zo staan om de troost van het heden en de fragmenten van het verdriet uit te wisselen, totdat, opeens, een verblindend licht aan de horizon verscheen. Het vulde de ruimten tussen de gebouwen aan de overkant en legde deze vast in de omlijsting van het raam.

Een paar seconden later klonk het oorverdovende en arrogante lawaai van een explosie.

25

'We zitten tot over onze oren in de stront.' Hoofdinspecteur Alan Bellew gooide de *New York Times* op het bureau bij de andere kranten die al door elkaar op het tafelblad lagen. Alle kranten hadden na de explosie van de nacht ervoor stuk voor stuk extra uitgaven op de markt gebracht. Ze stonden vol hypothesen, conclusies en suggesties. Maar ze vroegen zich allemaal af wat de opsporingsdiensten deden, op welke wijze zij ervoor zouden zorgen dat de burgers ongedeerd bleven. Op televisie werd alles wat er verder in de wereld gebeurde naar de achtergrond verdrongen door deze gebeurtenis. De hele wereld stond er met zijn neus bovenop en er kwamen correspondenten uit de hele wereld, alsof Amerika in staat van oorlog verkeerde.

De nieuwe explosie had laat in de nacht plaatsgevonden op de oever van de Hudson, in Hell's Kitchen, in een pakhuis aan 12th Avenue ter hoogte van 46th Street, precies naast het Sea Air and Space Museum, waar het vliegdekschip Intrepid tentoongesteld werd. Het bouwwerk was letterlijk uiteengevallen. De fragmenten hadden het ernaast aangemeerde schip geraakt en de vliegtuigen en helikopters op het dek beschadigd, een tragisch en nostalgisch déjà vu van de oorlogen waarin ze waren gebruikt. De ramen van de nabijgelegen gebouwen waren gesprongen door de luchtverplaatsing. Een oudere man was gestorven aan een hartinfarct. De straat was gedeeltelijk in de Hudson gestort en het vuur had lange tijd zijn licht geworpen op een mistroostige scène, met brandende brokstukken die door de luchtstroom waren meegevoerd. In de vuurzee lag slechts puin, de plek was alleen dankzij het late tijdstip niet veranderd in het decor van een nieuw bloedbad om te herdenken. Er werd een twintigtal slachtoffers geteld, plus een onbekend aantal lichtgewonden. Een groep nachtbrakers, met als enige fout dat ze op dat moment daar aanwezig waren, was letterlijk uiteengereten en hun resten lagen verspreid over het asfalt. Van de nachtwaker van het pakhuis ontbrak elk spoor. Enkele op dat moment passerende auto's waren omvergeblazen door de explosie en weggeslingerd in een warboel van verkreukeld metaal. Andere hadden niet op tijd kunnen remmen en waren samen met de brokstukken van de weg in de rivier terechtgekomen. De passagiers waren allemaal gedood. Het had lang geduurd voordat de brandweer het vuur had geblust en de deskundigen van de politie waren met hun onderzoek ter plekke begonnen zodra de plaats van de explosie toegankelijk was. De resultaten werden elk moment verwacht.

Na een grauwe en slapeloze nacht stonden Russell en Vivien nu in het kantoor van de hoofdinspecteur. Met hem deelden ze de frustratie en de machteloosheid tegenover de man die hen uitdaagde. Een onzichtbare man.

Uiteindelijk stopte Bellew met door de kamer te ijsberen en ging op zijn stoel zitten, zonder echter rust te vinden. 'Er zijn van alle kanten telefoontjes gekomen. Van de president, de gouverneur, de burgemeester. Iedere vervloekte autoriteit in dit land heeft de telefoon genomen en iemand anders opgebeld. En iedereen heeft zich op de korpschef gestort. Die op zijn beurt natuurlijk meteen mij heeft gebeld.'

Russell en Vivien wachtten zwijgend de afloop van deze uitbarsting af.

'Willard voelt de grond onder zijn voeten verdwijnen en spartelend trekt hij ook mij met zich mee. Hij heeft een schuldcomplex omdat hij niet voorzichtig genoeg is geweest.'

'Wat heb je hem gezegd?'

Bellew maakte een gebaar van vanzelfsprekendheid en precies het tegenovergestelde. 'Ik heb hem gezegd dat we aan de ene kant nog niet zeker weten of we op het juiste spoor zitten. Maar aan de andere kant, en dat heb ik hem al eerder gezegd: hoe meer mensen op de hoogte zijn van het feit, des te groter de kans is dat er iets uitlekt. Als dit bij Al Qaida terechtkomt, zou dat echt een ramp zijn. Dan zouden we een meedogenloze concurrent hebben op jacht naar deze lijst. Bedenk eens hoe graag zij die lijst zouden willen hebben. Een stad waar de bommen al liggen en alleen nog maar tot ontploffing hoeven te worden gebracht. Als dit openbaar wordt, zou New York binnen drie uur een woestijn zijn. Met alle chaos van dien. Opstoppingen op de snelwegen, gewonden, plunderingen, mensen die zich naar god weet waar verspreiden.'

Vivien kon zich er een redelijk gedetailleerd beeld van vormen. 'Wat zeggen de FBI en de NSA?'

'Weinig. Je weet wel dat die van hogerop niet gauw vrijuit spreken. Het lijkt erop dat ze zelf op het spoor van islamitische terroristen zitten. Op dit moment is er niet buitensporig veel druk van die kant. Dat is tenminste goed nieuws.'

Russell had de hele tijd aandachtig naar het gesprek tussen Vivien en Bellew geluisterd, alsof hij een eigen logica volgde. Nu kwam hij tussenbeide om hen er deelgenoot van te maken. 'Het enige wat ons aan de bommenlegger linkt is Mitch Sparrow. Ik denk dat er geen twijfel meer over bestaat dat hij de man in het beton is. Het is zeker dat het creditcardhoesje met de foto's niet van hem was, dus waarschijnlijk heeft degene die de arme man heeft ingemetseld het verloren. Dat betekent dat op de twee foto's, die met de kat en die in Vietnam is genomen, zijn moordenaar staat. Volgens mij heeft Sparrow ontdekt wat hij aan het doen was en heeft de man hem het zwijgen opgelegd door hem te vermoorden.'

Bellew trok een conclusie op grond van wat Russell net had gezegd. 'Dus ze waren collega's.'

'Constant of af en toe, dat weet ik niet. Eén ding is zeker. Ze werkten op dezelfde plek toen Sparrow verdween.'

Russell was even in gedachten verzonken, alsof hij zijn ideeën moest ordenen. Deze concentratie fascineerde Vivien.

'De persoon naar wie we op zoek zijn, is duidelijk de zoon van degene die de bommen heeft geplaatst. De vader was misschien een Vietnamveteraan die met enorme psychische problemen is teruggekomen. Veel soldaten veranderen door de oorlog. Sommigen raken de gewoonte, maar vooral ook de zin om te doden niet kwijt en blijven daarmee doorgaan als ze thuiskomen. Mijn broer is er meerdere keren getuige van geweest.'

Vivien hoorde dat de geest van Robert Wade opdook zonder dat er spanning klonk in Russells stem. Ze keek naar hem en zag een gezicht dat ze inmiddels goed kende, dat verschillende soorten blikken kon hebben. Ze voelde even een gelukzalig benauwd gevoel vanbinnen. Maar meteen kreeg de bezorgdheid om het verhaal dat aan de gang was de overhand.

Russell vervolgde zijn verhaal, zocht naar een rationele verklaring voor de feiten. 'Als degene die de brief heeft geschreven en de bommen heeft geplaatst geestelijke problemen had, heeft de zoon deze in veelvoud geërfd, dat is helaas wel duidelijk. Uit de teneur van de boodschap blijkt dat hij nooit de kans heeft gekregen zijn vader te leren kennen, omdat die zich pas na zijn dood bekend heeft gemaakt. Ik vraag me af waarom.' Russell onderbrak zijn verhaal, waardoor deze vraag, waarop het antwoord zo cruciaal was, in de lucht bleef hangen.

Als om de drie een denkpauze te gunnen, begon de telefoon op het bureau te rinkelen. De hoofdinspecteur stak zijn hand uit en bracht de hoorn naar zijn oor. 'Bellew.'

Hij bleef zwijgend luisteren naar wat de persoon aan de andere kant hem te zeggen had. Vivien en Russell zagen hoe zijn gezicht steeds meer vertrok. Toen hij ophing, stond het verlangen om de telefoon te vermorzelen op zijn gezicht gedrukt.

'Dat was het hoofd van de explosievenopruimingsdienst, die de brokstukken bij de Hudson heeft onderzocht.' Hij zweeg. Toen zei hij wat ze alle drie al hadden verwacht. 'Hij was het weer. Zelfde explosief, zelfde soort ontsteking.'

Russell stond op, als had hij na deze bevestiging behoefte aan beweging. 'Ik bedenk me net iets. Ik ben geen expert, maar met zijn besluit om de plannen uit te voeren die zijn vader heeft bedacht, moet die kerel wel een antisociale psychopaat zijn of zoiets, met alle gevolgen en kenmerken van dien.' Hij draaide zich om naar Vivien en Bellew. 'Ik heb gelezen dat zulke mensen meestal een zeer precies mechanisme hebben waarmee hun impulsen worden geprikkeld. En dus een zich herhalend gedrag. De eerste ontploffing was zaterdagavond. De twee in de nacht van maandag op dinsdag. Daar zitten ongeveer drie dagen tussen. Als die gek dit interval tussen de verschillende explosies in zijn hoofd heeft geprent, zouden we dus nog drie dagen de tijd hebben om hem te pakken, voordat hij beslist opnieuw toe te slaan. Ik wil er niet eens aan denken...' Hij brak zijn zin af. En maakte hem vervolgens af, op een toon en met woorden die de ernst van de situatie weergaven. 'Ik wil er niet eens aan denken wat er zou gebeuren als er een nieuwe bom zou ontploffen. Misschien wel in een gebouw waar duizenden mannen en vrouwen werken.'

Ten slotte voegde hij er het ergst denkbare scenario aan toe. 'Om nog maar te zwijgen over de mogelijkheid dat hij alle gebouwen op dezelfde dag de lucht in laat vliegen.'

Vivien zag dat de hoofdinspecteur naar hem keek alsof hij zich ondanks alles nog afvroeg wie deze man was en wat hij in zijn kantoor deed. Een burger die met hen de feiten doornam waar volgens de regels alleen de politie zich mee bezig zou moeten houden. De situatie die was ontstaan was absurd, maar paste perfect in de logica waarmee alles in elkaar greep. Ze waren drie personen die aan een onderzoek verbonden waren door een geheim dat absoluut niet mocht uitlekken en waar niemand belang bij had om het te laten uitlekken.

Bellew stond op en legde zijn gebalde vuisten op het bureau. 'We hebben zeer dringend een naam nodig om aan deze foto's te koppelen. We kunnen ze niet publiceren met de vraag "Wie kent deze man?" Als zijn zoon ze zou zien, zou hij weten dat we hem op het spoor zijn, in paniek raken en de gebouwen een voor een laten ontploffen.'

Vivien besefte dat ze het over twee onbekende personen hadden die ze de vader en de zoon noemden. Herinneringen uit haar jeugd benadrukten op bespottelijke wijze de tragische ironie van de situatie.

In de naam van de Vader, de Zoon en de Heilige Geest...

Het beeld van haarzelf, als kind, in een naar wierook ruikende kerk werd uitgewist door de beelden van de brandende gebouwen en lichamen die in ambulances werden weggevoerd.

Er werd op de deur geklopt. Bellew riep de persoon die vaag door het matglas te zien was, binnen. Rechercheur Tyler verscheen en kwam het kantoor binnen met een dossier. Hij was ongeschoren en had het onverzorgde gezicht van iemand die een nacht heeft doorgehaald. Toen hij Russell zag, verscheen er even een misnoegde grimas op zijn gezicht. Hij negeerde hem en Vivien volkomen en richtte zich tot zijn baas.

'Hoofdinspecteur, ik heb hier de resultaten van de onderzoeken waarom u had gevraagd.' Zijn stem klonk als die van iemand die hard en vervelend werk heeft verricht en weet dat hij daarvoor geen erkenning krijgt. De hoofdinspecteur stak zijn hand uit, opende het dossier en doorliep het vluchtig.

Hij sprak zonder zijn blik van het papier af te wenden. 'Uitstekend, Tyler. Je kunt gaan.'

De rechercheur verliet de kamer in een wolk van half opgerookte sigaretten en een slecht humeur. Bellew wachtte tot hij de deur uit was alvorens Vivien en Russell te informeren over wat hij net had gelezen.

'Ik heb verschillende teams van drie man aan het werk gezet, met het hoogst noodzakelijke aan uitleg. Dit is wat we hebben.' Hij richtte zijn aandacht opnieuw op de vellen papier in zijn handen. 'Het ontplofte huis op Long Island was van een militair, een zekere majoor Mistnick. Hij blijkt in Vietnam te hebben gediend. Dat betekent niets, maar is toch opmerkelijk. Het bedrijf dat het huis bouwde was inderdaad een kleine onderneming uit Brooklyn, de Newborn Brothers. Het bedrijf dat het gebouw in Lower East Side heeft gebouwd heet echter Pike's Peak Buildings. En hier kunnen we werkelijk van geluk spreken. De directie heeft de opslag van de bedrijfsgegevens namelijk al lang geleden aan een automatiseringsbedrijf toevertrouwd. Alles staat in bestanden en is dus volledig en gemakkelijk na te gaan. Ook de oudste gegevens.'

'Dat is goed nieuws,' zei Vivien.

'Er is nog meer.' De stem van de hoofdinspecteur klonk niet enthousiast.

'We zijn aan het achterhalen welk bedrijf 12th Avenue heeft aangelegd en de loods in Hell's Kitchen heeft gebouwd, waar de explosie van vannacht plaatsvond. Het gaat om een gemeentelijke aanbesteding, waardoor het bedrijf dus gedwongen was een beroep te doen op de Unions. Zij zijn verplicht hun gegevens jaren te bewaren. We zullen op dezelfde manier te werk gaan voor het bedrijf dat destijds het gebouw in 23rd Street heeft gerenoveerd, waar het lijk is gevonden. Als we de namen van alle personen hebben die aan deze vier bouwprojecten hebben gewerkt, kunnen we ze vergelijken en zien of iemand vier keer voorkomt.'

Bellew haalde een hand door zijn haar, misschien bedenkend dat hij te oud was voor de proeve van bekwaamheid die hij hier moest afleggen. 'Het is een vaag spoor, maar het enige dat we kunnen volgen. Ik zal de korpschef om versterking vragen en meteen zoveel mogelijk mannen aan het werk zetten. Ik zal zeggen dat het om een RFL-code gaat.'

Russell trok zijn wenkbrauw op. 'RFL-code?'

Vivien kwam tussenbeide om uitleg te geven. 'Dat is een code die niet officieel bestaat, maar die iedere New Yorkse politieagent kent. RFL staat voor *Run for Life*. In politiejargon zijn dat de gevallen waarbij de snelheid van het onderzoek fundamenteel is.'

Ze richtte haar blik weer op haar baas. Bellew was na een moment van verwarring weer de vastberaden en deskundige man die Vivien kende.

'Jij gaat met de mensen van de Newborn Brothers praten. Als het een klein bedrijf was, met weinig werknemers dus, kan direct contact wellicht meer opleveren. Misschien herinnert iemand zich nog iets. Ik zal de telefoniste zeggen dat ze het nummer moet opzoeken terwijl jij naar beneden gaat. Je vindt het bij de agenten aan de balie.'

Vivien stond op, blij dat ze dit kon doen. Het praten was voorbij. Nu was het moment aangebroken dat ze in actie te komen. Terwijl ze het kantoor verlieten, hoorden ze dat Bellew alweer aan de telefoon zat om te regelen wat hij zojuist had toegezegd.

Ze gingen de trap naar de benedenverdieping af. Russell liep voor haar, een lekkere geur van man en eau de cologne verspreidend. Vivien dacht terug aan zijn lippen in haar knieholte en aan haar hand door zijn haar. En aan de verblindende flits en het gebulder dat hen in één klap had weggeslingerd uit het moment en de ruimte waarin ze zich bevonden. Na het gedreun hadden ze zich haastig aangekleed, zonder iets te zeggen. Dat wat ze dachten had elk mogelijk woord uit hun mond en uit hun hoofd gehaald. Ze waren naar de woonkamer gegaan en hadden de televisie aangezet. Na een paar minuten had NY1 de uitzending onderbroken om te berichten over de aanslag. Ze hadden van de ene naar de andere zender gezapt, op zoek naar nieuws dat met de minuut werd geactualiseerd. Het magische moment was verdwenen, verloren gegaan tussen de vlammen die ze op het televisiescherm zagen.

Bellew had alleen maar een sms gestuurd, waarin stond 'morgen halfacht in mijn kantoor.'

Er viel niet veel meer te zeggen. Zij en de hoofdinspecteur wisten allebei dat ze op dat moment niets anders konden doen dan een paar uur wachten. De nacht was verstreken en het licht dat door de ramen kwam had haar en Russell overvallen terwijl ze daar op de bank zaten, betrokken en ongelovig, naast elkaar, maar zonder elkaar aan te raken, alsof dat wat ze zagen de televisie uit kon komen om hen te besmetten.

Ineens trof de verantwoordelijkheid haar met een gevoel van beklemming. Het leven van zo veel mensen hing van haar af, van wat zij de komende uren zou doen. Ze was ervoor opgeleid, maar plotseling voelde ze zich te jong en onervaren en ongeschikt om deze last te dragen. Het duizelde haar en het eind van de trap kwam dan ook als het beloofde land.

Zodra hij haar de door de deur zag stappen reikte een agent in uniform haar een briefje aan. 'Rechercheur, hier. Het is een gsmnummer. De man heet Chuck Newborn en hij is aan het werk bij een groot bouwproject in Madison Square Park.'

Vivien was dankbaar om de RFL-code, die alles op gang bracht met een snelheid die ze niet gewend was. En om het lot, dat haar niet dwong de hele stad te doorkruisen om met deze man te spreken.

Ze liepen het bureau uit en kwamen bij de auto van Vivien. Ze stapten zwijgend in, ieder verzonken in zijn eigen gedachten en in die van de ander. Vivien startte de motor en voordat ze wegreed sprak ze een van deze gedachten uit.

'Russell, over vannacht...'

'Wat?'

'Ik wilde alleen zeggen dat ik...'

'Ik weet het. Dat je geen gedoe wilt.'

Het was niet wat Vivien wilde zeggen. Maar de woorden van Russell en zijn afstandelijke toon weerhielden haar ervan de drempel te overschrijden waar ze alleen op uitnodiging overheen kon.

'Voor mij is het ook best.'

Ze draaide haar hoofd om hem aan te kijken, maar zag alleen zijn bos haar. Russell keek aandachtig door het raampje aan zijn kant. Toen hij zich naar haar toe draaide, was zijn stem weer in het heden. 'Het is druk op de weg.'

Vivien borg elk mogelijk antwoord op achter dringender zaken. 'Nu zul je zien dat het van pas komt om bij de politie te werken.'

Ze pakte het zwaailicht en bevestigde het op het dak. De Volvo scheurde weg van de stoeprand, zich losmakend uit de rij auto's die uiteenweek om hen door te laten, voorafgegaan en gevolgd door de lichten en het hysterische geluid van de sirene.

Ze kwamen uit oostelijke richting via 23rd Street bij Madison Square Park aan met een snelheid die Russell verbaasde.

'Dat ding moet je me een keertje lenen.'

Hij was weer zoals Vivien hem had leren kennen. Ironisch en afstandelijk, kameraadschappelijk en tegelijkertijd ver weg. Ze was van mening, met een greintje wrok tegenover zichzelf, dat de nacht ervoor een fout was die ze niet nog eens mocht maken.

'Als dit avontuur achter de rug is, krijg je van mij een politieauto.'

Ze zagen meteen de plek waarnaar ze op zoek waren. Links, aan de rand van het park, bevond zich een gebouw in aanbouw, niet zo hoog als een echte wolkenkrabber, maar met genoeg verdiepingen om veel gezag uit te stralen. De drukte van hijskranen en de bedrijvigheid van de mannen met hun gekleurde helmen op de steigers deed denken aan de ijver van een termietennest.

Russell keek om zich heen. 'Dit is een steeds terugkerende plek. Het lijkt alsof alles zich rond deze straat afspeelt.'

'Wat bedoel je?'

Hij wees naar een vaag punt achter hen. 'We zijn in 23rd Street. Het lichaam van Sparrow is op deze hoogte gevonden, alleen verder naar het oosten.'

Vivien wilde opwerpen dat in haar werk toevalligheden als deze veel vaker voorkwamen dan in filmplots. De grillen van het lot en de oppervlakkigheid van de mens vormden de basis van het onderzoekswerk.

Ze parkeerde de Volvo voor het bouwterrein en ze stapten uit. Een bouwvakker met een gele helm richtte zich tot hen om te protesteren.

'Hé, hier mag je niet parkeren.'

Vivien kwam naar hem toe en liet haar legitimatiebewijs zien. 'Ik ben op zoek naar de heer Newborn. Chuck Newborn.'

De bouwvakker wees naar een golfplaten keet, links van het gebouw, vrijwel onder een groot vooruitspringend balkon op de derde verdieping. 'Hij is in het kantoor.'

Vivien liep met Russell naar een tijdelijk, wit geverfd gebouw. De deur stond open. Ze liepen de trap op en kwamen in een kale ruimte, met als enige inrichting een schrijftafel en een stoel, rechts van de deur. Over de tafel stonden twee mannen gebogen, en ze bestudeerden een bouwtekening.

Een van de twee merkte hen op en hief zijn hoofd op. 'Kan ik u helpen?'

Vivien liep naar de schrijftafel. 'Meneer Chuck Newborn?'

'Ja, dat ben ik.' De man was lang en dik, iets over de veertig en had dun haar, lichte ogen en handen die duidelijk maakten dat hij niet terugschrok voor zwaar werk. Hij droeg een reflecterende werkjas op een spijkerbroek.

Vivien legitimeerde zich met haar politiepenning. 'Ik ben Vivien Light, van het dertiende district. Dit is Russell Wade. Kunnen we u een ogenblik spreken?'

Even verscheen op het gezicht van de man verbijstering en een spoor van ongerustheid. 'Oké.'

Vivien achtte het noodzakelijk de strekking van het gesprek te benadrukken. 'Alleen.'

Chuck Newborn richtte zich tot de man rechts van hem, een magere kerel met een sloom voorkomen. 'Tom, controleer jij het gestorte cement.'

Zich bewust van het feit dat hij te veel was, pakte de man die Tom heette zijn helm en hij verliet de keet zonder te groeten. Vivien begreep dat hij haar en Russell slechts als een obstakel op zijn werkdag zag. Newborn vouwde het blad in zijn handen en bleef in afwachting aan de andere kant van het bureau staan.

Vivien vertelde meteen de reden van haar aanwezigheid op het bouwterrein. 'Werkt u al lang bij Newborn Brothers?'

'Van jongs af aan. Mijn vader en oom hebben het bedrijf opgericht en ik ben er op mijn achttiende komen werken. Mijn neef kwam na zijn studie en doet nu de boekhouding. De oudjes zijn nu met pensioen en wij twee hebben de zaak overgenomen.'

'Was u erbij toen het huis van majoor Mistnick werd gebouwd, op Long Island?'

In het hoofd van Chuck Newborn moest een alarmbelletje gaan rinkelen. Hij hoefde niet diep in zijn geheugen te graven om te weten waar de rechercheur het over had.

'Ja. Verschrikkelijke toestand. Na een jaar –'

'Is het huis ontploft.'

De man stak zijn handen naar voren. 'Er werd een onderzoek geopend. De politie heeft ons verhoord, maar er werd niets gevonden.'

'Ik weet het, meneer Newborn. Ik beschuldig u nergens van. Ik zou alleen wat dingen willen weten over die periode.' Ze gaf Newborn een paar tellen om te kalmeren. Vervolgens ging ze op rustige toon verder met haar verhoor. 'Kunt u zich herinneren of een zekere Mitch Sparrow aan dat project werkte?'

'Die naam zegt me wel wat, maar ik kan er geen gezicht bij plaatsen.'

Vivien toonde de foto die ze van Carmen Montesa had gehad. De herinnering verscheen eerder op het gezicht van de man dan in zijn stem.

'Ja, hij. Natuurlijk. Dat was een goede jongen. Een motorfanaat, maar goed in zijn werk.'

'Weet u het zeker?'

De man haalde zijn schouders op. 'In die tijd was Newborn Brothers niet zoals vandaag de dag. We deden vooral renovaties en kleine bouwprojecten. Er waren niet zo veel bouwvakkers. Het was een fabelachtige tijd en de herinneringen aan bepaalde momenten zijn goed in het geheugen gegrift.'

De man zei niets over de verdwijning van zijn toenmalige werknemer. Vivien veronderstelde dat hij het niet wist en wilde voorlopig geen nieuwe feiten aandragen.

'Weet u of Sparrow vrienden had, iemand met wie hij veel omging in die tijd?'

'Nee. Hij was erg op zichzelf. Als hij klaar was met werken ging hij naar huis, naar zijn vrouw en kind. Hij sprak nergens anders over.'

'Is er iets vreemds gebeurd op het bouwterrein? Kunt u zich herinneren of er bijzondere voorvallen zijn geweest of personen die uw aandacht trokken?'

'Nee, ik denk het niet.' Er kwam een halve glimlach rond zijn mond. 'Behalve het Spook van de Bouwplaats.'

'Sorry?'

'Er was een man wiens gezicht, hoofd en handen volledig waren verminkt door littekens. Een echt monster. Iedereen dacht dat het littekens van brandwonden waren.'

Bij het horen van deze woorden verschenen er, als op een schermpje, andere woorden in de gedachten van Russell en Vivien. Woorden in een krankzinnige brief die een net zo krankzinnig persoon had gevonden.

Trotyl en napalm, dat ik helaas maar al te goed heb leren kennen...

Newborn boog zijn hoofd en keek naar zijn handen, misschien voelde hij zich ongemakkelijk over wat hij wilde zeggen. 'Mijn neef en ik hadden hem, met de wreedheid die jongens hebben, de bijnaam "het Spook van de Bouwplaats" gegeven, naar het Spook van de Opera.'

'Weet u zijn naam nog?'

'Nee, zeker niet.'

'Hebt u geen kopie van de loonstrookjes?'

'Het is al bijna twintig jaar geleden. Sommige documenten hoeven we niet zo lang te bewaren.'

Vivien zocht de meest geruststellende toon die ze kon vinden. 'Meneer Newborn, ik ben geen agent van de fiscale opsporingsdienst. Ik ben hier om een uiterst belangrijke reden. Elk mogelijk detail, hoe onbeduidend ook, kan voor ons van doorslaggevend belang zijn.'

Chuck Newborn zwichtte en deed de zwarte boeken van zijn bedrijf open. 'Destijds betaalden we bouwvakkers ook wel eens zwart, om de kosten te drukken. Nu zou dat niet meer mogelijk zijn, want gezien de omzet van het bedrijf zijn dergelijke trucjes niet aan te bevelen, of zelfs onmogelijk. Maar toen moesten we wel, om te overleven. Die mensen werden contant uitbetaald, zonder al te veel paperassen.'

'Herinnert u zich nog andere details over deze man?'

'Mijn vader sprak een keer 's avonds onder het eten over hem. Hij had zich aangeboden voor een prijs die hij en mijn oom erg voordelig vonden. Bovendien bleek hij behoorlijk goed te zijn. Terwijl ze voor de bouwplaats stonden te praten had deze man in een oogwenk, op het zicht, de hoeveelheid ijzer en cement voor de funderingen berekend.'

'En heeft hij daarna niet meer voor jullie gewerkt?'

'Nee. Meteen na afloop van de werkzaamheden aan het huis van Mistnick is hij weggegaan.'

Vivien dwong zichzelf niet zulke gesloten vragen te stellen. Ze gunde haar gesprekspartner, die steeds bezorgder leek naarmate het gesprek vorderde, een ogenblik rust.

'En wat kunt u me vertellen over het ongeluk?'

'Op een nacht ontplofte het huis, waarbij de majoor en zijn hele gezin om het leven kwamen. Nee, ik kan beter zeggen dat het implodeerde, het stortte perfect in elkaar, bijna zonder de gebouwen eromheen te beschadigen.'

Vivien keek naar Russell. Beiden dachten hetzelfde. De man had bij de berekening van de hoeveelheden voor de bom en de manier om deze tot ontploffing te brengen dezelfde duivelse kundigheid aan de dag gelegd die hij met het ijzer en cement had laten zien.

'Hebt u er destijds met de politie over gesproken?'

Als een donkere schaduw verscheen het schuldgevoel op het gezicht van Chuck Newborn. 'Ik ben bang van niet.'

Zijn reden was duidelijk. Die had hij zojuist glashelder verteld. Erover praten zou gelijk hebben gestaan aan zichzelf aangeven bij de fiscus, met alle gevolgen van dien. Vivien voelde woede opwellen als een zucht warme wind.

'En het is niet bij jullie opgekomen dat het gedrag van deze kerel ten minste verdacht was gezien de omstandigheden?'

Newborn boog zijn hoofd, zonder een geloofwaardige reden te vinden voor deze onbewuste vorm van medeplichtigheid: het stilzwijgen waarvan hij net werd beschuldigd.

Vivien zuchtte. Zoals ze ook had gedaan bij Carmen Montesa haalde ze een visitekaartje uit haar portefeuille, schreef haar gsm-nummer op de achterkant en gaf het aan de man. 'Dit was het voorlopig. Ik geef u mijn nummers. Als u nog iets te binnen schiet, laat u het mij dan weten, om het even hoe laat.'

De man nam het kaartje aan en keek er een ogenblik naar, alsof hij vreesde er een arrestatiebevel op te vinden. 'Natuurlijk, daar kunt u van op aan.'

'Tot ziens, meneer Newborn.'

Er klonk een bijna onhoorbare groet terug, zo zacht sprak hij. Vivien en Russell deden de deur open en gingen naar buiten. Geen van beide hadden ze de zekerheid, maar van binnen wisten ze allebei zeker dat de man met het verbrande gezicht die voor de grap het Spook van het Bouwterrein werd genoemd, de persoon was naar wie ze op zoek waren. Ze gingen de trap af en liepen naar de auto, een van de eigenaren van Newborn Brothers achterlatend met het gevoel iets ergs op zijn geweten te hebben, al wist hij niet wat. De uitleg zou heel eenvoudig zijn geweest, als ze die hadden kunnen geven. Maar misschien niet even eenvoudig om mee te leven.

Als Newborn Brothers destijds niet op de kosten had bespaard, zou deze man zijn gepakt en zouden er jaren later misschien tientallen mensenlevens gespaard zijn gebleven.

26

Russell en Vivien waren nog steeds op straat. De hemel was blauw geworden en de stad had de nieuwe aanval van de nacht ervoor in zich opgenomen door hem te verdoezelen in het verkeer en in een schijnbaar normale dag. Voor hun ogen zag Madison Square Park eruit zoals altijd op een mooie dag in dit seizoen. Gepensioneerden op zoek naar de zon, met honden op zoek naar struiken. Moeders met kinderen die nog te jong waren om naar school te kunnen gaan en pubers die te lui waren om naar school te willen gaan. In het midden wachtte een levend standbeeld, vermomd als het Vrijheidsbeeld, onbeweeglijk tot iemand een muntstuk in het blik gooide dat voor hem op de grond stond om hem te bedanken met een paar bewegingen. Terwijl ze naar dit vertrouwde schouwspel keek, kreeg Vivien het gevoel dat een van de mensen om haar heen zich opeens naar haar zou omdraaien en zijn met littekens misvormde gezicht zou tonen.

Ze hield Russell tegen, die al op de auto afliep. 'Heb je honger?'

'Niet echt.'

'We kunnen beter wat eten. Nu kan het, we moeten toch afwachten of het onderzoek van Bellew iets oplevert. Straks hebben we misschien geen tijd meer. Ik kan je uit ervaring verzekeren dat een rammelende maag niet goed is voor de concentratie.'

Op de hoek van het park, aan de andere kant van de straat, stond een grijs geschilderde kiosk waar hotdogs en hamburgers te koop waren. Het was bevallig in zijn eenvoud en ging ongemerkt op in zijn natuurlijke omgeving. Vivien wees op een rij wachtende mensen. 'Volgens de gidsen is dit de beste van New York. Tijdens de middag loopt de rij tot Union Square.'

'Oké. Laten we een hamburger nemen.'

Ze staken de straat over en gingen in de rij staan. Uiteindelijk vertaalde Vivien de vraag waar ze ongetwijfeld allebei mee rondliepen in woorden. 'Wat denk je van wat Newborn heeft gezegd? De man met de littekens, bedoel ik.'

Russell had een ogenblik nodig om zeggen tot welke conclusie hij was gekomen. 'Volgens mij is hij onze man.'

'Volgens mij ook.'

Hiermee verzegelden ze hun verantwoordelijkheid. Vanaf dit moment was dat de weg die ze met alle middelen die ze tot hun beschikking hadden moesten volgen. Als het de verkeerde weg zou blijken te zijn, zouden ze voor altijd, al dan niet terecht, de verantwoordelijkheid voor de dood van veel mensen op hun geweten hebben. Het exacte aantal lag in hun handen en in die van een gek die een oorlog voerde die hij had geërfd van een andere man die jarenlang dezelfde waanzin had gevolgd.

In de naam van de Vader...

Vivien was bijna zonder het te merken bij het loket gekomen. Ze betaalde voor twee cheeseburgers en twee flessen water. In ruil kreeg ze een kleine elektronische ontvanger waarmee zou worden gewaarschuwd wanneer haar bestelling klaar was.

Ze liepen weg van de kiosk en kwamen bij een bankje een eindje verderop. Russell ging met een somber gezicht zitten.

'Ik beloof je dat dit de laatste keer was.'

'Van wat?'

'Dat je voor mij betaalt.'

Vivien keek hem aan. Hij vond het oprecht vervelend. Ze wist dat hij zich vernederd voelde door deze situatie. In zeker opzicht was dat verbazingwekkend. Van de man die Russell Wade tot een paar dagen geleden was leek elk spoor te zijn verdwenen. Op slag, als een truc met een toverspreuk. Helaas leek ook de persoon met wie ze een nacht had doorgebracht te zijn verdwenen. Die nacht had het geleken of de tijd stilstond. Door een explosie was hij weer in gang geschoten.

Ze zei tegen zichzelf dat het stom was om te treuren om iets wat er nooit was geweest. Ze boog zich over het voorwerp dat ze in haar handen hield, zo groot als een afstandsbediening van een ouderwetse televisie. 'Kijk, hij moet zoiets gebruiken.'

'Wie, voor wat?'

'Degene die de bommen tot ontploffing brengt. Waarschijnlijk zendt hij met een vergelijkbaar apparaatje de signalen uit die de explosies veroorzaken.'

Terwijl ze naar dit onschuldige mechanisme van plastic en plexiglas keken, dat in bepaalde gevallen een dodelijk wapen kon worden, werden ze verrast door het gepiep van de ontvanger en schrokken ervan. Het was het signaal dat hun bestelling kon worden afgehaald. Russell stond op en pakte de ontvanger uit haar handen. 'Ik ga wel. Laat me dat tenminste doen.'

Vivien zag hoe hij naar het loket liep, de ontvanger teruggaf en in ruil daarvoor een dienblad met eten kreeg. Hij kwam naar haar terug en zette het plastic dienblad op het bankje tussen hen in. Ze haalden de hamburgers uit hun zakjes en begonnen in stilte te eten. Het eten was hetzelfde, maar de sfeer was heel anders dan toen ze samen op Coney Island hadden gegeten, met zijn tweeën aan zee. Toen had Russell haar in vertrouwen genomen en wist zij zeker dat ze hem begreep. Nu besefte ze dat ze alleen had begrepen wat ze wilde begrijpen.

De wolf die je het meest te eten geeft...

Het geluid van haar mobiele telefoon haalde haar uit deze gedachten en bracht haar terug naar het hier en nu. Ze bekeek het nummer op het scherm, zonder het te herkennen. Ze nam op. 'Rechercheur Light.'

Ze hoorde een bekende stem.

'Hallo, mevrouw Light. Met dokter Savine, een van de artsen van uw zus.'

Deze stem en deze woorden brachten beelden in haar herinnering. De kliniek Mariposa in Cresskill, Greta met haar lege blik die niets zag, de witte jassen die tegelijkertijd veiligheid en angst betekenden.

'Hallo, dokter.'

'Ik heb helaas geen goed nieuws voor u.'

Vivien wachtte zwijgend op wat kwam, onwillekeurig haar vuist ballend. De veiligheid was verdwenen en alleen de angst was overgebleven.

'De toestand van uw zus is plotseling verslechterd. We weten niet precies wat we kunnen verwachten en daarom weet ik niet precies wat ik u moet zeggen. Maar deze nieuwe ontwikkeling belooft niets goeds. Ik ben eerlijk, zoals u mij vanaf het begin heeft gevraagd.'

Vivien boog haar hoofd en liet de tranen over haar wangen stromen. 'Natuurlijk dokter, dank u wel. Ik kan op dit moment helaas niet komen.'

'Dat begrijp ik. Ik hou u op de hoogte, mevrouw Light. Het spijt me zeer.'

'Dat weet ik. Nogmaals bedankt.'

Ze hing op en stond abrupt op van het bankje, Russell achter zich latend en haar ogen afvegend met de rug van haar hand. Haar eerste impuls was om alles en iedereen in de steek te laten, de auto te pakken en naar haar zus te racen, om met haar de weinige momenten die ze nog hadden te delen. Maar dat kon ze niet. Voor het eerst in haar leven vervloekte ze haar werk, de plicht die haar als een kooi gevangenhield, de betekenis van deze politielegitimatie. Ze vervloekte de man die haar in zijn waanzin ver weg hield van wat ze het meest liefhad en die wat ze liefhad steeds verder weg deed lijken.

'We gaan.'

Russell begreep dat ze door slecht nieuws van haar stuk was gebracht. Iedereen zou dat begrijpen. Meegesleept door haar norse stem stond hij op van het bankje, gooide het dienblad leeg in de vuilniscontainer en volgde haar zwijgend naar de auto, zonder iets te vragen. Vivien was hem er dankbaar voor.

Net als op de heenweg keerden ze naar het bureau terug met sirene en zwaailicht; die maakten plaats voor hen in het verkeer, vormden een ticket voor een vergemakkelijkte reis die soms een hoge prijs kon hebben.

Zonder een woord te wisselen arriveerden ze op hun bestemming. De hele weg lang had Vivien gereden alsof het lot van de wereld afhing van de snelheid waarmee ze terugkeerde op het bureau, terwijl de auto's die ze tegenkwam en inhaalde af en toe schuilgingen achter het gezicht van haar zus.

Terwijl ze haar gordel losmaakte, vroeg Vivien zich af of ze op dat moment nog wel leefde. Ze hief haar blik op en keek naar Russell. Het drong tot haar door dat ze de hele rit was vergeten dat hij er was. 'Sorry. Het is geen goede dag voor me vandaag.'

'Dat maakt niet uit. Laat het me weten als ik wat voor je kan doen.'

Natuurlijk kun je wat voor me doen. Je kunt je armen om me heen slaan en me zomaar een meisje laten zijn dat op iemands schouder uithuilt en...

Ze wiste de gedachte met de klank van haar stem. 'Bedankt. Het gaat nu wel weer.'

Ze stapten uit de auto en liepen het bureau in. Haastig gingen ze naar boven, naar het kantoor van de hoofdinspecteur. Iedereen beschouwde de aanwezigheid van Russell ondertussen als vaststaand feit, al werd deze niet door iedereen aanvaard. Zonder er te diep op in te gaan had de hoofdinspecteur zijn mannen gezegd dat iemand op de hoogte was van de feiten en samen met Vivien aan een onderzoek werkte dat zijn volledige medewerking vereiste. Vivien wist dat haar collega's niet dom waren en dat iemand vroeg of laat ergens lucht van zou krijgen. Maar voorlopig, wrevel terzijde gelaten, volstond het om te doen alsof ze van niets wist totdat alles was opgelost.

Toen hij hen zag aankomen, hief de hoofdinspecteur zijn blik op van de documenten die hij aan het ondertekenen was. 'En?'

'Misschien hebben we een spoor.'

Bellew sloot meteen het dossier dat voor hem lag. Russell en Vivien gingen voor het bureau zitten. In weinig woorden vertelde Vivien over Newborn en het Spook van de Bouwplaats, een kerel met een misvormd gezicht die op verdachte wijze maar al te graag had willen meewerken aan de bouw van het huis van majoor Mistnick. Ze legde uit met welke perfectie het huis was ingestort en met welke nauwkeurigheid de springladingen moesten zijn geplaatst om dit resultaat te krijgen.

Bellew leunde naar achteren tegen de stoelleuning. 'Afgaand op de inhoud van de brief en de precisie van de meest recente explosies, zou dit wel eens de juiste man kunnen zijn.'

'Dat dachten wij ook.'

'Dus nu moeten we alleen nog nagaan of hij ook aan de andere bouwprojecten heeft meegewerkt en zijn naam achterhalen. Op welke manier, en hoelang dat zal duren, weet ik niet. Het is wel nuttig om in de tussentijd verder onderzoek te doen naar deze majoor. Ik zal navraag laten doen bij het leger. Wat ons betreft kan ik nog meedelen dat Bowman en Salinas me zojuist hebben gebeld vanaf Pike's Peak. Ze hebben het materiaal waarnaar we op zoek zijn. Ik denk dat ze gauw hier zullen zijn. Van de andere mannen die ik eropuit heb gestuurd heb ik nog geen nieuws.'

De telefoon op het bureau ging. Vivien zag aan het lampje op het toestel dat de oproep van beneden uit de hal kwam. De hoofdinspecteur stak zijn hand uit en bracht de hoorn naar zijn oor. 'Wat is er?' Hij bleef een moment luisteren. Toen viel hij uit. 'Jezus Christus, ik heb hem gezegd meteen naar mij te komen zodra ze terug waren. Hebben ze nu opeens een aanval van beleefdheid gekregen en laten ze zich aankondigen? Laat ze naar boven komen en snel ook.'

De hoorn keerde terug naar zijn natuurlijke plaats met ietwat meer kracht dan noodzakelijk. Het lampje ging uit.

'Stomkoppen.'

Vivien verbaasde zich over deze woede-uitbarsting. Gewoonlijk was Bellew bedaard, hij was zelfs eerder geneigd tot koelbloedigheid als hij onder druk stond. Iedereen op het bureau had wel eens te maken gehad met zijn kalme en koele stem, die de uitbrander die ze van hem kregen nog veel doeltreffender maakte. Een uitbarsting als deze was niets voor hem. Maar onmiddellijk daarop bedacht ze zich dat het in deze omstandigheden, met al deze doden die al waren gevallen en het vooruitzicht van nog meer doden, steeds moeilijker was om uit te maken of iets typisch voor iemand was.

Voorafgegaan door het geluid van stappen op de trap verschenen de silhouetten van twee agenten door het matglas van de deur. Bellew riep hardop en niet zonder een spoor van sarcasme 'binnen', nog voor een van de twee tijd had om te kloppen.

De agenten Bowman en Salinas kwamen bedrukt binnen, ieder met een grote kartonnen doos in zijn handen. De collega aan de balie moest ongetwijfeld hebben doorgegeven wat de hoofdinspecteur had gezegd.

Bellew wees op de vloer naast het bureau. 'Zet hier maar neer.'

Zodra de dozen op de grond waren gezet en de inhoud zichtbaar was, werd Vivien overvallen door moedeloosheid. Ze zaten vol computeruitdraaien. Als ook de kaartsystemen van de andere bedrijven zo'n massa documenten bevatten, zou het eeuwig duren om ze te vergelijken. Ze keek op naar Russell en zag dat hij hetzelfde dacht.

Bellew, die nog over de inhoud van de dozen gebogen zat, sprak de gedachte van hen allemaal hardop uit. 'Verdomme, dit lijkt de *Encyclopedia Britannica* wel.'

Bowman probeerde samen met zijn collega weer in achting te stijgen bij hun baas. Hij legde ook een dun vierkant doosje van zwart plastic op het bureau. 'We dachten dat behalve de papieren versie ook de digitale bestanden wel handig waren. Ik heb een cd met alle gegevens bemachtigd.'

'Uitstekend werk, jongens. Jullie kunnen gaan.'

Verlost door deze laatste opmerking van de hoofdinspecteur draaiden ze zich een tikkeltje opgelucht om naar de deur. Vivien bespeurde bij hen een nieuwsgierigheid naar dit onderzoek dat ze moesten doen zonder helemaal te weten waarom. Eigenlijk was bij iedereen een nieuwsgierigheid te bespeuren, naar de reeks ongebruikelijke zaken die het normale onderzoeksproces in de war stuurde: de aanwezigheid van Russell, de ongewone stress van de hoofdinspecteur, het zwijgen van Vivien, de geheimzinnigheid die rond het onderzoek hing. Het stond vast dat iedereen ondertussen wel had begrepen dat het direct te maken had met de twee explosies die er in de loop van drie dagen waren geweest. Ook aan die kant kon, met alle betrouwbaarheid van de wereld, een miniem gevaar bestaan en daarom was het uiterst belangrijk om snel te werk te gaan.

Russell was haar een fractie van een seconde voor door zijn twijfels op tafel te leggen. 'Om snel te werk te kunnen gaan, zijn er ontzettend veel mensen nodig.'

Als de hoofdinspecteur ook maar een moment ten prooi was gevallen aan dezelfde neerslachtigheid, was hij die nu al te boven gekomen. Zijn stem klonk positief en proactief terwijl hij het enig mogelijke antwoord gaf.

'Dat weet ik. Toch moeten we het koste wat het kost voor elkaar krijgen. Zolang de overige gegevens er nog niet zijn, kunnen we voorlopig niets doen. Dan vinden we wel een manier om het aan te pakken, al moeten alle agenten van New York eraan werken.'

Vivien stond op en pakte een dossier uit de doos. Ze ging weer zitten en legde het op schoot. Op de afwisselend witte en blauwe regels van de bladzijden stond een lange lijst namen, op alfabetische volgorde gerangschikt. Ze begon ze te doorlopen, om zich te ontdoen van dat gevoel van oponthoud dat iedereen door deze situatie had. Een eindeloze rij letters in een haast hypnotische opeenvolging schoten voor haar ogen voorbij.

A
Achieson, Hank
Ameliano, Rodrigo
Anderson, William
Andretti, Paul

en alle anderen tot op de bladzijde erna

B
Barth, Elmore
Bassett, James
Bellenore, Elvis
Bennett, Roger

en weer namen tot aan de volgende bladzijde

C
Castro, Nicholas
Cheever, Andreas
Corbett, Nelson
Cortese, Jeremy
Crow...

Viviens blik bleef plotseling steken bij die laatste naam. In haar verbeelding nam hij gigantische afmetingen aan. Onmiddellijk daarop
verbond ze hem aan een voldane glimlach, toen zij de arme Elisabeth Brokens als oud vuil had behandeld. Met een ruk stond ze op,
waardoor het dossier op de grond viel.

Ze had slechts twee woorden voor de verbaasde blikken van
Russell en Bellew. 'Wacht hier.'

Ze liep haastig naar de deur en vloog zo snel als mogelijk was,
zonder op elke trede haar nek te breken, de trap af. Ze trilde van
opwinding en voelde een lichte euforie van de adrenaline, die plotseling in haar bloedbaan terecht was gekomen. Na zo veel keren
'misschien' en 'als', na een oneindige reeks van 'ik weet het niet
meer', had ze eindelijk een klein beetje geluk. Biddend dat deze
hoop, louter en alleen ontstaan door het stomste toeval, geen illusie zou blijken na controle van de feiten, kwam ze aan in de hal.

Ze stak de hal over en ging naar buiten door de glazen deur. Op de trap stopte ze en ze keek snel om zich heen. Een auto met twee agenten erin reed achteruit om de parkeerplaats naast de ingang van het bureau te verlaten. Vivien wenkte hen en rende de paar treden van de trap af. Bij de auto aangekomen zag ze de weerspiegeling van de lucht verdwijnen van het glas van het raampje dat door de agent werd neergelaten.

'Ik moet een lift hebben naar Third Avenue, op de hoek met 23rd Street.'

'Stap maar in.'

Ze opende de achterdeur en ging zitten op de plaats die normaal gesproken bestemd was voor arrestanten. Vivien was echter te gehaast om dit bizarre detail op te merken.

'Zet de sirene aan.'

Zonder uitleg te vragen zette de agent achter het stuur het zwaailicht aan en vertrok resoluut, met licht gierende banden. De rit van drie blokken leek eindeloos te duren, zo ongedurig was ze om er te komen. Toen ze de oranje plastic afzethekken van de bouwplaats weer zag, dacht ze terug aan de ontdekking van het lijk van Mitch Sparrow, een zaak die slechts een nieuw dossier in de kaartenbak leek te zijn, maar het begin was geweest van dit krankzinnige verhaal. En misschien van doorslaggevend belang zou blijken om het te beëindigen. Het leek erop dat de waanzin van de zaak en van de mens de rode draad was die feiten en personen met elkaar verbond.

De auto stond nog niet helemaal stil of Vivien had het portier al geopend en maakte aanstalten om uit te stappen.

'Bedankt, jongens. Deze houden jullie van me tegoed.'

Het antwoord hoorde ze niet, ook hoorde ze de auto niet wegrijden. Ze stond al naast een bouwvakker die zojuist door de opening in de afrastering was gekomen. Haar duidelijke haast en bondigheid leken hem in verwarring te brengen.

'Waar kan ik de heer Cortese vinden?'

De man wees naar een punt aan de andere kant van de omheining. 'Hij kwam achter mij naar boven.'

Een moment later verscheen Jeremy Cortese. Hij droeg hetzelfde jack als op de dag dat ze elkaar hadden ontmoet. Hij herkende haar meteen toen hij haar op hem af zag komen. Het is moeilijk om iemand te vergeten die je herinnert aan de ontdekking van een lijk.

'Hallo, mevrouw Light.'

'Meneer Cortese, ik moet u nog enkele vragen stellen.'

Enigszins onthutst, ook omdat hij geen andere keus had, stelde hij zich ter beschikking. 'Zegt u het maar.'

Vivien deed een paar stappen opzij. De plek waar ze stonden diende als doorgang voor de bouwvakkers die ze zouden kunnen storen in hun werk of door wie ze gestoord zouden kunnen worden. Ze ging voor Cortese staan en sprak haar vraag zo duidelijk mogelijk uit, alsof zij en deze man twee verschillende talen spraken. 'Ik wil dat u diep in uw geheugen graaft. Ik weet dat het jaren geleden is, maar uw antwoord is belangrijk. Heel belangrijk.'

De man gaf met een knik te kennen dat hij het begrepen had en wachtte zwijgend op wat komen ging. Vivien bedacht dat hij wel een deelnemer van *Who wants to be a millionaire?* leek, zo geconcentreerd was hij.

'Ik weet dat u voor het bedrijf heeft gewerkt dat het gebouw in Lower East Side heeft gebouwd, waar afgelopen zaterdag de aanslag is gepleegd.'

Een schaduw van angst en onrust trok over het gezicht van de bouwopzichter. Deze paar woorden hadden hem zonet duidelijk gemaakt dat de politie onderzoek naar hem deed. Hij liet zijn schouders wat hangen en de toon van zijn stem gaf uiting aan zijn gevoel van onbehagen. 'Mevrouw, voor u verdergaat, wil ik u een vraag stellen. Heb ik een advocaat nodig?'

Vivien probeerde hem op zijn gemak te stellen en zo geruststellend mogelijk te klinken. 'Nee, u hebt geen advocaat nodig. Ik weet heel goed dat u er niets mee te maken hebt. Ik wil alleen een paar zaken weten.'

'Ga uw gang.'

De vraag leek zijn nog verwarde blik te bevriezen.

'Kunt u zich herinneren of er onder de mannen die met u aan dat gebouw hebben gewerkt iemand was met een door littekens verminkt gezicht en hoofd?'

Het antwoord kwam meteen, zonder aarzeling.

'Ja.'

Viviens hart sprong op. 'Weet u het zeker?'

Na de eerdere zware klap voor zijn gemoedsrust leek Cortese nu gerustgesteld door de wending die het gesprek had genomen. Hij leek dolgraag te willen antwoorden, om dit gesprek te kunnen opbergen bij zijn minder aangename herinneringen.

'Hij zat niet in mijn ploeg maar ik herinner me dat ik verschillende keren een man ben tegengekomen wiens gezicht op zo'n manier verwoest was. Ik moet zeggen dat een dergelijk gezicht wel opvalt.'

Vivien hield haar adem in. 'Weet u nog hoe hij heette?'

'Nee. Ik heb zelfs nooit met hem gesproken.'

De teleurstelling kwam en verdween onmiddellijk weer uit Viviens hoofd, verdreven door de betovering van een idee. 'Hartelijk dank, meneer Cortese. Duizendmaal dank. U hebt geen idee hoezeer u me hebt geholpen. Gaat u maar weer rustig aan het werk.'

Nauwelijks had Vivien hem een hand gegeven of ze draaide zich al om en liet een verbijsterde en opgeluchte man midden op straat achter. Ze pakte haar mobiele telefoon en koos het directe nummer van de hoofdinspecteur.

Ze gaf hem niet eens de tijd zijn naam te zeggen. 'Alan, met Vivien.'

'Wat is er aan de hand? Waar ben je gebleven?'

'Je kunt je mannen terugroepen. Het onderzoek naar de namen is niet meer nodig.' Ze wachtte een ogenblik, zodat de nieuwsgierigheid van Bellew gericht was op wat ze hem wilde vragen.

'Je moet zoveel mogelijk mensen op elk ziekenhuis in New York afsturen. Ze moeten naar alle oncologieafdelingen gaan om na te gaan of er het afgelopen anderhalf jaar een man met een gezicht dat is misvormd door littekens van brandwonden is overleden.'

Nu de kanker zijn werk heeft gedaan en ik ergens anders ben...

Bellew kende, net als Vivien en Russell, deze brief inmiddels uit zijn hoofd. Viviens opwinding sprong over op hem.

'Je bent geweldig, meid. Ik stuur mijn mannen er meteen op uit. We wachten hier op je.'

Vivien verbrak de verbinding en stopte haar telefoon terug in haar zak. Terwijl ze met flinke pas naar het bureau terug liep, te midden van de menigte, zou ze er alles voor over hebben gehad om een willekeurige vrouw te zijn te midden van willekeurige mensen.

Maar bij iedere persoon die ze tegenkwam vroeg ze zich bevreesd af of het iemand was die ze zou verliezen, of iemand die ze zou redden. Ook voor hen hield ze hoop. Misschien had de man die een spoor van bommen had achtergelaten, als de kiezels uit een noodlottig sprookje, bij zijn dood net als alle mensen ook een naam en een adres achtergelaten.

27

Priester McKean baande zich met tegenzin een weg door de menigte in het Boathouse Café. Zijn gezicht droeg de onmiskenbare sporen van een slapeloze nacht, doorgebracht voor de televisie om met de gulzigheid van een dorstige de beelden van het scherm op te zuigen en deze tegelijkertijd uit zijn hoofd te weren als een afschuwelijke gedachte.

Ik ben God...
Deze woorden bleven door zijn hoofd klinken, als de walgelijke soundtrack bij de beelden die in gedachten steeds weer voorbij bleven komen. De verwoeste auto's, de beschadigde huizen, het vuur, de gewonde en met bloed besmeurde mensen. Een arm, door het geweld van de explosie losgerukt van een lichaam dat op het wegdek lag, genadeloos vastgelegd door de camera's.

Hij haalde diep adem. Hij had lang gebeden, om troost en verlichting gevraagd waar hij die gewoonlijk vond. Want het geloof was altijd zijn troost geweest, de plek van waar hij elke keer vertrok en weer aankwam, hoe zijn weg er ook uitzag. Dankzij het geloof was zijn avontuur met de gemeenschap begonnen en dankzij de resultaten die hij met veel jongeren had behaald, had hij het zich veroorloofd te dromen. Andere Joys, andere huizen verspreid over de hele staat waarin jongeren die in de ban van de drugs waren geraakt de mogelijkheid zouden krijgen het gevoel kwijt te raken dat ze een nachtvlinder voor een kaars waren. De jongeren waren, vanaf een bepaald moment, zijn kracht geweest.

Deze ochtend had hij echter, toen hij tussen hen rondliep, geprobeerd zijn pijn te verbergen, door te glimlachen wanneer van hem werd verlangd te glimlachen en te antwoorden wanneer van hem werd verlangd te antwoorden. Maar zodra hij alleen was, viel alles weer op hem neer, als voorwerpen die lukraak in een kast waren gepropt. Voor het eerst in zijn leven als priester wist hij niet wat hij moest doen.

Hij had zich al eens eerder in deze situatie bevonden. Toen hij

273

nog in de wereld leefde, voordat hij had begrepen dat hij zijn leven wilde wijden aan het dienen van God en zijn medemens. Hij had toen zijn twijfels en angsten weggenomen door te kiezen voor de rust van het seminarie. Deze keer was het anders. Hij had zonder al te veel verwachtingen kardinaal Logan gebeld. Als hij in New York was geweest, had hij hem opgezocht, meer om morele steun te krijgen dan voor het krijgen van een goedkeuring waarvan hij wist dat die nooit zou komen. Niet binnen de tijd en onder de voorwaarden die nodig zouden zijn. Hij kende de ijzeren regels, die voor de relatie met de gelovigen golden, goed. Het was een van de onwrikbare dingen uit hun geloof, het was de zekerheid van iedereen om zich met een gerust gemoed en zonder vrees tot het sacrament van de biecht te wenden. Om reiniging van hun zonden te krijgen in ruil voor berouw. Maar de kerk veroordeelde hem als priester tot stilzwijgen en veroordeelde zo honderden mensen ter dood, als deze aanslagen bleven duren.

'Dus u bent de beroemde eerwaarde McKean, de stichter van Joy.'

De priester draaide zich om in de richting van de stem. Hij bevond zich voor een lange vrouw van omstreeks de veertig, met donkere en onberispelijk gekapte haren. Ze was te zwaar opgemaakt, te chic en misschien ook te rijk. Ze droeg twee glazen gevuld met een drank die champagne moest zijn.

De vrouw wachtte niet op zijn bevestiging. Ze had het trouwens niet gevraagd, maar eerder geconstateerd. 'Ik had gehoord dat u een zeer charismatisch en boeiend man was. En dat klopt.'

Ze reikte hem een van de glazen aan. Verward door deze woorden nam McKean het glas werktuiglijk aan. Hij had de indruk dat als hij het niet tussen zijn vingers had genomen, de vrouw het glas toch had losgelaten en het op de grond zou zijn gevallen.

'Ik heet Sandhal Bones en ben een van de organisatoren van de tentoonstelling.'

De vrouw schudde de hand die hij had uitgestoken en hield hem iets langer vast dan nodig was. Naast alle gemoedstoestanden die hem al kwelden voelde de priester zich nu ook nog ongemakkelijk. Hij wendde zijn blik af en keek hoe de belletjes vanaf de bodem van het champagneglas driftig naar het oppervlak stegen.

'Dus u bent een van onze weldoensters?'

Mevrouw Bones probeerde dit te bagatelliseren, maar slaagde daar niet erg goed in.

'Weldoenster lijkt me een groot woord. Laten we het erop houden dat ik graag een handje help waar dat nodig is.'

Zonder enige zin bracht de priester het glas naar zijn mond en nam een klein slokje. 'Het is dankzij personen als u dat Joy blijft bestaan.'

'En dankzij personen als u dát het bestaat.'

Ze kwam naast hem staan en pakte hem bij zijn onderarm. Hij hoorde het geritsel van haar kleren en tegelijkertijd drong een verfijnd en ongetwijfeld zeer prijzig parfum zijn neusgaten binnen.

'En nu gaan we naar de werkstukken van uw protegés kijken. Ik hoor veel goeds over ze.'

Mevrouw Bones bewoog zich soepel door de menigte. Ze begaf zich naar de andere kant van de veranda, aan het water.

Het Boathouse Café was een stijlvol restaurant midden in Central Park, via de East Drive verbonden met de rest van de stad. Het was een gebouw dat uit één verdieping bestond en een gevel had met grote glaswanden, waardoor de gasten met uitzicht op het water en het groen konden dineren. Met mooi weer werden op het terras, dat zich langs de gehele gevel uitstrekte, tafels gedekt om buiten te kunnen eten.

Hier organiseerde een comité waarvan McKean nooit de naam onthield een tentoonstelling van schilderijen, sculpturen en ambachtelijk vervaardigde voorwerpen voor alle jongeren die in gelijksoortige instellingen als Joy verbleven. Om hun de kans te geven persoonlijk met de mensen te communiceren, in plaats van alleen via hun werkstukken. Toen deze mogelijkheid door zijn hoofd was geflitst, had McKean er met Jubilee Manson en Shalimar Bennett over gesproken. De twee waren nog maar halverwege een moeilijk traject, maar uiteindelijk was hij er, samen met John, van overtuigd geraakt dat deze ervaring de twee jongeren alleen maar goed kon doen.

Shalimar was een blank meisje uit een gewoon gezin. Ze hadden haar onder dwang weggerukt van de heroïne en een neiging tot zelfverminking, waardoor haar armen waren getekend door littekens. McKean zou het zelfs niet toegeven als hij aan een inquisitie werd onderworpen, maar ze was zijn lieveling. Ze had een vertederend gezicht dat om bescherming vroeg. En als iemand haar complimenteerde met haar werk dat het midden hield tussen beeldhouwkunst en sieraden, leek er licht uit haar ogen te stralen. Originele en kleurrijke armbandjes, kettingen, oorbellen, allemaal gemaakt van de meest uiteenlopende eenvoudige materialen.

Jubilee, een zwarte jongen van zeventien, kwam daarentegen uit een gezin waar regels waren afgeschaft en waar aanvallen de dagelijkse overlevingsstrategie was geworden. De moeder was een prostituee en de vader was doodgestoken tijdens een vechtpartij. Zijn broer Jonas gaf zichzelf uit voor rapper en had de artiestennaam Iron7 aangenomen. In feite stond hij aan het hoofd van een bende die van drugshandel en prostitutie zijn werkterrein had gemaakt. Toen de moeder in Jubilees kamer crackpillen had gevonden, had ze begrepen dat haar jongste zoon op weg was in de voetsporen van zijn broer te treden. In een moment van helderheid, gegrepen door een goede intuïtie, had ze hem naar Joy gebracht, bij priester McKean. Dezelfde middag nog had ze zelfmoord gepleegd.

Na de eerste moeilijkheden had Jubilee zich goed aangepast aan het leven van de gemeenschap en kort na zijn komst had hij een opmerkelijke liefde voor de figuratieve kunsten aan de dag gelegd die werd aangemoedigd en verder ontwikkeld. Nu werden enkele van zijn interessantste werken, al waren die bitter en moesten ze in perspectief worden gezien, voor de gelegenheid in Central Park tentoongesteld.

De priester en zijn begeleidster kwamen in het gedeelte waar drie doeken van Jubilee op ezels stonden. Hij werd duidelijk geïnspireerd door de popart en in het bijzonder door Basquiat, maar zijn gevoel voor kleur en originaliteit verried de mogelijkheid van een grootse en positieve evolutie.

De jonge schilder stond naast zijn werken. Mevrouw Bones stond zo voor de schilderijen dat ze in één oogopslag een oordeel kon vellen. 'En hier hebben we onze jonge artiest.'

Ze bekeek de werken met een aandachtige blik, waarin zeker ook een tikkeltje verbijstering lag. 'Nou, ik ben geen kunstcriticus en dit is zeker geen Norman Rockwell. Maar ik moet zeggen, ze zijn... ze zijn...'

'Explosief?'

Na deze suggestie knipoogde McKean naar Jubilee, die moeite

had om zijn lachen in te houden. Mevrouw Bones draaide zich om naar de priester, alsof dit woord haar verheldering bood. 'Inderdaad. Dat is de juiste definitie. Ze zijn explosief.'

'Dat vinden we allemaal.'

Na het ego van de artiest te hebben gestreeld en aan de zucht van zijn begeleidster om mecenas te spelen te hebben voldaan, begon hij zijn aanwezigheid ongemakkelijk te vinden. Een stukje verderop zag hij John Kortighan, die met een groep mensen stond te praten. Hij wierp hem een blik toe waarin hij wanhopig om hulp vroeg.

Zijn rechterhand werd zich bewust van de situatie. Hij ontdeed zich van het groepje waarmee hij stond te praten en liep naar hen toe.

McKean begon zich voorzichtig los te maken. 'Mevrouw Bones...'

Als reactie kreeg hij een blik waarin iets te veel met de wimpers werd geknipperd.

'U kunt me Sandhal noemen, als u wilt.'

Op dat moment kwam John naast hen staan en hij bevrijdde hem van het ongemak.

'Mevrouw Bones, dit is John Kortighan, mijn naaste medewerker. Hij is grotendeels verantwoordelijk voor het goed functioneren...'

Terwijl hij hem voorstelde draaide McKean zijn hoofd naar John, die met zijn rug naar het water stond. Zijn blik werd afgeleid, ging over de propvolle veranda heen en stopte bij het fietspad dat links langs het meertje liep. Met de handen in de zakken van zijn spijkerbroek stond daar een man met een groene legerjas. McKean voelde hoe hem de adem werd benomen en een vlaag warmte naar zijn gezicht steeg. Hij slaagde er werktuiglijk in zijn zin af te maken. '...van onze kleine gemeenschap.'

John, diplomatiek als altijd, stak zijn hand uit. 'Het is een genoegen u te ontmoeten, mevrouw Bones. Ik weet dat u grotendeels verantwoordelijk bent voor dit evenement.'

Als in trance drong het lachje van de vrouw tot hem door.

'Zoals ik al tegen eerwaarde McKean zei, ben ik altijd bereid iets voor mijn medemens te doen.'

McKean hoorde de zin van ver weg komen, alsof hij door de ruimte en de mist werd gedempt. Hij kon zijn blik niet afhouden van die man die daar alleen tussen de langsrijdende fietsen stond en in zijn richting keek. Hij zei tegen zichzelf dat zulke jassen veel gedragen werden en dat een evenement als dit de nieuwsgierigheid van om het even wie zou wekken. Het was normaal dat iemand stil bleef staan om te kijken wat daar gebeurde. Ondanks deze poging om zichzelf gerust te stellen wist hij dat het niet zo was. Hij zag dat dit niet zomaar een man was, maar de man die hem in de biechtstoel zijn dodelijke plan had toegefluisterd, samen met die paar godslasterende woorden.

Ik ben God...

De gezichten en het geroezemoes en de mensen om hem heen vervaagden. Hij bleef alleen achter met deze verontrustende figuur die zijn aandacht, zijn gedachten en zijn blik gevangenhield. Zijn verlangen naar mededogen. Op een bepaalde manier was hij er zeker van dat deze man hem had gezien en dat hij van al deze mensen hem aankeek.

'Neem me niet kwalijk.'

Hij hoorde niet eens wat John en mevrouw Bones antwoordden. Hij had zich al van hen losgemaakt en baande zich een weg door de menigte, naar de andere kant van de veranda, terwijl hij de donkere blik van deze onbekende die bij hem was binnengedrongen als een voorbode van rampspoed, nu en dan uit het zicht verloor. Het was zijn bedoeling om naar hem toe te gaan en te proberen met hem te praten, hem tot rede te brengen, ook al wist hij dat dit een hopeloze onderneming was. Van zijn kant probeerde de man hem met zijn blik te blijven volgen, in afwachting, alsof hij met dezelfde bedoeling naar het Boathouse Café gekomen was.

Plotseling stond McKean tegenover twee zwarte mannen die hem de weg versperden. De ene was iets korter dan hij en had een donsjack met capuchon aan dat een paar maten te groot was en duidelijk ongeschikt voor het seizoen. Hij droeg een zwarte pet met de klep naar achter, een spijkerbroek en een paar zware sneakers. Op zijn borst fonkelde een gouden ketting.

De man achter hem was enorm. Het leek zelfs onmogelijk dat iemand met deze omvang zich kon bewegen. Hij was geheel in het zwart gekleed en had een soort bandana om zijn hoofd die wel wat weg had van een haarnet dat mannen vroeger 's nachts gebruikten om hun haar plat te houden.

De dunste man duwde een hand tegen McKeans borstkas en hield hem tegen. 'Waar ga je heen, kraai?'

Geïntimideerd door dit obstakel draaide de priester automatisch zijn hoofd naar rechts. De man met de groene jas stond er nog en bekeek de situatie uitdrukkingsloos. Tegen zijn zin richtte hij zijn aandacht weer op de persoon voor hem. 'Wat wil je, Jonas? Ik geloof niet dat jij uitgenodigd bent.'

'Iron7 heeft geen uitnodiging nodig om tussen deze eikels rond te lopen. Toch, Dude?'

De reus knikte slechts met een stalen gezicht ter bevestiging.

'Goed, nu je hebt laten zien hoe flink je bent, kun je volgens mij weer gaan.'

Jonas Manson glimlachte, waarbij een klein diamantje in zijn voortand tevoorschijn kwam. 'Hé, momentje, priester. Hebben we haast? Ik ben de broer van een van de kunstenaars. Mag ik niet net als alle anderen zijn werk bekijken?'

Hij keek rond en zag achter McKean Jubilee bij zijn schilderijen staan en toelichting geven aan enkele mensen. 'Kijk, daar is mijn jongen.'

De man die zich Iron7 liet noemen schoof de priester opzij en ging die kant op, gevolgd door het indrukwekkende gevaarte van Dude, voor wie de aanwezigen automatisch opzij gingen. McKean ging hen achterna, in een poging de situatie onder controle te houden.

De rapper kwam bij de schilderijen staan en zonder zijn broer zelfs maar te groeten nam hij overduidelijk een pose aan om ze te bestuderen. Toen hij hem aan zag komen, kon Jubilee geen woord meer uitbrengen. Hij deed een stap naar achter en begon te beven.

'Nou, sterk hoor. Echt heel sterk. Wat vind je Dude?'

Opnieuw bevestigde de dikzak zijn woorden met een knik, zonder iets te zeggen.

John, die de ernst van de situatie inzag, kwam dichterbij en probeerde tussen Jonas en zijn broer te gaan staan. 'Jullie mogen hier niet zijn.'

'O, ja? En wie zegt dat? Jij, slappe lul?' De rapper draaide zich om naar de reus en glimlachte naar hem. 'Dude, laat die zeikerd eens oprotten.'

De enorme hand van de man kwam naar voren en pakte John bij

de boord van zijn overhemd. Dude trok hem naar zich toe alsof hij niets woog en duwde hem achteruit, zodat hij tegen de balustrade stootte. McKean kwam tussenbeide om elke mogelijke reactie, die de situatie alleen maar erger zou kunnen maken, tegen te houden. Als er een gevecht zou ontstaan, zouden er wel eens slachtoffers kunnen vallen.

'Laat maar, John. Ik handel het wel af.'

Jonas liet een platvloerse lach ontsnappen. 'Goed zo. Handel jij het maar af.'

Ondertussen was het leeg geworden om hen heen. Alle mensen die in de buurt stonden wisten weliswaar niet precies wat er aan de hand was, maar hadden wel door dat ze beter uit de buurt konden blijven van deze twee bonte personen met hun onbehouwen gedrag en louche uiterlijk.

'Jij en ik moeten het over zaken hebben, priester.'

'Wij kunnen geen gemeenschappelijke zaken hebben, Jonas.'

'Laat die trots maar achterwege. Ik weet dat het slecht bij jullie gaat. Ik kan een handje helpen. Ik dacht dat zo'n twintig ruggen wel van pas zouden komen.'

McKean vroeg zich af van wie deze gangster had gehoord over de financiële problemen van Joy. Zeker niet van zijn broer, die hem meed als de pest en doodsbang voor hem was. Natuurlijk zou twintigduizend dollar op dit moment een godgeschenk zijn in de lege kas van de gemeenschap. Maar die zou niet van deze man kunnen komen, met zijn verleden.

'Je kunt je geld houden. Wij redden het alleen wel.'

Jonas richtte zijn wijsvinger op zijn borst. Hij begon ermee te hameren alsof hij zijn borstbeen wilde doorboren. 'Weiger je mijn geld? Vind je het soms vuil?'

Hij zweeg, alsof hij moest nadenken over wat hij net had gehoord en wat dit betekende. Hij richtte zijn blik weer op McKean. 'Dus mijn geld is niet oké...'

Toen wees hij op de mensen rondom hen en barste in woede uit. 'Maar het geld van deze eikels wel, hè? Deze mannen in hun nette pakken die er zo keurig uitzien zijn degenen die hun geld uitgeven aan de hoeren en het andere spul dat ik verkoop. En deze vrouwen, die eruitzien als onschuldige dametjes, zijn degenen die alle zwarte lullen pakken die ze maar kunnen vinden.'

Er klonk geroezemoes en gejammer achter hen. Zonder zich om te draaien had de priester begrepen dat een van de aanwezige vrouwen was flauwgevallen. De rapper bleef zijn gal spuwen. 'Ik wilde alleen maar goeddoen. Mijn broertje helpen, en die kloteplek van jullie.' Jonas Manson stak een hand in zijn zak en toen hij hem weer tevoorschijn haalde, had hij een mes vast. McKean hoorde hoe het met een scherpe klik openknipte en zag het lemmet in het licht fonkelen. De stemmen rondom werden luider en gingen over in aanhoudend geklos van stappen op het houten terras. Er bovenuit klonken de hysterische angstkreten van enkele vrouwen.

Met het mes in zijn hand draaide Jonas zich om naar Jubilee, die hem doodsbang aankeek. 'Heb je dat gehoord, broertje? Deze zwarte kraai voelt zich heel wat.'

Jubilee deed nog een stap achteruit, terwijl Jonas op de schilderijen af liep. McKean maakte een beweging om hem tegen te houden, maar Dude reageerde met een voor zijn omvang indrukwekkende wendbaarheid. Hij sloeg zijn armen om zijn bovenlichaam en hield hem vast. Toen hij hem tegen zich aan klemde, voelde de priester hoe de pijn door zijn spieren schoot en de lucht uit zijn longen werd geperst en niet meer terug kon.

'Hou je gemak, priester. Dit zijn familiezaken.'

Jonas draaide zich weer om naar Jubilee, die op het punt leek te staan om flauw te vallen. 'Nou, zeg je niets? Laat je dit stuk stront zomaar je broer beledigen?'

Met een snel gebaar en een geluid van scheurend stof maakte hij een lange schuine haal op het doek dat voor hem stond. Hij wilde hetzelfde doen met het volgende schilderij, toen rechts van hen een stem klonk.

'Goed, jongens, het is leuk geweest. Nu dat mes omlaag en op de grond gaan liggen.'

McKean draaide zijn hoofd om en zag een agent in uniform die op het grasveld stond en een pistool op Jonas gericht hield. De rapper keek hem onverschillig aan, alsof er dagelijks een pistool op hem werd gericht.

De politieagent maakte een ongeduldig gebaar met zijn wapen. 'Heb je me gehoord? Ga op de grond liggen met je handen op je hoofd. En jij, gorilla, laat die man los.'

McKean voelde de druk verslappen en ademde zo diep mogelijk in. Dude liet los en liep naar zijn baas. Langzaam, alsof ze zo vriendelijk waren om toe te geven en niet werden gedwongen, gingen ze op de grond liggen met de handen boven hun hoofd.

Terwijl de agent hen onder schot hield en om versterking riep via de radio, draaide de priester, eindelijk bevrijd, zich om naar het meertje. Angstvallig zocht hij de oever en het fietspad af, op zoek naar iemand die hij niet kon vinden. Zijn nachtmerrie, de man met de groene jas, was verdwenen.

28

Vivien luisterde ongerust naar het geluid van de motor dat veranderde toen de helikopter daalde. Ze hield niet van vliegen. Ze hield er niet van zich over te leveren aan een onbekend vervoermiddel waarover ze geen controle had, dat haar deed opschrikken bij elke turbulentie en haar onrustig maakte bij elke verandering van de omwentelingen van de rotor. Ze boog voorover naar het raampje om te zien hoe de grond dichterbij kwam. Zwevend in de duisternis die de hele aarde leek te hebben opgeslokt, zag ze onder zich de lichtjes van de wereld. Het triomfantelijke licht van een grote stad en de lichtjes eromheen, van de kleine centra die als satellieten verder weg lagen. De helikopter helde over en maakte een snelle draai naar rechts. Beneden, recht voor de neus van het toestel, bakenden lichtsignalen de landingsbaan van een klein vliegveld af.

Plotseling klonk de gedempte stem van de piloot in de koptelefoon. Ze hadden de hele tijd geen woord gewisseld. 'We gaan zo dadelijk landen.'

Vivien nam deze boodschap met plezier aan. Ze hoopte dat ze op de terugreis een resultaat had waarmee ze in een andere gemoedstoestand aan deze reis in de leegte en de donkerte kon beginnen.

Halverwege de vlucht waren ze verrast door de duisternis. Vivien had de noodzaak ingezien van een toestel dat op instrumenten vloog, ook al vond ze het onbegrijpelijk dat de piloot iets kon ontcijferen uit dat stelsel van gekleurde schermen dat hij voor zich had. Hoe kwam hij eruit?

Naast haar, leunend tegen het raampje aan zijn kant, met zijn hoofd licht naar achter gebogen, sliep Russell. Hij had de koptelefoon afgezet en snurkte zacht. Vivien bleef een paar tellen naar hem kijken, in de weerkaatsing van de lampjes van het bedieningspaneel. Het beeld veranderde in dat van zijn hoofd op het kussen, zijn regelmatige ademhaling in het halfduister, de avond waarop ze was opgestaan om naar het raam te lopen. De avond waarop de wereld was ontploft, in alle opzichten.

Alsof dit beeld met geweld in zijn slaap werd geworpen, opende Russell zijn ogen.

'Ik moet in slaap zijn gevallen.'

'Tenzij je ook snurkt als je wakker bent, denk ik van wel.'

Hij draaide zich gapend om naar het raam om naar buiten te kijken. 'Waar zijn we?'

'We zijn aan het dalen. We zijn er.'

'Oké.'

Vivien richtte zich weer op het terrein onder hen dat zich, na hun korte afwezigheid, opmaakte om hen weer te ontvangen, al was het kilometers van de plaats waar ze waren vertrokken. Ze voelde hoe de dringende noodzaak haar als een draaikolk naar beneden trok en hoe de verantwoordelijkheid veel zwaarder op haar drukte dan de lucht boven haar.

Na het gesprek met Jeremy Cortese hadden ze bijna de rest van de dag nodig gehad om tot een resultaat te komen. Bellew had contact opgenomen met Willard, de korpschef, die onmiddellijk de nodige ondersteuning voor dit soort onderzoek beschikbaar had gesteld. Een onbepaald aantal agenten had zich over de grote en kleine ziekenhuizen van Manhattan, de Bronx, Queens en Brooklyn verspreid.

RFL-*code.*

Het onderzoek was uitgebreid naar de ziekenhuizen van New Jersey, waarvoor steun werd gevraagd van de lokale politie. Zij hadden met zijn drieën afgewacht in het kantoor op de tweede verdieping, ieder in beslag genomen door zijn eigen spookbeelden en zijn eigen dubieuze middelen om deze te verdrijven.

Vivien had haar tijd verdeeld tussen haar verlangen dat de telefoon van de hoofdinspecteur zou rinkelen en de angst dat haar mobiele telefoon zou gaan, met slecht nieuws van de kliniek waar Greta lag. Russell zat in een leunstoel en had zijn benen op het tafeltje voor hem gelegd. Hij staarde voor zich uit en legde een abstractievermogen aan de dag waartoe zij niet in staat was. Bellew was de hele tijd rapporten blijven lezen, maar Vivien wilde wedden dat hij geen enkel woord van wat op de bladzijden stond in zich had opgenomen. De stilte was een spinnenweb geworden waaruit nie-

mand zich wilde bevrijden. Praten zou alleen maar tot meer gis-
werk en hoop hebben geleid en op dit moment was het enige bruik-
bare een concrete boodschap uit de werkelijkheid.

Toen de telefoon op het bureau begon te rinkelen, kondigde het
licht dat van buiten op de muren scheen de naderende zonsonder-
gang aan. De hoofdinspecteur had de hoorn naar zijn oor gebracht
met een snelheid die Vivien, ondanks de omstandigheden, aan een
tekenfilm deed denken.

'Bellew.'

Het stalen gezicht van de hoofdinspecteur had de spanning op de
gezichten van Russell en Vivien niet weggenomen.

'Wacht.'

Hij pakte pen en papier en Vivien zag dat hij haastig iets op-
schreef wat hem gedicteerd werd.

'Geweldig werk, jongens. Mijn complimenten.'

De hoorn lag nog niet op de haak of Bellew had zijn hoofd al op-
geheven en haar de notitie aangereikt. Vivien pakte deze aan als een
voorwerp dat tot voor kort in het vuur had gelegen.

'We hebben een naam. Van het Samaritan Faith Hospital in
Brooklyn. Een paar verpleegsters die daar dienst hadden herinner-
den zich een soortgelijke man nog heel goed. Ze zeggen dat hij een
waar monster was, van kop tot teen verminkt. Hij is ruim zes
maanden geleden overleden.'

Vivien boog zich over het papier dat ze in haar handen hield. In
het schuine en snelle handschrift van Bellew stond er

Wendell Johnson – Hornell NY 7 juni 1948
140 Broadway Brooklyn

Vivien vond het ongelooflijk dat een schaduw waarop ze tevergeefs
hadden gejaagd opeens een man met een naam en een adres en een
geboortedatum was geworden. Maar net zo ongelooflijk was het
aantal slachtoffers dat verbonden was met deze naam en vele ande-
re zouden hier nog bij kunnen komen en dit aantal opdrijven.

Terwijl ze las, was Bellew al in actie gekomen. Zijn geest werd op
dat moment, net als die van de anderen, gevoed met haast en vrees.
Hij had de telefooncentrale al aan de lijn. 'Verbind me door met de
politie van Hornell, in de staat New York.'

Terwijl hij wachtte op de verbinding had hij de luidspreker aangezet, zodat iedereen mee kon luisteren. Er klonk een professionele stem uit de kleine luidspreker van het toestel. 'Politie van Hornell. Wat kan ik voor u doen?'

'Met hoofdinspecteur Alan Bellew van het dertiende district van Manhattan. Met wie spreek ik?'

'Met agent Drew.'

'Ik moet uw baas spreken. Zo snel mogelijk.'

'Een momentje, meneer.'

Hij werd in de wacht gezet, op de achtergrond klonk een melodie van de telefooncentrale. Even later kwam hier een diepe stem met een veel rijpere klank dan die van de vorige voor in de plaats. 'Hoofdinspecteur Caldwell.'

'U spreekt met hoofdinspecteur Alan Bellew van de New Yorkse politie.'

Aan de andere kant was het even stil. Het noemen van de stad riep in die dagen meteen het beeld op van brandende gebouwen en afgedekte lijken.

'Goedenavond, hoofdinspecteur. Wat kan ik voor u doen?'

'Ik heb informatie nodig over een zekere Wendell Johnson. Volgens mijn gegevens is hij op 7 juni 1948 in Hornell geboren. Hebt u iets over hem in de dossiers?'

'Momentje.'

Er klonk alleen het geluid van vingers die snel over een toetsenbord rammelden. Even later weer de stem van hoofdinspecteur Caldwell.

'Ja, hier. Wendell Bruce Johnson. Ik zie hier dat het enige feit een arrestatie is wegens rijden onder invloed in mei 1968. Verder heb ik niets over hem.'

'Alleen dat?'

'Nog een momentje, alstublieft.'

Opnieuw het geluid van vingers over het toetsenbord en vervolgens weer zijn stem.

Vivien stelde zich een gezette man voor die geconfronteerd werd met een technologie die te ingewikkeld voor hem was. Zijn enige doel was waarschijnlijk zoveel mogelijk boetes uit te schrijven om zijn salaris te verantwoorden voor de gemeenteraad.

'Samen met hem is ook een zekere Lester Johnson opgepakt wegens verzet.'

'De vader of de broer?'

'Uit zijn geboortedatum af te leiden denk ik zijn broer. Ze schelen maar één jaar.'

'Weet u of deze Lester nog in Hornell woont?'

'Helaas ben ik niet van hier en ben ik hier pas net begonnen. Ik ken nog niet zo veel mensen. Als u me nog een paar seconden geeft, ga ik het meteen na.'

'Dat zou erg nuttig zijn.'

Vivien las op Bellews gezicht de neiging om uit te leggen dat alle seconden samen dagen en maanden vormden. En zij deden hun best om in die penibele situatie uren te vinden. Ondanks alles antwoordde hij kalm en beleefd.

'Ik vind geen Wendell Johnson in het telefoonboek, maar wel een Lester Johnson, op Fulton Street 88.'

'Uitstekend. Ik stuur een paar mensen met een helikopter. Wilt u zorgen voor een plek waar ze kunnen landen?'

'We hebben Hornell Municipal Airport.'

'Perfect. Ze komen zo snel mogelijk. Dan heb ik uw hulp nodig.'

'Wat u maar wilt.'

'Het zou geweldig zijn als u ze persoonlijk zou kunnen opwachten. Verder is het van het grootste belang dat dit gesprek vertrouwelijk blijft. Zeer vertrouwelijk, begrijpt u?'

'Jazeker.'

'Tot gauw, dan.'

Bellew had het gesprek beëindigd en Vivien en Russell aangekeken. 'Zoals jullie hebben gehoord, moeten jullie een reisje maken. Ik stuur in de tussentijd een team naar Brooklyn om een huiszoeking te doen op het adres van deze Johnson. Het is pro forma, want ik denk niet dat we er iets zullen vinden, maar in een zaak als deze mogen we geen enkel detail uit het oog verliezen.'

Binnen een kwartier had Bellew de ondersteuning van een voor deze nachtvlucht uitgeruste helikopter gevraagd en gekregen. Vivien en Russell waren razendsnel met een auto naar een voetbalveld in 15th Street gebracht, aan de oever van East River. De helikopter was kort daarna gekomen, een uit de kluiten gewassen log insect dat zich behendig door de lucht bewoog. Ze waren nauwelijks opgestegen of hij maakte al geen deel meer uit van de aarde. De stad was een aaneenschakeling van huizen en spitsen in de diepte ge-

worden tot deze achter hen verdween. Ze waren als in slow motion in het duister gedoken en alleen een steeds dunner wordende streep licht aan de horizon had hen aan het bestaan van de zon herinnerd.

De piloot zette het toestel zonder schokken aan de grond, naast een smal en lang gebouw dat werd verlicht door een rij lantaarns. Op een open plek aan de linkerkant stonden verschillende kleine sportvliegtuigjes. Cessna, Piper, Socata en andere modellen, die Vivien niet kende. Toen ze het portier opende, kwam een politiewagen die naast het gebouw had staan wachten naar hen toe gereden.

De wagen stopte en er kwam een man in uniform uit. Hij was lang, tegen de veertig en had een snor en peper-en-zoutkleurig haar. Hij kwam met de onverstoorbare en slungelige tred van een basketballer op hen af. Terwijl ze zijn hand schudde en hem aankeek, moest Vivien toegeven dat ze te gemakkelijk over hem had geoordeeld toen ze zijn stem door de telefoon had gehoord. Hij straalde vertrouwen uit en wekte de indruk dat hij zijn functie niet onterecht bekleedde.

'Hoofdinspecteur Caldwell.'

Zijn handdruk was beslist en precies.

'Rechercheur Vivien Light. Dit is Russell Wade.'

De twee mannen begroetten elkaar met een hoofdknik. Op een bepaalde manier was ook het hoofd van de politie van Hornell aangestoken door de haast die hen voortdreef. Hij wees meteen naar zijn auto. 'Zullen we gaan?'

Ze stapten in de auto en vertrokken al toen ze nog bezig waren de gordels vast te maken. Ze reden weg van de luchthaven en even later lieten ze de lichten van de startbaan achter zich, terwijl ze de Route 36 in zuidelijke richting opreden.

'Fulton Street is niet ver. De straat ligt in het noorden van Hornell. Over een paar minuten zijn we er.'

Er was niet veel verkeer op dit tijdstip maar toch deed hoofdinspecteur Caldwell het zwaailicht aan. Vivien vond het nodig iets te verduidelijken. 'Ik wil u vragen om het zwaailicht uit te doen als we in de buurt zijn. Ik kom liever onaangekondigd aan.'

'Oké.'

Ook al stierf hun chauffeur van nieuwsgierigheid, hij liet niets merken. In stilte reed hij verder, zijn gezicht verlicht door de zwakke weerkaatsing van het dashboard. Vivien voelde de aanwezigheid van Russell op de achterbank, zwijgzaam en schijnbaar afwezig. Maar uit wat ze op zijn computer had gelezen herinnerde ze zich dat achter deze verstrooide blik het vermogen school om op een pakkende manier kanten te belichten en gemoedstoestanden te beschrijven. Hij slaagde erin om iets wat hij had meegemaakt zo over te brengen dat iemand die het las het gevoel had erbij te zijn geweest. Het was een volstrekt andere manier om een onderwerp te behandelen, anders dan iedere andere benadering die ze ooit in een krantenartikel had gezien.

En God wist hoezeer er ook behoefte was aan de waarheid. Nadat de gevolgen van de aanslagen waren beschreven en gedocumenteerd en nadat was onderzocht wie ze zou kunnen opeisen, zou de pers algauw een gewelddadige campagne ontketenen tegen het politieapparaat en de andere onderzoeksinstanties, door hen ervan te beschuldigen dat ze niet in staat waren om de veiligheid van de burgers te garanderen. Een misdaad als deze, die de hele stad verwoestte, zou algauw zijn weerslag hebben op de politiek en een geldig excuus verschaffen aan iedereen die Willard of de burgemeester of wie dan ook zou willen aanvallen. Iedereen met maar een greintje gezag en betrokkenheid bij deze zaak, zij inbegrepen, zou worden belaagd door die wervelstorm die zich van bovenaf oncontroleerbaar naar beneden zou storten.

De telefoon in haar zak ging. Op het schermpje zag ze dat het de mobiele privételefoon van Bellew was. Ze nam op met de absurde hoop dat hij zou zeggen dat alles voorbij was. 'Ja, Alan?'

'Waar zijn jullie?'

'We zijn net geland. We rijden nu naar het huis van het subject.'

Op dat moment waren namen en personen verloren gegaan. Ieder spoor van identiteit was weggevallen en vervangen door koude en onpersoonlijke woorden, die ervoor zorgden dat ze geen menselijk wezen in het vizier hadden, maar slechts 'het subject', of 'een verdacht persoon'.

'Perfect. Wat ons betreft, wij hebben iets vreemds ontdekt, wat ik niet uit kan leggen.'

'Wat dan?'

'We zijn in het huis van Wendell Johnson geweest. We hebben er niemand aangetroffen natuurlijk. Maar deze kerel, die wist dat hij zich in een terminaal stadium bevond, had voor hij in het ziekenhuis werd opgenomen de huur een jaar vooruit betaald.'

'Vreemd.'

'Dat vond ik ook.'

Hoofdinspecteur Caldwell deed het zwaailicht op het dak uit. Vivien begreep dat ze bijna op hun bestemming waren aangekomen.

'Alan, we zijn er. Ik bel je zodra ik nieuws heb.'

'Oké. Tot straks.'

De auto sloeg links af en nadat ze voorbij een rij gelijk uitziende huizen waren gekomen, stopte hij aan het einde van deze korte straat die Fulton Street heette. Naast hen bevond zich nummer 88, een huisje dat, voor zover ze dat konden zien, toe was aan een nieuwe lik verf. Ook het dak kon wel een opknapbeurt gebruiken. Er kwam licht door de ramen en Vivien was blij dat ze niemand wakker hoefde te maken. Ze wist dat het in dat geval heel wat langer zou duren voordat ze met iemand kon praten die echt wakker was.

'Hier is het.' Ze stapten zwijgend uit de auto en liepen achter elkaar het pad naar de deur op. Vivien liet de plaatselijke politieman voorgaan, om zijn gezag te respecteren.

Caldwell drukte op de bel naast de deur. Even later drong er licht door de smalle matglazen raampjes aan weerszijden. Iemand kwam op blote voeten met lichte en snelle tred dichterbij en opende kort daarna de deur. Een blond en sproetig kind van ongeveer vijf jaar liet zich in de deuropening zien. Met verbazing maar zonder angst keek hij naar de man in uniform die boven hem uit torende.

Caldwell boog licht voorover en sprak op een rustige en vriendelijke toon. 'Hallo, knul. Hoe heet je?'

Het kind reageerde argwanend op deze gesprekspoging. 'Ik heet Billy. Wat willen jullie?'

'We moeten Lester Johnson spreken. Is hij thuis?'

Het kind rende weg, waardoor de deur wijd open kwam te staan.

'Opa, de politie is er.'

Ze keken in een gang die uitkwam op de trap naar de bovenverdieping. Rechts was een kleine vestibule en links een deur waar het kind rennend door verdween. Even later kwam er een energiek uitziende man van in de zestig met een blauw overhemd en verbleekte spijkerbroek uit. Hij had nog dik haar en waakzame ogen die een voor een de personen buiten bij de deur monsterden. Vivien bedacht dat dit in sommige gevangenissen de tenue van de gevangenen was.

Ze liet de agent in uniform het woord doen. Het was zijn terrein en Vivien was het hem verschuldigd. Ze hoopte dat hij op het juiste moment zou aanvoelen dat hij zich moest terugtrekken.

'Lester Johnson?'

'Ja, dat ben ik. Wat willen jullie?'

Deze zin leek tot het vaste taalgebruik van de familie te behoren, want ook het kind had hen zo aangesproken.

'Ik ben hoofdinspecteur Caldwell. Ik –'

'Ja, ik weet wie u bent. Maar wie zijn zij?'

Vivien besloot dat dit het moment was om naar voor te treden. 'Ik ben rechercheur Vivien Light, van de New Yorkse politie. Ik moet u even spreken.'

Lester Johnson nam haar kort op, een snel, bevredigend examen dat ook en vooral haar uiterlijk omvatte. 'Oké, kom maar.'

Hij leidde hen door de deur waar hij uit was gekomen en het kind door was verdwenen. Ze kwamen terecht in een ruime woonkamer, met banken en fauteuils. Op een ervan zat Billy naar tekenfilms te kijken op een televisie met een plat beeldscherm. Hoewel de buitenkant van het huis er uit had gezien alsof het wel een opknapbeurt kon gebruiken, was er in het interieur veel zorg besteed aan de keuze van de stoffen en het behang in natuurlijke kleuren. Vivien bedacht dat dit wel de hand van een vrouw moest zijn.

Lester Johnson sprak zijn kleinzoon streng toe. 'Billy, het is bedtijd.'

Het kind draaide zich om en probeerde voorzichtig te protesteren. 'Maar opa...'

'Ik zei dat het bedtijd is. Geen gezeur, maar naar je kamer.'

De stem van de opa duldde geen uitzonderingen. Het kind deed de televisie uit en liep hen boos voorbij. Zonder iemand te groeten verdween hij om de hoek. Even later hoorden ze hoe het geluid van zijn blote voeten op de trap steeds zwakker werd en uiteindelijk verdween.

'Mijn zoon en schoondochter zijn een avondje uit. En ik ben iets strenger voor de kleine dan zijn ouders.' Na deze laconieke uiteenzetting over zijn privéleven wees hij op de bank en de fauteuils. 'Ga zitten.'

Vivien en Caldwell gingen op de bank zitten en Lester Johnson op de fauteuil er tegenover. Russell koos de fauteuil die het verst weg stond.

Vivien besloot meteen ter zake te komen. 'Meneer Lester, bent u familie van een zekere Wendell Johnson?'

'Dat was mijn broer.'

'Waarom zegt u "was"?'

Lester Johnson maakte een vage beweging met zijn schouders. 'Omdat hij begin 1971 naar Vietnam is vertrokken en ik sindsdien niets meer van hem heb gehoord. Hij is nooit dood verklaard en ook niet als vermist in de strijd opgegeven. Wat betekent dat hij levend uit de oorlog is gekomen. Als hij zich niet meer wilde laten zien of horen, moet hij dat weten. In elk geval is hij al heel erg lang mijn broer niet meer.'

Vivien voelde hoe een broederrelatie op die manier werd verbroken en keek automatisch naar Russell. Zijn blik had zich een moment verhard, maar meteen daarop nam hij weer de houding aan die hij voor zichzelf had gekozen, namelijk zwijgen en luisteren.

'Werkte Wendell, voor hij vertrok, in de bouw?'

'Nee.'

Deze enkele lettergreep klonk Vivien als een slechte voorspelling in de oren. Ze nam haar toevlucht tot valse hoop. 'Weet u dat zeker?'

'Juffie, ik ben misschien oud genoeg om een beetje seniel te zijn. Maar niet zo erg dat ik me niet meer kan herinneren wat mijn broer deed voordat hij vertrok. Hij wilde muzikant worden. Hij speelde gitaar. Hij zou nooit werk hebben gedaan waarmee hij het gevaar liep zijn handen te verpesten.'

Viviens ongemakkelijkheid veranderde langzamerhand in koelheid. Uit de binnenzak van haar jack haalde ze de foto's die hen naar Hornell hadden gebracht. Ze overhandigde ze aan de man die tegenover haar zat.

'Is dit Wendell?'

Lester boog voorover om ze te bekijken, zonder ze aan te pakken. Zijn antwoord kwam na een seconde en leek voor eeuwig te duren. 'Nee. Deze man heb ik nog nooit gezien.' Hij ging weer tegen de rugleuning van zijn leunstoel zitten.

De stem van Russell, die tot dat moment had gezwegen, verraste alle aanwezigen in de kamer. 'Meneer Johnson, als dit niet uw broer is, kan hij misschien een dienstmakker zijn. Gewoonlijk stuurden alle jongens die in Vietnam terechtkwamen foto's van zichzelf in uniform naar huis. Soms stonden ze er alleen op, maar vaak met een groep vrienden. Deed hij dat toevallig ook niet?'

Lester Johnson keek hem doordringend aan, alsof deze vraag zijn hoop dat deze indringers zijn huis zo snel mogelijk zouden verlaten, de grond inboorde.

'Wacht even. Ik kom zo terug.'

Hij stond op en Vivien zag hem de deur uit lopen. Het leek of hij oneindig lang wegbleef. Toen hij terugkwam, had hij een kartonnen doos in zijn handen. Hij reikte Vivien de doos aan en ging weer zitten.

'Hier, in deze doos zitten alle foto's die ik nog van Wendell heb. Er moet er ook een van Vietnam in zitten.'

Vivien opende de doos. Hij zat vol met foto's, sommige in kleur, andere in zwart-wit. Ze nam ze snel door. Het onderwerp was steeds hetzelfde. Een vriendelijke uitziende, blonde jongen, alleen of met vrienden. Achter het stuur van een auto, als kind op een pony, met zijn broer, met zijn ouders, met lange haren, bijeengehouden door een band, met zijn armen om een gitaar. Ze had ze bijna allemaal doorlopen toen ze hem vond. Een zwart-witfoto met twee soldaten voor een tank. De ene was de glimlachende jongen die ze meerdere keren op de vorige foto's had gezien. De ander was de jongen van de foto's die in hun bezit waren en een kat met drie poten naar de lens hield.

Vivien draaide hem om en vond op de achterkant een vervaagde tekst:

The King en Little Boss

geschreven in een onregelmatig handschrift dat voor haar één kenmerk had: het was volstrekt anders dan dat van de brief die het begin van de waanzin had aangekondigd. Ze gaf de foto aan Russell, zodat hij het resultaat van zijn intuïtie kon zien. Toen ze hem terug had, gaf ze hem aan Lester Johnson.

'Wat betekent de tekst aan de achterkant?'

De man pakte de foto en keek eerst naar de voorkant en vervolgens naar de achterkant. '"The King" was de bijnaam die Wendell zichzelf voor de grap had gegeven. Ik neem aan dat "Little Boss" hetzelfde voor de andere jongen is.'

Hij gaf het rechthoekige kiekje dat de sporen van de tijd droeg, terug aan Vivien. 'Sorry dat ik zei dat ik hem nog nooit had gezien. Ik denk dat ik deze foto's dertig jaar geleden voor het laatst heb bekeken.'

Hij ging weer met zijn rug tegen de leuning zitten en Vivien betrapte hem op natte ogen. Misschien was zijn cynische houding slechts een vorm van zelfbescherming. Misschien had het feit dat hij nooit meer iets van zijn broer had gehoord hem wel harder getroffen dan hij wilde toegeven. En zij was hier gekomen om een oude wond open te rijten.

'Hebt u echt geen idee wie deze persoon naast Wendell kan zijn?' De man schudde zwijgend zijn hoofd. Zijn zwijgen was meer waard dan duizend woorden. Het betekende dat hij deze avond zijn broer opnieuw was kwijtgeraakt. Het betekende dat zij het enige echte spoor dat ze hadden, waren kwijtgeraakt.

'Mogen we deze foto houden? Ik beloof u dat u hem terugkrijgt.' 'Goed.'

Vivien stond op. De anderen begrepen dat ze geen reden meer hadden om in dit huis te blijven. Lester Johnson leek al zijn energie te hebben verloren. Hij vergezelde hen in stilte naar de deur, wellicht overpeinzend hoe weinig er voor nodig is om herinneringen tot leven te wekken en hoeveel pijn deze kunnen doen.

Op het moment dat Vivien naar buiten wilde gaan, hield hij haar tegen. 'Mag ik u iets vragen?'

'Ga uw gang.'

'Waarom zijn jullie naar hem op zoek?'

'Dat kan ik niet zeggen. Maar één ding kan ik wel met volle zekerheid zeggen.' Ze wachtte even om te benadrukken wat ze hem ging vertellen. 'Het is niet omdat hij dat niet wilde, dat uw broer niets meer van zich heeft laten horen. Uw broer is omgekomen in Vietnam, samen met andere jongens als hij.'

Ze zag de borst van de man omhooggaan toen hij ademhaalde. 'Dank u. Goedenavond.'

'U bedankt, meneer Johnson. Zegt u Billy gedag namens ons. Het is een prachtig kind.'

Toen de deur achter hen dichtging, was ze blij dat ze zijn twijfels had kunnen wegnemen en dat ze hem alleen lieten om zonder getuigen enkele tranen te kunnen laten om zijn broer. Terwijl ze naar de auto liep, bedacht ze dat voor hen de zekerheid echter nog ver te zoeken was. Ze was in Hornell gekomen met de overtuiging dat ze een eindpunt zou vinden. In plaats daarvan was ze op een nieuw en onzeker vertrekpunt gestuit.

Oorlogen gaan voorbij. Haat duurt eeuwig.

Deze zin van Russell schoot door haar hoofd toen ze het portier opende. De haat die jarenlang was gekoesterd had een man ertoe aangezet om een stad met bommen te bezaaien. Deze haat had een ander ertoe aangezet om ze te laten ontploffen. Haar illusie om in een andere gemoedstoestand terug te keren naar New York was door de realiteit uiteengespat. Ze wist dat ze de hele terugreis lang zou denken aan de gevolgen van dit krankzinnige spel dat de oorlog was en aan hoe deze, jaren later, nog steeds in staat was om slachtoffers te maken.

29

Toen de wekker ging, deed Vivien niet onmiddellijk haar ogen open. Ze bleef in bed liggen om te genieten van het contact dat haar lichaam maakte met de lakens, met een loomheid die het gevolg was van een nacht waarin ze niet had uitgerust, maar waarin ze onvast geslapen had. Ze bewoog zich en merkte dat ze schuin in het bed lag, een teken dat de onrust, die haar in haar half-slaap honderd keer van houding had doen veranderen, was gebleven – ook nadat ze in slaap was gevallen. Ze stak een hand uit om de wekker uit te zetten. Het was negen uur. Ze rekte zich uit en haalde diep adem. Het kussen naast haar rook nog vagelijk naar Russell. Of ze beeldde zich dit in, wat nog erger was.

In het halfduister wierp ze een blik op het vertrouwde landschap van haar slaapkamer. Het vervolg van het onderzoek lag nu niet bij haar en Bellew had haar aangeraden een nacht rust te nemen. Ze glimlachte bij deze woorden. Alsof het mogelijk was om te rusten met op haar nachtkastje de mobiele telefoon, die elk moment kon gaan om nieuws te brengen waarvoor je het hoofd onder de dekens zou willen stoppen en zou wensen dat je duizend jaar en duizend kilometer hier vandaan wakker kon worden.

Ze stond op, deed een ochtendjas van zachte badstof aan, pakte de telefoon en liep op blote voeten naar de keuken. Ze begon koffie te zetten. In tegenstelling tot haar gewoonte had ze deze ochtend geen trek in ontbijt. Alleen al bij het idee van voedsel draaide haar maag zich om. En dan te bedenken dat de laatste keer dat ze had gegeten met Russell was, bij de kiosk in Madison Square Park.

Russell...

Terwijl ze de filter in het koffiezetapparaatje deed, voelde ze een vlaag van woede. Met wat er aan de hand was, met een gek die buiten rondliep en dreigde de halve stad op te blazen, met Greta die in wanhopige toestand in het bed van een kliniek lag, leek het haar noch mogelijk noch terecht dat er in haar hoofd nog ruimte was om aan deze man te denken.

De avond ervoor, toen ze terugkwamen van Hornell, was hij met haar mee naar huis gekomen, had zijn spullen gepakt en was weggegaan. Hij had niet gevraagd of hij kon blijven. Zij wist dat ze een afwijzing zou krijgen als ze het zou voorstellen. Voordat hij naar buiten was gegaan, was hij op de drempel blijven staan en had zich naar haar omgedraaid. Met die donkere ogen waarin behalve droefheid vastberadenheid lag. 'Ik bel je morgenochtend.'

'Oké.'

Enkele seconden lang was ze onbeweeglijk voor de gesloten deur blijven staan, slechts een van de vele waar ze op dit moment voor stond.

Ze schonk een kop koffie in die, hoeveel suiker ze er ook aan zou toevoegen, nog altijd te bitter zou zijn. Ze zei tegen zichzelf dat wat was gebeurd zo vaak in het leven gebeurde. Te vaak, misschien. Het was een nacht geweest die vervuld was van de unieke liefde die de tijd niet met een laag rijp bedekte, die 's avonds ontvlamde om de ochtend erna met de zon weer te doven. Hij had het zo opgevat en zij moest het op dezelfde manier opvatten.

Maar als dat de prijs is om jou te krijgen, dan graag...

'Rot op, Russell Wade.'

Ze sprak haar ban hardop uit. Met tegenzin dronk ze haar koffie terwijl ze tegen de bar leunde. Ze dwong zichzelf aan iets anders te denken.

Op Hornell Municipal Airport, kort voordat de helikopter opsteeg om hen terug naar New York te brengen, had ze Bellew gebeld om hem op de hoogte te brengen van het slechte nieuws. Nadat ze alle feiten op een rijtje had gezet, had een korte stilte aan de andere kant van de lijn haar duidelijk gemaakt dat Bellew een verwensing inslikte.

'We moeten dus weer vanaf nul beginnen.'

'We kunnen nog één spoor volgen.'

'Welke dan?' Er klonk een licht wantrouwen in de stem van de hoofdinspecteur.

'We moeten teruggaan naar de periode van de Vietnamoorlog. We moeten absoluut weten wat er met de echte Wendell Johnson is gebeurd en met deze andere jongen die Little Boss werd genoemd. Het is het enige houvast dat ons rest.'

'Ik zal de chef bellen. Ik denk niet dat we op dit tijdstip nog wat kunnen doen, maar ik zal ervoor zorgen dat er morgenvroeg meteen aan wordt gewerkt.'

'Oké, hou me op de hoogte.'

Het antwoord werd gesmoord door de rotor die de lucht naar onder en naar boven begon te stuwen. Zij en Russell waren ingestapt en de hele rit lang had geen enkel geluid hard genoeg geleken om hun stilte te verbreken.

De telefoon naast haar ging. Alsof hij werd opgeroepen door haar gedachten verscheen op het schermpje het nummer van Bellew. Vivien nam op. 'Hier ben ik.'

'Hoe gaat het?'

'Het gaat. Heb je nieuws?'

'Ja. Maar geen goed nieuws.'

Ze wachtte zwijgend op de koude douche die komen ging.

'Willard heeft vanochtend vroeg contact opgenomen met het leger. De naam Wendell Johnson is militair geheim. Ik kan geen toegang tot zijn dossier krijgen.'

Vivien voelde de hitte van de woede door haar lijf gieren. 'Maar ze zijn gek. In een zaak als deze –'

De stem van Bellew onderbrak haar. 'Ik weet het. Maar je vergeet twee dingen. Ten eerste kunnen we niet in detail treden over waar we aan werken. En als we dat al zouden doen, zou het ten tweede een te zwak spoor zijn om opeens die muur te laten vallen. De korpschef heeft in vertrouwen om interventie van de burgemeester gevraagd, die de president kan raadplegen. Maar in elk geval zijn er procedures die zelfs de belangrijkste man van Amerika een minimum aan tijd kosten. En als Russell gelijk heeft, is tijd juist hetgeen we niet hebben.'

'Het is krankzinnig. Al die dode mensen...' Haar onafgemaakte zin was meer dan voldoende om te verwijzen naar de mensen die nog konden sterven.

'Inderdaad. Maar we kunnen nu niets doen.'

'Verder nog nieuws?'

'Iets kleins, waar jij persoonlijk tevreden over kunt zijn. Het DNA-onderzoek heeft uitgewezen dat de man in de muur inderdaad Mitch Sparrow is. Dat had je goed gezien.'

Op een ander moment zou dit een teken van succes zijn. Een geïdentificeerd slachtoffer en zijn moordenaar die al gestraft was door een rechtvaardigheid die hun begripsvermogen te boven ging. Nu voelde ze slechts een troosteloze schrale trots.

Vivien probeerde te reageren op haar moedeloosheid. Er was nog iets wat ze in de tussentijd kon doen. 'Ik wil een kijkje nemen in het appartement van deze man.'

Ze wilde Wendell Johnson zeggen, maar besefte dat deze naam geen betekenis meer had. Ook voor hen was hij nu weer het Spook van de Bouwplaats geworden.

'Ik heb tegen de mannen gezegd nergens aan te komen. Ik wist dat je dit zou doen. Ik stuur een agent om je op te wachten met de sleutels.'

'Prima. Ik ga er meteen heen.'

'Iets merkwaardigs nog. In heel het appartement zijn nauwelijks vingerafdrukken gevonden. En van de weinige die er zijn, komt er niet één overeen met die van Wendell Johnson die ik van hoofdinspecteur Caldwell toegestuurd heb gekregen.'

'Betekent dit dat hij heeft schoongemaakt?'

'Misschien. Of dat onze man geen vingerafdrukken had. Waarschijnlijk verdwenen door zijn brandwonden.'

Een spook. Zonder naam, zonder gezicht, zonder vingerafdrukken. Een man die zelfs na zijn dood weigerde een identiteit aan te nemen. Vivien vroeg zich af wat deze ongelukkige figuur moest hebben meegemaakt en wat voor leed hij had doorstaan om te worden wat hij was geworden, in zijn lichaam en zijn geest. Ze vroeg zich af hoe lang hij de maatschappij om hem heen, die zijn leven had afgepakt en niets in ruil had gegeven, had vervloekt. Over hóé hij haar had vervloekt, bestond geen twijfel. Tientallen doden waren meer dan voldoende bewijs hiervan.

'Oké. Ik ga.'

'Hou contact.'

Vivien hing op en stak de telefoon in de zak van haar badjas. Ze spoelde haar kopje af in de gootsteen en zette het op het afdruiprek om te drogen. Ze ging naar de badkamer en draaide de douchekraan open. Even later, genietend van de lauwe druppels op haar blote huid, kon ze zich niet ontdoen van de gedachte dat dit hele verhaal in zijn dramatiek aan het groteske grensde. Niet omdat het resultaat ongrijpbaar was, maar omdat het lot het steeds weer nieuwe bespottelijke vluchtwegen bood, de verrassende schuilplaatsen die de waarheid wist te vinden.

Ze stapte onder de douche vandaan, droogde zich af en deed schone kleren aan. Toen ze het vuile wasgoed van de dag ervoor in de wasmand deed, meende ze de geur van de ontgoocheling te ruiken, die in haar verbeelding naar dode bloemen rook.

Toen ze klaar was, pakte ze de telefoon en belde Russell. Een onpersoonlijke stem zei haar dat de telefoon uitstond of niet bereikbaar was. Vreemd. Het leek haar onmogelijk dat hij zich met zijn drang om mee te doen, de kans die hij had gekregen en de scherpzinnigheid die hij tijdens het onderzoek had laten zien, deze onverschilligheid zou permitteren. Misschien sliep hij nog. Mensen met een losbandig leven ontwikkelden altijd de eigenschap om op commando en tot het uiterste te slapen, net zoals ze er in slaagden de normale grenzen te overschrijden als ze wakker waren.

Jammer voor hem...

Ze zou wel alleen naar het appartement gaan om het te doorzoeken. Ze was eraan gewend om zo te werken en het leek haar nog altijd de beste manier. Vivien liep de trap. Buiten werd ze opgewacht door de zon en de blauwe hemel die de aarde deze dagen bleef vleien.

Toen ze bij haar parkeerplaats kwam, zag ze Russell naast de auto staan.

Hij stond met zijn rug naar haar toe. Ze zag dat hij zich ook had omgekleed, aangezien zijn kleren eruitzagen alsof ze te lang in een tas hadden gezeten. Hij stond naar de rivier te kijken, waar een aak, voortgetrokken door een sleepboot, kalm tegen de stroom in voer. In dit beeld lag een boodschap van overwinning tegen het vijandig gezinde lot die op dat moment moeilijk te delen was.

Toen hij voetstappen achter zich hoorde, draaide Russell zich om. 'Hoi.'

'Hoi. Ben je hier al lang?'

'Een tijdje.'

Vivien wees naar haar deur, even verderop.

'Je kon ook naar boven komen.'

'Ik wilde je niet storen.'

Vivien dacht bij zichzelf dat hij eigenlijk niet alleen met haar wilde zijn. Dat was misschien de juiste uitleg voor zijn woorden. In elk geval zou de betekenis van de dingen niet veranderen door dit na te vragen. 'Ik heb je gebeld en je telefoon stond uit. Ik dacht dat je het had opgegeven.'

'Dat kan ik me niet veroorloven. Om een hele reeks redenen niet.'

Vivien vond het moment ongelegen om te vragen welke dat waren. Ze deed de Volvo van het slot en opende het portier. Russell liep naar de andere kant en ging op de passagiersplaats zitten. Terwijl ze de motor startte, vroeg hij naar hun bestemming.

'Waar gaan we heen?'

'Broadway 140, in Brooklyn. Naar het huis van het Spook van de Bouwplaats.'

Ze voegde in op West Street in zuidelijke richting. Even later lieten ze de ingang van de Brooklyn Battery Tunnel achter zich en reden verder in de richting van F.D. Roosevelt Drive. Onder het rijden bracht Vivien Russell op de hoogte van het feit dat er militair geheim rustte op het verhaal van Wendell Johnson en dat het niet gemakkelijk was dit op korte termijn te omzeilen. Hij luisterde in stilte, met zijn gewoonlijke aandachtige blik, alsof hij een idee volgde, maar hij dit niet het geschikte moment vond om het te vertellen. Ondertussen waren ze Williamsburg Bridge opgereden en het water van East River schitterde golvend door een briesje onder hen. Aan het eind van de brug sloegen ze rechts af Broadway in en even later bevonden ze zich voor het huis waarnaar ze op zoek waren.

Het was een flatgebouw dat er aftands uitzag, net als de honderden andere anonieme huurkazernes die in deze stad onderdak boden aan even anonieme mensen. Het was op plekken als deze dat mensen jaren leefden zonder een spoor van hun aanwezigheid achter te laten. Soms stierven ze en duurde het dagenlang voor iemand hen kwam zoeken.

Voor de toegangsdeur met nummer 140 stond een politiewagen te wachten. Vivien parkeerde er precies voor, op een plek die bestemd was voor het laden en lossen van goederen. Salinas stapte de auto uit en kwam naar haar toe.

Hij gunde Russell geen blik waardig. Dit leek onderhand de officiële houding van het dertiende district tegenover hem te zijn geworden. En ook de vriendelijkheid waarmee de agent haar altijd had behandeld leek verdwenen.

Hij reikte haar een sleutelbos aan. 'Hallo, Vivien. De hoofdinspecteur heeft me gevraagd om je deze te geven.'

'Perfect.'

'Het is appartement 418B. Wil je dat ik met je meega?'

'Niet nodig. We gaan wel alleen.'

De agent drong niet aan, blij als hij was om weg te gaan van deze plek en dit gezelschap. Terwijl ze de auto zag wegrijden, overrompelde de stem van Russell haar.

'Bedankt.'

'Waarvoor?'

'Die agent vroeg alleen aan jóú of hij je moest begeleiden. Je antwoordde in het meervoud, zodat je ook mij bedoelde. Daarvoor bedank ik je.'

Vivien realiseerde zich dat ze dit onbewust had gedaan, zo gewoon was de aanwezigheid van deze man aan haar zijde geworden. Toch werd ze gedwongen na te denken over de gevoeligheid van deze gedachte. 'Ten goede of ten kwade, we zijn toch een team.'

Russell reageerde met een flauwe glimlach op deze omschrijving.

'Ik geloof niet dat je daarmee vrienden maakt op het bureau.'

'Dat gaat wel over.'

Met deze laconieke opmerking die terugkaatste op het asfalt van het voetpad gingen ze door de toegangsdeur. In een hal die naar mensen en katten rook wachtten ze op een lift die werd aangekondigd door een onbegrijpelijk geknars in de taal van de goederenlift. Ze stapten uit op de vierde verdieping en zagen het appartement onmiddellijk. Het was zonder al te veel omhaal verzegeld met een paar gele linten, die duidelijk maakten dat het verboden was de plek te betreden en dat er een onderzoek aan de gang was.

Vivien haalde het lint weg en draaide de sleutel om in het sleutelgat. Zodra ze de deur openden kregen ze meteen dat mistroostige gevoel dat je krijgt van huizen die al lange tijd onbewoond zijn. Er was geen hal; de deur kwam direct uit op een ruimte die keuken en woonkamer in één was. Op het eerste gezicht was al duidelijk dat dit het huis van een man alleen was. Alleen en zonder enige belangstelling voor de wereld. Rechts was er een kookhoek en naast een tafel met maar één stoel stond een koelkast. Tegenover het fornuis, naast het raam, stonden een leunstoel en een oude televisie op een aftands tafeltje. Over het geheel lag een dunne laag stof, waarin de sporen waren te zien van de doorzoeking door de agenten de dag ervoor.

Ze kwamen het appartement binnen alsof ze een tempel van het kwaad betraden, met ingehouden adem, zich realiserend dat een man jarenlang tussen deze muren had geleefd, er had rondgelopen, geslapen en gegeten in het gezelschap van dingen die alleen hij kon zien. Hij had ervoor gekozen deze te bestrijden op de meest gewelddadige manier die hij had gevonden.

Nu ze in zekere zin een vermoeden hadden over zijn geschiedenis, kenden ze de precieze omvang van wat dag na dag de wrok had gevoed die hem tot zijn verwoestende dagelijkse waanzin had gebracht. Hij had besloten om mensen te doden en zichzelf wijs te maken dat hij daarmee ook zijn herinneringen kon doden.

Ze wierpen een snelle blik door de kale kamer, waar uitsluitend het hoogst noodzakelijke stond. Geen schilderijen, geen snuisterijen, niets waaruit je zijn persoonlijke smaak kon afleiden, tenzij de verwoestende afwezigheid daarvan als persoonlijke smaak kon worden gezien. Naast de koelkast was het enige spoor van dagelijks leven en menselijkheid in deze kamer te zien. Een rek vol kruiden, een teken dat degene die hier woonde zijn maaltijden zelf bereidde.

Ze liepen verder naar de kamer ernaast, wat hun bezoek aan dit minuscule appartement voltooide. Tegen de muur rechts van de deur stond een kast met daar tegenover een eenpersoonsbed dat vrijwel tegen de muur aan stond. Rechts van het bed scheidde een nachtkastje met daarop een meedogenloos uitziend nachtlampje het bed van de muur. Links steunden twee evenwijdige houten planken op schragen. De ene ter hoogte van een normale tafel, de andere ongeveer vijftig centimeter boven de vloer. Hier stond de tweede stoel van het hele huis, een oude bureaustoel op wielen, zo afgeleefd dat je eerder de indruk kreeg dat hij door een uitdrager was weggeven dan dat hij gekocht was. Ook hier waren de muren kaal, afgezien van een kaart van de stad boven de bovenste plank.

Op de onderste plank lagen enkele voorwerpen. Boeken, vooral. Een enkel tijdschrift. Een spel kaarten dat eerder aan van die eeuwige potjes patience deed denken dan aan een genoeglijk potje kaarten met vrienden. En een grote kartonnen map waarin bladen papier zaten.

Vivien kwam dichterbij. Als dit de plek was waar hij zijn apparaten maakte, waren het gereedschap en de voorwerpen die onderzocht moesten worden al meegenomen door het huiszoekingsteam van de dag ervoor. Toch had Bellew haar verzekerd dat alles intact was gelaten, zodat het mogelijk was dat er helemaal niets was gevonden.

Ze boog voorover en pakte een van de boeken. Een bijbel. Een kookboek. Een thriller van Jeffery Deaver, een schrijver die zij ook erg goed vond. Een reisgids van New York. Ze pakte de map en legde hem op de bovenste plank van de tafel. Toen ze hem opendeed, zag ze dat hij gevuld was met tekeningen die een bijzondere eigenschap gemeen hadden. In plaats van op gewoon papier waren ze allemaal getekend op transparante stijve plastic vellen, alsof de maker hiermee niet alleen zijn talent, maar ook zijn originaliteit wilde laten blijken.

Ze bekeek de tekeningen een voor een. Misschien getuigde het materiaal van originaliteit, maar zelfs een leek kon zien dat de maker van de tekeningen niet over talent beschikte. Ze waren slordig gemaakt, met onzekere hand en een smakeloos kleurgebruik en zonder gevoel voor techniek. De persoon die in dit huis had gewoond leek geobsedeerd door sterrenbeelden. Elke tekening stelde er een voor, volgens een sterrenkaart die alleen hij in zijn hoofd had.

Sterrenbeeld van de schoonheid, sterrenbeeld van Karen, sterrenbeeld van het einde, sterrenbeeld van de woede...

Een reeks punten die onderling door lijnen in verschillende kleuren werden verbonden. Soms kinderlijk getekende sterren, soms cirkels, soms kruisen, soms gewoon wanordelijke penseeltoetsen. Russell, die tot dan een paar stappen achter haar was blijven staan, kwam dichterbij om te kunnen zien wat Vivien aan het bekijken was. Hij liet een oordeel horen waar ze het alleen maar mee eens kon zijn. 'Wat lelijk.'

Ze wilde net zeggen dat ze er ook zo over dacht toen haar mobiele telefoon ging. Ze stak haar hand in haar zak met het verlangen het telefoontje weg te drukken, zonder ook maar te zien wie haar belde. Met tegenzin haalde ze het toestel tevoorschijn en ze keek op het scherm, vrezend het nummer van de Mariposakliniek te zien. Uit het telefoonboek van het toestel verscheen echter de naam van priester McKean. 'Hallo.'

Ze hoorde een bekende stem die ze op dat moment echter niet

herkende. Hij klonk gespannen, alsof hij bang was, en er was geen spoor van de energie die hij gewoonlijk wist over te brengen.

'Vivien, met Michael.'

'Hallo. Wat is er?'

'Ik moet je zien, Vivien. Zo snel mogelijk en alleen.'

'Michael, het is nu een vreselijke puinhoop en ik kan niet –'

De priester sprak alsof hij dit gesprek al verschillende keren in gedachten had gevoerd. 'Vivien, het is een kwestie van leven of dood. Niet dat van mij, maar dat van heel veel andere mensen.'

Een moment van aarzeling. Een moment dat voor de man aan de andere kant van de lijn eeuwig moest lijken te duren, gezien de manier waarop hij zijn betoog vervolgde.

'Het heeft te maken met die explosies, moge God me vergeven.'

'De explosies? Wat heb jij met die explosies te maken?'

'Kom snel, alsjeblieft.'

Priester McKean hing op en Vivien stond daar midden in de kamer, in het vierkantje zon dat door het raam op de vloer was getekend. Ze merkte dat ze tijdens het gesprek een stukje had gelopen, zoals vaak gebeurde wanneer ze geconcentreerd was. Ze stond midden in de woonkamer.

Russell was haar gevolgd en was op de drempel van de andere kamer blijven staan. Ze keek hem aan, onzeker over wat ze moest zeggen, maar vooral over wat ze zichzelf moest zeggen. Michael had gezegd dat hij met haar alleen wilde praten. Russell meebrengen zou de priester misschien ontstemmen en hem zelfs weerhouden van wat hij wilde zeggen. Tegelijkertijd moest ze dan opbiechten dat haar nicht in een opvangtehuis voor drugsverslaafden woonde. Dat kon ze er niet ook nog bij hebben.

Ze nam haastig een beslissing en zou er later wel achterkomen of ze de juiste beslissing had genomen. 'Ik moet ergens heen.'

'Betekent die eerste persoon enkelvoud dat je er alleen heen moet? Heb ik dat goed begrepen?'

Tijdens het gesprek had Vivien zich het woord 'explosies' laten ontglippen. Dat had meteen Russells aandacht gewekt.

'Ja, ik moet naar iemand toe. Alleen.'

'Ik dacht dat we een afspraak hadden.'

Ze draaide haar rug naar hem toe, om zich daar meteen voor te schamen. 'Die afspraak geldt hier niet voor.'

'De hoofdinspecteur heeft zijn woord gegeven dat ik het onderzoek kon volgen.'

Vivien merkte dat ze kwaad werd. Om wie hij was, om wie zij was, om wat ze doormaakte zonder dat ze iets aan de dingen kon veranderen. Ze kon ze alleen maar ondergaan. Ze draaide zich met een ruk om, haar stem klonk bars en haar uitdrukking was hard.

'De hoofdinspecteur heeft je zijn woord gegeven, ik niet.'

De seconde erna duurde een eeuw, in deze kamer.

Ik kan niet geloven dat ik dit echt heb gezegd...

Russell trok bleek weg. Toen keek hij haar een ogenblik aan zoals je iemand aankijkt die op het punt staat te vertrekken om nooit meer terug te komen. Met die droevigheid in zijn ogen die het licht van het verdriet zelf leek. Uiteindelijk liep hij zwijgend naar de deur. Zonder dat ze de kracht had om iets te doen of zeggen, opende hij de deur en verdween naar de gang. Het laatste wat ze van hem zag was de deur die hij behoedzaam dichtdeed.

Vivien bleef alleen achter. Zo alleen had ze zich nog nooit gevoeld. Ze had de neiging om de gang op te rennen en hem te roepen, maar ze vond dat ze dat niet kon doen. Niet op dit moment. Niet voordat ze wist wat priester McKean haar te zeggen had. Er stonden zoveel mensenlevens op het spel. Het hare en dat van Russell kwamen op de tweede plaats. Vanaf nu zou ze haar wilskracht en moed volledig nodig hebben, zodat ze die niet meer kon gebruiken om toe te geven dat ze verliefd was op een man die haar niet wilde.

Ze wachtte een tijdje om hem de tijd te geven het gebouw te verlaten en weg te gaan. Terwijl ze wachtte, kwamen de woorden die ze tegen hem had gezegd toen ze binnenkwamen als een beschuldiging terug in haar gedachte. Ze had tegen hem gezegd dat ze een team waren. Hij had haar vertrouwd en zij had hem verraden.

30

Toen Vivien de deur opende, zag ze de verlaten en slecht verlichte gang. Het halfduister en het idee dat deze man jarenlang door deze gang had gelopen, dat hij elke dag zijn voeten op deze inmiddels verschoten vloerbedekking had gezet, gaven haar het gevoel dat ze zich op een verderfelijke en vijandige plek bevond.

Een oude en rimpelige vrouw met ongelooflijk kromme benen kwam de hoek van het trapportaal om en liep, steunend op een stok, in haar richting. Om haar vrije arm hing een boodschappentasje. Toen ze Vivien de deur zag afsluiten, kon ze een opmerking niet voor zich houden.

'Ha, eindelijk hebben ze het aan een menselijk wezen verhuurd.'

'Pardon?'

Het oudje nam niet de moeite om verdere uitleg te geven. Ze stopte voor de deur tegenover die waar Vivien zojuist uit was gekomen. Ongevraagd reikte ze Vivien het tasje aan. Waarschijnlijk hadden haar leeftijd en gesteldheid haar geleerd om voor zichzelf op te komen, in plaats van iets te vragen. Of misschien vond ze dat haar leeftijd en gesteldheid haar vanzelf het recht gaven om iets gedaan te krijgen. 'Hou eens vast. Maar onthou wel dat ik geen fooien geef.'

Vivien kreeg het pakketje dat naar uien en brood rook in haar armen geduwd. Nog altijd steunend op haar stok doorzocht de vrouw de zak van haar overjas. Ze haalde een sleutel tevoorschijn en stak hem in het sleutelgat. Zonder dat er een vraag was gesteld gaf ze antwoord. 'De politie is gisteren geweest. Ik wist wel dat er iets niet pluis was met die man.'

'De politie?'

'Inderdaad. Ook al van die mooie lui. Ze hebben aangebeld, maar ik heb niet open gedaan, hoor.'

Na deze duidelijke blijk van wantrouwen besloot Vivien zich niet voor te stellen. Ze wachtte tot het oudje de deur opende. Meteen kwam er een grote zwarte kat om het hoekje kijken. Toen hij zag dat zijn baasje in het gezelschap van een onbekende was, rende hij weg. Automatisch controleerde Vivien of het beest nog alle vier zijn poten had.

'Wie woonde hier vóór mij?'

'Een man met een gezicht dat helemaal verminkt was. Een echt monster, uiterlijk en in zijn gedrag. Op een dag kwam er een ambulance en die heeft hem meegenomen. Mensen van het gekkenhuis, hoop ik.'

De vrouw had met haar kernachtige en genadeloze oordeel precies in de roos geschoten. Dat zou de juiste plek zijn waar deze man, wie hij ook was, zijn dagen had moeten tellen. Het oude vrouwtje ging het huis binnen en wees met haar hoofd naar de tafel.

'Zet daar maar neer.'

Vivien volgde haar naar binnen en zag dat het appartement het spiegelbeeld was van dat wat ze net had doorzocht. Behalve de zwarte waren er nog twee andere katten in de kamer. Een wit met rode lag op een stoel te slapen, zonder zich iets van hen aan te trekken. Een tweede kat, een grijs gestreepte, sprong op de tafel. Vivien zette het tasje neer en meteen begon de poes er aan te snuffelen.

De vrouw gaf hem een liefhebbende tik op zijn achterste. 'Weg jij, we eten straks.'

De kat sprong op de grond en kroop weg onder de stoel, waar zijn soortgenoot gewoon doorsliep.

Vivien keek rond. Het interieur was een allegaartje van verschillende spullen. Geen twee stoelen waren hetzelfde. De glazen op het rek boven de gootsteen waren allemaal verschillend. Een kleine chaos van kleuren en oude spullen. De kattengeur in het huis was dezelfde als die in de hal maar, sterker.

Het oudje draaide zich om naar Vivien en keek haar aan alsof ze uit het niets voor haar was verschenen. 'Waar was ik gebleven?'

'U had het over de huurder van het appartement hier tegenover.'

'O ja, die snoeshaan. Hij is niet meer teruggekomen. Die ander is een paar keer komen kijken, maar hij vond het huis blijkbaar niets en heeft het niet genomen. Wie weet in welke staat het zich bevond.'

Viviens hart sprong op. 'Welke ander? De huisbaas heeft me niet verteld dat er nog iemand anders belangstelling had voor het appartement.'

Het mensje trok haar overjas uit en gooide hem over een stoelleuning. 'Het was een poosje geleden. Een lange man met een groene jas. Zo'n soldatenjas, geloof ik. Hij was ook maar een vreemde snuiter. Hij kwam een paar keer en is toen niet meer teruggekomen. Maar goed dat hij het niet heeft genomen.'

Vivien wilde eigenlijk blijven en nog meer vragen, zonder haar argwaan te wekken. De oude vrouw had er van begin af aan geen geheim van gemaakt hoe ze over de politie dacht. Maar dat vereiste tijd en de dringende toon van priester McKean aan de telefoon trok haar naar buiten alsof ze een touw om haar middel had. Ze nam zich voor om terug te komen en de zaak verder uit te spitten nadat ze met de priester had gesproken.

De vrouw liep naar de kookhoek. 'Wilt u koffie?'

Vivien keek op haar horloge als iemand die noodgedwongen moest afzien van dit genoegen. 'Het spijt me. Ik zou graag willen, maar ik heb haast.'

Een lichte teleurstelling tekende zich af op het gezicht van het oudje. Vivien kwam haar te hulp. 'Hoe heet u?'

'Judith.'

'Goed, Judith, ik ben Vivien. Ik zal u zeggen wat we doen. Ik ga naar mijn afspraak en wanneer ik terugkom, klop ik op uw deur en drinken we koffie. Als twee goede buurvrouwen.'

'Niet tussen drie en vier hoor. Dan moet ik naar de dokter, want mijn rug –'

O nee. Nu niet de lijst met kwalen, dacht ze. Vivien onderbrak op de valreep wat wel eens lange litanie van jicht en maagpijnen zou kunnen zijn. 'Oké, nu moet ik echt gaan. Tot straks.' Ze liep naar de deur en voor ze naar buiten ging wierp ze haar nieuwe vriendin nog een glimlach toe. 'Hou de koffie maar warm voor me. We hebben heel wat te bespreken.'

'Goed. Maar onthou wel dat ik geen fooien geef.'

Vivien bevond zich weer alleen op de gang en vroeg zich af hoe betrouwbaar deze warrige oude vrouw was. Maar, hoe zwak ook, ze had haar een mogelijk spoor opgeleverd. Zoals Bellew al vaak had gezegd mocht in hun situatie geen enkele mogelijkheid over het hoofd worden gezien.

De lift bracht haar met een schok naar beneden in de hal en ze ging naar buiten, de straat op. Voor haar auto stond een agent een boete uit te schrijven. Ze bereikte de auto op het moment dat de politieman haar ruitenwisser omhoogschoof om er het blaadje onder te steken.

'Neemt u me niet kwalijk.'

'Is dit uw auto?'

'Ja.'

'Weet u dat deze ruimte bestemd is voor laden en lossen?'

Zonder iets te zeggen liet Vivien hem haar legitimatiebewijs zien. De agent snoof en haalde de boete van de voorruit.

'Wilt u de volgende keer uw pas zichtbaar neerleggen? Dan verliezen we geen tijd. U en ik.'

Tijd was juist iets wat Vivien niet had. Niet eens om de terechte opmerkingen van een wijkagent te weerleggen. 'Sorry, het was niet mijn bedoeling.'

De agent groette brommend en liep weg. Vivien stapte in de auto en startte de motor. Ze deed opnieuw een beroep op het zwaailicht. Zo snel mogelijk, zonder zichzelf of een ander in gevaar te brengen, begon ze aan de terugrit naar het noorden. Ze nam de Brooklyn-Queens Expressway en volgde daarna de 278 tot deze na de brug overging in de Bruckner.

Na lang nadenken had ze tijdens de rit een paar keer geprobeerd Russell te bellen. Zijn telefoon stond steeds uit. Om haar eigen slechte humeur te bestrijden probeerde ze zichzelf ervan te overtuigen dat ze het beste had gedaan. Ondanks haar goede wil besefte ze dat een deel van haar Russell was gevolgd toen hij was weggegaan. En nu wist ze niet waar ze waren en waar ze naartoe liepen.

Ze dwong zichzelf het hele verhaal samen te vatten en elk detail goed te bestuderen om te zien of hun in het onderzoek iets was ontgaan. Ziggy, de brief, Wendell Johnson, Little Boss, die absurde kat met drie poten. Alle bommen die een gek voor zijn dood had weten te plaatsen. De slachtoffers die al waren gevallen en die nog zouden vallen als ze degene die zijn bloedwraakplan had onthuld en zonder enig mededogen ten uitvoer bracht, niet te pakken zouden krijgen. En tot slot deze vreemde kattenvrouw, Judith. Was ze betrouwbaar of niet? Russell had een man met een groene jas uit het appartement van Ziggy zien komen. Een man met een zelfde kledingstuk was hier geweest. De vraag was of het om dezelfde persoon ging. Zo ja, dan kon het geen mogelijke huurder zijn, want Bellew had gezegd dat het appartement voor een jaar was betaald. De reden daarvoor was niet duidelijk. Tenzij de vader zijn zoon tegelijk met de brief ook de sleutels van zijn huis had gestuurd. In dat geval was de man met de groene jas die in dit appartement was geweest, de persoon naar wie ze wanhopig op zoek waren.

De bezorgde en gespannen stem van eerwaarde McKean liet ze bewust uit deze analyse, al bleef hij in haar hoofd weerklinken.

Het heeft te maken met die explosies, moge God me vergeven...

Ze wist niet wat ze moest verwachten. Maar ze kon niet wachten tot ze er was om erachter te komen.

Tijd en snelheid leken zich op tegengestelde wijze te ontwikkelen. Het ene te snel, het andere te langzaam. Ze probeerde Russell nog eens te bellen. Meer om de tijd te vullen dan uit echte belangstelling, hield ze zichzelf voor. Niets. De telefoon stond uit of hij was niet bereikbaar. Ze gaf toe aan haar menselijkheid en gunde zichzelf de fantasie ergens anders te zijn, met hem, op om het even welke plek, waar de echo's van de wereld en het geschreeuw van de slachtoffers niet konden komen. Ze voelde hoe een warme stroom van verlangen tegen haar liezen golfde. Ze zei tegen zichzelf dat dit niet goed was, maar het was het enige signaal dat ze na zo veel tijd had en het betekende dat ze nog leefde.

Ze reed de onverharde straat in. Na een paar bochten verscheen het dak van Joy, en plotseling werd ze bevangen door ongerustheid. Opeens wist ze niet meer zo zeker of ze wel wilde weten wat priester McKean haar te vertellen had. Ze minderde vaart om niet gevolgd door een stofwolk op de binnenplaats aan te komen. De priester stond haar op te wachten aan het begin van de tuin, een zwarte vlek tegen het groen van de planten en onder het blauw van de hemel. Ze zag dat hij zijn soutane droeg, het lange kleed dat de priesters in de loop van de tijd af en toe door gemakkelijkere en moderne kleding hadden mogen vervangen van de kerk. Terwijl ze uitstapte en naar hem toe liep, kreeg Vivien de indruk dat deze keuze niet toevallig was, dat die een precieze betekenis had. Alsof eerwaarde McKean op een bepaalde manier behoefte had om zijn eigen identiteit na te jagen en dat met alle middelen deed die hij tot zijn beschikking had.

Toen ze dichterbij was gekomen, merkte ze dat haar vermoedens niet ver van de waarheid moesten liggen. De blik van de man tegenover haar was doods, ontwijkend, niet eens de schaduw van de levenskracht en welwillendheid die gewoonlijk onlosmakelijk met hem verbonden waren.

'Goed dat je bent gekomen.'

'Michael, wat is er zo dringend? Wat is er met je?'

McKean keek om zich heen. Twee jongeren waren achter in de tuin een stuk van de omheining aan het repareren. Een derde stond naast hen en gaf het gereedschap aan dat nu en dan werd gevraagd.

'Niet hier. Kom mee.'

Hij vervolgde zijn weg in de richting van het huis. Ze gingen naar binnen en bevonden zich voor de deur van de ruimte naast het kantoor, die als kleine ziekenboeg dienstdeed. De priester opende de deur en ging haar voor naar binnen. 'Kom, hier worden we niet gestoord.'

Vivien volgde hem. De kamer was helemaal wit, de muren en het plafond. Rechts tegen de muur stond een stalen bed dat bedekt was met een zuiver wit laken. Iets verder, in de hoek, stond een oud ziekenhuisscherm, opgeknapt en ook bekleed met witte stof. Daar tegenover een medicijnkastje, in dezelfde kleur. Het gewaad van de priester stak af als een inktvlek op de sneeuw.

Priester McKean ging voor haar staan, zonder de kracht te hebben haar langer dan twee seconden in de ogen te kijken.

'Vivien, geloof jij in God?'

Vivien vroeg zich af wat hij met deze vraag bedoelde. Ze kon zich niet voorstellen dat hij haar met zo veel spoed had laten komen alleen voor de bevestiging dat ze geloofde. Ze besloot dat als eerwaarde McKean haar dit vroeg, het wel een bedoeling moest hebben.

'Ondanks het werk dat ik doe ben ik een dromer, Michael. Dat is het meeste wat ik me kan permitteren.'

'Dat is het verschil tussen ons. Een dromer heeft de hoop dat zijn dromen uitkomen.'

Hij zweeg een moment en zocht naar haar blik. Even was hij weer de oude.

'Een gelovige heeft de zekerheid.'

Toen draaide hij zich om en liep naar het medicijnkastje. Hij legde er een hand op en bleef een poosje naar de pillendoosjes in de kast kijken. Hij sprak zonder haar aan te kijken. 'Wat ik je wil zeggen druist juist in tegen deze zekerheid. Tegen de leer die ik jarenlang heb gevolgd en tegen wat ik heb verkondigd. Maar er zijn gevallen waarin de dogma's van de kerk onbegrijpelijk blijken ten aanzien van het menselijk leed. Van zo veel, te veel menselijk leed.'

Hij draaide zich naar haar om. Zijn gezicht was lijkbleek. 'Vivien, de man die de bommen in Lower East Side en aan de Hudson heeft laten ontploffen, heeft bij mij gebiecht.'

Vivien kreeg het gevoel of ze kopje-onder ging in ijskoud water. En ze bleef lang ondergedompeld voordat ze weer boven water kon komen en adem kreeg.

'Weet je het zeker?' Ze had de vraag, waarin veel lag besloten, spontaan gesteld. In ruil kreeg ze een kalm en wijs antwoord, van iemand die weet hoe hij iets ongeloofwaardigs moest uitleggen.

'Vivien, ik heb psychologie gestudeerd. Ik weet dat de wereld vol zit met ziekelijke fantasten die alle mogelijke zonden op zich zouden nemen, alleen maar voor een moment van bekendheid. Ik weet dat het bij sommige onderzoeken een van de moeilijkheden van de politie is om tegelijkertijd de schuldigen te vinden en zich te ontdoen van degenen die dit zeggen te zijn. Maar in dit geval is het anders.'

'Waarom denk je dat?'

De priester haalde zijn schouders op. 'Om van alles en niets. Details, bijzonderheden, woorden. Maar na de tweede aanslag weet ik zeker dat hij het is.'

Na een eerste moment van ontsteltenis was Vivien weer tot zichzelf gekomen, weer tot leven gebracht door een onnatuurlijke adrenalinestoot in het bloed. Ze zag het belang in van wat de priester haar zojuist had toevertrouwd. Tegelijkertijd wist ze welke strijd hij vanbinnen had gewonnen en verloren om hiertoe te komen.

'Zou je het vanaf het begin willen vertellen?'

Eerwaarde McKean knikte, afwachtend. Nu de doos was geopend wist hij dat Vivien met haar ervaring wist wat ze moest vragen en hoe.

'Hoe vaak heb je hem gezien?'

'Eén keer.'

'Wanneer was dat?'

'Zondagochtend, de dag na de eerste aanslag.'

'Wat heeft hij tegen je gezegd?'

'Hij heeft opgebiecht wat hij had gedaan. En hij heeft gezegd wat hij verder van plan was.'

'Hoe? Herinner je je nog zijn precieze woorden?'

'Alsof ik die zou kunnen vergeten. Hij zei dat hij de eerste keer het licht en het duister had samengebracht. De volgende keer zou hij het water en de aarde samenbrengen.'

Hij liet haar er even over nadenken. Toen kwam hij voor haar tot een conclusie. 'En zo is het gegaan. De eerste explosie gebeurde tijdens het vallen van de avond, toen het licht en het duister samenkwamen. De tweede vond plaats aan de oever van de rivier. Op die manier zijn de aarde en het water weer één geworden. Weet je wat dat betekent?'

'Het betekent dat hij teruggaat in Genesis, met de bedoeling om te vernietigen in plaats van te scheppen.'

'Precies.'

'Heeft hij je verteld waarom hij dat doet?'

Priester McKean ging op een kruk zitten, alsof zijn krachten hem tijdens deze bekentenis in de steek lieten.

'Ik heb hem dit met bijna precies dezelfde woorden gevraagd.'

'En wat antwoordde hij?'

'Hij zei "Ik ben God."'

Deze zin, voor het eerst mompelend herhaald buiten de biechtstoel, gaf hun allebei het brandende gevoel van de waanzin, van de enkele reis naar de krankzinnigheid van een moordenaar, die elk sprankje mildheid vernietigt en enkel ruimte laat voor het voortschrijdende kwaad tot dit het vleesgeworden kwaad is.

De priester bracht zijn studie psychologie in herinnering. 'Wie hij ook is, deze man is veel meer dan een seriemoordenaar of een massamoordenaar. Hij lijdt aan beide ziekten. En van beide ziekten vertoont hij de waanzin en het totale en bloeddorstige gebrek aan inzicht.'

Vivien bedacht zich dat als ze deze man zouden pakken, psychiaters er een willekeurig bedrag voor over zouden hebben om hem te kunnen bestuderen. En veel mensen zouden er evenveel voor overhebben om hem eigenhandig te kunnen vermoorden.

'Kun je hem omschrijven?'

'Ik heb zijn gezicht niet goed gezien. Er is expres weinig licht in de biechtstoel in Saint Benedict. Bovendien was hij steeds zo verstandig om aan de zijkant te blijven zitten.'

'Wat kun je je herinneren?'

'Bruin haar, jong, lang, geloof ik. Gedempte maar kalme en ijskoude stem.'

'Andere details?'

'Als het wat uitmaakt, ik kreeg de indruk dat hij een groene jas aanhad, zo'n legerjas. Maar een kledingstuk zegt niet zo veel.'

Dat zegt wel degelijk wat; alles.

Vivien voelde haar longen opzwellen van gejubel, alsof ze pure helium had ingeademd. Dus Judith, die geen fooien gaf, had het goed gezien. In gedachten dankte Vivien haar en zwoer bij zichzelf dat ze die koffie zou gaan drinken en naar al haar klachten over elk kwaaltje zou luisteren. Ze ging op haar hurken tegenover de priester zitten, die treurig naar de vloer keek, en ze legde haar handen op zijn knieën. Op dat moment leek haar dat niet overdreven vertrouwelijk, maar slechts een bevestiging van haar medeleven. 'Michael, het duurt te lang om het uit te leggen, maar hij is het. Je hebt het goed gezien. Hij is het.'

Deze keer kwam de ongelovige vraag van de priester, die niet zeker wist of hij moest toegeven aan zijn opluchting. 'Weet je het zeker?'

Vivien stond met een ruk op, alsof ze door een veer omhoog werd geduwd. 'Honderd procent.'

Ze liep een paar stappen heen en weer door de kamer, terwijl ze nadacht met een snelheid die haar zelf verbaasde. Toen stopte ze en ging verder met wat hun jacht op een resultaat was. 'Heeft hij gezegd dat hij terug zou komen?'

'Niet dat ik me herinner, maar ik denk dat hij dat wel zal doen.'

Er dromden duizenden gedachten samen in haar hoofd, duizenden beelden draaiden in een snelle aaneenschakeling oncontroleerbaar rond. Uiteindelijk werd het haar duidelijk wat ze moest doen. 'Michael, als bekend wordt dat je het biechtgeheim hebt geschonden, wat zouden de gevolgen dan voor jou zijn?'

De priester keek op met een gezicht van iemand die zijn geest voelt wegzinken. 'Excommunicatie, levenslange ontzetting uit mijn ambt.'

'Dat zal niet gebeuren. Want niemand zal het weten.'

Vivien vervolgde haar uiteenzetting van hoe ze van plan was te werk te gaan. Daarbij dacht ze aan de man die bij haar was in het wit van deze kamer en aan het welzijn van Joy en aan wat elke dag in dit huis werd gedaan voor jongeren als Sundance. 'Ik kan geen microfoontje in de biechtstoel plaatsen, daarvoor zou ik te veel moeten uitleggen. Maar er is wel iets wat je zou kunnen doen.'

'En dat is?'

'Als deze man terugkomt, bel je me op mijn mobiele telefoon. Je laat hem tijdens jullie gesprek aanstaan zodat ik dat kan volgen. Zo hoor alleen ik het en kan ik de operatie leiden en ervoor zorgen dat hij ver van de kerk wordt opgepakt.'

Michael McKean, een priester die elke zekerheid was kwijtgeraakt, zag een sprankje licht aan de horizon. 'Maar die man zal alles vertellen als hij wordt opgepakt.'

'En wie zal hem geloven als jij en ik alles ontkennen? Ik heb nog een getuige die ergens anders een man met een groene jas heeft gezien en ik kan de verdienste volledig op haar schuiven. Jij zou er met schone handen uitkomen.'

De priester bleef stil, dit voorstel overwegend alsof Vivien hem een appel aanbood.

'Ik weet het niet, Vivien. Ik weet niets meer.'

Vivien pakte hem bij zijn armen en hield ze stevig vast. 'Michael, ik kan geen preek tegen je afsteken. Mijn hele leven ben ik weinig en slecht naar de kerk gegaan, maar één ding weet ik zeker. Je redt vele mensenlevens van de dood en deze Christus die aan het kruis gestorven is om de hele wereld te redden kan niet anders dan je vergeven.'

Het antwoord kwam na een ogenblik dat zo lang leek als de eeuwigheid die de priester predikte.

'Goed, ik zal het doen.'

Vivien werd overspoeld door dankbaarheid en opluchting en kon zich er nog net van weerhouden eerwaarde McKean te omhelzen. De priester was nog nooit zo dicht bij de mensen geweest als op dit moment waarop hij geloofde dat zijn ziel van God vervreemd was geraakt.

'Zullen we nu een luchtje scheppen in de tuin? Ik heb ongelooflijk veel zin om mijn nicht te zien.'

'De jongeren kunnen elk moment gaan lunchen. Wil je blijven eten?'

Vivien besefte dat ze trek had. Het optimisme had haar maag geprikkeld.

'Graag. De kookkunsten van mevrouw Carrara zijn altijd een pluim waard.'

Zonder verder nog iets te zeggen gingen ze de kamer uit en sloten de deur achter hun rug.

Na enkele momenten kwam de gedaante van John Kortighan van achter het scherm tevoorschijn. Hij bleef enkele seconden naar de deur staren, met gefronste wenkbrauwen en vochtige ogen. Vervolgens ging hij op het bed zitten en met een gebaar van ontzaglijke vermoeidheid verborg hij zijn gezicht in zijn handen.

31

Russell zat te wachten op een comfortabel rood fauteuiltje. Hij was het gewend. Jaren had hij gewacht, zonder ook maar te weten waarop. Zonder misschien ook maar te beseffen dat hij aan het wachten was. Gedurende al die tijd had hij naar de wereld gekeken als een bange toeschouwer die zijn angsten verborg achter sarcasme, zo verdoofd door zijn jachtig leven dat hij niet wist dat hij zijn problemen alleen maar kon vergeten door ze op te lossen. Door dit besef was er in hem een nieuwe zekerheid ontstaan en daardoor een buitengewone kalmte. Inderdaad, zelfs nu hij brandde van ongeduld bleef hij rustig zitten en keek hij onverschillig om zich heen.

Hij bevond zich in de wachtkamer van een hypermodern kantoor, ontworpen en ingericht door Philippe Starck, dat een gehele verdieping van een chique wolkenkrabber in 50th Street in beslag nam. Glas, leer, verguldsels, een vleugje doordachte kitsch en opzettelijke dwaasheid. Het rook er vaag naar munt en ceder. De secretaresses zagen er bevallig uit en de medewerkers adequaat. Alles was op de juiste manier bewerkstelligd om de bezoekers te ontvangen en te verbazen.

Het was de New Yorkse vestiging van Wade Enterprise, het bedrijf van zijn vader dat gevestigd was in Boston en verschillende kantoren had in de grootste Amerikaanse steden en in diverse hoofdsteden over de hele wereld. De belangen van het bedrijf vertakten zich in velerlei richtingen, van de bouw tot technologische toepassingen voor het leger, van de financiële sector tot de handel in grondstoffen, met aardolie voorop.

Hij boog zijn hoofd om naar het tabakskleurige tapijt met het bedrijfslogo te kijken dat ongetwijfeld een vermogen had gekost. Of voor de fabrieksprijs was geleverd omdat het in een van de ondernemingen van het concern was geproduceerd. Alles om hem heen was een geruisloos en discreet eerbetoon aan de geldgod en zijn aanbidders. Deze laatste kende hij goed en hij wist hoe trouw ze hem konden zijn.

Russell had echter nooit veel om geld gegeven. Nu minder dan ooit. Het enige wat hem interesseerde was dat hij zich geen mislukkeling meer wilde voelen. Nooit meer. Zo was zijn leven altijd al geweest. Overal had hij in de schaduw gestaan, van zijn vader, van zijn broer, van de naam die hij droeg, van het grote gebouw waar het bedrijf in Boston was gevestigd. Van de beschermende vleugel van zijn moeder, die er tot een bepaald moment in was geslaagd het verdriet en onbehagen dat zijn gedrag had veroorzaakt te overwinnen. Nu was het moment gekomen om uit deze schaduw te stappen en zelf zijn nek uit te steken. Hij had zich niet afgevraagd wat Robert in deze situatie zou hebben gedaan. Hij wist het zelf. De enige manier om de wereld het verhaal te vertellen dat hij in handen had, was door het einde te bereiken en vervolgens opnieuw te beginnen. Alleen.

Toen hij dit eindelijk voor elkaar had, was de herinnering aan zijn broer veranderd. Hij had hem altijd zodanig geïdealiseerd dat hij weigerde hem als persoon te zien, met alle verdiensten en gebreken waarvoor hij jarenlang hardnekkig zijn ogen had gesloten. Nu was hij geen mythe meer, maar een vriend en de herinnering aan hem vergezelde hem, als referentiepunt en niet als een idool op een te hoog voetstuk.

Een kale man met bril en onberispelijk blauw pak kwam binnen en liep naar de receptie. Russell zag dat de vrouw die hem had ontvangen opstond van haar plek en de man naar de wachtruimte bracht.

'Alstublieft, meneer Klee. Als u zo vriendelijk wilt zijn hier even plaats te nemen, de heer Roberts zal u dadelijk ontvangen.'

De man bedankte haar met een gebaar en keek rond om te zien waar hij zou gaan zitten. Toen hij Russell zag, keek hij vol walging naar zijn gekreukte kleren en ging op de stoel zitten die het verst van hem verwijderd was. Russell wist dat zijn aanwezigheid in dit kantoor uit de toon viel, in dit subtiele rijk van harmonie en goede smaak. Hij moest lachen. Het leek wel zijn grootste talent te zijn om altijd tegen de maat in te lopen.

Op een allesoverheersende manier kwamen Viviens woorden, de avond waarop hij haar bij haar thuis had gekust, terug in zijn herinnering.

Ik weet alleen dat ik geen gedoe wil...

Hij had hetzelfde gezegd, maar tegelijkertijd wist hij dat hij loog. Hij voelde dat Vivien een nieuw verhaal was, een brug die hij wilde oversteken om te ontdekken wie er aan de andere kant stond. Voor het eerst in zijn leven was hij niet weggevlucht. En hij had aan den lijve ondervonden wat hij andere vrouwen vaak had aangedaan. Met de bittere smaak van de ironie in zijn mond had hij gehoord hoe er in deze pijnlijke situatie verwarde woorden tegen hem waren gezegd, woorden die hij zelf zo vaak had uitgesproken voor hij zich omdraaide en ervandoor ging. Hij had Vivien niet eens laten uitpraten. Om niet gekwetst te worden had hij er de voorkeur aan gegeven zelf te kwetsen. Later had hij in de auto uit het raampje gekeken en zich alleen en nutteloos gevoeld, om in gedachten de enige waarheid onder ogen te zien: die nacht leek voor hem te zijn gemaakt als een maatpak en, ondanks alles, was er toch gedoe ontstaan. Alleen voor hem, naar het scheen.

Toen Vivien voor zijn ogen plotseling was veranderd in een persoon die hij niet kende, had hij het appartement in Broadway uit teleurstelling en wrok verlaten. Hij was een onguur uitziende bar binnengestapt om iets te drinken, iets sterks om de kou die hij in zijn maag voelde te verwarmen. In de tijd die de barman nodig had om bij hem te komen waren al zijn voornemens gestrand. Hij had een koffie besteld en had nagedacht over wat hij moest doen. Hij was beslist niet van plan zijn onderzoek op te geven, maar hij was zich bewust van de moeilijkheden die een resultaat op eigen kracht in de weg stonden. Met tegenzin had hij moeten toegeven dat de enige weg die hij kon bewandelen langs zijn familie liep.

Zijn mobiele telefoon deed het niet; de batterij was leeg en het tegoed was op, maar hij had gezien dat er achter in de bar een munttelefoon was. Hij had zijn koffie afgerekend en had om een handvol kwartjes gevraagd. Toen had hij zich opgemaakt om een van de belangrijkste telefoontjes van zijn leven te plegen.

De munten waren met een hoopgevend geluid in het gleufje gegleden en hij had het nummer van zijn huis in Boston gevormd door de toetsen in te drukken als een marconist die een wanhopige SOS vanaf een schip de ether instuurt. Natuurlijk had een bediende met een onpersoonlijke stem opgenomen. 'Wade Mansion, goedemorgen.'

'Goedemorgen, met Russell Wade.'

'Goedemorgen, meneer Russell, met Henry. Wat kan ik voor u doen?'

Het keurige gezicht van de butler was op de reclameborden voor hem verschenen. Gemiddeld postuur, precies, onberispelijk. De juiste persoon om een ingewikkeld huishouden als dat van de familie Wade te leiden.

'Ik wil graag mijn moeder spreken.'

Er volgde een begrijpelijke stilte. Het dienstpersoneel, zoals zijn moeder dat placht te noemen, beschikte over een uiterst efficiënte inlichtingendienst. Ze wisten ongetwijfeld allemaal over zijn moeilijke relatie met zijn ouders.

'Ik zal kijken of mevrouw thuis is.'

Russell glimlachte om deze zoveelste blijk van omzichtigheid van de bediende. Zijn voorzichtige antwoord zou eigenlijk moeten worden vertaald met: "Ik zal zien of mevrouw u wil spreken."'

Na een moment dat eeuwig leek te duren en nadat nog twee kwartjes waren opgeslokt door de telefoon

ploink ploink

klonk uiteindelijk de vriendelijke maar argwanende stem van zijn moeder.

'Hallo, Russell.'

'Hallo, mama. Ik ben blij je te horen.'

'Ik ook. Wat is er?'

'Ik heb je hulp nodig, mama.'

Stilte. Een begrijpelijke stilte.

'Ik weet dat ik in het verleden misbruik heb gemaakt van je steun. En daar heb ik zwaar voor geboet. Maar deze keer wil ik geen geld en ik heb ook geen advocaat nodig. Ik zit niet in de problemen.'

Er klonk nieuwsgierigheid in de aristocratische stem van zijn moeder. 'Wat heb je dan nodig?'

'Ik moet papa spreken. Als ik naar kantoor bel en ze horen mijn naam, dan zeggen ze dat hij er niet is of dat hij in een vergadering zit of op de maan.'

Ploink.

De nieuwsgierigheid van de vrouw veranderde meteen in bezorgdheid. 'Wat wil je van je vader?'

'Ik heb zijn hulp nodig. Voor iets belangrijks. Het eerste echt belangrijke in mijn leven.'

'Ik weet niet, Russell, misschien is het niet zo'n goed idee.'
Hij had de aarzeling van zijn moeder begrepen. En op een bepaalde manier had hij die haar vergeven. Ze zat tussen het aambeeld van haar rechtschapen echtgenoot en de hamer van haar losgeslagen zoon. Maar hij mocht zich niet gewonnen geven, al moest hij smeken. 'Ik besef dat ik nooit iets heb gedaan om het te verdienen, maar ik heb je vertrouwen nodig.'

Na enkele seconden had de aristocratische stem van Margareth Taylor Wade hem door de telefoon duidelijk gemaakt dat ze zich overgaf.

Ploink.

'Je vader is een paar dagen in het kantoor in New York. Ik zal met hem praten en dan bel ik je terug.'

Russell voelde de euforie in zich opzwellen met een effect dat veel doeltreffender was dan welke alcoholische drank dan ook. Dit was een onverwachte meevaller.

'Mijn telefoon is leeg. Zeg hem alleen dat ik naar kantoor kom en daar wacht tot hij me binnenlaat. Ik ga niet weg voordat ik hem heb gesproken, al moet ik de hele dag wachten.'

Hij zweeg en toen zei hij iets wat hij jaren niet meer had gezegd.

'Bedankt, mama.'

Ploink.

Tijd om naar haar antwoord te luisteren had hij niet meer, want zijn laatste muntstuk was tegelijk met de verbinding weggevallen.

Hij was naar buiten gegaan en had zijn laatste dollars uitgegeven aan een taxirit naar 50th Street. En nu zat hij hier al twee uur onder het toeziend oog van mensen als de heer Klee te wachten tot zijn vader hem audiëntie verleende. Hij wist dat zijn vader dat niet onmiddellijk zou doen, dat hij de kans niet zou laten liggen om hem te vernederen door hem te laten wachten. Maar hij voelde zich helemaal niet vernederd, alleen ongeduldig. En hij had gewacht.

Voor hem dook een lange, elegante secretaresse op. Het tapijt had het geluid van haar hakken op de gang afgezwakt. Ze was mooi, afgestemd op de omgeving en ze moest ook wat in haar mars hebben als ze haar voor dit werk hadden aangenomen.

'Meneer Russell, komt u maar. Meneer Wade verwacht u.'

Hij realiseerde zich dat zolang zijn vader zou leven, er maar één enkele 'meneer Wade' zou bestaan. Maar hij had de mogelijkheid om deze situatie te veranderen. Dat wilde hij met heel zijn hart.

Hij stond op en volgde de assistente door een lange gang. Terwijl hij keek hoe het achterste van het meisje gracieus onder haar rok bewoog, moest hij glimlachen. Misschien had hij enkele dagen geleden nog de aandacht getrokken met een of andere dubbelzinnige opmerking, zodat hij de jonge vrouw in de problemen zou brengen en zo zijn vader zou dwarszitten. Toen herinnerde hij zichzelf eraan dat hij het tot een paar dagen geleden nooit in zijn hoofd zou hebben gehaald om dit kantoor binnen te stappen en Jenson Wade op te zoeken.

De secretaresse stopte voor een deur van donkerkleurig hout. Ze klopte zacht. Zonder op een reactie te wachten opende ze de deur en gebaarde hem naar binnen te gaan. Russell zette een paar stappen terwijl hij achter zich de deur hoorde dichtgaan.

Het hoofd van dit handelsimperium zat achter een schuin geplaatst bureau, in een hoek, met achter zich twee glaswanden die een adembenemend uitzicht over de stad boden. Het tegenlicht van buiten werd afgezwakt door lampen die op een doordachte manier waren neergezet in de grote kamer die een van de commandobruggen van zijn vader vormde. Ze hadden elkaar al lang niet gezien. Hij was wat ouder geworden, maar zag er onberispelijk uit. Russell bleef hem aankijken terwijl hij documenten zat te lezen en hem compleet negeerde. Jenson Wade was het evenbeeld van zijn jongste zoon. Of beter gezegd, het was Russell die een gelijkenis vertoonde die in het verleden voor beide mannen vaak ongemakkelijk was gebleken.

De enige echte heer Wade hief zijn hoofd op en hield zijn blik strak op hem gericht. 'Wat wil je?'

Zijn vader hield niet van omhaal. En Russell maakte er geen gebruik van.

'Ik heb hulp nodig en jij bent de enige persoon die ik ken die me die kan geven.'

Het antwoord kwam droog en voorspelbaar. 'Je krijgt geen cent van me.'

Russell schudde zijn hoofd. Niemand had het hem gevraagd, maar hij koos rustig een stoel uit en ging zitten. 'Ik heb ook geen cent nodig.'

Deze gevoelloze man keek hem recht in de ogen. Hij vroeg zich ongetwijfeld af wat Russell deze keer had bekokstoofd, maar hij had onverwachts te maken met een nieuwigheid. Hiervoor had zijn zoon nooit de moed gehad zijn blik te weerstaan.

'Wat wil je dan?'

'Ik ben iets op het spoor voor een artikel. Iets groots.'

'Jij?'

In deze ene ongelovige lettergreep lagen jaren van foto's in de roddelpers, declaraties van advocaten, beschaamd vertrouwen en weggegooid geld. Jaren waarin hij om twee zonen had moeten treuren: om de een omdat hij dood was en om de ander omdat die er alles aan deed om als zodanig beschouwd te worden. En uiteindelijk was hij daarin geslaagd.

'Ja. Ik kan eraan toevoegen dat veel mensen zullen sterven als ik je hulp niet krijg.'

'In wat voor narigheid ben je nu weer beland?'

'Ik zit niet in de narigheid. Maar er zijn heel veel andere mensen die niet weten dat ze erin zitten.'

In de argwanende ogen van Jenson Wade verscheen nieuwsgierigheid. Zijn stem werd iets zachter. Misschien voelde hij aan dat de persoon die tegenover hem zat een andere vastberadenheid had dan de Russell die hij kende. In elk geval dwongen de vele teleurstellingen uit het verleden hem uiterst voorzichtig te zijn.

'Waar gaat het over?'

'Dat kan ik niet zeggen. Dit is iets wat in mijn nadeel is. Ik vrees dat je me moet vertrouwen.'

Hij zag dat zijn vader tegen de rugleuning ging zitten en glimlachte als om een geestige opmerking. 'Ik geloof dat het woord vertrouwen voor jou op zijn minst bovenmaats is. Waarom zou ik je vertrouwen?'

'Omdat ik je betaal.'

De glimlach veranderde in een spottende, sarcastische grimas. Als het over geld ging, kwam de machtige heer Wade op geliefd terrein. En Russell wist dat op dit gebied maar weinigen tegen hem opgewassen waren.

'Met welk geld, in hemelsnaam?'

Russell glimlachte terug. 'Ik heb iets waarvan ik zeker weet dat je het liever hebt dan geld.'

Hij stak een hand in zijn binnenzak en haalde er een in drieën gevouwen brief uit. Hij vouwde hem open, stond op en legde hem zorgvuldig voor zijn vader op het bureau. Jenson Wade pakte de bril die hij naast zich op de schrijftafel had gelegd, zette hem op en las wat er geschreven stond.

Hierbij verklaart ondergetekende, Russell Wade, met ingang van juni aanstaande zich in dienst te stellen van Wade Enterprise voor de duur van drie jaar voor één dollar per maand.

Hoogachtend,
Russell Wade

Russell zag achtereenvolgens verbazing en verleiding op het gezicht van zijn vader. Het idee hem in zijn macht te hebben en hem naar believen te vernederen moest een aantrekkelijk vooruitzicht zijn. Ongetwijfeld zou de aanblik van Russell die in werkoverall de vloeren en de wc's schoonmaakte, hem jaren jonger maken.

'Stel dat ik akkoord ga, wat moet ik dan doen?'

'Je hebt een heleboel connecties in Washington. Of beter gezegd, je hebt een heleboel mensen op je loonlijst staan, zowel in de politiek als in het leger.'

Hij vatte het zwijgen van zijn vader op als genoegzame erkenning van zijn macht.

'Ik ben iets op het spoor, maar ben op een muur gestuit die ik alleen niet kan neerhalen. Misschien kan ik hem dankzij jou omzeilen.'

'Ga verder.'

Russell ging bij de schrijftafel staan. Hij haalde de foto van de jongen, die met de kat, uit zijn zak. Voordat hij het origineel aan Vivien had gegeven had hij de foto gescand en als reservekopie afgedrukt. Toen voelde hij zich er wat schuldig om, maar nu was hij blij dat te hebben gedaan.

'Het is iets wat te maken heeft met de Vietnamoorlog, na 1970. Ik heb de naam van een soldaat die Wendell Johnson heet en deze foto van een onbekende man die met hem heeft gediend. Ik denk dat ze allebei bij iets vreemds betrokken waren, iets waarop militair geheim rust. Ik moet weten wat en wel zo snel mogelijk.'

De zakenman dacht lang na, terwijl hij deed alsof hij naar de foto keek. Russell wist niet dat niet zijn woorden zijn vader zouden overtuigen, maar de toon waarop hij ze had uitgesproken. Deze hartstochtelijke toon die alleen de waarheid kan hebben.

Hij werd op de stoel recht voor de schrijftafel gewezen. 'Ga zitten.'

Toen hij zag dat Russell zat, drukte Jenson Wade een toets op de telefoon in. 'Mevrouw Atwood, verbind me door met generaal Hetch. Nu meteen.'

In afwachting van het gesprek drukte hij op de toets om de luidspreker aan te zetten. Russell bedacht dat hier twee redenen voor konden zijn. De minst belangrijke was om hem het gesprek te laten volgen. De tweede, voornaamste reden was om zijn zoon het zoveelste bewijs te geven van wat de naam van zijn vader betekende.

Even later dreef een ruwe, ietwat hese stem de kamer in. 'Hallo, Jenson.'

'Dag, Geoffry. Hoe gaat het?'

'Ik ben net klaar met golfen.'

'Golf? Ik wist niet dat je golfde. Dan moeten we binnenkort maar eens een mooi partijtje spelen.'

'Dat zou leuk zijn.'

'Reken maar, vriend.'

Hiermee waren de plichtplegingen uitgeput. Russell wist dat zijn vader elk jaar grote sommen geld uitgaf om zich te beschermen tegen afluisterpraktijken, waardoor hij zeker was dat dit een telefoontje zonder halve woorden was.

'Goed, wat kan ik voor je doen?'

'Ik heb een grote gunst nodig, iets wat alleen jij kunt doen.'

'Laten we zien of ik dat kan.'

'Het is van levensbelang. Heb je pen en papier bij de hand?'

'Een ogenblikje.'

Hij hoorde hoe generaal Hetch aan iemand naast hem om een blaadje en iets om mee te schrijven vroeg. Meteen daarna was hij weer terug aan de telefoon en in het kantoor.

'Zeg het maar.'

'Schrijf deze naam op. Wendell Johnson, Vietnamoorlog, na 1970.'

De stilte wees erop dat de generaal aan het schrijven was.

'Johnson, zei je?'

'Ja.'

Jenson Wade wachtte een ogenblik voor hij verderging. 'Hij is samen met een dienstmakker betrokken geraakt bij iets wat nu militair geheim is. Ik wil weten wat.'

Russell besefte dat zijn vader, om de generaal duidelijk te maken wat hij wilde, bijna dezelfde woorden had gebruikt als die waarmee hij even daarvoor zijn vraag had geformuleerd.

Dit kleine detail stemde hem vrolijk.

Aan de andere kant van de lijn kwam echter een hevig protest.

'Jenson, ik kan toch niet even een kijkje gaan nemen in –'

Dat werd in de kiem gesmoord door de barse stem van de baas van Wade Enterprise. 'Dat kun je wel. Als je goed nadenkt, zul je zien dat je het kunt.'

Deze zin was vol verwijzingen en toespelingen, iets wat enkel de twee mannen begrepen. De toon van de generaal veranderde op slag. 'Goed, ik zal zien wat ik kan doen. Geef me vierentwintig uur.'

'Ik geef je er één.'

'Maar Jenson –'

'Bel me zodra je iets weet. Ik zit in New York.'

De verbinding werd verbroken, nog voordat de generaal hier iets tegenin kon brengen. Jenson stond op van zijn bureaustoel en wierp een afwezige blik naar buiten. 'Nu kunnen we alleen maar afwachten. Heb je al gegeten?'

Russell merkte dat hij uitgehongerd was. 'Nee.'

'Ik zal mijn assistente vragen of ze je iets brengt. Ik heb een afspraak in de vergaderzaal. Ik zal op tijd terug zijn voor het telefoontje van Hetch.'

Zonder hier nog iets aan toe te voegen ging hij de deur uit en liet Russell achter in het kantoor dat naar dure sigaren, hout en geheime overdrachten rook. Hij liep naar het raam en bleef een poos staan kijken naar de grenzeloze horizon van daken, met de streep van de East River in het midden als een glinsterende waterweg onder de zon.

Even later ging de deur open en kwam zijn vaders assistente binnen met een dienblad. Er stond een bord op met daarop een zilveren deksel en daarnaast een halve fles wijs, een glas, brood en bestek. Ze zette het op een glazen tafeltje tegenover de sofa.

'Alstublieft, meneer Russell. Ik ben zo vrij geweest om voor u een rood gebakken biefstuk te bestellen. Is dat goed?'

'Perfect.'

Russell liep op het meisje af, dat was blijven staan om hem nieuwsgierig en met een ietwat insinuerende blik op te nemen. Met een glimlach en een schuin gehouden hoofd en lange haren die over haar schouder vielen.

'Je bent erg beroemd, Russell. En erg aantrekkelijk.'

'Vind je?'

De vrouw zette een stap in zijn richting. Ze hield een visitekaartje in haar hand. Met een glimlach stak ze het in de zak van zijn jasje. 'Ik ben Lorna. Dit is mijn nummer, bel me als je zin hebt.'

Hij keek haar na tot ze bij de deur was. Voordat ze naar buiten ging, draaide ze zich nog een laatste keer om, met nog steeds deze uitnodigende blik in haar ogen.

Russell bleef alleen achter. Hij ging zitten en begon aan zijn biefstuk, zonder de wijn aan te raken. Uit de minibar die was weggewerkt in een meubel tegenover de sofa pakte hij een flesje water. In zijn herinnering dook een moment op van zon, zee, wind en intimiteit. Met een andere vrouw.

Maar aangezien je met mij bent, kunnen we wel stellen dat we allebei in dienst zijn en dus geen alcohol...

Hij at al kauwend en mijmerend, twee activiteiten die erg slecht samengaan, vooral met de gedachten die door zijn hoofd schoten. Denkend aan Viviens advies dwong hij zichzelf zijn bord leeg te eten. Hij wist niet wanneer hij weer de kans zou krijgen om te eten.

Vervolgens stond hij op en liep weer naar het raam. De hele tijd lang bleef hij naar buiten kijken, in een poging zijn ongeduld de baas te worden en het gezicht van Vivien uit zijn gedachten te weren. In beide gevallen zonder resultaat.

Hij schrok op toen zijn vader het kantoor binnenkwam. Na een blik op zijn horloge merkte hij dat er al bijna anderhalf uur was verstreken sinds hij naar buiten was gegaan.

'De generaal heeft gebeld. Ik heb gezegd hem door te verbinden.'

Met snelle pas liep hij naar het bureau, ging zitten en zette de luidspreker aan.

'Hier ben ik. Heb je nieuws?'

'Ja.'

'En waar gaat het over?'
'Een normaal geval van vuile was van het leger.'
'En dat is?'
Hij hoorde het geluid van verfrommeld papier.
'Hier heb ik het. Wendell Johnson, geboren in Hornell op 7 juni 1948, woonde daar toen hij werd opgeroepen door het leger. Maakte deel uit van het elfde regiment gemechaniseerde cavalerie gestationeerd in Xuan-Loc. Rang 1Y.'
Russell opende en sloot zijn handen, als teken om vaart te zetten.
'Kom ter zake. Wat is er met hem gebeurd?'
'Deze persoonlijke gegevens heb ik genoteerd, voor de rest vertel ik je wat ik me herinner. Ik heb geen directe toegang tot het dossier kunnen krijgen. Ik ben er via sluipwegen gekomen, daarom kan ik alleen vermelden wat me is verteld.'
'Ja, maar doe dat dan, Christus nog aan toe.'
De stem van de generaal paste zich aan de haast van zijn gesprekspartner aan. 'In 1971 nam het peloton van Johnson deel aan een actie ten noorden van het district Cu Chi, die werd afgeraden door de inlichtingendienst, maar toch door de militaire gelederen is uitgevoerd. Ze zijn allemaal afgeslacht, behalve hij en een andere soldaat. Zij zijn gevangengenomen en vervolgens door de Vietcong als menselijk schild gebruikt tegen een bombardement.'
Russell had het liefst zelf meteen de vragen aan de generaal gesteld, maar kon dat uiteraard niet doen. Hij nam een blocnote en een pen van het bureau en schreef
en toen?
en legde het blaadje voor zijn vader, die knikte als teken dat hij het had begrepen.
'En toen?'
'De man die het bevel tot de luchtaanval had gegeven, majoor Mistnick, wist van zijn verkenners dat zij daar waren, maar hij heeft gedaan alsof hij van niets wist. De vliegtuigen zijn erheen gegaan en hebben het hele gebied met napalm bestookt. Deze officier heeft verschillende keren tekenen van verstandsverbijstering vertoond en daarom is hij weggehaald en is het geheel in de doofpot gestopt, in het collectieve onbehagen, als militair geheim. Het was een periode waarin de oorlog door de publieke opinie van de hele wereld werd bekritiseerd. Het verbaast me allerminst dat het zo is gegaan.'

Russell schreef nog iets op.

en die twee?

Ook deze keer bracht Jenson Wade deze gedachte onder woorden.

'En wat is er met die twee gebeurd?'

'Johnson is verbrand en geholpen door de troepen die meteen ter plekke zijn gegaan. Hij is door een wonder gered en heeft behoorlijke tijd in een militair ziekenhuis gelegen voor revalidatie, ik weet niet meer waar.'

Er verscheen een nieuw blaadje.

de ander?

'En hoe is het met die ander afgelopen?'

'Hij is volledig verast.'

Met trillende hand schreef Russell wat hem het meest interesseerde.

zijn naam?

'Weet je hoe hij heet?'

'Wacht, dat heb ik ook genoteerd. Hier is het...'

Een geluid van papier dat werd doorgebladerd en vervolgens de verlossende klank van een stem die een naam noemde.

'Matt Corey, geboren in Corbett Place op 27 april 1948 en woonachtig in Chillicothe, in Ohio.'

Russell schreef de gegevens snel op en stak toen juichend zijn armen in de lucht. Meteen daarop stak hij zijn rechterduim op naar zijn vader.

'Goed, Geoffry, bedankt voor nu. We zien elkaar nog voor dat partijtje golf.'

'Wanneer je wilt, ouwe reus.'

Een druk op een knop verwijderde generaal Hetch uit het kantoor, waar zijn laatste woorden bleven hangen. Jenson Wade leunde ontspannen tegen de rugleuning. Russell hield ongelovig deze naam waar hij zo lang op had gejaagd in zijn handen geklemd.

'Ik moet naar Chillicothe.'

Zijn vader keek een ogenblik naar deze nieuwe persoon die opeens tegenover hem stond. Toen wees hij met zijn wijsvinger naar het plafond.

'Dit is een kantoorgebouw en op het dak hebben we een helikopterplatform in plaats van een zwembad. Als je naar boven gaat, kan ik ervoor zorgen dat je binnen tien minuten een van onze helikopters kunt nemen.'

Russell was verbijsterd. Deze onverwachte hulp die hem werd aangereikt gaf hem een energie en een helderheid waartoe hij zich niet in staat achtte. Hij stak zijn hand uit om op zijn horloge te kijken.

'Het zal in vogelvlucht ongeveer achthonderd kilometer zijn naar Ohio. Redden we dat op tijd voor het donker?'

Zijn vader maakte een gebaar met zijn schouders dat een paar miljard dollar waard was. 'Geen probleem, de helikopter brengt je naar La Guardia, waar de bedrijfjets staan. Ik laat je uitstappen op het dichtstbijzijnde vliegveld van Chillicothe. Terwijl je in de lucht zit, zal ik mijn assistente vragen om een auto voor je te regelen op de plek waar je landt.'

Russell stond sprakeloos voor het bureau van de man die hij het meest had gevreesd in zijn leven. Hij zei het enige wat bij hem opkwam. 'Ik weet niet hoe ik je kan bedanken.'

'Ik weet wel een manier.'

Uit de binnenzak van zijn jasje haalde Jenson Wade het blaadje met Russells belofte, hij boog voorover en legde het midden op het bureau. Toen leunde hij weer naar achteren tegen de lederen rugleuning met een tevreden uitdrukking op zijn gezicht. 'Je zult de komende drie jaar voor me werken, weet je nog?'

32

'Heb je een sigaret?'

Russell werd wakker en vroeg zich af wie in hemelsnaam... Vlak voor hem bevond zich een bleek gezicht met een warrige baard. Twee kleine druipogen keken hem aan. Van de vuile boord van zijn overhemd tot zijn linkeroor liep een tatoeage omhoog. Zijn adem stonk naar alcohol en rotte tanden.

'Wat?'

'Heb je een sigaret?'

Het drong met een schok tot Russell door waar hij zich bevond. Hij ging zitten, waarbij hij zijn gewrichten hoorde kraken. Een nacht op het armzalige bed van een cel was niet het meest comfortabele voor het lichaam. Toen hij de avond ervoor was gearresteerd was deze magere en armoedig geklede kerel er nog niet geweest. Ze moesten hem binnen hebben gebracht terwijl hij lag te slapen. Hij was zo moe dat hij niets had gehoord.

De man zette zijn nicotineverslaving kracht bij door met hese stem zijn jacht op rookwaar voort te zetten. 'Nou, heb je die sigaret nog of niet?'

Russell ging staan. De man deed automatisch een stap achteruit. 'Je mag hier niet roken.'

'Jongen, ik zit al in de bak. Wat wil je dat ze doen, me arresteren?'

Zijn celgenoot benadrukte zijn grap met een rochelende lach. Russell had noch sigaretten, noch zin om te blijven discussiëren.

'Laat me met rust.'

Toen de man zag dat hij niets zou oogsten, ging hij onder gemompel van een persoonlijke en onbegrijpelijke vloek op de brits tegen de muur aan de overkant liggen. Hij draaide Russell zijn rug toe en bleef zo, met een jas als kussen onder zijn hoofd gerold, liggen. Na een poosje snurkte hij.

Russell liep naar de tralies. Tegenover hem was de muur van een gang die naar links liep, rechts vermoedde hij nog een cel waar geen geluid vandaan kwam. Misschien gaven de keurige mensen van

Chillicothe de autoriteiten geen aanleiding om hen vaak te bezoeken. Ook hij ging weer op het bed liggen, starend naar het plafond dat pas opnieuw geschilderd leek, terugdenkend aan hoe hij voor de zoveelste keer voor een nacht in de gevangenis was beland.

Zijn vader had woord gehouden. Vijf minuten nadat hij op het dak van het gebouw was gekomen, was er een helikopter sierlijk op het platform geland. De piloot moest op de hoogte zijn gebracht van de spoed, want hij had de motoren niet uitgezet. Vanaf de passagiersstoel was een man, voorovergebogen in het gevecht tegen de luchtverplaatsing van de rotoren, naar hem toe gekomen. Hij had hem bij zijn onderarm gepakt en, gebarend dat hij op dezelfde manier moest lopen, had hij hem naar het toestel gebracht.

De man had nog maar net het luik dichtgedaan en zijn gordel omgedaan of ze vlogen al. De stad was in hoog tempo onder hen voorbijgegleden en had al gauw plaatsgemaakt voor het terrein voor de privévliegtuigen van het vliegveld Fiorello La Guardia. De piloot had de helikopter neergezet naast een kleine, slanke Cessna CJ1+ met het logo van Wade Enterprise.

De motoren liepen al en een stewardess stond hem onder aan het trapje op te wachten. Het was een blond meisje met een tabakskleurig uniform en een licht bloesje dat deed denken aan de kleuren van het bedrijfslogo. Russell liep naar haar toe terwijl hij achter zich de rotor van de helikopter hoorde die opsteeg en wegvloog.

'Goedenavond, meneer Wade. Ik ben Sheila Lavender. Ik zal gedurende de vlucht uw assistente zijn.' Ze wees naar binnen. 'Alstublieft.'

Russell ging naar boven en kwam terecht in een elegant salonnetje met vier comfortabele zitplaatsen. Op hun plek in de cabine zaten twee piloten met voor zich een grote hoeveelheid instrumenten die voor een willekeurige leek een onbegrijpelijke taal spraken.

Sheila wees op de stoelen. 'Gaat u zitten, meneer Wade. Kan ik u iets te drinken aanbieden?'

Russell ging op een van de plaatsen zitten en zakte weg in het zachte leer. Hij had besloten niet te drinken, maar misschien had hij toch wel een drankje verdiend. Met een zweem van sarcasme bedacht hij dat zijn dienstregels veel minder streng waren dan die van Vivien.

'Is er in dit vliegtuig een fles whisky uit de voorraad van mijn vader?'

'Ja, die hebben we.'

'Prima, dan neem ik daar een slok van. Met een beetje ijs, als dat mogelijk is.'

'Komt eraan.'

De stewardess liep weg en ging aan de slag bij een mobiele bar. Uit de intercom klonk de stem van de piloot. 'Meneer Wade, ik ben Marcus Hattie, uw gezagvoerder. Goedenavond en welkom aan boord.'

Russell gebaarde naar de cabine om de groet te beantwoorden.

'We hebben dit vliegtuig gekozen vanwege zijn afmetingen, waardoor we op Ross County Airport kunnen landen en opstijgen. Helaas is er een probleem met het luchtverkeer. We staan op de wachtlijst en ik vrees dat we nog enkele minuten moeten wachten voordat we kunnen opstijgen.'

Dit bericht had Russell misnoegd. Als de mate waarin hij haast had zijn snelheid zou bepalen, zou hij te voet veel eerder op zijn bestemming zijn dan dit vliegtuig. De terugkeer van Sheila met een glas had hem wat gekalmeerd. Terwijl hij uit het raampje keek, nipte hij zo kalm mogelijk van zijn whisky. Na een eindeloos kwartier waren ze in beweging gekomen en naar de startbaan gereden. Een krachtige stoot van de motoren, een gevoel van leegte en ze waren in de lucht, waar ze een draai maakten om met de neus van het toestel in de richting van Chillicothe, Ohio te komen.

Russell had eerst op zijn horloge gekeken, toen naar de zon aan de horizon, in een poging de reisduur te schatten. Als antwoord klonk opnieuw de stem van de piloot.

'We zijn eindelijk in de lucht en verwachten over iets minder dan twee uur op onze bestemming aan te komen.'

Tijdens de vlucht had hij een paar keer geprobeerd Vivien te bellen met de telefoon van het vliegtuig, maar ze was steeds in gesprek. Russell had zich ingebeeld dat ze op datzelfde moment druk aan het telefoneren was. En na alles wat er was gebeurd wist hij niet eens zeker of hij wel met haar wilde praten.

De hoofdinspecteur heeft je zijn woord gegeven, ik niet...

Bij de herinnering aan deze woorden smaakte zijn drankje op slag bitter. Om dit te verhelpen voegde hij de smaak van de wraak toe, wanneer zou blijken dat hij alleen had gevonden wat ze tevergeefs samen hadden gezocht.

Na een eeuwigheid en nog een paar drankjes kondigde de piloot aan dat ze waren begonnen aan de afdaling naar het vliegveld van hun bestemming. Net als een paar dagen daarvoor had de duisternis hen tijdens de vlucht overvallen. Maar deze keer leken de lichten onder hem een belofte die veel gemakkelijker na te komen was – zonder te doen vergeten dat ook krankzinnige moordenaars beloften nakwamen.

De landing verliep perfect en het toestel werd kundig aan de terminal neergezet. Nadat eindelijk het luik openging en hij voet aan de grond zette, had hij praktisch hetzelfde uitzicht als op het kleine vliegveld van Hornell.

Naast het lage, langwerpige gebouw voor hem stond iemand onder de lantaarns te wachten naast een auto, een zwart glanzende, schone Mercedes Berlina. Hij zei bij zichzelf dat zijn vader niet op het geld had gekeken. Meteen daarna herinnerde hij zich dat hij al deze luxe zou moeten terugbetalen met het zweet op zijn voorhoofd. Hij hield op met zich schuldig te voelen en besloot dat hij deze luxe had verdiend.

Eenmaal aangekomen bij de auto werd hij ontvangen door een lange en magere man die eruitzag als iemand die meer gewend was doodskisten te verhuren dan auto's.

'Meneer Russell Wade?'

'Dat ben ik.'

'Ik ben Richard Balling, van Ross Rental Service.'

Geen van beiden had zijn hand uitgestoken voor een vriendelijk gebaar. Russell vermoedde dat de heer Balling een zekere minachting voelde voor mensen die uit een privéjet stapten en voor wie vervolgens een Mercedes gereedstond. Ook al had hij die geleverd.

'Dit is de auto die voor u is gereserveerd. Hebt u een chauffeur nodig?'

'Heeft de auto een navigatiesysteem?'

De man had hem geschokt aangekeken.

'Uiteraard.'

'Dan rij ik zelf.'

'Zoals u wilt.'

Hij wachtte tot de man de documenten met zijn gegevens had in-

gevuld, ondertekende ze en stapte in de auto. 'Kunt u me het adres van het bureau van de sheriff geven?'

'28 North Paint Street, in Chillicothe uiteraard. Kunt u me een lift naar de stad geven?'

Russell glimlachte samenzweerderig, terwijl hij de motor startte. 'Uiteraard niet.'

Hij vertrok met slippende banden over het grind, zonder zich te bekommeren om de terechte zorgen van meneer Balling om zijn lieveling. Onder het rijden stelde hij het navigatiesysteem in. Op het scherm verscheen de weg en een aankomstpunt vijftien kilometer verderop, met een reistijd van ongeveer eenentwintig minuten. Hij liet zich door de verleidelijke stem van de computerjuffrouw leiden tot ze hem aanraadde rechts af te slaan op de Route 104. Terwijl hij de stad naderde begon hij na te denken over zijn volgende stappen. Hij had geen precies onderzoeksplan gemaakt. Hij had een naam en hij had foto's. Eerst zou hij de sheriff om informatie vragen, daar zou hij zich verder door laten leiden. Zijn intuïtie en improvisatievermogen hadden hem hier gebracht, dus hij zou op dezelfde voet verder gaan. De weg was recht en lang, en zonder het te merken had hij het gaspedaal verder ingetrapt. Achter hem dook een veelkleurig flitslicht en een schel geluid op om hem de rekening te presenteren.

Hij had de auto rechts aan de kant gezet en op de onvermijdelijke komst van de agent gewacht en had het raampje net op tijd laten zakken om te zien hoe hij bij wijze van groet zijn pet aantikte.

'Goedenavond, meneer.'

'Goedenavond, agent.'

'Uw rijbewijs en kentekenbewijs alstublieft.'

Russell overhandigde de documenten van de auto, het huurbewijs en zijn rijbewijs. De agent met het insigne van Ross County bestudeerde ze, zonder ze terug te geven. Hij was een gedrongen type, met een grote neus en pokdalig gezicht.

'Waar komt u vandaan, meneer Wade?'

'Uit New York; ik ben net geland op Ross County Airport.'

Door de grimas die hij als reactie kreeg, zag hij dat hij een fout had begaan. Misschien hing de agent dezelfde filosofie aan als de heer Balling.

'Meneer Wade, ik vrees dat we een probleem hebben.'

'Wat voor probleem?'

'U ging als een speer, en aan uw adem te ruiken een tamelijk aangeschoten speer.'

'Agent, ik ben niet dronken.'

'Dat zullen we meteen zien. U hoeft alleen maar even te blazen, net zoals u een ballon opblies toen u klein was.'

Hij stapte uit de Mercedes en volgde de agent naar zijn wagen, waar hij deed wat hem gevraagd werd. Maar helaas was het resultaat niet zoals toen hij klein was. De persoonlijke whiskyvoorraad van Jenson Wade had ervoor gezorgd dat zijn adem niet die van een jongetje was.

De agent had hem tevreden aangekeken. 'U moet met mij meekomen. Komt u goedschiks of moet ik u in de boeien slaan? Ik wil u eraan herinneren dat verzet tegen een arrestatie een verzwarend feit is.'

Russell wist dat maar al te goed. Dit laatste detail had hij aan den lijve ondervonden. 'Handboeien zijn niet nodig.'

Ongetwijfeld tot genoegen van de heer Balling had hij de Mercedes op een parkeerstrook gezet en was in de patrouillewagen gestapt. Terwijl hij op 28 North Paint Street uit de auto stapte putte hij troost uit een gedachte. Hij was op zoek naar het bureau van de sheriff en op een bepaalde manier was hij daar ook aangekomen.

Het geluid van stappen in de gang deed hem opschrikken en hij liep naar de tralies. Even later stopte een agent voor de deur van de cel.

'Russell Wade?'

'Dat ben ik.'

Zonder vriendelijkheid gaf de agent hem een knik met zijn hoofd, dat dun behaard was. Hij leek wel de goede broer van de kerel die op het bed aan de zijkant lag te snurken. Misschien was hij dat wel.

'Kom, de versterking is gekomen.'

Na een klik van het slot en het gepiep van de tralies liep hij de man achterna door de gang. Ze stopten voor een houten deur, waarop stond dat Thomas Blein de sheriff van Ross County was. De agent klopte en opende meteen de deur. Hij gebaarde hem naar binnen te gaan en sloot de deur achter zijn rug. Russell had zich de dag ervoor in een vrijwel identieke situatie bevonden. Hij had tegen de agent willen zeggen dat hij blij was dat hij door de secretaresse van zijn vader niet net zo attent was onthaald, maar dat leek hem op zijn minst ongepast.

Er zaten twee mannen in het kantoor en het rook vaag naar sigaren. De een zat achter een bureau vol papieren en was zonder enige twijfel deze Thomas Blein die op het bordje op de deur werd genoemd. Hij was lang, had een dikke, witte haardos en een kalm maar vastberaden gezicht. Zijn magere bouw kwam goed uit in het uniform en gaf hem tegelijkertijd het juiste gewicht.

De man die op de stoel vlak voor het bureau zat, was een advocaat. Hij zag er niet zo uit, maar het feit dat hij hier was en de woorden van de agent deden dit vermoeden. Dit werd bevestigd toen de man met zijn bedaarde gezicht maar scherpe blik ging staan en hem een hand gaf.

'Goedemorgen, meneer Wade. Ik ben Jim Woodstone, uw advocaat.'

De avond ervoor had hij zijn enige toegestane telefoontje gebruikt om het vliegtuig te bellen op het nummer dat de hostess hem had gegeven. Nadat hij had uitgelegd in welke situatie hij zich bevond, had hij gevraagd om contact op te nemen met zijn vader en hem op de hoogte te brengen. Het had geleken alsof Sheila Lavender helemaal niet verbaasd was door wat hij haar vertelde.

Russell gaf de advocaat een hand. 'Aangenaam kennis met u te maken, meneer Woodstone.' Vervolgens wendde Russell zich tot de man achter het bureau. 'Goedemorgen, sheriff. Het spijt me dat ik u wat last heb bezorgd, dat was niet mijn bedoeling.'

Gezien wat er van hem bekend was, moest deze onderdanige houding een verrassing zijn voor beide dienaren van de wet, die zich voor een moment aan dezelfde kant van de barricade bevonden. Blein keek hem alleen maar vragend aan.

'Bent u Russell Wade, die rijke man?'

'Mijn vader is die rijke man. Ik ben die vrijbuiter en verschoppeling.'

De sheriff glimlachte om deze korte en volledige beschrijving die Russell van zichzelf had gegeven.

'U bent een veelbesproken persoon, ik denk terecht. Is dat zo?'

'Tja, ik denk van wel.'

'Wat doet u in het leven?'

Russell glimlachte. 'Als ik niet bezig ben met me te laten arresteren ben ik journalist.'

'Voor welke krant werkt u?'

'Geen enkele, op dit moment. Ik ben freelancer.'

'En wat brengt u in Chillicothe?'

De advocaat, Woodstone, kwam professioneel en behoedzaam tussenbeide. Hij moest toch op enige manier de declaratie die hij naar Wade Enterprise zou sturen rechtvaardigen. 'Meneer Wade, u hoeft niet te antwoorden, als u dat niet nodig vindt.'

Russell gebaarde dat het wel in orde was en bevredigde de nieuwsgierigheid van de sheriff. In dit geval was dat gemakkelijk, hij hoefde alleen de waarheid te vertellen. 'Ik schrijf een artikel over de Vietnamoorlog.'

Blein trok een wenkbrauw op, met een licht filmische manier van doen. 'Interesseert dat nog iemand?'

Meer dan je je kunt voorstellen...

'Er zijn onafgehandelde zaken die het publiek volgens mij moet weten.'

Op het bureau naast de sheriff zag hij een zware bruine papieren envelop. Hij leek op de envelop waar de avond ervoor de inhoud van zijn zakken in was gestopt, vlak voordat er signalementfoto's waren gemaakt, zijn vingerafdrukken waren genomen en hij in de cel was gegooid.

'Zijn dat mijn paar spullen?'

De sheriff pakte de envelop en opende hem. Hij haalde de inhoud tevoorschijn en legde die op het schrijfblad voor hem. Toen Russell dichterbij kwam, zag hij dat er niets ontbrak. Horloge, portefeuille, sleutels van de Mercedes...

Het oog van de sheriff viel op de foto van de jongen met de kat. Zijn gezicht leek wel een groot vraagteken toen hij vooroverboog en zijn ellebogen op het bureau legde. 'Mag ik?'

Russell antwoordde bevestigend, zonder goed te weten waarmee hij had ingestemd.

De sheriff pakte de foto en bekeek hem een ogenblik. Toen legde hij hem weer tussen de persoonlijke voorwerpen van Russell. 'Kunt u me zeggen hoe u aan deze foto komt, meneer Wade?' Meteen nadat hij deze vraag had gesteld, richtte Blein zich met een veelbetekende blik tot de advocaat. 'Natuurlijk hoeft u niet te antwoorden als u dat niet nodig vindt.'

Russell antwoordde voor de advocaat iets kon zeggen en sprong in het diepe. 'Volgens mijn gegevens is deze jongen omgekomen in Vietnam en heet hij Matt Corey.'

'Inderdaad.' Dit woord klonk als het opengaan van een stevige parachute.

'Kende u hem?'

'We hebben als jongens samen gewerkt. In mijn vrije tijd verdiende ik een paar dollar bij als metselaar in de bouw. Hij was een paar jaar ouder dan ik en was in dienst van een bedrijf waar ik een hele zomer voor heb gewerkt.'

'Weet u nog hoe dat heette?'

'O, dat was de zaak van Ben Shepard. Zijn opslagplaats stond in de richting van North Folk Village. Matt was als een zoon voor Ben en woonde daar, in een kamer in de schuur.' Blein wees met zijn wijsvinger op een van de twee foto's. 'Met Walzer, die rare kat met drie poten.'

Zonder al te veel hoop stelde Russell de volgende vraag. 'Leeft die Ben Shepard nog?'

Het antwoord van de sheriff kwam onverwachts en bevatte een nauwelijks verhulde zweem van afgunst. 'Meer dan ooit. Die oude knar is bijna vijfentachtig, maar staat nog kaarsrecht overeind en blaakt van gezondheid. En ik weet zeker dat hij nog wipt als een konijn.'

Russell wachtte tot het engelenkoor dat hij in zijn hoofd hoorde aan het eind van zijn gloria kwam. 'Waar kan ik hem vinden?'

'Hij heeft een huis in Slate Mills, iets voorbij zijn oude schuur. Ik zal het adres opschrijven.'

Blein nam pen en papier en krabbelde een paar woorden neer op een blaadje en legde het op de foto's. Russell zag dit gebaar als een gunstig voorteken. Deze foto's waren het begin van alles geweest. Hopelijk was wat op het blaadje stond het adres van het einde.

Hij voelde vlinders in zijn buik van ongeduld. 'Mag ik gaan?'

Blein maakte een gebaar met zijn handen dat betekende dat hij vrij was. 'Natuurlijk. Uw advocaat en de borg die hij betaald heeft zeggen van wel.'

'Hartelijk bedankt, sheriff. Ondanks de omstandigheden was het een genoegen.'

Woodstone stond op. Hij en de man achter het bureau schudden elkaar de hand. Ze zagen elkaar ongetwijfeld regelmatig, gezien het werk dat ze deden in een klein stadje als Chillicothe. Russell stond ondertussen al bij de deur en deed hem net open.

De stem van de sheriff hield hem tegen. 'Meneer Wade?'

Hij draaide zich om en stond met zijn hand op de klink tegenover de heldere blik van de sheriff. 'Ja?'

'Aangezien u mij aan een verhoor hebt onderworpen, mag ik u dan nu wat vragen?'

'Natuurlijk.'

'Waarom bent u geïnteresseerd in Matt Corey?'

Russell loog schaamteloos en probeerde uit alle macht niet door de mand te vallen. 'Volgens betrouwbare bronnen heeft deze jongen een heldendaad verricht die nooit is erkend. Ik schrijf een artikel om zijn opoffering en die van andere onbekende soldaten als hij aan het licht te brengen.'

Hij vroeg zich niet af of zijn patriottische toon de ervaren wetsdienaar om de tuin had geleid. In gedachten zat hij al voor een oude aannemer met de naam Ben Shepard. Aangenomen dat deze oude knar, zoals Blein hem had genoemd, met hem wilde praten. Russell herinnerde zich goed hoeveel moeite het hem had gekost om te worden ontvangen door die andere oude knar die zijn vader was.

Hij volgde advocaat Woodstone naar buiten, langs het gedeelte van het bureau dat openbaar toegankelijk was, waar een meisje in uniform achter een balie stond en een andere agent achter een bureau documenten zat in te vullen. Zodra hij buiten stond bevond hij zich weer in Amerika. Chillicothe was Amerikaans tot in de kern, met al zijn verdiensten en gebreken. Auto's en mensen bewogen zich tussen huizen, uithangborden, verkeersborden, verboden en stoplichten. Alles wat een land had opgebouwd, terwijl oorlogen werden gewonnen of verloren, in het licht van de roem of in de schaduw van de schaamte. In elk geval door daar zelf de prijs voor te betalen.

Russell zag dat aan de overkant van de straat de gehuurde Mercedes geparkeerd stond. De advocaat volgde zijn blik en gebaarde naar de auto. 'De heer Balling heeft iemand gestuurd om de auto op te halen met de reservesleutels. Ik heb ervoor gezorgd dat u hem hier zou vinden.'

'Uitstekend werk. Bedankt, meneer Woodstone. Ik zal het doorvertellen aan degene met wie u contact hebt gehad.'

'Dat was uw vader in eigen persoon.'

Russell kon zijn verbazing niet verbergen. 'Mijn vader?'

'Ja, eerst dacht ik dat het een grap was, maar toen ik hoorde dat u was gearresteerd...' De jurist klapte dicht voordat hij zijn blunder kon afmaken. Hij wilde zeggen dat hij het veel geloofwaardiger vond dat Russell Wade in de cel zat wegens te hard en onder invloed rijden, dan de stem van zijn vader aan de telefoon te horen die zijn eigen naam noemde.

Russell verborg zijn neiging om te glimlachen door voorzichtig aan zijn neus te krabben. 'Vindt u dat hij is veranderd, mijn vader?'

De advocaat maakte een gebaar met zijn schouders om zijn onbehagen van zich af te schudden. 'Daarom heb ik de klus ook aangenomen. Toen ik zijn stem aan de telefoon hoorde, had ik de indruk dat hij nauwelijks zijn lachen kon inhouden.'

Russell gaf toe aan de glimlach. Na al die tijd ontdekken dat Jenson Wade gevoel voor humor had, was op zijn minst bizar. Hij vroeg zich af hoeveel hij niet wist van zijn vader. Meteen daarna bedacht hij met een zweem van verbittering dat er op zijn minst net zoveel was dat zijn vader niet van hem wist.

33

Russell parkeerde de auto voor het huis en deed de motor uit. Hij bleef een paar tellen zitten in deze landelijke omgeving, onder een hemel die geen zin had om te glimlachen. Beleefd maar vastberaden had hij het aanbod van advocaat Woodstone afgeslagen, die had voorgesteld om hem te vergezellen, pochend dat hij Ben Shepard al meer dan tien jaar kende. Waar of niet, toen hij zich aanbood, glinsterden zijn ogen van nieuwsgierigheid. Russell had wel begrepen waarom. Dit was een klein stadje en met nieuwe informatie kon iemand het middelpunt van de aandacht op de zondagse barbecue worden. Het feit dat hij de zoon van de eigenaar van Wade Enterprise had verdedigd, was al reden genoeg om hem een uur aan het woord te laten. Hij wilde Woodstones tafelgenoten niet straffen door ze op zijn minst nog twee uur naar zijn geklets te laten luisteren.

Het huis waar hij naar zat te kijken was opgetrokken uit steen en hout, het had grote glaswanden en zag er solide uit. De eigenaar had het duidelijk gebouwd volgens zijn behoeften en esthetische criteria, die bewonderenswaardig waren. Het had twee verdiepingen en stond op de top van een heuveltje. Aan de voorkant was een verhoogde veranda die via enkele treden werd bereikt. Ertegenover lag een grasveld en een goed verzorgde tuin. Achterin kon Russell, van waar hij stond, vaag een moestuin zien. Enkele tientallen meters naar rechts lag een geasfalteerde weg die naar de achterkant van het huis voerde, waar ongetwijfeld de garage voor de auto's stond.

Hij stapte uit de auto en liep naar de omheining die het terrein afbakende. Naast het hek stond een groen geverfde brievenbus met daarop in witte letters de naam Shepard. Het hekje was niet gesloten en er stonden geen bordjes die voor honden waarschuwden. Russell opende het en liep over het pad, dat met stenen tegels in het gras was gelegd. Toen hij op een paar passen van het huis was, kwam er aan zijn linkerhand iemand de hoek om. Het was een man die langer dan gemiddeld was, met een nog krachtig voorkomen, een gerimpeld en gebruind gezicht en verrassend jonge, blauwe ogen. Zijn werkkleding en het mandje met groente dat hij vasthield duidden erop dat hij uit de moestuin kwam. Russell had hem niet eerder gezien omdat hij schuil was gegaan achter het huis.

Toen de man Russell zag staan stopte hij. Zijn stem klonk rustig en kordaat. 'Wat wilt u?'

'Ik ben op zoek naar Ben Shepard.'

'Dan hebt u hem gevonden.'

Russell was onder de indruk van de persoonlijkheid van deze oude heer. Intuïtief besloot hij dat de enige manier om hem tegemoet te treden was om hem enkel en alleen de waarheid te vertellen. 'Ik heet Russell Wade en ik ben een journalist uit New York.'

'Mooi zo. Nu u me dat hebt verteld, kunt u uw auto pakken en weer vertrekken naar waar u vandaan bent gekomen.'

Ben Shepard liep rustig langs hem heen en beklom de treden naar de veranda.

'Het is erg belangrijk, meneer Shepard.'

De man antwoordde zonder zich om te draaien. 'Ik ben bijna vijfentachtig, jongeman. Op mijn leeftijd is het enige belangrijke elke dag je ogen weer opendoen.'

Russell begreep dat, als hij hier niets tegen in zou brengen, de ontmoeting zou zijn afgelopen nog voordat ze was begonnen. 'Ik ben gekomen om met u over Little Boss te praten.'

Bij het horen van deze naam, die waarschijnlijk jarenlang alleen in zijn gedachten was uitgesproken, bleef hij prompt stilstaan op het trapje. Hij sprak met zijn nek naar hem toe gedraaid.

'Wat weet u van Little Boss?'

'Ik weet dat het de bijnaam was van een jongen die Matt Corey heette.'

Het antwoord kwam nors en vastberaden. 'Matt Corey is jaren geleden in Vietnam omgekomen.'

'Nee, Matt Corey is ruim zes maanden geleden in New York gestorven.'

De schouders van Ben Shepard leken in te zakken. Hij leek getroffen, maar niet verbaasd door deze boodschap. Een paar seconden bleef hij met gebogen hoofd naar de grond kijken. Toen hij weer opkeek, zag Russell dat zijn ogen vochtig waren. Het herinnerde hem aan de ingehouden tranen van Lester, de broer van Wendell Johnson. Hij besefte hoe de oorlog, welke oorlog dan ook, zelfs vele jaren na afloop nog tranen kon veroorzaken.

De oude man wees met een knik van zijn hoofd naar het huis. 'Kom binnen.'

Russell volgde Ben Shepard naar binnen en kwam terecht in een ruime woonkamer die de hele voorkant van het gebouw in beslag nam. Rechts, bij de haard, stond een biljarttafel met een rek voor de keuen. Links was het televisiegedeelte, met fauteuils en banken. Deze grote ruimte was sober, maar verrassend modern ingericht. De meubels zagen er echter niet nieuw uit. Russell bedacht dat deze kamer vroeger zijn tijd vooruit moest zijn geweest, in zijn soort. Her en der verspreide lijsten en voorwerpen die herinnerden aan een leven, zorgden voor eenheid.

Shepard liep naar het zitgedeelte en gebaarde naar de banken. 'Gaat u zitten. Wilt u koffie?'

Russell liet zich op een leunstoel zakken die er gerieflijk uitzag. Eenmaal op zijn plek was hij blij te constateren dat de stoel ook echt gerieflijk wás. 'Graag, ik heb net een nacht in de gevangenis doorgebracht. Koffie zou heerlijk zijn.'

De oude man reageerde niet, maar leek zijn eerlijkheid te waarderen. Hij draaide zich naar een deur aan de andere kant van de woonkamer, waarachter Russell de keuken vermoedde.

'Maria.'

Een bruinharig meisje met een olijfbruine huid deed de deur helemaal open en verscheen op de drempel. Ze was jong en zag er leuk uit en Russell begreep waar de schalkse opmerking van de sheriff over zijn gastheer vandaan kwam.

'Wil je alsjeblieft koffie voor ons zetten?'

Zonder iets te zeggen verdween het meisje weer in de keuken. De oude man ging voor Russell zitten, op de andere fauteuil. Hij sloeg zijn benen over elkaar en keek hem nieuwsgierig aan. 'Wie heeft u opgesloten?'

'Een agent van de sheriff, op de 104.'

'Een dikke, met pokdalig gezicht die eruitziet als een cowboy die zijn koeien kwijt is?'

'Ja.'

De oude man maakte een hoofdgebaar, met een uitdrukking die

deed denken aan een verhaal van wolven en hun streken. 'Lou Ingraham. Voor hem eindigt de wereld bij de grenzen van de provincie. Hij houdt niet van vreemdelingen en laat geen kans onbenut om ze te treiteren. Zijn verzameling trofeeën is aanzienlijk.'

Op dat moment kwam Maria door de deur met een dienblad waarop een koffiekan, een melkkan en twee kopjes stonden. Ze liep naar Shepard en zette alles op het tafeltje naast de fauteuil.

'Dankjewel, Maria. Neem maar een vrije dag. Ik zorg hier wel voor de boel.'

Het meisje liet een glimlach zien die de kamer verlichtte.

'Bedankt, Ben.'

Ze liep weg en verdween door de keukendeur, blij met deze onverwachte vrije dag. Russell begreep dat het gepraat over koetjes en kalfjes van zijn gastheer alleen bedoeld was om tijd te rekken, tot hij zich kon ontdoen van een mogelijk nieuwsgierige aanwezige. Dit beurde hem op en tegelijkertijd maakte het hem alert.

'Hoe wilt u uw koffie?'

'Zwart en zonder suiker. Ik kost weinig, zoals u ziet.'

Terwijl de oude man koffie inschonk uit de thermoskan besloot hij het initiatief te nemen.

'Meneer Shepard, ik zal eerst het woord nemen. Als wat ik u zeg juist is, zou ik u graag enkele vragen stellen. Zo niet, dan doe ik wat u me aanraadde. Dan stap ik in mijn auto en vertrek ik naar waar ik vandaan kwam.'

'Goed.'

Russell begon de feiten uiteen te zetten. Enigszins bezorgd, want hij wist niet helemaal zeker of de dingen wel zo waren gegaan.

'Matt Corey werkte voor u en woonde in uw schuur. Hij had een kat die door een speling van het lot, of van de mens, slechts drie poten had. En hij heette Walzer.'

Hij haalde de foto van de jongen met zijn huisdier tevoorschijn en legde hem op de schoot van Ben Shepard. De man boog zijn hoofd nauwelijks en keek naar de foto zonder hem vast te pakken.

'In 1971 is hij naar Vietnam vertrokken, elfde regiment van de gemechaniseerde cavalerie, om precies te zijn. In Xuan-Loc is hij samen met een jongen met de naam Wendell Johnson gemobiliseerd. De twee zijn vrienden geworden. Op een dag hebben ze deelgenomen aan een operatie die eindigde in een bloedbad en ze waren de enige overlevenden van hun peloton. Ze zijn gevangengenomen en later door de Vietcong gebruikt als menselijk schild tegen een bombardement.'

Russell zweeg even, zich afvragend of hij niet te snel ging. Hij zag dat Ben Shepard hem geïnteresseerd aankeek, met misschien meer aandacht voor zijn houding dan voor zijn woorden.

'Ondanks het feit dat zij daar waren is er toch opdracht gegeven voor het bombardement. Wendell Johnson en Matt Corey zijn bestookt met napalm. De een werd vol getroffen en is geheel verbrand, de ander is gered maar liep over zijn hele lichaam ernstige brandwonden op. Na een lang ziekbed en revalidatie in een militair ziekenhuis is hij ontslagen, zowel lichamelijk als geestelijk gehavend.'

Russell onderbrak zijn verhaal opnieuw en merkte dat ze allebei hun adem inhielden.

'Ik heb reden om te geloven dat, door een voor mij onbekende oorzaak, de identiteitsplaatjes van de twee jongens zijn verwisseld. Matt Corey is doodverklaard en iedereen dacht dat de overlevende Wendell Johnson was. En hij heeft, toen hij hersteld was, deze persoonsverwisseling bevestigd. Er waren geen foto's of vingerafdrukken om dit tegen te spreken. Zijn gezicht was volledig verminkt en vingerafdrukken had hij misschien niet eens meer.'

Er viel een stilte in de kamer. Een stilte die herinneringen opriep en spoken de ruimte gaf. Ben Shepard liet een traan, die jaren vast had gezeten, uit zijn ogen rollen en de foto's natmaken.

'Meneer Shepard –'

De oude man onderbrak hem en keek hem aan met ogen die noch door de jaren, noch door de mens waren verpest.

'Ben.'

Deze uitnodiging betekende dat, door een vreemde chemie die soms ontstaat tussen mensen die een ogenblik daarvoor nog vreemden waren, er vanaf dit moment niet alleen maar woorden tussen hen zouden worden uitgewisseld. Door deze onverwachte vertrouwelijkheid stelde Russell zijn vraag zo kalm mogelijk.

'Ben, wanneer was de laatste keer dat je Matt Corey hebt gezien?'

De oude man deed er een eeuwigheid over om te antwoorden.

'In de zomer van 1972, meteen nadat hij uit het militair ziekenhuis was ontslagen.'

Na deze bekentenis besloot de man eindelijk ook zichzelf koffie in te schenken. Hij pakte het kopje en nam een grote slok. 'Hij is naar me toe gekomen en heeft me hetzelfde verhaal verteld als jij net hebt gedaan. Vervolgens heeft hij de kat gepakt en is weggegaan. Ik heb hem nooit meer teruggezien.'

Russell besloot dat Ben Shepard niet in staat was om te liegen. Als dat wat hij vertelde geen leugen was, was het alleen een halve waarheid. Maar tegelijkertijd begreep hij dat als hij iets verkeerd had gezegd, deze man zijn stekels zou hebben opgezet en hij niets meer had losgekregen.

'Wist je dat Matt een zoon had? '

'Nee.'

De manier waarop Ben Shepard meteen na het uitspreken van deze ene lettergreep opnieuw het kopje aan zijn mond zette, leek Russell wat te overhaast. Hij begreep dat zijn enige mogelijkheid eruit bestond om deze man op de hoogte te brengen van het buitengewone belang van elke informatie waarover hij beschikte. En er was maar één manier om dat te doen.

'Ben, ik weet dat je een man van eer bent, in de beste betekenis van het woord. En daarvoor wil ik je belonen. Ik zal je iets vertellen wat ik, als je niet de man was die ik denk dat je bent, nooit had onthuld.'

Ben gebaarde met zijn kopje om hem te bedanken en uit te nodigen verder te gaan.

'Het is een verhaal dat moeilijk te vertellen is, want het is een verhaal dat moeilijk te geloven is.' Hij zei dit voor de man die tegenover hem zat, maar hiermee bevestigde hij ook voor zichzelf de menselijke absurditeit van dit hele verhaal. En de absolute noodzaak het te ontrafelen.

'Heb je het nieuws over de aanslagen in New York gevolgd?'

Ben knikte. 'Ja, afschuwelijke zaak.'

Russell ademde diep in voordat hij verderging. In het echt kon hij het niet doen, maar in gedachten hield hij zijn vingers gekruist. Hij keek Ben strak aan. 'Na jullie laatste ontmoeting is Matt Corey daarnaartoe verhuisd en de rest van zijn leven is hij in de bouw blijven werken.'

Dit stemde de oude man onwillekeurig tevreden. 'Hij was erg goed. Daar was hij voor in de wieg gelegd. Op zijn leeftijd begreep hij er al meer van dan veel mensen die ervoor hebben gestudeerd.'

Er stond genegenheid en verdriet op Ben Shepards gezicht. Russell voelde zijn eigen gezicht echter verstrakken van spanning. Hij lette erop dat wat hij ging zeggen een beklagenswaardige constatering leek en geen belediging. 'Matt was erg ziek, Ben. En na wat er met hem was gebeurd, heeft de eenzaamheid waarin hij al die tijd heeft geleefd de geestelijke verwarring waarin hij verkeerde nog versterkt. In de loop der jaren heeft hij in veel gebouwen waar hij aan heeft gewerkt bommen gelegd. New York is ermee bezaaid. Zes maanden na zijn dood begonnen ze te ontploffen.'

Het gezicht van de oude man werd op slag lijkbleek. Russell gaf hem de tijd dit nieuws te verwerken. Tot slot probeerde hij hem met alle overredingskracht die hij had te overtuigen. 'Als we de zoon van Matt Corey niet vinden, zullen deze explosies doorgaan.'

Ben Shepard zette zijn kopje op het tafeltje naast hem, stond op en liep naar het raam. Hij bleef enkele ogenblikken naar buiten kijken en luisterde. Misschien naar het gezang van de vogels, het kloppen van zijn hart of naar de wind door de takken. Of naar iets wat niet van buiten kwam, maar van binnen. Misschien weerklonken in zijn heldere geest de laatste woorden die hij en Matt Corey jaren daarvoor tegen elkaar hadden gezegd.

Het leek Russell nodig zijn rol in dit verhaal duidelijk te maken. 'Ik ben hier omdat ik samenwerk met de New Yorkse politie. Ik heb dit voorrecht omdat ik de oplossing van het onderzoek heb aangedragen. Als je met mij praat, heb je mijn erewoord dat ik alleen het strikt noodzakelijke zeg om de aanslagen te stoppen, zonder je erbij te betrekken.'

Nog steeds Bens rug en stilzwijgen. Russell benadrukte de ernst van de situatie met cijfers. 'Er zijn meer dan honderd doden gevallen, Ben. En er zullen nog meer mensen omkomen. Ik weet niet hoeveel, maar de volgende keer zou het bloedbad wel eens nog groter kunnen zijn.'

De oude man begon te praten zonder zich om te draaien. 'Toen ik hem leerde kennen, zat Matt in een opvoedingsgesticht in het noorden, aan de grens van de staat. Ik had er een aanbesteding voor een verbouwing in de wacht gesleept. Toen we aankwamen en de steigers begonnen op te bouwen, bekeken de andere jongens ons wantrouwend. Sommigen hielden ons voor de gek. Maar hij was geïnteresseerd in het werk dat hij elke dag onder zijn ogen zag vorderen. Hij stelde me vragen, hij wilde weten wat we aan het doen waren en hoe we dat deden. Uiteindelijk raakte ik overtuigd en heb ik de directeur gevraagd of hij met ons mee mocht werken. Na enige aarzeling stemde hij in, met de waarschuwing dat hij een moeilijke jongen was. Hij had een familiegeschiedenis achter de rug die om het even wie de stuipen op het lijf zou jagen.'

Russell besefte dat Ben een belangrijk moment uit zijn leven opnieuw beleefde. Zonder te weten waarom was hij ervan overtuigd dat hij de eerste was aan wie hij deze informatie en deze emoties toevertrouwde.

'Ik raakte verknocht aan de jongen. Hij was zwijgzaam en schichtig, maar leerde het werk erg snel. Toen hij uit het opvoedingsgesticht kwam heb ik hem vast in dienst genomen en die kamer in de schuur gegeven. Zijn ogen glinsterden toen hij voor de eerste keer binnenkwam. Het was de eerste plek sinds zijn geboorte die echt van hem was.' Ben liep weg van het raam en kwam weer tegenover Russell zitten. 'Matt is langzaam maar zeker de zoon geworden die ik niet had. En mijn rechterhand. Het waren de bouwvakkers die hem de bijnaam Little Boss gaven, vanwege de manier waarop hij de werkzaamheden stuurde als ik er niet was. Als hij was gebleven, had ik het bedrijf aan hem overgelaten, in plaats van het te verkopen aan die idioot die het heeft overgenomen. Op een dag vertelde hij me echter dat hij als vrijwilliger naar Vietnam zou gaan.'

'Vrijwilliger? Dat wist ik niet.'

'Dat is het walgelijke van het verhaal. Zo'n verhaal waardoor je je ervoor gaat schamen dat je een mens bent.'

Russell zweeg en wachtte. Zijn gesprekspartner had besloten een bittere herinnering met hem te delen, die hij al die tijd niet weg had weten te krijgen.

'Op een dag werden we ingeschakeld voor de aanbouw bij het huis van de rechter van de provincie, Herbert Lewis Swanson, moge God hem vervloeken waar hij ook is. In die tijd heeft Matt Karen leren kennen, de dochter van de rechter. Ik was erbij toen ze elkaar voor het eerst ontmoetten en zag meteen dat er iets tussen hen gebeurde. Ik zag ook meteen dat dit iets alleen maar ellende met zich mee kon brengen.'

De oude man glimlachte bij de herinnering aan deze liefde. Russell stelde zich dezelfde zachte glimlach voor op het gezicht van de broeder die de relatie tussen Romeo en Julia ontdekte. 'Ze begonnen elkaar in het geheim te ontmoeten. Het zijn misschien de weinige gelukkige momenten uit Matts leven geweest. Soms hou ik mezelf voor de gek en hoop ik dat de jaren bij mij dat ook waren.'

'Ik ben er zeker van dat dat zo is.'

Ben maakte een gebaar met zijn schouders dat het verleden volledig nutteloos maakte, omdat het alleen de kwetsbaarheid van het heden meedroeg. 'In elk geval maakte het niet veel uit. Chillicothe is een kleine stad en het is erg moeilijk je te verbergen. Vroeg of laat wordt alles opgemerkt. En de rechter is te weten gekomen dat zijn enige dochter omgang had met een jongen. Vervolgens heeft hij ontdekt wíe de jongen was. Het leven van Karen was voorgeprogrammeerd. Ze was mooi, rijk en intelligent. Een type als Matt paste niet in de plannen van haar vader, die destijds een zeer, zeer machtig man was. Hij had praktisch de hele stad in handen.'

Ben nam nog een paar slokken koffie. Hij leek zijn herinnering niet graag in woorden om te zetten, alsof hij dan de pijn opnieuw zou voelen. 'In die periode werd er een tweevoudige moord gepleegd, beneden bij de rivier. Een stel hippies dat aan het wildkamperen was werd vermoord aangetroffen. Allebei doodgestoken. De schuldige en het wapen zijn nooit gevonden. De toenmalige sheriff was een zekere Duane Westlake en hij had een hulpsheriff die Will Farland heette. Ze waren allebei met handen en voeten gebonden aan Swanson, die hen had omgekocht met privileges en geld. Een paar nachten na de ontdekking van de lichamen deden de twee een inval in de kamer van Matt met een huiszoekingsbevel dat door de rechter zelf was ondertekend. Tussen zijn spullen vonden ze marihuana en een groot jachtmes, dat voor de moord kon zijn gebruikt. Matt zei me later dat hij gedwongen werd zijn vingerafdrukken op het heft achter te laten.'

De stem van de oude man was vol van een woede die het onmogelijk maakte wonden te laten helen. 'Ik weet zeker dat Matt nooit een grammetje van dat spul aan wie dan ook heeft verkocht. En hij heeft nooit een mes gehad.'

Russell had er geen enkele reden toe, maar hij voelde dat hij dit vertrouwen deelde.

'Ze gooiden hem in de gevangenis en somden hem op welke onaangename dingen hem te wachten stonden. Een beschuldiging van gebruik en handel van verdovende middelen en de nog veel ergere beschuldiging van moord. Zij hadden de wiet in zijn kamer gelegd. Wat het mes betreft, kan ik niet geloven dat die twee de hippies doelbewust vermoord hebben. Maar de sheriff was de eerste die op de plaats van het delict was en voor iemand als hij moet het kinderspel zijn geweest om het wapen te laten verdwijnen. Aangezien Matt bij mij woonde, zeiden die twee klootzakken bovendien tegen hem dat ze mij erbij konden lappen door me te beschuldigen van medeplichtigheid en het aanzetten tot deze daden. Hij kreeg een alternatief aangeboden voor het proces en de gevangenis: vrijwillig naar Vietnam vertrekken.'

Ben dronk zijn kopje leeg. 'Hij stemde in, en de rest weet je.'

'Een verhaal zo oud als de wereld.'

Ben Shepard keek hem aan met zijn blauwe ogen, die op dat moment een bittere lijdzaamheid uitstraalden. 'Het is nog te vroeg voor de wereld dat verhalen als dit niet meer voor zouden komen.'

Russell had de indruk dat hij met zware schoenen was binnengekomen op een plek die hij op zijn tenen had moeten betreden. Toch moest hij hoe dan ook verdergaan. Om vele redenen, waarvan elk het gezicht van een persoon had. 'En Karen?'

'Ze kon niet geloven dat hij die beslissing had genomen. Toen veranderde het ongeloof in wanhoop. Maar een van de voorwaarden van de sheriff was dat hij moest zwijgen. Tegen haar en tegen mij.'

Zonder iets te vragen schonk zijn gastheer nieuwe koffie in het lege kopje.

'Na een opleidingsperiode in Fort Polk, in Louisiana, kwam Matt stiekem naar huis tijdens het verlof dat het leger iedere soldaat die naar Vietnam vertrok, gaf. Hij heeft een maand vrijwel opgesloten in de schuur geleefd, wachtend tot zij naar hem toe kwam. Ze brachten zoveel mogelijk tijd door in die kamer en ik hoop dat iedere minuut ervan voor hen als jaren heeft geduurd, al weet ik dat dat meestal niet zo gaat. Anderhalve maand na zijn vertrek kwam Karen naar me toe om me te vertellen dat ze zwanger was. Ze schreef het ook aan Matt. We hebben geen antwoord meer kunnen krijgen want kort daarna kwam het bericht van zijn dood.'

'Wat is er van haar geworden?'

'Karen is een karaktervolle vrouw. Toen haar vader hoorde dat ze in verwachting was, probeerde hij haar op alle mogelijke manieren te overtuigen van een abortus. Maar zij hield voet bij stuk, dreigend dat ze tegen iedereen zou vertellen wie de vader van het kind was en dat de rechter haar een abortus had aangeraden. Dit kon hij zich niet permitteren met zijn politieke positie en zo koos deze schurk voor het minst erge, het schandaal van zijn dochter die tienermoeder werd.'

'Maar Matt is teruggekomen.'

'Inderdaad. En je weet in welke staat.'

Een paar ogenblikken zag Russell in Bens ogen de beelden van hun ontmoeting voorbijkomen. En alle pijn en alle genegenheid die hij voor deze ongelukkige jongen had gevoeld. 'Toen ik hem zag en herkende, voelde ik een pijn vanbinnen die pas na jaren is gesleten. Deze jongen moet verschrikkelijk hebben geleden, dingen hebben meegemaakt die een mens niet zou mogen ondervinden.'

Ben haalde een zakdoek uit de zak van het oude vest en veegde zijn mondhoeken af. Zonder het te beseffen had hij bijna dezelfde woorden gebruikt die hij tegen Matt had gesproken op de avond dat hij hem in de schuur had aangetroffen.

'Door wat er van hem was geworden, heeft hij nooit aan Karen willen onthullen dat hij nog leefde. Hij heeft me laten zweren dat ik dat ook niet zou doen.'

'En toen?'

'Hij heeft me gevraagd of hij een paar uur in de schuur kon blijven, omdat hij iets te doen had. Meteen daarna zou hij terugkomen om de kat op te halen en weggaan. Ik heb hem te voet naar de stad zien lopen. Dat was de laatste keer dat ik hem heb gezien.'

Opnieuw een stilte. Russell wist dat hij op het punt stond hem iets belangrijks te vertellen.

'De dag erna zijn de lichamen van Duane Westlake en Will Farland gevonden in de verkoolde resten van het huis van de sheriff. En ik hoop dat ze nog steeds branden in de hel.'

In de blik van Ben Shepard lag een uitdaging aan iedereen die zou durven weerleggen wat hij zojuist had gezegd. Op het punt waar ze nu waren aangekomen, kon Russell niet meer helder oordelen. Hij wilde alleen nog weten.

De oude aannemer ging tegen de rugleuning van de fauteuil zitten. 'Zo'n tien jaar later is ook rechter Swanson overleden en heeft hij zijn handlangers teruggevonden.' Hij ontspande zich en nam enkele ogenblikken om te genieten van deze hypothese, die voor hem een zekerheid moest zijn.

'Wat is er met het kind gebeurd?'

'Toen hij klein was, kwam Karen af en toe met hem bij me langs. Daarna zijn we elkaar uit het oog verloren, ik weet niet of dat door haar kwam of door mij.'

Russell begreep dat hij uit fatsoen een deel van de verantwoordelijkheid hiervoor op zich nam, die hij eigenlijk niet meende te hebben.

'En wat is er toen gebeurd?'

'Op een gegeven moment heb ik financiële problemen gekregen. Om die op te lossen heb ik de zaak toevertrouwd aan een directeur en ben ik drie jaar op een olieplatform gaan werken als explosievenexpert. Toen ik terugkwam hoorde ik dat Karen alles had verkocht en was vertrokken. Ik heb haar nooit teruggezien.'

Russell voelde de teleurstelling sterker dan de rook van duizend sigaretten in zijn keel brandden.

'Weet je niet waar ze naar toe is verhuisd?'

'Nee, als ik het wist zou ik het je zeggen.'

De oude man gunde zich enkele momenten om een persoonlijke balans op te maken. 'Ik begrijp hoe belangrijk het is om de persoon te vinden naar wie je op zoek bent. En mijn wroeging is al groot genoeg.'

Russell keek uit het raam. Hij bedacht zich dat het in elk geval een spoor was. Voor de politie zou het niet moeilijk zijn om Karen Swanson op te sporen en dus zou het ook niet moeilijk zijn om haar zoon te pakken te krijgen. Er was alleen niet genoeg tijd. Als hij het bij het juiste eind had, zou de volgende explosie deze nacht plaatsvinden. En dan zouden er nog meer van die beelden komen die de televisie en de kranten van de plaatsen van de aanslagen hadden getoond. Hij keerde zich weer om naar Ben, die zijn moedeloosheid had gezien en hem had laten nadenken alvorens hem in de rede te vallen.

'Russell, ik zou je iets willen zeggen, maar het is zo'n vaag spoor dat het misschien niet de moeite waard is om ernaar te kijken.'

'In zaken als deze moet er naar álles worden gekeken.'

De oude man keek een ogenblik naar zijn handen vol ouderdomsvlekken. In zijn handpalm lagen al zijn levenslijnen en van elk hiervan was hij zich bewust.

'Mijn neef heeft jarenlang aan de leiding gestaan van het Wonder Theatre, hier in Chillicothe. Het was niets bijzonders, vooral plaatselijke voorstellingen, concerten van kleine groepjes en vrijwel onbekende zangers. Af en toe kwam er een reizend gezelschap dat wat nieuwigheid en de illusie van cultuur met zich meebracht.'

Russell wachtte, hopend dat zijn voorgevoel waar was.

'Op een dag, heel wat jaren na het vertrek van Karen en haar zoon, was er een variétévoorstelling in de stad. Goochelaars, clowns, acrobaten en zo meer. Mijn neef durfde te zweren dat ook Manuel Swanson daarbij was. Ik zeg het nog maar eens, het was al jaren later en hij had een artiestennaam, maar dat is wat hij dacht. En hij zou er een aardig bedrag om verwedden. Hij vertelde me dat hij hem ook had gevraagd of ze elkaar nooit eerder hadden ontmoet, maar hij antwoordde van niet en dat het de eerste keer van zijn leven was dat hij in Chillicothe kwam.'

Russell ging staan om van de zenuwen zijn broek glad te strijken.

'Het is al iets, maar er zal een lang onderzoek voor nodig zijn. Ik vrees dat we niet zo veel tijd hebben.'

'Zou een foto van die man helpen?'

Bij het horen van deze woorden draaide Russell zich met een ruk naar hem om.

'Dat zou zeker het beste zijn om te hebben.'

'Wacht.'

Ben Shepard stond op uit de leunstoel en pakte een draadloze telefoon die op een kast lag. Hij koos een nummer en wachtte tot er werd opgenomen.

'Hallo Homer, met Ben.'

Een paar seconden stond hij te luisteren. Er was wat bezorgdheid aan de andere kant.

'Nee, rustig maar. Ik zal er vanavond zijn bij de bowling. Ik bel je voor iets anders.'

Hij wachtte tot de persoon aan de lijn tot bedaren kwam.

'Homer, herinner je je nog dat verhaal dat je me had verteld over de jonge Swanson en dat theatergezelschap?'

Russell kon het niet volgen maar wachtte het resultaat af.

'Heb je hun materiaal nog tussen je paperassen?'

Het antwoord moest kort zijn geweest, want Ben reageerde meteen. 'Heel goed, ik stuur iemand naar je toe. Hij heet Russell Wade. Doe wat hij je vraagt. Als je hem niet vertrouwt, kun je mij vertrouwen.'

Misschien werd er tegengestribbeld en gevraagd om uitleg, maar Ben hield het kort. 'Doe het nou maar gewoon. Dag, Homer.'

Hij hing op en draaide zich naar Russell. 'Mijn neef heeft al die jaren een kopie bewaard van de affiches van alle artiesten die in zijn theater hebben opgetreden. Een soort verzameling. Ik geloof dat hij er ooit een boek over wil schrijven. Hij heeft er ook een van degene naar wie je op zoek bent.'

Hij pakte een blocnote en een balpen die naast de telefoon lagen en schreef er een naam en een adres op. Dat gaf hij aan Russell.

'Dit is zijn adres. Meer kan ik niet doen.'

Russell volgde zijn intuïtie. Hij pakte het blaadje aan en meteen daarna sloeg hij zijn armen om Ben Shepard heen. De eerlijkheid en de emotie van dit gebaar namen zijn verbazing weg. Russell hoopte dat ze ook het verdriet wegnamen wanneer hij weer alleen was.

'Ben, ik moet gaan. Je hebt geen idee hoe dankbaar ik je ben.'

'Ik weet het. En ik weet ook dat je een goed mens bent. Succes met wat je zoekt, in alle opzichten.'

Ben Shepard had opnieuw vochtige ogen maar zijn handdruk was ferm en stevig en veranderde meteen in een herinnering die jaren zou blijven. Russell liep de tuin al door, op weg naar de auto. Terwijl hij even later in het navigatiesysteem het adres invoerde dat Ben hem had gegeven, bedacht hij dat hij de informatie die hij had niet alleen kon verwerken. Hij zou een onderzoek moeten voeren waartoe alleen de politie in staat was. Zodra hij het materiaal van deze Homer had, moest hij dus zo snel mogelijk terug naar New York. Terwijl hij de auto startte en zich naar de stad begaf, kon hij niet uitmaken of de opwinding die hij voelde het gevolg was van de ontdekking die hij net had gedaan of van het idee dat hij Vivien binnenkort weer zou zien.

34

Vanuit het raam van de kliniek had Vivien de zon langzaam zien opkomen en een nieuwe dag zien aankondigen. Voor Greta zou die er niet zijn. Er zouden geen zonsopkomsten of zonsondergangen meer zijn tot de dag van de verrijzenis, waarin steeds moeilijker te geloven was. Ze legde haar hoofd tegen het raam en voelde de vochtige kou van het glas tegen haar huid. Ze sloot haar ogen, dromend dat ze wakker zou worden ergens waar niets was gebeurd, waar zij en haar zus kinderen waren en gelukkig zoals kinderen kunnen zijn. Even daarvoor, toen ze Greta's hand vasthield en had geluisterd naar het steeds langzamer klinkende *piep-piep-piep* van de monitor, totdat het een groene, rechte streep was geworden die uit het niets kwam en nergens heen leidde, had ze in een oogwenk de beelden van hun leven samen voorbij zien komen, zoals alleen stervende mensen is vergund.

Maar ondanks het feit dat ze er vroeger van overtuigd was dat dit voorrecht was voorbehouden aan de stervenden om te beseffen hoe lang hun leven was geweest, had ze het in dit geval absurd kort gevonden. Misschien omdat zij het was die achterbleef en alles broos en nutteloos leek, met deze leegte van een afwezigheid die ze wie weet hoelang zou blijven voelen.

Ze liep terug naar het bed en drukte voorzichtig haar lippen op Greta's voorhoofd. Haar huid was glad en zacht en Viviens tranen gleden naar de zijkant van haar slaap om ten slotte op het kussen te vallen. Ze stak een hand uit en drukte op een knop naast het hoofdeind. Er ging een zoemer af. De deur ging open en er verscheen een verpleegster.

Na een snelle blik op de monitor was de vrouw zich meteen bewust van de situatie. Ze pakte een interne telefoon uit haar zak en zond een signaal uit. 'Dokter, kunt u naar kamer 28 komen, alstublieft?'

Even later kwam dokter Savine de kamer binnen, aangekondigd door het geluid van zijn snelle voetstappen op de gang. De arts was kaal bij de slapen, had een gemiddeld postuur en was van middelbare leeftijd. Hij zag er bekwaam uit en had een geduldige manier van doen die duidelijk maakte dat hij zich bewust was van zijn beroep. Terwijl hij naar het bed liep haalde hij zijn stethoscoop uit de zak van zijn doktersjas. Hij schoof het laken opzij en legde het instrument op Greta's magere borst. Een seconde volstond om het te weten en nog een om zich naar Vivien te draaien met een gezicht dat alle gelijkaardige situaties omvatte die hij tijdens zijn carrière als arts had meegemaakt.

'Het spijt me, mevrouw Light.'

Het waren geen stem en woorden voor de formaliteit. Vivien wist dat het personeel en de artsen van Mariposa dit geval aan het hart ging. En hun machteloosheid tegenover het voortschrijden van de ziekte was dag na dag gepaard gegaan met een gevoel van mislukking dat ze met haar hadden gedeeld. Ze wendde zich af van het bed, om niet te zien hoe het laken over Greta's gezicht werd getrokken.

Het verdriet en de vermoeidheid bezorgden haar een duizeling. Ze wankelde en steunde tegen de muur om niet te vallen. Meteen kwam dokter Savine naar haar toe om haar overeind te houden. Hij zette haar op een stoeltje tegenover het bed. Daar pakte hij haar pols en Vivien voelde zijn deskundige vingers naar haar hartslag zoeken.

'Mevrouw, u bent uitgeput. Zou u niet liever wat rusten?'

'Ik zou wel willen, dokter, maar ik kan niet. Niet nu.'

'Als ik me goed herinner werkt u bij de politie, toch?'

Vivien keek op naar de arts met een gezicht waarop vermoeidheid en spoed te lezen stonden. 'Ja, en ik moet hoe dan ook terug naar New York. Het is een kwestie van leven of dood.'

'U kunt hier nu niets meer doen. Als u gelovig bent, kan ik u zeggen dat een gebed altijd op de plaats van bestemming terechtkomt, waarvandaan het ook komt. De kliniek kan u de naam van enkele uitstekende en zeer discrete begrafenisondernemingen geven, mocht u die nodig hebben. Zij denken aan alles.'

Savine draaide zich om naar de verpleegster. 'Meg, maak jij de documenten voor de overlijdensakte klaar? Ik zal ze dadelijk komen tekenen.'

Zodra ze alleen waren, stond Vivien op van de stoel, haar benen stram en houterig.

'Dokter, ik heb een vreselijke dag voor de boeg. En ik mag niet slapen.' Ze stopte even om haar schroom te overwinnen. 'Het is vreemd dat een politieagent het vraagt, maar ik heb iets nodig wat me wakker houdt.'

De arts glimlachte wat eigenaardig maar begripvol. 'Is dit een valstrik? Kom ik dan in de gevangenis?'

Vivien schudde haar hoofd. 'Nee, alleen in mijn dankgebedjes.'

Savine dacht een ogenblik na. 'Wacht hier.'

Hij liep de kamer uit, Vivien alleen achterlatend. Even later kwam hij terug met een wit plastic doosje. Om te laten horen dat er een pil in zat, schudde hij ermee. 'Hier, als het nodig is, neem dan deze pil. Maar u mag er geen alcohol bij drinken.'

'Daar is geen gevaar voor. Bedankt, dokter.'

'Veel succes, en nog gecondoleerd.'

Vivien bleef alleen achter. Ze probeerde zichzelf ervan te overtuigen dat haar zus hier in deze kamer er niet meer was, dat in het bed onder het laken alleen een omhulsel lag dat jarenlang plaats had geboden aan haar mooie geest, een leegte in bruikleen die binnenkort zou worden teruggeven aan de aarde. Ondanks dit idee kon ze zich er niet van weerhouden Greta nog een laatste kus te geven en een laatste blik toe te werpen.

Op het nachttafeltje stond een halfvolle fles. Ze opende het doosje dat ze zojuist van de arts had gekregen en liet het pilletje direct op haar tong vallen. Met een slok water die naar tranen leek te smaken slikte ze hem door. Toen liep ze weg van het bed, pakte haar jack van de kapstok en ging de kamer uit.

Met brandende ogen liep ze door de gang. Ze kwam bij de lift die haar geruisloos en zonder horten naar beneden bracht naar de hal, waar achter de balie van de receptie een paar jonge vrouwen in uniform stonden. Ze liep op hen af en na enkele minuten had ze de zorg voor Greta's lichaam geregeld, via het nummer van een begrafenisonderneming dat ze van een van de twee vrouwen kreeg.

Toen keek ze om zich heen, naar deze plek waar ze nu niets meer te zoeken had, maar waar ze vooral niets meer kon doen. Toen ze Greta hierheen hadden gebracht, had ze de stijl en soberheid van de Mariposakliniek op prijs gesteld. Nu was de kliniek veranderd in niet meer dan een plaats waar mensen soms niet meer beter werden.

Eenmaal buiten liep ze naar haar auto op de parkeerplaats. Misschien had ze last van het placebo-effect en was het te vroeg om al iets te merken van de pil, maar ze voelde hoe haar vermoeidheid verdween en haar lichaam zich langzaam bevrijdde van de resten lood die zich hadden opgehoopt.

Ze stapte in de auto en startte de motor, met de neus van de wagen naar de uitgang gericht. Terwijl ze zonder oponthoud de stad uit reed en ze op weg ging naar de Palisades Parkway die haar New Jersey uit zou leiden, doorliep ze alle gebeurtenissen die haar op dit punt van het onderzoek en van haar leven hadden gebracht.

De dag ervoor, toen eerwaarde McKean haar op de hoogte had gebracht van zijn geheim en zo een van de strengste regels van zijn ambt had overtreden, voelde ze zich bezorgd en opgewonden tegelijk. Aan de ene kant voelde ze de verantwoordelijkheid voor onschuldige mensen die in levensgevaar verkeerden, dezelfde verantwoordelijkheid die de priester er uiteindelijk toe had gebracht zich tot haar te wenden. Aan de andere kant wilde ze hem de gevolgen van een ongetwijfeld zeer pijnlijke beslissing besparen.

Het werk van Michael McKean was te belangrijk. De jongeren voor wie hij zorgde adoreerden hem en hij was onmisbaar voor hen en voor alle jongeren die in de toekomst in Joy zouden aankomen en door hem zouden worden ontvangen.

Na de lunch met de jongeren, toen ze had gelachen en grapjes had gemaakt met een Sundance die lichamelijk en geestelijk helemaal een ander leek, was het telefoontje van de kliniek gekomen. Dokter Savine had haar in alle voorzichtigheid die de boodschap vereiste, meegedeeld dat Greta's toestand zienderogen achteruitging en dat ze elk moment het ergste verwachtten. Ze was weer aan tafel gaan zitten en probeerde het angstgevoel dat ze had niet te laten merken, maar ze was er niet in geslaagd de scherpe blik en gevoeligheid van Sundance voor de gek te houden.

'Wat is er, Vunny, is er iets aan de hand?'

'Niets schat, wat problemen op het werk. Je weet hoe die schavuiten zijn, die willen zich maar niet in de kraag laten vatten.'

Ze had expres het woord schavuit gebruikt omdat het een woord was dat Sundance erg grappig vond toen ze klein was. Maar ondanks haar poging de zaken minder ernstig voor te stellen, kon ze

Sundance niet helemaal overtuigen. De rest van het middagmaal had ze voortdurend haar gezichtsuitdrukking en heldere ogen in de gaten gehouden.

Voordat Vivien was weggegaan, had ze zich teruggetrokken met de priester. Ze had hem op de hoogte gebracht van de achteruitgang van Sundance' moeder en gezegd dat ze meteen naar Cresskill, naar de kliniek zou gaan. Ze hadden afgesproken dat hij 's middags een bordje in de kerk zou ophangen met de aankondiging dat donderdag een extra biecht zou plaatsvinden en dat hij vanaf het begin van die middag in de biechtstoel zou zijn. Vrijdag, de dag waarop de priester gewoonlijk de biecht afnam in de kerk van Saint John the Baptist, in Manhattan, zouden ze elkaar weer spreken en een actieplan opstellen op basis van het verwachte rooster.

Tijdens haar rit moest Vivien de zwaarste beproeving doorstaan. Ze moest met Bellew praten en veel gedaan krijgen zonder iets te onthullen. Ze hoopte dat zijn achting voor haar zo groot was dat hij haar zou vertrouwen in wat ze hem zou vragen.

Nadat de telefoon kwee keer was overgegaan nam de hoofdinspecteur met vermoeide stem op.

'Bellew.'

'Dag Alan, met Vivien.'

'Ben je in Williamsburg geweest?'

Eerlijk en direct als altijd. Met daarbij een spanning die klonk alsof een neurose niet ver weg was.

'Ja, maar uit het appartement is niets naar voren gekomen. Onze alias Wendell Johnson leefde echt als een spook, binnen en buiten zijn huis.'

Een stilte die kon worden opgevat als een verwensing. Vivien ging verder. 'Maar er is nieuws gekomen uit een andere hoek. Heel groot en beslissend nieuws, als we geluk hebben.'

'En dat is?'

'We kunnen de man te pakken krijgen die de bommen laat ontploffen.'

In de hoorn klonk een ongelovige stem. 'Echt waar? Hoe is dat je gelukt?'

'Alan, je moet me vertrouwen. Verder kan ik er niets over zeggen.'

De hoofdinspecteur was van onderwerp veranderd. Vivien ken-

de hem goed. Ze wist dat hij met deze afleiding tijd won om na te denken. 'Is Wade nog steeds bij jou?' Hij had verwacht op de achtergrond de groet van Russell te horen en was ongetwijfeld verrast door het antwoord van Vivien.

'Nee, hij heeft besloten het op te geven.'

'Weet je zeker dat hij zijn mond zal houden?'

'Ja.'

Ik ben nergens zeker van, wat die man betreft. En het is vooral hij die niet meer zeker van mij is...

Maar dit was niet het moment om hier over te praten, laat staan denken. Bellew vond het een goed teken dat Russell het had opgegeven. En bij de gedachte aan een dergelijke arrestatie had hij zichzelf weer op gang gebracht met opgeladen batterijen.

'Oké, wat moet ik doen? En vooral, wat wil jij doen?'

'De politie van de Bronx moet worden gewaarschuwd en klaarstaan om vanaf morgenmiddag twee uur een boodschap te ontvangen op een gecodeerde golflengte en mijn instructies te volgen.'

Als reactie kreeg ze een antwoord zonder alternatieven.

'Je weet toch dat een dergelijk verzoek een ticket enkele reis is? De korpschef zit me op de nek als een mossel op een rots. Als de politie optreedt en het levert ons niets op, zal ik heel wat pijnlijke uitleg moeten geven. En dan rollen onze koppen zeker.'

'Daar ben ik me van bewust, maar het is het enige spoor dat we hebben. De enige strohalm waaraan we ons kunnen vastgrijpen om te proberen hem te stoppen.'

'Goed. Ik hoop dat je weet wat je doet.'

'Dat hoop ik ook. Bedankt, Alan.'

De hoofdinspecteur had opgehangen en zij was alleen op weg gegaan naar een afscheid.

Net zoals nu, terwijl ze terugkeerde naar New York met een aanwezigheid in de auto die langzaam maar zeker in de tijd zou vervagen, maar niet in de herinnering.

Ze reed over de George Washington Bridge en vervolgde haar weg totdat ze links afsloeg op de Webster Avenue, in de richting van Laconia Street, waar het bureau van het 47ste district was gevestigd. Bij nummer 4111 stopte ze en parkeerde de auto voor het gebouw, tussen de dienstauto's waarin agenten zaten te wachten.

Zodra ze uit de Volvo stapte, ging de glazen deur open en kwam de hoofdinspecteur naar buiten met een persoon in burger die ze niet kende. Ze had hier met Bellew afgesproken de avond ervoor, toen ze had gebeld vlak voor ze haar telefoon uit–

Haar telefoon, shit.

Ze had hem meteen na het gesprek uitgezet, om te voorkomen dat ze in de stilte van de kliniek zou worden gebeld. Ze wist dat er 's nachts geen belangrijke telefoontjes zouden komen. Als er iets gebeurde, zou dat de dag erna zijn. Ze wilde daar blijven, bij haar zus, alleen en afgezonderd van de rest van de wereld, voor wat later hun laatste nacht samen zou blijken. En overweldigd door Greta's dood had ze hem vergeten aan te zetten toen ze uit Cresskill was vertrokken. Ze doorzocht de zakken van haar jack en haalde hem tevoorschijn. Gejaagd zette ze hem weer aan, hopend dat er in de tussentijd niet was gebeld. Haar hoop vervloog snel. Zodra de telefoon het netwerk had gevonden, ontving ze verschillende berichten van gemiste oproepen.

Russell.

Later, ik heb nu geen tijd.

Sundance.

Later, liefje. Nu weet ik niet wat ik je moet zeggen en hoe.

Bellew.

Shit, waarom heb ik die verdomde telefoon niet aangezet?

Priester McKean.

Verdomme, verdomme, verdomme.

Ze keek naar het tijdstip van de oproep en zag dat hij rond het middaguur had gebeld. Vivien keek op haar horloge. Kwart over twee. Waarom hij had gebeld wist ze niet, maar op dit moment kon ze niet terugbellen, want Michael zat beslist al in de biechtstoel. Als zijn telefoon daar ging, zou dat pijnlijk kunnen zijn voor om het even welke biechteling en argwaan kunnen wekken bij de man naar wie ze op jacht waren, als hij toevallig al net daar was.

Ondertussen waren Bellew en de andere man bij de parkeerplaats aangekomen. De man zat goed in zijn vlees, maar zijn tred was krachtig en soepel, ondanks het feit dat hij geen atletisch postuur had.

'Vivien, maar waar zat je?'

De hoofdinspecteur zag de uitdrukking op haar gezicht en zijn toon veranderde op slag. 'Sorry, hoe gaat het met je zus?'

Vivien zweeg, hopend dat de pil van dokter Savine haar niet alleen hielp wakker te blijven maar ook haar tranen tegenhield. Haar stilzwijgen was duidelijker dan welke woorden ook.

Bellew legde een hand op haar schouder. 'Het spijt me heel erg. Echt waar.'

Vivien hernam zich. Ze werd zich bewust van de verlegenheid van de andere man. Hij had begrepen dat er iets vervelends was gebeurd, iets waarvan hij de omvang kon vaststellen maar waarop hij niet wist te reageren. Ze doorbrak de ongemakkelijke situatie en gaf hem een hand.

'Rechercheur Light. Bedankt voor uw hulp.'

'Ik ben commissaris van de politie William Codner. Aangenaam. Ik hoop dat –'

Vivien zou nooit weten wat Codner hoopte want haar telefoon, die ze nog in haar vuist geklemd hield, begon te piepen. Het schermpje werd verlicht en de naam van priester McKean verscheen. Vivien voelde een vlaag van warmte vanuit haar maag door haar hele lichaam stromen. Ze nam onmiddellijk op, terwijl ze met een vinger de microfoon van het toestel bedekte, zodat er aan de andere kant van de lijn niets te horen zou zijn.

Ze keek op naar de twee mannen die bij haar stonden.

'Het is zover.'

De commissaris maakte een gebaar met zijn hand en de auto's kwamen in beweging. Een ervan reed naar hen toe. Vivien ging voorin zitten. Bellew en Codner namen plaats op de achterbank.

'Jongens, het spel is begonnen. Jij bent aan zet, Vivien.'

'Een ogenblik.'

Een onbekende stem, kalm en diep.

'*...en zoals u ziet ben ik mijn beloften nagekomen.*'

Vervolgens het antwoord van McKean.

'*Maar voor welke prijs? Hoeveel levens heeft deze waanzin gekost?*'

Vivien hield de telefoon een stukje van haar oor. Ze griste de mobilofoon van de houder op de radio en gaf instructies aan de auto's die zaten te luisteren.

'Aan alle wagens. Rechercheur Light hier. Allemaal in de richting van Country Club. Sluit het blok af tussen Tremont, Barkley en Logan Avenue en de Bruckner Boulevard. Ik wil een cordon van auto's en agenten om iedereen die dit gebied uit gaat, per auto of te voet, te controleren.'

'*Waanzin? Zijn de plagen van Egypte dan misschien ook waanzin? En is de zondvloed waanzin genoemd?*'

Vivien voelde een beklemming op haar borst en haar hartslag versnelde. Deze man was werkelijk gestoord. Een gevaarlijke gek. Ze hoorde hoe de priester, met een stem vol medelijden, probeerde om rede over te brengen aan iemand die niet in staat was die te ontvangen.

'*Maar toen kwam Jezus en is de wereld veranderd. Hij heeft geleerd om te vergeven.*'

'*Jezus heeft gefaald. Jullie hebben hem gepredikt maar jullie hebben niet naar hem geluisterd. Jullie hebben hem vermoord...*'

De stem klonk niet meer diep maar was schriller geworden. Vivien probeerde zich een voorstelling te maken van het gezicht van deze man in het halfduister van een biechtstoel, die voor anderen boetedoening en vergiffenis van hun zonden betekende maar voor hem alleen een plek was waar hij zijn doodsaankondigingen kon doen.

'*Heb je er daarom voor gekozen om deze groene jas te dragen? Heb je daarom zo veel onschuldige mensen vermoord? Uit wraak?*'

Vivien begreep dat McKean haar een aanwijzing gaf, een bevestiging van de beschrijving van deze man. En door hem tegen te blijven spreken gaf hij haar tijd om daar te komen.

Ze bracht de microfoon weer naar haar mond en sprak de luisterende agenten toe. 'De verdachte is een lange blanke man, met donker haar. Hij draagt een groene jas, een legerjas. Hij kan gewapend en gevaarlijk zijn. Ik herhaal: hij kan gewapend en zeer gevaarlijk zijn.'

De man bevestigde deze beschrijving met zijn volgende woorden, gefluisterd met de bitterheid van de haat en gearticuleerd als een veroordeling.

'*Wraak en rechtvaardigheid gaan in dit geval samen. En mensenlevens tellen niet voor mij, zoals ze nooit voor jullie hebben geteld.*'

Opnieuw de stem van Michael McKean.

'*Maar voel je de heiligheid van deze plaats niet? Vind je de rust die je zoekt dan tenminste niet hier, in de kerk die is gewijd aan Jo-*'

hannes de Doper, de man die zich in al zijn bescheidenheid on-
waardig vond om Christus te dopen?'

Vivien voelde de grond onder haar voeten wegzakken. Johannes de Doper? Daarom had de priester gebeld. Hij had haar willen waarschuwen dat hij om de een of andere reden niet naar Saint Benedict zou gaan, maar dat zijn wekelijkse bezoek aan Saint John een dag was vervroegd.

Ze schreeuwde haar nederlaag uit tegen het dak van de auto. 'Hij is niet hier. Hij is niet hier, verdomme.'

De gealarmeerde stem van Bellew klonk achter haar.

'Wat zeg je, wat gebeurt er?'

Ze gebaarde hem stil te zijn.

'De heiligheid ligt in het einde. Daarom zal ik zondag niet rusten. En de volgende keer zullen de sterren en iedereen daaronder verdwijnen.'

'Wat betekent dat? Ik begrijp het niet.'

Weer de stem, zelfverzekerd, laag en dreigend.

'Je hoeft het niet te begrijpen, je hoeft alleen maar af te wachten.'

Een stilte waarin Vivien andere mensen zag sterven, ze hoorde hun geschreeuw in het gedreun van de explosie en zag ze branden in het vuur dat hen meteen daarna verzwolg. En met hen voelde ze zichzelf sterven.

De stem vervolgde zijn krankzinnige dreigement.

'Dit is mijn macht. Dit is mijn plicht. Dit is mijn wil.'

Nog een stilte. En toen zijn waanzin.

'Ik ben God.'

Vivien stak haar hand uit naar de radio en veranderde de frequentie naar de gewone frequentie van de politie van Manhattan. Ze herhaalde de boodschap die ze net had uitgezonden. 'Aan alle luisterende auto's. Dit is rechercheur Vivien Light van het dertiende district. Begeef u zo snel mogelijk naar het Fashion District, rond het blok aan 31st Street en 32nd Street, tussen 7th en 8th Avenue. De gezochte is een blanke, lange man met bruin haar. Hij draagt een groene legerjas. Hij kan gewapend zijn en is zeer gevaarlijk. Blijf luisteren.'

Uit haar mobiele telefoon klonk de gedempte stem van eerwaarde McKean.

'Vivien, ben je daar?'

'Ja.'

'Hij is weggegaan.'

'Bedankt, je was geweldig. Ik bel je later.'

Vivien liet zich tegen de rugleuning vallen. Ze maakte een moedeloos gebaar naar de chauffeur. 'Je kunt net zo goed stoppen. We hebben geen haast meer.'

Terwijl de chauffeur aan de rechterkant van de weg ging staan, drong Bellew zich tussen de voorstoelen, om Vivien aan te kijken. En om ervoor te zorgen dat Vivien hem zag.

'Wat is er aan de hand? Wie had je aan de telefoon?'

Vivien draaide zich naar hem om.

'Dat kan ik je niet zeggen. Het enige wat ik je kan zeggen is dat we moeten wachten. En hopen.'

Bellew ging weer op zijn plek zitten. Hij had begrepen dat er iets verkeerd was gegaan, al wist hij niet wat. Vivien wist hoe haar baas zich op dat moment voelde, want dat verschilde waarschijnlijk niet veel van hoe zij zich voelde. Niemand in de auto had de moed om wat te zeggen. Er verstreken minuten waarin de tijd en de stilte even dik en stroperig waren.

Even later klonk er een stem door de radio. 'Hier agent Mantin van Midtown South. We hebben een persoon aangehouden die voldoet aan het signalement. Hij draagt een groene legerjas.'

Vivien voelde hoe de opluchting als een golf aan kwam zwellen en alle mogelijke vlammen doofde.

'Fantastisch, jongens. Waar zijn jullie?'

'Op de hoek van 31st Street en 7th Avenue.'

'Breng hem naar jullie bureau. We komen er onmiddellijk aan.'

Vivien gebaarde naar de chauffeur die in beweging kwam en van de straatkant wegreed. Van achter werd er een hand op Viviens schouder gelegd.

'Uitstekend werk, meisje.'

Dit compliment duurde maar tot de seconde erna. Uit de radio klonk een andere stem die verwarring en wanhoop in de auto bracht.

'Hier wagen 31, van Midtown South. Ik ben agent Jeff Cantoni. Ook wij hebben iemand opgepakt die voldoet aan de beschrijving.'

Ze kregen geen tijd om zich af te vragen wat er aan de hand was want een derde stem kwam er overheen.

'Hier agent Webber. Ik sta op de hoek van 6th Avenue en 32nd Street. Er is hier een betoging van veteranen. Er zijn er wel tweeduizend met een groene legerjas.'

Vivien sloot haar ogen en bedekte haar gezicht met haar handen. Ze vluchtte weg in een donkerte waarin de zon nooit meer leek op te komen en ze liet haar tranen pas toe toen deze duisternis en zij één werden.

35

Vivien kwam uit de lift en liep langzaam de gang door. Toen ze voor de deur stond, haalde ze de sleutels uit haar zak en stak ze in het sleutelgat. Zodra de sleutel één keer in het slot had gedraaid, ging de deur aan de overkant open en kwam Judith tevoorschijn. Ze had een van haar katten in haar armen, de wit met rode.

'Dag, je bent eindelijk terug.'

Viviens humeur duldde op dat moment geen lastige personen.

'Hallo, Judith. Sorry, ik heb erg veel haast.'

'Wil je geen koffie?'

'Nee, niet nu, bedankt.'

Het oudje keek haar een ogenblik meewarig en verwijtend aan. 'Kijk, dat kun je verwachten van iemand die alleen maar aan fooien denkt.'

Met een aanmatigende blik gooide ze de deur voor Viviens gezicht dicht. De klik van het slot zonderde haar en haar viervoeters af in een wereld die alleen voor hen was. Op andere momenten zou de excentriciteit van deze vrouw haar hebben vertederd en geamuseerd. Maar op dit ogenblik had Vivien geen ruimte voor andere gevoelens dan woede, teleurstelling en verdriet. Om zichzelf, Greta en Sundance. Om priester McKean. Om alle mensen die door die gek in leven waren gelaten, voordat hij een nieuwe hel zou doen losbarsten.

Nadat hun mislukking definitief was bevestigd, had Bellew lang gezwegen en haar niet aan durven kijken. Ze wisten allebei wat er zou gebeuren. De volgende dag zouden deze mobilisatie en dit fiasco over de tong gaan van het hele New Yorkse politiekorps en van de korpschef in het bijzonder. De korpschef die, zoals de hoofdinspecteur had voorspeld, om opheldering zou vragen en misschien wel om ontslagen.

Vivien was bereid haar pistool en legitimatiebewijs in te leveren als haar dat zou worden gevraagd. Ze had alles geprobeerd wat ze kon, maar het was verkeerd gegaan. Door toedoen van het lot maar vooral door haar eigen schuld, haar onachtzaamheid. Doordat ze er niet op tijd aan had gedacht een vervloekte telefoon aan te zetten. Het feit dat dit was gebeurd na het overlijden van haar zus was geen excuus. Ze was een politieagent en haar behoeften en persoonlijke gevoelens moesten op de tweede plaats komen, in een zaak als deze. Hiertoe was ze niet in staat geweest en ze was bereid om de gevolgen daarvan onder ogen te zien. Maar als andere mensen zouden sterven zou ze de gevolgen voorgoed met zich mee moeten dragen.

Ze ging het appartement binnen van een zieke en wanhopige man die zich jarenlang had uitgegeven voor Wendell Johnson. Hier vond ze dezelfde kale ruimte, hetzelfde onontkoombare gevoel van eenzaamheid. Een grijzig licht scheen door het raam en alles om haar heen en binnen in haar leek dof, zonder hoop of leven.

Wachtend tot het huis tegen haar zou spreken dwaalde ze door het huis. Ze wist zelf niet waarnaar ze op zoek was, maar ze wist wel dat er nog iets te ontdekken was, een tip die haar in het oor was gefluisterd en die ze niet kon begrijpen en ontcijferen. Ze moest alleen tot bedaren komen, de rest vergeten om zich te herinneren wat het was. Ze pakte de enige stoel van de tafel en zette hem in het midden van de keuken. Wijdbeens, met haar armen op de ruwe stof van haar spijkerbroek, ging ze zitten. Ze keek om zich heen.

In haar jaszak ging de telefoon. Onbewust kreeg ze zin hem uit te zetten zonder ook maar te kijken wie haar belde. Toen haalde ze hem zuchtend uit haar zak en nam op. In haar oor klonk de opgewonden stem van Russell.

'Vivien, eindelijk. Met Russell. Ik heb hem gevonden.'

De verbinding stoorde wat en Vivien kon hem niet goed horen.

'Rustig, praat eens rustig. Wie heb je gevonden?'

Russell begon de woorden een voor een duidelijk uit te spreken en tenslotte begreep Vivien waarover hij het had.

'Degene die al die jaren voor Wendell Johnson is doorgegaan heet eigenlijk Matt Corey. Hij is geboren in Chillicothe, in Ohio. En hij had een zoon. Ik heb zijn naam en een foto van hem.'

'Ben je gek geworden? Hoe heb je dat gedaan?'

'Dat is een lang verhaal. Waar ben je nu?'

'In het appartement van Wend...'

Ze brak haar zin af. Ze besloot Russell het voordeel van de twijfel te gunnen, totdat het tegendeel bewezen was.

'In het appartement van deze Matt Corey, aan Broadway, in Williamsburg. En jij?'

'Ik ben een kwartier geleden op La Guardia geland. Nu rij ik zuidwaarts over de Brooklyn Expressway. Over tien minuten ben ik bij je.'

'Oké, schiet op. Ik wacht hier.'

Ongelooflijk. Ze probeerde weer te gaan zitten, maar kreeg het gevoel dat haar benen elk moment van de zenuwen konden gaan trillen en dat ze het geluid van haar hakken op de vloer zou horen.

Ze ging staan en liep wat heen en weer in een appartement dat ze inmiddels van buiten kende. Russell had alleen bereikt wat haar niet was gelukt. Het drong tot haar door dat ze geen woede of jaloezie voelde. Alleen opluchting om de onschuldige mensen die misschien zouden worden gered en bewondering om wat hem was gelukt. Ze voelde zich niet vernederd. Meteen hierna besefte ze de reden hiervoor. Omdat deze man niet zomaar iemand was, maar omdat het Russell was. Er begon weer iets te knagen, ondanks haar ongeduld. Ze kon alleen blij zijn om het succes van iemand anders als ze van hem hield. Ze realiseerde zich dat ze zich helemaal in deze man had verloren. Het zou haar ongetwijfeld lukken hem uit haar hoofd te zetten, maar dat zou veel tijd en moeite kosten.

Met een zweem van zelfironie hoopte ze dat het onderzoek van een nieuwe zaak haar voldoende zou bezighouden. Ze liep naar de slaapkamer, deed het licht aan en wierp voor de zoveelste keer een blik in het rond in dit huis zonder spiegels en zonder lijsten aan de muur.

Met de snelheid die alleen een gedachte en het licht kunnen hebben drong het tot haar door.

Zonder lijsten aan de muur...

Toen ze samen was met Richard, haar vroegere vriend, had ze kennisgemaakt met kunstenaars. Hij was architect maar ook een niet onverdienstelijke schilder. De vele schilderijen die in hun huis hingen bewezen dit. Ze waren echter ook een bewijs van de narcistische aard die alle kunstenaars gemeen hebben. Soms omgekeerd evenredig aan hun talent. Het leek haar vreemd dat deze man, deze Matt Corey, al die tekeningen had gemaakt en in de loop der jaren de verleiding had weerstaan om er ook maar één op te hangen.

Tenzij...

In een paar stappen was ze bij de kast die tegen de muur stond. Van de onderste plank pakte ze de dikke grijze map. Ze deed hem open en bladerde snel door de tekeningen op hun ongewone ondergrond van doorzichtig plastic

Sterrenbeeld van Karen, sterrenbeeld van de schoonheid, sterrenbeeld van het einde...

tot ze degene vond die ze zocht. Net op het moment dat ze hem uit de map haalde, ging de bel. Ze legde de tekening op het ruwe houten blad en liep naar de deur om die open te doen, hopend dat het niet Judith was om nog meer te klagen. In plaats daarvan trof ze Russell aan die er gebroken uitzag, met een ongeschoren gezicht, zijn haar in de war en gekreukte kleren. In zijn rechterhand hield hij iets wat op een opgerolde poster leek.

Er schoten twee dingen tegelijk door haar hoofd: dat hij razend knap was en dat zij een stommeling was. Ze pakte hem bij een arm en trok hem naar binnen, voordat de deur aan de overkant open zou gaan.

'Kom binnen.'

Vivien sloot de deur onmiddellijk, waardoor het geluid van het slot samenviel met Russells opgewonden stem.

'Ik moet je iets laten zien –'

'Momentje. Laat me eerst even iets controleren.'

Ze liep terug naar de slaapkamer, gevolgd door een Russell die er niets van begreep. In de kamer pakte ze het blauw omrande transparant waarop de schilder een afbeelding had gemaakt van wat volgens hem *Het sterrenbeeld van de woede* was. De tekening bestond uit een reeks witte punten die her en der werden aangevuld met rode stippeltjes.

Gevolgd door de nieuwsgierige blik van Russell liep ze naar de kaart van New York die aan de muur hing en legde de tekening hier overheen. Ze pasten precies op elkaar. Maar terwijl de witte punten lukraak leken te zijn geplaatst en sommige in de rivier of de zee verdwenen, bevonden de roden stippen zich allemaal op het vasteland en hadden ze een precieze geografische positie.

Vivien zei het vooral voor zichzelf, mompelend. 'Het is een memo.'

Toen, terwijl ze de tekening nog steeds op de kaart hield, draaide ze zich om naar Russell, die nu naast haar stond. Ook hij begon het te begrijpen, al had hij geen idee hoe Vivien hierbij was gekomen.

'Deze Matt Corey had geen artistieke aspiraties. Hij wist heel goed dat hij geen talent had. En daarom heeft hij niet één tekening opgehangen. Hij heeft de tekeningen alleen gemaakt om er deze kleine plattegrond in te verstoppen. En ik weet zeker dat de rode stippen overeenkomen met alle plekken waar hij zijn bommen heeft verborgen.'

Ze liet het transparant wegglijden en toen ze opnieuw naar de kaart van de stad keek, trok ze wit weg. Er ontsnapte haar een angstkreet. 'O, mijn God.'

Vivien hoopt dat ze zich vergiste toen ze het plastic weer op de kaart hield. Maar ze kreeg slechts een bevestiging die ze tot het uiterste wilde controleren, door met haar vinger over de kaart te lopen en zo dichtbij te komen dat ze bijna de muur raakte.

'Er liggen ook bommen in Joy.'

'Wat is Joy?'

'Niet nu. We moeten gaan. Nu meteen.'

'Maar ik –'

'Leg het me onderweg maar uit. We hebben geen seconde te verliezen.'

Vivien was in een oogwenk bij de deur. Ze hield hem open terwijl Russell naar haar toe kwam.

'Vlug. Code RFL.'

Terwijl ze op de lift wachtten, voelde Vivien haar hersenen werken als nooit tevoren. Dankzij de omstandigheden of dankzij het pilletje van dokter Savine. Wat de oorzaak van deze helderheid ook was, op dit moment kon het haar niets schelen. Ze probeerde zich te herinneren wat de precieze woorden waren die deze man met zijn groene jas in de biechtstoel had gebruikt.

De heiligheid ligt in het einde. Daarom zal ik zondag niet rusten...

Dit betekende dat de volgende aanslag voor zondag gepland stond. Dat gaf een moment van uitstel om in te grijpen, als haar hypothese over de transparante vellen waar was. Maar wat Joy betrof, kon ze zich geen risico's veroorloven. Joy moest zo snel mogelijk worden geëvacueerd. Ze wilde niet op één dag haar zus en nicht verliezen.

Ze liepen de straat op en renden naar de auto. Achter haar hoorde ze Russell hijgen. Zijn fysieke toestand moest even slecht zijn als hoe hij eruitzag. Vivien bedacht dat hij zou kunnen bijkomen tijdens hun rit naar de Bronx.

Ze probeerde priester McKean te bellen maar zijn telefoon stond uit. Ze vroeg zich af waarom. Hij zou ondertussen toch wel van Saint John terug in Joy moeten zijn. Misschien wilde hij dat zijn telefoon na die ervaring slechts een levenloos voorwerp onder in zijn zak was. Ze probeerde het nummer van John Kortighan, maar zijn telefoon bleef overgaan zonder dat er werd opgenomen. Elke keer dat de telefoon overging, voelde Vivien zich een jaar ouder.

Ze zette het zwaailicht op het dak en reed met piepende banden weg van de straatkant. Naar het nummer van de gemeenschap wilde ze niet bellen, want ze wilde liever niet de jongeren verontrusten en paniek aanjagen. Ook Sundance kon ze niet bellen, want de bewoners van Joy mochten geen mobiele telefoon hebben.

Terwijl ze met de hoogste snelheid die het verkeer toestond over de wegen scheurde, richtte ze zich tot Russell, die zich met zijn rechterhand vastklampte aan de handgreep boven het raampje. Autorijden was op dit moment een eenvoudige dierlijke bezigheid, een kwestie van vertrouwde bewegingen, van zenuwen en reflexen. De nieuwsgierigheid die ze vanbinnen voelde was een van de weinige menselijke trekken die ze nog had.

'Nou, wat heb je gevonden?'

'Zou je niet beter je hoofd bij het stuur houden, nu?'

'Ik kan rijden en luisteren tegelijk.'

Russell leek zich erbij neer te leggen en probeerde zo bondig mogelijk te zijn.

'Ik weet niet eens goed hoe ik je moet uitleggen hoe het me is gelukt, maar feit is dat ik de naam van deze Matt Corey heb achterhaald. Hij was inderdaad de Little Boss van de foto die we in Hornell hebben gezien en hij was een dienstmakker van Wendell Johnson in Vietnam. Matt Corey wordt al jaren als dood beschouwd terwijl hij de identiteit van zijn vriend had aangenomen.'

Vivien stelde de vraag die haar het meest aan het hart ging. 'En de zoon?'

'Die woont niet meer in Chillicothe. Zijn naam is Manuel Swanson. Ik weet niet waar hij nu is. Maar destijds had hij artistieke aspiraties.' Hij hield de opgerolde poster die hij in zijn linkerhand had omhoog.

'En ik heb een affiche van hem weten te bemachtigen.'

'Laat zien.'

Tijdens zijn hele betoog had Russell zijn ogen niet van de weg kunnen houden, waar de XC60 zijn weg vervolgde in een soort slalom tussen de andere voertuigen die afremden en uitweken om hen door te laten.

Zijn protest klonk krachtig maar niet bang. 'Ben je gek geworden? We rijden met bijna honderdzestig kilometer per uur. Straks knallen we tegen iemand op en laten we iemand crashen.'

Vivien verhief haar stem. 'Laat zien, zei ik.'

Misschien te veel. Dat had ze al eens gedaan en daar had ze spijt van gekregen.

Met tegenzin rolde Russell het affiche uit. Vivien keek vlug en haar blik ging automatisch naar het rode onderschrift bij de foto. Er stond in koeienletters een naam met een bijvoeglijk naamwoord op.

De fantastische
Mister Me

Ze richtte haar aandacht weer op de weg. Op een rustig stuk zonder auto's maakte ze van de kans gebruik om een tweede, langere en meer nauwkeurige blik op de foto te werpen. En haar hart kreeg zo'n grote schok dat ze even vreesde dat het zou breken.

Ze prevelde een smeekbede en wenste dat ze onafgebroken door kon blijven rijden. 'Mijn God. Mijn God. Mijn God.'

Russell rolde het affiche weer op en gooide het op de achterbank. Ondanks het rumoer hoorde ze het op de vloer achter haar stoel vallen.

'Wat is er, Vivien? Wat is er aan de hand? Wil je nu eens zeggen waar we heen gaan?'

Als reactie gaf Vivien plankgas, en trapte het gaspedaal geheel in. Ze waren net voorbij de brug over de Hutchinson River en de wagen scheurde verder over de 95 met de hoogste snelheid die de motor toeliet.

Om de angst die haar borst beklemde te kalmeren besloot Vivien Russells nieuwsgierigheid te bevredigen, terwijl ze bleef bidden dat ze zich vergiste. Maar ze wist dat haar smeekbede niet zou worden verhoord.

'Joy is een gemeenschap voor drugsverslaafden. Mijn nicht, de dochter van mijn zus, woont er. De dochter van mijn zus die vannacht is overleden. En er liggen bommen.'

Vivien voelde tranen komen, voortgedreven door het verdriet dat eindelijk naar buiten kwam. Een brok in haar keel brak haar stem. Ze droogde haar ogen met de rug van haar hand. 'Verdomme.'

Russell vroeg niet verder. Vivien zocht haar toevlucht tot haar venijn tegen het leven om haar helderheid van geest terug te vinden. Ze wist dat later, als alles voorbij zou zijn, deze woede in vergif zou veranderen als ze niet in staat zou zijn die te uiten. Maar nu had ze dit venijn nodig, omdat het haar kracht was geworden.

Toen ze op Burr Avenue kwamen, minderde Vivien vaart en haalde ze het zwaailicht weg, om niet te worden aangekondigd door lichten en sirene. Ze wierp een blik op Russell. Hij zat zwijgzaam op zijn plaats, zonder angst en zonder de ruimte, die op dit moment alleen voor haar was, binnen te vallen. Dit waardeerde ze enorm. Hij was een man die kon praten maar vooral begreep wanneer hij moest zwijgen.

Ze sloegen de onverharde weg in die naar Joy liep. In tegenstelling tot andere keren reed ze de Volvo niet tot aan de parkeerplaats, maar zette hem rechts in een inham die door een groep cipressen aan het oog werd onttrokken.

Vivien stapte uit, gevolgd door Russell.

'Wacht hier op me.'

'Geen denken aan.'

Toen ze zag dat hij vastberaden was en voor geen goud ter wereld bij de auto zou blijven wachten legde Vivien zich erbij neer. Ze trok haar pistool tevoorschijn en hield hem in de aanslag. Dit voor haar vertrouwde gebaar, dit gebaar dat haar veiligheid was, bracht een schaduw op Russells gezicht. Ze stak het pistool terug in de schede.

'Blijf achter me.'

Vivien naderde het huis via een andere weg dan over de straat die op de binnenplaats uitkwam. Door het struikgewas, verscholen achter de begroeiing, kwamen ze aan de voorkant van het gebouwtje naast de tuin terecht. De vertrouwde gevel van Joy verscheen en Vivien voelde een vlaag van angst. Hier had ze in het volste vertrouwen haar niet heen gebracht. En nu kon dit huis, waar zo veel jongeren opnieuw vertrouwen in het leven kregen, van het ene op het andere moment veranderen in een levensgevaarlijke plek. Ze versnelde haar pas en vergrootte haar waakzaamheid. Vlak bij het gebouwtje zaten twee jongeren op een bankje. Vivien zag dat het Jubilee Manson en haar nicht waren.

Verscholen achter de struiken leunde ze voorover en bewoog een arm om Sundance' aandacht te trekken. Zodra dit was gelukt, maande ze hen tot zwijgen door haar wijsvinger op haar mond te leggen.

De twee jongeren stonden op en liepen naar haar toe. Door haar gebiedende gebaar en haar houding ging Sundance automatisch zacht praten.

'Tante, wat is er aan de hand?'

'Wees stil en luister naar me. Gedraag je normaal en doe wat ik je zeg.'

Haar nicht begreep meteen dat het geen grap was.

Vivien vond het nodig haar instructies ook aan de andere jongen te geven. 'Doe allebei wat ik jullie zeg. Verzamel alle jongeren en ga zo ver mogelijk weg van het huis. Horen jullie me? Zo ver mogelijk.'

'Oké.'

'Waar is eerwaarde McKean?'

Sundance wees naar het dakvenster.

'In zijn kamer, met John.'

'O, nee.'

Als om deze onwillekeurige kreet kracht bij te zetten klonk uit het huis onverwachts het onmiskenbare doffe geluid van een schot. Vivien stond met een ruk op. Ze had plotseling haar pistool in haar hand, alsof de twee bewegingen onlosmakelijk met elkaar waren verbonden.

'Ga weg. Ren zo ver je kunt.'

Vivien rende snel naar het huis. Russell volgde haar. Ze hoorde hun voetstappen knarsen op het grind, een geluid dat ze op dat moment ondraaglijk vond. Nadat ze door de glazen deur ging, stuitte ze op een groep jongeren die naar de bovenkant van de trap keken, vanwaar het schot was gekomen.

Verbijsterde gezichten. Nieuwsgierige gezichten. Angstige gezichten bij het zien van haar getrokken pistool. Hoewel ze haar kenden, vond Vivien het nodig haar aanwezigheid te verduidelijken op een manier die hen op dat moment vertrouwen inboezemde.

'Politie. Ik regel dit. Jullie allemaal naar buiten en weg van het huis. Snel.'

Dit lieten de jongeren zich geen tweede keer zeggen. Ze renden weg met angstige gezichten. Vivien hoopte dat Sundance buiten de moed en de kracht had om hen te kalmeren en samen met zichzelf in veiligheid te brengen.

Ze begon de trappen te beklimmen, haar pistool voor zich uit gericht.

Russell was achter haar, Russell was bíj haar.

Tree voor tree beklommen ze de trap naar de eerste verdieping, waar de kamers van de jongeren waren. Op de overloop was geen enkele jongere te zien. Waarschijnlijk waren ze allemaal buiten voor de dagelijkse activiteiten, anders hadden ze wel iemand aangetroffen die op het geluid van het schot afkwam. Ze keek door het raam en zag een groep jongeren over de straat rennen en uit het zicht verdwijnen.

Haar opluchting verminderde haar alertheid niet. Ze spitste haar oren. Geen stemmen, geen gejammer. Alleen de echo van dit schot dat nog nagalmde in het trappenhuis. Vivien liep verder en ging de trap op naar de zolderkamer. Boven, aan het uiteinde van de trap, zag ze een open deur.

Ze bereikten de deur met de sluipgang van een kat en met de ingehouden adem van zijn prooi. Toen ze op het trapportaal stonden, drukte Vivien zich een ogenblik met de rug tegen de muur. Ze ademde diep in en glipte met getrokken pistool de kamer binnen.

Wat ze zag deed haar verstijven en meteen daarna reageren. Priester McKean lag op de grond met een schotwond in zijn voorhoofd. Zijn open ogen staarden verbaasd naar het plafond. Achter zijn hoofd een bloedvlek die zich over de vloer uitbreidde. John zat op een kruk en keek haar aan met een lege blik, met in zijn hand een pistool geklemd.

'Gooi het pistool weg, John. Nu meteen.'

De man boog zijn hoofd naar zijn hand die de revolver vasthield, alsof hij nu pas besefte wat hij in zijn hand had. Toen gingen zijn vingers open en het wapen viel op de grond. Vivien schopte het weg. John keek naar haar op met betraande ogen. Zijn stem klonk jammerend.

'Laten we zeggen dat ik het heb gedaan. Ja, dat doen we. We zeggen dat ik het heb gedaan.'

Vivien haalde de handboeien van haar riem en deed ze om de polsen van de man, om hem zo met zijn armen op zijn rug vast te houden. Pas op dat moment stond ze zichzelf toe adem te halen.

Russell stond stil op de drempel en keek naar het lijk dat op de grond in een plas bloed lag. Vivien vroeg zich af of hij nu hier was of een moment uit het verleden opnieuw beleefde. Ze gunde hem wat tijd om tot zichzelf te komen.

Diezelfde tijd gunde ze ook zichzelf.

John zat op de kruk, met zijn gezicht naar de grond. Hij bleef maar doorgaan met zijn onbegrijpelijke litanie. Van hem verwachtte Vivien geen verrassingen. Ze bekeek de plaats waar ze zich bevond. Een eenvoudige kamer, sober, en afgezien van de poster van Van Gogh aan de muur geen enkele toegeving aan de ijdelheid. Een twijfelaar, een schrijftafel, een ladekast en een kale leunstoel. Overal boeken, verschillende genres en verschillende kleuren.

En op de grond, naast de kast, een geopende koffer. Uit de wijd openstaande klep stak een dikke, versleten envelop van bruin papier, een fotoalbum en een groene legerjas.

Pas op dat moment merkte ze dat de televisie aanstond en het beeld was stilgezet. Ze zag hoe Russell binnenkwam, de afstandsbediening van de schrijftafel pakte en de oude videorecorder aanzette. Op de video kwamen de figuren weer in beweging, in een korrelig beeld dat misschien van een oude Super8 in VHS was omgezet. Tegelijk met de beelden kwamen ook de stemmen.

Vivien keek met de dood in haar hart naar wat het scherm haar toonde. Midden op het toneel van een klein theater stond onder de lampen, voor een stampvolle zaal, een buikspreker. Hij was heel jong, maar niet zo jong dat hij onherkenbaar was. Op zijn knieën zat een pop van ongeveer drie voet hoog die hij met een hand op de rug overeind hield. De pop verbeeldde een oude man met een witte tuniek, lang sneeuwwit haar en een even witte baard.

379

In een andere tijd en ergens ver weg sprak Michael McKean de pop toe en stelde hem op ongeduldige toon een vraag. 'Maar wil je nu eindelijk vertellen wie je bent?'

De pop antwoordde met kalme en diepe stem. 'Heb je het dan nog niet door, jongeman? Maar dan ben je werkelijk dom.'

Toen, voortbewogen door de geoefende hand van zijn bezielende meester, draaide hij zijn hoofd naar het publiek om te genieten van hun gelach. Hij zweeg een ogenblik, terwijl hij de dikke wenkbrauwen boven zijn onnatuurlijk blauwe glazen ogen fronste.

Ten slotte zei hij wat het hele publiek verwachtte.

'Ik ben God.'

36

'En toen we bij Joy aankwamen, zagen we dat John, de rechterhand van priester McKean, hem had gedood. Dat is alles wat we voorlopig weten.'

Vivien eindigde haar verhaal en sloot zich aan bij de stilte van de andere personen in de kamer, die haar met verschillende gezichtsuitdrukkingen aankeken. Wie het verhaal al kende, had het stap voor stap doorlopen aan de hand van haar woorden en proefde de bittere smaak van de bevestiging in zijn mond. Wie het voor het eerst van begin tot eind hoorde, kon zijn ongeloof niet van zijn gezicht halen.

Ze waren met zijn zevenen. Het ochtendlicht drong door het raam en tekende zich af op de vloer. Ze waren allemaal doodop.

In het kantoor van de burgemeester, in het New Yorkse gemeentehuis, waren Joby Willard, politiekorpschef, hoofdinspecteur Alan Bellew, Vivien, Russell en dokter Albert Grosso, een psychopatholoog die door Gollemberg als adviseur voor het onderzoek was aangetrokken en snel was opgeroepen om zorg te dragen voor John Kortighan en zijn verwarde toestand.

Gezien datgene wat in Joy tussen de muren verborgen zat, was iedereen het erover eens geworden dat de jongeren daar niet de nacht zouden doorbrengen. Ze waren opgevangen door extern personeel, dat met de gemeenschap samenwerkte, en provisorisch ondergebracht in een hotel in de Bronx dat ermee had ingestemd om ze onderdak te bieden.

Ze had Sundance een kus gegeven en het bericht over de dood van haar moeder tot de volgende dag uitgesteld. Terwijl ze hen in het busje zag stappen, bedacht Vivien zich dat ze dit niet gauw zouden vergeten. Ze hoopte dat niemand van hen het zou opgeven nu ze opnieuw op de proef werden gesteld.

Toen het onderzoek achter de rug was, het lijk van Michael McKean was weggehaald en zijn moordenaar geboeid was weggevoerd, had een auto hen opgehaald en naar het gemeentehuis gebracht, waar ze vrijwel gelijk met de hoofdinspecteur aankwamen. Wilson Gollemberg, de burgemeester, wachtte hen in spanning op. Allereerst had hij zich ervan verzekerd dat het gevaar voor nieuwe ontploffingen was geweken.

Bellew had uitgelegd dat de explosievenopruimingsdienst de afstandsbediening die de bommen tot ontploffing bracht, onklaar had gemaakt en dat ze, dankzij de brief in het bezit van de priester en de bevestiging op de kaart, het resultaat van een briljante ingeving van Vivien, beschikten over de precieze lijst met gebouwen waar bommen lagen. De burgers zouden vanzelfsprekend ongemak ondervinden, maar de opruiming van de bommen zou over enkele uren beginnen. Vervolgens had Vivien het verhaal in zijn complexiteit en absurditeit samengevat tot aan de dramatische ontknoping.

Op dat moment had dokter Grosse, een man van rond de vijfenveertig en precies het tegenovergestelde van een stereotype psychiater, begrepen dat het zijn beurt was. Hij ging staan en begon, al ijsberend door de kamer, te praten op een kalme toon, die vanaf zijn eerste woorden de aandacht van de aanwezigen vasthield.

'Op grond van wat ik heb gehoord kan ik me aan een diagnose wagen, maar die moet ik nog bevestigen nadat ik deze zaak uitvoeriger heb bestudeerd. Helaas kan ik niet direct met de betrokkene spreken en moet ik me op getuigenissen baseren, waardoor ik denk dat we ons altijd op het gebied van de hypothetische zekerheden zullen blijven begeven.'

Hij streek over zijn snor en probeerde zich uit te drukken in bewoordingen die iedereen zou begrijpen. 'Van wat ik heb gehoord denk ik dat priester McKean aan veel stoornissen leed. Ten eerste had hij een gespleten persoonlijkheid, waardoor hij niet meer zichzelf was op het moment dat hij plaats maakte voor deze andere, herkenbaar aan een groene jas. Om nog duidelijker te zijn, toen hij deze aanhad deed hij niet alsof, hij speelde geen rol zoals een acteur, maar hij wérd echt iemand anders. Van wie hij zich, zodra hij weer zichzelf was, niets kon herinneren. Ik ben ervan overtuigd dat zijn angst over al deze doden oprecht was. Dat wordt bewezen door het feit dat hij besloot om een van de grootste dogma's van zijn kerk te overtreden en het biechtgeheim te schenden, mits de schuldige zou worden berecht en de aanslagen zouden ophouden.'

De arts leunde tegen een bureau en liet zijn blik rondgaan. Misschien was dit zijn gebruikelijke houding wanneer hij les gaf aan de universiteit.

'Vaak is er naast deze syndromen ook sprake van epilepsie, maar deze term mag niet tot verwarring leiden. Het gaat niet om de ziekte die iedereen denkt te kennen, namelijk met weggedraaide ogen, schuim op de mond en stuipen. Soms openbaart de ziekte zich in heel andere vormen. Tijdens de aanvallen kan de patiënt ook hallucineren. Daarom is het niet onwaarschijnlijk dat priester McKean op die momenten zijn alter ego echt zág. Het feit dat hij hem heeft beschreven is hier het bewijs van. En tegelijkertijd bewijst dit ook wat ik eerder zei, dat hij zich absoluut niet bewust was van wat hij beleefde.'

Hij maakte een gebaar met zijn schouders dat inleidde wat hij wilde zeggen. 'Het feit dat hij een begaafd buikspreker was en deze kunst in zijn jeugd beoefende, is alleen maar een bevestiging van deze stelling. Soms ontstaat er bij de personen die daar aanleg voor hebben een vereenzelviging van de artiest met zijn pop, omdat zijn grappigheid en aantrekkingskracht op het publiek de werkelijke reden van het succes zijn. En dat wekt afgunst of zelfs afkeer op. Ik ken een collega met een patiënt die er van overtuigd was dat zijn pop een relatie had met zijn vrouw.' Hij glimlachte vreugdeloos. 'Ik besef dat deze dingen, hier en nu gezegd, zelfs lachwekkend kunnen klinken. Maar gelooft u mij dat ze in een psychiatrisch ziekenhuis aan de orde van de dag zijn.'

Hij liep weg van het bureau en begon weer door de kamer te lopen. 'En dan deze John Kortighan, ik denk dat hij ongewild geheel in de ban is geraakt van de charismatische figuur van priester McKean. Hij moet hem zozeer hebben geïdealiseerd dat hij hem verafgoodde. En daarom heeft hij hem gedood toen hij doorhad wie hij was en wat hij werkelijk deed. Toen ik er met hem over sprak stelde hij zelfs voor om tegen iedereen te zeggen dat hij verantwoordelijk was voor de aanslagen, om de goede naam van de priester en alle belangrijke dingen die hij in zijn leven had gedaan intact te houden. Zoals u ziet is de menselijke geest –'

Op het bureau van de burgemeester begon de telefoon te rinkelen en dit onderbrak zijn conclusie. Gollemberg strekte een hand uit en bracht de hoorn naar zijn oor.

'Hallo?'

Hij luisterde een ogenblik, zonder dat zijn gezichtsuitdrukking veranderde.

'Goedemorgen, meneer. Ja, alles is voorbij. Ik kan u bevestigen dat de stad niet meer in gevaar is. Er zijn nog meer bommen, maar die hebben we gelokaliseerd en onschadelijk gemaakt.'

Aan de andere kant van de lijn werd iets geantwoord wat de burgemeester met plezier leek aan te horen.

'Dank u wel, meneer. Ik zal u zo snel mogelijk een gedetailleerd rapport bezorgen over deze krankzinnige gebeurtenissen, zodra we een totaaloverzicht hebben.'

Hij luisterde weer.

'Ja, inderdaad. Vivien Light.'

Een glimlach, misschien teweeggebracht door de woorden van de persoon aan de andere kant van de lijn.

'Goed, meneer.'

De burgemeester keek op om Vivien te vinden en reikte haar de hoorn aan. 'Het is voor u.'

Vivien liep verbaasd naar hem toe, pakte de hoorn en bracht hem naar haar oor alsof ze deze beweging nog nooit had gemaakt.

'Hallo?'

De stem die ze hoorde was een van de meest bekende stemmen ter wereld.

'Goedemorgen, mevrouw Light. Mijn naam is Stuart Bredford en er wordt gefluisterd dat ik de president van de Verenigde Staten ben.'

Vivien bedwong de neiging om in de houding te gaan staan maar slaagde er niet in haar emoties in te houden. 'Het is een eer om u te spreken, meneer.'

'Het is een eer voor mij. Allereerst wil ik u condoleren met het verlies van uw zus. Wanneer iemand overlijdt die ons dierbaar is, sterft er een stukje van onszelf. En de leegte die achterblijft, wordt nooit meer gevuld. Ik weet dat u een sterke band had met elkaar.'

'Ja, meneer. Erg sterk.'

Vivien vroeg zich af hoe hij van Greta's dood wist. Toen bedacht ze dat hij de president van de Verenigde Staten was en dat hij in luttele minuten informatie kon krijgen over alles en iedereen.

'Dit maakt uw optreden nog prijzenswaardiger. Ondanks dit verlies bent u er toch in geslaagd een grootse onderneming tot een goed einde te brengen. U hebt zeker honderden onschuldige mensen van de dood gered.'

'Ik heb mijn werk gedaan, meneer.'

'En ik bedank u, namens mijzelf en al deze mensen. Nu is het mijn beurt om mijn werk te doen.'

Een stilte.

'Allereerst garandeer ik u dat ondanks de feiten die boven water zijn gekomen, Joy niet zal sluiten. Dat is een belofte die ik u nu doe. U hebt het woord van de president.'

Vivien zag de verwarde gezichten van de jongeren een voor een voorbijtrekken toen ze in het busje stapten dat hen ergens anders heen bracht. Het luchtte haar op te weten dat ze nog een huis hadden. 'Dat is schitterend, meneer. De jongeren zullen blij zijn.'

'En wat u betreft, is er iets wat ik u zou willen vragen.'

'Zegt u het maar, meneer.'

Een korte stilte, misschien dacht hij na.

'Bent u 4 juli vrij?'

'Pardon, meneer?'

'Ik ben van plan u voor te dragen voor de Gouden Medaille van het Congres. Deze onderscheiding zal op 4 juli hier in Washington worden uitgereikt. Denkt u dat u zich kunt vrijmaken op deze dag?'

Vivien glimlachte alsof de man aan de andere kant haar kon zien. 'Ik zal vanaf nu alle verplichtingen voor die dag afzeggen.'

'Heel goed. U bent een fantastisch mens, Vivien.'

'U ook, meneer.'

'Ik zal nog vier jaar president blijven. U blijft gelukkig nog uw hele leven hoe u bent. Tot binnenkort, beste Vivien.'

'Dank u wel, meneer.'

De stem verdween en Vivien bleef een moment naast het bureau staan, zonder te weten wat ze moest zeggen of doen. Ze legde de hoorn op het toestel en keek om zich heen. De anderen keken nieuwsgierig, maar ze had geen enkele behoefte om die nieuwsgierigheid weg te nemen. Dit was een moment van haar dat ze zo lang mogelijk voor zichzelf zou houden.

Een klop op de deur maakte een einde aan deze zekerheid en deze stilte.

De burgemeester draaide zich naar de deur.

'Binnen.'

Een jongen van in de dertig verscheen in de half geopende deuropening. Hij hield een krant in zijn hand.

'Wat is er, Trent?'

'Er is iets wat u moet zien, meneer.'

Gollemberg maakte een gebaar en Trent kwam naar het bureau. Voor hem op het schrijfblad legde hij een exemplaar van de *New York Times*. De burgemeester bladerde de krant snel door, pakte hem vervolgens op en draaide hem zodat iedereen in de kamer hem kon zien.

'Wat heeft dit te betekenen?'

Net als alle anderen was Vivien met stomheid geslagen.

De voorpagina werd geheel in beslag genomen door een reusachtige kop.

HET WARE VERHAAL VAN EEN VALSE NAAM
door
Russell Wade

Eronder stonden twee duidelijke foto's, ondanks de altijd twijfelachtige drukkwaliteit van kranten. Op de eerste stond een jongen die een grote zwarte kat vasthield. Op de tweede was John Kortighan te zien, schuin van voren gefotografeerd terwijl hij op een kruk zat en een pistool in zijn hand hield. Hij richtte een lege en afwezige blik op een punt rechts van hem.

Iedereen in de kamer draaide zich volkomen gelijktijdig om naar Russell, die zoals gewoonlijk de verst mogelijke stoel had gekozen. Toen iedereen hem gadesloeg verscheen er een onschuldige uitdrukking op zijn gezicht. 'We hadden toch een afspraak?'

Vivien moest glimlachen. Dat was inderdaad zo. Hij stond in zijn recht en niemand kon hem ervan beschuldigen dat hij op dit punt de gemaakte afspraak niet was nagekomen. Toch vroeg ze zich iets af terwijl ze naar de pagina in de krant keek. Ze besloot het op te helderen, voor zichzelf en voor de anderen.

'Russell, er is iets wat ik zou willen weten.'

'Wat dan?'

'Hoe ben je aan die foto van John gekomen? We waren de hele tijd bij elkaar en ik heb je op geen enkel moment met een fototoestel in je hand gezien.'

Met een voldaan gezicht stond Russell op en liep naar het bureau.

'Er is iets wat ik van mijn broer heb geërfd. Hij heeft me geleerd hoe en wanneer ik het moest gebruiken.' Hij stak een hand in zijn zak, haalde hem er gesloten weer uit en strekte zijn arm uit. Toen hij zijn vingers opende en iedereen liet zien wat hij vasthield, kon Vivien nauwelijks haar lachen inhouden. In de palm van zijn hand hield Russell voor hun ogen een minifototoestel.

Het ware verhaal van een valse naam

Het regende op de begrafenis van mijn moeder en Vivien hield mijn hand vast. Terwijl ik de regen op de paraplu hoorde tikken, zag ik de kist omlaag zakken in het graf op de kleine begraafplaats van Brooklyn waar ook mijn grootouders liggen, en het doet me verdriet dat ik nooit echt heb geweten wie Greta Light was. Maar ik geloof dat het me uiteindelijk zal lukken, dankzij de herinnering aan alle woorden die we tegen elkaar hebben gezegd en de spelletjes die we hebben gespeeld en de onbezorgde momenten die we hebben beleefd. Ook al heb ik geprobeerd om alles te verpesten, het zal me lukken met de hulp van mijn tante, die een sterke en ongelooflijke vrouw is ondanks de tere tranen die uit haar ogen komen, zoals bij iedereen die met de dood te maken krijgt.

De pastoor sprak over stof en aarde en wederkeren. Toen ik hem zag, toen ik die woorden hoorde, moest ik meteen aan priester McKean denken en aan alles wat hij voor mij en voor andere jongeren als ik heeft opgebouwd. Het was verschrikkelijk om te horen wat er achter zijn blik lag, waartoe hij in staat was, om te ontdekken hoe het kwaad op plaatsen kan komen waar het niet zou mogen komen.

Ze hebben me uitgelegd dat het niet zijn wil was om deze daden te begaan, maar alleen van dat gedeelte van hem dat ten prooi was gevallen aan iets slechts waarover hij geen controle had. Alsof hij twee verschillende zielen in één lichaam had. Het was niet gemakkelijk om dit te accepteren. Het was wel gemakkelijk te begrijpen, omdat ik het zelf heb ondervonden.

Ik heb gezien hoe dat zieke deel samen met het lichaam van Greta Light, mijn moeder, in het graf zakte. Twee vergankelijke delen die voorbestemd zijn om terug te keren naar de aarde en weer stof te worden. Zij en priester McKean, hun levende en ware wezen zal altijd dicht bij mij blijven en bij de persoon die ik word. Toen ik naar Viviens ogen keek, door het verdriet en de tranen heen, wist ik dat ik de juiste weg ben ingeslagen.

Mijn vader was niet bij de begrafenis. Hij belde me op om te zeggen dat hij aan de andere kant van de wereld was en niet op tijd terug kon zijn. Er was een tijd dat ik hem zou missen. Dat ik misschien zou hebben gehuild. Maar nu zijn er belangrijker dingen om mijn tranen om te vergieten. Nu is die afwezigheid slechts nog een lege doos bovenop de grote stapel lege dozen, die geen nare verrassingen meer zijn sinds ik doorkreeg dat het me niet kan schelen wat er in zit.

Ik heb een familie. Hij is degene die ervoor heeft gekozen daar geen deel meer van uit te maken.

Toen alles voorbij was en de mensen vertrokken, bleef ik alleen met Vunny achter voor de pas omgewoelde aarde, die onder de regen naar mos en nieuw leven rook.

Op een bepaald moment draaide ze haar hoofd om en ik volgde haar blik. In de regen stond een lange man, zonder hoed en zonder paraplu, met een donkere regenjas aan. Ik herkende hem meteen. Het was Russell Wade, die man die met haar het onderzoek heeft gevolgd en onder de titel *Het ware verhaal van een valse naam* die serie artikelen in de *New York Times* publiceert.

In het verleden is hij in de krant verschenen als hoofdpersoon in nogal discutabele verhalen. Nu lijkt hij de manier te hebben gevonden om alles om te draaien. Dat betekent dat alles kan veranderen, hoe weinig je er ook van verwacht en als je het maar echt wilt. Vivien gaf me de paraplu en onder de stromende regen liep ze naar hem toe.

Ze spraken kort en toen is die man weggegaan. Ik zag hoe mijn tante hem na bleef kijken terwijl hij wegliep en de regen op haar gezicht viel en het zout van haar tranen wegspoelde.

Toen ze naar me terugkwam, kon ik een nieuwe bedroefdheid in haar blik zien, anders dan die om de dood van mama. Ik kneep in haar hand en zij begreep het. Ik ben er zeker van dat we er vroeg of laat over zullen praten.

Nu ben ik hier, nog steeds in Joy, ik zit in de tuin, onder een hemel waar geen regen meer in zit. Voor me wordt de zon weerspiegeld in een streep water en dat lijkt me een goed voorteken. Al lijkt het huis op dit moment vol spoken, ik weet zeker dat we over een tijdje weer zullen praten tot we leren om weer te lachen. Hier zijn me veel dingen duidelijk geworden, op de meest eenvoudige manier. Ik heb ze dag na dag geleerd. Terwijl ik de jongeren die om me heen woonden probeerde te begrijpen, geloof ik dat ik ben begonnen mezelf te leren kennen.

Ik heb gehoord dat de gemeenschap niet zal ophouden te bestaan, dankzij de belangstelling van de regering en veel andere mensen die zijn opgestaan. Hoewel Vivien me heeft voorgesteld om bij haar te komen wonen, heb ik besloten om hier te blijven, om een handje te helpen als ze dat willen. Ik heb Joy niet meer nodig, maar ik maak mezelf wijs dat Joy mij nodig heeft.

Ik heet Sundance Green en morgen word ik achttien jaar.

Ik druk op de knop van de intercom en de stem van mijn secretaresse klinkt met de snelheid die haar onderscheidt.

'Ja, meneer Wade?'

'Het volgende kwartier wil ik geen telefoon krijgen.'

'Zoals u wenst.'

'Nee, laten we er een halfuur van maken.'

'Uitstekend. Veel leesplezier, meneer Wade.'

Er klinkt iets vrolijks in haar stem. Ik denk dat ze weet waarom ik deze tijd heb uitgetrokken. Overigens was zij het die zonet het exemplaar van de *New York Times* bracht dat nu voor me op het bureau ligt. Op de voorpagina staat een kop die je vanuit een vliegtuig zou kunnen lezen.

Het ware verhaal van een valse naam – Deel drie

Maar wat me het meest interesseert, is de naam van de auteur.

Ik begin het artikel te lezen en ik heb maar een paar kolommen nodig om te merken dat het verdomd goed is. Ik ben zo verrast dat ik pas in tweede instantie trots voel. Russell is in staat om de lezer op dwingende wijze naar zich toe te trekken. Het verhaal is ongetwijfeld erg boeiend, maar ik moet zeggen dat hij het op meesterlijke wijze weet te vertellen.

Het lampje van de intercom gaat branden en de stem van de secretaresse overvalt me.

'Meneer Wade...'

'Wat is er? Ik had gezegd dat ik niet gestoord wilde worden.'

'Uw zoon is hier.'

'Laat hem door.'

Ik stop de krant in een bureaulade. Ik zou iedereen kunnen zeggen dat ik dat doe om hem niet in verlegenheid te brengen. Dat zou gelogen zijn. Eigenlijk doe ik het om me zelf niet ongemakkelijk te voelen. Het is een gevoel dat ik haat en waarvoor ik soms honderdduizenden dollars heb uitgegeven om het te vermijden.

Even later komt Russell binnen. Hij is rustig en ziet er uitgerust uit. Hij heeft fatsoenlijke kleren aan en heeft zich zelfs geschoren.

'Dag, papa.'

'Dag, Russell. Gefeliciteerd. Het lijkt erop dat je een beroemdheid bent geworden. En ik ben ervan overtuigd dat dit je geen windeieren zal leggen.'

Hij haalt zijn schouders op. 'Er zijn dingen in het leven die je niet met geld kunt kopen.'

Ik antwoord met een zelfde gebaar. 'Daar ben ik zeker van, maar daar heb ik weinig verstand van. In mijn leven heb ik me altijd beziggehouden met die andere dingen.'

Hij gaat voor me zitten en kijkt me aan. Het is een prettig gevoel.

'Wat kan ik na deze filosofiesessie van de koude grond voor je doen?'

'Ik ben hier om je te bedanken. En voor zaken.'

Ik wacht tot hij verdergaat. Mijn zoon is ondanks alles altijd in staat geweest me nieuwsgierig te maken. En als geen ander om het bloed onder mijn nagels vandaan te halen.

'Zonder jouw hulp had ik dit nooit kunnen bereiken. Daarvoor zal ik je mijn hele leven dankbaar zijn.'

Deze woorden doen me veel plezier. Ik had nooit kunnen bedenken dat ik ze ooit uit Russells mond zou horen. Maar mijn nieuwsgierigheid blijft. 'En wat voor zaken had je in gedachten?'

'Je hebt iets van mij wat ik terug zou willen kopen.'

Eindelijk begrijp ik het en ik kan een glimlach niet onderdrukken. Ik open de bureaulade en van onder de krant haal ik het door hem ondertekende contract tevoorschijn dat ik kreeg in ruil voor mijn hulp. Ik leg het op het bureau, tussen ons in.

'Bedoel je dit?'

'Ja, inderdaad.'

Ik ga tegen de rugleuning zitten en vang zijn blik weer. 'Het spijt me, jongen. Maar zoals je zei, zijn er dingen die niet met geld te koop zijn.'

Tegen mijn verwachting in glimlacht hij. 'Maar ik ben ook niet van plan om je geld te bieden.'

'O, nee? En waarmee zou je me dan willen betalen?'

Hij steekt een hand in zijn zak en haalt er een klein grijs plastic voorwerp uit. Als hij het me laat zien zie ik dat het een digitale recorder is.

'Hiermee.'

Mijn ervaring heeft me geleerd koelbloedig te blijven. Ook deze keer lukt me dat. Het probleem is dat ook hij weet dat ik hiertoe in staat ben.

'En wat is dat, als ik vragen mag?'

Ik stel de vraag om tijd te winnen, maar tenzij ik opeens achterlijk ben geworden, weet ik dondersgoed wat het is en waarvoor het dient. En hij bevestigt dit.

'Dit is een recorder waarop de telefoongesprekken staan die je met de generaal hebt gevoerd. Dit minuscule dingetje in ruil voor dat contract.'

'Dat zou je nooit tegen me durven te gebruiken.'

'Denk je? Stel me maar op de proef. Ik zie het al helemaal voor me.'

Hij beweegt zijn hand door de lucht, in een gebaar alsof hij een krantenkop in koeienletters leest.

'Het ware verhaal van ware corruptie.'

Ik ben dol op schaken. Een van de spelregels is om als je verslagen bent de tegenstander eer te bewijzen. In gedachten pak ik de koning en leg hem horizontaal op het schaakbord. Dan pak ik het contract van het bureau. Met een theatraal gebaar versnipper ik het in kleine stukjes en laat het in de mand van de versnipperaar vallen.

'Ziezo. Je hebt geen verplichtingen meer.'

Russell staat op en zet de recorder voor me neer. 'Ik wist wel dat we het eens zouden worden.'

'Het was chantage.'

Hij kijkt me geamuseerd aan. 'Absoluut.'

Russell kijkt op zijn horloge. Hij draagt een Swatch van een paar dollar. Het gouden horloge dat ik hem heb gegeven heeft hij vast verkocht.

'Ik moet gaan. Larry King wacht op me voor een interview.'

Hem kennende zou dit een grap kunnen zijn. Maar met zijn plotselinge bekendheid zou het me niets verbazen als het waar was.

'Dag, papa.'

'Dag. Ik kan niet zeggen dat het een genoegen was.'

Hij loopt naar de deur. Zijn voetstappen op het tapijt maken geen geluid. Ook de deur niet wanneer hij deze opent. Ik houd hem tegen als hij op het punt staat om naar buiten te gaan. 'Russell...'

Hij draait zich naar me om, met dat gezicht dat volgens iedereen mijn evenbeeld is.

'Ja?'

'Als je zin hebt, kun je een dezer dagen eens thuis komen eten. Ik denk dat je moeder erg blij zou zijn om je te zien.'

Hij kijkt me aan met ogen die ik in de toekomst moet leren kennen. Het duurt een ogenblik voor hij antwoordt.

'Dat doe ik graag. Heel graag.'

Dan gaat hij naar buiten en vertrekt.

Ik blijf even zitten denken. Mijn leven lang ben ik een zakenman geweest. Vandaag heb ik volgens mij een uitstekende deal gesloten. Dan strek ik mijn hand uit en pak de recorder. Ik druk de knop in om de opname te laten lopen.

Het dringt meteen tot me door. Ik heb altijd gevonden dat mijn zoon een waardeloze pokeraar was. Maar hij moet een van die mensen zijn die in staat zijn te leren van hun fouten.

De tape is leeg.

Er staat helemaal niets op.

Ik sta op en loop naar het raam. Onder me ligt New York, een van de vele steden die ik in mijn leven heb weten te veroveren. Vandaag lijkt de stad me net iets dierbaarder, terwijl een vrolijke gedachte door mijn hoofd schiet.

Mijn zoon, Russell Wade, is een groot journalist en een grote klootzak.

Ik denk dat hij dit tweede karaktertrekje van mij heeft.

Ik ben in Boston, op de begraafplaats waar mijn broer begraven ligt. Ik ben de glazen deur door gegaan en nu sta ik in het familiegraf, waar al jaren de stoffelijke resten van de Wades liggen. De steen is van wit marmer, net als de andere overigens. Robert lacht onveranderlijk naar me vanuit zijn keramieken lijst, vanaf de foto waarop zijn gezicht nooit ouder wordt.

We zijn nu ongeveer even oud.

Vandaag heb ik geluncht bij mijn ouders. Ik kon me niet herinneren dat hun huis zo groot en chic was. Toen de bedienden me zagen binnenkomen keken ze me met dezelfde blik aan als waarmee Lazarus moet zijn aangekeken na zijn opstanding. Sommigen hadden me zelfs nog nooit in levende lijve gezien. Alleen Henry, die me vergezelde naar mijn vader en moeder, pakte toen hij de deur opende en opzij ging om me voorbij te laten mijn arm vast en keek me samenzweerderig aan. Toen fluisterde hij me enkele woorden toe. '*Het ware verhaal van een valse naam*. Echt meesterlijk, meneer Russell.'

Tijdens de lunch, in deze villa waar ik ben opgegroeid en waar ik zo veel momenten heb beleefd met Robert en mijn ouders, was het na al die jaren van afwezigheid moeilijk om het oud zeer te vergeten. Al die zwijgzaamheid en al die harde woorden konden niet in een oogwenk worden gewist met alleen goede wil. Toch hebben we heerlijk gegeten en gepraat zoals we in jaren niet hadden gedaan.

Bij de koffie roerde mijn vader iets aan wat volgens hem de ronde deed. Hij zei dat meerdere mensen mijn naam noemden voor de Pulitzer. Toen hij eraan toevoegde dat deze keer niemand die van me af zou nemen, moest hij lachen. Ook mijn moeder glimlachte en ik kon eindelijk opgelucht ademhalen.

Ik deed of ik van niets wist en keek naar die smakelijke donkere drank in mijn kopje waar damp van af kwam. Het deed me denken aan het telefoontje dat ik heb gepleegd toen ik terugkwam van Chillicothe. Met de vliegtuigtelefoon heb ik de *New York Times* gebeld, ik noemde mijn naam en liet me doorverbinden met Wayne Constance. Jaren eerder, in de tijd van mijn broer, was hij de buitenlandredacteur. Nu is hij hoofdredacteur van het blad geworden. Zijn stem klonk door de telefoon nog net zo als ik me herinnerde.

'Hallo, Russell, wat kan ik voor je doen?'

Een tikkeltje onverschillig. Wantrouwend. Nieuwsgierig. Ik verwachtte niets anders. Ik wist dat ik niets anders verdíénde.

'Ik kan iets voor jou doen, Wayne. Ik heb een echte bom in handen.'

'O, ja? Waar gaat het om?'

Iets minder onverschilligheid. Iets meer nieuwsgierigheid. Er bovenop een zweem van ironie. Hetzelfde wantrouwen.

'Voorlopig kan ik dat niet zeggen. Het enige wat ik kan zeggen is dat je het alleenrecht kunt hebben als je wilt.'

Het duurde een ogenblik voor hij antwoordde.

'Russell, denk je niet dat je jezelf de afgelopen jaren genoeg voor schut hebt gezet?'

Ik wist wat de beste manier was om dit te weerleggen: hem gelijk geven.

'Meer dan genoeg. Maar deze keer is het anders.'

'Wie garandeert me dat?'

'Niemand. Maar je zult me ontvangen en zien wat ik voor je meebreng.'

'Waarom ben je daar zo zeker van?'

'Om twee redenen. Ten eerste omdat je zo nieuwsgierig bent als een klein kind. Ten tweede omdat je nooit een kans zou laten schieten om me nog eens voor schut te zetten.'

Hij lachte alsof het een goede grap was. We wisten allebei dondersgoed dat het de waarheid was.

'Russell, als je mijn tijd verspilt, zal ik tegen de bewakers zeggen dat ze je uit het raam gooien en ik zal er persoonlijk op toezien dat ze dat doen.'

'Je bent geweldig, Wayne.'

'Jouw broer was geweldig. Het is in herinnering aan hem dat ik zal kijken naar wat je voor me hebt.'

Ik heb hem niet meer gesproken tot na de nacht in Joy, de nacht waarin ieders zekerheden zijn verwoest om plaats te maken voor de enorme leegte van het ongewisse. Over de mens, zijn aard, de wereld om ons heen, de wereld in onszelf.

Terwijl we zaten te wachten op de komst van de agenten en hun onderzoek ben ik op zoek gegaan naar een kamer met een computer en een internetverbinding. Toen ik er een had gevonden, heb ik me daar opgesloten en het eerste artikel geschreven. Ik had alleen maar de tijd nodig om het op te schrijven, alsof iemand achter me de woorden dicteerde, alsof ik dit verhaal al in handen had, alsof ik het al duizend keer had beleefd en even vaak had verteld.

Toen heb ik het als bijlage bij een e-mail naar de krant gestuurd.

De rest is bekend. En wat ontbreekt, zal ik dag na dag bedenken.

Er zijn twee weken verstreken sinds de begrafenis van Viviens zus. Twee weken sinds ik haar voor het laatst heb gezien, sinds ik haar voor het laatst heb gesproken. Sindsdien is mijn leven een draaimolen geworden die zo snel draaide dat de beelden elkaar leken te overlappen zonder dat ik ze van elkaar kon onderscheiden. Nu is het tijd dat de draaimolen stil komt te staan, want ik blijf een leegte voelen die de studiolampen en interviews en foto's van mij op de voorpagina, deze keer zonder schaamte, niet kunnen opvullen. Deze absurde gebeurtenis heeft me geleerd dat niet geheel uitgesproken woorden soms veel gevaarlijker en schadelijker zijn dan luidkeels geschreeuwde woorden. Ze heeft me geleerd dat het nemen van risico's in sommige gevallen de enige manier is om geen risico te lopen. En dat de enige manier om geen schulden te hebben is om ze niet te maken.

Of ze af te betalen.

En dat is precies het eerste wat ik zal doen zodra ik terug ben in New York.

Daarom sta ik hier voor het graf van mijn broer en kijk naar zijn gezicht dat me toelacht. Ik lach terug, hopend dat hij het kan zien. Vervolgens zeg ik hem met alle liefde van deze en van de andere wereld waar ik al jaren van droom.

'Het is me gelukt, Robert.'

Dan draai ik me om en loop weg.

Nu zijn we allebei vrij.

De lift bereikt mijn verdieping en zodra de schuifdeuren opengaan word ik door iets verwelkomd en verrast. Op de muur tegenover de lift is met plakband een foto opgehangen.

Ik loop erheen om hem te bekijken.

Het onderwerp ben ik, en profil, in het kantoor van Bellew. Ik heb een aandachtige blik en mijn haar werpt een lichte schaduw over mijn gezicht. De fotograaf heeft me vastgelegd op een ogenblik van reflectie en is er perfect in geslaagd de twijfel en het gevoel van nutteloosheid dat ik op dat moment voelde vast te leggen.

Ik draai mijn hoofd en op de linkermuur, boven de bel, hangt nog een foto.

In het licht van het trapportaal pak ik hem vast en bekijk ook deze aandachtig.

Weer ben ik het onderwerp.

In de woonkamer van het huis van Lester Johnson, in Hornell. Ik heb kringen onder mijn ogen van de vermoeidheid maar een wilskrachtige uitdrukking op mijn gezicht, terwijl ik naar de foto van Wendell Johnson en Matt Corey in Vietnam kijk. Dit moment herinner ik me goed. Het was een moment waarop alles verloren leek, maar opeens de hoop weer opflakkerde.

De derde foto hangt midden op de houten deur.

Opnieuw ik, terwijl ik in het huis in Williamsburg voor het eerst de tekeningen uit het mapje bestudeer. Toen ik nog niet wist dat het niet alleen maar slechte kunstwerken waren, maar de ingenieuze vondst van een man om de kaart van zijn waanzin te tekenen. Ik weet nog hoe ik me op dat moment voelde. Toch was ik me niet bewust van mijn gezichtsuitdrukking, misschien omdat ik die toen niet meer onder controle had.

Dan merk ik dat de deur op een kier staat. Ik duw tegen de deurknop en de deur gaat piepend open.

Op de muur tegenover de voordeur hangt nog een foto.

In het zwakke licht dat van buiten komt en de schemering van het huis binnendringt, kan ik hem niet goed zien. Ik neem aan dat ik ook op deze sta.

Het licht in de gang gaat aan. Ik zet een stap naar binnen, eerder nieuwsgierig dan bezorgd.

Ik draai mijn hoofd, ergens komt een geur vandaan die bezit neemt van mijn maag. Het ruikt enorm en licht en het fladdert onverbiddelijk als alle vleugels ter wereld.

Rechts van me, midden in de woonkamer, staat Russell. Hij glimlacht naar me en maakt een grappig gebaar met zijn handen.

'Word ik nu gearresteerd voor huisvredebreuk?'

Ik bid tot God me geen stomme dingen te laten zeggen. Maar voordat God tijd heeft om in te grijpen lukt het me alleen al.

'Hoe ben je binnengekomen?'

Hij toont me de palm van zijn linkerhand, waarop de huissleutels liggen.

'Met de andere sleutelbos. Ik heb hem je nooit teruggegeven. Dat is in elk geval geen verzwarende omstandigheid voor de inbraak.'

Hij komt naar me toe en ik kijk hem in zijn ogen. Ik kan het niet geloven, maar hij kijkt me aan met een blik waarmee ik had gewild dat hij me vanaf het eerste moment dat ik hem zag had aangekeken. Hij gaat opzij en wijst naar de tafel. Ik wend mijn blik van hem af en zie dat de tafel voor twee is gedekt, met een wit linnen tafelkleed, porseleinen borden, zilveren bestek en in het midden een brandende kaars.

'Ik had je een etentje beloofd, weet je nog?'

Misschien weet hij niet dat hij al gewonnen heeft. Of hij weet het wel en wil me verpletteren. In beide gevallen ben ik absoluut niet van plan om op de loop te gaan. Ik weet niet wat voor uitdrukking ik op mijn gezicht heb maar in de verwarde toestand waarin ik me bevind slaag ik er nog net in te bedenken dat het een misdaad is er geen foto van te hebben.

Russell loopt naar de tafel en wijst naar het eten.

'Kijk, een diner bereid door de favoriete chef-kok van mijn vader. We hebben kreeft, oesters, kaviaar en een hele hoop andere dingen waarvan ik me de naam niet kan herinneren.'

Met een elegant gebaar wijst hij op een fles die koel wordt gehouden in een emmertje.

'Voor de vis hebben we uitstekende champagne.'

Dan pakt hij een fles rode wijn met een gekleurd etiket.
'En bij de rest van de maaltijd hebben we Il Matto, een schitterende Italiaanse wijn.'

Mijn hartslag heeft een maximale snelheid bereikt en mijn ademhaling een niveau waarop hij bijna overbodig wordt.

Hij komt naar me toe en ik sla mijn armen om zijn nek.

Terwijl ik hem kus voel ik hoe alles op hetzelfde moment voorbijgaat en aankomt. Hoe alles bestaat en niets bestaat, alleen omdat ik hem aan het kussen ben. En wanneer ik voel dat hij mijn kus beantwoordt, bedenk ik dat ik dood zou gaan zonder hem en misschien dood zal gaan voor hem, nu, op dit moment.

Ik maak me een ogenblik los. Een ogenblik maar, want meer lukt me niet.

'Laten we naar bed gaan.'

'En het eten dan?'

'Het eten kan mijn rug op.'

Hij glimlacht. Hij glimlacht op mijn lippen en zijn adem ruikt verrukkelijk.

'De deur staat open.'

'Ook de deur kan mijn rug op.'

We komen in de slaapkamer en een tijd die eeuwig lijkt te duren voel ik me stom en dwaas en hoerig en prachtig en geliefd en aanbeden en ik beveel en smeek en gehoorzaam. Ten slotte is er alleen nog zijn lichaam naast het mijne en een gedimd schijnsel door de gordijnen en zijn kalme ademhaling terwijl hij slaapt. Dan sta ik op, doe mijn badjas aan en loop naar het raam. Ik laat mijn blik, eindelijk vrij van spanning en angst, door het glas heen gaan.

Buiten waait een briesje tegen de rivier op zonder zich te bekommeren om de lichten en de mensen.

Misschien jaagt het iets na of wordt het door iets nagezeten. Het is fijn om hier een tijdje te staan en de wind door de bomen te horen ruisen. Het is een fris en licht briesje, zo'n briesje dat de tranen van de mensen droogt en die van de engelen tegenhoudt.

En ik kan eindelijk slapen.

Dankwoord

Het einde van een roman is als het vertrek van een vriend: het laat altijd een zekere leegte achter. Gelukkig zie je tijdens het schrijfproces oude vrienden terug en maak je nieuwe. Daarom wil ik de volgende personen bedanken:
- dr. Mary Elacqua di Rensselaer, samen met Wonder Janet en Super Tony, haar schatten van ouders, omdat ze mij met kerstmis liefdevol hebben ontvangen alsof ik familie was
- Pietro Bartocci, haar onnavolgbare echtgenoot, de enige persoon ter wereld die ook kan snurken als hij wakker is en tegelijkertijd zaken kan afhandelen
- Rosanna Capurso, geniale architect in New York, met haar vuurrode haren en haar even hartverwarmende vriendschappelijkheid
- Franco di Mare, die als een broer is en doorslaggevende suggesties deed om een profiel te maken van oorlogsverslaggevers. Als het me is gelukt, is dat natuurlijk mijn eigen verdienste. Als het me niet is gelukt, is dat zijn schuld
- Ernest Amabile, die mij als man heeft verteld over de ervaringen van wie als jongeman in Vietnam is geweest en heeft gezien
- Antonio Monda omdat ik me dankzij hem een Italiaanse intellectueel in New York voelde
- Antonio Carluccio die zijn ervaring met me heeft gedeeld en me een sensationeel restaurant heeft laten ontdekken
- Claudio Nobis en Elena Croce, die me gastvrijheid en boeken hebben geboden
- Ivan Genasi en Silvia Dell'Orto, die de aankomst van een uit de Ikea van Brooklyn vertrokken ooievaar met me hebben gedeeld
- Rosaria Carnevale, die me tijdens mijn verblijf in New York niet alleen van vers brood heeft voorzien, maar echt een doeltreffende bankdirectrice is
- Zef, die behalve een vriend ook echt de *building manager* van een gebouw in 29th Street is

- Claudia Peterson, die echt dierenarts is, samen met haar man Roby Facini, en van wie ik het verhaal over Walzer, hun bijzondere driepotige kat, heb geleerd
- Carlo Medori, die van cynisme zijn tijdverdrijf heeft gemaakt en van liefde zijn essentie
- Rechercheur Michael Medina van het dertiende district van het New York Police Department, omdat hij me op een moeilijk moment heeft bijgestaan
- Don Antonio Mazzi, voor zijn advies over de priesterlijke verplichtingen. En omdat hij met zijn opvangtehuis in zekere zin de inspiratiebron vormde van een gedeelte van dit verhaal en de hoofdpersoon van een wonderbaarlijk avontuur
- Patholoog-anatoom dr. Elda Feyles van het burgerlijk ziekenhuis van Asti en neuroloog dr. Vittorio Montano van hetzelfde ziekenhuis, voor hun wetenschappelijke hulp tijdens het schrijven van dit boek.

Tot slot moet ik mij met oneindig veel plezier voor de zoveelste keer opnieuw tot mijn werkgroep richten, die bestaat uit personen die mij na zoveel tijd voor een keuze stellen:
of ze hebben nog geen genoeg van me
of ze hebben dat wel, maar doen op een buitengewone manier alsof.

In beide gevallen verdienen ze uw applaus:
- de piraat Alessandro Dalai, omdat hij weet dat een *grappino* een glaasje *grappa* kan zijn, maar ook een dreganker
- de zuivere Cristina Dalai, omdat ze onverstoorbaar glazen voor me blijft kopen die ik regelmatig breek
- de wandelende encyclopedie Francesco Colombo, mijn weergaloze redacteur, omdat hij, tot zijn en mijn geluk, meer hersenen heeft en een Bentley minder
- de Che Guevara-achtige Stefano Travagli die, net als Oscar Wilde, het belang kent om zich Ernesto te noemen
- de elegische Mara Scanavino, uitmuntend art director, omdat ze er op uiterst creatieve wijze in slaagt van alles en nog wat uit te halen
- de pythagorische Antonella Fassi, omdat ze met dezelfde lichte

voet in het hart van ons schrijvers danst als waarmee ze door ons werk danst
- de schitterende Alessandra Santangelo en Chiara Codeluppi, mijn onbetaalbare *Press Sisters*, die mijn rots en vesting zijn.

En samen met hen alle mensen van uitgeverij Baldini Castoldi Dalai, die er elke keer weer in slagen me een groot schrijver te laten voelen, ook al is deze kwestie nog *sub judice*.

Bij hen hoort ook mijn agent, Piergiorgio – sciencefiction – Nicolazzini, omdat hij me als ware vriend op zijn planeet heeft laten landen.

Zoals gewoonlijk wordt gezegd, zijn de personages uit dit verhaal, behalve Walzer, volledig voortgekomen uit mijn fantasie en berust elke overeenkomst met bestaande personen puur op toeval.

Wie deze roman heeft gelezen, heeft begrepen dat er niets autobiografisch in de titel schuilt. Wie het boek niet heeft gelezen en denkt dat dit wel zo is, laat ik in de waan van deze eervolle veronderstelling.

Hiermee groet ik u al buigend en wapperend met mijn gepluimde hoed.